GIER *Crush*

ÜBER DIE AUTORIN:

Sandra Brown ist eine der erfolgreichsten internationalen Autorinnen, die mit jedem ihrer Bücher die Spitzenplätze der Bestsellerlisten erreicht. Ihren großen Durchbruch als Thrillerautorin feierte Sandra Brown mit dem Roman »Die Zeugin«, der auch in Deutschland auf die Bestsellerlisten kletterte – ein Erfolg, den sie mit jedem neuen Roman noch einmal übertreffen konnte. Sandra Brown lebt mit ihrer Familie abwechselnd in Texas und in South Carolina.

Mehr Informationen finden Sie unter:

www.sandrabrown.com

SANDRA
BROWN

GIER

Crush

*Aus dem Amerikanischen
von Christoph Göhler*

Weltbild

Die amerikanische Originalausgabe erschien 2002 unter dem Titel
The Crush bei Warner Books, Inc., New York

Besuchen Sie uns im Internet:
www.weltbild.de

Genehmigte Lizenzausgabe für Verlagsgruppe Weltbild GmbH,
Steinerne Furt, 86167 Augsburg

Übersetzung: Christoph Göhler
Umschlaggestaltung: Atelier Seidel - Verlagsgrafik, Teising
Umschlagmotiv: Trevillion Images, Brighton (© Heather Evans Smith)
Gesamtherstellung: CPI – Clausen & Bosse, Leck
Printed in the EU
ISBN 978-3-86365-454-2

2015 2014 2013 2012
Die letzte Jahreszahl gibt die aktuelle Lizenzausgabe an.

Prolog

Dr. Lee Howells Telefon läutete um 2 Uhr 07.

Seine Frau Myrna, die neben ihm im Bett lag, grummelte in ihr Kissen: »Wer ruft denn um diese Uhrzeit an? Du hast heute Nacht keine Bereitschaft.«

Die Howells waren noch keine Stunde im Bett. Ihre Gartenparty am Pool war gegen Mitternacht zu Ende gegangen. Bis sie die leeren Teller und Margaritagläser weggeräumt, alle verderblichen Reste im Kühlschrank verstaut und ihrem im Kinderzimmer schlafenden Sohn einen Gutenachtkuss auf die Wange gehaucht hatten, war es kurz vor eins geworden.

Während sie sich bettfertig machten, hatten sie sich gegenseitig zu der gelungenen Feier gratuliert. Die gegrillten Steaks waren kaum zäh gewesen, und der neue elektrische Insektenvernichter hatte den ganzen Abend über gebritzelt und die Mückenpopulation auf ein Minimum reduziert. Alles in allem eine nette Party.

Obwohl sich die Howells ziemlich beschwingt fühlten, waren sie sich einig, dass sie viel zu erschöpft waren, um an Sex auch nur zu denken, und hatten sich nach einem letzten Kuss den Rücken zugekehrt, um gleich darauf einzuschlafen.

Auch wenn Dr. Howell gerade erst eingenickt war, war sein Schlummer, dank mehrerer Margaritas, tief und traumlos gewesen. Dennoch war er jetzt, nach jahrelanger Übung, sofort hellwach, aufnahmebereit und klar im Kopf, als das Telefon klingelte. Er griff nach dem Hörer. »Tut mir leid, Schätzchen. Vielleicht ist was mit einem meiner Patienten.«

Sie nickte in mürrischer Resignation in ihr Kissen. Ihr Mann verdankte seinen Ruf als exzellenter Chirurg nicht nur seinen Fähigkeiten im Operationssaal.

Er widmete sich seinen Patienten ganz und gar und nahm vor, während und nach der Operation Anteil an ihrem Wohlergehen.

Auch wenn es nicht oft vorkam, dass er außerhalb des Bereitschaftsdienstes mitten in der Nacht zu Hause angerufen wurde, so war es doch kein Einzelfall. Diese und einige andere Unannehmlichkeiten waren der geringe Preis, den Mrs Howell bereitwillig für das Privileg zahlte, mit dem Mann ihrer Träume verheiratet zu sein, der nebenbei eine hoch geschätzte Kapazität auf seinem Gebiet war.

»Hallo?«

Er hörte ein paar Sekunden schweigend zu, dann schlug er die Decke zurück und setzte sich auf. »Wie viele?« Dann: »O Gott. Okay. Natürlich, ich bin schon unterwegs.« Er legte auf und erhob sich.

»Was ist denn?«

»Ich muss los.« Ohne das Licht einzuschalten, tastete er sich zu dem Stuhl vor, über dem die Dockers hingen, die er heute Abend getragen hatte. »Das ganze Team wurde ins Krankenhaus gerufen.«

Mrs Howell stützte sich auf einen Ellbogen. »Was ist denn los?«

Das Tarrant General Hospital war ein zentral gelegenes Großstadtkrankenhaus und daher ständig in Alarmbereitschaft für mögliche Katastropheneinsätze. Die Belegschaft war darauf trainiert, im Notfall die Opfer eines Flugzeugabsturzes, Hurrikans oder terroristischen Anschlags zu versorgen. Im Vergleich dazu war der Einsatz heute Nacht eher profan.

»Eine Massenkarambolage auf dem Freeway. Mit mehreren Fahrzeugen.« Howell schob die nackten Füße in ein Paar Dock-Sides, die er innig liebte und seine Gemahlin ebenso innig verabscheute. Er hatte diese Schuhe schon besessen, als sie ihn kennen lernte, und er weigerte sich standhaft, sie wegzuwerfen, weil sich das Leder angeblich erst jetzt richtig an seine Füße zu schmiegen begann und die Schuhe optimal eingelaufen waren.

»Das totale Chaos. Ein Tanklastzug ist umgekippt und hat Feuer gefangen«, erläuterte er, während sein Kopf in seinem Golfhemd verschwand. »Dutzende Opfer, und die meisten sind schon auf dem Weg in unsere Notaufnahme.«

Er streifte die Armbanduhr über, klemmte seinen Piepser an den Hosenbund und beugte sich anschließend über das Bett, um ihr einen Kuss zu geben. Er verpasste ihren Mund nur knapp und landete mit seinen Lippen zwischen Nase und Kinn. »Wenn ich nicht bis zum Frühstück zurück bin, rufe ich dich an und erzähl dir, was es Neues gibt. Schlaf ruhig weiter.«

Sie murmelte, schon wieder halb in ihr Kissen zurückgesunken: »Pass auf dich auf.«

»Tu ich doch immer.«

Noch ehe er unten an der Treppe angekommen war, war sie wieder eingeschlafen.

Malcomb Lutey war gerade am Ende des dritten Kapitels in seinem neuesten Siencefiction-Thriller angekommen. Das Buch handelte von einem in der Atmosphäre schwebenden Virus, der nur Stunden nach dem Einatmen menschliche Organe zu einer schwarzen, öligen Pampe zersetzte.

Während er sich in die Passage über die ahnungslose, zum Tode verurteilte Pariser Hure vertiefte, zupfte er an dem Ungetüm auf seiner Wange herum, allen mütterlichen Ermahnungen, den Pickel in Frieden zu lassen, zum Trotz. »Davon wird er nur noch größer, Malcomb. Solange du nicht daran rumspielst, fällt er gar nicht weiter auf.«

Na sicher. »Auffallen« war gar kein Ausdruck. Der Eiterhöcker war der neueste Gipfel in der nie zur Ruhe kommenden, knubbelig-roten Kraterlandschaft, die sein Gesicht überzog. Die schwere, narbige Akne hatte Malcomb in der Pubertät befallen und trotzte seit nunmehr fünfzehn Jahren sämtlichen Behandlungsversuchen, egal ob äußerlich oder innerlich, mit verschreibungspflichtigen Medikamenten oder Hausmitteln.

Seine Mutter führte seine schlechte Haut auf mangelhafte Ernährung, mangelnde Sauberkeit und mangelnden Schlaf zurück. Mehr als einmal hatte sie angedeutet, dass auch Onanie Akne erregen könnte. Aber ganz egal, welche Hypothese sie gerade vertrat, das Fazit lautete unweigerlich, dass Malcomb irgendwie selbst schuld daran war.

Der frustrierte Dermatologe, der ihn heroisch, aber erfolglos behandelte, hatte andere, doch mindestens ebenso zahlreiche Theorien entwickelt, warum Malcomb mit der Gesichtstopografie einer Gruselmaske geschlagen war. Allgemeines Fazit: Es war unerklärlich.

Als würde die Akne nicht ausreichen, um sein Selbstwertgefühl auf Gullyhöhe zu drücken, war Malcombs Körperbau ebenso unvorteilhaft. Er war dünn wie ein Bleistift. Jedes Supermodel, das dafür bezahlt wurde, unterernährt auszusehen, musste ihn um seinen Stoffwechsel beneiden, den eine tiefe Abneigung gegen alle Kalorien auszuzeichnen schien.

All das wurde von einer weiteren genetischen Heimsuchung gekrönt – seinem struppigen, karottenroten Haar. Der feurige Busch auf seinem Haupt hatte die Dichte und Beschaffenheit von Stahlwolle und war der Grund dafür, dass seine Kindheit schon vor dem Einsetzen der Akne ein einziger Albtraum gewesen war.

Malcolmbs eigenwillige Erscheinung und seine daraus resultierende Schüchternheit hatten ihn sich stets als Außenseiter fühlen lassen.

Außer bei der Arbeit. Er arbeitete nachts. Und allein. Dunkelheit und Einsamkeit waren seine beiden besten Freunde. Die Dunkelheit tönte seine grellen Farben auf ein erträgliches Maß ab und half, die Akne zu verbergen. Die Einsamkeit war ein wesentliches Merkmal eines Jobs als Nachtwächter.

Natürlich war seine Mutter ganz und gar nicht begeistert über seine Berufswahl. Ständig nörgelte sie an ihm herum, drängte ihn, sich einen neuen Job zu suchen. »Jede Nacht ganz allein da draußen«, sagte sie oft, um dann unter leisem Ts-ts den Kopf zu schütteln. »Wie willst du denn jemals ein Mädchen kennen lernen, wenn du immer allein bist?«

O Mann, Mutter. Genau das ist der Witz dabei. So lautete Malcolmbs Standard-Antwort – die er allerdings nie laut auszusprechen wagte.

Die Arbeit in der Nachtschicht bedeutete, dass er nur selten ein Gespräch führen musste, bei dem sich sein Gegenüber alle Mühe gab, ihn nicht anzustarren. Und die Nachtarbeit erlaubte es ihm, den größten Teil des Tageslichtes zu verschlafen, das seinen Schopf zum Leuchten brachte wie einen fluoreszierenden Textmarker. Er fürchtete die zwei Nächte in der Woche, an denen er frei hatte, und die Tiraden seiner Mutter, dass er selbst sein schlimmster Feind sei, über sich ergehen lassen musste. Wobei das wiederkehrende Leitmotiv ihrer Predigten lautete, dass er viel mehr Freunde haben könnte, wenn er nur etwas offener gegenüber anderen Menschen wäre.

»Du hast so viel zu geben, Malcomb. Warum gehst du nie aus wie die anderen jungen Leute? Wenn du ein bisschen freundlicher wärst, könntest du vielleicht sogar eine nette junge Dame kennen lernen.«

Na sicher.

Mutter schimpfte ihn immer, weil er Sciencefiction las, aber wenn einer in einer Traumwelt lebte, dann doch wohl *sie*.

Im General Hospital hatte er den Posten am Ärzteparkplatz inne. Die anderen Nachtwächter drückten sich so gut wie möglich um den Dienst dort draußen, aber Malcomb war das nur recht. Nachts war kaum was los. Erst in den frühen Morgenstunden, wenn allmählich die Ärzte eintrudelten, kam sozusagen ein bisschen Leben in die Bude. Aber die meisten Ärzte waren noch gar nicht da, wenn er sich um sieben Uhr morgens ausstempelte.

Da heute aber Freitagabend war, standen mehr Autos auf dem Parkplatz als unter der Woche. Am Wochenende herrschte immer Hochbetrieb in der Notaufnahme, und ständig kamen und fuhren neue Ärzte. Erst vor ein paar Minuten war Dr. Howell vorgefahren und hatte mit der Fernbedienung, die er an seiner Sonnenblende festgeklemmt hatte, die Schranke hochgefahren.

Dr. Howell war okay. Er schaute nie durch Malcomb hindurch, als würde er gar nicht existieren, und manchmal winkte er sogar, wenn er am Wachhäuschen vorbeifuhr. Howell machte auch keinen Aufstand, wenn die Schranke mal nicht funktionierte und Malcomb sie von Hand hochkurbeln musste. Dr. Howell schien ganz in Ordnung zu sein, überhaupt nicht hochnäsig. Nicht wie ein paar von diesen aufgeblasenen reichen Arschlöchern, die mit den Fingern auf die gepolsterten Lenkräder trommelten, wenn sie mal auf die Schranke warten mussten, und dann mit Volldampf an ihm vorbeirasten, als müssten sie ganz dringend irgendwohin und etwas entsetzlich Wichtiges erledigen.

Malcomb las die erste Seite des vierten Kapitels. Wie zu erwarten, schied die Pariser Nutte mitten während des Koitus aus dem Leben. Sie starb unter qualvollen Verrenkungen und grotesken Kotzattacken, aber Malcomb bedauerte vor allem ihren glücklosen Freier. Wenn das kein Schuss in den Ofen war!

Er legte das Buch mit dem Gesicht nach unten auf seinen Tisch, richtete sich auf, streckte den Rücken durch und suchte eine angenehmere Sitzposition. Dabei fiel sein Blick auf sein Spiegelbild im Fenster. Der Pickel wuchs von Sekunde zu Sekunde. Schon jetzt war er ein wahrer Eitervulkan. Angeekelt richtete Malcomb den Blick auf den Parkplatz dahinter.

An strategischen Punkten waren Quecksilberdampflampen aufgestellt, die das Gelände gleichmäßig erhellten. Nur unter den künstlich aufgeschütteten Hügeln rundum war es dunkel. Nichts hatte sich verändert, seit Malcomb das letzte Mal hinausgeschaut hatte, bis auf Dr. Howells neu hinzugekommenen silbernen BMW – dritte Reihe, zweiter Wagen. Er konnte das glänzende Dach erkennen. Dr. Howell pflegte seinen Wagen mit Liebe. Malcomb würde es genauso machen, wenn er sich so eine Kiste leisten könnte.

Er versenkte sich wieder in seinen Roman, hatte aber erst ein paar Absätze gelesen, als ihm etwas Seltsames auffiel. Wieder schaute er zu Dr. Howells BMW hinüber. Seine hellen

Brauen zogen sich verunsichert zusammen. Wieso hatte er Dr. Howell nicht bemerkt, als der Doktor an seinem Häuschen vorbeigekommen war?

Um den Fußweg zu erreichen, der zum nächstgelegenen Angestellteneingang führte, musste man direkt am Wachhäuschen vorbei. Es war Malcomb in Fleisch und Blut übergegangen, jeden zu registrieren, der vorbeikam, ob er nun ins Krankenhaus wollte oder zu seinem Auto zurückging. In beiden Fällen war das Ereignis zeitlich mit einem zweiten gekoppelt. Entweder verließ jemand das Krankenhaus und fuhr gleich darauf mit dem Auto weg, oder jemand fuhr auf den Parkplatz und kam auf dem Weg zum Krankenhaus an seinem Fenster vorbei. Unterbewusst behielt Malcomb immer den Überblick.

Neugierig kennzeichnete er die Seite in seinem Buch und legte es unter die Theke neben das Lunchpaket, das ihm seine Mutter gepackt hatte. Dann zog er den Schirm seiner Uniformmütze tiefer. Wenn er schon mit jemandem reden musste, wollte er demjenigen zumindest den Anblick seines unansehnlichen Gesichtes nicht mehr als unvermeidlich zumuten, selbst wenn der Gesprächspartner so locker war wie Dr. Howell. Der Mützenschirm warf einen zusätzlichen, schützenden Schatten.

Als er aus dem klimatisierten Häuschen trat, merkte er, dass die Außentemperatur seit seinem letzten Rundgang nicht spürbar gesunken war. August in Texas. Mittagshitze im Morgengrauen. Die vom Asphalt aufsteigende Wärme strahlte durch die Gummisohlen seiner Schuhe, auf denen er praktisch lautlos erst an der ersten und dann an der zweiten Autoreihe vorbeiging. Am Ende der dritten Reihe blieb er stehen.

Zum ersten Mal, seit er diesen Job vor fünf Jahren angetreten hatte, spürte er ein nervöses Kribbeln. Bis jetzt war in seiner Schicht noch nie irgendetwas Aufregendes passiert. Vor ein paar Monaten hatte ein Kollege im Hauptgebäude einen Typen überwältigen müssen, der mit einem Fleischermesser eine Krankenschwester bedroht hatte. Letztes Silvester war ein Wachposten herbeigerufen worden, um eine Schlägerei zwischen zwei Vätern zu schlichten, die sich nicht einigen konnten, wessen Baby das erste im Neuen Jahr gewesen war und damit mehrere Preise gewonnen hatte.

Gott sei Dank war Malcomb in keinen der beiden Vorfälle verwickelt gewesen. Wie er gehört hatte, hatten sie Schaulustige angezogen. Bei so vielen Blicken hätte er garantiert vor Verlegenheit keinen Finger rühren können. Die einzige Krise, die er bislang im Dienst erlebt hatte, hatte in der Standpauke eines Gehirnchirurgen bestanden, der bei seiner Rückkehr feststellen musste, dass sein Jaguar einen Platten hatte. Aus Gründen, die Malcomb immer noch unerfindlich waren, hatte der Chirurg ihm die Schuld daran gegeben.

Abgesehen davon waren seine Schichten zum Glück völlig ereignislos verlaufen. Darum wusste er nicht, warum er jetzt so nervös war. Auf einmal kam ihm seine alte Freundin Dunkelheit nicht mehr so gütig wie sonst vor. Ängstlich sah er sich um und schaute sogar den Weg zurück, den er eben gekommen war.

Der Parkplatz lag still und schweigend da wie ein Grab – im Moment keine besonders tröstliche Analogie. Nichts regte sich, nicht einmal die Blätter an den Bäumen rundherum. Nichts erschien irgendwie ungewöhnlich.

Trotzdem bebte Malcombs Stimme leicht, als er laut »Dr. Howell?« rief.

Er wollte dem Doktor schließlich keinen Schreck einjagen.

Selbst in einem hellen Raum voller Leute war sein Gesicht so abstoßend, dass es beinahe Furcht einflößend wirkte. Wenn er sich jemandem unerwartet im Dunkeln näherte, könnte der arme Kerl vor Schreck tot umkippen.

»Dr. Howell? Sind Sie hier?«

Keine Antwort. Inzwischen meinte Malcomb, gefahrlos hinter dem ersten Auto in der Reihe hervortreten und nach Dr. Howells BMW sehen zu können, nur um sicherzugehen. Er musste Dr. Howell übersehen haben, so einfach war das. Offenbar hatte er sich, als der Doktor an ihm vorbeigekommen war, etwas zu sehr auf das konzentriert, was die blonde Nutte mit ihrem Freier anstellte, bevor sie in schmerzhafte Zuckungen verfiel und schwarzen Schleim über den armen Kerl reiherte. Oder er war gerade durch die neueste vulkanische Formation auf seiner Wange abgelenkt gewesen. Oder Dr. Howell hatte ausnahmsweise nicht den geteerten Weg genommen, sondern sich durchs Gebüsch geschlagen. Er war zwar groß, aber dünn. Jedenfalls schlank genug, um sich durch die Hecke zu quetschen, ohne dass es groß auffiel.

So oder so hatte er Dr. Howell bestimmt im Dunkeln übersehen, ganz einfach.

Ehe er am ersten Wagen in der Reihe vorbei war, schaltete Malcomb, nur um sicherzugehen, die Taschenlampe ein.

Sie wurde später unter dem ersten Wagen in der Reihe gefunden, wo sie liegen geblieben war, nachdem sie ihm aus der Hand gefallen und mehrere Meter weit gerollt war. Das Glas war zersplittert, das Gehäuse verbeult. Aber die Batterien hätten dem nervtötenden rosa Plüschhäschen alle Ehre gemacht. Denn die Birne brannte immer noch.

Was im Strahl von Malcombs Taschenlampe zu sehen war,

hatte ihm mehr Angst eingejagt als alles, was er je in irgendeinem Sciencefiction gelesen hatte. Es mochte vielleicht nicht so grotesk, nicht so blutig und auch nicht so bizarr sein. Aber es war Wirklichkeit.

1

»Hübsch hast du's hier.«

»Mir gefällt's.« Ohne auf die bissig-herablassende Bemerkung einzugehen, kippte Wick die gekochten Shrimps aus dem Topf in ein Abtropfsieb, das nie ein Küchenaccessoire-Geschäft von innen gesehen hatte. Es war aus weißem Plastik und fleckig braun. Er wusste nicht mehr, wie es in seinen Besitz gelangt war, aber vermutlich hatte es ein Vormieter in dieser Behausung hinterlassen, die sein Freund offenbar so wenig standesgemäß fand.

Nachdem das heiße Wasser abgelaufen war, platzierte er das Abtropfsieb mitten auf dem Tisch, stellte eine Rolle Küchenpapier daneben und bot seinem Gast ein neues Bier an. Er öffnete zwei Flaschen *Red Stripe*, setzte sich rittlings auf einen Stuhl und forderte Oren Wesley über den Tisch hinweg auf: »Hau rein!«

Oren riss gewissenhaft ein Blatt von der Küchenrolle und legte es auf seinen Schoß. Wick war bereits beim dritten Shrimp, als Oren endlich seinen ersten ausgesucht hatte. Sie schälten und schmausten schweigend und teilten sich dabei ein Glas Cocktailsoße als Dip. Oren achtete streng darauf, dass nichts von der rosafarbenen Meerrettichtunke an seinen blütenweißen Manschetten hängen blieb. Wick schlürfte und leckte sich die Finger, wohl wissend, dass er mit seinen miserablen Tischmanieren seinen peniblen Freund in den Wahnsinn trieb.

Die Schalen häuften sie auf der alten Zeitung, die Wick über den Tisch gebreitet hatte, nicht um dessen hoffnungslos verkratzte Oberfläche zu schonen, sondern um das Saubermachen zu erleichtern. Der Deckenventilator brachte die Ecken ihrer provisorischen Tischdecke zum Flattern und quirlte das würzige Aroma der Shrimp-Bouillon in die schwüle Küstenluft.

Nach längerem Schweigen bemerkte Oren: »Ziemlich gut.«

Wick zuckte mit den Achseln. »Kinderleicht zu machen.«

»Sind die Shrimps von hier?«

»Ich kaufe sie frisch vom Schiff. Der Fischer gibt mir Rabatt.«

»Anständig von ihm.«

»Von wegen. Wir haben ein Abkommen.«

»Und was musst du dafür tun?«

»Mich von seiner Schwester fernhalten.«

Wick lutschte einen weiteren dicken Shrimp aus und warf die Schale auf den wachsenden Haufen. Er grinste Oren an, während sein Freund offensichtlich zu entscheiden versuchte, ob er damit die Wahrheit gesagt hatte oder nicht. Wick war berühmt dafür, andere auf den Arm zu nehmen, und nicht einmal sein bester Freund konnte immer zielsicher Dichtung und Wahrheit voneinander unterscheiden.

Wick riss ein Papier von der Rolle und wischte sich Hände und Mund damit ab. »Mehr fällt dir nicht ein, Oren? Die Shrimpspreise? Nur deshalb hast du die lange Fahrt auf dich genommen?«

Oren wich seinem Blick aus und stieß leise hinter vorgehaltener Hand auf. »Komm, ich helfe dir beim Saubermachen.«

»Vergiss es. Und nimm dein Bier mit.«

Ein schmutziger Tisch fiel nicht weiter auf in Wicks Haus –

das man kaum als solches bezeichnen konnte. Eigentlich war es eine windschiefe Hütte mit drei Räumen, die aussah, als würde sie der nächsten Brise vom Golf mit Windgeschwindigkeiten über fünf Knoten zum Opfer fallen. Sie bot Schutz vor den Elementen – notdürftig. Das Dach leckte bei Regen. Die Klimaanlage war ins Fenster eingebaut und so schwachbrüstig, dass Wick sie so gut wie nie einschaltete. Die Miete für dieses Loch war wöchentlich fällig, und zwar im Voraus. Bislang hatte er dem Vermieter dieses Lochs einundsechzig Schecks ausgeschrieben.

Die Fliegentür quietschte in den rostigen Angeln, als sie hinaustraten auf die hintere Veranda, ihr ungehobelter Holzboden war gerade breit genug für zwei eiserne Gartenmöbel aus den fünfziger Jahren. Die salzhaltige Luft hatte schon mehrere Lackschichten durchfressen, zuletzt ein kränklich wirkendes Erbsmusgrün. Wick setzte sich in die Hollywoodschaukel. Oren betrachtete misstrauisch die rostige Sitzfläche des Lehnstuhls daneben.

»Er beißt nicht«, versprach Wick. »Du könntest dir Flecken auf deiner Anzughose holen, aber ich verspreche dir, die Aussicht ist die Reinigungskosten wert.«

Oren ließ sich zögerlich nieder, und ein paar Minuten später wurde Wicks Versprechen erfüllt. Im Westen überzog sich der Himmel mit einer grellen Streifenorgie in Blutrot und Knallorange. Die dunkellila Gewitterwolken am Horizont sahen aus wie eine Kette goldgerahmter Hügel.

»Das ist doch was, oder?«, fragte Wick. »Und jetzt sag du mir, wer hier verrückt ist.«

»Ich habe nie behauptet, dass du verrückt bist, Wick.«

»Nur ein bisschen durchgeknallt, weil ich alles stehen und liegen lassen hab, um mich hier niederzulassen.«

»Nicht einmal durchgeknallt. Verantwortungslos vielleicht.«

Wicks lockeres Lächeln gefror.

Oren bemerkte das und sagte: »Du kannst ruhig sauer werden. Mir egal. Irgendwer muss es dir ja mal sagen.«

»Na schön. Vielen Dank auch. Jetzt hast du's gesagt. Wie geht's Grace und den Mädchen?«

»Steph ist jetzt Cheerleader. Laura hat ihre Tage gekriegt.«

»Soll ich gratulieren oder mein Beileid aussprechen?«

»Wofür?«

»Beides.«

Oren lächelte. »Ich nehme beides. Grace hat gesagt, ich soll dich von ihr küssen.« Nach einem kurzen Blick auf Wicks Stoppelkinn ergänzte er: »Wenn's dir nichts ausmacht, verzichte ich auf das Vergnügen.«

»Schon in Ordnung. Küss sie stattdessen von mir.«

»Das tue ich gern.«

Ein paar Minuten tranken sie wortlos ihr Bier und beobachteten, wie die Farben des Sonnenuntergangs intensiver wurden. Keiner brach das Schweigen, doch beide spürten es – beide spürten all das, was unausgesprochen blieb.

Schließlich räusperte sich Oren. »Wick …«

»Kein Interesse.«

»Woher willst du das wissen, wenn du mich nicht mal ausreden lässt?«

»Warum willst du einen perfekten Sonnenuntergang ruinieren? Ganz zu schweigen von dem guten jamaikanischen Bier.«

Wick sprang mit einem Satz aus der Hollywoodschaukel, die kurz unter protestierendem Quietschen zurückschaukelte und gleich darauf wieder zur Ruhe kam. Am Rand der verwitterten Veranda stehend, die gebräunten Zehen um die Holzkante gekrallt, leerte er sein Bier in einem langen Zug und warf die leere Flasche dann in ein altes Ölfass, das ihm als Mülleimer diente. Das Scheppern scheuchte ein paar Möwen auf, die in dem festen Sand nach Futter gepickt hatten. Wick beneidete sie darum, einfach wegfliegen zu können.

Er und Oren hatten eine gemeinsame Vergangenheit, die bis in die Zeit vor Wicks erstem Arbeitstag beim Fort Worth Police Department zurückreichte. Oren war einige Jahre älter, und Wick musste zugeben, dass er auch eindeutig weiser war. Er besaß ein ausgeglichenes Temperament, mit dem er mehr als einmal Wicks stürmischeres im Zaum gehalten hatte. Oren ging methodisch vor. Wick impulsiv. Oren liebte nur seine Frau und seine Kinder. Wick war eingefleischter Single und Oren zufolge in sexueller Hinsicht nicht wählerischer als ein Straßenkater.

Trotz dieser Unterschiede oder möglicherweise gerade deswegen waren Wick Threadgill und Oren Wesley exzellente Partner gewesen. Sie gehörten zu den wenigen gemischtrassigen Duos beim FWPD. Miteinander hatten sie Gefahren gemeistert, viel gelacht, einige Triumphe und diverse Enttäuschungen erlebt – und ein Tal der Tränen durchwandert, das keiner von beiden je vergessen würde.

Als Oren gestern Abend nach monatelanger Funkstille angerufen hatte, hatte sich Wick aufrichtig über seinen Anruf gefreut. Er hatte gehofft, dass Oren kommen würde, um mit ihm über alte, bessere Zeiten zu plaudern. Diese Hoffnungen zerplatzten in dem Moment, in dem Oren ankam und aus dem Auto stieg. Keine Flipflops oder Turnschuhe, sondern ein Paar blank polierte, zweifarbige Schuhe hatten tiefe Abdrücke im Sand von Galveston hinterlassen. Oren war nicht zum Angeln oder Sonnen gekommen, und auch nicht auf einen gemütlichen Plausch auf der Veranda bei einem kühlen Bier und einer Footballübertragung im Radio.

Seine Kleidung hatte auf den ersten Blick verraten, dass ein beruflicher Anlass ihn hergeführt hatte. In Anzug und Schlips, die Fleisch gewordene Bürokratie. Schon beim Händeschütteln war Wick die steinerne Miene seines Freundes aufgefallen, aus der er ebenso sicher wie enttäuscht geschlossen hatte, dass dies kein Freundschaftsbesuch war.

Und Wick wusste genauso sicher, dass er nicht hören wollte, was Oren ihm zu sagen hatte, was immer das auch sein mochte.

»Du bist nicht gefeuert worden, Wick.«

»Nein. Ich nehme ›unbefristeten Urlaub‹.«

»Du hast das selbst so entschieden.«

»Unter massivem Druck.«

»Du brauchtest Zeit, um Abstand zu gewinnen und dich zu erholen.«

»Warum haben mich diese Bürohengste nicht einfach rausgeschmissen? Um die Sache für alle Beteiligten zu vereinfachen?«

»Weil sie klüger sind als du.«

Wick drehte sich um. »Ach ja?«

»Sie und alle, die dich näher kennen, wissen, dass du für diese Art von Arbeit wie geschaffen bist.«

»Diese Art von Arbeit?« Er schnaubte. »Scheiße schippen, meinst du? Selbst wenn ich meinen Lebensunterhalt als Stallknecht verdienen würde, hätte ich nicht so viel Scheiße wegräumen müssen wie beim FWPD.«

»Wobei du dich meistens selbst reingeritten hast.«

Wick schnippte mit dem Gummiring, den er immer um

sein Handgelenk trug. Er wurde nicht gerne an diese Zeit und diesen Fall erinnert, der ihn bewogen hatte, seinen Vorgesetzten mit energischen Worten die Ineffizienz des Justizsystems im Allgemeinen und des Fort Worth Police Departments im Besonderen vorzuhalten. »Sie haben mit diesem Typen einen Deal auf Mittäterschaft bei einer Vergewaltigung abgeschlossen.«

»Weil sie ihn nicht wegen Mordes drankriegen konnten, Wick. Sie haben das gewusst, und der Staatsanwalt hat es gewusst. Er hat immerhin sechs Jahre bekommen.«

»In nicht mal zweien ist er wieder draußen. Und dann wird er es wieder tun. Noch jemand wird sterben müssen. Darauf kannst du dich verlassen. Und alles nur, weil unser Department und der Staatsanwalt den Schwanz eingekniffen haben, als es um die ›Verletzung der Bürgerrechte‹ dieses kleinen Scheißers ging.«

»Weil du bei seiner Verhaftung brutale Gewalt angewendet hast.« Mit gesenkter Stimme ergänzte Oren: »Aber das war es nicht, weswegen du mit dem Department Probleme bekommen hast, das weißt du genau.«

»Oren«, sagte Wick drohend.

»Der Fehler mit –«

»Scheiß drauf«, knurrte Wick. In zwei langen Schritten war er im Haus. Die Fliegentür klappte hinter ihm zu.

Oren folgte ihm zurück in die Küche. »Ich wollte nicht alles wieder aufkochen.«

»Ach nein?«

»Könntest du mal einen Moment stehen bleiben und mich ausreden lassen? Du wirst dir das ansehen wollen, glaub mir.«

»Falsch. Ich will gar nichts, außer einem frischen Bier.« Er holte eines aus dem Kühlschrank und hebelte den Kronkorken mit dem Flaschenöffner ab. Die Metallkappe ließ er achtlos auf den welligen Linoleumboden fallen.

Oren zauberte eine Akte hervor, die er mitgebracht hatte, und hielt sie Wick hin, der halsstarrig darüber hinwegsah. Doch sein Rückzug durch die Hintertür wurde unvermittelt aufgehalten, als er mit dem nackten Fuß in den scharfkantigen Kronkorken trat. Fluchend kickte er das hinterhältige Hindernis weg und ließ sich auf einen der chrombeinigen Küchenstühle fallen. Die leeren Shrimpsschalen begannen bereits zu riechen.

Er legte den Fuß auf das andere Knie und besah sich den Schaden. Die Zacken des Kronkorkens hatten tiefe Male hinterlassen, waren aber nicht durch die Haut gedrungen.

Ohne das geringste Mitgefühl setzte sich Oren ihm gegenüber. »Offiziell bin ich gar nicht hier. Kapiert? Die Situation ist ziemlich kompliziert. Da ist Fingerspitzengefühl gefragt.«

»Hast du was an den Ohren, Oren?«

»Ich weiß, dass du die Sache genauso spannend finden wirst wie ich.«

»Vergiss deine Jacke nicht, wenn du gehst.«

Oren holte mehrere 18-mal-24-formatige Schwarzweißfotos aus der Akte. Eines davon hielt er so hoch, dass Wick unmöglich daran vorbeisehen konnte. Nach ein paar Sekunden zeigte er ihm das zweite.

Wick starrte auf das Foto und sah dann wieder Oren an. »Konntet ihr keine Bilder machen, auf denen sie was anhat?«

»Du kennst doch Thigpen. Die hat er zum Angeben geschossen.«

Wick zeigte mit einem Schnauben, was er von dem Kollegen hielt.

»Zu Thigpens Verteidigung sei gesagt, dass wir von unserem Beobachtungsposten genau in ihr Schlafzimmer schauen.«

»Das ist keine Entschuldigung. Es sei denn, sie ist Exhibitionistin und wusste, dass sie beobachtet wird.«

»Ist sie nicht und hat sie nicht.«

»Und worum geht's?«

Oren grinste. »Das würdest du zu gern wissen, wie?«

Als Wick vor über einem Jahr seine Marke zurückgegeben hatte, hatte er nicht nur seinem Beruf als Polizist, sondern dem gesamten Strafverfolgungssystem den Rücken gekehrt. In seinen Augen war es wie ein behäbiges, festgefahrenes Auto. Es ließ die fetten Räder durchdrehen und heulte zornig auf – von Freiheit, Gerechtigkeit, Amerika –, ohne dabei vom Fleck zu kommen.

Ein Haufen Bürokraten und Schwätzer hatten in ihrer panischen Angst vor negativen Schlagzeilen den Polizisten allen Schneid abgekauft. Und nun versanken alle Ideale von Gerechtigkeit langsam, aber sicher im Schlamm.

Und wenn du der arme, dumme Trottel warst, der noch an die gute Sache glaubte, der den Karren aus dem Dreck ziehen wollte, der sich reinkniete und mit aller Kraft buckelte, um die Kiste wieder in Fahrt zu bringen, der die Bösewichte schnappte, damit sie für ihre Verbrechen vor Gericht kamen, dann bekamst du dafür nur Dreck ins Gesicht geschleudert.

Doch trotz alledem merkte Wick, wie sich seine natürliche Neugier regte. Oren hatte ihm die Bilder nicht zum Aufgeilen gezeigt. Oren war kein Neandertaler wie Thigpen und wusste mit seiner Zeit Besseres anzufangen, als Fotos von halb nackten Frauen anzugaffen. Außerdem würde ihm Grace den Kopf abreißen, wenn sie ihn dabei erwischte.

Nein, Oren war bestimmt nicht ohne Grund von Fort Worth bis nach Galveston gefahren, und wider besseres Wissen wollte Wick erfahren, was ihn hierher getrieben hatte. Er war gespannt, genau wie es Oren – verflucht noch mal – vorhergesagt hatte.

Er griff nach den restlichen Fotos und schaute sie erst schnell und dann noch einmal langsamer, genauer durch. Die Frau war im Fahrersitz eines neuen Jeeps fotografiert worden; zu Fuß unterwegs auf einer weiten Betonfläche, wahrscheinlich einem Parkplatz; in ihrer Küche und im Schlafzimmer, vollkommen ahnungslos, dass Feldstecher und Zoomkameras in ihre Privatsphäre eindrangen, hinter denen Schmierfink wie Thigpen lauerten.

Die meisten Aufnahmen aus dem Schlafzimmer waren körnig und ein bisschen unscharf. Aber scharf genug. »Was wird ihr vorgeworfen? Hat sie Unterwäsche geklaut?«

»M-m.« Oren schüttelte den Kopf. »Mehr kriegst du erst, wenn du versprichst, dass du mit mir zurückfährst.«

Wick warf die Fotos in Orens Richtung. »Dann bist du umsonst hergekommen.« Er zupfte wieder an dem Gummiband um sein Handgelenk und ließ es schmerzhaft gegen die Haut schnalzen.

»Jede Wette, dass du mitkommen willst, Wick.«

»Eher fahr ich zur Hölle.«

»Du sollst dich ja nicht langfristig verpflichten, du musst auch nicht zurück ins Department. Es geht nur um diesen einen Fall.«

»Trotzdem nein.«

»Ich brauche deine Hilfe.«

»Tut mir leid.«

»Ist das dein letztes Wort?«

Wick setzte sein frisches Bier an die Lippen, nahm einen tiefen Zug und rülpste vernehmlich.

Trotz der stinkenden Shrimpsreste beugte sich Oren über den Tisch. »Es geht um einen Mord, der Schlagzeilen gemacht hat.«

»Ich sehe nicht fern und lese keine Zeitung.«

»Ganz gewiss nicht. Denn sonst wärst du schon längst nach Fort Worth zurückgerast und hättest mir diese Reise erspart.«

Wick konnte nicht anders; er musste einfach fragen. »Wieso?«

»Beliebter Arzt auf dem Parkplatz des Tarrant General Hospital ermordet.«

»Sehr griffig, Oren. War das die Schlagzeile?«

»Nein. Das ist alles, was wir über den Mord wissen. Das Verbrechen ist fünf Tage her, und mehr haben wir nicht.«

»Nicht mein Problem.«

»Der Mord wurde nur wenige Meter von einem möglichen Zeugen entfernt verübt, aber niemand hat den Täter gesehen. Oder gehört. Lautlos. Unsichtbar. Und ohne eine Spur zu hinterlassen, Wick.« Oren senkte die Stimme zu einem Flüstern. »Keine einzige beschissene Spur.«

Wick blickte forschend in die dunklen Augen seines Expartners. Seine Nackenhärchen stellten sich auf.

»Lozada?«

Oren sank mit einem selbstzufriedenen Lächeln in seinen Stuhl zurück.

2

Dr. Rennie Newton trat aus dem Aufzug und steuerte auf die zentrale Leitstelle des Pflegedienstes zu. Die sonst so redselige Schwester hinter der Theke wirkte auffällig bedrückt. »Guten Abend, Dr. Newton.«

»Hallo.«

Die Schwester bemerkte das schwarze Kleid unter Rennies Arztkittel. »Die Beerdigung war heute?«

Rennie nickte. »Ich hatte keine Zeit, mich danach umzuziehen.«

»War es eine schöne Feier?«

»Für eine Beerdigung schon. Die Trauergesellschaft war riesig.«

»Dr. Howell war bei allen beliebt. Und er war gerade erst befördert worden. Wie schrecklich.«

»Da haben Sie Recht. Schrecklich.«

Der Schwester traten Tränen in die Augen. »Wir – wir alle auf unserer Station – haben ihn fast jeden Tag gesehen. Wir können es immer noch nicht fassen.«

Rennie konnte das ebenso wenig. Vor fünf Tagen war ihr Kollege Lee Howell gestorben. Ein plötzlicher Tod nach einem Herzanfall oder einem Unfall wäre schon schwer genug zu akzeptieren gewesen, denn Lee war noch nicht so alt. Aber er war kaltblütig ermordet worden. Alle, die ihn gekannt hatten, standen noch immer unter Schock, weil er so unerwartet und vor allem auf so grausame Weise gestorben war. Immer noch rechnete sie halb damit, dass er hinter einer Tür hervorspringen und »Reingelegt!« johlen würde.

Doch dieser Mord war keiner der lausigen Streiche, für die Lee Howell berüchtigt gewesen war. Heute Morgen hatte sie mit eigenen Augen seinen verschlossenen, mit Blumen überhäuften Sarg neben dem Altar stehen sehen. Sie hatte die bewegten Grabreden seiner Verwandten und Freunde gehört. Sie hatte Myrna und seinen Sohn beobachtet, die laut weinend in der ersten Bank gesessen hatten und dadurch Lees Tod in all seiner Unwiderruflichkeit erschreckend real und noch schwieriger zu akzeptieren gemacht hatten.

»Wir alle brauchen Zeit, um über diesen Schock hinwegzukommen«, versuchte Rennie das Thema möglichst ruhig abzuschließen.

Doch die Schwester war noch nicht fertig. »Ich habe gehört, die Polizei hätte jeden verhört, der neulich auf Dr. Howells Party war.«

Rennie vertiefte sich in die Patientenakten, die ihr während des Wortwechsels gereicht worden waren, und überhörte geflissentlich die unausgesprochene Frage in der Bemerkung der Krankenschwester.

»Dr. Howell war immer so lustig, nicht wahr?« Die Krankenschwester kicherte, als würde sie sich an etwas besonders Komisches erinnern. »Und Sie beide haben sich immer gefetzt wie Hund und Katz.«

»Wir haben uns nicht ›gefetzt‹«, korrigierte Rennie. »Wir hatten gelegentlich Meinungsverschiedenheiten. Das ist etwas anderes.«

»Aber bei manchen dieser Meinungsverschiedenheiten ging es ziemlich zur Sache, wenn ich mich recht erinnere.«

»Wir waren einander ebenbürtig«, stellte Rennie mit einem traurigen Lächeln fest.

Am Vormittag hatte sie noch vor der Trauerfeier zwei Operationen durchgeführt. In Anbetracht der Umstände wäre es keine Schande gewesen, die Operationen abzusagen und den

Nachmittag freizunehmen. Doch sie stand ohnehin unter Zeitdruck, weil sie vor kurzem aus wichtigem Grund zehn Tage pausiert hatte, was für sie und ihre Patienten schon ziemlich unerfreulich gewesen war.

So kurz nach ihrer Rückkehr einen Tag Urlaub zu nehmen wäre gegenüber jenen Patienten, deren Operationen schon einmal verschoben worden waren, ausgesprochen unfair gewesen. Außerdem wäre sie dadurch noch mehr in Verzug geraten und hätte den nächsten Stau in ihrem streng durchorganisierten Terminplan provoziert. Darum hatte sie sich entschieden, alle heute fälligen Operationen durchzuführen und auch Sprechstunde zu halten. Lee hätte das bestimmt verstanden.

Die Abendvisite bei den frisch operierten Patienten war ihre letzte offizielle Pflicht an diesem langen, zehrenden, anstrengenden Tag, den sie so schnell wie möglich hinter sich bringen wollte. Sie ließ das Thema des hingeschiedenen und beigesetzten Kollegen fallen und erkundigte sich stattdessen nach Mr Tolar, dessen Zwerchfell-Hernie sie an diesem Morgen geflickt hatte.

»Er ist immer noch benommen, aber er erholt sich gut.«

Die Mappen unter den Arm geklemmt, betrat Rennie den Aufwachraum. Mrs Tolar nutzte gerade die fünfminütige Besuchszeit, die einmal pro Stunde jeweils einem Familienmitglied eingeräumt wurde. Rennie stellte sich neben sie ans Bett. »Hallo, Mrs Tolar. Wie ich höre, ist er noch ziemlich benommen.«

»Als ich das letzte Mal bei ihm war, wurde er lang genug wach, um mich zu fragen, wie spät es ist.«

»Das wird hier oft gefragt. Weil sich das Licht hier drin nie ändert. Das erschwert die Orientierung.«

Die Frau legte die Hand an die Wange ihres schlafenden Mannes. »Aber jetzt scheint er durchzuschlafen.«

»Das ist ein gutes Zeichen. Laut unserer Akte gab es bisher keine Überraschungen«, erklärte ihr Rennie, während sie die Daten überflog. »Blutdruck ist gut.« Sie klappte den Metalldeckel der Mappe wieder zu. »In ein paar Wochen wird er sich wie neu geboren fühlen. Dann braucht er auch nicht mehr in Schräglage zu schlafen.«

Ihr fiel der zweifelnde Blick auf, mit dem die Frau ihren Gemahl betrachtete, darum ergänzte sie: »Er erholt sich ausgezeichnet, Mrs Tolar. Nach einer Operation sieht jeder ein bisschen mitgenommen aus. Morgen wird er schon wesentlich besser aussehen, dafür wird er sich dann so verkatert und wehleidig fühlen, dass Sie sich wünschen werden, wir würden ihn wieder in Narkose legen.«

»Mit einem muffigen Gesicht kann ich leben, solange er nur nicht mehr so leiden muss.« Sie sah Rennie an und senkte vertraulich die Stimme. »Ich denke, jetzt kann ich es Ihnen sagen.«

Rennie legte fragend den Kopf schief.

»Er war ziemlich skeptisch, als ihn der Internist an Sie überwiesen hat. Er hält nicht viel von Chirurginnen.«

Rennie lachte leise. »Ich hoffe, ich habe mir sein Vertrauen verdient.«

»Aber ja doch. Schon nach dem ersten Besuch in Ihrer Sprechstunde war er überzeugt, dass Sie Ihr Handwerk verstehen.«

»Das freut mich zu hören.«

»Allerdings hat er gesagt, Sie wären viel zu hübsch, um Ihr Gesicht hinter einer Operationsmaske zu verstecken.«

»Dann muss ich mich wohl bei ihm bedanken, wenn er aufgewacht ist.«

Die beiden Frauen lächelten sich an, doch dann wurde Mrs Tolar wieder ernst. »Ich habe das von Dr. Howell gehört. Haben Sie ihn gut gekannt?«

»Sehr gut. Wir waren seit mehreren Jahren Kollegen. Für mich war er ein Freund.«

»Das tut mir so leid.«

»Vielen Dank. Er wird uns fehlen.« Weil sie nicht schon wieder über die Beerdigung reden wollte, wandte sie sich wieder dem Patienten zu. »Er ist noch so benebelt, dass er gar nicht mitbekommen wird, ob Sie heute Abend hier sind oder nicht, Mrs Tolar. Versuchen Sie, sich auszuruhen. Sparen Sie sich Ihre Kräfte für die Zeit nach seiner Entlassung auf.«

»Noch ein Besuch, dann fahre ich heim.«

»Dann sehen wir uns morgen.«

Rennie ging weiter zur nächsten Patientin. An deren Bett stand niemand Wache. Die alte Dame war ein Sozialfall. Sie lebte in einem staatlichen Pflegeheim. Ihrer Krankengeschichte zufolge hatte sie außer einem Bruder, der in Alaska lebte, keine weiteren Angehörigen. Die über siebzig Jahre alte Frau erholte sich gut, doch Rennie blieb trotzdem an ihrem Bett stehen, nachdem sie ihren Zustand überprüft hatte.

Sie war der Ansicht, dass die ärztliche Fürsorgepflicht über eine Gratisbehandlung hinausging. Im Gegenteil, die Gratisbehandlung war noch das Geringste dabei. Sie hielt der Frau die Hand und strich ihr über die Stirn, weil sie hoffte, dass die betagte Patientin unterbewusst neue Kraft aus ihrer Anwesenheit, ihrer Berührung zog. Erst als sie überzeugt davon war, trotz der nur wenigen Minuten, die sie erübrigen konnte, etwas bewirkt zu haben, überließ sie die alte Dame bis auf weiteres den Krankenschwestern.

»Ich habe heute Abend keine Bereitschaft«, sagte sie der

Krankenschwester auf der Station, als sie die Krankenakten zurückbrachte. »Aber rufen Sie mich trotzdem an, wenn es einem der beiden Patienten unerwartet schlechter gehen sollte.«

»Natürlich, Dr. Newton. Haben Sie schon zu Abend gegessen?«

»Wieso?«

»Bitte entschuldigen Sie meine Direktheit, aber Sie sehen ziemlich fertig aus.«

Sie lächelte müde. »Es war ein langer Tag. Und ein sehr trauriger.«

»In diesem Fall empfehle ich einen Cheeseburger mit Pommes frites, ein Glas Wein und ein heißes Bad.«

»Wenn ich die Augen so lange aufhalten kann.«

Sie wünschte eine gute Nacht und machte sich auf den Weg zum Aufzug. Während sie vor der Tür wartete, bohrte sie beide Fäuste in ihren Rücken und streckte sich durch. Die mehrtägige, erzwungene Abwesenheit hatte sie nicht nur Zeit gekostet und ihr Unannehmlichkeiten eingebracht. Seither hatte sie das Gefühl, aus dem Takt zu sein. Irgendwie hatte sie immer noch nicht in den Krankenhausrhythmus zurückgefunden. Es war kein besonders regelmäßiger Rhythmus, aber er war immerhin vertraut.

Und kaum war sie wieder in die Gänge gekommen, hatte man Lee Howell auf dem Parkplatz ermordet, den sie täglich auf ihrem Weg zum Krankenhaus überquerte.

Noch ehe sie sich von diesem Schlag erholen konnte, hatte sie sich mit weiteren Unannehmlichkeiten herumschlagen müssen. Wie alle anderen, die an jenem Abend bei den Howells gewesen waren, war auch sie von der Polizei vernommen worden. Es hatte sich um eine Routinevernehmung gehandelt, die nach einem festgelegten Ritual ablief. Trotzdem hatte das Gespräch Rennie belastet.

Heute hatte sie Lee Howell das letzte Geleit gegeben. Nie wieder würde sie mit ihm über so entscheidende Dinge streiten wie eine Terminänderung im OP oder über unbedeutenden Kleinkram wie Milch mit und ohne Haut. Nie wieder würde sie über einen seiner dämlichen Witze lachen.

Wenn sie alle Ereignisse der letzten Wochen zusammennahm, war die Behauptung, dass die vergangenen drei Wochen sie aus ihrem Alltagsrhythmus geworfen hatten, eindeutig untertrieben.

Das war keine Kleinigkeit. Denn Dr. Rennie Newton hielt sich mit fanatischer Selbstdisziplin an ihren strikt durchorganisierten Tagesablauf. Ihr Haus war vom Krankenhaus aus mit dem Auto in zehn Minuten zu erreichen. Die meisten Juppies zog es in die neueren, schickeren Viertel von Fort Worth. Rennie hätte sich jedes Viertel leisten können, doch sie gab dieser älteren, bürgerlicheren Gegend den Vorzug.

Ganz abgesehen von der angenehmen Nähe zum Krankenhaus mochte Rennie die schmalen, von Bäumen gesäumten Backsteinstraßen, die vor Jahrzehnten gepflastert worden waren und dem Viertel eine malerische Atmosphäre verliehen. Die zugewachsenen Gärten sahen nicht aus, als wären sie erst gestern angelegt worden. Die meisten Häuser stammten aus der Zeit vor dem Zweiten Weltkrieg, was ihnen einen Hauch von Dauerhaftigkeit und Stabilität verlieh, der Rennie gefiel. Ihr eigenes Haus war damals als »Bungalow« angepriesen worden. Mit seinen fünf Zimmern war es perfekt geeignet für eine alleinstehende Frau, wie sie es war und auch bleiben würde.

Das Haus war zweimal renoviert worden, und sie hatte es

vor ihrem Einzug einer dritten Sanierung und Modernisierung unterzogen. Die stuckverzierten Außenmauern waren taubengrau und weiß gestrichen. Die Haustür war preiselbeerrot und mit einem glänzenden Messingklopfer versehen. In den Blumenbeeten unter den dunklen, wachsblättrigen Büschen blühte weißes und rotes Rührmichnichtan. Ausladende Bäume überschatteten den Rasen, auch wenn die Sonne noch so grell vom Himmel brannte. Sie zahlte der Gärtnerei gutes Geld, damit der Garten stets sorgsam gepflegt und gemäht war.

Sie bog in die Einfahrt ein und öffnete mit der Fernbedienung – einer ihrer Neuerungen – das elektrische Garagentor. Dann fuhr sie in die Garage, ließ das Tor wieder herunter und betrat das Haus durch die Verbindungstür zur Küche. Die Dämmerung hatte sich noch nicht gesenkt, darum badete der kleine Raum im goldenen Abendlicht, das durch die großen Platanen hinter ihrem Haus drang.

Auf den empfohlenen Cheeseburger mit Pommes frites hatte sie verzichtet, aber weil sie heute Abend keine Bereitschaft hatte, schenkte sie sich ein Glas Chardonnay ein, das sie mit ins Wohnzimmer nahm – wo sie es um ein Haar hätte fallen gelassen.

Auf dem Couchtisch in ihrem Wohnzimmer stand eine Kristallvase mit roten Rosen.

Fünf Dutzend perfekte Knospen kurz vor der Blüte. Selbst von weitem sahen sie samtig aus. Wohlriechend. Teuer. Auch die Kristallvase wirkte luxuriös. Die zahllosen Facetten funkelten, wie es nur bei wirklich edlem Kristall der Fall ist, und überzogen die Wände mit einem Schauer aus winzigen Regenbogen.

Als sich Rennie von ihrem ersten Schreck erholt hatte,

stellte sie das Weinglas auf dem Tisch ab und suchte zwischen den Rosen nach einer Karte. Sie fand keine.

»Verflucht noch mal!«

Sie hatte nicht Geburtstag, und selbst wenn, würde niemand davon wissen. Sie feierte keine Jahrestage, welcher Art auch immer. Waren die Rosen eine Kondolenzgeste? Natürlich hatte sie jahrelang tagaus, tagein mit Lee Howell zusammengearbeitet, doch deswegen war es weder erforderlich noch auch nur angemessen, ihr Blumen zu schenken; schließlich waren sie nur Kollegen gewesen.

Ein dankbarer Patient? Möglich, aber unwahrscheinlich. Welcher Patient kannte schon ihre Privatadresse? Im Telefonbuch stand nur die Adresse ihrer Praxis. Wäre ein Patient wirklich derart von Dankbarkeit überwältigt worden, dann wären die Rosen entweder dort oder im Krankenhaus gelandet.

Nur eine Hand voll Freunde wusste, wo sie wohnte. Und Gäste empfing sie hier so gut wie nie. Gesellschaftliche Verpflichtungen erwiderte sie ausschließlich mit einer Einladung zum Brunch oder zum Abendessen in einem Restaurant. Sie hatte viele Kollegen und Bekannte, doch keiner war so eng mit ihr befreundet, dass sie oder er ihr ein extravagantes Blumenbukett zukommen lassen würde. Keine Familie. Kein Geliebter. Nicht mal ein Ex- oder Möchtegerngeliebter.

Wer würde ihr Blumen schicken? Doch noch wesentlich beunruhigender war die Frage, wie der Strauß in ihr Haus gelangt war.

Sie nahm einen stärkenden Schluck Wein, bevor sie ihren Nachbarn anrief.

Der geschwätzige Witwer hatte gleich nach Rennies Einzug versucht, ihr Vertrauen zu gewinnen, doch sie hatte ihm seine unangemeldeten Besuche so taktvoll wie möglich ausgetrieben. Trotzdem blieb sie mit ihm auf freundlichem Fuß, und der alte Herr freute sich immer, wenn Rennie einen Augenblick erübrigen konnte, um mit ihm an der gemeinschaftlichen Azaleenhecke zu plaudern.

Wahrscheinlich aus Einsamkeit und Langeweile hatte er stets das Ohr am Puls der Nachbarschaft und wusste über alles und jedes Bescheid. Wenn man irgendetwas über irgendwen erfahren wollte, dann war Mr Williams der Richtige.

»Hallo, hier ist Rennie.«

»Hallo Rennie, wie schön. Wie war die Beerdigung?«

Vor ein paar Tagen hatte er sie abgefangen, als sie die Zeitung ins Haus holen wollte. Erst hatte er sie mit Fragen nach dem Mord bombardiert und dann zutiefst enttäuscht gewirkt, als sie ihn nicht mit grausigen Details versorgte. »Der Gottesdienst war sehr bewegend.« Um weiteren Fragen vorzubeugen, setzte sie sofort nach: »Mr Williams, weswegen ich anrufe –«

»Ist die Polizei dem Mörder schon auf der Spur?«

»Da bin ich überfragt.«

»Wurden Sie denn nicht vernommen?«

»Doch, genau wie alle anderen, die an jenem Abend auf Dr. Howells Party waren. Soweit ich weiß, konnte niemand wirklich weiterhelfen.« Statt sie zu entspannen, bereitete der Wein ihr Kopfschmerzen. »Mr Williams, wissen Sie zufällig, ob mir heute etwas geliefert wurde?«

Er war der einzige Nachbar, der einen Schlüssel zu ihrem Haus hatte. Sie hatte ihn nur unter schweren Bedenken weitergegeben, jedoch nicht, weil sie Mr Williams nicht vertraut hätte. Die Vorstellung, dass jemand während ihrer Abwesenheit ihr Haus betreten könnte, war einfach widerwärtig. Sie legte nicht nur großen Wert auf einen geregelten Tagesablauf, sondern auch auf ihre Privatsphäre.

Dennoch hatte sie das Gefühl, jemand sollte einen Ersatzschlüssel haben, falls es zu einem Notfall kam oder irgendwelche Handwerker ins Haus gelassen werden mussten. Die Wahl war auf Mr Williams gefallen, weil er ihr direkter Nachbar war. Soweit Rennie wusste, war er noch nie allein in ihrem Haus gewesen.

»Ich erwarte nämlich ein Päckchen«, log sie. »Ich dachte, es könnte vielleicht bei Ihnen abgegeben worden sein, weil ich nicht zu Hause war.«

»War denn kein Zettel an ihrer Tür? So ein gelber Aufkleber?«

»Nein, aber es wäre ja möglich, dass der Fahrer den vergessen hat. Sie haben keinen Lieferwagen vor meinem Haus parken sehen?«

»Nein, da war nichts.«

»Hmm. Na ja, solche Päckchen kommen nie an, wenn man darauf wartet, stimmt's?«, flötete sie fröhlich. »Trotzdem vielen Dank, Mr Williams. Und entschuldigen Sie die Störung.«

»Haben Sie schon von den neuen Welpen bei den Bradys gehört?«

Verflixt! Sie hatte nicht schnell genug aufgelegt. »Nein, noch nicht. Sie wissen ja, ich war ein paar Wochen kaum zu Hause und –«

»Beagles. Sechs Stück. Die süßesten kleinen Dinger, die man sich nur vorstellen kann. Sie wollen die Kleinen verschenken. Sie sollten einen nehmen.«

»Ich habe keine Zeit für ein Haustier.«

»Die sollten Sie sich aber nehmen, Rennie«, erklärte er mahnend wie ein strenger Vater.

»Meine Pferde –«

»Das ist was anderes. Die wohnen nicht bei Ihnen. Sie brauchen ein Tier im Haus. Ein Tier kann das ganze Leben verändern. Menschen mit einem Haustier leben länger, haben Sie das gewusst? Ich wüsste nicht, was ich ohne Oscar machen würde«, lobte er seinen Pudel. »Ein Hund oder eine Katze wäre am besten, aber selbst ein Goldfisch oder ein Wellensittich können die Einsamkeit vertreiben.«

»Ich bin nicht einsam, Mr Williams. Ich habe nur sehr viel zu tun. Vielen Dank noch mal. Auf Wiederhören.«

Sie legte augenblicklich auf, und das nicht nur, um sich einen Vortrag über die Vorzüge eines Haustiers zu ersparen. Sie war zutiefst verängstigt. Die Rosen waren keine Einbildung, und sie hatten sich auch nicht von selbst auf ihrem Couchtisch materialisiert. Jemand war in ihrer Wohnung gewesen und hatte sie hier abgestellt.

Eilig überprüfte sie die Haustür. Sie war verriegelt, genau wie am Morgen, als sie zum Krankenhaus aufgebrochen war. Rennie lief durch den Flur ins Schlafzimmer, wo sie unter dem Bett und im Schrank nachschaute. Alle Fenster waren fest verschlossen und verriegelt. Das Fenster über der Badewanne war so klein, dass nicht einmal ein Kind durchgepasst hätte. Als Nächstes überprüfte sie das zweite Zimmer, das sie als Arbeitszimmer nutzte. Dort kam sie zum gleichen Ergebnis: nichts. Dass in der Küche alles unverändert war, wusste sie bereits.

Im Grunde wäre sie erleichtert gewesen, ein zerschlagenes Fenster oder ein verkratztes Schloss zu entdecken, denn damit wäre wenigstens ein Teil des Rätsels gelöst. Sie ging zurück ins Wohnzimmer und ließ sich aufs Sofa fallen. Der Wein schmeckte ihr nicht mehr, trotzdem nahm sie noch einen Schluck, in der Hoffnung, er würde ihre Nerven beruhigen. Er tat es nicht. Als das Telefon auf dem Couchtisch zu läuten begann, schoss sie vor Schreck hoch.

Sie, Rennie Newton, die mit vierzehn die schmale Leiter am Wasserturm ihres Heimatortes erklettert hatte, die unzählige Male ihr Leben aufs Spiel gesetzt hatte, indem sie praktisch jeden Gefahrenherd dieser Erde aufsuchte, die Herausforderungen liebte und noch nie vor einer Mutprobe zurückgeschreckt war, die weder Tod noch Teufel fürchtete, wie ihre Mutter oft betonte, und die täglich Operationen durchführte, bei denen man Nerven wie Drahtseile und eine absolut ruhige Hand brauchte, fuhr vor Schreck fast aus der Haut, nur weil das Telefon läutete.

Den verschütteten Wein von der Hand schüttelnd, griff sie nach dem schnurlosen Apparat. Die meisten Anrufe betrafen ihre Arbeit, darum antwortete sie kühl und geschäftsmäßig wie sonst auch.

»Dr. Newton hier.«

»Hier ist Detective Wesley, Dr. Newton. Wir haben vorgestern miteinander gesprochen.«

Das hätte er nicht extra erwähnen müssen. Sie hatte ihn als durchtrainierten, imposanten Schwarzen in Erinnerung. Mit hoher Stirn. Ernstem Gesicht. Durch und durch professionell. »Ja?«

»Ich habe mir vom Krankenhaus Ihre Privatnummer geben lassen. Ich hoffe, es macht Ihnen nichts aus, dass ich Sie zu Hause anrufe?«

O doch. Sehr viel sogar. »Was kann ich für Sie tun, Detective?«

»Ich würde Sie morgen gern sehen. Um zehn Uhr?«

»Mich sehen?«

»Um mit Ihnen über den Mord an Dr. Howell zu sprechen.«

»Ich weiß nichts über den Mord. Das habe ich Ihnen doch schon erklärt … wann war das noch mal, vorgestern?«

»Aber Sie haben mir nicht erzählt, dass Sie sich für denselben Posten wie er beworben hatten. Das haben Sie ausgelassen.«

Ihr Herz hämmerte gegen die Rippen. »Das war nicht von Belang.«

»Um zehn Uhr, Dr. Newton. Die Mordkommission ist im zweiten Stock. Fragen Sie einfach nach mir.«

»Verzeihen Sie, aber für morgen Vormittag sind schon drei Operationen angesetzt. Alle drei auf einen anderen Termin zu verlegen, würde den anderen Chirurgen und dem Krankenhauspersonal erhebliche Unannehmlichkeiten bereiten, von den Patienten und ihren Angehörigen ganz zu schweigen.«

»Wann würde es Ihnen denn passen?« Sein Tonfall ließ erkennen, dass er ihr nur so weit wie unbedingt nötig entgegenkommen würde.

»Am frühen Nachmittag, gegen zwei oder drei Uhr.«

»Dann um zwei. Bis dann.«

Er hatte schon aufgelegt, ehe Rennie das tun konnte. Sie legte den Apparat auf den Beistelltisch zurück. Dann schloss sie die Augen, atmete tief durch die Nase ein und ließ die Luft durch den Mund wieder ausströmen.

Lee Howells Ernennung zum Chefarzt war ein schwerer Schlag für sie gewesen. Seit ihr ehemaliger Chef in Ruhestand gegangen war, hatten vor allem sie und Lee um diesen Posten konkurriert. Nach monatelangen ausgiebigen Gesprächen und Leistungskontrollen hatte der Verwaltungsrat des Krankenhauses letzte Woche endlich seine Entscheidung verkündet – praktischerweise, während sie außer Haus gewesen war, in ihren Augen ein Schritt von unerträglicher Feigheit.

Andererseits war sie froh, nicht im Krankenhaus gewesen zu sein, als Lees Ernennung verkündet wurde. Die Nachricht würde sich mit Lichtgeschwindigkeit im Krankenhaus verbreiten. Bis sie wieder an ihren Arbeitsplatz zurückgekehrt war, war das Thema bereits gegessen, und die vielen wohlmeinenden und doch peinlichen Mitleidsbekundungen waren ihr erspart geblieben.

Vollends war sie ihnen allerdings nicht entkommen. Im Star-Telegram, der Lokalzeitung, war über Lees Beförderung zum Chefarzt berichtet worden. In dem Artikel waren Dr. Lee Howells chirurgische Künste, sein hohes Berufsethos und sein Wirken im Krankenhaus und in der Gemeinde gepriesen worden. Im Kielwasser dieses gloriosen Artikels hatte Rennie viele mitleidige Blicke einstecken müssen, was sie hasste und was sie so gut wie möglich zu ignorieren versuchte.

Im Grunde war die Ernennung zum Chef irgendeiner Abteilung vor allem mit Wagenladungen von Papierkram, ständigen Personalquerelen und unausgesetztem Gezänk mit dem Verwaltungsrat um einen höheren Etat verbunden. Nichtsdestotrotz war es ein begehrter Titel, und sie hatte ihn begehrt.

Dann, nur drei Tage nach der Zeitungsmeldung, hatte Lee noch einmal Schlagzeilen gemacht, weil er auf dem Parkplatz des Krankenhauses ermordet worden war. In Detective Wesleys Augen war das verdächtig kurz nach seiner Ernennung geschehen und gebot weitere Ermittlungen. Schließlich war es sein Job, allen Spuren nachzugehen. Und natürlich würde Lees berufliche Rivalin zu den ersten Verdächtigen zählen. Das Treffen morgen bedeutete demzufolge nur, dass der Detective gründlich arbeitete und noch einmal alle Möglichkeiten durchgehen wollte.

Sie würde sich deswegen nicht den Kopf zerbrechen. Auf gar keinen Fall. Sie würde Wesley nicht weiterhelfen können. Sie würde seine Fragen wahrheitsgemäß und nach bestem Wissen beantworten und Schluss. Sie brauchte sich wirklich keine Sorgen zu machen.

Andererseits machten ihr die Rosen durchaus Sorgen.

Sie starrte die Blumen an, als würden sie die Identität ihres Absenders preisgeben, wenn sie nur ausreichend eingeschüchtert wurden. Sie starrte sie so lange an, dass sie den Strauß erst doppelt und dann vierfach sah, ehe sie ihn abrupt wieder fixierte – weil sie einen weißen Umschlag entdeckt hatte.

Tief zwischen den Blättern versteckt, war er ihr bis jetzt entgangen. Sie schob die Finger vorsichtig zwischen den Dornen hindurch und zog die Karte aus dem Umschlag, der mit einem dünnen Satinband an einem Stiel in der Mitte des Buketts befestigt war.

Die Hand, der sie ihren Ruf als außergewöhnlich talentierte Chirurgin verdankte, hob die Karte mit leisem Tremor an. Eine einzige, maschinell geschriebene Zeile stand darauf:

Ich bin verrückt nach Dir.

3

»Onkel Wick!«

»Onkel Wick!«

Die beiden Mädchen stürmten auf ihn zu wie zwei Footballspieler, die ihren Gegner über den Haufen rennen wollen.

Obwohl offiziell schon Teenager, demonstrierten sie ihre Zuneigung, vor allem für ihren über alles geliebten Onkel Wick, immer noch mit kindlichem Überschwang.

»Du warst echt ewig nicht mehr hier, Onkel Wick. Ich hab dich total vermisst.«

»Ich habe euch auch vermisst. Seht euch nur an. Könntet ihr bitte endlich aufhören zu wachsen? Bald seid ihr so groß wie ich!«

»Niemand ist so groß wie du, Onkel Wick.«

»Michael Jordan schon.«

»Niemand, der kein Basketballspieler ist, meine ich.«

Laura, die Jüngere, verkündete: »Mom hat endlich erlaubt, dass ich mir die Ohrläppchen piercen lasse«, was sie sofort voller Stolz vorführte.

»Keine Nasenstecker, hoffe ich.«

»Dad würde austicken.«

»Und ich erst.«

»Findest du Zahnspangen hässlich, Onkel Wick? Ich krieg vielleicht eine.«

»Machst du Witze? Zahnspangen sind obersexy.«

»Im Ernst?«

»Im Ernst.«

»Deine Haare sind blonder geworden, Onkel Wick.«

»Ich war viel am Strand. Die Sonne hat sie gebleicht. Und wenn ich mich nicht oft genug einschmiere, werde ich noch so braun wie ihr.«

Das fanden sie zum Totlachen.

»Ich bin Cheerleader geworden.«

»Das habe ich gehört.« Er klatschte Stephanies erhobene Hand ab. »Du kannst mir schon mal einen Platz für eins der Spiele in der nächsten Saison reservieren.«

»Unsere Trikots sehen mega-bescheuert aus.«

»Echt wahr«, pflichtete ihre kleine Schwester tiefernst bei. »Voll bescheuert.«

»Aber Mom sagt, dass sie den Rock kürzer macht, kann ich mir abschminken.«

»Wahr gesprochen.« Jetzt war auch Grace Wesley an der Haustür angekommen. Sie schob ihre Töchter beiseite und schloss Wick in die Arme.

Als er sie wieder losließ, jammerte er: »Grace, warum willst du nicht mit mir durchbrennen?«

»Weil ich eine Ein-Mann-Frau bin.«

»Ich werde mich bessern. Für dich würde ich das tun. Ehrenwort.«

»Ich kann trotzdem nicht.«

»Warum denn nicht?«

»Weil Oren sich an unsere Fersen heften und dir die Rübe wegpusten würde.«

»Ach Mist«, knurrte er. *»Immer wieder der.«*

Die Mädchen kreischten vor Lachen. Trotz ihrer lautstarken Proteste schickte Grace die beiden nach oben, wo noch Arbeit auf sie wartete, und führte Wick dann ins Wohnzimmer. »Wie ist es so in Galveston?«

»Heiß. Schwül. Sandig.«

»Gefällt's dir?«

»Ich genieße mein Leben als Taugenichts. Wo ist dein Gemahl?«

»Am Telefon, aber er müsste gleich fertig sein. Hast du was gegessen?«

»Ich bin bei Angelo's eingekehrt und hab mir ein Filetsteak genehmigt. Ich wusste gar nicht, wie sehr mir das gefehlt hat, bis ich den ersten Bissen im Mund hatte.«

»Im Kühlschrank steht noch Schokopudding.«

»Ich würde ein Glas von deinem Eistee vorziehen.«

»Süß?«

»Gibt es denn anderen?«

»Kommt sofort. Mach's dir gemütlich.« Ehe sie das Zimmer verließ, drehte sie sich noch mal um und versicherte ihm mit Nachdruck: »Schön, dich wieder hier zu haben.«

»Danke.«

Er korrigierte sie nicht. Er war noch nicht *wieder hier*, er wusste nicht einmal, ob er zurückkommen wollte. Er hatte sich lediglich bereit erklärt, darüber nachzudenken. Oren war an einem interessanten Fall. Und er hatte Wick um seine professionelle Einschätzung gebeten.

Wick war nur hier, um seinem Freund zu helfen. Und das war alles.

Er hatte die Tür zur Polizeizentrale noch nicht wieder durchschritten und hatte das auch nicht vor. Er war nicht einmal daran vorbeigefahren und hatte auch keine nostalgischen Sehnsüchte danach verspürt. Er war hier, um Oren einen Gefallen zu tun. Punkt.

»Hey, Wick.« Oren kam ins Zimmer. Er trug Freizeitkleidung – knielange Shorts, Turnschuhe und ein T-Shirt mit der Aufschrift »University of Texas« –, doch er war immer noch durch und durch Polizist; unter seinem Arm klemmte ein Ringhefter. Und er hatte den Piepser an den Hosenbund geklemmt. »Wie war die Fahrt?«

»Lang.«

»Wie wahr, wie wahr.« Oren war erst gestern hin und zurück gefahren. »Hast du schon im Motel eingecheckt?«

»Etwas Besseres als dieses Rattenloch hat das FWPD nicht zu bieten?«

»Wo du in Galveston doch in solchem Luxus geschwelgt hast.«

Wick lachte gutmütig.

»Grace hat sich deiner schon angenommen?«

»Sie ist gerade dabei.« Im selben Moment kam sie mit zwei hohen Teegläsern herein, die sie mitsamt Untersetzern auf dem Couchtisch abstellte. »Die Mädchen lassen ausrichten, Wick soll bloß nicht wagen zu verschwinden, ohne auf Wiedersehen zu sagen.«

»Das werde ich nicht, Ehrenwort. Ich werde ihnen sogar eine Gutenachtgeschichte erzählen.«

»Eine anständige hoffentlich«, warnte Grace.

Er schenkte ihr ein boshaftes Grinsen. »Das stellt sich immer erst beim Erzählen raus.«

»Danke für den Tee«, sagte Oren. »Und mach bitte die Tür zu, wenn du rausgehst.«

Es war eine vertraute Szene. Wick war oft abends bei den Wesleys gewesen, bevor er an die Küste gezogen war. Sie waren eine glückliche Familie, weil das ganze Haus von Graces und Orens Liebe durchdrungen war.

Die beiden hatten sich im College kennen gelernt und gleich nach dem Abschluss geheiratet. Grace war Schulberaterin und Konrektorin an einer staatlichen Junior-High-School. Von Jahr zu Jahr übernahm sie mehr und komplexere Aufgaben, doch sie schaffte es fast immer, ihrer Familie ein warmes Abendessen zu bereiten, und legte größten Wert darauf, dass alle Familienmitglieder daran teilnahmen.

Es war ein lautes, lebhaftes Haus, in dem die Mädchen und ihre Freundinnen fortwährend die Treppen hinauf- und hinunterrannten oder in der Küche nach Essbarem suchten. Auch die Nachbarn kamen oft uneingeladen vorbei, weil sie wussten, dass sie jederzeit willkommen waren. Das Haus war blitzblank wie ein Marinekreuzer, doch überall fanden sich verräterische Spuren eines lebendigen Familienlebens. Wenn Grace zu Hause war, lief mit hoher Wahrscheinlichkeit die Waschmaschine. Am Kühlschrank klemmten hinter bunten Magneten Nachrichten und Fotos. Und die Keksdose war nie leer.

Wick war hier so oft zu Gast gewesen, dass er schon zur Familie gehörte und beim Tischdecken half oder den Müll hinausbrachte, wenn Not am Mann war. Er zog Grace gern damit auf, dass sie ihn klammheimlich zu domestizieren versuchte. Damit kam er der Wahrheit ziemlich nahe.

Nach dem Essen und Tischabräumen waren Oren und er gewöhnlich im Wohnzimmer verschwunden, um über schwierige Fälle zu sprechen. Wie heute Abend.

»Ich habe ein Video, das du dir ansehen solltest.« Oren schob ein Band in den Recorder, kehrte mit der Fernbedienung zurück und setzte sich an das andere Ende des Sofas, auf dem Wick lag. »Es ist von heute Nachmittag.«

»Von?«

»Dr. Rennie Newton.«

Auf dem Bildschirm erschien die Aufnahme. Sie zeigte einen Vernehmungsraum. Wick hatte schon Hunderte solcher Aufzeichnungen gesehen. Die Kamera, wusste er, war hinter Oren auf einem Stativ montiert. Sie zeigte auf den Stuhl mit der vernommenen Person. In diesem Fall war das die Frau, deren Fotos ihm Oren gestern gezeigt hatte.

Wick war überrascht. »Sie ist Ärztin?«

»Chirurgin.«

»Ohne Scheiß?«

»Ich habe sie angerufen, nachdem ich von dir weggefahren bin. Sie ist heute zur Vernehmung gekommen.«

»In Verbindung mit dem Mord an Howell?« Nachdem er sich bereit erklärt hatte, nach Fort Worth zu kommen, hatte ihn Oren mit den dürftigen Einzelheiten des Falles vertraut gemacht.

»Sie war einverstanden, die Vernehmung aufzeichnen zu lassen, aber sie hatte auch ihren Anwalt dabei.«

»Sie ist nicht auf den Kopf gefallen.«

»Nein. Im Gegenteil, sie ist … wart's ab.«

Dr. Newtons Anwalt war eine graue Maus. Durchschnittlich groß. Durchschnittlich schwer. Weißes Haar. Grauer Nadelstreifenanzug. Argwöhnische, wachsame Augen. Ein einziger Blick genügte Wick, um sich eine Meinung über ihn zu bilden.

Deshalb konzentrierte er sich auf Dr. Rennie Newton, die in keiner Hinsicht durchschnittlich wirkte. Im Gegenteil, hätte ihm jemand aufgetragen, einen durchschnittlichen Chirurgen zu beschreiben, hätte das Resultat nie im Leben der Frau auf dem Bildschirm entsprochen. Nicht in einer Million Jahren.

Auch ihr Verhalten war untypisch für jemanden, der wegen eines Kapitalverbrechens verhört wird. Sie schwitzte nicht, sie zitterte nicht nervös mit den Beinen, sie trommelte nicht mit den Fingern, knabberte nicht an den Nägeln und rutschte auch nicht auf ihrem Stuhl herum. Stattdessen saß sie vollkommen reglos da, die Beine elegant übereinander geschlagen, die Hände im Schoß verschränkt, den Blick ruhig geradeaus gerichtet – ein Sinnbild der Gelassenheit.

Gekleidet war sie in einen beigen Hosenanzug und Highheels mit Schlangenledermuster. Dazu hatte sie eine passende Handtasche. Sie trug keinen Schmuck außer ein Paar Ohrsteckern und einer großen, schlichten Armbanduhr. Keine

Ringe. Die langen Haare hatte sie zu einem korrekten Pferdeschwanz zurückgekämmt. Von den heimlich aufgenommenen Fotos wusste er, dass ihr Haar, wenn sie es offen trug, bis auf ihren Rücken reichte. Das helle Blond wirkte genauso echt wie die Diamanten in ihren Ohrsteckern.

Oren hielt das Band an. »Was hältst du von ihr? Dein erster Eindruck als Connaisseur des schönen Geschlechts?«

Wick zuckte mit den Achseln und nahm einen Schluck Tee. »Weiß sich zu kleiden. Saubere Haut. Auf ihrem Hintern könntest du nicht mal einen Eiswürfel zum Schmelzen bringen.«

»Also cool.«

»Eher schon Gefriertruhe. Andererseits ist sie Chirurgin. Sie muss unter Druck cool bleiben, oder?«

»Wahrscheinlich schon.«

Oren ließ das Band weiterlaufen, und man hörte, wie seine Stimme alle Anwesenden nannte, darunter auch Detective Plum, den zweiten Zivilbeamten im Raum. Er nannte Datum und Aktenzeichen des Falles und fragte für die Aufzeichnung Dr. Newton noch einmal, ob sie mit der Vernehmung einverstanden sei.

»Ja.«

Oren kam sofort zur Sache. »Ich möchte Ihnen in Zusammenhang mit dem Mord an Ihrem Kollegen Dr. Lee Howell noch einige Fragen stellen.«

»Ich habe Ihnen bereits alles gesagt, was ich weiß, Detective Wesley.«

»Es kann nie schaden, alles noch mal durchzugehen, oder?«

»Wahrscheinlich nicht. Wenn man die Zeit dazu hat.«

Oren hielt das Band wieder an. »Siehst du? Da. Genau das habe ich gemeint. Immer höflich, aber mit einem hörbaren Unterton.«

»Würde ich auch sagen, stimmt. Aber auch das passt zu ihr. Sie ist Ärztin. Chirurgin. Götter in Weiß und so weiter. Wenn sie was sagt, haben alle mit gespitzten Ohren dazusitzen. Sie ist es nicht gewohnt, dass man sie ausfragt oder ihre Antworten anzweifelt.«

»Daran wird sie sich gewöhnen müssen«, murmelte Oren. »Ich glaube, mit der Lady stimmt was nicht.«

Er spulte das Band zurück und ließ sie noch einmal sagen: »Wenn man die Zeit dazu hat.«

Auf dem Band warf Oren Plum einen vielsagenden Blick zu. Plum zog die Brauen hoch. Oren fuhr fort: »An dem Abend vor der Tat waren Sie bei Dr. Howell zu Hause, ist das richtig?«

»Zusammen mit über zwanzig anderen Gästen«, meldete sich der Anwalt zu Wort. »Wurden die genauso ausführlich befragt?«

Ohne auf ihn einzugehen, setzte Oren nach: »Kannten Sie alle Gäste an jenem Abend, Dr. Newton?«

»Ja. Ich kenne Lees Frau beinahe so lange wie ihn selbst. Die Gäste waren größtenteils andere Ärzte, mit denen ich ebenfalls bekannt bin. Die jeweiligen Ehepartner habe ich bei verschiedenen Gelegenheiten kennen gelernt.«

»Sie kamen allein zu der Party?«

»Stimmt.«

»Sie waren die einzige alleinstehende Frau.«

Der Anwalt beugte sich vor. »Ist das von Belang, Detective?«

»Unter Umständen.«

»Ich kann mir nicht vorstellen, inwiefern. Dr. Newton war allein auf der Party. Können wir jetzt weitermachen? Meine Mandantin hat einen vollen Terminkalender.«

»Bestimmt.« Ohne sich die geringste Eile anmerken zu lassen, blätterte Oren in seinen Unterlagen und stellte nach geraumer Weile fest: »Soweit ich weiß, war es eine Einladung zum Essen.«

»Auf der Terrasse der Howells.«

»Und Dr. Howell stand am Grill.«

»Möchten Sie die Speisefolge wissen?«, fragte der Anwalt sarkastisch.

Oren beachtete ihn gar nicht und fixierte Rennie Newton. Sie sagte: »Lee hielt sich für einen wahren Maître de Cuisine am Holzkohlegrill. Ehrlich gesagt war er ein miserabler Koch, aber niemand hat es je übers Herz gebracht, ihm das zu sagen.« Sie senkte den Blick und lächelte traurig. »Seine Freunde haben ständig Witze darüber gerissen.«

»Aus welchem Anlass fand die Party statt?«

»Anlass?«

»War es ein zwangloses Treffen am Wochenende, oder gab es einen bestimmten Grund für die Feier?«

Sie rutschte kurz auf ihrem Stuhl zur Seite und schlug die Beine in der anderen Richtung übereinander. »Wir haben Lees Beförderung zum Chefarzt der chirurgischen Abteilung gefeiert.«

»Richtig, seine Beförderung zum Abteilungsleiter. Was hielten Sie davon?«

»Ich habe mich natürlich für ihn gefreut.«

Oren klopfte volle fünfzehn Sekunden lang mit dem Bleistift auf die Tischplatte. Ihr Blick hielt seinem stand, ohne auch nur einmal wegzuzucken.

»Man hat Sie ebenfalls für diesen Posten in Betracht gezogen, nicht wahr, Dr. Newton?«

»Ja. Und ich hätte ihn auch verdient gehabt.«

Ihr Anwalt hob warnend die Hand.

»Mehr als Dr. Howell?«, fragte Oren.

»Meiner Meinung nach schon«, erwiderte sie ruhig.

»Dr. Newton, ich –«

Sie schnitt ihrem Anwalt das Wort ab. »Damit sage ich nur die Wahrheit. Außerdem hat Detective Wesley bereits geahnt, wie ich dazu stehe, dass Lee mir vorgezogen wurde. Ich bin sicher, er betrachtet das als mögliches Mordmotiv.« Sie sah Oren wieder an. »Aber ich habe ihn nicht umgebracht.«

»Detectives, könnte ich unter vier Augen mit meiner Mandantin sprechen?«, fragte der Anwalt steif.

Ohne auf seine Bitte einzugehen, erwiderte Oren: »Ich glaube nicht, dass Sie jemanden umgebracht haben, Dr. Newton.«

»Warum vergeuden Sie dann meine und Ihre Zeit? Warum haben Sie mich zu diesem« – sie musterte die Wände mit einem verächtlichen Blick – »Verhör herbestellt?«

Oren hielt das Band an und sah Wick an. »Und?«

»Was?«

»Sie hat die Tat geleugnet, ehe ich einen Ton davon gesagt habe.«

»Komm schon, Oren. Sie hat mehr Jahre auf der Universität verbracht als du, ich und Plum zusammen. Und sie brauchte wirklich keine Ärztin zu sein, um zu erraten, worauf du rauswillst. So sensibel, wie du warst, hättest du ihr genauso gut die blutige Waffe unter die Nase halten können. Sie hat das begriffen. Selbst die taubste Nuss hätte das begriffen. Und die Lady kommt mir nicht vor wie eine taube Nuss.«

»Sie und Dr. Howell waren berüchtigt für ihre Streitereien.«

»Das sind wir auch.« Wick musste lachen.

Oren schüttelte eigensinnig den Kopf. »Nicht so wie die beiden. Jeder, mit dem ich im Krankenhaus gesprochen habe, erzählte, dass sie und Dr. Howell sich beruflich respektierten, aber ansonsten nicht miteinander auskamen.«

»Sie hatten mal was miteinander und haben sich im Streit getrennt?«

»Anfangs habe ich diese Frage immer wieder gestellt. Später nicht mehr.«

»Warum?«

»Ich hatte es satt, ausgelacht zu werden.«

Wick sah ihn an und zog die Brauen hoch.

»Keine Ahnung«, beantwortete Oren seine unausgesprochene Frage. »Jedenfalls hat jeder, den ich gefragt habe, genau so reagiert. Offenbar hat zwischen den beiden nie was gefunkt.«

»Sie waren Konkurrenten, aber einander wohlgesonnen.«

»Ich bin nicht sicher, dass sie einander wirklich wohlgesonnen waren. Oberflächlich vielleicht, aber möglicherweise gab es da eine unausgesprochene Feindseligkeit zwischen den beiden. Sie sind sich aus den verschiedensten Gründen immer wieder an die Gurgel gegangen. Manchmal wegen irgendeiner Kleinigkeit, manchmal aus wichtigem Grund. Manchmal im Scherz, manchmal im Ernst. Und immer haben sie ihre Meinungsverschiedenheiten lautstark, manchmal in einem ätzenden Ton und oft vor der restlichen Belegschaft ausgetragen.«

Während Wick diese Informationen zu verarbeiten versuchte, ließ er gedankenverloren das Gummiband gegen sein Handgelenk schnalzen.

Oren bemerkte es und fragte: »Das hast du gestern schon umgehabt. Wozu ist das?«

»Was?« Wick schaute auf das Gummiband um sein Handgelenk, als sähe er es zum ersten Mal. »Ach, das ist… nichts. Ähm, um auf Howell zurückzukommen – hatte seine Beförderung was mit seinem Geschlecht zu tun?«

»Das glaube ich eigentlich nicht. Zwei Abteilungen im Tarrant General werden von Frauen geleitet. Howell bekam die Beförderung, die Newtons Ansicht nach ihr zustand und die sie in der Tasche zu haben glaubte, weil sie länger im Team war als er. Sie ist zwei Jahre vor Howell ans Krankenhaus gekommen.«

»Das hat ihr bestimmt ziemlich gestunken.«

»Wem würde so was nicht stinken?«

»Aber gleich so, dass sie ihn aus dem Weg räumt?« Wick blickte in Gedanken versunken auf das Standbild des Fernsehers und runzelte halb konzentriert, halb skeptisch die Stirn. Dann bedeutete er Oren mit einer Kinnbewegung, das Band weiterlaufen zu lassen.

Im Fernseher fragte Oren: »Sind Sie nach der Party direkt nach Hause gefahren, Dr. Newton?«

Sie bestätigte das knapp.

»Kann das jemand bezeugen?«

»Nein.«

»Sie haben das Haus an diesem Abend nicht mehr verlassen?«

»Nein. Und auch das kann niemand bezeugen«, ergänzte sie, als sie merkte, dass er das fragen wollte. »Trotzdem ist es die Wahrheit. Ich bin nach Hause gefahren und ins Bett gegangen.«

»Wann haben Sie erfahren, dass Dr. Howell ermordet worden ist?«

Bei dieser Frage senkte sie den Kopf und antwortete deutlich leiser: »Am folgenden Morgen. Aus dem Fernsehen. Niemand hatte mir Bescheid gesagt. Ich war wie gelähmt, ich konnte es einfach nicht glauben.« Sie verschränkte fest die Finger. »Es war schrecklich, es auf diese Weise zu erfahren, ohne dass mich jemand auf eine so entsetzliche Nachricht vorbereitet hatte.«

Wick griff nach der Fernbedienung und drückte auf Pause. »Mir kommt ihre Aufregung nicht gespielt vor.«

»Ja, schon …« Oren gab einen undefinierbaren Laut von sich.

»Hast du die Witwe nach der Beziehung zwischen den beiden befragt?«

»Sie sagt das Gleiche wie alle anderen: gegenseitige Anerkennung, aber auch Differenzen. Sie hat erzählt, Howell hätte Spaß daran gehabt, Dr. Newton zu ärgern. Er war ein Scherzkeks. Sie gilt als staubtrocken. Sie war das ideale Opfer.«

»Da hast du's.«

»Vielleicht war Dr. Newton der Meinung, dass seine Beförderung ein Streich zu viel auf ihre Kosten war.«

Wick stand auf und begann im Zimmer herumzugehen. »Gib mir noch mal die Fakten.«

»Des Mordes? Laut Mrs Howell endete die Party gegen Mitternacht. Um ein Uhr waren die beiden im Bett. Um zwei Uhr sieben läutete das Telefon. Die Uhrzeit weiß sie noch so genau, weil sie auf die Uhr gesehen hat.

Dr. Howell ging ans Telefon, unterhielt sich kurz, legte dann auf und erzählte ihr, dass er im Krankenhaus gebraucht werde, weil es auf dem Freeway einen größeren Unfall mit mehreren Verletzten gegeben habe.

Er zog sich an und fuhr los. Um zwei Uhr achtundzwanzig wurde sein Leichnam neben seinem Auto auf dem Ärzteparkplatz des Krankenhauses gefunden. Zu dieser Zeit kam der

Notruf rein. Womit Howell gerade Zeit genug für die Fahrt von seinem Haus zum Krankenhaus hatte. Der Wachmann hatte ihn kurz zuvor auf den Parkplatz fahren gesehen, er wurde also getötet, als er aus seinem Wagen stieg. Seine Brieftasche hatte er noch. Aus seinem Auto wurde auch nichts entwendet.

Todesursache war der massive Blutverlust aus einer Stichwunde unterhalb des linken Armes. Die Mordwaffe wurde in der Wunde gelassen. Ein gewöhnliches Fleischermesser. Der Hersteller hat uns erzählt, Messer mit Holzgriffen würden seit zwölf Jahren nicht mehr hergestellt, demnach kann das Messer von überall stammen. Omas Küche, Flohmarkt, ganz egal. Natürlich keine Fingerabdrücke.

Die Klinge ist genau zwischen zwei Rippen eingedrungen und hat sein Herz platzen lassen wie einen Luftballon. Wir vermuten, dass er von hinten angegriffen und wahrscheinlich am Hals festgehalten wurde. Howell hat automatisch nach oben gefasst, und dann hat der Mörder mit der linken Hand zugestochen. Einfach so.« Er schnippte mit den Fingern. »Wer auch immer das getan hat, er hat genau gewusst, was er da tat.«

»Wie zum Beispiel eine Ärztin?«

Oren zuckte mit den Achseln.

»Gestern hast du was von einem möglichen Augenzeugen gesagt.«

»Der Wachmann auf dem Parkplatz. Ein gewisser …« Oren öffnete den Ringordner und überflog ein getipptes Formular, bis er auf den Namen stieß. »Malcomb R. Lutey. Siebenundzwanzig Jahre.«

»Habt ihr ihn überprüft?«

»Und als Tatverdächtigen ausgeschlossen. Er hat in der

Notrufzentrale angerufen. Außerdem hat er sich vor Angst fast in die Hosen gemacht, und das war nicht gespielt. Er hat sich viermal übergeben, während die Streifenbeamten ihn zu befragen versucht haben.

Hat noch keinen Tag gefehlt, seit er den Job angetreten hat. Arbeitet auch an den Feiertagen. War noch nie auffällig. Hat noch nicht mal einen Strafzettel kassiert. Hat immer nur mit ›Ja, Sir‹ und ›Nein, Sir‹ geantwortet. Ansätze zum Sonderling. Nein, das nehme ich zurück. Ein ausgemachter Sonderling.«

»Und er hat nichts gesehen oder gehört?«

»Wie gesagt, Wick, rein gar nichts. Nachdem sich der Knabe richtig ausgekotzt hatte, hat er voll kooperiert. Nervös wie der Teufel, aber daran ist seine Mom schuld. Eine alte Nebelkrähe. Die macht sogar mich nervös. Glaub mir, er ist nicht unser Mann.«

»Und der Unfall auf dem Freeway?«

»Ist nie passiert. Aus dem Krankenhaus will niemand bei Howell angerufen haben. Die Aufzeichnungen der Telefongesellschaft lassen darauf schließen, dass der Anruf aus einer öffentlichen Telefonzelle kam.«

»Lass mich raten. Nicht zurückzuverfolgen.«

»Du sagst es.«

»Weiblich oder männlich?«

»Der Anrufer? Das wissen wir nicht. Außer Dr. Howell hat niemand mit ihm gesprochen. Oder mit ihr.«

»Was hat die Frau aus dem Erbe zu erwarten?«

»Einen Haufen. Howell war bis zum Anschlag versichert, aber die Missus ist schon mit einem Haufen Geld in die Ehe gegangen und wird noch mehr erben, wenn ihr Daddy einmal dahinscheiden sollte.«

»Eine glückliche Ehe?«

»Soweit wir wissen. Sie haben versucht, ein zweites Kind zu bekommen. Sie haben schon einen siebenjährigen Jungen. Die ideale amerikanische Familie. Kirchgänger, Patrioten. Keine Drogen, kein Alkoholismus. Manchmal hat er beim Golfspielen kleinere Summen gesetzt, aber er war eindeutig kein Spieler. Nichts, rein gar nichts weist auf eheliche Untreue hin, und schon gar nicht mit seiner Kollegin Rennie Newton.«

Oren ließ das Eis in seinem Glas klirren und dann einen Würfel in seinen Mund gleiten, wo er ihn lärmend zermalmte. »Keine einzige Anzeige wegen eines ärztlichen Kunstfehlers. Keine Schulden. Keine bekannten Feinde. Bis auf Rennie Newton. Und bei der habe ich ein ganz komisches Gefühl, Wick.«

Wick blieb stehen und forderte Oren mit einem stummen Blick auf, ausführlicher zu werden.

»Findest du es nicht ein bisschen merkwürdig und verdammt praktisch, dass ihr Rivale ein paar Tage nach seiner Beförderung auf einen Posten, auf den eigentlich sie scharf war, ausgeschaltet wird?«

»Wie wär's mit einem verrückten Zufall?«, schlug Wick vor.

»Damit könnte ich leben, wenn der Anruf nicht gewesen wäre, mit dem Howell mitten in der Nacht auf den Parkplatz gelockt wurde. Außerdem glaube ich nicht an verrückte Zufälle.«

»Ich auch nicht. Ich wollte nur den Advocatus diaboli spielen.« Er ließ sich in die Sofakissen zurückfallen und verschränkte die Hände hinter dem Kopf. Sein Blick war nachdenklich auf das ruhige Gesicht der Chirurgin gerichtet, das als Standbild vom Fernseher leuchtete. »Erstechen? Na schön, sie würde wissen, wie sie zustechen muss, um ihm eine tödliche Wunde zuzufügen, aber ich weiß nicht.« Er verzog das Gesicht. »Danach sieht mir die Lady einfach nicht aus.«

»Ich glaube auch nicht, dass sie es selbst getan hat. Sondern dass es jemand für sie erledigt hat.«

Wick sah seinen ehemaligen Partner scharf an. »Lozada spielt gern mit Messern.«

»Gelegentlich.«

»Obwohl er auch schon eine Signalpistole benutzt hat.«

Oren schnitt eine Grimasse. »O Gott, war das eine Sauerei.«

Damals waren die Körperteile seines Opfers über einen ganzen Hektar verteilt an der Oberfläche des Eagle Mountain Lake getrieben. Lozada hatte auch schon zu einem Wagenheber gegriffen, um einen Schädel zu zertrümmern. Allerdings war diese Tat im Gegensatz zu den meisten seiner Morde keine Auftragsarbeit gewesen. Der arme Kerl war Lozada einfach auf die Nerven gegangen. Natürlich hatten sie nie beweisen können, dass er auch nur eines dieser Verbrechen begangen hatte. Sie wussten es nur.

Wick stand wieder vom Sofa auf und trat an den Kamin. Er betrachtete die Fotos von Stephanie und Laura auf dem Kaminsims. Dann ging er ans Fenster und spähte durch die Jalousie. Zuletzt schlenderte er am Kamin vorbei zum Sofa zurück. »Du glaubst, diese Dr. Newton hat Lozada angeheuert, um ihren Konkurrenten auszuschalten? Oder ihn aus lauter Zorn von Lozada umlegen lassen? Ist es das?«

»Es ist seine Art, jemanden zu töten. Lautlos. Schnell. Und ohne die Waffe zu entfernen.«

»Damit habe ich auch keine Probleme, Oren. Sondern damit, dass sie dahinterstecken soll.« Er deutete auf den Fernseher. »Sie ist eine Chirurgin mit einem sehr guten Ruf und einem sechsstelligen Einkommen, nehme ich mal an. Und sie heuert einen solchen Schleimbeutel – denn das ist Lozada, selbst wenn er sich noch so teuer verkleidet – an, damit er ihren Kollegen umbringt? Nie im Leben. Tut mir leid, das kaufe ich dir nicht ab.«

»Wieso nicht? Ist sie dir zu gebildet? Zu gut gekleidet? Zu sauber?«

»Nein, sie ist zu … leidenschaftslos. Ich weiß nicht«, wehrte Wick ungeduldig ab. »Gibt es denn irgendwelche Hinweise auf eine Verbindung zwischen ihr und Lozada?«

»Wir suchen noch danach.«

»Also nein.«

»Wir suchen noch danach«, wiederholte Oren.

Wick atmete tief aus. »Na schön. Lozada könnte sich mit dem Papst treffen, ohne dass wir was davon mitbekämen. Der Kerl ist glitschig wie Eulenscheiße.«

»Die gute Frau Doktor könnte genauso glitschig, genauso falsch sein. Die meiste Zeit verbringt sie im Krankenhaus, aber niemand – und damit meine ich wirklich niemand – scheint viel über ihr Privatleben zu wissen. Alle sagen, dass sie lieber für sich bleibt und darauf achtet, dass ihre Privatsphäre auch privat bleibt.

Deshalb haben auch alle gelacht, als ich nach einem möglichen Techtelmechtel zwischen ihr und Howell fragte. Falls sie sich überhaupt mit einem Mann trifft, dann weiß niemand davon. Sie ist eine Einzelgängerin. Eine exzellente Ärztin«, betonte er noch mal. »Darin sind sich alle einig. Allgemein ist sie ziemlich beliebt. Auch einigermaßen freundlich. Gutmütig. Aber abgehoben. Abgehoben. Das Wort habe ich öfter gehört.«

»Das reicht nicht«, sagte Wick.

»Da gebe ich dir Recht.«

Oren fasste in die Brusttasche seines Hemds, zog ein Stück Papier heraus und legte es auf das Sofapolster, das ihn und Wick trennte.

»Was ist das?«

»Ihre Adresse.«

Wick wusste, was das zu bedeuten hatte, was Oren von ihm wollte. Er schüttelte den Kopf. »Sorry, Oren, aber du hast mich immer noch nicht überzeugt. Du hast nichts gegen sie in der Hand. Rein gar nichts. Bestenfalls ein paar Vermutungen, aber keinen einzigen echten Hinweis. Und schon gar nichts Konkretes. Es gibt keinen Grund –«

»Du hast doch von Lozadas letzter Gerichtsverhandlung gehört? Oder hattest du da gerade den Kopf in den Sand von Galveston gesteckt?«

»Natürlich habe ich davon gehört. Ein Mord. Und ein weiterer Freispruch«, antwortete Wick verbittert. »Dasselbe Lied, die zehnte Strophe. Was ist damit?«

Oren beugte sich vor und erklärte im Bühnenflüsterton: »Die Jury, die ihn freigesprochen hat ...«

»Ja?«

»Rate mal, wer damals die Sprecherin war.«

4

Wick trug eine kurze Hose, ein Tanktop und Laufschuhe. Falls er einem neugierigen Nachbarn über den Weg lief, konnte er immer noch so tun, als sei er ein Jogger auf der Suche nach einem stillen Fleckchen, an dem er sich erleichtern konnte. Das würde vielleicht nicht besonders gut ankommen, wäre aber immer noch besser als die Wahrheit: dass er seinem Bullenfreund einen verbotenen Gefallen tat und in das Haus einer Verdächtigen einbrach, um Informationen zu sammeln.

Um seiner Verkleidung mehr Glaubwürdigkeit zu verleihen, lief er mehrere Runden um den kleinen Stadtpark, der ein paar Blocks von Rennie Newtons Haus entfernt lag. Als er schließlich über den Zaun flankte, der ihren Garten von der schmalen Durchfahrt hinter ihrem Haus trennte, standen ihm ein paar überzeugende Schweißperlen auf der Stirn.

Ein paar Gärten weiter hörte er einen Rasenmäher brummen. Ansonsten lagen die Nachbarhäuser in tiefer Stille. Sie hatten den Einbruch extra auf diese Tageszeit verlegt. Es war noch zu früh, als dass die Berufstätigen von der Arbeit heimkamen, und schon zu spät, als dass die Daheimgebliebenen draußen arbeiteten.

Er trat an den Hintereingang und öffnete den Reißverschluss der Bauchtasche, die er sich umgeschnallt hatte. Dann zog er ein Paar Latexhandschuhe heraus und streifte sie über, auch wenn er das dem neugierigen Nachbarn in seinem Ich-muss-nur-pissen-Szenario schwerlich hätte erklären könnte. Aber lieber ein verwirrter Nachbar als ein Richter mit einem eindeutig gesicherten Fingerabdruck. Als Nächstes zog er seine MasterCard aus dem Beutel. Nach nicht einmal drei Sekunden war die Tür offen.

Orens Warnung zum Abschied im Ohr – »Wenn du geschnappt wirst, hab ich nie von dir gehört« – huschte er ins Haus.

Wick war nur selten so verblüfft, dass ihm die Worte oder eine schlagfertige Erwiderung fehlten. Doch als ihm Oren gestern Abend eröffnet hatte, dass Rennie Newton Sprecherin einer Jury gewesen war, hatte er mehrere Sekunden gebraucht, um seine Stimme wiederzufinden, und selbst dann nur ein wenig beredtes »Huh« herausgebracht.

Und schon hatte ihn Oren am Haken gehabt.

Jetzt hielt er im Haus der ehemaligen Geschworenen inne und lauschte. Sie waren davon ausgegangen, dass es keine Alarmanlage gab. Oren hatte die städtischen Akten nach der erforderlichen Registrierung durchforstet. Es war keine Registrierung aktenkundig, und kein elektronisches Piepen warnte Wick jetzt, dass eine Alarmanlage reagiert hatte.

Seine Ohren registrierten nur das tiefe Schweigen eines leeren Hauses. Seit beinahe einer Woche stand Dr. Newton inzwischen unter polizeilicher Beobachtung. Sie wussten, dass sie allein lebte, und Oren hatte ihm erklärt, dass man die Uhr nach ihrem Tagesablauf stellen konnte. Sie fuhr erst heim, nachdem sie im Krankenhaus die Abendvisite gemacht hatte. Oren hatte ihm versichert, dass sie stets um die gleiche Zeit plus/minus zehn Minuten in ihr Haus zurückkehrte.

Durch die Hintertür war Wick in die Küche gekommen, die kompakt und makellos sauber wirkte. In der Spüle standen nur zwei Teile: eine Kaffeetasse und die Glaskanne aus der Kaffeemaschine. Beide waren einen Fingerbreit hoch mit Seifenwasser gefüllt.

In der Schublade neben dem Herd lagen die Kochgeräte aufgereiht wie Operationsbesteck auf einem sterilen Tablett. Unter den Messern war auch ein Fleischmesser. Es hatte einen Schaft aus Plastik und gehörte zu einem vollständigen Set.

Im Brotkasten lag ein Vollkorntoastbrot, dessen Plastikbeutel ordentlich mit der Metallklammer wiederverschlossen war. Bei allen geöffneten Frühstücksflockenpackungen im

Vorratsschrank steckte die Lasche des Deckels im Schlitz. Die Gemüsedosen waren zwar nicht alphabetisch sortiert, aber so exakt ausgerichtet, dass es beinahe genauso penibel wirkte.

Der Inhalt ihres Kühlschranks deutete darauf hin, dass sie eine bewusste Esserin, aber nicht fanatisch auf ihr Gewicht fixiert war. Im Gefrierfach standen zwei Familienpackungen Eiscreme. Natürlich hätte das Eis auch für einen Gast sein können.

Er warf einen Blick in die Schublade unter der in die Küchenzeile integrierten Schreibfläche und stieß auf eine laminierte Liste mit Notfallnummern, einen schlichten linierten Schreibblock und mehrere schwarze Bic-Kugelschreiber. Nichts Persönliches oder Aufschlussreiches.

Durch eine Verbindungstür trat er ins Wohnzimmer – und meinte, in einem Katalogfoto zu stehen. Die Kissen lagen ordentlich aufgeschüttelt in Reih und Glied an der Sofalehne. Die Zeitschriften waren so akkurat aufgestapelt, dass die Kanten wie bei einem Kartenspiel übereinanderlagen. Die Fernbedienung des Fernsehers lag genau parallel zur Tischkante.

»Jesus«, hauchte Wick, als er daran denken musste, in welchem Zustand er seine Wohnung in Galveston hinterlassen hatte. Als er heute Morgen aus seinem Hotelzimmer getreten war, hatte es hinter ihm ausgesehen, als wäre ein Wirbelsturm hindurchgefegt.

Von dem kurzen Flur zur Eingangstür ging ein kleines Zimmer ab, das sie offenbar als Arbeitszimmer nutzte. Er hoffte, dass es sich als Schatzkammer neuer Erkenntnisse und Einblicke in die Persönlichkeit dieser Frau erweisen würde. Weit gefehlt. Die Titel der medizinischen Fachbücher im Regal waren staubtrocken. Daneben gab es noch eine Reihe von Atlanten und Reiseführern sowie ein paar meist literarisch anspruchsvolle Romane, nichts Fetziges und ganz gewiss nichts, was Wicks schlichtem Büchergeschmack entsprochen hätte.

Auf dem aufgeräumten Schreibtisch war die Post auf zwei Metallkörbe aufgeteilt, einen für geöffnete und einen für ungeöffnete Briefe. Er überflog den Inhalt beider Körbe. In einer der Schubladen darunter stieß er auf einen kalendarischen Quittungsordner – mit einem beschrifteten Einschub für jeden Monat. Er ging ihn kurz durch, konnte zwischen den Ziehharmonikafalten aber keine bezahlte Rechnung für einen Auftragskiller entdecken.

Im Schlafzimmer erwartete ihn die erste Überraschung. Er blieb auf der Schwelle stehen und ließ seinen Blick einmal kurz durchs Zimmer schweifen, ehe er langsam die Details registrierte. Verglichen mit den anderen Räumen war ihr Schlafzimmer ein Chaos. In diesem Zimmer wohnte keine Chirurgin, sondern ein ganz normaler Mensch. Eine Frau.

Er hatte erwartet, ein Bett vorzufinden, das militärischen Standards gerecht wurde und von dessen Tagesdecke eine Münze abprallen konnte. Doch zu seiner Verblüffung war ihr Bett überhaupt nicht gemacht. Er ging daran vorbei ans Fenster, wo ihn Oren und Thigpen aus ihrem Fenster im ersten Stock eines Gebäudes zwei Häuser weiter beobachten konnten. Er zeigte ihnen den Stinkefinger.

Dann wandte er dem Fenster den Rücken zu und begann, ihre Kommode zu durchsuchen. Sie hatte ihre Unterwäsche gefaltet und aufgestapelt, die Slips in der oberen Schublade, die BHs eine darunter. Außerdem hatte sie die reizvolleren Sachen von der Alltagswäsche getrennt.

Er hätte gern gewusst, nach welchen Kriterien sie ihre Auswahl traf, wenn sie diese Schubladen aufzog. Tag- und Abendwäsche? Arbeit und Vergnügen? Diktierte ihre Stimmung, von welchem Stapel sie sich bediente, oder verhielt es sich umgekehrt?

Er stöberte in der Wäsche nach Souvenirs, Briefen oder Fotos, die etwas von Rennie Newtons Persönlichkeit erkennen ließen. War ihr wirklich zuzutrauen, dass sie sich mit einem berüchtigten Kriminellen zusammentat, wie Oren vermutete?

Bei der Durchsuchung ihrer Schubladen förderte er mehrere Duftsäckchen, aber keinen einzigen Hinweis zutage. Genauso wenig wie in ihrem Schrank, der genauso ordentlich sortiert war wie ihre Schubladen. Auch in den Schuhschachteln fand er nichts als Schuhe.

Er wandte sich dem Nachtkästchen zu. Ein Fitnessmagazin lag aufgeschlagen da, der Artikel beschrieb Übungen zur Lockerung eines verspannten Nackens, die tagsüber unauffällig durchgeführt werden konnten. Auf einer Flasche mit Bodylotion saß die Verschlusskappe nicht richtig auf. Er nahm die Flasche in die Hand und schnupperte daran. Er kannte sich nicht die Bohne mit Kosmetikmarken aus, aber auf der Flasche stand *Goldleaf & Hydrangea,* also war es wohl das. Egal, jedenfalls roch es gut.

Er nahm das schnurlose Telefon aus der Halterung und lauschte dem Freizeichen. Es war nicht das kurze Tut-tut-tut, das anzeigte, dass sie Nachrichten auf der Mailbox hatte. Eigentlich hätte er gern eine Wanze eingebaut, wo er sowieso schon hier war, doch Oren hatte seinen Vorschlag verworfen.

»Dazu brauchen wir eine richterliche Genehmigung, und kein Richter wird uns die erteilen, solange wir keine triftigen Gründe vorlegen können.«

»Wir könnten eine Menge erfahren, indem wir ihre Anrufe aufzeichnen.«

»Es ist illegal.«

Wick hatte gelacht. »Das ist Einbruch auch. Wir können nichts von dem verwenden, was ich da drin finde.«

»Trotzdem ist das was anderes.«

Er wusste nicht, inwiefern, doch Oren war nicht umzustimmen, und Oren hatte das Kommando. Er stellte das Telefon in die Ladestation zurück und öffnete die Nachttischschublade. Darin lag eine Schachtel mit Briefpapier, ungebraucht und noch in Zellophan verpackt. Außerdem fand er eine herausgerissene Zeitungsseite. Er nahm sie heraus und faltete sie auf.

Es war eine Seite mit Nachrufen. In einem davon wurde einer gewissen Eleanor Loy Newton gedacht. Ihre Tochter Rennie wurde als einzige Hinterbliebene genannt. Er erkannte den Namen der Stadt in der Titelzeile wieder. Dalton, Texas. Vorsichtig faltete er die Seite zusammen und legte sie in die Schublade zurück.

Dabei fiel ihm ein kleines weißes Dreieck auf, das unter der Schachtel mit Briefpapier hervorsah. Er hob die Schachtel hoch. Darunter lag eine kleine Karte mit einer einzigen getippten Zeile: »*Ich bin verrückt nach Dir.*«

Die Karte war nicht unterschrieben, nicht adressiert und nicht datiert, weshalb unmöglich festzustellen war, ob Rennie Newton sie bekommen hatte oder ob sie die Karte selbst geschrieben und dann nicht den Mut gefunden hatte, sie abzusenden. Sie sah aus wie eine Geschenkkarte. Hatte sie einem Geschenk beigelegen, das sie vor kurzem bekommen hatte, oder war es ein Andenken an eine Schulschwärmerei, einen verflossenen Geliebten oder den One-night-Stand vom vergangenen Wochenende? Ganz bestimmt bedeutete sie ihr etwas, sonst läge sie nicht neben dem Nachruf auf ihre Mutter in ihrem Nachttisch.

Merkwürdig, aber nicht kriminell.

Er legte die Karte genauso wieder hin, wie er sie vorgefunden hatte, und ging weiter durch die Durchgangstür ins Bad. Dort entdeckte er ein feuchtes Handtuch in der Wäschetruhe sowie ein Paar Boxershorts und ein Feinripp-Top. Ihre Nachtwäsche. Wahrscheinlich. Seine letzte Freundin hatte es auch lieber bequem als sexy gemocht. Ehrlich gesagt hatte er bequem verdammt sexy gefunden.

Auf einem Bord über der Badewanne reihten sich Badesalze und Schaumbäder, die alle benutzt wurden. Die Luft roch blumig und feminin. Quer über der Wanne lag ein Gitternetz mit einer Duftkerze, einem Schwamm, einem Rasierer und einer Lesebrille. Sie lag gern in der Wanne. Aber allein; zwei hätten darin keinen Platz gehabt.

Im Spiegelschrank fand er ihre Zahnbürste und ein Glas, eine von hinten aufgerollte Tube Zahnpasta – er kannte niemanden, der die Zahnpasta wirklich vom hinteren Ende her aufrollte – und Zahnseide mit Minzgeschmack. Es gab ein Sortiment von Kosmetika und Nachtcremes, eine Flasche Aspirin und einen Blisterstreifen mit Tabletten gegen Sodbrennen. Alles verschreibungsfrei. Unter dem Becken waren Ersatzrollen mit Toilettenpapier und eine Schachtel Tampons untergebracht. Er kehrte zurück ins Schlafzimmer und betrachtete lange das ungemachte Bett. Die hellgelben Laken waren zerwühlt, und die Tagesdecke lag halb darüber, halb auf dem Boden. Wenn er sich nicht sehr täuschte, dann badete Rennie Newton nicht nur allein, sie schlief auch allein. Wenigstens hatte sie es gestern Nacht getan.

»Du hast dir ganz schön Zeit gelassen«, empfing ihn Oren, als Wick wieder in den ersten Stock des Observierungshauses zurückkam.

»Genau, Mann, was hast du die ganze Zeit da drüben gemacht, ihre Höschen anprobiert?«

Das kam von Thigpen, den jeder nur Pigpen nannte, weil er genauso aussah. Er war grob und unflätig und in Wicks Augen unverzeihlich dumm.

»Nein, Pigpen, ich hab mir auf dem Rückweg schnell einen blasen lassen. Deine Frau lässt dir ausrichten, du sollst nach der Arbeit noch Brot mitbringen.«

»Arschloch. Wir haben dich fotografiert, wie du uns den Finger zeigst. Sehr professionell, Threadgill.«

»Ich passe mich immer dem Niveau meiner Umgebung an.«

»Ich werde das Foto in meine Galerie hängen.« Thigpen deutete mit dem Daumen auf die Wand, wo er die freizügigeren Porträts von Rennie Newton angeklebt hatte.

Wick warf einen kurzen Blick auf die Bilder, auf die Thigpen so stolz war, griff dann ärgerlich nach einer Wasserflasche und drehte den Deckel ab. Ohne auch nur einmal Luft zu holen, leerte er sie bis auf den letzten Tropfen.

»Und?«, fragte Oren.

Wick setzte sich und trat sich die Laufschuhe von den Füßen. »Mit einem Wort?«

»Für den Anfang.«

»Ordentlich. Pingelig. Krankhaft sauber.«

Er beschrieb die Küche, das Wohnzimmer, den Arbeitsraum. Vom Schlafzimmer sagte er: »Das war nicht ganz so aufgeräumt. Das Bett war ungemacht, aber alles andere stand an seinem Platz. Vielleicht war sie heute Morgen in Eile.« Er zählte auf, was er alles in ihrem Nachttisch gefunden hatte.

»War die Karte in einem Umschlag?«, wollte Thigpen wissen.

»Nein, das habe ich doch schon gesagt. Es war eine einfache weiße Karte. Klein. Mit einer einzigen getippten Zeile.«

»Sie kommt aus Dalton«, bestätigte Oren, als Wick von dem Nachruf berichtete. »Da ist sie aufgewachsen. Ihr Vater war ein erfolgreicher Rinderzüchter und Geschäftsmann. Angesehenes Mitglied der Gemeinde. Hatte überall seine Finger drin. Sie war ein Einzelkind.«

»Und hat offensichtlich keine weiteren Verwandten. Sie wurde als einzige Hinterbliebene ihrer Mutter aufgeführt.« Was auch erklären würde, warum sie eine unberührte Packung Briefpapier besaß, dachte Wick. Wem sollte sie schon schreiben?

»Hast du irgendwas gefunden, was darauf hindeutet –«

»Dass sie Kontakt mit Lozada hatte?«, fragte Wick und nahm Oren damit die Frage aus dem Mund. »*Nada.* Ich glaube, sie hat privat mit überhaupt niemandem Kontakt. Es gibt in dieser Wohnung kein einziges Foto, keine einzige hingekritzelte Telefonnummer. Unsere gute Ärztin scheint ein sehr einsames Leben zu führen.«

Als er nicht weitersprach, ermunterte ihn Oren mit einer Geste fortzufahren. »Es gibt eindeutig keinen Hinweis auf einen männlichen Besucher, kriminell oder nicht. Keine Männerkleidung in ihrem Schrank oder in einer Schublade. Der einzige Rasierer im Bad ist rosa. Nur eine Zahnbürste. Keine Pille, keine Kondome, kein Diaphragma. Sie ist eine Nonne.«

»Vielleicht ist sie eine Lesbe.«

»Vielleicht bist du ein Kretin«, schoss Wick in Thigpens Richtung zurück.

Oren sah ihn befremdet an und wandte sich dann an seinen Kollegen. »Warum machst du heute nicht früher Feierabend?«

»Das musst du mir nicht zweimal sagen.« Thigpen wuchtete sich auf und zog die rutschende Khakihose hoch, die tief unter seinem Bauchansatz hing. Mit einem schiefen Blick auf Wick knurrte er: »Was hast du eigentlich für ein Problem?«

»Vergiss das Brot nicht.«

»Fick dich.«

»Thigpen!« Oren sah ihn tadelnd an. »Morgen früh um sieben meldest du dich zurück.«

Thigpen warf Wick einen letzten grimmigen Blick zu und rumpelte gleich darauf die Treppe hinunter. Weder Wick noch Oren sagte ein Wort, bis sie hörten, wie die Haustür des leer stehenden Gebäudes ins Schloss fiel. Dann fragte Oren: »Was *hast* du für ein Problem?«

»Ich brauche eine Dusche.«

Seine Antwort ging zwar an der Frage vorbei, doch Oren hakte nicht nach. »Du weißt, wo sie ist.«

Verglichen mit anderen Bädern war es ein Loch. Die mitgebrachten Handtücher lohnten kaum das Abtrocknen. Sie waren billig und klein und nahmen so gut wie kein Wasser auf. Wick hatte Seife beigesteuert, die er aus seinem Motelzimmer hatte mitgehen lassen. Heißes Wasser gab es auch keines. Doch das Bad in seinem Haus in Galveston war auch nicht berauschend. Der fehlende Komfort fiel ihm kaum auf.

Das leer stehende Haus war der ideale Unterschlupf, um Rennie Newtons Wohnung zu observieren, denn es bot freien Blick auf ihren Garten und die Einfahrt zur Garage. Das Haus war gerade im Umbau gewesen, als es zwischen der Baufirma und dem woanders wohnenden Eigentümer zum Streit gekommen war. Der Streit war immer weiter ausgeartet und würde nun vor Gericht geklärt werden.

Das FWPD hatte beide Parteien gefragt, ob sie das Haus

nutzen könnten, und beide hatten gegen eine kleine Aufwandsentschädigung zugestimmt. Weil es eine Baustelle war, konnten die Polizisten als Handwerker oder Bauarbeiter verkleidet ein und aus gehen und ihre Vorräte und Ausrüstung ins Haus tragen, ohne dass dies bei den Nachbarn, die an Umbauten im Viertel gewöhnt waren, unerwünschtes Aufsehen erregt hätte.

Wick kam wieder aus dem Bad und kramte in dem Seesack, den er mitgenommen hatte, um etwas zum Umziehen dabeizuhaben. Er stieg in eine Jeans und zog sich ein T-Shirt über, das er vor Jahren auf einem Eagles-Konzert in Austin erstanden hatte. Die nassen Haare kämmte er mit den Fingern zurück.

Oren hatte Thigpens Posten am Fenster übernommen. Er musterte Wick kritisch über die Schulter hinweg. »Ungewöhnliche Polizeiuniform.«

»Ich bin kein Polizist.«

Oren schnaubte nur.

»Ich schätze, Bier gibt es hier keins.«

»Thigpen würde uns sofort verpfeifen. Im Kühlschrank steht Cola.«

Wick holte eine Dose heraus, zog die Lasche hoch und nahm einen großen Schluck. »Du auch?«

»Nein, danke.«

Er kickte die Laufschuhe zu seiner Reisetasche hinüber und ließ sich auf einen Stuhl fallen. Dann nahm er noch mal einen großen Schluck Cola. Oren beobachtete ihn genau und verfolgte jede seiner Bewegungen. Schließlich fragte Wick: »*Was?*«

»Was hast du in ihrem Haus gefunden?«

»Ich hab's dir doch gesagt.«

»Das war alles?«

Wick breitete die Arme aus und hob die Schultern zu einem unschuldigen Achselzucken. »Warum sollte ich dir was verheimlichen?«

»Weil es dein Schwanz so will.«

»Verzeihung?«

»Für eine Weiße sieht die Frau Doktor verdammt gut aus.«

Wick lachte und sagte dann: »Schön. Und?«

Orens Blick sprach Bände.

»Glaubst du ernsthaft … o Mann.« Er tat Orens Vermutung mit einem Handwedeln ab, schüttelte den Kopf und wandte dann das Gesicht ab. Als er sich Orens beharrlichem Blick wieder stellte, sagte er: »Pass auf, wenn sie mit Lozada unter einer Decke steckt, dann kann sie meinetwegen besser aussehen als die schöne Helena von Troja. Nackt. Ich will dieses Schwein kriegen, Oren. Das weißt du ganz genau. Ich werde alle Hebel und jeden in meiner Umgebung in Bewegung setzen, um ihn dranzukriegen.«

Oren war noch keineswegs überzeugt und meinte sanft: »Und genau das ist der zweite Grund, weshalb du mir Informationen vorenthalten könntest.«

»Ich kann dir nicht folgen.«

»Mach das nicht zu deinem persönlichen Rachefeldzug, Wick.«

»Wer hat denn hier wen um Hilfe gebeten?«

Oren wurde lauter, um seine Stimme Wicks anzupassen. »Ich habe dich mit ins Boot geholt, weil ich einen guten Mann brauche. Jemanden mit deinem Instinkt. Und weil ich dachte, du hättest es nach all dem, was zwischen dir und Lozada passiert ist, verdient, dabei zu sein.«

»Ergibt irgendwas von diesem Blablabla eigentlich Sinn?«

Von einer verdrießlichen Bemerkung ließ sich Oren nicht aus dem Konzept bringen. »Ich möchte nicht bereuen müssen, dass ich dich mit reingenommen habe.« Er bedachte Wick mit einem Blick, der mindestens so streng war wie seine Bemerkung. Wick wandte als Erster den Blick ab.

Oren verstieß nie gegen irgendwelche Regeln. Für Wick kamen alle Regeln einer Einschränkung gleich, weshalb er sie nur streckenweise befolgte. Diese unterschiedliche Einstellung hatte schon oft für Zündstoff gesorgt. Doch genau das bewunderten beide auch aneinander. Oren mochte Wick noch so oft für seine Skrupellosigkeit schelten, insgeheim bewunderte er seinen Freund für dessen Wagemut. Und Wick rechnete es Oren hoch an, dass er sich an Regeln hielt.

Oren drehte sich wieder zu Rennie Newtons Haus um. Nach kurzem Schweigen sagte Wick: »Eine Sache ist mir aufgefallen. In ihrem Schrank. Jede Menge Blue Jeans. Kein Designerscheiß. Und alle abgetragen wie meine.« Er strich mit der Hand über den Denim, der von der Zeit und tausend Waschgängen ausgebleicht und weich geworden war. »Dazu noch drei Paar Westernstiefel. Die hätte ich nicht erwartet.«

»Sie reitet.«

»Pferde?«

»So steht es in ihrem Lebenslauf. Im Archiv des *Star-Telegram* gibt es eine ansehnliche Akte über sie. Ich habe um eine Kopie gebeten. Dr. Newton war schon oft in der Zeitung. Spendenaktionen. Bürgerinitiativen. Ärzte ohne Grenzen.«

»Was ist das?«

Auf dem Tisch lag eine braune Aktenmappe. Oren nahm sie hoch und ließ sie in Wicks Schoß fallen. »Lies selbst nach. Grace wartet mit dem Essen auf mich.«

Er stand auf, streckte sich, griff nach der Rolle mit Blaupausen, die er als Tarnung verwendete, und verschwand in Richtung Treppe. »Wir haben gestern Abend das Video nicht zu Ende geschaut. Es liegt hier, du kannst es dir ansehen, aber lass dich dadurch nicht vom Observieren ablenken.«

»Ich würde es gern zu Ende gucken. Vielleicht fällt mir irgendwas auf.«

Oren nickte. »Ich habe den Piepser dabei. Ruf an, wenn irgendwas passiert.«

»Zum Beispiel, wenn Lozada auftaucht?«

»Ja, zum Beispiel. Ich kann in zehn Minuten hier sein. Bis morgen dann.«

»Gibt es hier irgendwas zu essen?«

»Sandwiches in der Minibar.«

Die Treppe knarzte unter Orens Gewicht. Als er gegangen war, wurde es still im Haus, nur ab und zu knarrte das alte Holz. Die leeren Zimmer rochen nach den Sägespänen, die von der unvollendeten Renovierung liegen geblieben waren. Die meisten Menschen hätten es als eher ungemütliches Übernachtungsquartier betrachtet, doch Wick störte das nicht. Er hatte sich sogar freiwillig für die Nachtschicht gemeldet. Oren musste zu seiner Familie. Thigpen auch. Obwohl Wick annahm, dass es Mrs Thigpen wahrscheinlich vorgezogen hätte, ihn so weit wie möglich von ihr entfernt zu wissen.

Er griff nach dem Fernglas und überprüfte Rennie Newtons Haus. Sie war noch nicht heimgekommen. Er nutzte die Gelegenheit, um den kleinen Kühlschrank zu öffnen, in dem zwei verpackte Sandwiches lagen. Tunfischsalat. Pute und Schweizer Käse. Er entschied sich für das Putensandwich und nahm es mit an den Tisch vor dem Fenster. Dann schob er das Video in den Recorderschlitz unter dem Fernseher und lehnte sich zurück, um beim Essen das Band anzuschauen.

Die Aufnahme setzte an dem Punkt ein, an dem Oren am Vorabend den Recorder angehalten hatte. Auf dem Video sagte Oren: »Dr. Newton, waren Sie vor kurzem als Geschworene bei einer Verhandlung gegen einen gewissen Mr Lozada, der des Mordes angeklagt war und freigesprochen wurde?«

Ihr Anwalt beugte sich vor. »Inwiefern ist das relevant, Detective?«

»Das erkläre ich gleich.«

»Ich bitte darum. Auf Dr. Newton warten Patienten, die operiert werden müssen.«

»Es könnte erforderlich werden, dass ein anderer Arzt ihre Aufgaben übernimmt.«

»Wollen Sie mir damit drohen, mich hierzubehalten?«, mischte sich Rennie Newton ein.

Oren überhörte ihre Frage und sagte: »Je schneller Sie meine Fragen beantworten, desto eher können Sie gehen, Dr. Newton.«

Sie seufzte, als fände sie das Gespräch ungeheuer ermüdend. »Ja, ich war in der Jury, die Lozada freigesprochen hat. Sie wissen das doch schon, sonst hätten Sie es nicht erwähnt.«

»Richtig, ich weiß es. Ich habe sogar alle elf Mitgeschworenen befragt.«

»Warum?«

»Aus Neugier.«

»Wieso?«

»Der Mord an Dr. Howell kommt mir vor wie ein Auftragsmord. Der Täter hat ihn nicht beraubt. Ein persönliches Motiv ist nicht erkennbar. Soweit wir wissen, hatte er außer Ihnen keinen einzigen Feind.«

Das Entsetzen über diesen Vorwurf ließ sie lauter werden.

»Lee und ich waren keine Feinde! Wir waren Kollegen. Gute Kollegen.«

»Die sich ständig in die Haare gerieten.«

»Wir hatten Meinungsverschiedenheiten, das stimmt. Aber das heißt doch nicht –«

»Sie waren eine gute Kollegin, die kurz zuvor einen professionellen Killer vor dem Gefängnis bewahrt hat.«

»Mr Lozada wurde des Mordes *beschuldigt«*, mischte sich der Anwalt in typischer Juristenmanier ein. »Was für diese Angelegenheit ohne jede Bedeutung ist. Dr. Newton, ich muss darauf bestehen, dass Sie nichts mehr sagen.«

Wick spulte den Wortwechsel durch, der sich daraufhin zwischen dem Anwalt und Oren entspann, wobei Oren den Anwalt überzeugen wollte, dass es im Interesse seiner Mandantin sei, die Fragen zu beantworten. Kooperation bei den Ermittlungen werde beim FWPD durchaus honoriert und so weiter. Wick kannte die Leier. Er hatte sie selbst schon tausendmal abgelassen.

Er ließ das Band wieder normal laufen, gerade als Oren sagte: »Alle anderen Geschworenen haben berichtet, dass Sie von Anfang an für einen Freispruch waren.«

»Das stimmt so nicht«, antwortete sie erstaunlich gelassen. »Ich war nicht *für* einen Freispruch. Ganz und gar nicht. Ich glaube, dass Mr Lozada wahrscheinlich schuldig war. Aber der Staatsanwalt hat in meinen Augen nicht alle berechtigten Zweifel ausräumen können. Nur deswegen und aufgrund der Ermahnung, die wir vom Richter erhalten hatten, konnte ich nicht guten Gewissens zulassen, dass er verurteilt wird.«

»Ihr Gewissen hat Sie demnach gezwungen, die übrigen elf Geschworenen zu einem Freispruch zu überreden?«

Sie atmete tief ein und langsam wieder aus. »Als Sprecherin

der Geschworenen war es meine Pflicht, dafür zu sorgen, dass alle Facetten des Falles beachtet wurden. Es war ein grässliches Verbrechen, das stimmt, aber ich habe meine Mitgeschworenen aufgefordert, ihre Emotionen nicht über ihren Eid zu stellen, die Gesetze zu achten, selbst wenn sie nicht perfekt sein mögen. Nach zweitägigen Beratungen hat jeder und jede Geschworene nach seinem oder ihrem eigenen Gewissen gestimmt.«

»Ich denke, damit wären Ihre Fragen zur Genüge beantwortet.« Ihr Anwalt stand schon wieder auf. »Es sei denn, es gibt noch irgendein vollkommen belangloses Thema, über das Sie gern plaudern möchten, Detective Wesley.«

Oren erklärte, dass er im Moment keine weiteren Fragen habe, und schaltete die Kamera aus, womit das Band zu Ende war.

Während es zurücklief, rief sich Wick ins Gedächtnis, worüber er und Oren am Vorabend noch gesprochen hatten.

»Lozada scheint während der Verhandlung eine ... Verbindung zu ihr aufgebaut zu haben«, hatte ihm Oren erzählt.

»Verbindung?«

»Das ist vielen Anwesenden aufgefallen. Ich habe den Gerichtsdiener gefragt, ob es in der Jury jemanden gab, für den sich Lozada besonders interessiert hat, und er hat sofort gesagt: ›Sie meinen die Sprecherin?‹ Wie aus der Pistole geschossen, ohne dass ich Dr. Newton erwähnt hatte. Der Gerichtsdiener meinte, unser Knabe hätte sie die ganze Verhandlung über angestarrt. Und zwar ziemlich auffällig.«

»Das heißt nicht, dass sie seine Blicke erwidert hätte.«

Oren reagierte mit einem nichtssagenden Achselzucken, das paradoxerweise eine Menge sagte.

»Dass Lozada eine gut aussehende Frau anstarrt, würde

mich nicht überraschen«, hatte Wick eingewandt. »Er ist ein Schmierfink.«

»Ein Schmierfink mit einem Aussehen wie ein Filmstar.«

»Vielleicht aus dem *Paten*.«

»Manche Frauen fliegen auf gefährliche Typen.«

»Sprichst du dabei aus Erfahrung, Oren? Ich werde Grace nichts erzählen, Ehrenwort. Gib mir mehr. Ich will alle Details. Vor allem die pikanten.« Zu Orens großem Verdruss hatte er ihm dabei lüstern zugezwinkert.

»Lass stecken.«

In diesem Moment war Grace wieder zu ihnen gestoßen. Sie fragte, worüber Wick so lachte, und ermahnte ihn, als er es ihr nicht verraten wollte, dass die Mädchen nicht ins Bett gehen würden, bis er ihnen eine Geschichte erzählt hatte. Also erfand er ein Märchen von einer kecken Rocksängerin und ihrem blendend schönen, schneidigen Leibwächter, der erstaunliche Ähnlichkeiten mit ihm selber aufwies. Bis zu seiner Abfahrt kamen er und Oren nicht mehr dazu, sich zu unterhalten.

Nachdem er das Videoband aus dem Player gezogen hatte, beschloss er, auch noch das Tunfischsandwich zu essen. Es schmeckte fischig und alt, aber er aß es trotzdem auf, denn er wusste, dass er bis zum Morgen nichts mehr bekommen würde. Gerade als er die Krümel von seinen Händen klopfte, sah er einen Jeep in Rennie Newtons Einfahrt biegen.

Er riss das Fernglas hoch, konnte aber nur noch einen kurzen Blick auf sie erhaschen, ehe der Wagen in die Garage rollte. Keine dreißig Sekunden später ging das Licht in ihrer Küche an. Als Erstes ließ sie den Träger ihrer übergroßen Handtasche von der Schulter gleiten und stellte die Tasche auf den Tisch. Dann zog sie ihre Kostümjacke aus und zupfte die Bluse aus dem Hosenbund.

Mit ein paar Schritten war sie beim Kühlschrank, wo sie eine Flasche Wasser herausnahm, sie aufschraubte und trank. Dann drehte sie den Deckel wieder zu und blieb mit gesenktem Kopf an der Spüle stehen. Wick stellte das Fernglas scharf. Schlagartig schien sie hinter dem Fenster über der Spüle auf Armeslänge vor ihm zu stehen. Eine lose Strähne hing über ihre Wange bis auf ihre Brust.

Sie rollte die kalte Wasserflasche über die Stirn vor und zurück. Ihre Miene, ihre Bewegungen, ihre Haltung ließen auf tiefe Müdigkeit schließen. Kein Wunder, dachte er. Sie hatte einen langen Tag gehabt. Er wusste das. Schließlich war er dabei gewesen, als er begonnen hatte.

5

Rennie lehnte an der Spüle und rollte die kühle Wasserflasche über ihre Stirn. Es war Jahre her, seit sie zum letzten Mal Atemübungen gebraucht hatte, um wieder zur Ruhe zu kommen. Jahre, aber sie hatte nie vergessen, wie grauenvoll es war, die Kontrolle zu verlieren.

In den vergangenen drei Wochen war ihr Leben völlig aus den Fugen geraten. Begonnen hatten die Auflösungserscheinungen in ihrem sorgfältig durchkomponierten Lebensrhythmus mit ihrer Berufung in die Geschworenenjury. Einen Tag nachdem sie den Brief bekommen hatte, hatten sie und einige andere Ärzte, darunter auch Lee Howell, im Aufenthaltsraum zusammengesessen.

Irgendwer hatte vorgeschlagen, sie solle behaupten, sie habe minderjährige Kinder.

»Habe ich aber nicht.«

»Dann musst du eben für einen älteren Verwandten sorgen.«

»Muss ich aber nicht.«

»Dann bist du eben Studentin.«

Diesen Vorschlag hatte sie gar nicht erst zur Kenntnis genommen.

»Schmeiß das blöde Ding doch weg und kümmere dich nicht weiter darum«, hatte ihr jemand geraten. »So hab ich es jedenfalls gemacht. Ich dachte mir, wenn ich nicht erscheinen muss, ist mir das ein Bußgeld wert, ganz egal, wie hoch es ist.«

»Und was ist passiert?«

»Gar nichts. Niemand verfolgt diese Sachen weiter, Rennie. Jede Woche werden Hunderte von Aufforderungen rausgeschickt. Glaubst du wirklich, sie machen sich die Mühe, jeden ausfindig zu machen, der nicht auftaucht?«

»Ich wäre bestimmt die eine unter tausend. Mich würden sie ins Gefängnis werfen. Um mich allen, die sich um ihre Bürgerpflichten drücken wollen, als abschreckendes Beispiel vorzuhalten.« Gedankenversunken zwirbelte sie den Strohhalm in ihrem Getränk. »Außerdem ist es genau das. Eine Bürgerpflicht.«

»Ich bitte dich«, stöhnte Lee, den Mund voller Kartoffelchips, die er aus dem Automaten gezogen hatte. »Vielleicht eine Bürgerpflicht für Leute, die nichts Besseres zu tun haben. Du könntest deine Arbeit anführen, um da rauszukommen.«

»Berufliche Nachteile sind kein Entschuldigungsgrund. Das steht fett gedruckt auf der Benachrichtigung. Ich fürchte, ich komme da nicht mehr raus.«

»Mach dir keine Sorgen«, sagte er. »Sie werden dich bestimmt nicht auswählen.«

»Mich würde es nicht überraschen, wenn sie es täten«, wandte ein anderer Kollege ein. »Mein Bruder ist Rechtsanwalt. Er sagt, er versucht immer, mindestens eine gut aussehende Frau in die Jury zu bringen.«

Rennie erwiderte sein Zwinkern mit einem vernichtenden Blick. »Und wenn ich es mit Anwältinnen zu tun habe?«

Sein Lächeln fiel in sich zusammen. »Daran habe ich gar nicht gedacht.«

»Natürlich nicht.«

Lee klopfte sich das Salz von den Händen. »Sie werden dich bestimmt nicht auswählen.«

»Na schön, Lee, warum nicht? Du kannst es kaum erwarten, mir zu erklären, warum ich nicht zur Geschworenen tauge, stimmt's?«

Er zählte die Gründe an seinen schlanken Chirurgenfingern ab. »Du bist zu analytisch. Zu meinungsstark. Zu freimütig. Und zu dominant. Keine Partei wünscht sich eine Geschworene, die alle anderen umstimmen könnte.«

Diesen einen Streit hätte Lee ruhig gewinnen dürfen, wenn es nach Rennie gegangen wäre. Sie war aus achtundvierzig Kandidaten als zweite in die Jury aufgenommen und wenig später zur Sprecherin gewählt worden. Während der nächsten zehn Arbeitstage hatte der Staat Texas ihre gesamte Zeit in Anspruch genommen, während sich im Krankenhaus die Papierberge auftürmten und ihre Patienten warten mussten.

Als die Verhandlung vorüber war, war ihre Erleichterung nur von kurzer Dauer gewesen. Der Staatsanwalt hatte seinen Ärger über das Urteil in den Medien ausposaunt. Ebenso wenig Zustimmung hatte der Urteilsspruch seitens der Leute auf der Straße gefunden, zu denen sich ausnahmsweise auch Dr. Lee Howell zählte.

Bei der Party am Freitagabend hatte er seiner Meinung Luft gemacht. »Ich kann einfach nicht glauben, dass du diesen Galgenvogel vom Haken gelassen hast, Rennie. Das ist ein Berufsverbrecher.«

»Er wurde noch nie verurteilt«, hatte sie eingewandt. »Außerdem stand er nicht wegen irgendwelcher früherer Vergehen vor Gericht.«

»Nein, sondern weil er einen prominenten Banker, einen führenden Bürger unserer schönen Stadt, exekutiert hat. Der Staatsanwalt war auf die Todesstrafe aus.«

»Ich weiß, Lee. Ich war dabei.«

»Und los geht's«, bemerkte einer der anderen Gäste, die sich versammelt hatten, um einer Debatte zu lauschen, die mit Sicherheit spannend werden würde. »Der Erzkonservative und die liberale Emanze heizen sich mal wieder so richtig ein.«

»Wir Geschworenen haben erst vor der Bekanntgabe unserer Entscheidung erfahren, dass der Staatsanwalt die Todesstrafe gefordert hatte. Das hat unser Votum nicht beeinflusst.«

»Wie kommt es dann, dass ihr zwölf beschlossen habt, dieses Ekel laufen zu lassen, statt ihm die Nadel zu geben? Wie konntet ihr auch nur eine Sekunde lang an seine Unschuld glauben?«

»Keiner von uns hat geglaubt, dass er *unschuldig* ist. Wir haben ihn für *nicht schuldig* erklärt. Das ist etwas anderes.«

Er zuckte mit den knochigen Achseln. »Der Unterschied will mir nicht einleuchten.«

»Der Unterschied liegt in unseren berechtigten Zweifeln.«

»*In dubio pro reo.* Im Zweifel für den Angeklagten, meinst du diesen Scheiß?«

»Dieser Scheiß bildet das Fundament unserer Rechtsprechung.«

»Jetzt kommt sie in Fahrt«, hörte sie jemanden im Hintergrund flüstern.

»Die so genannten Beweise gegen Mr Lozada waren samt und sonders Indizienbeweise«, erklärte sie. »Es gab keinen einzigen echten Beweis dafür, dass er tatsächlich am Tatort war. Und er hatte ein Alibi.«

»Einen Typen, den er wahrscheinlich dafür bezahlt hat, für ihn zu lügen.«

»Es gab keine Augenzeugen. Es gab –«

»Sag mal, Rennie, waren alle Geschworenen so gewissenhaft bei ihrer Urteilsfindung?«

»Was meinst du damit?«

»Ich meine damit, dass du Miss Superkorrekt bist. Bestimmt hast du alle Fakten fein säuberlich aufgefädelt, und Gott bewahre dich davor, auf deinen Instinkt zu hören.«

»Natürlich habe ich das.«

»Wirklich? Dann sag mir eines: Wie viele Geschworene haben bei eurer ersten Abstimmung, noch vor der Beratung, für schuldig und wie viele für unschuldig gestimmt?«

»Ich werde nicht mit dir darüber sprechen, was im Beratungszimmer passiert ist.«

Er schaute kurz in die Runde, als wollte er sagen: »Ich hab's gewusst.«

»Lass mich raten, Rennie. Du –«

»Ich habe einmal über diesen Fall beraten, Lee. Und das reicht mir.«

»Du warst das Gewissen der ganzen Jury, stimmt's? Du

hast den Freispruch durchgeboxt.« Er drückte beide Hände auf sein Herz. »Unser aller Dr. Rennie Newton, die Jeanne d'Arc unserer Berufsverbrecher.«

Der Streit war im Gelächter der Zuhörer untergegangen. Es war das letzte verbale Scharmützel, das sie und Lee je ausfechten würden. Wie immer waren sie als Freunde auseinandergegangen. Als sie sich von ihm und Myrna verabschiedete, hatte er sie in die Arme geschlossen. »Du weißt, dass ich dich nur aufziehen wollte, oder? Von allen Geschworenen, die je bei einer Verhandlung dabei waren, hast du dir bestimmt die größte Mühe gegeben, alles richtig zu machen.«

Ja, sie hatte wahrlich versucht, alles richtig zu machen. Sie hatte nur nicht gewusst, wie stark ihr Privatleben durch diese verfluchte Berufung zur Geschworenen, durch die Verhandlung und das Urteil beeinträchtigt würde. Schlimmstenfalls hatte sie die Berufung für eine lästige Verpflichtung gehalten. Mit einer Katastrophe hatte sie nicht gerechnet.

Ob Detective Wesley sie wirklich verdächtigte?

Ihr Anwalt hatte ihre Bedenken beiseitegewischt. Seiner Ansicht nach hatte die Polizei noch keine einzige heiße Spur und deswegen ein weitmaschiges Netz ausgeworfen, weshalb jetzt jeder vernommen wurde, mit dem Lee Howell zu tun gehabt hatte, angefangen beim Krankenhauspersonal bis hin zu seinen Golfpartnern. Im Augenblick stand jeder unter Verdacht. Andeutungen und Einschüchterungen waren altbekannte Polizeimethoden, hatte ihr der Anwalt versichert. Auf keinen Fall sollte sie das Gefühl haben, dass sie besonders genau unter die Lupe genommen wurde.

Rennie hatte sich einzureden versucht, dass er Recht hatte und sie überreagierte. Allerdings wusste der Anwalt nicht, dass sie allen Grund hatte, ein wenig nervös zu werden, wenn sie von der Polizei vernommen wurde.

Die Vernehmung war ihr noch lebhaft im Gedächtnis gewesen, als sie am Nachmittag vom Verwaltungsrat des Krankenhauses zu dessen wöchentlicher Konferenz eingeladen wurde, wo man ihr prompt die Position antrug, die auf so tragische Weise frei geworden war.

»Ich weiß Ihr Angebot zu schätzen, aber ich muss es leider ausschlagen. Sie hatten mehrere Monate lang Bedenkzeit und sich schließlich für jemand anderen entschieden. Wenn ich jetzt annehmen würde, hätte ich immer das Gefühl, zweite Wahl zu sein.«

Man versicherte ihr, dass Dr. Howell nur eine einzige Stimme mehr als sie bekommen hatte und niemand ihre Eignung für den Posten anzweifle.

»Das ist nicht der einzige Grund, weshalb ich ablehnen muss«, hatte sie daraufhin ausgeführt. »Ich habe Dr. Howell als Kollegen bewundert, aber er und Myrna sind für mich auch Freunde. Von seinem Tod zu profitieren, empfände ich als … obszön. Ich danke Ihnen für das Angebot, aber die Antwort lautet Nein.«

Zu ihrer Überraschung hatte man sich mit dieser Antwort nicht abfinden wollen und sie beschworen, ein, zwei Tage darüber nachzudenken.

Sie fühlte sich zwar geschmeichelt und bestätigt angesichts dieser Beharrlichkeit, aber damit stand sie vor einer schweren Entscheidung. Natürlich hatte sie die Stelle gewollt und war auch qualifiziert dafür, aber dennoch erschien es ihr falsch, wenn sie ihre Beförderung Lees Tod verdanken sollte.

Und außerdem musste sie Wesley berücksichtigen. Falls sie die Position annahm, die für ihn ein mögliches Mordmotiv darstellte, würde sie sich in seinen Augen damit noch verdächtiger machen. Sie befürchtete nicht, dass er etwas finden könnte, was sie belastete. Sie hatte nichts, absolut gar nichts mit dem Mord an Lee zu tun. Doch bis Wesley davon überzeugt wäre, bliebe sie im Fadenkreuz der polizeilichen Ermittlungen. Und *das* fürchtete sie durchaus und wollte es um jeden Preis vermeiden.

Ihr ging so viel im Kopf herum, dass er sich tatsächlich schwer anfühlte. Sie griff nach hinten, zog das Haarband aus ihrem Pferdeschwanz, schüttelte ihre Haare durch und massierte dann energisch mit den Fingerspitzen ihre Kopfhaut.

Schon vor der Mittagspause hatte sie vier größere Operationen durchgeführt. Das Wartezimmer vor dem OP war gefüllt gewesen mit den ängstlichen Freunden und Verwandten ihrer und auch anderer Patienten.

Gleich nach jeder Operation war sie kurz herausgekommen, um mit den Angehörigen der Patienten zu sprechen, ihnen Auskunft über das Befinden der Operierten zu geben und zu erläutern, was genau sie getan hatte. Einigen konnte sie sogar Farbfotos zeigen, die während der Operation aufgenommen worden waren. Zum Glück waren die Prognosen der Patienten durchweg gut und die Berichte ermutigend gewesen. Heute hatte sie niemandem schlechte Neuigkeiten mitteilen müssen.

Dank ihres fähigen Teams war auch am Nachmittag in ihrer Praxis alles glatt gelaufen. Nur die Visite im Krankenhaus hatte etwas länger gedauert als üblich. Erst hatte sie die vier frisch Operierten nachuntersuchen und dann drei weitere Patienten über ihre morgen früh angesetzte Operation aufklären müssen. Einer davon musste erst noch zu dem Einlauf überredet werden, der vor seiner Operation fällig war. Die

Schwestern hatten sich schon den Mund fusselig geredet und schließlich aufgegeben. Nachdem Rennie mit ihm gesprochen hatte, ergab er sich stillschweigend in sein Schicksal.

Und dann, gerade als sie nach Hause fahren wollte, war noch der Anruf gekommen.

Wenn sie nur daran dachte, bekam sie schon eine Gänsehaut. Schnell trank sie die Plastikflasche mit Wasser leer und warf sie in die Müllpresse. Sie spülte die schmutzige Kanne der Kaffeemaschine aus, bereitete den Kaffee für den nächsten Morgen vor und stellte die Zeitschaltuhr. Sie wusste, dass sie etwas essen sollte, aber schon bei dem Gedanken an Essen wurde ihr übel. Sie war viel zu aufgeregt.

Also ließ sie die Handtasche auf dem Tisch stehen – sie glaubte nicht, dass sie noch die Kraft hatte, sie hochzuheben – und schaltete das Licht aus. Doch gerade, als sie ins Wohnzimmer weitergehen wollte, hielt sie inne und schaltete das Licht wieder ein. Als Erwachsene hatte sie immer nur allein gelebt, doch heute wollte sie zum ersten Mal, soweit sie sich erinnern konnte, das Licht anlassen.

Im Schlafzimmer schaltete sie die Nachttischlampe ein und setzte sich auf ihr ungemachtes Bett. Normalerweise hätte es sie gestört, dass sie keine Zeit gefunden hatte, vor der Arbeit ihr Bett zu machen. Jetzt kam ihr der Gedanke trivial, sogar albern vor. Ein ungemachtes Bett war nichts, worüber man sich den Kopf zerbrechen musste.

Beklommen zog sie die Schublade des Nachttischs auf. Die Karte lag unter dem Briefpapierset, das sie vergangene Weihnachten von den Mädchen am Empfang geschenkt bekommen hatte. Sie hatte nicht mal das Zellophan aufgerissen. Jetzt schob sie die Schachtel beiseite und starrte auf die kleine weiße Karte.

Sie hatte gerade die Befunde auf den Karteikarten ihrer Patienten eingetragen, als die Dienst habende Schwester ihr mitteilte, dass sie einen Anruf habe. »Auf Leitung drei.«

»Danke.« Sie klemmte den Hörer zwischen Schulter und Wange, damit sie beide Hände frei hatte, um die Arbeit eines langen Tages abzuschließen. »Dr. Newton.«

»Hallo, Rennie.«

Ihr Füller war mitten in ihrer Unterschrift zum Stehen gekommen. Die rauchige Stimme setzte sie augenblicklich unter Hochspannung: »Wer ist da?«

»Lozada.«

Sie sog scharf die Luft zwischen den Zähnen ein und versuchte dabei gleichzeitig, keinen Laut von sich zu geben. »Lozada?«

Er lachte leise, als wüsste er, dass sie sich absichtlich begriffsstutzig stellte. »Komm schon, Rennie, wir kennen uns. Du hast mich bestimmt nicht so schnell vergessen. Schließlich haben wir fast zwei Wochen im gleichen Raum verbracht.«

Nein, sie hatte ihn nicht vergessen. Sie konnte sich nicht vorstellen, dass irgendwer, der einmal mit diesem Mann zu tun hatte, ihn je wieder vergessen würde. Oft genug hatten seine dunklen Augen im Gerichtssaal ihre gesucht.

Nachdem ihr das aufgefallen war, hatte sie es vermieden, ihn anzusehen. Doch jedes Mal, wenn ihr Blick zufällig auf ihn gefallen war, hatte er sie auf eine Weise angestarrt, die ihr ausgesprochen unangenehm und peinlich war. Ihr war durchaus bewusst, dass auch die übrigen Geschworenen und die Besucher im Gerichtssaal sein unerwünschtes Interesse an ihr bemerkt hatten.

»Sie sollten mich nicht anrufen, Mr Lozada.«

»Warum nicht? Die Verhandlung ist vorbei. Manchmal

treffen sich nach einem Freispruch Angeklagte und Geschworene und feiern das Urteil.«

»Eine solche Feier wäre geschmacklos und instinktlos. Sie ist für die Familie des Opfers, dessen Tod ungesühnt bleibt, ein Schlag ins Gesicht. Auf jeden Fall haben Sie und ich nichts zu feiern und auch nichts zu besprechen. Guten Tag.«

»Haben dir die Rosen gefallen?«

Ihr Herz setzte mehrere Schläge aus und begann dann mit doppelter Geschwindigkeit wieder zu schlagen.

Natürlich war ihr, nachdem sie alle anderen Möglichkeiten ausgeschlossen hatte, die Idee gekommen, dass Lozada ihr heimlicher Verehrer sein könnte, doch diesen Gedanken hatte sie lieber gar nicht erst in Betracht ziehen wollen. Jetzt sah sie ihre schlimmsten Befürchtungen bestätigt und hätte am liebsten so getan, als hätte sie keine Ahnung, wovon er sprach.

Doch das würde er ihr nie im Leben abnehmen. Er hatte die Rosen selbst auf ihrem Tisch platziert und damit sichergestellt, dass sie die Blumen auf jeden Fall erhalten würde. Ihr lag die Frage auf der Zunge, wie zum Teufel er in ihr Haus gekommen war, doch Lozada war, wie Lee Howell ihr vorgehalten hatte, ein Gewohnheitsverbrecher. Für einen Mann mit seinem Anklagen-Register war ein gewöhnlicher Einbruch nur Kinderkram.

Er war unglaublich intelligent und findig, sonst hätte er nicht ungestraft so viele Verbrechen begehen können, eingeschlossen den jüngsten Mord, für den er vor Gericht gestellt worden war und den er bestimmt auch begangen hatte, davon war sie überzeugt. Es hatte ihm nur nicht nachgewiesen werden können.

Er sagte: »So rot wie deine Haustür ist, dachte ich, dass dir rote Rosen bestimmt gefallen.«

Die Rosen hatten ganz und gar nicht die Farbe ihrer Haustür gehabt. Sondern die des Blutes auf den Fotos vom Tatort, die als Beweismittel vorgelegt und der Jury gezeigt worden waren. Das Opfer, auf das, wie die Anklage behauptet hatte, der Auftragskiller Lozada angesetzt worden war, war garrottiert worden – es war mit einem dünnen, aber stabilen Draht erwürgt worden, wobei die Haut über dem Kehlkopf durchtrennt worden und Blut geflossen war.

»Rufen Sie mich nie wieder an, Mr Lozada.«

»Leg nicht auf, Rennie.« Die leise Drohung in seiner Stimme reichte aus, damit sie den Hörer nicht auf die Gabel knallte, wie sie es vorgehabt hatte. »Bitte«, ergänzte er sanfter. »Ich möchte mich nur bedanken.«

»Bedanken?«

»Ich habe mit Mrs Grissom gesprochen. Graues Strubbelhaar. Dicke Knöchel.«

Rennie erinnerte sich gut an sie. Die Geschworene Nummer fünf. Sie war mit einem Klempner verheiratet und hatte vier Kinder. Bei jeder Gelegenheit hatte sie die anderen elf Geschworenen mit ihrem Gejammer über ihren faulen Gemahl und die undankbaren Kinder genervt. Sobald sie erfahren hatte, dass Rennie Ärztin war, hatte sie eine ganze Litanei von Gebrechen heruntergebetet, die sie von ihr diagnostiziert haben wollte.

»Mrs Grissom hat mir erzählt, was du für mich getan hast«, sagte Lozada.

»Ich habe gar nichts für Sie getan.«

»Aber ja doch, Rennie. Wenn du nicht gewesen wärst, würde ich jetzt in der Todeszelle sitzen.«

»Wir waren zwölf Geschworene und haben ein gemeinsames Urteil gefällt. Keiner von uns ist allein verantwortlich für die Entscheidung, Sie freizusprechen.«

»Aber du hast dich für meinen Freispruch stark gemacht, stimmt's?«

»Wir haben den Fall aus jedem möglichen Blickwinkel betrachtet. Wir haben alle rechtlichen Fragen durchgesprochen, bis alle darin übereinstimmten, wie sie interpretiert und angewandt werden sollten.«

»Vielleicht, Rennie.« Er lachte leise. »Trotzdem hat Mrs Grissom mir erzählt, dass du dich für mich eingesetzt hast und dass deine Argumente stichhaltig und ... leidenschaftlich waren.«

Seine Stimme streichelte sie förmlich, und die Vorstellung, von ihm berührt zu werden, ließ sie schaudern. »Rufen Sie mich nie wieder an.« Diesmal gelang es ihr, den Hörer auf die Gabel zu knallen, wo sie ihn festhielt, bis ihre Knöchel weiß hervortraten.

»Dr. Newton? Ist irgendwas? Dr. Newton, ist alles in Ordnung?«

Schweißtropfen standen auf ihrem Gesicht, als hätte sie gerade eine höchst komplizierte und gefährliche Operation hinter sich. Sie fürchtete, sich gleich übergeben zu müssen. Endlich holte sie mit offenem Mund tief Luft, ließ den Telefonhörer los und sah zu der besorgt aussehenden Schwester auf.

»Es geht schon wieder. Aber ich will keine Anrufe mehr durchgestellt bekommen. Ich mache nur schnell alles fertig, wenn also jemand was von mir will, soll er mich anpiepsen lassen.«

»Natürlich, Dr. Newton.«

Danach hatte sie hastig ihre Einträge in die Krankenakten vervollständigt und den Heimweg angetreten. Während sie wie jeden Abend über den Ärzteparkplatz ging, schaute sie mehrmals über die Schulter zurück und fühlte sich deutlich erleichtert, als sie den Parkplatzwächter in seinem Häuschen sitzen sah. Sie hatte gehört, dass der junge Mann, der Lees Leichnam entdeckt hatte, erst einmal freigenommen hatte.

Auf der Heimfahrt sah sie regelmäßig in den Rückspiegel, weil sie halb damit rechnete, dass Lozada ihr folgte. Nur wegen diesem Arschloch fühlte sie sich plötzlich paranoid und eingeschüchtert! Nur wegen diesem Arschloch war ihr Leben völlig aus den Fugen geraten, gerade wo sie es endlich ganz nach ihren Vorstellungen eingerichtet hatte.

Sie brauchte nur auf die widerliche kleine Karte in ihrem Nachttisch zu sehen, und schon spürte sie, wie ihr Hass weiterwuchs. Es machte sie rasend, dass er die Frechheit besaß, sie mit zweideutigen Bemerkungen und absolut unangebrachten Vertraulichkeiten zu belästigen. Aber gleichzeitig machte er ihr auch Angst, und das ärgerte sie am meisten – dass sie sich vor ihm fürchtete.

Wütend rammte sie die Schublade zu. Dann stand sie auf und zog Bluse und Hose aus. Sie brauchte eine heiße Dusche. Sofort. Sie fühlte sich vergewaltigt, fast als hätte Lozada sie mit seiner heiseren Stimme am ganzen Leib berührt. Der Gedanke, dass er hier in ihrem Haus gewesen und in ihre Privatsphäre eingedrungen war, war ihr unerträglich.

Schlimmer noch, sie hatte immer noch das Gefühl, ihn hier im Raum zu spüren, obwohl sie sich energisch einredete, dass das nur Einbildung war, dass ihre Fantasie ihr Streiche spielte. Plötzlich merkte sie, wie sie jedes Ding im Raum genau musterte. Lag alles noch genauso da, wie sie es am Morgen hinterlassen hatte? Die Kappe saß schief auf ihrer Bodylotion, aber sie erinnerte sich, dass sie es heute Morgen eilig gehabt und die Flasche nicht ordentlich zugeschraubt hatte.

Und lag die Zeitschrift, die sie aufgeschlagen auf dem Nachttisch hatte liegen lassen, immer noch im gleichen Winkel da wie heute Morgen?

Sei nicht albern, ermahnte sie sich. Trotzdem fühlte sie sich bloßgestellt, verletzlich, unter Beobachtung.

Plötzlich sah sie zum Fenster. Die Lamellen der Jalousie waren nicht ganz geschlossen. Blitzschnell knipste sie die Lampe aus und huschte ans Fenster, um die Lamellen blickdicht zu stellen.

»Dieses Arschloch«, flüsterte sie in die Dunkelheit.

Sie ging ins Bad, um zu duschen und sich bettfertig zu machen. Bevor sie das Licht ausschaltete, spielte sie kurz mit dem Gedanken, es brennen zu lassen, doch im nächsten Moment entschied sie sich dagegen. Sie würde sich auf keinen Fall von ihrer Angst beherrschen lassen.

Schließlich war sie nie feige gewesen. Ganz im Gegenteil, als Kind war sie so unerschrocken gewesen, dass ihre Mutter oft verzweifelt die Hände gerungen hatte. Als Teenager war ihre Unerschrockenheit in bedenkenlose Tollkühnheit umgeschlagen. In den letzten Jahren war sie in kriegs- und hungergeplagte Gebiete in aller Welt gereist. Sie hatte Despoten und Wirbelstürmen, bewaffneten Banden und ansteckenden Krankheiten getrotzt, um Bedürftigen die ärztliche Hilfe zukommen zu lassen, die sie so dringend benötigten, und sie hatte dabei kaum oder gar keine Rücksicht auf ihre persönliche Sicherheit genommen.

Und dennoch hatte sie jetzt, in ihrem eigenen Schlafzimmer und in ihrem eigenen Bett, Angst. Und zwar nicht nur um Leib und Leben. Lozada war nicht nur eine physische Bedrohung. Detective Wesley hatte die Verhandlung gegen ihn erwähnt und angedeutet …

»O mein Gott.«

Nach Luft schnappend schoss Rennie hoch. Sie schlug die Hand vor den Mund und hörte sich leise wimmern. Ein eisiger Schauer überlief sie.

Lozada hatte sie mit einem verschwenderischen Rosenstrauß in einer Kristallvase zu beeindrucken versucht. Den er persönlich abgeliefert hatte. Was hatte er sonst noch getan, um ihre Gunst zu gewinnen?

Die Antwort war zu schrecklich, als dass Rennie sie auch nur denken wollte.

Doch offensichtlich war dem Detective aus der Mordkommission der gleiche Gedanke gekommen.

Wick öffnete die nächste Dose Cola, weil er hoffte, dass sie den ekligen Nachgeschmack des Tunfischsandwichs wegspülen würde. Rennie hatte sich schlafen gelegt. Genau zweiunddreißig Minuten nachdem sie heimgekommen war, hatte sie das Licht im Schlafzimmer gelöscht. Verdammt schnell. Kein Abendessen. Keine Freizeitvergnügungen. Nicht einmal eine halbe Stunde vor dem Fernseher, um nach einem anstrengenden Tag auszuspannen.

Ein paar dieser zweiunddreißig Minuten hatte sie an der Küchenspüle verbracht, anscheinend tief in Gedanken versunken. Wick hatte immer noch vor Augen, wie sie die Haare ausgeschüttelt und ihre Kopfhaut massiert hatte. Sie hatte ausgesehen wie jemand, der ein dickes Problem wälzte oder von schweren Kopfschmerzen geplagt wurde – oder beides zusammen.

Was ihn wenig überraschte. Sie hatte sich heute bei der Arbeit den Arsch aufgerissen. Um sieben Uhr früh hatte er den Warteraum für die Angehörigen betreten, denn er wusste, dass im Operationssaal der Tag schon früh begann. Niemand hatte sich für ihn interessiert. Alle nahmen an, dass er zu einer der Familien gehörte, die hier, mit Zeitschriften und Plastikbechern voll Automatenkaffee bewaffnet, für eine Weile ihr Lager aufschlugen. Er hatte sich in einer Ecke niedergelassen und sich, den geflochtenen Cowboyhut tief ins Gesicht gezogen, hinter einer Ausgabe von *USA Today* verschanzt.

Um 8 Uhr 47 hatte Dr. Newton ihren ersten Auftritt.

»Mrs Franklin?«

Mrs Franklin und ihr Gefolge von moralischen Unterstützern scharten sich erwartungsvoll um die Chirurgin. Rennie trug noch ihren grünen Overall, und die Gesichtsmaske hing ihr wie ein Lätzchen über der Brust. Auf ihrem Kopf plusterte sich eine Plastikhaube. Ihre Schuhe steckten in Papiergamaschen.

Was sie sagte, bekam er leider nicht mit, weil sie extra leise sprach, damit niemand außer der Familie etwas über den Zustand des Kranken erfuhr, aber jedenfalls zauberte sie mit ihren Worten ein Lächeln auf Mrs Franklins Gesicht, die Rennies Hand ergriff und sie dankbar drückte. Nach der kurzen Unterredung entschuldigte sich Rennie und verschwand wieder hinter der doppelten Schwingtür.

Den ganzen langen Vormittag war sie noch dreimal im Warteraum erschienen. Jedes Mal schenkte sie der wartenden Familie ihre ganze Aufmerksamkeit und beantwortete alle Fragen mit bewundernswerter Geduld. Ihr Lächeln wirkte beruhigend. Aus ihren Augen sprach mitfühlendes Verständnis. Nie schien sie es eilig zu haben, obwohl sie bestimmt unter Stress stand. Nie wirkte sie barsch oder gleichgültig.

Wick konnte kaum glauben, dass dies die abweisende, herablassende Frau von Orens Video sein sollte.

Er hatte im Warteraum vor dem OP ausgeharrt, bis sein

Magen so laut zu grummeln begann, dass die übrigen Wartenden ihm schiefe Blicke zuwarfen. Außerdem waren immer weniger Besucher gekommen, sodass der einsame Cowboy, der ganz allein in der Ecke saß und zum dritten Mal seine Zeitung las, allmählich Aufmerksamkeit erregte. Darum war er aufgebrochen, um sich ein Mittagessen zu genehmigen.

Oren glaubte, er hätte den Tag in seinem muffigen Motelzimmer verschlafen. Wick hatte ihm nichts von seinem Besuch im Krankenhaus erzählt. Und er hatte ihm auch nicht erzählt, dass er sich mittags erst einen Hamburger bei *Kincaid* geholt und anschließend Rennies Privatpraxis observiert hatte. Die Praxis lag in der Nähe des Krankenhauses in einer ehemaligen Wohnstraße, in der sich inzwischen zahlreiche Ärzte niedergelassen hatten.

Der Kalksteinbau sah neu und modern, aber nicht im Mindesten protzig aus. In der Praxis hatte den ganzen Nachmittag über Hochbetrieb geherrscht, im Viertelstundenrhythmus waren die Patienten gekommen und gegangen. Als Wick aufgebrochen war, um bei Rennie einzubrechen, war der Parkplatz immer noch halb voll gewesen.

Ja, Rennie hatte einen anstrengenden Tag hinter sich. Und zur Belohnung hatte sie sich eine ganze Flasche Wasser gegönnt. Mehr nicht. Als sie aus der Küche ging, hatte sie das Licht aus- und sofort wieder eingeschaltet, was ihm ziemlich merkwürdig vorkam.

Das Licht hatte sie auch angelassen, als sie oben ins Schlafzimmer gegangen war, wo sie sich auf die Bettkante gesetzt und die Haare in ihr Gesicht hatte hängen lassen. Ihre gesamte Körperhaltung hatte Niedergeschlagenheit ausgedrückt. Oder erdrückende Probleme.

Dann hatte sie noch etwas Merkwürdiges getan. Sie hatte

die Nachttischschublade aufgezogen und mehrere Minuten hineingestarrt. Einfach nur hineingestarrt. Sie hatte nichts hineingelegt, nichts herausgenommen – sie hatte einfach nur hineingestarrt.

Was sie wohl darin gesehen hatte? Er kam zu dem Schluss, dass es die kleine Karte gewesen sein musste. Hätte eine verschlossene Packung Briefpapier sie so faszinieren können? Den Nachruf auf ihre Mutter mochte sie manchmal lesen, um die Erinnerung an sie lebendig zu halten. Trotzdem hätte er sein ganzes Geld auf die Karte verwettet. Und das machte ihn verdammt neugierig. Woher kam die Karte, und was hatte sie zu bedeuten?

Schließlich hatte sie die Schublade wieder zugeschoben und war aufgestanden. Sie hatte ihre Bluse aufgeknöpft und ausgezogen. Darunter trug sie einen schlichten BH. Vielleicht waren die spitzenbesetzten für die Tage reserviert, an denen sie keine Operationen durchführen musste. Oder für den Mann, der ihr die Karte geschickt hatte.

Danach hatte sie die Hose ausgezogen.

Erst da hatte Wick gemerkt, dass er die ganze Zeit den Atem angehalten hatte, und sich daraufhin ermahnt, ganz normal weiterzuatmen – soweit ihm das möglich war. Ob wohl irgendein heterosexueller Mann ganz normal weiteratmen konnte, wenn er einer schönen Frau beim Ausziehen zusah? Wahrscheinlich nicht. Er kannte jedenfalls keinen einzigen. Vielleicht sollte diese Frage irgendwann mal wissenschaftlich untersucht werden.

Um seinen eigenen Test durchzuführen, holte er tief Luft und atmete das Kohlendioxyd in einem gleichmäßigen Strom wieder aus.

Genau in diesem Moment schaute sie, als hätte sie seinen

Atem auf ihrer nackten Haut gespürt, erschrocken zum Fenster. Augenblicklich erlosch die Nachttischlampe. Ihre Silhouette erschien kurz am Fenster, dann wurden die Lamellen der Jalousie geschlossen, und Rennie verschwand aus seinem Blickfeld.

Das Licht im Bad war angegangen und zehn Minuten angeblieben, lang genug für ein kurzes Bad in einer der vielen Schaumlotionen. Vielleicht hatte sie auch den rosa Rasierer eingesetzt. Ganz bestimmt hatte sie sich die Zähne geputzt und dabei die Tube von unten her aufgerollt, ehe die Zahnpasta in den Spiegelschrank über dem Waschbecken zurückwanderte, auf dem er nicht einen einzigen Wasserfleck entdeckt hatte.

Danach hatte sich Dunkelheit über das Haus gesenkt, abgesehen von dem Licht in der Küche. Wick vermutete, dass sie vom Bad aus direkt ins Bett gegangen war.

Und jetzt, nur zweiunddreißig Minuten später, schlief sie tief und fest unter ihrer hellgelben Decke, den Kopf auf das weiche Daunenkissen gebettet.

Das Kissen war ihm noch gut im Gedächtnis. Er hatte es lange angesehen, ehe er schließlich die Gummihandschuhe abgestreift und es hochgehoben hatte. Dann hatte er es an sein Gesicht gehalten. Nur eine Sekunde lang. Nur so lange, wie es einem guten Detective anstand.

Aber auch das hatte er Oren nicht erzählt.

6

Es war das beste mexikanische Restaurant in Fort Worth, und damit, wenn es nach Lozada ging, das beste Restaurant in Fort Worth.

Er kam nur wegen des Essens hierher und wegen der devoten Bedienung, die er hier erhielt. Auf das Trio, das zwischen den Tischen herumstolzierte und zu lautem Gitarrengeschrammel mit kraftvoller, aber mittelmäßiger Stimme mexikanische Schlager intonierte, hätte er gut verzichten können. Die Inneneinrichtung des Lokals sah aus, als wäre jemand in einem Touristenshop an der Grenze Amok gelaufen und hätte sich jeden verfügbaren Sombrero sowie sämtliche Piñatas unter den Nagel gerissen.

Dafür war das Essen exzellent.

Er saß an seinem Stammplatz in der Ecke, mit dem Rücken zur Wand, und nippte an seinem Verdauungs-Tequila. Er hätte jeden erschossen, der es gewagt hätte, ihm eine dieser halb gefrorenen grünen Mixturen anzubieten, die aus einer Eismaschine gelassen wurden und die Frechheit hatten, sich Margarita zu schimpfen.

Der fermentierte Saft der Agave verdiente es, pur getrunken zu werden. Er bevorzugte einen klaren *Añejo*, denn er wusste, dass der »goldene« Tequila seine Farbe einzig und allein einem Spritzer Karamellsirup verdankte.

Er hatte sich die El-Ray-Platte genehmigt, die aus *Enchiladas con carne*, knusprigen Rindfleisch-*Tacos*, gebratenen Bohnen, spanischem Reis und buttertriefenden Maistortillas bestand. Der Teller war eine einzige Kohlehydrat- und Fettbombe, doch Lozada hatte keine Angst, Gewicht zuzulegen. Er war von Natur aus mit dem mageren, festen Körper begnadet, den sich andere Leute mühsam und unter Litern von Schweiß im Fitnessstudio erarbeiten mussten. Er kam nie ins Schwitzen. Niemals. Und eine Hantel hatte er nur ein einziges Mal in die Hand genommen – um jemandem den Schädel einzuschlagen.

Er trank seinen Schnaps aus und ließ vierzig Dollar auf dem Tisch liegen. Das war beinahe das Doppelte des Rechnungsbetrages, doch es garantierte, dass sein Tisch stets frei war, wenn er vorbeikam. Er verabschiedete sich mit einem Kopfnicken vom Wirt und zwinkerte beim Hinausgehen der hübschen Bedienung zu.

Das Restaurant lag im Herzen des historischen Stockyard District. Auch heute Abend drängten sich die Touristen auf der Kreuzung zwischen Main Street und Exchange Street. Sie kauften abgeschmackte Texassouvenirs wie Kuhfladen aus Schokolade oder in Kunstharz gegossene Klapperschlangen. Die Wohlhabenderen unter ihnen waren sogar bereit, eine ordentliche Summe für ein Paar der legendären, handgenähten Leddy's-Stiefel hinzublättern.

Aus den Steakhäusern drang das verlockende Aroma von Fleisch, das auf Mesquiteholz räucherte. Durch die offenen Türen der Bars wallten kühle Luft, Bierdunst und das Jammern der Country-Balladen.

Alle nur erdenklichen Gefährte vom schlammbesprenkelten Pick-up über biedere Familienkutschen bis hin zu eleganten europäischen Cabrios verstopften die Straßen. Scharen junger Frauen und Herden junger Männer tigerten auf der Suche nach dem jeweils anderen Geschlecht über die Gehsteige. Eltern ließen ihre Kinder auf einem gelangweilten und wahrscheinlich zutiefst beschämten Longhorn-Stier fotografieren.

Gelegentlich konnte man sogar einen echten Cowboy entdecken. Man erkannte sie an dem Kuhdung an ihren Stiefeln und dem verräterischen Kreisabdruck in der hinteren Hosentasche, wo die allgegenwärtige Kautabaksdose steckte. Außerdem betrachteten sie ihre zahlreichen Nachäffer mit unverhohlener und gerechtfertigter Verachtung.

Die Atmosphäre war ausgelassen, familienfreundlich und unschuldig.

Lozada war nichts von alledem.

Er holte sein silbernes Mercedes-Cabrio bei dem Jungen ab, dem er zwanzig Dollar fürs Aufpassen gezahlt hatte, und fuhr die Main Street entlang über den Fluss nach Downtown. Keine zehn Minuten später übergab er die Wagenschlüssel dem Jungen vom Parkservice, schritt über den echten Granit der Lobby im Trinity Tower und fuhr mit dem Lift in den obersten Stock.

Er hatte das Penthouse gekauft, sobald das frisch renovierte Gebäude beziehbar gewesen war. Wie bei den meisten Häusern am Sundance Square hatte man die ursprüngliche Fassade erhalten, um das historische Flair des Viertels zu bewahren. Innen war das Haus bis auf die Fundamente entkernt und so verstärkt worden, dass es den heutigen Bauvorschriften entsprach – und hoffentlich einem Tornado standhielt –, ehe es in Luxuswohnungen aufgeteilt worden war.

Nachdem Lozada die Dachgeschosswohnung erstanden hatte, hatte er noch einmal zwei Millionen Dollar investiert, um jenes Apartment nachzubilden, das er im Architectural Digest entdeckt hatte. Den finanziellen Aderlass hatte er durch drei zusätzliche Jobs wieder ausgeglichen.

Er schloss die Tür auf und genoss nach der turbulenten Fröhlichkeit in Cowtown die ruhige, kühle Gelassenheit seines Apartments. Die indirekte Beleuchtung malte helle Kreise auf die glänzenden Holzböden, die nur hier und da von kleinen Läufern aus reiner Wolle aufgelockert wurden. Alle Oberflächen waren glatt und poliert – lackiertes Holz, Schiefer und Metall. Die meisten Möbel waren fest eingebaut und aus Mahagoni. Die Polster auf den Stühlen und Sesseln waren mit Leder oder mit Fell überzogen.

Das Herzstück seines Wohnzimmers allerdings bestand aus einem riesigen Glaskasten auf einem kniehohen Podest aus poliertem Marmor. Der Glaskasten hatte eine Grundfläche von einem knappen Quadratmeter und war einen Meter hoch. Dieses ungewöhnliche Stück war die einzige Abweichung von dem Apartment in der Zeitschrift. Doch es war eine notwendige Ergänzung. In dem Kasten hatte er einen idealen Lebensraum für seine kleinen Lieblinge geschaffen.

Temperatur und Luftfeuchtigkeit wurden ständig überwacht und reguliert. Damit sich die Kleinen nicht gegenseitig töteten, sorgte er dafür, dass alle genug Beutetiere bekamen. Im Moment lebten fünf Tiere in dem Terrarium, doch es waren auch schon acht oder nur drei gewesen.

Namen hatten sie keine; das wäre lächerlich gewesen, und niemand sollte Lozada nachsagen, dass er sich lächerlich machte. Trotzdem kannte er alle Tiere genau und nahm jedes gelegentlich heraus, um mit ihm zu spielen.

Die zwei *Centruroides* hatte er persönlich aus Mexiko herausgeschmuggelt. Beide waren noch nicht mal ein Jahr in seinem Terrarium. Am längsten wohnte inzwischen ein Weibchen aus der Arizona-Familie bei ihm. Sie war nicht schwer zu besorgen gewesen und auch nicht besonders wertvoll, aber er hatte sie lieb gewonnen. Letztes Jahr hatte sie einunddreißig Junge ausgetragen, die Lozada samt und sonders getötet hatte, sobald sie von ihrem Rücken gekrabbelt waren und damit ihre Unabhängigkeit von der Mutter erklärt hatten. Die beiden anderen Bewohner seines Terrariums waren seltener und tödlicher. Es fiel ihm schwer, sie nicht zu bevorzugen, denn sie waren sehr schwer zu beschaffen und sehr teuer gewesen.

Es waren die edelsten Skorpione der Welt.

Er blieb kurz stehen, um mit ihnen zu sprechen, aber spielen würde er heute Abend nicht mit ihnen. Als gewissenhafter Geschäftsmann hörte er erst seine Mailbox auf neue Nachrichten ab. Es waren keine aufgezeichnet. An der Bar im Wohnzimmer goß er sich einen weiteren *Añejo* in ein schweres Kristallglas ein und nahm es mit an das Panoramafenster, durch das man einen spektakulären Blick auf die Wolkenkratzer rundum und auf den Fluss hatte, nach dem das Gebäude benannt war.

Er erhob das Glas in einem ironischen Toast zum Tarrant County Justice Center hin. Dann wandte er sich in die entgegengesetzte Richtung und prostete in einem tief empfundenen Salut dem Lagerhaus hinter den Bahngleisen zu.

Inzwischen war dort eine Werkstatt untergebracht, die Wohnmobile und Vans umbaute. Doch vor fünfundzwanzig Jahren hatte die rostige Eisenhalle leer gestanden. Damals hatte Lozada dort seinen ersten Mord begangen.

Tommy Sullivan war sein Kumpel gewesen. Er hatte nichts gegen den Jungen gehabt. Sie hatten sich nie wirklich gestritten. Das Schicksal hatte Tommy einfach zur falschen Zeit an den falschen Ort geschickt. Es war Hochsommer gewesen. Und weil ihnen nichts Besseres einfiel, hatten sie zusammen das leere Lagerhaus erkundet. Die Langeweile hatte sie dorthin getrieben, und die Langeweile sollte Tommy das Leben kosten.

Tommy war ein paar Schritte vorausgegangen, als Lozada plötzlich der Gedanke gekommen war, dass es eigentlich kinderleicht sein müsste, Tommy von hinten zu packen, seinen Hals zu umfassen und das Taschenmesser in den Kehlkopf seines Freundes zu jagen.

Also hatte es Lozada getan, einfach, um herauszufinden, ob er so etwas tun könnte. Tommy hatte ihm gezeigt, dass er es konnte.

Es war praktisch gewesen, dass er von hinten angegriffen hatte, weil Tommy eine halbe Ewigkeit lang Blut gespuckt hatte. Es war ziemlich schwierig gewesen, nichts davon abzubekommen. Doch alles in allem war es kinderleicht gewesen, Tommy zu töten. Und ebenso unglaublich leicht war es gewesen, nicht erwischt zu werden. Er war einfach zu Tommy nach Hause gegangen und hatte seine Mommy gefragt, ob Tommy daheim sei. Sie hatte geantwortet, er sei unterwegs, aber Lozada könne gern drinnen auf ihn warten; früher oder später würde sein Freund schon auftauchen.

Und so hatte sich Lozada die Zeit nach dem Mord damit vertrieben, in Tommys Zimmer zu sitzen, Musik aus Tommys Stereoanlage zu hören und genüsslich das Chaos zu erwarten, in das Tommys Familie stürzen würde.

Ein Klopfen riss Lozada aus den wonnigen Erinnerungen. Aus alter Gewohnheit näherte er sich der Tür lautlos und mit einem Schnappmesser am Handgelenk. Erst als er durch den Spion geschaut und eine vertraute uniformierte Gestalt erblickt hatte, drehte er den Riegel zurück und öffnete die Tür.

»Nachtservice, Mr Lozada?«

In diesem Gebäude zu wohnen bot viele Annehmlichkeiten; zum Beispiel einen Parkservice, einen Pförtner und ein Zimmermädchen, das zweimal täglich kam. Er winkte die

Kleine herein. Sie ging in sein Schlafzimmer und erledigte dort ihre Arbeit. Lozada füllte sein Glas auf und kehrte zu einem Sessel am Fenster zurück, wobei er das Schnappmesser in Reichweite auf dem Tisch liegen ließ. Er schaute nach unten auf die Anzeigetafel des Kinos gegenüber, doch keiner der angeschriebenen Filmtitel drang in sein Bewusstsein.

Seine Gedanken kreisten um das Telefonat, das er mit Rennie Newton geführt hatte. Er lächelte über ihren armseligen Versuch, sich zu zieren. Sie war wirklich bewundernswert.

Das Zimmermädchen trat zu ihm. »Soll ich die Vorhänge vorziehen, Mr Lozada?«

»Nein, danke. Hast du Schokolade auf das Kissen gelegt?«

»Zwei Stück. Ihre Lieblingssorte.«

»Danke, Sally.«

Sie lächelte ihn an und begann wortlos ihre Uniform auszuziehen. Er hatte noch nie etwas Persönliches von ihr wissen wollen. Im Gegenteil, er hätte nicht einmal ihren Namen gewusst, wenn sie ihn nicht selbst verraten hätte. Sie hatte sofort herausposaunt, dass sie nur vorübergehend als Dienstmädchen arbeiten würde. Ihr Traum war es, Tänzerin in einem Club zu werden.

Die Titten hatte sie vielleicht dafür. Aber nicht den Arsch. Ihr Arsch war breit wie der eines Brauereipferdes.

Als sie sich anschickte, an den Knöpfen ihrer Uniformbluse herumzuspielen, sagte er: »Das kannst du dir sparen«, zog sie zwischen seine Schenkel und drückte sie auf die Knie.

»Ich könnte erst für Sie tanzen. Ich hab vor dem Spiegel geübt. Ich will mich nicht selbst loben, aber ich bin echt gut.«

Statt einer Antwort löste er seinen Gürtel und zog den Reißverschluss seiner Hose auf. Sie schien enttäuscht, dass er sie nicht tanzen sehen wollte, doch sie machte sich sofort daran, ihn zu befriedigen. Behutsam knöpfte sie sein Hemd auf und breitete es auseinander. Dann strich sie über die Tätowierung auf seiner Brust. Ein knallblauer Dolch mit hässlicher Klinge schien seine Brustwarze zu durchbohren. Eintätowierte Blutstropfen sprenkelten seine Rippen. »Das macht mich total heiß.« Ihre Zunge schnellte agil und geschickt wie die einer Schlange über die Dolchspitze.

Das Tattoo hatte er sich mit sechzehn Jahren machen lassen. Der Tätowierer hatte ihm vorgeschlagen, auch gleich die Brustwarze piercen zu lassen. »Mit dem Dolch und einem Piercing würdest du megacool aussehen, Mann.«

Lozada sah immer noch die Angst in den Augen des Mannes vor sich, als er ihn am Adamsapfel gepackt und von seinem Hocker gehoben hatte. »Glaubst du, ich bin schwul?«

Dem Typen waren beinahe die Augäpfel aus dem Kopf gefallen. Dann hatte er gekrächzt: »Nein, Mann, echt nicht. Ich hab's nicht so gemeint.«

Lozada hatte ihn langsam wieder freigegeben. »Und gib dir verflucht noch mal Mühe mit den Blutstropfen, sonst wird das dein letztes Tattoo.«

Mittlerweile hatte sich Sallys gieriger Mund bis zu seinem Schenkel vorgearbeitet. »Kondom«, befahl er.

»Ich brauch keins.«

»Aber ich.«

Er hinterließ nie DNA-Spuren. Abgeschnittene Fingernägel spülte er die Toilette hinunter. Jeden Morgen rasierte er sich von Kopf bis Fuß. Er war haarlos wie ein Neugeborenes, von den Augenbrauen einmal abgesehen. Dass er die abrasierte, ließ seine Eitelkeit nicht zu. Außerdem wäre die Narbe ohne die Brauen weniger auffällig, und er trug seine Narbe wie ein Ehrenmal.

Zum Glück hatte er einen perfekt geformten Schädel. Glatt und rund wie eine Bowlingkugel. Dazu sein olivbrauner Teint, und der Kahlkopf stand ihm exzellent. Zweimal täglich saugte er sein Bett und seine Kommode mit einem kleinen Handsauger ab, um alle Hautschuppen zu entfernen. Seine Fingerabdrücke hatte er sich schon vor Jahren ausbrennen lassen.

Die Erfahrung mit Tommy hatte ihn gelehrt, dass das Blut des Opfers Probleme bereiten konnte. Er hatte damals Angst gehabt, dass jemand sein Taschenmesser kontrollieren könnte, und er war nicht sicher gewesen, ob er wirklich alles Blut entfernt hatte. Niemand hatte ihn verdächtigt, und wenig später hatte er das Messer beseitigt, doch seither versuchte er immer, die Waffe am Tatort zu lassen. Er verwendete stets ganz gewöhnliche Gegenstände – nichts Auffälliges, nichts, was er eben erst gekauft hatte, nichts, was zu ihm zurückverfolgt werden konnte. Manchmal waren seine Hände die einzige Waffe, die er brauchte.

Er hatte eine Sozialversicherungsnummer. Wie jeder gute Bürger zahlte er Steuern auf das Einkommen, das er mit seinem Fernsehreparaturservice erwirtschaftete. Ein alter Säufer, der schon seit der Erfindung des Fernsehens blau war, führte den Laden für ihn. Die Werkstatt lag in einem üblen Viertel, wo kaum jemand einen kaputten Fernseher reparieren ließ. In so einem Fall fuhr man einfach in ein besseres Viertel und klaute einen neuen. Trotzdem war es ein legales, wenn auch nicht besonders einträgliches Geschäft.

Sein eigentliches Einkommen floss spurlos am Finanzamt – und jedem Gesetzeshüter – vorbei.

Sally riss die Folie mit ihren großen Zähnen auf. »Sie sind bestimmt irre reich. Mit so einer Wohnung. Und diesem süßen Mercedes.«

Er liebte seine Besitztümer, und zwar noch mehr, seit er acht Monate im Tarrant County Jail eingesessen und auf seine Verhandlung gewartet hatte. Das lehrte jeden, die guten Dinge im Leben zu schätzen.

Natürlich hatten ihn diese acht Monate auch ein Vermögen gekostet. Doch das beunruhigte ihn nicht. Der Job mit dem Banker war gut bezahlt gewesen.

Sein Geld steckte in Hochzinskonten auf Banken in aller Welt, an Orten, an denen er nie gewesen war und die er auch nicht vorhatte, jemals zu besuchen. Er konnte sich jederzeit zur Ruhe setzen und bis an sein Lebensende in Wohlstand leben.

Trotzdem kam ihm nie der Gedanke, seinen Job aufzugeben. Schließlich arbeitete er nicht des Geldes wegen. Geld hätte er auch auf andere Weise verdienen können. Er machte seinen Job, weil er gut darin war und weil er ihn mochte. Weil er ihn *liebte*.

»Bei diesen Skorpionen krieg ich immer eine Gänsehaut, aber die Wohnung ist einfach super. Sie haben total tolle Sachen. Die Bettdecke ist aus echtem Nerz, stimmt's?«

Lozada wünschte, sie würde endlich den Mund halten und ihm einen blasen.

»Sind Sie wirklich so gefährlich, wie es heißt?«

Er griff in ihr schwarz gefärbtes Haar und riss ihren Kopf nach oben. »Wer erzählt das?«

»Autsch! Das tut weh!«

Er wickelte ihre Haare um seine Faust und zog nochmals an. »Wer?«

»Bloß die anderen Mädchen, die hier im Hotel arbeiten. Wir haben ein bisschen gequatscht. Und dabei haben wir auch über Sie geredet.«

Er sah ihr in die Augen, konnte aber keine Heimtücke darin entdecken. Sie war zu blöd, um ein bezahlter Spitzel zu sein. »Ich werde nur denen gefährlich, die über mich schwatzen, obwohl sie den Mund halten sollten.« Dann löste er seine Hand.

»Hey Mann, seien Sie nicht gleich so empfindlich. Wir haben ja nur gequatscht. Und weil ich Sie kenne, hab ich ein bisschen angegeben.« Sie grinste zu ihm auf.

Wenn sie wüsste, wie abstoßend er dieses Lächeln fand. Er hasste sie für ihre Dummheit und Derbheit. Am liebsten hätte er sie geohrfeigt. Stattdessen drückte er ihren Kopf in seinen Schoß zurück. »Mach endlich fertig.«

Sie war nur hier, weil es so praktisch war. Er konnte jederzeit eine Frau bekommen. Frauen waren so leicht zu haben. Selbst die attraktivsten taten fast alles für etwas Aufmerksamkeit und einen Fünfziger.

Doch er wollte keine Frauen, die leicht zu haben waren. Er wollte die Sorte Frauen, die er nie gehabt hatte.

Auf der Schule hatte er zu den Punks gehört und sich mit den harten Jungs herumgetrieben. Ständig hatte er Ärger mit der Schulbehörde oder der Polizei oder beiden gehabt. Seine Eltern hatte das nicht weiter interessiert. Natürlich hatten sie sich über sein schlechtes Benehmen beklagt, aber sie hatten nie wirklich versucht, ihn zu ändern.

Sein kleiner Bruder war mit einer schweren Behinderung zur Welt gekommen. Von jenem Tag an, an dem seine Eltern das Baby aus der Klinik abgeholt hatten, hatte Lozada mehr oder weniger aufgehört zu existieren, denn im Herzen und in den Gedanken seiner Eltern war für ihn kein Platz mehr gewesen. Die beiden hatten sich ausschließlich um seinen kleinen Bruder und dessen Bedürfnisse gekümmert. Offenbar hatten sie angenommen, dass der gut aussehende, gesunde, frühreife große Bruder sie nicht mehr brauchte.

Mit etwa vier Jahren hatte ihn ihr Desinteresse zu ärgern begonnen, und fortan war der Zorn darüber, dass sie seinem kleinen Bruder mehr Aufmerksamkeit schenkten als ihm, nie wieder erloschen.

Er lernte, dass er durch Ungehorsam Mommys und Daddys Aufmerksamkeit erzwingen konnte, und so beging er jede Bosheit und Gemeinheit, die sein junger Geist ersinnen konnte. Als Junge war er ein Satansbraten gewesen, und als Teenager wurde er zum Mörder.

In der High School gingen die beliebten Mädchen aus Prinzip nicht mit Typen wie ihm aus. Er selbst nahm keine Drogen, doch er klaute sie den Dealern und vertickte sie selber weiter. Er ging lieber zu verbotenen Hahnenkämpfen als zu den Footballspielen am Freitagabend. Er war ein begabter Sportler, doch er hielt nichts von Mannschaftssport, weil er dabei keine schmutzigen Tricks anwenden durfte, und wo blieb die Spannung, wenn sich alle an die Regeln hielten? Außerdem wäre er nie im Leben so einer Pfeife von Trainer in den Arsch gekrochen.

Die beliebten Mädchen gingen mit Typen aus, die stolz ihre High-School-Jacken ausführten und später auf die University of Texas oder die Southern Methodist University gehen würden, um dort einen Abschluss in Medizin oder BWL zu machen, genau wie ihr Daddy. Die begehrtesten Mädchen gingen mit den Jungs, die mit dem BMW zu ihren Golfstunden im Country Club fuhren.

Die Mädchen, die sich gut anzogen und bei allen Schulprojekten mitmachten, die Klassegirls, die Ämter innehatten und Mitglied im Diskussionskreis waren, mieden ihn, weil sie wahrscheinlich Angst hatten, aus ihrer Clique zu fliegen, wenn sie auch nur einen Blick auf ihn riskierten.

Dabei hatten sich alle heimlich nach ihm umgedreht. Er hatte immer gut ausgesehen. Und er strahlte eine gewisse Gefährlichkeit aus, der keine Frau widerstehen konnte. Doch seine ungezügelte sexuelle Energie flößte ihnen Angst ein. Wenn er eine zu lange, zu eindringlich, zu vielsagend ansah, machte sie sich sofort aus dem Staub. Die braven Mädchen waren immer unerreichbar geblieben.

Brave Mädchen wie Rennie Newton.

Das war mal eine Klassefrau. Sie war der Inbegriff all jener Frauen, nach denen er sich je verzehrt hatte, in einer bezaubernden Verpackung. Während seiner Verhandlung hatte er es morgens kaum erwarten können, in den Gerichtssaal zu kommen und zu sehen, was sie diesmal trug und wie sie ihr Haar frisiert hatte. Manchmal war ihm ein leichter Blumenduft in die Nase gestiegen, der hundertprozentig von ihr ausging, doch er war nie nahe genug an sie herangekommen, um sich Gewissheit zu verschaffen.

Bis er in ihrem Haus gewesen war. Das ganze Haus hatte nach ihr gerochen. Die Erinnerung an ihren Duft in allen Zimmern ließ ihn vor Lust schaudern.

Das Mädchen deutete sein Zittern falsch und drückte die Lippen fester um sein Glied. Er schloss die Augen und dachte an Rennie Newton. Er malte sich aus, *sie* würde ihn zum Höhepunkt bringen.

Sobald das Mädchen fertig war, schickte er es weg.

»Möchten Sie denn nicht –«

»Nein.« Beim Anblick ihrer schweren Brüste wurde ihm schlecht. Sie war eine Sau. Eine Hure.

Wie um seine Gedanken zu bestätigen, ließ sie ihre Hände

an ihrem Körper entlanggleiten und wiegte sich zu einer unhörbaren Melodie. »Sie sehen besser aus als jeder andere, mit dem ich bis jetzt zusammen war. Selbst das hier ist süß.« Sie streckte den Finger nach der immer noch rosa leuchtenden Narbe aus, die seine linke Braue teilte. »Woher haben Sie die?«

»Geschenkt bekommen.«

Sie schaute ihn blöde an. Dann zuckte sie mit den Achseln. »Okay, dann erzählen Sie es eben nicht. Sie ist trotzdem sexy.«

Sie reckte sich hoch, er begriff, dass sie seine Narbe küssen wollte, und schubste sie energisch weg. »Verschwinde.«

»Entschuldigen Sie bitte, dass es mich gibt.«

Noch bevor sie auf die Füße kommen konnte, hatte er ihr Kinn gepackt und hielt es wie in einer Schraubzwinge, sodass ihre Lippen nach vorn gequetscht wurden. »Und wenn du je wieder mit irgendwem, *egal wem*, über mich redest, dann werde ich dich finden und dir die Zunge abschneiden. Klar?«

Ihre Augen wurden riesig vor Angst. Sie nickte. Er ließ sie los. Für ein so großes Mädchen bewegte sie sich erstaunlich geschwind. Vielleicht würde sie doch keine so schlechte Striptänzerin abgeben.

Nachdem sie weg war, spielte er in Gedanken noch einmal sein Telefonat mit Rennie durch. Er beschwor ihre Stimme und ihren Tonfall herauf, bis er sie wieder zu hören meinte.

Sobald er ihren Namen ausgesprochen hatte, hatte sie gewusst, wer anrief. Wie albern von ihr, sich dumm stellen zu wollen. Sie hatte ihm verboten, sie noch mal anzurufen, aber auch damit hatte sie sich nur zieren wollen. Damit demonstrierte sie nur jenes angeborene Misstrauen, das jedes brave Mädchen zeigte, wenn ein böser Junge auftauchte, und das störte ihn nicht weiter. Im Gegenteil, das ängstliche Zittern in ihrer Stimme hatte ihm ausgesprochen gut gefallen.

Er war äußerst erfahren, was Frauen anging, allerdings beschränkten sich die Erfahrungen auf gefühllose Begegnungen, bei denen es ausschließlich um Sex gegangen war. Und davon hatte er genug. Frauen anzubaggern und mit ihnen heimzugehen konnte ermüdend werden, vor allem, wenn sie sich zu Kletten entwickelten. Außerdem ging ihm das Geflenne auf die Nerven.

Bezahlte Huren hatten andere Nachteile. Die Treffen in Hotels hatten, so teuer das Zimmer auch sein mochte, immer etwas Abgeschmacktes. Im Grunde war es eine geschäftliche Transaktion, bei der die Hure unweigerlich die Oberhand zu haben meinte. Eine hatte er sogar umbringen müssen, weil sie darauf bestanden hatte, den Ton anzugeben; normalerweise fügten sie sich, ehe es so weit kam.

Außerdem waren Huren gefährlich, und man konnte ihnen nicht trauen. Es bestand immer die Gefahr, dass die Polizei sie auf ihn angesetzt hatte.

Es war an der Zeit, dass er sich eine Frau suchte, die seinem Kaliber entsprach. Es war der einzige Bereich in seinem Leben, in dem er einen Mangel spürte. Ansonsten hatte er von allem das Beste. Ein Mann von seinem Stand verdiente eine Frau zum Vorzeigen, eine Frau, um die ihn andere Männer beneideten.

Und diese Frau hatte er in Rennie Newton gefunden.

Außerdem fühlte sie sich offensichtlich ebenfalls zu ihm hingezogen, wieso hätte sie sich sonst so leidenschaftlich für seinen Freispruch eingesetzt? Wäre er darauf aus gewesen, hätte er ihrem gegenseitigen körperlichen Verlangen nacheinander Erfüllung bieten können. Er hätte sie jederzeit abfangen und, falls sie ihm mit irgendwelchem feministischen Scheiß gekommen wäre, gefügig machen können. Nachdem er sie ein paar Mal richtig rangenommen hätte, hätte sie schon begriffen, dass sie füreinander geschaffen waren.

Doch er hatte sich für ein etwas feinfühligeres Herangehen entschieden. Sie war anders als die anderen Frauen, also musste man sie auch auf andere Weise umwerben. Er wollte sie so umgarnen, wie es eine Frau ihres Kalibers erwartete. Darum hatte er sich, noch bevor die Verhandlung vorüber war, kundig gemacht, wer dieses himmlische Geschöpf war und ob sie vielleicht Feinde hatte. Durch seinen gewieften Anwalt waren die entsprechenden Informationen leicht zu beschaffen gewesen.

Diesen anderen Arzt aus dem Weg zu räumen war beinahe zu einfach gewesen. Damit konnte er seine Zuneigung nicht gebührend beweisen. Deshalb war es ihm ein Bedürfnis gewesen, vor dem Anruf bei Rennie einen zweiten Liebesbeweis folgen zu lassen, der die Tiefe seiner Gefühle besser veranschaulichen konnte. Darum die Rosen. Sie hatten den romantischen Ton perfekt getroffen.

Er trank seinen Tequila aus. Mit einem leisen Lachen rief er sich ins Gedächtnis, wie Rennie sich gesträubt hatte. Eigentlich war er froh, dass sie nicht gleich kapituliert hatte. Es hätte ihn enttäuscht, wenn sie so schnell und so leicht zu haben gewesen wäre. Ihr Geist und ihre Unabhängigkeit machten sie nur noch attraktiver. Wobei es natürlich für alles Grenzen gab.

Irgendwann würde auch sie lernen müssen, dass Lozada immer bekam, was Lozada wollte.

7

Wick trat an den Tisch, an dem Lozada beim Frühstück saß. »Hey, Arschloch, deine Glatze blendet mich.«

Lozadas Gabel erstarrte auf halbem Weg zwischen Teller und Mund. Dann sah er langsam und mit unterdrücktem Zorn auf. Falls er überrascht war, Wick zu sehen, gab er das nicht zu erkennen. Stattdessen musterte er ihn von Kopf bis Fuß. »Na so was. Wer ist denn da wieder aufgetaucht?«

»Etwa seit einer Woche«, erwiderte Wick fröhlich.

»Ist das Fort Worth Police Department so unterbesetzt, dass sie sogar dich in ihren ausgedünnten Reihen wieder willkommen heißen?«

»Aber nein. Ich bin immer noch im Urlaub.«

Wick zog einen freien Stuhl unter dem Ecktisch hervor, drehte die Lehne nach vorn und nahm rittlings darauf Platz. Die übrigen Gäste im Frühstücksraum des Hotels würden ihn wahrscheinlich für einen ungehobelten Flegel halten, doch das war ihm egal. Er wollte Lozada auf die Nerven gehen. Wenn das Zucken in der Wange seines Gegenübers etwas zu bedeuten hatte, dann war er bereits auf dem besten Wege dahin.

»Sag mal, die Pfannkuchen sehen aber gut aus.« Er tunkte einen Finger in den Ahornsirupteich auf Lozadas Teller und schleckte ihn ab. »O Mann. Echt lecker.«

»Wer hat dir verraten, dass ich hier bin?«

»Ich hab einfach den Kopf zum Fenster rausgestreckt und bin dem Gestank gefolgt.«

In Wahrheit war dem Department längst bekannt, dass der Berufskiller gern in diesem Hotelcafé frühstückte. Der Hurensohn hatte nie versucht, unauffällig zu bleiben. Im Gegenteil, er verhöhnte seine Verfolger vom Fahrersitz seines schicken Cabrios oder von den Panoramafenstern seines Penthouse aus, ein Luxus, der den Bullen noch mehr Anlass gab, ihn zu hassen.

»Was hätten Sie gern, Sir?«

Wick wandte sich der jungen Bedienung zu, die an ihren Tisch getreten war. »Spaß, Schätzchen«, antwortete er, setzte seinen Cowboyhut ab und drückte ihn an seine Brust. »Ich möchte nur ein wenig mit meinem alten Freund Ricky Roy plaudern.«

Lozada hasste seine beiden Vornamen und hasste es noch mehr, damit angesprochen zu werden, darum posaunte sie Wick so oft wie nur möglich heraus. »Kennen Sie sich schon?« Er las den Namen der Bedienung von dem Plastikschild an ihrer Bluse ab. »Shelley – hübscher Name –, das ist Ricky Roy. Ricky Roy, Shelley.«

Sie errötete bis unter die Haarwurzeln. »Er kommt oft hierher. Ich kenne ihn schon.«

Wick fragte im Bühnenflüsterton: »Gibt er ein gutes Trinkgeld?«

»Ja, Sir. Sehr gutes sogar.«

»Also, das freut mich zu hören. Auch wenn es mich ein bisschen überrascht. Wissen Sie, eigentlich hat unser Ricky Roy hier nur wenige gute Eigenschaften.« Er wiegte nachdenklich den Kopf. »Wenn ich es recht überlege, ist, dass er ein gutes Trinkgeld gibt, wahrscheinlich überhaupt seine einzige gute Eigenschaft.«

Der Blick der Bedienung flackerte ängstlich zwischen Lozada und ihm hin und her, bis er schließlich auf Wick ruhen blieb. »Möchten Sie vielleicht einen Kaffee?«

»Nein danke, Shelley, aber nett, dass Sie fragen. Ich melde mich, falls ich irgendwas brauche.« Er zwinkerte ihr freundlich zu. Sie errötete noch mal und eilte davon, während er sich erneut Lozada zuwandte und fragte: »Also, wo waren wir stehen geblieben? Ach ja, dass wir uns so lange nicht gesehen haben. Zu schade, dass ich deine Verhandlung verpasst habe. Ich habe gehört, du hast mit deinem Anwalt eine Supershow hingelegt.«

»Die Verhandlung war reine Zeitverschwendung.«

»Da gebe ich dir Recht. Uneingeschränkt. Ich weiß gar nicht, warum für so einen Scheißhaufen wie dich überhaupt eine Verhandlung angesetzt wird. Wenn es nach mir ginge, könnten sie sich den ganzen Zinnober sparen und dich gleich auf den elektrischen Stuhl setzen.«

»Dann kann ich mich ja glücklich schätzen, dass es nicht nach dir geht.«

»Man kann nie wissen, Ricky Roy. Eines Tages ist es vielleicht so weit.« Wick grinste breit, und die beiden Feinde fixierten sich mit Blicken. Schließlich meinte Wick: »Hübscher Anzug.«

»Danke.« Lozada musterte Wicks abgetragene Jeans, die Cowboystiefel und den Hut auf dem Tisch. »Ich kann dir die Adresse von meinem Schneider geben.«

Wick lachte. »Den kann ich mir nicht leisten. Die Sachen sehen echt teuer aus. Offenbar gehen die Geschäfte gut.« Er beugte sich vor und senkte die Stimme. »Hast du seit diesem Banker jemand Interessanten umgelegt? Ich würde zu gern wissen, wer dir damals den Auftrag gegeben hat. Sein Schwiegervater vielleicht? Die beiden konnten sich nicht riechen, nach allem, was man so hört. Womit hast du überhaupt gearbeitet? Einer Klaviersaite? Oder war's eine Gitarrensaite? Eine Angelschnur? Warum hast du nicht deinen guten alten Messertrick angewandt?«

»Mein Frühstück wird kalt.«

»Ach, entschuldige. Ich wollte dich nicht aufhalten. Nein, ich wollte nur kurz Bescheid sagen, dass ich wieder in der Stadt bin.« Wick stand auf und nahm seinen Hut. Er drehte den Stuhl herum und schob ihn wieder unter den Tisch. Dann beugte er sich so weit wie möglich über den Tisch und flüsterte Lozada ins Ohr: »Und dir versprechen, dass ich den Namen meines Bruders in deinen Arsch ritzen werde, und wenn es das Letzte ist, was ich tue.«

»Ich weiß nicht, ob das wirklich schlau war, Wick.«

»Es hat einfach gutgetan.«

»Ich bin mir sogar sicher, dass es saublöd war.«

Wick hatte sich verrechnet. Oren fand die Schilderung seiner Begegnung mit Lozada überhaupt nicht komisch. Ganz und gar nicht. »Wieso denn?«

»Weil er jetzt weiß, dass wir ihn im Auge haben.«

»O Mann, was für ein Schock«, kommentierte Wick sarkastisch. »Als wüsste er das nicht schon längst.« Er war sowieso gereizt, und Orens Tadel trug nicht dazu bei, seine Laune zu bessern. Verärgert schoss er aus seinem Stuhl hoch und marschierte auf und ab. Das Gummiband schnalzte rhythmisch gegen sein Handgelenk.

»Diesem glatzköpfigen Drecksack ist es doch egal, ob wir ihn rund um die Uhr von einer ganzen Division beschatten lassen oder nicht. Schon seit er im Geschäft ist, verarscht er die gesamte Polizei und die Staatsanwaltschaft dazu. Ich wollte ihm nur zeigen, dass ich ihn nicht vergessen habe und dass ich immer noch hinter ihm her bin.«

»Ich weiß, wie du dich fühlst, Wick.«

»Das glaube ich kaum.«

Jetzt wurde Oren allmählich sauer, verkniff sich jedoch eine scharfe Erwiderung und blieb scheinbar ruhig. »Du solltest dich bei dieser Ermittlung nicht von persönlichen Gefühlen leiten lassen, Wick. Weder Rennie Newton noch Lozada sollen merken, dass wir sie überwachen. Wenn die beiden was mit Howells Tod zu tun haben –«

»Er vielleicht. Sie ganz bestimmt nicht.«

»Ach ja? Und woher weißt du das so genau?«

Wick blieb stehen und zeigte mit dem Arm auf ihr Haus zwei Grundstücke weiter. »Wir beobachten sie jetzt seit einer ganzen beschissenen Woche. Ihr Leben besteht nur aus Arbeiten und Schlafen. Sie geht nicht aus. Sie bekommt keinen Besuch. Sie redet ausschließlich mit ihren Kollegen und Kolleginnen im Krankenhaus und mit ihren Patienten. Sie ist ein Roboter. Man braucht sie nur aufzuziehen, und sie erledigt ihren Job. Wenn ihr der Saft ausgeht, fährt sie heim und legt sich ins Bett, um die Batterien wieder aufzuladen.«

Das Obergeschoss des leer stehenden Hauses war ungemütlich warm. Sie hatten den Strom angeschaltet, damit die Hausklimaanlage arbeiten konnte, doch das überalterte System war der brutalen Nachmittagshitze nicht im mindesten gewachsen.

Wick meinte zu spüren, wie der Raum um ihn herum enger wurde, und ihr zeitlicher Rahmen war mindestens so eng wie der Raum. Seine klaustrophobischen Anwandlungen zusammen mit Orens eigensinnigem Beharren auf korrektem Vorgehen trieben ihn noch in den Wahnsinn. Die Ermittlungen traten auf der Stelle. Die Arbeit war nicht nur ermüdend, sondern vor allem langweilig.

»Dass wir sie nie zusammen gesehen haben, bedeutet nicht, dass sie nicht miteinander in Verbindung stehen können«, sagte Oren. »Beide sind zu schlau, um sich gemeinsam zu zeigen. Und selbst wenn sie seit dem Mord an Howell nicht miteinander gesprochen haben, könnten sie sich trotzdem deswegen zusammengetan haben.«

Erschöpft und resigniert ließ sich Wick auf seinen Stuhl fallen. Verdammt, Oren hatte Recht. Natürlich hätte Dr. Newton den Auftrag, ihren Kollegen auszuschalten, erteilt, ehe die Polizei Verdacht geschöpft hatte und sie beschatten ließ. Dazu hätte sie nur einmal telefonieren müssen. »Habt ihr schon ihren Verbindungsnachweis überprüft?«

»Darauf waren nur Telefonnummern, die sie sonst auch regelmäßig anruft. Andererseits würde sie wohl kaum ihr eigenes Telefon benutzen, um einen Mord in Auftrag zu geben.« Oren setzte sich ihm gegenüber. »Okay, hören wir auf, um den heißen Brei herumzureden. Raus mit der Sprache. Was macht dir so zu schaffen?«

Wick schüttelte die Haare zurück, hielt sie ein paar Sekunden mit der Hand aus der Stirn und ließ dann wieder die Hände in den Schoß fallen. »Keine Ahnung. Eigentlich überhaupt nichts.« Oren bedachte ihn mit einem väterlichen Mir-kannst-du-nichts-erzählen-Blick. »Ich komme mir vor wie ein gottverdammter Voyeur.«

»Du hast noch nie Skrupel gehabt, jemanden zu observieren. Wieso diesmal?«

»Ich bin außer Übung.«

»Möglich. Und sonst? Fehlt dir der Strand? Das Salz in der Luft?«

»Wahrscheinlich.«

»Vergiss es. Das ist mehr als nur Heimweh nach deinem schicken Strandbungalow unten in Galveston. Du siehst aus, als würdest du dir gleich die Haut von den Wangen kratzen.

Du bist zappelig, du bist nervös. Was ist los mit dir? Ist es, weil wir es mit Lozada zu tun haben?«

»Reicht das denn nicht?«

»Sag du es mir.«

Wick kaute auf der Innenseite seiner Wange herum und antwortete nach einigen Sekunden: »Es ist Thigpen. Dieser perverse Sack.«

Oren lachte. »Und er hält so große Stücke auf dich.«

»Na klar.«

»Stimmt. Er hält dich für einen Vollidioten.«

»Wenigstens stinke ich nicht. Das ganze Haus stinkt nach diesen Drecks-Zwiebelsandwiches, die er von daheim mitbringt. Der Gestank schlägt dir entgegen, sobald du unten die Tür aufmachst. Außerdem schwitzt er in der Arschritze.«

Oren prustete los. »Was?«

»Ganz recht. Sind dir noch nie die Schweißflecken auf seiner Hose aufgefallen? Ekelhaft. Genau wie die hier.« Wieder flog er aus seinem Stuhl wie ein aus der Kanone geschossener Zirkusartist. Mit drei Schritten hatte er den Raum durchquert und riss die Fotos von Thigpens »Galerie« herunter.

Bild für Bild wurde zusammengeknüllt und landete auf dem Boden. »Wie pubertär kann ein Mann eigentlich sein? Er führt sich auf wie ein verklemmter Teenager. Er ist gemein und behämmert und …« Oren beobachtete ihn, die Stirn nachdenklich gerunzelt. »Scheiße«, endete er abrupt und kehrte auf seinen Stuhl zurück.

Wick versank in mürrisches Schweigen und starrte aus dem Fenster auf Rennies Haus. Vorhin war sie joggen gegangen. Sobald sie auf dem Bürgersteig losgelaufen war, war Oren nach unten geflitzt und ihr mit dem Auto in diskretem Abstand gefolgt.

Nach einer halben Stunde war sie schwer atmend und verschwitzt zurückgekehrt. Oren zufolge hatte sie nichts getan außer laufen. »Die Lady ist fit«, hatte er festgestellt.

Seitdem war sie nicht mehr aus dem Haus gegangen. Weil sich die Sonne in den Fensterscheiben spiegelte, konnten sie nur ab und zu eine schattenhafte Bewegung im Haus ausmachen. Und kurz nach Einbruch der Dunkelheit hatte sie alle Jalousien heruntergelassen.

Wick seufzte. »Na schön, vielleicht hätte ich Lozada tatsächlich in Ruhe lassen sollen. Aber das ist wohl kaum eine Katastrophe. Er hat gewusst, dass ich ihm eines Tages auf die Pelle rücken würde. Schließlich habe ich es ihm geschworen.«

Oren sinnierte wieder mehrere Sekunden lang und sagte dann: »Ich glaube, er hat Howell getötet.«

»Ich auch.«

Sobald der Bericht fertig gewesen war, hatte er ihn gelesen. Die Spurensicherung hatte alles abgegrast, doch der Tatort war steril wie der Operationssaal des Ermordeten gewesen. Sie hatten keinen einzigen Hinweis gefunden, der es gerechtfertigt hätte, Lozadas Wohnung oder Auto zu durchsuchen, und selbst wenn, hätten sie auch dort nichts gefunden, was ihn mit dem Verbrechen in Verbindung brachte. Das wussten sie aus Erfahrung.

»Er ist ein beschissenes Phantom«, sagte Wick. »Er hinterlässt nicht eine einzige Spur. Gar nichts. Er bewegt sich, ohne dass man auch nur einen Luftzug spüren würde.«

»Wir werden ihn kriegen, Wick.«

Er nickte knapp.

»Aber streng nach Vorschrift.«

Wick sah Oren an. »Na los, sag's schon.«

»Was denn?«

»Das weißt du selbst. Was du gerade denkst.«

»Denk du nicht für mich, okay?«

»Du denkst, wenn ich mich damals streng an die Vorschrift gehalten hätte, hättest du ihn schon vor drei Jahren drangekriegt. Für Joe.«

Daran war nicht zu rütteln, doch Oren war ein zu guter Freund, um das auszusprechen. Stattdessen lächelte er traurig. »Ich vermisse ihn immer noch.«

»Ja.« Wick beugte sich vor und setzte die Ellbogen auf die Knie. Dann fuhr er sich mit den Händen übers Gesicht. »Ich auch.«

»Weißt du noch – damals, als du gerade von der Academy kamst? Noch feucht hinter den Ohren. Joe und ich waren gerade dabei, den illegalen Spielsalon auf dem Jacksboro Highway zu observieren. Die kälteste Nacht des Jahres, wir haben uns die Eier abgefroren. Du wolltest uns was Gutes tun und uns mit einer Pizza überraschen.«

Wick übernahm die Geschichte. »Ich kam im Streifenwagen angefahren, damit ihr auch wirklich auffallt. Joe wusste nicht, ob er mich grün und blau prügeln sollte, weil ich euch habe auffliegen lassen, oder ob er lieber die Pizza verputzen sollte, bevor sie kalt wurde.« Er schüttelte wehmütig den Kopf. »Das kriege ich heute noch von allen aufs Brot geschmiert.«

Joe und Oren waren gemeinsam auf der Police Academy gewesen und kurz nach dem Abschluss Partner geworden. Joe war bei Oren gewesen, als seine beiden Töchter zur Welt gekommen waren. Er hatte mit Oren die bangen Stunden durchgestanden, während die Zyste in Graces Brust untersucht worden war. Er war mit ihm nach Florida gefahren, um seiner Mutter das letzte Geleit zu geben. Oren hatte mit Joe zusammen geweint, als die Frau, die er liebte, die Verlobung gelöst und ihm damit das Herz gebrochen hatte.

Sie hatten einander zutiefst vertraut und sich gegenseitig ihr Leben anvertraut. Das Band der Freundschaft zwischen ihnen war fast so stark wie das Band zwischen den Brüdern Wick und Joe.

Als Joe ermordet wurde, hatte Oren erst die Rolle von Wicks älterem Bruder und später die seines Partners übernommen, doch beiden war klar, dass keiner von beiden je die Lücke füllen konnte, die Joe hinterlassen hatte.

Fast eine volle Minute lang blieb es still im Raum, ehe sich Oren auf die Schenkel klatschte und aufstand. »Wenn es dir nichts ausmacht, mach ich mich vom Acker.«

»Schon okay. Sag Grace danke für den Schinken und den Kartoffelsalat. Eine willkommene Abwechslung nach all den miesen Sandwiches. Und umarm die Mädchen von mir.«

»Tut mir leid, dass du deinen Samstagabend in diesem Loch verbringen musst.«

»Kein Problem. Ich –« Plötzlich fiel ihm etwas ein, und er schaute auf die Uhr. »Was für ein Datum haben wir heute?«

»Äh, den Elften, warum?«

»Nur so. Ich bin einfach aus dem Takt gekommen. Und jetzt mach los. Ich möchte nicht, dass Grace sauer auf dich ist.«

»Bis morgen dann.«

»Yeah, bis dann.« Wick ließ sich wieder auf den Stuhl fallen und verschränkte die Hände auf dem Kopf, um möglichst locker und gelangweilt auszusehen.

Er wartete ab, bis Orens Wagen weggefahren war, dann schnappte er seine Wagenschlüssel und folgte seinem Partner nach draußen. Er kletterte in seinen Pick-up und fuhr an Rennies Haus vorbei. Nichts von ihr zu sehen. Nichts, was darauf hindeutete, was sie heute Abend vorhatte. Und wenn er sich irrte? Falls Lozada sie wider Erwarten heute Abend besuchte, würde ihn Oren morgen früh teeren und federn und ihn einen Kopf kürzer machen.

Er würde einfach darauf setzen müssen, dass er richtig lag. Er schaffte es drei Minuten vor der Zeit zur Kirche. Im Laufschritt eilte er vom Parkplatz ins Gotteshaus und plumpste gerade noch in die letzte Bank, ehe die Kirchturmuhr sieben Mal schlug.

Nachdem er seinen Beobachtungsposten verlassen hatte, war er wie ein Irrer ins nächste Einkaufszentrum gerast und dort ins erstbeste Kaufhaus gesprintet, wo er sich einem Herrenausstatter zu Füßen geworfen hatte, der bereits das Ende eines langen Samstagnachmittags herbeisehnte.

»Erst vor einer halben Stunde ist es mir wieder eingefallen«, hatte Wick außer Atem erklärt. »Ich sitze ganz friedlich im Stadion, schau den Rangers zu und freu mich an meinem kühlen Bier und meinem Hot Dog mit Chili, als es mich trifft wie ein Schwinger in den Magen.« Er klatschte sich mit der flachen Hand vor die Stirn. »Also bin ich sofort los, und wissen Sie was? Ausgerechnet heute lagen die Rangers vorn!«

Bis dahin hatte seine kunstvolle Schilderung dem Herrenausstatter lediglich ein gelangweiltes Schniefen entlocken können. Also musste er weiter ausholen. »Meine Mutter wird es mir nie verzeihen, wenn ich da nicht auftauche. Sie hat sich letzten Donnerstag den Rücken verhoben. Seither wirft sie Schmerztabletten ein und nölt mir die Ohren voll, weil sie nicht hingehen kann. Und mir mit meiner großen Klappe fällt nichts Besseres ein, als zu sagen: ›Mach dir keinen Kopf,

Mom. Wenn du nicht hinkannst, gehe ich eben.‹ Und dieses Versprechen möchte ich keinesfalls brechen.«

»Wann soll es denn stattfinden?«

Aha! Eine Mom hatte jeder. »In einer Stunde.«

»Hmm. Ich weiß nicht recht. Sie sind ziemlich groß. Wir haben nicht viel Auswahl in Übergrößen.«

Wick zückte seine Kreditkarte und einen Fünfzigdollarschein dazu. »Ich wette den hier, dass Sie trotzdem was finden.«

»Eine Herausforderung«, verkündete der Herrenausstatter und steckte den Fünfziger ein. »Aber kein Ding der Unmöglichkeit.«

Unterstützt von einem Schneider, der in einer unverständlichen Sprache Verwünschungen ausstieß, während er die benötigten Änderungen absteckte, staffierte er Wick aus, ein hellblaues Hemd mit passender Krawatte eingeschlossen.

»Uni ist wieder in.« Offenbar war der Herrenausstatter zu dem gleichen Schluss gekommen wie Lozada – nämlich, dass Wick dringend modische Beratung brauchte.

Während der Saum der Anzughose herausgelassen und das Jackett in der Taille enger gefasst wurde, ging Wick hinaus in die Passage und ließ seine Schuhe putzen. Zum Glück hatte er heute die schwarzen Stiefel aus Straußenleder angezogen. Danach verschwand er in einer Toilette, feuchtete seine Haare an und kämmte sie mit den Fingern zurück. Für einen Friseurbesuch blieb keine Zeit mehr.

Als er jetzt in die Bank rutschte, sah ihm garantiert niemand an, dass er nicht einmal sechzig Minuten gebraucht hatte, um sich dem Anlass entsprechend auszustatten.

Die Zeremonie begann mit dem Einzug der beiden Mütter. Danach folgten die Brautjungfern in apricotfarbenen Kleidern. Und dann erhoben sich alle für den pompösen Einzug der Braut.

Wick nutzte seine stattliche Größe, um so viele Gesichter wie möglich abzusuchen. Er war schon fast überzeugt, dass er ganz umsonst so viel auf sich genommen und ausgegeben hatte, als er sie ein paar Bänke weiter vorn entdeckte. Soweit er feststellen konnte, war sie allein gekommen.

Die ganze Zeremonie über starrte er auf ihren Hinterkopf. Als der Gottesdienst vorüber war, behielt er sie im Blick, bis alle Gäste aus der Kirche getreten waren und zu ihren Autos gingen, um zum Country Club zu fahren. Zu seiner Erleichterung reihte sich ihr Jeep in die Prozession ein.

Die Einladung zur Hochzeit hatte in ihrer geöffneten Post gelegen, als er ihr Haus durchkämmt hatte. Er hatte sie gelesen und sich Tag, Zeit und Ort eingeprägt, weil sich solche Informationen als praktisch erweisen konnten. Als Oren erwähnt hatte, dass heute Samstag war, hatte sein Gedächtnis Alarm geschlagen. Er hatte einfach gehofft, dass Rennie zu dieser Hochzeit gehen würde, und spontan beschlossen, sie aus nächster Nähe statt immer nur von weitem und durch ein Fernglas zu beschatten.

Als er im Country Club eintraf, entschied er, seinen Wagen lieber selbst zu parken und die Schlüssel einzustecken, statt den Pick-up an einen der Jungs vom Parkservice zu übergeben. Das ging schneller, und er wollte möglichst vor Rennie im Club sein. Der Herrenausstatter hatte während der Anprobe in der Abteilung für Hochzeitsbedarf angerufen und ihm ein Geschenk einpacken lassen. Das trug er jetzt unter dem Arm und stellte es auf dem mit weißem Leinen gedeckten Tisch ab.

Eine hübsche junge Frau stand neben dem Gästebuch. »Bitte tragen Sie sich noch ein.«

»Das hat schon meine Frau erledigt.«

»Okay. Viel Spaß dann. Bar und Buffet sind bereits eröffnet.«

»Super.« Und das meinte er ernst. Er hatte schon befürchtet, es gäbe eine feste Tischordnung, für die er keine Platzkarte hatte, sodass er wieder verschwinden musste.

Allerdings ging er weder in die Bar noch ans Büffet. Stattdessen bezog er Posten an der Wand und versuchte, so harmlos wie möglich zu wirken. Er sah Rennie, sobald sie den Ballsaal betrat, und ließ sie während der nächsten Stunde nicht mehr aus den Augen.

Sie plauderte mit allen, die sie ansprachen, doch meistens blieb sie für sich allein und machte eher den Eindruck einer stillen Beobachterin als einer Feiernden. Sie tanzte nicht, nahm nur ab und zu eine Kleinigkeit vom Buffet, lehnte das angebotene Stück Hochzeitstorte und den Champagner ab und griff stattdessen lieber zu einem Glas mit einer klaren, eisgekühlten Flüssigkeit und einer Zitronenscheibe.

Langsam arbeitete sich Wick an sie heran, wobei er sich stets am Rande der Gästeschar hielt und die wichtigsten Gäste mied, damit keiner davon auf ihn zukommen und ihn fragen konnte, ob er von Braut oder Bräutigam eingeladen worden war.

Als Rennie eine Unterhaltung mit einem Pärchen abschloss und sich unter dem Versprechen eines baldigen gemeinsamen Abendessens von ihnen löste, sah Wick seine Gelegenheit gekommen.

Er trat ihr in den Weg, sie stieß mit ihm zusammen.

Sofort fuhr sie herum und sagte: »Oh, das tut mir aber leid. Bitte entschuldigen Sie.«

8

»Ist ja nichts passiert.« Wick lächelte und nickte zu ihrer Hand hin. »Nass sind nur Sie geworden. Sie gestatten?«

Er nahm ihr das Glas aus der Hand und winkte einen Ober herbei, der nicht nur ihr Glas wegbrachte, sondern sie auch mit Servietten versorgte, mit denen sie ihre Hände abtrocknen konnte. »Vielen Dank«, sagte sie zu Wick, als der Ober wieder verschwunden war.

»Gern geschehen. Kann ich Ihnen ein neues Glas holen?«

»Es geht schon, wirklich.«

»Meine Mom wird mich enterben, wenn ich Ihnen nichts zu trinken bringe.« Schon wieder Mom. »Außerdem wollte ich mir gerade selbst was holen. Bitte.« Er deutete in Richtung Bar.

Sie zögerte und nickte dann bedächtig. »Na schön. Vielen Dank.«

Er steuerte die Bar an und sagte, als sie dort angekommen waren, zum Barkeeper: »Zwei Gläser von dem, was die Lady trinkt.«

»Eiswasser mit Zitrone bitte«, erklärte sie dem jungen Mann. Dann sah sie zu Wick auf, der wehmütig lächelnd an seinem Ohrläppchen zupfte.

»Und ich dachte, sei schlau und lass sie für dich bestellen.«

»Sie können die Bestellung noch abändern.«

»Nein, nein, Eiswasser ist genau das, was ich wollte. Groß, kühl und erfrischend. Hochzeiten im August machen verflucht durstig.« Der Barkeeper schob ihm die beiden Gläser zu. Wick gab eines davon an sie weiter und stieß mit ihr an. »Trinken Sie lieber langsam, sonst steigt es Ihnen zu Kopf.«

»Ich passe schon auf. Vielen Dank noch mal.«

Sie trat beiseite, damit die anderen Gäste an die Bar konnten. Wick tat so, als hätte er das Wort Abfuhr noch nie gehört, und blieb eisern an ihrer Seite. »Ich kann einfach nicht begreifen, warum die Leute nicht im Januar oder Februar heiraten.«

Sie sah ihn völlig verständnislos an. Er konnte nicht sagen, ob sie seine Hartnäckigkeit überraschte oder ob die scheinbar zusammenhanglose Aussage sie verwirrte.

»Ich meine«, beeilte er sich zu sagen, »warum heiraten so viele Paare mitten im Sommer, wo es so verflucht heiß ist?«

»Ich weiß nicht. Tradition?«

»Vielleicht.«

»Oder weil es praktisch ist. Es sind die Ferienmonate. Das macht es den Gästen von außerhalb leichter zu kommen.«

»So wie Ihnen?«

»Von außerhalb?« Sie zögerte nicht lang, aber doch spürbar. »Nein, ich wohne hier.«

Obwohl sie das absolut nicht zu interessieren schien, erzählte er ihr, dass er ebenfalls in Fort Worth lebe. »Sind Sie von der Seite der Braut oder des Bräutigams?«

»Der Vater des Bräutigams ist ein Kollege von mir.«

»Meine Mutter ist eine Cousine zweiten Grades der Brautmutter«, log er. »Glaube ich wenigstens. Mom konnte nicht selbst kommen, aber sie meinte, jemand aus unserem Zweig der Familie sollte sich blicken lassen … Sie wissen ja, wie das ist.«

Wieder versuchte sie, ihn abzuwimmeln. »Dann viel Spaß noch. Und noch mal vielen Dank für das Eiswasser.«

»Ich heiße Wick Threadgill.«

Sie starrte mehrere Sekunden verständnislos auf seine ausgestreckte Rechte, bis er zu fürchten begann, sie würde ihn einfach so stehen lassen. Doch dann ergriff sie seine Hand und drückte sie kraftvoll, wenn auch nur eine Sekunde, bevor sie ihre Finger wieder zurückzog. Ihm blieb gerade Zeit genug, um festzustellen, dass ihre Hand kälter war als seine, wahrscheinlich weil sie das Wasserglas so fest umklammert hielt, seit er es ihr an der Bar überreicht hatte.

»Haben Sie Wick gesagt?«

»Genau. Und ich habe keinen Sprachfehler.«

»Ein ungewöhnlicher Name. Ist es eine Abkürzung?«

»Nein. Ich heiße einfach Wick. Und Sie?«

»Rennie Newton.«

»Ist das eine Abkürzung?«

»Für *Doktor* Rennie Newton.«

Er lachte. »Sehr erfreut, Dr. Rennie Newton.«

Sie sah kurz zum Ausgang hinüber, als wollte sie für alle Fälle den günstigsten Fluchtweg parat haben. Er hatte das Gefühl, sie würde jeden Moment Reißaus nehmen, und wollte das Gespräch so lange wie möglich in Gang halten.

Selbst wenn sie nicht im Fadenkreuz ihrer Ermittlungen gestanden hätte, hätte ihr Verhalten ihn neugierig gemacht. Auch wenn er ihr ganz ohne Hintergedanken begegnet wäre, hätte er wissen wollen, warum eine Frau, die so weltgewandt wirkte, so höllisch nervös wurde, nur weil sie in der völlig unverfänglichen Situation einer Hochzeitsfeier, umgeben von Hunderten anderer Gäste, mit einem Fremden ein belangloses Gespräch führen sollte.

»Und was für ein Doktor sind Sie?«, fragte er.

»Ärztin.«

»Fachärztin?«

»Chirurgie.«

»Wow. Ich bin beeindruckt. Behandeln Sie auch Verletzungen? Nach Schießereien oder Messerstechereien, so wie sie es immer im Fernsehen zeigen?« Die Art von Verletzungen, die bei ihrem Kollegen im Leichenschauhaus landeten? Er forschte in ihren unglaublich grünen Augen nach einem schuldbewussten Flackern, doch falls sie tatsächlich etwas mit dem Mord zu tun hatte, verriet ihr Blick nichts davon.

»Größtenteils sind es geplante Routineeingriffe. Aber im Notdienst habe ich natürlich auch mit Verletzungen zu tun.« Sie tätschelte ihre perlenbesetzte Handtasche. »So wie heute. Ich habe meinen Piepser dabei.«

»Und darum trinken Sie auch keinen Alkohol.«

»Nicht einmal ein Glas zum Anstoßen, wenn ich Bereitschaft habe.«

»Also, ich hoffe, Sie werden heute Abend nicht weggerufen.« Sein Tonfall und sein Blick machten unmissverständlich klar, wie das gemeint war. Und seine unmissverständlichen Absichten machten sie unmissverständlich nervös.

Ihr Lächeln brach in sich zusammen. Um sie herum fuhren unsichtbare Schranken hoch wie Laserstrahlen um ein kostbares Museumsstück. Falls er ihr zu nahe käme, würde er unweigerlich Alarm auslösen.

Ein Trommelwirbel lenkte ihre Aufmerksamkeit zum Podium, wo sich die Braut anschickte, einer Horde von kreischenden und drängelnden jungen Frauen den Brautstrauß zuzuwerfen. Wick stand halbrechts hinter Rennie. Er kannte die Frauen gut genug, um zu spüren, dass sie sich in seiner Nähe unbehaglich fühlte. Warum nur?, fragte er sich.

Inzwischen hätte fast jede andere Frau entweder: (A) seine Flirtversuche erwidert und damit zu erkennen gegeben, dass sie für den Rest des Abends verfügbar war; (B) ihm von einem Freund erzählt, der leider nicht zu der Hochzeit kommen konnte, dem sie aber treu ergeben war; oder ihm (C) erklärt, dass er sich verpissen sollte.

Rennie gehörte einer ganz eigenen Kategorie an. Die von ihr ausgesandten Signale waren widersprüchlich. Einerseits war sie noch da, andererseits verschanzte sie sich hinter einer Rühr-mich-nicht-an-, Denk-nicht-mal-dran-Haltung, die so abweisend wirkte wie eine Klostermauer.

Wick war gespannt, wie viel Druck er aufbauen konnte, bevor sie nachgab. Und so rückte er noch näher an sie heran, bis er sie zwar nicht berührte, sie ihn aber unmöglich ignorieren konnte.

Nachdem der Brautstrauß geworfen war, ging der Bräutigam auf die Knie und schob ein rüschenbesetztes Strumpfband vom ausgestreckten Bein seiner Gemahlin, während sich mehrere junge Männer, die Hände in den Hosentaschen und mit eingezogenen Schultern, widerstrebend in einer geschlossenen Gruppe vor dem Podium aufstellten.

»Ach, wie deutlich sich doch in dieser schlichten Hochzeitstradition der Unterschied zwischen den Geschlechtern zeigt.« Er beugte sich leicht vor, sodass sein Mund direkt neben Rennies Ohr war. »Man vergleiche nur die Vorfreude der jungen Männer mit jener der jungen Frauen.«

»Die Männer sehen aus, als würden sie zum Galgen geführt.«

Der Bräutigam warf das Strumpfband. Ein junger Mann sah sich gezwungen, es aufzufangen, nachdem es ihm gegen die Stirn geklatscht war. Eine der Brautjungfern quietschte auf, rannte auf ihn zu und umarmte ihn. Dann bedeckte sie sein hochrotes Gesicht mit Küssen.

»Ich hab eine ganze Schublade voll mit diesen Dingern«, sagte Wick.

Rennie sah ihn an. »So viele?«

»Meine Größe war immer von Vorteil.«

»Und haben Sie irgendwas dafür vorzuweisen?«

»Eine Schublade voll Strumpfbänder.«

»All die schönen Strumpfbänder für nichts? Vielleicht war in Ihrem Fall die Größe doch eher von Nachteil.«

»So habe ich das noch nie gesehen.«

Die Band stimmte ein gefälliges Stück an. Die anderen Gäste drängten auf die Tanzfläche und schoben sich dabei an Rennie und Wick vorbei, die sich beide nicht vom Fleck rührten.

»*Doktor* Newton, wie?«

»Ganz recht.«

»Ich bin ein echter Pechvogel.«

»Wieso?«

»Weil ich kerngesund bin.«

Sie senkte den Blick auf den Windsorknoten seiner unifarbenen Krawatte.

»Sind Sie mit jemandem hier, Dr. Newton?«

»Nein.«

»Ich auch nicht.«

»Hmm.«

»Möchten Sie tanzen?«

»Nein danke.«

»Noch ein Eiswasser?«

»Nein. Vielen Dank.«

»Gilt es eigentlich als unhöflich, die Feier vor Braut und Bräutigam zu verlassen?«

Sie hob kurz den Kopf und sah ihm in die Augen. »Ganz bestimmt.«

»Mist.«

»Aber ich glaube, ich habe für heute genug Frohsinn erlebt.«

Grinsend nickte Wick zum nächsten Ausgang hin. Als seine Hand, während sie sich durch die Gäste schoben, auf ihrem Rücken zu liegen kam, machte sie keine Anstalten, sie abzuschütteln.

Die Burschen vom Parkdienst lümmelten an den Pfeilern des Vorbaus. Sobald er und Rennie durch die Tür traten, sprang einer herbei. »Ich habe Ihren Wagen gleich dort drüben geparkt, Dr. Newton. Leicht zugänglich, so wie Sie es wollten.«

»Vielen Dank.«

Sie öffnete die Handtasche, um ihm ein Trinkgeld zu geben, doch Wick kam ihr zuvor. Er drückte dem jungen Mann einen Fünfer in die Hand. »Ich bringe Dr. Newton zu ihrem Auto. Sie brauchen es nicht extra zu holen.«

»Äh, okay, danke, Sir. Der Schlüssel steckt.«

Ihr Lächeln für den diensteifrigen Burschen vereiste. Sie ließ sich von Wick über die breiten Backsteinstufen zu dem von Bäumen überschatteten VIP-Bereich des Parkplatzes begleiten, aber sie wirkte dabei steif wie ein Stahlträger. Ohne die Lippen merklich zu bewegen, sagte sie: »Das war nicht nötig.«

O ja, sie war sauer. »Was denn?«

»Ich kann für mich selbst aufkommen.«

»Für sich selbst… Was? Sie meinen das Trinkgeld, das ich dem Jungen gegeben habe? Sie zu Ihrem Auto begleiten zu dürfen, war mir allemal fünf Dollar wert.«

Inzwischen standen sie vor ihrem Jeep. Sie öffnete die Fahrertür, warf die Handtasche auf den Beifahrersitz und drehte sich dann zu ihm um. »Mehr werden Ihnen diese fünf Dollar auch nicht einbringen.«

»Ich schätze, ich kann mir die Frage sparen, ob Sie mit mir einen Kaffee trinken würden.«

»Auf gar keinen Fall.«

»Sie brauchen nicht gleich zu antworten. Lassen Sie sich Zeit.«

»Hören Sie auf, mich anzumachen.«

»Ich habe nur gefragt, ob Sie mit mir einen Kaffee trinken würden, und nicht –«

»Sie machen mich schon an, seit ich mich dafür entschuldigt habe, dass ich mit Ihnen zusammengestoßen bin. Falls Sie sich mehr erhofft haben, haben Sie Ihre Zeit vergeudet.«

Er hob abwehrend die Hände. »Ich habe dem Typ nur ein Trinkgeld spendiert. Ich wollte bloß höflich sein.«

»Dann danke ich Ihnen für Ihre Höflichkeit. Guten Abend.« Sie stieg in den Wagen und zog die Fahrertür zu.

Augenblicklich riss Wick die Tür wieder auf und beugte sich vor, bis sein Gesicht nur Zentimeter von ihrem entfernt war. »Nur zu Ihrer Information, Dr. Newton: Wenn ich Sie wirklich angemacht hätte, dann wüssten Sie inzwischen, dass Sie fantastische Augen haben und dass mir Ihr Mund höchstwahrscheinlich feuchte Träume bescheren wird. Guten Abend.«

Er schloss energisch die Tür, machte auf dem Absatz kehrt und stolzierte davon.

Von seinem Auto aus, das einen halben Block weiter auf der anderen Straßenseite parkte, beobachtete Lozada, wie Rennie aus der breiten Doppeltür des Country Clubs trat. Sie trug ein Kleid aus irgendeinem leichten Sommerstoff, das ihren Körper umspielte und seine Begierde noch weiter anheizte.

Als sie unter dem Vordach heraustrat, ließ die untergehende Sonne ihr blondes Haar aufleuchten und schimmern. Sie sah fantastisch aus. Ihm fiel auf, mit welcher Eleganz sie sich bewegte. Sie würde –

»... *verdammt*, ist das nicht ...?«

Er war so in seine Fantasien vertieft gewesen, dass ihm der Mann an Rennies Seite gar nicht aufgefallen war. Als er endlich den schlaksigen Körperbau registrierte und begriff, wer ihr Begleiter war, musste er sich mit aller Macht zurückhalten, um nicht aus dem Wagen zu springen, über die Straße zu sprinten und Wick Threadgill an Ort und Stelle aus dem Verkehr zu ziehen.

Irgendwann war das sowieso fällig. Er würde dieses Klugscheißerarschloch von Bulle umbringen müssen, warum also nicht möglichst bald? Warum nicht hier und jetzt?

Weil so etwas nicht Lozadas Stil entsprach, darum. Verbrechen aus Leidenschaft waren etwas für Amateure ohne Selbstbeherrschung. Natürlich würde er es genießen, das Thema Wick Threadgill ein für alle Mal abzuschließen, doch er hatte Besseres zu tun, als bis zum Ende seiner Tage im Todestrakt zu hocken und eine Eingabe nach der anderen zu verfassen, bis selbst die letzte Beschwerde abgelehnt war und der Staat ihm für den Mord an einem Polizisten eine Nadel in den Arm setzte.

Hätte Wick damals nicht Mist gebaut, würde Lozada wahrscheinlich schon jetzt darauf warten, für den Mord an seinem Bruder Joe hingerichtet zu werden. Lozada wusste, dass Wick dieser Fehler immer noch zu schaffen machte. Bestimmt machte es ihn rasend, dass der Mörder seines Bruders unangetastet in einem Penthouse lebte, Maßanzüge trug, teure Autos fuhr, aß, trank, vögelte – frei wie ein Vogel, und das nur, weil er einen entscheidenden Fehler begangen hatte.

Lozada betastete die Narbe über seinem Auge und lachte leise. Er war viel zu schlau, um so ungestüm zu reagieren, wie Wick es getan hatte. Andere mochten solche Fehler machen,

Lozada nicht. Lozada war ein Profi. Ein Profi, der seinesgleichen suchte. Und ein Profi verlor niemals den Kopf und handelte, ohne nachzudenken.

Außerdem war Vorfreude doch die schönste Freude, wenn es darum ging, Wick Threadgill auszuschalten. Er wollte ihn nicht im Vorbeigehen erledigen und sich damit um das Vergnügen bringen, seinen Tod in allen Einzelheiten zu planen.

Trotzdem krallten sich seine Finger jetzt um das Lenkrad, als wollte er es aus der Verankerung reißen, als er den Bullen neben jener Frau hergehen sah, die er selbst bald besitzen würde.

Was zum Teufel hatte seine Rennie mit Wick Threadgill zu schaffen?

Der erste Schock, die beiden zusammen zu sehen, machte gleich darauf tiefer Sorge Platz. Das war eine irritierende Wendung der Geschichte. Heute Morgen hatte ihn Threadgill beim Frühstück gestört, und heute Abend war er zusammen mit Rennie auf einer Hochzeitsfeier? Ein Zufall? Wohl kaum.

Wieso interessierte sich Wick für Dr. Rennie Newton? Wegen der Rolle, die sie bei der Verhandlung gespielt hatte? Oder hatte es was mit dem ungelösten Mord an Dr. Howell zu tun? Hätte Lozada nicht zufällig die Einladungskarte bemerkt, als er die Blumen in ihrem Haus abgestellt und sich anschließend ein wenig umgesehen hatte, dann hätte er nicht gewusst, wo sie heute Abend sein würde. Woher wusste der Bulle, was sie heute Abend vorgehabt hatte? Hatte Wick ebenfalls in ihrer Wohnung rumgeschnüffelt?

Es waren peinigende Fragen.

Doch die eine Möglichkeit, die ihm wirklich zusetzte, die ihn rotsehen ließ, die seinen haarlosen Kopf zum Glühen brachte, war die Vorstellung, dass Rennie mit der Polizei gemeinsame Sache machte. Hatten sie irgendwie Wind davon bekommen, dass er scharf auf sie war? Hatten sich Threadgill und seine Dumpfbacken Rennies Unterstützung zugesichert, um ihm eine Falle zu stellen?

O Mann, das wäre wirklich ärgerlich. Verflucht ärgerlich. Es wäre jammerschade, wenn er eine so tolle Frau umbringen müsste, weil sie ihn verraten hatte.

Zunehmend misstrauisch beobachtete er, wie sich Threadgill in ihren Wagen beugte, sich dann wieder aufrichtete und die Tür zuschlug. Sie setzte rückwärts aus der Parklücke, fuhr aus dem Parkplatz des Country Clubs, bog an der Ausfahrt rechts ab und rollte direkt an Lozada vorbei, ohne ihn zu bemerken. Ihr Blick war fest auf die Straße gerichtet, und sie lächelte nicht. Im Gegenteil, sie sah wütend aus. Offenbar hatte Threadgill sie mit seiner Abschiedsbemerkung wütend gemacht. Wahrscheinlich war er Frauen gegenüber genauso arrogant wie gegenüber allen anderen auch.

Lozada startete den Motor, wendete und folgte Rennie nach Hause. Sie ging allein in ihr Haus. Nachdem er den Wagen ein Stück weiter am Straßenrand abgestellt hatte, beobachtete er stundenlang ihr Haus. Sie kam nicht wieder heraus. Weder Threadgill noch irgendjemand anderes tauchte auf.

Erst nach Mitternacht löste sich der Druck auf Lozadas Brust. Das Misstrauen gegenüber Rennie verflüchtigte sich. Bestimmt gab es eine logische Erklärung dafür, dass sie mit Threadgill zusammen gewesen war. Vielleicht hatte er sie wegen des Howell-Mordes vernommen. Schließlich war es kein Geheimnis, dass sie und Howell Differenzen gehabt hatten. Womöglich hatte das auch das blaue Geschwader von Fort Worth mitbekommen. Während einer Hochzeitsfeier belästigt zu werden musste ihr natürlich auf die Nerven gehen, und das erklärte auch, warum sie so sauer gewesen war, als sie vom Country Club weggefahren war.

Zufrieden, die richtigen Schlüsse gezogen zu haben, zog er sein Handy aus der Tasche und wählte ihre Nummer.

9

Wick stapfte im Dunkeln die Treppe hoch. In der einen Hand hielt er das neue Anzugjackett und die Plastiktüte aus dem Kaufhaus, mit der anderen zerrte er an seiner Krawatte. Bis er in dem stickigen Zimmer im ersten Stock stand, war sein Hemd offen, und der Gürtel hing lose in den Schlaufen.

Er war Rennie vom Country Club aus nach Hause nachgefahren. Doch statt in ihre Straße einzubiegen, hatte er den Weg zu seinem Beobachtungsposten eingeschlagen und war dadurch etwa zur gleichen Zeit im Obergeschoss angekommen wie sie in ihrer Garage.

Jetzt eilte er ans Fenster und suchte ihr Haus mit dem Fernglas ab. Gleichzeitig trat er sich die Stiefel von den Füßen und schälte sich aus den Socken.

Ohne sich aufzuhalten, marschierte Rennie durch ihre Küche und verschwand durch die Tür zum Wohnzimmer.

Wick schüttelte sein Hemd ab.

In Rennies Schlafzimmer ging das Licht an. Genau wie er schien sie sich in ihren eleganten Sachen eingezwängt zu fühlen. Sie stieg aus ihren Schuhen – Sandalen mit High Heels, wie er sich noch genau erinnerte – und griff sich dann in den Nacken, um den Reißverschluss ihres Kleides zu öffnen.

Wick schleuderte seine Hose von den Füßen.

Rennie streifte das Kleid über ihre Schultern, schob es dann über ihre Hüften und stieg zum Schluss heraus.

Wick stand da wie vom Blitz getroffen.

Heute war sexy Unterwäsche angesagt. Heller Flieder. Ein dünnes Nichts aus Stoff, in dem sie nackter als einfach nur nackt wirkte. Eine Verhüllung leicht wie ein Lufthauch. Irrsinnig unpraktisch, aber verflucht wirksam.

Sie stellte die Sandalen auf einem Gestell im Schrank ab und hängte das Kleid über einen Bügel, dann verschwand sie im Bad und schloss die Tür.

Wick schloss die Augen. Er lehnte sich gegen die Fensterscheibe, um seine Stirn am Glas zu kühlen. Hatte er allen Ernstes aufgestöhnt? Außerdem lief ihm das Wasser im Mund zusammen. Heiliger Hammer, er verwandelte sich allmählich in Thigpen.

Er stellte das Fernglas auf dem Tisch ab und holte eine Flasche Wasser aus dem kleinen Kühlschrank. Erst als er sie leer getrunken hatte, holte er wieder tief Luft. Ohne ihr Haus aus dem Auge zu lassen, wühlte er in der Plastiktüte, bis er die Jeans ertastet hatte, mit der er ins Kaufhaus gegangen war. Die Jeans zog er an, aber das Hemd ließ er in der Tüte. Es war viel zu heiß, um sich vollständig anzuziehen.

»Was ist eigentlich mit dieser beschissenen Klimaanlage los?«, beschwerte er sich bei der stummen Dunkelheit.

Sobald er Rennie aus dem Bad kommen sah, griff er wieder zum Fernglas. Sie hatte ihre heiße Wäsche gegen ein Tank-Top und Boxershorts getauscht, die zwar durchaus mit den eleganten Dessous mithalten konnten, aber es wesentlich unwahrscheinlicher machten, dass sie auf einen Liebhaber wartete, wie Wick es bis dahin für möglich gehalten hatte.

Auf der Hochzeitsfeier hatte sie ihr Haar zurückgekämmt

und in einem festen Nackenknoten getragen. Jetzt hing es ihr lang und offen über die Schultern. Er konnte sich nicht entscheiden, was ihm besser gefiel. Beides erfüllte seinen Zweck. Mit der einen Frisur sah sie aus wie eine kompetente Frau. Mit der anderen wie eine Frau, Punktum.

Sie strich sich über ihre Arme. Ihr war kühl? Oder war sie nervös? Plötzlich sah sie zum Fenster und löschte, kaum hatte sie festgestellt, dass die Jalousie offen stand, das Licht im Zimmer. Sie war definitiv nervös.

Wick tauschte sein Fernglas gegen eines mit Nachtsichtautomatik. Jetzt konnte er Rennie am Fenster stehen sehen, wie sie zwischen den Lamellen der Jalousie hindurchspähte. Langsam wandte sie den Kopf hin und her, als würde sie jeden Winkel ihres verlassenen Gartens absuchen. Sie prüfte den Riegel ihres Fensters und zog dann an der Kordel die Jalousieen zu. Ein paar Sekunden später wurden sie wieder aufgezogen.

War das ein Signal?

Wieder stand sie minutenlang am Fenster. Wick behielt sie mit dem Fernglas im Blick, nur ab und zu suchte er kurz den Garten nach einer auffälligen Bewegung ab. Niemand kletterte über ihren Gartenzaun. Rennie stieg nicht aus dem Schlafzimmerfenster. Es geschah überhaupt nichts.

Schließlich trat sie zurück. Wick stellte das Fernglas scharf. Er konnte sehen, wie sie ihr Bett aufdeckte. Dann legte sie sich hin und zog die Decke bis zum Bauch hoch. Müde stopfte sie das Kissen unter ihren Kopf, hob die Haare an, um sie fächerförmig über das Laken zu breiten, und wälzte sich dann auf die Seite, das Gesicht zum Fenster. Ihm zugewandt.

»Gute Nacht, Rennie«, flüsterte er.

Das Telefon schreckte sie aus dem Schlaf. Sie knipste die Nachttischlampe an und warf automatisch einen Blick auf die Uhr. Es war kurz vor ein Uhr. Sie hatte über drei Stunden geschlafen. Wenn sie Bereitschaft hatte, versuchte sie, so viel wie möglich zu schlafen, weil sie nie wissen konnte, ob die Nacht nicht abrupt beendet wurde.

An den Samstagabenden konnte sie sich beinahe darauf verlassen, aus dem Bett geholt zu werden, weil dann das Team in der Notaufnahme alle Hände voll zu tun hatte, um all das auszubügeln, was sich die Menschen gegenseitig zufügten. Sobald mehr Patienten als Personal anwesend waren oder ein erfahrener Chirurg gebraucht wurde, wurde der Bereitschaftsarzt gerufen.

Sie war schon halb aus dem Bett. »Dr. Newton?«

»Hallo, Rennie.«

Instinktiv zog sie die Decke an die Brust. »Ich habe Ihnen gesagt, dass Sie mich nicht mehr belästigen sollen.«

»Hast du geschlafen?« Woher hatte Lozada ihre Privatnummer? Sie hatte sie nur wenigen auserwählten Freunden und der Telefonzentrale im Krankenhaus gegeben. Andererseits war er Berufsverbrecher. Bestimmt konnte er auch eine Geheimnummer ausfindig machen. »Wenn Sie damit nicht aufhören –«

»Liegst du gerade unter deiner gelben Decke?«

»Ich könnte Sie wegen Einbruchs verhaften lassen.«

»War es schön auf der Hochzeit?«

Diese Frage ließ sie verstummen. Er wollte ihr demonstrieren, wie nahe er ihr war. Sie stellte sich vor, dass er dabei das selbstgefällige Lächeln zeigte, das er während der ganzen Verhandlung zur Schau gestellt hatte.

Damit hatte er ganz entspannt und unbeteiligt, sogar leicht

gelangweilt gewirkt, so als wäre ihm der Ausgang des Verfahrens egal.

Oberflächlich hatte sein Lächeln milde ausgesehen, doch sie hatte die darunter liegende tiefe Bosheit zu erkennen geglaubt. Sie konnte sich vorstellen, dass er dieses hämische Lächeln auch zeigte, wenn seine Opfer ihren letzten Atemzug taten. Und das Wissen, dass er sie aus der Fassung gebracht hatte, würde genau dieses Lächeln hervorbringen.

»Dein Kleid hat mir gefallen«, sagte er. »Sehr vorteilhaft. Ich glaube kaum, dass irgendwer Notiz von der Braut genommen hat, so wie die Seide deinen Körper umschmeichelt hat.«

Sie zu verfolgen musste für ihn ein Leichtes sein. Schließlich hatte er eine komplizierte Alarmanlage ausgeschaltet und den Banker in dessen eigenem Haus erwürgt, während Frau und Kinder im ersten Stock geschlafen hatten.

»Warum beobachten Sie mich?«

Er lachte leise. »Weil du so gut zu beobachten bist. Während dieser öden Gerichtsverhandlung habe ich mich jeden Morgen darauf gefreut, dich zu sehen, und jeden Abend habe ich bedauert, dass ich dich nicht länger sehen darf. Du warst der einzige Lichtblick in diesem Gerichtssaal, Rennie. Ich konnte einfach nicht genug von dir kriegen. Und tu nicht so, als hättest du meine Blicke nicht bemerkt. Ich weiß, dass dir jeder Blick unter die Haut gegangen ist.«

O ja, sie hatte genau gespürt, wie er sie beobachtet hatte, und nicht nur während der Verhandlung. Auch in den letzten Tagen hatte sie seine Anwesenheit geahnt. Vielleicht bildete sie sich das nur ein, weil sie wusste, dass er in ihrem Haus gewesen war, doch manchmal spürte sie die forschenden Blicke so deutlich, dass sie sich unmöglich täuschen konnte. Seit dem Tag, an dem sie die Rosen bekommen hatte, hatte sie sich in ihrem Haus nicht mehr unbeobachtet gefühlt. Als hätte irgendwer sie ständig im Blick.

Wie zum Beispiel jetzt.

Sie schaltete das Licht aus und huschte vom Bett ans Fenster. Vorhin hatte sie beschlossen, die Jalousien offen zu lassen, weil sie geglaubt hatte, dass sie es mitbekommen wollte, falls Lozada sie beobachtete. Sie wollte ihn ebenfalls sehen.

Ob er wohl jetzt da draußen stand und durchs Fenster hereinsah? Sie fühlte sich nackt und spürte, wie eine Gänsehaut ihre Arme überzog, doch sie zwang sich, am Fenster stehen zu bleiben und die dunklen Nachbarhäuser und die tiefen Schatten ihres Gartens abzusuchen, der ihr in letzter Zeit immer unheimlicher vorkam.

»Auf Ihre unverschämten Blicke während der Verhandlung hätte ich liebend gern verzichtet.«

»Oh, das glaube ich nicht, Rennie. Du willst es nur nicht zugeben. Trotzdem.«

»Hören Sie mir gut zu, Mr Lozada, und merken Sie sich genau, was ich Ihnen jetzt sage«, fuhr sie ihn wütend an. »Ich kann es nicht ausstehen, angestarrt zu werden. Und diese Anrufe kann ich noch viel weniger ausstehen. Ich möchte nie wieder mit Ihnen zu tun haben. Und wenn ich Sie dabei erwische, dass Sie mir nachsteigen, wird Sie das verdammt teuer zu stehen kommen.«

»Rennie, Rennie, du solltest mir dankbar sein.«

Sie schluckte schwer. »Dankbar wofür?«

Nach einer bedeutungsvollen Pause antwortete er: »Für die Rosen natürlich.«

»Auf die hätte ich auch gern verzichtet.«

»Hast du geglaubt, ich würde mich nicht revanchieren,

wenn mir jemand einen Gefallen erweist? Vor allem, wenn du ihn mir erwiesen hast?«

»Ich habe Ihnen keinen Gefallen getan.«

»Ach, mach dir nichts vor, Rennie. Ich weiß mehr, als du glaubst. Ich weiß fast alles über dich.«

Das ließ sie zögern. Wie viel wusste er wirklich? Obwohl sie wusste, dass sie ihm damit in die Hand spielte, konnte sie nicht anders als fragen. »Was zum Beispiel?«

»Ich weiß, dass du ein Blumenparfüm trägst. Und dass du immer ein Taschentuch in der Handtasche hast. Du schlägst meistens das rechte Bein über das linke. Ich weiß sogar, dass deine Brustwarzen empfindlich auf kalte Luft reagieren.«

Sie drückte die Aus-Taste und schleuderte das Telefon quer durchs Zimmer. Es landete auf ihrem Bett. Beide Hände vors Gesicht geschlagen, marschierte sie in ihrem Schlafzimmer auf und ab und atmete dabei tief durch den Mund ein, um die aus ihrem Bauch aufsteigende Übelkeit zu bekämpfen.

Sie durfte sich von diesem Irren nicht länger terrorisieren lassen. Offensichtlich war er krankhaft auf sie fixiert und tatsächlich so eingebildet zu glauben, dass sie seine Zuneigung erwiderte. Er war nicht nur mörderisch, er war auch wahnsinnig.

Sie hatte während des Medizinstudiums genug Seminare in Psychologie belegt, um zu wissen, dass er ein extrem gefährlicher Krimineller war. Er hielt sich für unbesiegbar und würde sich deshalb alles zutrauen.

Sosehr es ihr auch – seit jeher – widerstrebte, sich an die Polizei zu wenden, so ging das nicht weiter. Sie musste Anzeige erstatten.

Sie griff nach ihrem Telefon, doch noch ehe sie die Notrufnummer wählen konnte, läutete es von selbst. Sie erstarrte.

Dann fiel ihr ein, dass sie erst die im Display angezeigte Anrufernummer kontrollieren sollte, was sie vorhin versäumt hatte. Die Nummer war ihr vertraut. Sie atmete einmal tief durch und antwortete beim dritten Läuten.

»Hallo, Dr. Newton, hier ist Dr. Dearborn aus der Notaufnahme. Wir haben hier einen Schwerverletzten nach einem Verkehrsunfall. Männlich. Anfang dreißig. Im Moment machen wir eine Computertomografie, um das Ausmaß seiner Kopfverletzungen zu diagnostizieren, aber er hat außerdem innere Blutungen im Abdominalbereich.«

»Ich bin schon unterwegs.« Gerade als sie das Telefon ausschalten wollte, fiel ihr noch etwas ein. »Dr. Dearborn?«

»Ja?«

»Meine Codenummer, bitte.«

»Wie?«

Diese Sicherheitsmaßnahme war eingeführt worden, weil Lee Howell an jenem Abend zu einem Notfall gerufen worden war. »Meine Code –«

»Ach so. Äh, siebzehn.«

»In zehn Minuten bin ich da.«

Kaum hatte Wicks nackter, nasser Fuß den Boden berührt, da klopfte auch schon jemand an die Tür seines Motelzimmers. »Scheiße.« Er trat aus der Dusche, griff nach einem Handtuch und schlang es sich um die Hüften. Er hoffte, dass er es bis zur Tür schaffte und die Kette einhängen konnte, ehe das Zimmermädchen mit ihrem Generalschlüssel geöffnet hatte.

Als würde sie genau wissen, dass er jede Nacht durcharbeitete, kam sie jeden Morgen nur wenige Minuten nach seiner Heimkehr, um das Zimmer sauber zu machen, während er nur noch unter die Dusche und dann ins Bett wollte.

Allmählich hatte er den Verdacht, dass sie ihn heimlich abpasste. Irgendwann würde er sich splitternackt von ihr erwischen lassen. Vielleicht würde das etwas an ihrem miserablen Timing ändern.

»Jetzt nicht«, brüllte er, während er zur Zimmertür stürzte.

»Es ist aber dringend.«

Wick öffnete die Tür. Auf der anderen Seite stand Oren, eine weiße Papiertüte in der Hand und einen braunen Umschlag unter dem Arm. Sein Gesicht erinnerte an das einer Bulldogge mit Blähungen.

»O je. Machen dir wieder deine Hämorrhoiden zu schaffen?«

Oren drückte ihm die Tüte in die Hand und schob sich an ihm vorbei. »Donuts?«

»Krispy Kreme?«

»Auch noch Ansprüche stellen.« Jemand klopfte; Oren drehte sich um. Vor der Tür stand, pünktlich wie die Uhr, das Zimmermädchen mit seinem Karren. »Verschwinden Sie!«, bellte er und knallte ihr die Tür vor der Nase zu.

»Hey, ich wohne hier«, beschwerte sich Wick.

»Du hast selbst gesagt, sie ist eine Strafe.«

»Aber jetzt kommt sie vielleicht erst morgen früh wieder.«

»Bist du seit neuestem Meister Proper?«

»Scheiße, hast du vielleicht eine Laune. Setz dich.« Er deutete auf den einzigen Sessel im Zimmer. »Ich habe mich schon dafür entschuldigt, dass ich dich gestern aus dem Schlaf gerissen habe. Du hast gesagt, ich soll anrufen, wenn was passiert, also hab ich angerufen, als was passiert ist. Woher sollte ich wissen, dass Rennie Newton zu einem Notfall ins Krankenhaus gefahren ist, als mitten in der Nacht ihr Auto aus der Garage rollte?

Ist mein Anruf vielleicht ungelegen gekommen? Wolltest du gerade mit Grace den Matratzentango tanzen? Hatte sie frische Batterien für den Vibrator gekauft? Was? Oder bist du heute Morgen so mies drauf, weil Grace nicht in Stimmung war?«

»Halt die Klappe, Wick. Halt einfach die Klappe.« Mit finsterem Blick griff Oren nach der Tüte, tauchte mit der Hand hinein und zog einen Donut heraus.

Über die nachtschwarze Laune seines Freundes lachend, ließ Wick das Handtuch fallen und stieg in seine Boxershorts. Er schnappte sich die Tüte, suchte einen glasierten Donut heraus, verschlang die Hälfte davon mit einem einzigen Biss und fragte dann mit vollem Mund: »Kaffee gibt's keinen dazu?«

»Erzähl mir von letzter Nacht.«

Er schluckte. »Das habe ich doch schon. Frau Doktor wurde kurz nach eins angerufen. Keine zwei Minuten später verließ sie das Haus. Ich hätte mir beinah den Hals gebrochen, so schnell bin ich mit den Stiefeln in der Hand die dunkle Treppe runtergerannt. Drei Blocks von ihrem Haus entfernt habe ich sie auf der Camp Bowie eingeholt. Und bin ihr bis zum Krankenhaus hinterhergefahren. Dort ist sie bis zehn nach fünf geblieben. Dann ist sie wieder heimgefahren und ich hinterher. Und dort ist sie geblieben, bis ich von Thigpen abgelöst worden bin. Der übrigens heute Morgen fünfzehn Minuten zu spät aufgetaucht ist.«

Oren warf ihm den braunen Umschlag zu. Er klatschte gegen Wicks nackte Brust. Wick aß erst seinen Donut auf und leckte den Zucker von seinen Fingern, ehe er den Umschlag öffnete und die zwanzig auf vierundzwanzig Zentimeter großen Bilder herauszog.

Es waren vier. Er studierte sie nacheinander und hielt anschließend eines hoch. »Das hier gefällt mir am besten, obwohl es mich nicht von meiner besten Seite zeigt.«

Oren riss ihm die Schwarzweißfotos aus der Hand und warf sie auf das Tischchen neben seinem Sessel. »Mehr hast du nicht dazu zu sagen?«

»Okay, ihr habt mich erwischt. Ich bin aufgeflogen. Was soll ich dazu noch sagen? Herzlichen Glückwunsch, Detective. Hervorragende Arbeit. Oder soll ich vor dir niederknien und um Verzeihung bitten? Deinen Ring küssen? Oder deinen Arsch? Was ist dir lieber?«

»Was zum Teufel hast du da getrieben, Wick?«

»Verdeckte Ermittlungen gegen eine verdächtige Person.«

»Scheißdreck.« Oren zog das kompromittierendste Foto heraus. Es zeigte von hinten, wie Wick Rennie vor dem Country Club zu ihrem Auto begleitete. Auf dem Foto sah er sie an und hatte die Hand auf ihrem Rücken liegen. »Beleidige mich nicht.«

Wick geriet unter seinem anklagenden Blick unter Druck. Schließlich antwortete er: »Ihr Haus zu beobachten hat uns schließlich nicht weitergebracht, oder? Seit einer geschlagenen Woche hocke ich jetzt in dieser Bruchbude und drehe Däumchen. Vor Langeweile habe ich mir schon dreimal die Fingernägel manikürt. Wenn ich noch lange hier rumhocke, wird mein Arsch so breit wie der von Thigpen. Also habe ich gedacht, es könnte nicht schaden, wenn ich etwas Initiative entwickle.«

»Indem du dich an eine Verdächtige ranschmeißt?«

»So war es nicht.«

»Ach nein? Dann sag du mir, wie es war, Wick. Wie war es, so vertraulich und intim mit Dr. Rennie Newton zu plaudern?«

Nur um Orens bohrendem Blick zu entgehen, suchte er in der Tüte nach einem zweiten Donut. »Sie ist eine Eiskönigin. Sie lässt sich so ungern berühren wie eine Klapperschlange. Sie hat mich sogar angezischt.«

»Du hast sie berührt?«

»Nein. Unsere Berührungen beschränkten sich auf das da«, erklärte er ungeduldig und deutete dabei auf das verräterische Foto, »und ein Händeschütteln. Als ich dem Jungen vom Parkservice ein Trinkgeld gegeben hab, hat sie mir die Zähne gezeigt.«

»Er wird dir den Fünfer zurückgeben.«

Wick sah Oren an, schüttelte fassungslos den Kopf und schnaubte dann: »Er war einer von *uns*? Dieses Pickelgesicht?«

»Rookie. Ein Genie an der Kamera. Er hatte eines von diesen Kugelschreiber-Dingern.«

»Das erklärt die Fotos. Woher habt ihr gewusst, dass sie auf die Hochzeit gehen würde?«

»Das wussten wir erst, nachdem wir im Krankenhaus nachgefragt haben. Sie hat auf dem Weg zur Kirche einen kurzen Abstecher gemacht. Also haben wir uns rangehalten. Und als sie zum Empfang kam, hatten wir unseren Jungen schon postiert.«

»Warum hast du mir nichts davon erzählt?«

»Weißt du was? Das habe ich versucht. Ich bin sogar zum Haus zurückgefahren, um dir zu erzählen, wohin sie will und dass ich sie von jemand anderem beschatten lassen werde, nur für den Fall, dass du mal Pause machen willst, vielleicht um schön Essen oder ins Kino zu gehen. Ich hatte ein schlechtes Gewissen, weil ich dich für den Samstagabend eingeteilt hatte. Stell dir vor, wie überrascht ich war, als ich das Haus verlassen vorfand und du nirgends zu finden warst.«

»Ich war gerade beim Anzugkaufen.«

»Und das Handy hattest du praktischerweise ausgeschaltet.«

»An der Kirche hing ein Schild, dass vor dem Betreten des Gotteshauses alle Handys und Piepser ausgeschaltet werden sollten.«

»Und auf Vibrieren kannst du es nicht stellen?«

»Schon, aber … Es …« Ausnahmsweise wollte ihm partout keine schlüssige Ausrede einfallen. Also versuchte er es mit einem Themenwechsel. »Ich weiß nicht, wieso du dich so aufregst, Oren. Ich war ganz anständig. Ich hatte nicht einen einzigen Drink auf dem Empfang. Ich habe dem glücklichen Paar sogar einen Satz Steakmesser geschenkt. Niemand wäre auf die Idee gekommen, dass ich nicht eingeladen sein könnte.« Er vertilgte seinen Donut, streckte sich dann auf seinem Bett aus und knüllte das Kissen unter seinem Kopf zusammen. »Es ist überhaupt nichts passiert.«

Oren sah ihn mehrere Sekunden schweigend an. »Ich weiß wirklich nicht, ob ich diese Unterhaltung noch fortsetzen oder ob ich lieber einfach aufstehen und gehen und auf dich scheißen soll oder ob ich zu dir ans Bett kommen und dir die Scheiße aus dem Hirn prügeln soll.«

»So sauer bist du? Nur weil ich zwanzig Minuten, im allerbesten Fall eine halbe Stunde mit Rennie Newton verbracht habe?«

»Nein, Wick. Ich bin sauer, weil ich schon einmal erlebt habe, wie du Scheiße gebaut hast. Und zwar absolut. Und jetzt habe ich Angst, dass du wieder Scheiße bauen könntest. Noch schlimmer als damals.«

Wick sah rot. »Pass auf, dass du dir die Tür nicht gegen den Arsch knallst, wenn du rausgehst.«

»O nein, ich werde nicht gehen. Ich glaube, ich muss dich daran erinnern, was dich dieser Fehler damals gekostet hat. Glaubst du vielleicht, ich wüsste nicht, weshalb du das Gummiband an deinem Handgelenk trägst?«

»Gewohnheit.«

»Aber sicher.« Wick hatte den Eindruck, dass er möglicherweise doch noch Prügel beziehen würde. »Allen, die dich mögen – weiß der Himmel, warum – ist fast das Herz gebrochen, als sie mit ansehen mussten, wie du danach zusammengebrochen bist.

Du hast es allein deiner Ausdauer zu verdanken, dass du es noch zwei volle Jahre im Dienst ausgehalten hast, ehe du alles hingeschmissen hast. Erst hinterher ist mir klar geworden, wie gefährlich es für dich und uns gewesen ist, dich weiter dabeizuhaben. Hast du wirklich die ganze Scheiße vergessen, Wick?«

»Wie hätte ich sie vergessen können, wo du mich doch ständig daran erinnern musst.«

»Ich erinnere dich ständig daran, weil ich nicht möchte, dass du den gleichen Fehler noch mal machst.«

»Das werde ich nicht!«

»Einen Scheiß wirst du nicht!«

Wicks Oberkörper schnellte hoch. »Ach ja? Nur weil ich auf einer Hochzeitsfeier mit einer Verdächtigen ein Glas Wasser getrunken und ein paar Takte geplaudert habe? Hör doch auf, Oren.«

Wicks Zorn richtete sich weniger gegen seinen Freund als gegen die schmerzhafte Wahrheit in seinen Worten. Wenn Wick vor drei Jahren streng nach Vorschrift gehandelt hätte, dann hätten sie Lozada für den Mord an Joe am Haken gehabt. Jetzt verstieß er schon wieder gegen die Anweisungen – ganz offensichtlich, indem er seinen Observationsposten verlassen und Rennie Newton auf der Hochzeitsfeier angesprochen hatte, und weniger offensichtlich, indem er Oren den Anruf verschwiegen hatte, den sie gestern Abend bekommen hatte. Den ersten Anruf, den, der sie so aufgebracht hatte.

Wenigstens hatte sie aufgebracht gewirkt, als sie mit dem Telefon in der Hand ans Fenster geeilt und beim Reden nach draußen gespäht hatte. Der Anruf, welchen Grund er auch gehabt haben mochte, hatte sie eindeutig nervös gemacht. Hatte sie Angst, Frust oder eher Zorn empfunden, als sie das Telefon aufs Bett geworfen, die Hände vors Gesicht geschlagen und sich aufgeführt hatte wie eine Frau am Rande des Nervenzusammenbruchs? Nach dem Anruf war nichts mehr von der klugen, coolen und kaltblütigen Lady zu erkennen gewesen, die ihn wenige Stunden zuvor so kühl abserviert hatte.

Wer zum Teufel hatte da angerufen? Freund? Feind? Geliebter? Der Typ, der »Ich bin so in dich verschossen« auf das kleine weiße Kärtchen geschrieben hatte? Wer auch immer, er hatte sie zutiefst erschüttert. Oren musste unbedingt von diesem Anruf erfahren.

Andererseits war Oren wie ein das Flammenschwert schwingender Racheengel in sein Zimmer geplatzt und hatte ihm all seine Sünden vorgebetet, darum fühlte sich Wick seinem Freund gegenüber momentan nicht besonders in der Pflicht. Jedenfalls nahm er das als Rechtfertigung dafür, dass er Oren nicht alles erzählte, was er wusste. Manches konnte warten, bis sie sich beide wieder beruhigt hatten.

Während er über all das nachdachte, sah Oren ihn an, als

erwarte er eine Erklärung für sein Verhalten. »Ich arbeite aus freien Stücken an diesem Fall mit, Oren, vergiss das nicht. Du hast mich angeworben, damit ich euch helfe. Gut, ich helfe euch. Aber auf meine Weise.«

»Pass nur auf, dass du uns ›auf deine Weise‹ wirklich hilfst und uns nicht den Fall kaputtmachst.«

»Pass auf, ich werde hier mit jedem Tag bleicher. Mir fehlt das Brausen der Brandung. Mir fehlt sogar die Möwenscheiße auf meiner Veranda. Ich wäre liebend gern wieder am Strand, würde mir die Sonne auf den Bauch scheinen lassen, mich an die Schwester von diesem Krabbenfischer ranmachen und vergessen, dass du mich jemals besucht hast. Wenn du also auf meine Hilfe verzichten willst, dann sag es bitte.«

Oren sah ihn sekundenlang nachdenklich an und schüttelte dann den Kopf. »Damit du endlich einen Vorwand hast, Lozada allein nachzustellen? Oh no. Kommt gar nicht in Frage.« Er stand auf, sammelte die Fotos wieder ein und hielt sie Wick hin. »Möchtest du die für dein Tagebuch?«

»Nein danke. Es war nur eine belanglose Begegnung.«

Oren schnaubte. »Als hättest du jemals eine belanglose Begegnung mit einer Frau gehabt.« Er stopfte die Bilder in den Umschlag zurück, griff nach der Tüte mit den restlichen Donuts und sagte, schon auf dem Weg zur Tür: »Bis heute Abend. Schlaf gut.«

»Bestimmt.«

Er hatte nicht vor, ins Bett zu gehen.

10

»Was darf's denn sein, Süßer?«

Wick klappte die laminierte Speisekarte zu und sah über die Theke hinweg die Kellnerin an. Irgendwer muss die so züchten und dann über ganz Texas verteilen, dachte er. Das gebleichte Haar war zu einem komplizierten Turm toupiert. Die Augenbrauen wirkten wie mit schwarzer Wachsmalkreide nachgezogen. Das fluoreszierende Rosa des Lippenstifts sickerte in die Raucherfalten rings um die dünnen Lippen, die ihn strahlend anlächelten.

»Was empfehlen Sie denn?«

»Baptist oder Methodist?«

»Verzeihung?«

»Heute ist Sonntag. Der Baptist muss heute Abend noch mal in die Kirche, darum würde ich ihm den Mexiko-Teller nicht empfehlen. Sodbrennen und Blähungen, Sie verstehen. Baptisten sollten das panierte Steak oder ein Schweinekotelett oder den Hackbraten nehmen. Der Methodist kann den Abendgottesdienst ausfallen lassen, ohne dass er gleich das Fegefeuer oder die ewige Verdammnis fürchten muss, darum kann er's auch scharf und würzig haben.«

»Und was ist mit uns Heiden?«

Sie tippte ihm gespielt kokett auf den Arm. »Ich hab Sie gleich durchschaut, als Sie hier reinspaziert kamen. Gleich auf den ersten Blick hab ich zu mir gesagt, so gut kann kein Heiliger aussehen.« Sie stemmte die Hände in die Hüften. »Sie können alles kriegen, was Sie wollen.«

Er zwinkerte ihr zu. »Dann fang ich mit dem panierten Steak an.«

»Mit Soße?«

»Versteht sich. Und zwar extra viel.«

»Das ist mein Mann. Zum Sonntagsmenü gehört außerdem ein Erdbeerkuchen oder Bananenpudding.«

»Kann ich mich später noch entscheiden?«

»Nehmen Sie sich alle Zeit der Welt, Süßer.« Sie sah kurz auf die Neonleuchten-Wanduhr. »Es ist schon nach zwölf. Wie wär's mit einem Bier, bis das Steak gebraten ist?«

»Ich dachte schon, Sie fragen nie.«

»Wenn Sie sonst was brauchen, schreien Sie einfach nach Crystal. Das bin ich.«

Das Wagon Wheel Café war ein typisches Texas-Kleinstadtcafé. Es lag am Stadtrand von Dalton, zwei Meilen abseits des Interstate Highways und servierte rund um die Uhr ein herzhaftes Frühstück. Trucker aus den ganzen Vereinigten Staaten kannten es wenigstens dem Namen nach. Der Kaffee war hier immer heiß und frisch, das Bier immer kalt. Fast alles auf der Speisekarte kam aus der Fritteuse, aber man konnte sich auch ein schweres T-Bone-Steak braten lassen, und zwar in allen Variationen von muhend bis Holzkohle.

Sonntags bewirtete das Restaurant die Frommen nach dem Kirchgang und samstagabends die Sünder. Die Rotarier und der Lions Club trafen sich im »Festsaal«, und auf dem Schotterparkplatz gaben sich Liebespaare ein ehebrecherisches Stelldichein.

Die Polster in den Sitznischen waren mit rotem Plastik überzogen, und an jedem Tisch hing eine Mini-Jukebox, die mit der antiken Wurlitzer in der Ecke verbunden war, aus der selbst am Tag des Herrn Countrysongs dudelten. Für die Eiligen und die Einsamen wie Wick gab es einen langen Tresen mit verchromten Hockern.

Wer an der Theke saß, konnte in die Küche blicken – obwohl bei einem allzu scharfen Blick leicht der Appetit darunter leiden konnte. Immerhin prahlte das Schild draußen: »Seit 1919 geöffnet … Und wir haben noch keinen umgebracht.«

An der Kasse klebte der Spielplan des Footballteams der hiesigen High School, und neben einem verstaubten Spendenglas für den örtlichen Tierschutzverein stand der Pokal des Freizeit-Baseballteams, das 1988 die Meisterschaft gewonnen hatte.

Nach der heißen dreistündigen Fahrt von Fort Worth hierher schmeckte das kalte Bier ausgezeichnet. Und er war hier viele Meilen von den gut gemeinten Ratschlägen seines Freundes entfernt, sich keinesfalls eigene Regeln zurechtzuschnitzen. So wie Wick es sah, stauten die zahllosen polizeilichen Vorschriften und Regelungen jeden kreativen Fluss zu einem trüben Tümpel. Regeln im Allgemeinen waren in seinem geistigen Archiv unter »absolut nervig« abgelegt.

Natürlich hatte Oren mit allem Recht, was er vorgebracht hatte, aber davon würde sich Wick nicht beeindrucken lassen.

Er machte das Steak nieder, das unter der knusprigen Panade butterzart gebraten war. Anschließend entschied er sich für den Bananenpudding. Crystal schenkte ihm dazu einen Gratiskaffee ein.

»Zum ersten Mal in Dalton?«

»Yeah. Ich bin nur auf der Durchfahrt.«

»Ein guter Ort zum Durchfahren.«

»Ich finde es nicht so schlecht. Ist doch ganz schön was los hier.« Er zeigte mit dem Löffel auf die Plakate im Fenster, auf denen für die verschiedensten Veranstaltungen geworben wurde.

»Ach, ich schätze, es ist hier nicht anders als überall«, sagte

Crystal. »Als Kind konnte ich es kaum erwarten, wegzugehen, aber Sie wissen ja, wie so was läuft.« Sie zuckte weise mit den Achseln. »Irgendwann hab ich den Nichtsnutz geheiratet, nur weil er ein bisschen so aussah wie Elvis. Und natürlich hat er das Weite gesucht, kaum dass unser Drittes unterwegs war. Das Leben hat mir ein Bein gestellt, als ich in die große Welt hinauswollte, um mein Glück zu machen.«

»Sie haben Ihr ganzes Leben in Dalton verbracht?«

»Jeden einzelnen dreckigen Tag.«

Wick lachte und nahm einen Schluck Kaffee. »Im College hatten wir ein Mädchen, das von hier kam. Sie hieß ... o Mann ... es war irgendwas Außergewöhnliches. Regan? Nein. Ronnie? Nein, auch nicht, aber irgendwas in der Art.«

»So alt wie Sie?«

»Ungefähr.«

»Sie meinen nicht zufällig Rennie Newton?«

»Doch, genau! Rennie. Yeah, Rennie Newton. Haben Sie sie gekannt?«

Sie schnaubte abfällig. »Waren Sie eng mit ihr befreundet?«

»Ich kannte sie eigentlich nur vom Sehen.«

»Das überrascht mich.«

»Wieso?«

»Weil Rennies Lebensziel darin bestand, jeden Mann zu kennen.« Eine ölige Braue rutschte beredt nach oben. »Sie gehören also zu den wenigen Männern, die sie nie *kennen gelernt* haben – wenn Sie wissen, was ich meine.«

Allerdings. Trotzdem passten Crystals Andeutungen so gar nicht zu der Eisprinzessin, als die er Rennie Newton kennen gelernt hatte. »Sie hat ganz schön was von der Welt gesehen?«

»Das ist nett ausgedrückt.«

»Und weniger nett?«

Mehr brauchte Crystal nicht zu hören. Sie beugte sich über die Theke und erklärte ihm verschwörerisch: »Die Kleine hat alles gevögelt, was Hosen trug, und es war ihr scheißegal, wer davon wusste.«

Wick starrte sie entgeistert an. »Rennie Newton? Hat es so wild getrieben?«

»Noch wilder, Schätzchen.«

Das erzwungene Grinsen fühlte sich starr auf seinem Gesicht an. »Meine Herren!«

»Ich dachte, so wie ihr Männer tratscht, hätten Sie wissen müssen, was für einen Ruf sie hat.«

»Ich hab wohl einfach Pech gehabt.«

Crystal tätschelte ihm tröstend den Arm. »Sie haben Glück gehabt. Glauben Sie mir.«

»Sie hat die Männer nach ihrer Pfeife tanzen lassen, wie?«

»Als Kind war sie ganz normal. Aber dann, in der neunten Klasse, als sie, ich will mal sagen erblühte, da hat sie sich völlig verwandelt. Sobald sie so was bekam wie weibliche Rundungen, hat sie ihr Aussehen als Waffe eingesetzt. Sie war einfach mannstoll. Und hat mit ihrer Schlampentour ihrer armen Mama das Herz gebrochen.

Einmal stehe ich genau hier hinter der Theke und fülle die Ketchupflaschen auf, als draußen ein Höllenlärm losbricht. Und im nächsten Moment kommt Rennie in dem neuen roten Mustang Cabrio vorbeigeschossen, das ihr Vater ihr geschenkt hatte. Sie hupt wie wild und winkt allen zu – und ist nackt wie ein Laubfrosch. Jedenfalls obenrum. Wie man hört, war sie mit ihrer Clique draußen im Reservoir schwimmen. Das Gebalge geriet ein bisschen außer Kontrolle. Einer der Jungs hat ihr das Oberteil vom Leib geklaut und wollte es nicht zurückgeben, darauf hat Rennie ihm erklärt, dass sie ihm zeigen würde, was er davon hat, sich mit ihr anzulegen. Sie hat ihm damit gedroht, dass sie ins Versicherungsbüro seines Vaters fahren und ihn verpetzen würde, und genau das hat sie auch gemacht. Stolzierte hüftschwingend in seine Filiale, geradewegs an der Sekretärin vorbei in sein Büro. Ohne sich um irgendwas zu scheren. Und mit nichts als ihrem Bikinihöschen und einem Lächeln an. Noch einen Kaffee?«

Wicks Mund war wie ausgedörrt. »Lieber noch ein Bier.«

Crystal bediente zwei andere Gäste, ehe sie mit einer Flasche Bier zurückkehrte. »Seien Sie nur froh, dass Sie nie mit ihr zu tun hatten«, sagte sie. »Sind Sie verheiratet?«

»Nein.«

»Mal gewesen?«

»Nie.«

»Warum nicht? Niedlich genug sind Sie.«

»Danke.«

»Ich hatte immer eine Schwäche für blaue Augen.«

»Die Elvis-Kopie?«

»O Mann, und wie. Leuchtend wie zwei Scheinwerfer. Leider hat sich rausgestellt, dass er nicht mehr zu bieten hatte als diese Augen.« Sie musterte Wick mit kundigem Blick. »Sie dagegen bieten alles, was Frauen wünschen. Ich schätze, Sie müssen sich die Weiber mit 'nem Prügel vom Leib halten.«

»Nein, nein, ich habe ein eher abweisendes Naturell.«

»Bei diesen blauen Augen wär mir das Naturell piepegal.«

Er schenkte ihr das verlegene O-verdammt-Grinsen, das sie wahrscheinlich erwartete. Nach einem weiteren Schluck Bier sinnierte er: »Ich frag mich, was wohl aus ihr geworden ist.«

»Aus Rennie?« Crystal wischte mit einem feuchten Lappen

ein paar Zuckerkrümel von der Theke. »Ich hab gehört, sie ist inzwischen Ärztin. Ist das zu fassen? Ich weiß nicht, ob ich das glauben soll oder nicht. Nachdem sie von ihren Alten auf dieses schnieke Internat in Dallas verfrachtet worden ist, ist sie nie wieder zurückgekommen. Ich schätze, nach der Sache wollten sie nichts mehr mit ihr zu tun haben.«

»Wieso? Was für einer Sache?«

Crystal überhörte seine Frage. Stattdessen lächelte sie einem Alten zu, der an die Theke gehumpelt kam und sich auf einen Barhocker in Wicks Nähe hievte. Er trug ein kariertes Cowboyhemd mit Perlmutt-Druckknöpfen und eine Bluejeans, beides bretthart gestärkt und gebügelt. Nachdem er Platz genommen hatte, nahm er seinen Strohhut ab und legte ihn mit der Öffnung nach oben auf die Theke – wie es sich gehörte.

»Hey, Gus. Was macht das Leben so?«

»Das Gleiche wie gestern, als du mich gefragt hast.«

»Was möchtest du?«

Er sah Wick an. »Seit zwanzig Jahren bestell ich jeden Tag das gleiche gottverdammte Essen, und sie fragt immer noch.«

»Okay, okay.« Crystal hob die Hand. »Ein Chili-Cheeseburger mit Pommes!«, rief sie dem Koch zu, der gerade Pause machte, nachdem die Kirchgänger größtenteils wieder abgezogen waren.

»Und eines davon.« Gus nickte zu Wicks Bier hin.

»Gus gehört zur Lokalprominenz von Dalton«, erklärte Crystal, während sie eine Bierflasche öffnete.

»Auch wenn man's mir nicht ansieht«, brummte der Alte. Er nahm ihr die Flasche aus der Hand und setzte sie an seine nikotinfleckigen Lippen.

»Er war Bullenreiter beim Rodeo«, verkündete Crystal stolz. »Wie viele Jahre warst du amerikanischer Meister, Gus?«

»Ein paar, schätze ich.«

Sie zwinkerte Wick zu. »Er tut nur so bescheiden. Dabei hat er mehr von diesen Champion-Gürtelschnallen, als eine Apotheke Leberpillen hat.«

»Und genauso viele gebrochene Knochen.« Wieder nahm der Alte einen langen Zug.

»Wir haben uns gerade über Rennie Newton unterhalten«, sagte Crystal. »Kannst du dich noch an sie erinnern, Gus?«

»Ich mag zwar keinen heilen Knochen mehr im Leib haben, aber ich bin noch nicht hirntot.« Wieder sah er Wick an. »Wer sind Sie?«

Wick reichte ihm die Rechte über die freien Hocker hinweg. Es war, als wollte man mit einem Kaktus Hände schütteln. »Wick Threadgill. Auf dem Weg nach Amarillo. Ich leg hier eine Pause ein, ehe ich wieder auf den Highway muss. Ich kenne Rennie Newton von früher.«

Crystal ging hinter der Theke zu zwei jungen Männern, die sie beim Hereinkommen mit Namen begrüßt hatten, und klatschte die Speisekarten vor sie hin. Sobald sie außer Hörweite war, drehte sich Gus auf seinem Hocker zu Wick um. »Sie kennen die kleine Newton?«

»Aus dem College«, antwortete er in der Hoffnung, dass Gus nicht fragen würde, welches College sie besucht hatten.

»Nehmen Sie's einem alten Mann nicht übel, wenn er offen spricht.«

»Bestimmt nicht.«

»Manche tun's sehr wohl. Heutzutage müssen alle politisch korrekt sein.«

»Ich nicht.«

Der Alte nickte und genehmigte sich einen Schluck Bier. »Die Kleine war eine der besten zweibeinigen Stuten, die ich je gesehen habe. Und sie hatte ungeheuren Kampfgeist. Natürlich hat sie so 'nen alten ausgedörrten Furz wie mich gar nicht bemerkt, aber wenn sie ein Rennen ritt, dann zog sie alle Blicke auf sich. Sie hat das Blut der jungen Hengste ganz schön zum Kochen gebracht.«

»Ein Rennen?«

»Barrel Racing.«

Barrel Racing? Die Rennie Newton, die er kennen gelernt hatte, zog die Zeitschriftenstapel mit dem Lineal gerade. Er konnte sich nicht vorstellen, dass sie jemals bei einem Rodeo auf einem Pferd um drei in Kleeblattformation aufgestellte Fässer gejagt sein sollte. »Davon wusste ich nichts.«

»Zum Teufel, yeah, mein Sohn. In Dalton gibt es von April bis Ende Juli jeden Samstagabend ein Rodeo. Kein besonders großes, verglichen mit anderen im Land, aber für die Leute hier ist es ein Riesending. Fast so wichtig wie Football.

Jedenfalls haben sich die Cowboys in Dreierreihen um die Arena gedrängelt, nur um Rennie beim Rennen zuzuschauen. Nie hat sie auch nur einen Funken Angst gezeigt. O nein, Sir. Zweimal hab ich gesehen, wie sie abgeworfen wurde. Beide Male ist sie gleich wieder aufgestanden, hat sich den süßen Hintern abgeklopft und ist geradewegs wieder aufgestiegen.

Die Cowboys haben immer gesagt, dem Reiten hätte sie ihre starken Schenkel zu verdanken.« Er zwinkerte mit seinem faltigen Lid. »Ich kann dazu nichts sagen, ich hatte leider nie das Vergnügen, zwischen diese Schenkel zu kommen, aber alle, die es geschafft haben, haben hinterher erzählt, dass sie es nie wieder so gut besorgt gekriegt haben.«

Wick grinste, doch seine Finger drohten die Bierflasche zu zersprengen.

»Außerdem war das nur Cowboygerede.« Gus zuckte mit den Schultern. »Wir sind alle geborene Aufschneider, darum lässt sich unmöglich feststellen, wer nun aus Erfahrung gesprochen und wer bloß große Töne gespuckt hat. Ich schätze, es haben wesentlich mehr Kerle versucht als geschafft. Ich weiß nur, dass das kleine Füllen damit T. Dan auf Hundertachtzig gebracht hat, und das ist ihm verdammt recht geschehen.«

»T. Dan?«

Der alte Cowboy richtete seinen rheumatischen, misstrauischen Blick auf ihn. »Sie kennen sie nicht besonders gut, stimmt's?«

»Nicht besonders. Stimmt.«

»T. Dan war ihr Daddy. Ein Hurensohn von der allerschlimmsten Sorte.«

»Und welche Sorte ist das?«

»Ihr kommt zurecht?« Crystal hatte den beiden jungen Männern am anderen Ende der Theke jeweils eine Cherry Coke hingestellt und kehrte nun wieder zurück.

Wick sagte: »Gus erzählt mir gerade von T. Dan Newton.«

»Der ist noch lange nicht lang genug tot, wenn es nach den meisten hier am Ort geht«, sagte sie mit einem trockenen Lachen.

»Was hat er denn getan, dass alle so schlecht auf ihn zu sprechen sind?«

»Was immer ihm gerade so in den Kopf kam«, antwortete sie. »Erzähl doch mal, wieso du ihn so dicke hattest, Gus.«

Der alte Cowboy trank sein Bier aus. »T. Dan wollte, dass ich ein Pferd für ihn zureite. Ein guter Hengst, aber ein hinterhältiger Mistkerl. Ich hab ihn zugeritten und trainiert, aber ich hab mir dabei den Knöchel gebrochen. T. Dan hat sich geweigert, meine Arztrechnung zu bezahlen. Hat gemeint, es wäre meine eigene Schuld und Dummheit, dass ich mich verletzt hätte. Ich rede hier von lausigen fünfundsiebzig Dollar, was für jemand mit T. Dans Kontostand Peanuts waren.«

»Er war ein Ass im Geldverdienen und mies zu seinen Mitmenschen«, bestätigte Crystal.

»Hört sich an, als wäre die ganze Familie durch und durch verdorben«, meinte Wick.

»Wenn Sie mich fragen, ist unsere Stadt ohne die Newtons besser dran.« Gus kratzte sich die Wange. »Trotzdem würd ich gern noch mal sehen, wie das Mädel um die Fässer jagt. Ich werd schon heiß, wenn ich nur daran denke. Hast du heute Abend schon was vor, Crystal?«

»Träum weiter, alter Mann.«

»War nicht anders zu erwarten.« Anscheinend unter schmerzhaften Mühen rutschte Gus von seinem Hocker und humpelte zur Jukebox.

Wick trank sein Bier aus. »Danke für alles, Crystal. War nett hier. Nehmen Sie Kreditkarten?« Ehe er die Rechnung unterschrieb, addierte er ein saftiges Trinkgeld und den Betrag für ein weiteres Bier dazu. »Geben Sie Gus noch eins aus. Mit freundlichen Grüßen von mir.«

»Das wird ihn freuen. Ein Freibier hat er noch nie abgelehnt.«

Bemüht lässig sagte er: »Sie haben vorhin erzählt, Rennies Eltern hätten sie ins Internat gesteckt. Was hat damals das Fass zum Überlaufen gebracht? Wieso wollten sie ihre Tochter loswerden?«

»Ach das.« Crystal schob eine rutschende Haarnadel zurück in ihr blondes Gebirge. »Sie hatte einen Mann umgebracht.«

11

»Wie bitte?«

»Du hast ganz richtig gehört, Oren. Sie hat einen Mann umgebracht.«

»Wen?«

»Weiß ich noch nicht.«

»Wann?«

»Weiß ich auch nicht.«

»Wo bist du?«

»Auf dem Rückweg.«

»Von wo?«

»Dalton.«

»Du warst in Dalton? Ich dachte, du liegst im Bett und schläfst.«

»Willst du das jetzt hören oder nicht?«

»Woher weißt du, dass sie einen Mann umgebracht hat?«

»Das hat mir Crystal erzählt.«

»Müsste ich wissen, wer Crystal ist?«

Wick schilderte ihm in groben Zügen das Gespräch mit der Bedienung im Wagon Wheel. Als er fertig war, fragte Oren: »Und du hältst sie für glaubwürdig?«

»So glaubwürdig wie das FBI. Sie hat ihr ganzes Leben dort verbracht und kennt jeden im Ort. Das Café ist das Epizentrum der Gemeinde. Und warum sollte sie mich auch anlügen?«

»Um Eindruck zu schinden?«

»Okay, ich *war* beeindruckt, aber ich glaube nicht, dass Crystal es deswegen erzählt hat.«

»Dann vielleicht, weil es ihr einen Kick gibt?«

»Das glaube ich auch nicht. Sie ist nicht der Typ, der böswillig Lügen verbreitet.«

»Wie auch immer, sie ist deine Freundin, nicht meine. Ich werde dir wohl glauben müssen. Hat sie gemerkt, dass du ein Bulle bist?«

»Ich bin kein Bulle.«

»Jesus«, murmelte Oren. »Hat sie nun was gemerkt oder nicht?«

»Nein.«

»Wie kommt es dann, dass sie einem Wildfremden all das erzählt?«

»Sie fand mich niedlich.«

»Niedlich?«

»Hat sie gesagt. Aber dass sich auch Gus in mich verguckt hat, glaube ich weniger.« Wick malte sich lächelnd aus, wie Oren stumm bis zehn zählte.

Schließlich hörte er ihn sagen: »Du willst, dass ich frage, oder?«

Wick lachte und gab dann mehr oder weniger wortgetreu seine Unterhaltung mit dem ehemaligen Bullenreiter wieder. »Rennie Newton hat die beinah erkaltete Glut fast wieder angefacht, aber ihren Alten konnte er nicht ausstehen. Deinen Nachforschungen zufolge war T. Dan Newton ein erfolgreicher Geschäftsmann, stimmt's?«

»Und eine große Nummer in der Gemeinde.«

»Trotzdem war er nicht gerade Schwiegermutters Liebling am Ort. Gus nannte ihn einen ›Hurensohn von der allerschlimmsten Sorte‹, was im Polizeislang in etwa einem Schwanzlutscher gleichkommt.«

Oren dachte über diese Neuigkeiten nach und sagte schließlich: »Rennie Newton war ein wildes Ding? Und sie hatte viele Männer?«

»Alle beide behaupten, dass Rennie heißer war als ein Waffeleisen.«

»Der Klatsch könnte natürlich übertrieben sein. Wenn ein Mädchen erst einmal einen schlechten Ruf weghat, kann er nur noch schlechter werden.«

»Das hat Gus auch zugestanden.«

»Jedenfalls passt dieses Bild ganz und gar nicht zu der Dr. Newton, wie wir sie heute kennen.«

»Nicht im Entferntesten.«

»Was ist nur los mit dieser Frau?«, fragte Oren frustriert. »Was an ihr ist echt, und was ist nur Pose? Könnte die echte Rennie Newton bitte kurz mal aufstehen?«

Dazu hatte Wick nichts zu sagen. Er fühlte sich noch hilfloser als Oren. Schließlich hatte er eine Abfuhr kassiert, die er immer noch nicht verdaut hatte. Wer flirtende Männer so gut abblitzen lassen konnte, musste reichlich Übung haben, und das passte ganz und gar nicht zu dem, was er heute gehört hatte.

Oren sagte: »Crystal war aber nicht so mitteilungsfreudig, dass sie dir Einzelheiten über den Mord verraten hätte?«

»Welchen Mord?«

»Sie hat einen Mann umgebracht, Wick.«

»Wir wissen doch gar nicht, ob es Mord war. Es könnte ja auch ein Jagdunfall, ein Querschläger beim Tennis, ein ungeschicktes Bootsmanöver gewesen sein oder –«

»Oder sie hat den armen Kerl schlicht zu Tode gefickt. Hast du dich bei den Kollegen vor Ort erkundigt?«

»Ich habe keine Marke, also konnte ich wohl schlecht auf der Wache antanzen und mich nach einem Todesfall erkundigen, ohne auch nur zu wissen, um was für ein Verbrechen es sich handelt – wenn es denn eines war. Ich weiß ja nicht mal, wie das Opfer hieß oder wann es passiert ist.«

»Und die Zeitungsarchive?«

»Heute ist Sonntag. In der Telefonzentrale hockte ein einsames High-School-Kid als Babysitter, die Redaktion selbst war geschlossen. Dito bei allen öffentlichen Ämtern und auf dem Gericht.«

»Die Bücherei?«

»Wegen Renovierung geschlossen. Die Ausleihe findet zurzeit im Büchermobil an der Crockett Street statt, aber die Rechercheabteilung wurde nicht mit ausgelagert.«

Oren seufzte frustriert.

»Crystal konnte ich auch nicht weiter ausquetschen«, fuhr Wick fort. »Kaum hatte sie die Bombe hochgehen lassen, da kam das Baseballteam von Dalton reingestampft, während mir immer noch der Kopf schwirrte. Die Burschen kamen direkt vom Training, verschwitzt und durstig, und wollten Bier und Burger. Crystal hatte alle Hände voll zu tun.

Außerdem wäre sie vielleicht misstrauisch geworden und verstummt, wenn ich mich noch eingehender nach einem Mädchen erkundigt hätte, das ich angeblich vor Jahren flüchtig gekannt habe. Mein Instinkt sagt mir, dass sie mich nicht dermaßen in ihr Herz geschlossen hätte, wenn sie gewusst hätte, dass ich ein Cop bin.«

»Du bist kein Cop.«

»Richtig. Genau das habe ich gemeint.«

»Und was ist mit diesem Alten? Diesem Gus? Hatte der noch irgendwas beizutragen?«

»Der hat sich da schon mit einer Art Klon von sich selbst über die guten alten Zeiten des Rodeo-Zirkus unterhalten. Da konnte ich mich schlecht einmischen und ihm noch mehr Fragen stellen.«

»Vielleicht hast du dich nur vor den Antworten gefürchtet.«

»Was soll das heißen?«

»Gar nichts.«

Diesmal war Wick an der Reihe, lautlos bis zehn zu zählen. Während der letzten Tage hatte Oren regelmäßig kleine Häppchen ausgeworfen, um ihn zu ködern. Wick hatte sie noch jedes Mal erkannt und sich geweigert anzubeißen. Oren wollte herausfinden, ob er Rennie Newton attraktiv fand, ganz ungeachtet ihrer möglichen Verwicklung in einen Mordfall. Es war kein Thema, das Wick mit ihm diskutieren oder über das er auch nur genauer nachdenken wollte.

»Ich habe versucht, noch mehr rauszukriegen, Oren. Ich bin kreuz und quer durch Dalton gefahren, mal sehen, ob ich was sehe, aber das war für die Katz. Sobald ich wieder zurück bin, gehe ich online und forsche da weiter, aber ich habe meinen Laptop nicht mit –«

»Schon kapiert, schon kapiert«, fiel ihm Oren ins Wort. »Du hast getan, was du konntest.«

»Danke.«

Nach langem Schweigen fragte Oren: »Und was meinst du?«

»Wozu?«

»Zu ihr, Wick. Verflucht noch mal! Über wen sprechen wir denn die ganze Zeit?«

»Ach, Scheiße, ich weiß einfach nicht, was ich von ihr halten soll. Wir müssen erst mal rausfinden, was es mit diesem mysteriösen Todesfall auf sich hat.«

»Außer dass jemand gestorben ist, meinst du.«

Wicks Geduldsfaden wurde noch dünner, doch er gab sich Mühe, das nicht durchklingen zu lassen. »Bevor wir nicht die Fakten kennen, sollten wir keine voreiligen Schlüsse ziehen.«

»Sie hat jemandem das Leben genommen.« Oren sagte das so, als wäre für ihn der Fall klar, und wahrscheinlich war er das auch. Er hatte felsenfeste Maßstäbe für Gut und Böse und hielt mögliche mildernde Umstände für bedeutungslos.

»Und heute Morgen zwei anderen Menschen das Leben gerettet«, widersprach Wick ruhig.

»Willst du mir ein schlechtes Gewissen machen?«

»Nein, ich finde nur, dass das eine mehr als faire Gleichung ist. Es sollte zumindest genügen, um sie nicht von vornherein schuldig zu sprechen, oder?«

Das Schweigen wurde so angespannt wie die übermüdeten Muskeln in Wicks Nacken. Inzwischen hatte er seit vierundzwanzig Stunden nicht mehr geschlafen, er saß seit fünf Stunden am Steuer, und allmählich begann er das zu spüren. »Hör zu, Oren, ich muss mich vor meiner Schicht heute Abend noch kurz aufs Ohr hauen. Kannst du für mich die ersten zwei Stunden übernehmen?«

»Wenn du mir zuvor einen Gefallen tust.«

»Und zwar?«

»Du bist doch auf der Interstate 20, richtig? Westlich von Fort Worth?«

»Genau. Kurz vor Weatherford.«

»Gut. Dann brauchst du nicht mal umzudrehen.«

»Und wo soll ich hinfahren?«

Rennie legte die Schenkel an die Flanken des Wallachs, der daraufhin gehorsam schneller wurde. Sie hatte ihn vor drei

Jahren als Fohlen gekauft und stundenlang mit ihm trainiert, bis er schon auf das leise Zupfen der Zügel, auf die sanfte Spannung eines Beinmuskels und den leichtesten Druck ihrer Waden reagierte. Er war ihr von allen fünf Pferden in ihrem Stall das liebste, wahrscheinlich, weil er so intelligent und kooperativ war. Wenn sie ihn wie heute ohne Sattel ritt, bewegten sie sich praktisch als Einheit, sogar ohne Gebiss und Zügel. Ihn zu reiten war vollkommen mühelos, und genau das brauchte sie heute Nachmittag.

Die Notfalloperation in den frühen Morgenstunden war ausgesprochen verzwickt gewesen. Der Patient hatte sich eine schwere Verletzung an der Milz zugezogen, bei der das Organ gewissermaßen zu Hackfleisch zerfetzt worden war. Als sie es zu entfernen versuchte, zerfiel es in ihrer Hand in mehrere Stücke.

Trotzdem hatte sie die Milz erfolgreich herausschneiden und die übrigen inneren Verletzungen vernähen können. Da die Kopfwunden keine bleibenden Schäden verursacht hatten, würde er überleben und sich erholen. Seine aufgelöste Frau und seine Eltern hatten geweint, so dankbar waren sie gewesen, dass Rennie ihm das Leben gerettet hatte.

Verglichen damit war der darauf folgende Blinddarmdurchbruch ein Kinderspiel gewesen, doch sie hatte es nicht weniger genossen, dem verängstigten Ehemann der Patientin die gute Nachricht von der erfolgreichen Operation überbringen zu dürfen.

In ihrem Postfach im Krankenhaus hatte ein Brief des Verwaltungsrates gelegen, in dem das Angebot, das man ihr Anfang der Woche gemacht hatte, schriftlich bestätigt und die Hoffnung geäußert wurde, dass sie die Leitung der chirurgischen Abteilung übernehmen werde.

Auch von Myrna Howell hatte sie eine Karte erhalten, auf der sie sich für die Blumen bedankte, die Rennie zu Howells Beerdigung geschickt hatte. In einem Nachsatz hatte ihr Myrna noch einmal geraten, den Posten anzutreten, der durch den Tod ihres Mannes frei geworden war. »Das wäre ganz in Lees Sinn«, hatte sie geschrieben.

Rennie hatte sich immer noch nicht entschieden. Der Brief des Verwaltungsrates und die Karte von Myrna hatten ihre Hemmungen, von Lees vorzeitigem Tod zu profitieren, abgebaut, doch dass Detective Wesley sie unter Verdacht hatte, hinderte sie weiterhin daran, den Posten anzunehmen.

Heute Morgen hatte sie gute Arbeit geleistet und mehreren Menschen, die andernfalls vielleicht gestorben wären, ein neues Leben geschenkt. Gleichzeitig wurde ihr eine Position angetragen, die sie nur zu gern übernehmen würde. Eigentlich hätte sie überglücklich sein und, vorübergehend befreit von erdrückenden Verpflichtungen und schwerwiegenden Entscheidungen, den Sonntagnachmittag genießen müssen.

Trotzdem konnte sie sich nicht entspannen – das verhinderte Lozadas Anruf letzte Nacht.

Indem er in ihre Privatsphäre eingedrungen war, hatte er ihr Leben ins Chaos gestürzt und beeinflusste eine wichtige Entscheidung über ihre berufliche Zukunft. Wie konnte sie das Angebot des Verwaltungsrates annehmen, wenn sie wusste, dass Wesley sie in diesem Fall noch genauer unter die Lupe nehmen würde? Und sollte der Detective je herausfinden, dass Lozada Verbindung zu ihr aufgenommen hatte…

Dieser Mistkerl! Wenn sie nur an ihn dachte, überlief sie eine Gänsehaut. Tatsächlich berührt hatte er sie noch nie, doch seine Stimme hatte etwas Körperliches an sich, das ihr das Gefühl gab, er streichelte sie bei jedem einzelnen Wort.

Wieso in Gottes Namen hatte er ausgerechnet sie zum Objekt seiner Begierde erwählen müssen? Ermutigt hatte sie ihn jedenfalls nicht, weder durch Blicke noch durch Worte oder Taten. Ganz im Gegenteil. Normalerweise wirkte ihre herablassende Art selbst bei den hart gesottensten Verehrern. Sie wusste, dass sie im Krankenhaus und rundum als kalt und distanziert verrufen war. Die Männer, die sie verschmäht hatte, Singles wie Ehemänner, sprachen wenig schmeichelhaft und manchmal gemein von ihr. Sie nahm den widerlichen Klatsch in Kauf, wenn sie dafür ihre Ruhe hatte.

Mit Lozada war das anders. Er würde sich nicht so leicht abwimmeln lassen.

Der Gedanke ärgerte sie so, dass sie dem Wallach die Absätze in die Flanken drückte und ihn in den gestreckten Galopp trieb. Er raste los, als hätte er nur auf ihr wortloses Kommando gewartet. Sobald sie ihm freien Lauf gelassen hatte, nutzte er seine mächtigen Muskeln dazu, wozu sie geschaffen worden waren.

Seine Hufe donnerten über den trockenen Boden und ließen eine lange Staubfahne aufsteigen. Er war immer mit Begeisterung gelaufen, doch an diesem Nachmittag schien er noch entschlossener als sonst zu galoppieren. Ihre Finger gruben sich in seine Mähne. Der heiße Wind versengte ihre Wangen und riss ihr den Hut vom Kopf. Sie ließ ihn fliegen.

Nur auf dem Rücken eines Pferdes im gestreckten Galopp fühlte sie sich wirklich völlig frei. Dann konnte sie für ein paar Minuten den grässlichen Erinnerungen entfliehen, die sie nie wirklich losließen.

Unvermittelt bemerkte sie eine Bewegung aus dem Augenwinkel und sah, als sie den Kopf wandte, einen Pick-up auf der Straße neben dem Stacheldrahtzaun fahren. Der Fahrer hielt den Wagen auf gleicher Höhe. Jetzt wurde ihr klar, warum der Wallach so losgerast war. Er setzte sein ganzes Tempo und seine gesamte Ausdauer gegen die der Maschine ein.

Sie hatte dieses Pferd noch nie in einem Rennen geritten. Vielleicht war das ein Fehler. Vielleicht fühlte er sich betrogen. Vielleicht wollte er sich beweisen. Vielleicht sollte sie sich ihm beweisen.

»Okay, mein Junge. Du hast es verdient.«

Sie beugte sich über seinen Hals und trieb ihn weiter an. Augenblicklich spürte sie einen Schub neuer Energie. Im nächsten Moment war er dem Pick-up eine Halslänge voraus. Der Wagen beschleunigte. Der Wallach drückte noch mal aufs Tempo und ging wieder in Führung.

Rennie lachte laut heraus. Es war sein Rennen. Sie hielt sich einfach nur an ihm fest, und das war bei Gott ein fantastisches Gefühl.

Mindestens drei Minuten lang jagten sie in vollem Galopp dahin, immer mehr oder weniger gleichauf mit dem rivalisierenden Pick-up. Vorn sah Rennie ihr Haus und die Scheune auftauchen. In sechzig Sekunden wären sie beim Zaun. Allmählich sollte sie den Wallach abbremsen, damit sie ihn rechtzeitig zum Stehen bringen konnte, um abzusteigen und das Gatter zu öffnen.

Doch sie wollte das Rennen nicht verloren geben. Seit Lozadas Anruf fühlte sie sich verängstigt und verletzlich. Sie musste sich beweisen, dass sie vor niemandem Angst hatte und dass nichts sie verletzen konnte. Dass sie nie wieder verletzt werden konnte.

Außerdem konnte sie ihr Pferd kaum um den so hart erkämpften Sieg betrügen. »Traust du dich?« Er schien sie zu verstehen. Er beschleunigte ein letztes Mal, kaum merklich, doch sie spürte es unter ihren Beinmuskeln. »Also los. Dann packen wir's.«

Ihr Herz galoppierte im Takt seiner Hufschläge. Die Gefahr jagte ihr eine Gänsehaut über den Rücken. Noch einmal krallte sie sich fester in seine Mähne. Sie ahnte, dass der Pick-up langsam zurückfiel, doch das schreckte weder sie noch den Wallach ab. Sie hatten bereits gewonnen, dennoch mussten sie es tun.

»Und los!«

Sie beugte sich tief über ihn, und er stieg hoch in die Luft. Mit einem Meter Abstand flog er über den Zaun und landete hart, aber sicher auf der anderen Seite. Wieder lachte Rennie laut heraus.

Dann hörte sie ein Krachen, riss an der Mähne und wendete den Wallach in einer engen Kurve. Der Pick-up war genau am Tor zum Stehen gekommen. Er war in eine Staubwolke eingehüllt.

Als sich der Staub verzog, erkannte sie, dass der Fahrer den losen Schotter auf der Straße nicht berücksichtigt hatte. Wahrscheinlich war er zu hart in die Bremsen gestiegen. Dabei war das leichte Heck des Wagens nach vorn geschleudert und gegen den eisernen Torpfosten geknallt. Der Pfosten war unbeschädigt geblieben. Was der Wagen abbekommen hatte, blieb noch festzustellen. Doch es war vor allem der Fahrer, um den sich Rennie Sorgen machte.

Sie rutschte von ihrem Wallach und lief auf das Tor zu. »Ist Ihnen was passiert?« Das Tor lief auf einer Schiene. Sie rollte es auf und hastete zur Fahrertür. »Sir?«

Sein Kopf ruhte auf dem Lenkrad, weshalb sie im ersten Moment glaubte, er sei bewusstlos. Doch als sie durch das offene Fenster seine Schulter berührte, richtete er sich stöhnend und langsam wieder auf. Dann schob er seinen Cowboyhut in den Nacken und setzte die Sonnenbrille ab. »Sie sind nicht gut für mein Ego, Dr. Newton.«

Überrascht zuckte sie zurück. Es war der Mann von der Hochzeitsfeier. »Was machen Sie denn hier?«

»Ein Rennen verlieren.« Er nickte zu dem Wallach hin. »Was für ein Pferd.« Dann sah er sie wieder an. »Und was für eine Reiterin. Sie haben da hinten Ihren Hut verloren.«

»Das ist doch nicht zu glauben!«, rief sie wütend aus. »Wie sind Sie denn hierhergekommen?«

»Über die Interstate 20 und von dort aus auf der Stichstraße nach Norden.«

Sie durchbohrte ihn mit einem glühenden Blick.

»Na gut, ich hab mich umgehört, bis ich Sie gefunden habe.«

»Umgehört?«

»Im Krankenhaus. Ich kann immer noch nicht glauben, dass Sie diesen leichtfüßigen Sohn des Windes ohne Sattel reiten. Machen Sie das immer so? Ist das nicht gefährlich?«

»Nicht so gefährlich wie von einem Unbekannten verfolgt zu werden. Niemand im Krankenhaus würde vertrauliche Informationen an einen Fremden herausgeben.«

Er schnallte den Gurt ab, öffnete die Tür und kletterte heraus. »Ich bin nicht *ganz* fremd, aber Sie haben Recht. Das war gelogen. Ich habe die Informationen aus dem Internet. Sie besitzen dieses Anwesen. Darüber gibt es Akten. Grundsteuerverzeichnisse und so weiter. Ich habe im Krankenhaus angerufen, und als die gesagt haben, Sie hätten heute keinen Dienst, dachte ich mir, ich könnte Sie vielleicht hier finden.« Er zuckte mit den Achseln. »Mir war sowieso nach einem kleinen Sonntagsausflug.«

Während er sprach, war er zum Heck des Pick-ups spaziert, um den Schaden zu begutachten. Jetzt ging er in die Hocke und untersuchte die senkrechte Delle in der Ladeklappe. Sie war etwa zwanzig Zentimeter lang und einen Zentimeter tief, und der Lack war abgesplittert. Ansonsten schien das Auto keinen Schaden genommen zu haben.

Er fuhr mit dem Finger über das Blech und klopfte dann im Aufstehen den Staub von seinen Händen. »Das müsste leicht auszubeulen sein.«

»Mr –«

»Wick.«

»Ich habe Ihnen –«

»Weniger Chancen gelassen als einem Schneeball in der Hölle.«

»Warum sind Sie dann hier?«

»Ich hatte nichts zu verlieren.«

»Zeit. Sie verlieren hier Ihre Zeit. Und das möchte ich Ihnen ersparen, Mr Threadgill.« Seine Brauen fuhren hoch. Dass sie sich seinen Namen gemerkt hatte, schien ihn zu beeindrucken und überraschte sie selbst. »Ich bin nicht interessiert an …«

Als sie verstummte, beugte er sich neugierig vor.

»Irgendwas«, fuhr sie fort. »Einem Date. Einer … Was auch immer Ihnen vorschweben mag, ich bin nicht interessiert.«

»Sind Sie verheiratet?«

»Nein.«

»Verlobt?«

»Ich bin es nicht und möchte es auch nicht sein.«

»Puh. Können Sie Ihre Mitmenschen im Allgemeinen nicht leiden, oder mögen Sie nur mich im Besonderen nicht?«

»Ich *mag* vor allem meine Privatsphäre.«

»Hey!« Er breitete die Arme aus. »Ich kann ein Geheimnis für mich behalten. Probieren Sie's aus. Erzählen Sie mir ein Geheimnis, und Sie werden sehen, dass ich es mit ins Grab nehme.«

»Ich habe keine Geheimnisse.«

»Dann erzähle ich Ihnen eben eines von meinen. Ich hätte so einige Schoten zu bieten.«

Er hatte einen etwas schief stehenden Schneidezahn, wodurch sein Lächeln – das er wahrscheinlich für entwaffnend hielt – noch lausbubenhafter wirkte. »Auf Wiedersehen, Mr Threadgill.« Sie drehte ihm den Rücken zu und ging zum Tor zurück. Sobald sie es durchschritten hatte, rollte sie es mit einem endgültig klingenden Scheppern zu.

»Warten Sie. Nur einen Moment.«

Er war gut aussehend und charmant, und er war sich dessen bewusst. Sie hatte schon oft mit solchen Typen zu tun gehabt. Sie waren eingebildet und arrogant und glaubten, dass ihnen niemand, und schon gar keine Frau, widerstehen konnte.

»Bitte, Dr. Newton?«

Sie war längst nicht so wütend, wie sie tat oder eigentlich sein sollte. Obwohl sie fest entschlossen war, sich nicht umzudrehen, tat sie es. »Ja?«

»Ich wollte mich noch für die Bemerkung von neulich Abend entschuldigen.«

»Ich kann mich nicht erinnern«, log sie.

»Die mit dem Mund und dem feuchten Traum? Das war unverschämt.«

Das hörte sich gar nicht eingebildet und arrogant an, und auch sein entwaffnendes Grinsen war verschwunden. Wenigstens oberflächlich schien es ihm ernst zu sein. Außerdem wollte sie nicht den Verdacht aufkommen lassen, die Bemerkung hätte sie getroffen, weshalb sie bestimmt keinen Aufstand machen würde. Sie hatte sie getroffen. Ein bisschen. Aber das würde sie ihm nicht verraten.

»Entschuldigung angenommen.«

»Ich war ... Ach, egal – es war jedenfalls nicht angebracht.«

»Vielleicht habe ich auch überreagiert, als Sie dem Burschen am Parkplatz ein Trinkgeld gaben.«

Er kam langsam ans Tor. »Vielleicht sollten wir es noch mal probieren.«

»Ich glaube nicht.«

»Was könnte schon passieren?«

Sie wandte den Kopf ab und blickte mit zusammengekniffenen Augen in die Ferne. Für jeden anderen wäre das keine große Sache. Für sie war es, als müsste sie mit einem gebraucht gekauften Paraglider über eine Felsenklippe springen.

Als ihr Blick wieder auf ihm zu liegen kam, begriff sie, dass er ihr direkt in die Augen sah. Und obwohl seine Augen nicht mehr ironisch funkelten, wurde sie unter seinem Blick nervös.

Was könnte schon passieren? Vielleicht nichts, vielleicht alles. Jedenfalls war es zu riskant. Weshalb sie nicht hätte überraschter sein können, als sie sich sagen hörte: »Im Ort gibt es ein Eiscafé.«

»In Weatherford?«

»Ich wollte auf dem Rückweg dort einkehren, nachdem ich hier alles erledigt habe. Dort könnten wir uns treffen.«

»Ich helfe Ihnen.«

»Ich bin es gewohnt, das allein zu machen.«

»Das glaube ich Ihnen«, antwortete er ernst. Dann drehte er sich um und eilte im Laufschritt die Straße zurück.

»Wohin laufen Sie denn?«

»Ihren Hut holen!«, rief er zurück.

12

Sie brauchte anderthalb Stunden, bis sie alles erledigt hatte. Erst führte sie den Wallach über die Koppel, damit er sich abkühlte, dann brachte sie ihn in den Stall. Das bäuerliche Äußere täuschte. Wick kannte sich nicht mit Ställen aus, aber dieser hier wirkte hochmodern.

»Ich habe erstklassige Pferde«, erwiderte sie auf sein Kompliment. »Sie haben einen erstklassigen Stall verdient.«

Er war auch kein Pferdeexperte, aber man brauchte nicht viel von Pferden zu verstehen, um zu erkennen, dass ihre Tiere beeindruckend waren. Rennie rieb den Wallach langsam und methodisch ab und sprach ihm währenddessen liebevoll zu. Wick stand neben ihr, während sie dem Pferd die lange Mähne kämmte.

»Er scheint alles zu verstehen, was Sie ihm sagen.«

Seine Bemerkung schien sie zu ärgern. »Warum auch nicht?«

»Ich wusste gar nicht, dass Pferde sprachbegabt sind.«

»Meine schon.« Sie fuhr mit der Hand über das glatte Fell des Wallachs. »Wenigstens bei mir.«

»Dann handelt es sich wahrscheinlich um eine besondere Begabung von Ihnen und nicht um eine des Pferdes.«

Sie drehte sich um und setzte zu einer Erwiderung an, als ihr auffiel, wie dicht sie nebeneinander standen. Sie duckte sich unter dem Kopf des Wallachs durch und stellte sich auf die andere Seite des Tieres. Wick folgte ihr unbeirrt. »Hat dieses sprechende Wundertier auch einen Namen?«

»Beade.«

»Ungewöhnlich. Hat das etwas zu bedeuten?«

»Mir gefiel einfach der Klang.«

»Sie verlieren nicht viele Worte, wie?«

»Nein.« Dann sah sie ihn an. »Und Sie stellen viele Fragen.«

»Ich bin eben ein neugieriger Mensch. Lassen Sie Beade oft galoppieren?«

»Nur wenn er von einem Pick-up herausgefordert wird.«

Daraufhin machte sie ein paar Schritte von ihm weg, sah aber über die Schulter zu ihm zurück, was in seinen Augen schon fast an einen Flirtversuch grenzte. Oder aber sie meinte es todernst, und das mit dem Flirtversuch war reine Einbildung, weil sie so enge Jeans trug und der lange, blonde Zopf so verführerisch über ihren Rücken baumelte, während der Ansatz oben unter dem Cowboyhut aus Stroh verschwand, den er im Laufschritt aus über einer Meile Entfernung geholt hatte. Vielleicht war das mit dem Flirten einfach nur Wunschdenken.

Nachdem alle Futterkrippen gefüllt waren und sie sich von jedem Pferd verabschiedet hatte, ging sie ihm voran vom Stall zum Haus. An der Tür entschuldigte sie sich.

»Sie können so lange auf der Hollywoodschaukel warten.«

»Genau das hatte ich vor.« Statt sich daran zu stören, dass sie ihn nicht ins Haus gebeten hatte, ließ er sich auf die Schaukel fallen und schubste sie mit den Füßen an. »Lassen Sie sich Zeit.«

»Falls Toby auftaucht, sagen Sie ihm, dass ich gleich rauskomme.«

»Toby?«

Aber sie war schon im Haus verschwunden, und so blieb Toby ein Mysterium, bis wenig später ein Mann in einem klapprigen Pick-up angefahren kam. Er kletterte aus der Kabine, blieb stehen und starrte Wick erst ausgiebig an, ehe er die Stufen zur Veranda heraufkam. Wick wäre nicht überrascht gewesen, wenn er die Sporen klirren gehört hätte.

Der Neuankömmling war groß und dickbäuchig. Graue Haare ringelten sich unter seinem schweißfleckigen Stetson hervor. Als er die Sonnenbrille absetzte, fühlte sich Wick von seinen tief liegenden Augen an die schurkischen Sheriffs in alten Westernfilmen erinnert. Er unterdrückte den Impuls, »Howdy, Marshal« zu sagen. Irgendwie hatte er nicht den Eindruck, dass Toby das witzig finden würde.

»Wo ist Rennie?«

Keine besonders herzliche Begrüßung, wie? »Drinnen. Falls Sie Toby sind, sollen Sie draußen warten, sie kommt gleich wieder raus.«

Der Unbekannte setzte sich auf das Verandageländer, legte einen Lucchese-Stiefel in Größe 46 – ohne Sporen – auf das andere Knie und starrte Wick unverhohlen an.

»Schöner Tag«, versuchte Wick Konversation zu betreiben.

»Wenn Sie meinen.«

Na schön, Toby konnte ihn nicht ausstehen. Warum?

Nach langem Schweigen, das nur vom Quietschen der Schaukelkette unterbrochen wurde, fragte der Alte: »Sind Sie aus der Gegend?«

»Fort Worth.«

Er schnaubte, als hätte Wick geantwortet: »Ich komme aus Sodom, direkt an der Grenze zu Gomorrah.«

»Hallo, Toby.« Rennie tauchte aus dem Haus auf und trat zu ihnen auf die Veranda.

Toby sprang auf und riss den Hut vom Kopf. »Rennie.«

»Wie geht es Ihnen?«

»Gut, gut. War alles zu Ihrer Zufriedenheit?«

»Das fragen Sie jedes Mal, wenn ich rauskomme, und jedes Mal gebe ich die gleiche Antwort. Alles perfekt.« Das Lächeln, das sie ihm schenkte, hätte einen eifersüchtigen Mann zum Mörder machen können. Wick wollte lieber nicht wissen, was für ein Funke das war, den dieses Lächeln in seiner Brust entfachte. »Sie haben Mr Threadgill kennen gelernt?«

»So weit waren wir noch nicht gekommen.« Wick stand auf, streckte die Hand aus und nannte seinen Namen.

»Toby Robbins.« Er schien nur ungern Hände zu schütteln, aber er tat es. Seine Hand fühlte sich noch rauer an als die von Gus. Auf der Handfläche standen die Schwielen hervor wie Stacheln.

»Toby gehört die Nachbarranch«, erklärte Rennie. »Er kümmert sich um meine Pferde. Manchmal schaffe ich es eine ganze Woche oder länger nicht, herzukommen.«

»Da kann sich Rennie glücklich schätzen, hier draußen jemanden wie Sie zu haben.«

Ohne auf seine Bemerkung einzugehen, wandte sich Toby an Rennie: »Der Tierarzt war die Woche draußen und hat sie alle durchgecheckt. Keine Probleme, soweit er sehen konnte.«

»Ich hatte auch keine festgestellt, aber ich wollte sichergehen. Danke, dass Sie ihn begleitet haben. Schickt er mir die Rechnung?«

»Die hat er mir dagelassen.« Er zog einen Umschlag aus der Hemdtasche und überreichte ihn ihr.

»Danke. Ich werde sie gleich morgen bezahlen.« Sie stopfte den Umschlag in ihre Schultertasche. »Hat sich der Luchs noch mal gezeigt?«

»Nicht, seit er vor ein paar Wochen das Kalb gerissen hat. Hoffentlich haben wir ihn endgültig verscheucht. Könnte mir vorstellen, dass ihn einer meiner Schüsse verletzt hat. Vielleicht hat er sich verkrochen und ist verendet, oder er hat sich in ein angenehmeres Jagdrevier verzogen.«

Wick hätte nicht gedacht, dass der Mann lächeln konnte, doch er tat es, und Rennie lächelte zurück. »Hoffentlich haben Sie Recht.«

»Ein Riesenkerl«, fuhr Toby fort. »Ich hab noch nie einen so großen gesehen, aber ich glaube, wir sind ihn los.«

»Tja«, sagte Rennie, »wir wollten auch gerade los.«

»Lassen Sie sich nicht aufhalten. Das Haus ist zugesperrt?«

»Ich habe beim Rausgehen abgeschlossen.«

Toby bedeutete ihr voranzugehen, und so zogen sie zu dritt in einer kurzen Prozession die Verandastufen hinab. »Soll ich diese Woche was Besonderes für Sie erledigen?«, fragte er.

»Im Moment fällt mir nichts ein. Zur Not rufe ich Sie an. Sorgen Sie gut für die Pferde.«

»Versteht sich von selbst.«

»Und grüßen Sie Corrine von mir.«

»Mach ich.« Er tippte sich an den Hut und schoss einen Blick auf Wick ab, der dessen Eier gefrieren ließ, ehe er seine Sonnenbrille aufsetzte, wieder in seinen Pick-up kletterte und losfuhr.

Rennie warf einen letzten sehnsüchtigen Blick auf das Haus und den Stall und verkündete dann: »Ich bin so weit.«

Im Eiscafé herrschte sommerlicher Sonntagnachmittags-Hochbetrieb. Sobald einer der kleinen schmiedeeisernen Tische frei wurde, besetzte ihn Rennie, während sich Wick anstellte, um zwei Softeisbecher mit heißer Karamellsoße zu ordern. Während er sie zum Tisch zurücktrug, kam ihm der Gedanke, dass ihm dieses Eis in Kombination mit Crystals Bananenpudding bestimmt ein paar zusätzliche Pfunde eintragen würde.

Sie waren beide in ihr Eis vertieft, als Rennie aus heiterem Himmel fragte: »Haben Sie manchmal Panikattacken?«

Die Frage brachte ihn vollkommen aus dem Konzept. »Verzeihung?«

Sie zuckte kurz mit den Schultern. »Mir ist das Gummiband an Ihrem Handgelenk aufgefallen. Gestern Abend haben Sie es auch getragen.«

»Ach. Das. Das ist nur, äh, eine alte Angewohnheit. Ich weiß gar nicht mehr, wann und warum ich angefangen hab, es zu tragen.«

Sie nickte, fixierte ihn dabei aber genauer. »Menschen mit akuten Angstattacken bekommen manchmal den Rat, ein Gummiband ums Handgelenk zu tragen. Wenn sie eine Panikattacke kommen spüren, schnalzen sie sich das Band gegen die Haut. Bisweilen kann auf diese Weise das irreführende Signal, sie schwebten in Lebensgefahr, noch abgefangen werden, bevor es das Gehirn erreicht. Und damit wird die Panik abgewendet.«

»Puh. Das wusste ich gar nicht.«

Schweigend löffelten sie ihre Eisbecher leer. Als sie fertig war, zog sie eine Serviette aus dem Spender auf ihrem Tisch und tupfte sich die Lippen ab. Wenn man sich Träume wünschen könnte, hätte sich Wick diesmal definitiv einen schmutzigen Traum mit ihren Lippen in der Hauptrolle gewünscht. Dann hätte er die Nacht kaum noch erwarten können.

»Wie sind Sie auf die Idee gekommen, dass ich ein Landhaus haben könnte?«, fragte sie.

»Ich habe den Sattel hinten in Ihrem Auto gesehen, als ich Sie gestern zu Ihrem Wagen gebracht habe.«

»Ich hätte auch Mitglied in einem Reitverein sein können.«

»Sie hätten auch ein kanadischer Mountie sein können, aber das erschien mir eher unwahrscheinlich.«

»Sie sind aber schlau.«

»Danke. Aber wahrscheinlich nicht ganz so schlau, wie ich denke.«

»Das war eigentlich mein Text.«

Wenn sie lächelte, verwandelte sich ihr ganzes Gesicht. Leider lächelte sie nicht allzu oft. Den ganzen Nachmittag hielt er nun schon Ausschau nach einem winzigen Hinweis auf die halsbrecherische Rodeoreiterin, die keinen Mann ausgelassen hatte und der die Kerle auf dem Rodeogelände von Dalton in Dreierreihen nachstarrten. Entdeckt hatte er keinen einzigen. Außer ihren Klamotten. In den Jeans sah ihr Hintern eindeutig zum Anbeißen aus, doch das war das Einzige, was an ihr so wirkte. Was war mit der wilden Herumtreiberin von damals passiert?, rätselte er. Und wer war die verschlossene, gefasste Frau, die ihren Platz eingenommen hatte? Es hätte ihn brennend interessiert, was diese dramatische Verwandlung bewirkt hatte. Rennie war ein Rätsel, das er für sein Leben gern gelöst hätte, und zwar unabhängig davon, ob sie Lozadas Auftraggeberin war oder nicht.

Sein gedankenversunkener Blick hatte sie offenbar verunsichert, denn sie verkündete unvermittelt: »Ich muss jetzt los.«

»Warum?«

»Ich habe noch etwas zu erledigen.«

Das sagte ihr Mund. Ihre Miene telegrafierte gleichzeitig: *Das geht dich einen feuchten Dreck an.*

Er suchte hektisch nach einem anderen Gesprächsthema, um sie an der Flucht zu hindern. »Wie viele Hektar Land haben Sie da draußen?«

»Neunzig.«

»Oh, das ist aber schön. Ein guter Ort, um die tägliche Tretmühle zu vergessen.«

»Und was machen Sie, Wick?«

Immerhin, ein Anfang war gemacht. Sie war sitzen geblieben, sie hatte ihm eine Frage gestellt, und sie hatte ihn mit Vornamen angesprochen. »Computersoftware.«

»Verkauf?«

»Und Programmierung.«

»Hmm.«

»Was?«

»Nur so.«

»Was?«, bohrte er nach.

»Ich kann mir nicht vorstellen, wie Sie den ganzen Tag am Schreibtisch sitzen und Computersoftware entwerfen.«

»Sehr einfühlsam. Mein Job ist wirklich höllisch langweilig.«

»Und warum wechseln Sie nicht?«

»Ich bin noch auf der Suche. Wahrscheinlich könnte man sagen, ich habe meine Nische noch nicht gefunden.«

»Sie wissen noch nicht, was Sie werden wollen, wenn Sie erwachsen sind?«

Er lachte. »So in etwa.« Dann schob er den leeren Eisbecher beiseite und stemmte die Ellbogen auf die Tischfläche. »Sie sahen bedrückt aus, als Sie heute von der Ranch wegfuhren. Sie müssen wirklich gern da draußen sein.«

»Sehr. Ich liebe das Haus.«

Er hatte genug gesehen, um das zu verstehen. Zwar war ihre Wohnung in Fort Worth recht komfortabel, doch dieses Haus gefiel ihm wesentlich besser. Es war ein typisches zweistöckiges Ranchgebäude mit einer Außenverkleidung aus Naturstein und Zedernholz sowie einer tiefen Veranda, die sich über die gesamte Front zog. Schlicht, aber klassisch. Und eine Menge Haus für eine alleinstehende Frau.

Oder wohnte dort etwa mehr als eine Person? Vielleicht kümmerte sich Toby nicht nur um die Pferde. Wick hatte angenommen, die erwähnte Corrine sei Tobys Frau, aber vielleicht war es auch eine alte Tante oder ein Drahthaarterrier.

»Kennen Sie Toby und Corrine schon lang?«

»Ja.«

»Haben sie Kinder?«

»Drei. Und sie haben eben ihr fünftes Enkelkind bekommen.«

Gut. Die beiden waren ein Paar, und es stand zu bezweifeln, dass Opa Toby oft auf Rennies Ranch übernachtete. »Haben Sie keine Angst so ganz allein da draußen?«

»Wovor sollte ich Angst haben?«

Er zog eine Schulter hoch. »Eine Frau allein. In einer abgeschiedenen Gegend.«

Sie hob hastig ihre Schultertasche auf den Schoß und schob ihren Stuhl zurück. »Man wartet bereits auf unseren Tisch. Außerdem muss ich zurück nach Fort Worth. Vielen Dank für das Eis.«

Sie rauschte ab zum Ausgang. Wick hätte um Haaresbreite eine vierköpfige Familie niedergemäht, um nicht abgehängt zu werden. Als er bei ihrem Jeep ankam, rutschte sie bereits auf den Fahrersitz.

»Hey, nicht so schnell. Was habe ich denn gesagt?«

»Nichts.«

»Und warum dann der überstürzte Aufbruch?«

»Ich muss nach Hause, ganz einfach.«

»Rennie, mit diesem Sprint hätten Sie echte Chancen bei den Olympischen Spielen. Was ist Ihnen denn so aufgestoßen?«

Sie rammte den Schlüssel ins Zündschloss und blickte

ihn dann mit flammenden Augen an. »Ihre Andeutung, ich bräuchte Schutz.«

»Das habe ich mit keinem Wort angedeutet.«

»Haben Sie sich etwa Hoffnungen gemacht, ich würde Sie auf meine Ranch einladen, damit Sie mich *beschützen* können?«

»Ich habe mich nur mit Ihnen unterhalten. Sie deuten einen Haufen Mist in eine ganz unschuldige Frage.« Sie rangen schweigend um die Autotür. »Hören Sie, wenn wir schon über Ängste sprechen, dann sprechen wir doch mal über meine.«

»Ihre?«

»Genau. Sie jagen mir eine Höllenangst ein.« Sie ließ die Tür los und sah ihn fragend an. »Sie sind reicher als ich und klüger als ich.« Sein Blick fiel auf den Türgriff. »Sie sind fast so stark wie ich, und ich fürchte, Sie würden mich bei einem Wettrennen locker abhängen.«

Sie senkte den Kopf, und er glaubte den Anflug eines Lächelns zu erkennen. Sofort versuchte er den Vorteil zu nutzen. »Gehen Sie mit mir essen, Rennie.«

»Weshalb?«

»Also, zum einen, weil ich Hunger bekommen werde, sobald ich dieses Eis verdaut habe.«

»Das Eis *war* mein Abendessen.«

»Na schön, wir müssen ja nichts essen. Wir könnten auch ins Kino gehen. Oder spazieren. Egal. Ich möchte einfach mit Ihnen zusammen sein.«

Sie drehte den Zündschlüssel und startete den Motor. »Adieu, Wick.«

»Einen Moment noch.« Er fügte ein leises »Bitte« hinzu, das sie davon abhielt, wieder nach der Tür zu greifen. »Warum laufen Sie immer vor mir davon?«

»Ich habe Ihnen schon gesagt, ich bin –«

»Ich weiß, ich weiß, Sie sind nicht zu haben. Haben Sie jemand anderen?«

»Ja.«

Bitte lass es nicht Lozada sein, dachte er.

»Meine Patienten«, antwortete sie. »Ich habe meine Patienten.«

»Und mit denen essen Sie immer zu Abend?« Er schenkte ihr sein bestes Trauriger-Welpe-Lächeln, aber das brachte ihm nicht einmal eines ihrer Halb-Lächeln ein.

Stattdessen wandte sie sich ab und schaute mehrere Sekunden gedankenverloren durch die Windschutzscheibe. »Sie sind sehr einnehmend, Wick.«

»Danke. Aber …?«

»Aber wir hätten es bei dem belassen sollen, was gestern Abend war.«

»Da war doch gar nichts.«

»Genau.«

»Also, mir hat das nicht gereicht.«

»Das wird es aber müssen. Ich habe das schon gestern klarzustellen versucht. Und ich werde es Ihnen noch mal erklären. Ich kann und werde Sie nicht wiedersehen. Das würde nichts bringen.« Sie sah ihn wieder an und fügte leise hinzu: »Und dabei bleibt es.«

Er blickte lange in ihre Augen. Schließlich hob er die Hand an ihr Gesicht.

»Nicht«, flüsterte sie.

Doch er berührte sie nicht.

Stattdessen hob er eine Haarsträhne von ihrer Wange und schob sie unter ihren Hut. Ein paar Sekunden verharrten seine Finger knapp über ihrem Ohr, dann zog er die Hand zurück. Leise sagte er: »Ich fahre Ihnen nach, damit Sie sicher nach Hause kommen.«

»Das brauchen Sie nicht.«

»Ich weiß sowieso schon, wo Sie wohnen.«

»Ich werde Sie nicht ins Haus bitten, Wick.«

»Ich fahre Ihnen nach.«

Er trat zurück und schloss die Fahrertür. Ohne ein Winken fuhr sie los. Trotzdem hielt er sein Versprechen. Er folgte ihr bis nach Hause, und als sie den Wagen in die Garage fuhr, hupte er zweimal kurz zum Abschied.

Sie rief im Krankenhaus an, um sich nach den operierten Patienten zu erkundigen, und bekam mitgeteilt, dass die Dienst habenden Ärzte nichts Auffälliges zu berichten hätten. Der Zustand des Patienten mit der entfernten Milz hatte sich von »den Umständen entsprechend« auf »gut« verbessert. Er erholte sich stündlich. Nach diesem Anruf war sie offiziell bis zum nächsten Morgen außer Dienst. Zehn Minuten später lag sie bereits in einem heißen Schaumbad. Sie versuchte, tief durchzuatmen und sich zu entspannen, doch sobald sie die Augen schloss, sah sie Wick Threadgill vor sich und musste unwillkürlich lächeln. Es war unmöglich, ihn nicht zu mögen. Sie mochte ihn mehr als jeden anderen Menschen seit langem.

Und genau darum durfte sie ihn nie wiedersehen.

Ihre Fähigkeit, eine Liebesbeziehung einzugehen, war erloschen. Sie war an jenem schicksalhaften Nachmittag im Arbeitszimmer ihres Vaters gestorben, genau wie Raymond Collier. Sie hatte diesen Teil ihrer selbst ausgelöscht, so wie Raymond ausgelöscht worden war.

Aber war sie wirklich erloschen? Oder doch nur erfolgreich unterdrückt worden?

Sie hatte sich alle gewöhnlichen Gelüste so radikal und

so lange verwehrt, dass sie irgendwann überzeugt gewesen war, diese Gelüste würden nicht mehr existieren. Was für die meisten Frauen ganz natürlich war, traf auf sie nicht zu. Sie brauchte keine Liebe, keine Romantik. Sie brauchte niemanden in ihrem Leben und nichts außer ihrer Arbeit. Nur nach ihrer Arbeit verzehrte sie sich, nur die Arbeit konnte ihr Befriedigung verschaffen. Das war ihr Mantra, ihre persönliche Hymne gewesen.

Die sich auf einmal verdächtig nach leerem Pathos anhörte.

Ihr fester Entschluss, niemals zu heiraten und nie eine Familie zu gründen, war ihr bis Mitte zwanzig mutig vorgekommen. Jetzt war sie da nicht mehr so sicher. Hatte sie sich nur etwas beweisen wollen, als sie diese Entscheidung gefällt hatte? Im Lauf der Jahre war die Trennlinie zwischen Unabhängigkeit und Einsamkeit so dünn geworden, dass sie das eine kaum mehr vom anderen trennen konnte.

Dieser Mann, dieser schlaksige Wick Threadgill mit seinen langen Beinen und seinen blonden Strubbelhaaren, hatte Begierden in ihr geweckt, die sie längst überwunden geglaubt hatte. Heute Abend hatte sie sich nur höchst widerwillig von ihm verabschiedet. Sie genoss seine Gesellschaft und fürchtete gleichzeitig ihre eigenen Gefühle, wenn er sie auf diese gewisse Art ansah.

Seine Küsse waren wahrscheinlich genauso gefährlich wie sein Lächeln. Nicht dass sie ihm einen Kuss gestattet hätte. Doch als er die lose Strähne zurückgeschoben hatte, hatte sie nur schwer der Versuchung widerstehen können, den Kopf ein wenig zur Seite zu drehen und ihre Wange in seine Hand zu schmiegen. Nur für einen Moment. Nur um –

Das Telefon läutete.

Sie setzte sich auf, und die Schaumberge schwappten durch

die Wanne. Vielleicht war es Wick. Er war eindeutig arrogant und hartnäckig genug, um noch einen Versuch zu wagen.

Andererseits konnte es auch Lozada sein.

Im Display stand keine Nummer. Sie zögerte kurz, räusperte sich dann und nahm den Hörer in die Hand.

»Geht es dir gut, Rennie?«

13

Ihr leiser, hektischer Atem machte Lozada ganz heiß. Nur in Todesangst oder beim Sex begannen Frauen so zu keuchen. So oder so hätte er seinen Spaß mit Rennie.

»Wieso rufen Sie wieder an, obwohl ich Ihnen ausdrücklich gesagt habe, Sie sollen das unterlassen?«

»Ich habe mir Sorgen um dich gemacht, Rennie«, antwortete er. »Ich rufe an, um sicherzugehen, dass du okay bist.«

»Warum sollte ich es nicht sein?«

»Weil du schlechten Umgang hast.«

Er hatte seinen Augen nicht getraut, als sie am Abend heimgekehrt war, gefolgt von Threadgill in seinem Pick-up. Die Begegnung auf der Hochzeitsfeier hatte er noch als bizarren Zufall abtun können. Aber zwei Tage hintereinander? Das stank zum Himmel nach Polizeitaktik.

Threadgill hatte beim Wegfahren zweimal kurz gehupt. Dass er nicht mit Rennie ins Haus gegangen war, hatte diesem Bastard das Leben gerettet. Aber wo waren die beiden gewesen? Und wie lange waren sie zusammen gewesen? Eine Stunde? Den ganzen Tag? Was hatten sie getrieben?

Lozada hatte sich bereits verschiedene Methoden überlegt,

wie er Wick Threadgill ausschalten könnte. Wie würde er ihm die meisten Schmerzen bereiten? Wick Threadgills Tod sollte qualvoll sein, o ja, aber seine Qualen sollten über jeden normalen Schmerz hinausgehen. Sein Tod sollte etwas Ungeheuerliches an sich haben.

Auf keinen Fall wollte er, dass Wick Threadgill als Märtyrer, als Held starb.

Er konnte auch nicht einfach wiederholen, was er Wicks Bruder Joe angetan hatte. Denn das wäre einfallslos, und Lozada war berühmt für seine kreative Ader. Er würde etwas Einzigartiges, etwas ganz Besonderes planen. Vielleicht würde er einen seiner Skorpione ins Spiel bringen. Allein der Angstfaktor wäre genieverdächtig.

Wie auch immer, Wick Threadgills Tod sollte die Krönung seines Lebenswerks werden und in seinem Berufsstand neue Maßstäbe setzen. Darum durfte er nichts überstürzen, sondern musste alles genau durchdenken.

Natürlich hätte er, falls Wick Threadgill mit Rennie ins Haus gegangen wäre, augenblicklich handeln und beide umbringen müssen. Threadgill für seine Dreistigkeit; Rennie für ihre Treulosigkeit.

Doch dann war ihm der Gedanke gekommen, dass sie möglicherweise völlig ahnungslos war. Wenn sie nun gar nicht wusste, dass Threadgill ein Bulle war? Vielleicht benutzte Threadgill sie nur, um an ihn heranzukommen. Er hoffte, dass dem so war. Und um sicherzugehen, hatte er angerufen.

»Ich weiß nicht, wovon Sie sprechen, Mr Lozada«, sagte sie jetzt. »Und es ist mir auch herzlich egal.«

»Mir gefallen deine Freunde nicht.«

»Es ist mir scheißegal, was Ihnen gefällt oder nicht gefällt. Zum letzten Mal: *Lassen Sie mich in Ruhe!*«

»Es gefällt mir nicht, dass du dich mit Bullen herumtreibst.«

Ihr Schweigen war abrupt und total; sie schien ernsthaft überrascht zu sein.

»Und am allerwenigsten gefällt es mir, dass du deine Zeit mit Wick Threadgill verbringst. Er ist ein Loser, Rennie. Weit unter deinem Niveau. Weit unter unserem Niveau.«

Ein paar Sekunden verstrichen. Als sie wieder sprach, war ihre Stimme dünn. »Wick …? Er ist ein …?«

Lozadas Grinsen wurde noch breiter. Er hatte richtig gelegen. Sie war vollkommen ahnungslos. »Mein armer Schatz. Ich dachte, du wüsstest es.«

»Und was war dann?«

»Das habe ich dir schon erzählt. Etwa ein Dutzend Mal.« Wick rieb seine Augen. Sie brannten, er hatte zu wenig geschlafen.

»Erzähl es noch mal.«

»Nachdem wir aus dem Stall kamen, ist sie im Haus verschwunden. Mich hat sie nicht reingebeten.«

»Glaubst du, es war noch jemand im Haus?«

»Ich habe sonst niemanden gesehen. Nirgendwo stand ein zweites Auto. Nichts deutet darauf hin, dass noch jemand im Haus war, aber ich könnte es nicht beschwören. Okay?«

»Warum hat sie dich nicht reingelassen?«

»Ich finde das nur vernünftig. Sie war mir bisher ein einziges Mal begegnet. Kurz. Und dann tauche ich mit einer halbgaren Erklärung, wie ich sie aufgespürt habe, vor ihrem Haus auf dem Land auf? Wenn ich eine Frau wäre, hätte ich mich auch nicht ins Haus gelassen.«

»Na gut. Weiter.«

»Ich habe eine Frage«, mischte sich Thigpen ein. »Sind dir irgendwelche Waffen aufgefallen?«

Wick schnippte mit den Fingern. »Jetzt, wo du es sagst! Sie hatte tatsächlich eine MP in der Hosentasche stecken.«

Thigpen grummelte etwas Abfälliges. Oren bedachte Wick mit einem müden Blick und bedeutete ihm fortzufahren. »Ich habe vergessen, wo wir stehen geblieben waren.«

»Sie hat dich stehen lassen. Und ist im Haus verschwunden.«

»Genau. Und dann taucht dieser alte Mann auf. Toby Robbins. Ein großer, stämmiger Kerl.« Er schilderte seine und Rennies Unterhaltung mit dem Rancher. »Er schien sich für sie verantwortlich zu fühlen und traute mir nicht über den Weg. Hat mich dauernd komisch angesehen.«

»Du siehst ja auch komisch aus.«

Thigpen wollte sich um keinen Preis ignorieren lassen, doch Wick war fest entschlossen, genau das zu tun. Er hatte darauf gehofft, dass Thigpen schon heimgefahren wäre, bis er eintraf, sodass er mit Oren allein sprechen konnte. Pech gehabt.

Und ihm war aufgefallen, dass die Fotos von Rennie, die er von der Wand gerissen hatte, wieder glatt gestrichen und aufgehängt worden waren. Trotzdem verbiss er sich jeden Kommentar. Einen solchen Triumph würde er diesem Ferkel keinesfalls gönnen.

»Wird das FWPD für den Schaden an meinem Pick-up aufkommen?«, fragte Wick, um das Thema zu wechseln. »Die Reparaturkosten liegen bestimmt knapp unter der Selbstbeteiligungsgrenze. Jede Wette.«

Oren tat die Beule mit einem Winken ab. »Eigentlich habe ich dich losgeschickt, damit du dir das Anwesen anschaust.

Ich konnte ja nicht ahnen, dass das gleich zu einem Date ausartet.«

Wick verdrehte die Augen. »Unsere Ansichten darüber, wie ein Date aussieht, gehen offenbar weit auseinander. Ich wusste nicht mal, dass sie dort sein würde. Zu dem Rennen ist es ganz spontan gekommen, und dann hat sich alles von selbst entwickelt. Ich habe einfach nur mitgemacht. Ich hatte es nicht darauf angelegt.«

Wer einmal lügt, dem glaubt man nicht, dachte Wick. Er hatte es sehr genossen zuzuschauen, wie Rennie ihre Pferde versorgte. Ganz egal, wer sie in Wahrheit war oder was sie auch angestellt hatte oder mit wem sie unter einer Decke steckte, soweit es um ihre Tiere ging, beruhte die Liebe auf Gegenseitigkeit. Es war das einzige Mal, dass Wick sie wirklich glücklich und entspannt gesehen hatte.

Der erdige Geruch im Stall hatte ihn nicht gestört. Schon der leiseste Anflug von Pferdegeruch weckte den latenten Cowboyinstinkt in jedem Texaner. Das Heu hatte frisch und süß geduftet. Und Rennie auf dem sattellosen Pferd reiten zu sehen war auch nicht das, was er unter nerviger Maloche verstand. Aber das wollte er hier nicht weiter ausführen.

Darum sagte er: »Gemeinsam Pferde zu striegeln ist für mich kein Date.«

»Ihr wart Eis essen.«

»In einem Café, wo sie Uralt-Schlager spielen und rot-weiß gestreifte Hemden tragen. Nichts von wegen Wein bei Kerzenschein. Und auch nicht gerade meine Vorstellung von einem Date.«

»Ein Date ist erst ein Date, wenn's danach zur Sache geht.«

»Thigpen!« Oren wirbelte herum. »Halt jetzt den Mund, okay?«

Wick war schon aufgesprungen und hatte die Fäuste geballt. »Wenigstens *geht's* bei mir danach zur Sache, Pigpen. Wie deine Frau unter dem ganzen Geschwabbel deinen Schwanz finden soll, ist mir schleierhaft. Und ich bezweifle schwer, dass sie ihn überhaupt finden möchte.«

»Herr im Himmel, könnt ihr beide damit aufhören?«, bellte Oren. »Wir haben zu arbeiten.«

»Ich nicht. Ich bin draußen.«

»Warte, Wick!«

»Ich bin schon ewig auf den Beinen, Oren. Ich bin müde.«

»Ich weiß, dass du müde bist. Wir sind alle müde. Das ist kein Grund, gleich sauer zu werden.«

»Ich bin schon längst nicht mehr sauer. Ich habe nicht mehr geschlafen, seit… Scheiße, ich weiß nicht mal mehr, wann ich das letzte Mal geschlafen habe. Ich werde mich jetzt in mein gemütliches Motelzimmer verziehen und bis morgen Nachmittag durchpennen. Bis dann.«

»Er war der Geschäftspartner ihres Vaters.«

Der Satz ließ Wick erstarren. Und nahm ihm alle Kraft. Er plumpste wie eine Lumpenpuppe auf seinen Metallklappstuhl zurück, ließ den Kopf in den Nacken kippen und schloss die Augen. Auch wenn er das unbedingte Gefühl hatte, die Antwort bereits zu kennen, fragte er: »Wer war der Geschäftspartner ihres Vaters?«

»Der Typ, den unsere feine Ärztin ausgeknipst hat.«

Auch diesmal ignorierte Wick Thigpen. Stattdessen schlug er wortlos die Augen auf und sah Oren an, der ernst nickte. »Ich habe heute Nachmittag ein wenig in der Stadtbibliothek geschmökert. Ich musste ein paar Jahre zurückgehen, bis ich auf die Geschichte stieß, aber sie hatten sogar im *Star-Telegram* darüber berichtet.«

»So wie über alle heißen Geschichten«, ergänzte Thigpen. »Und die ist echt heiß.«

Oren bremste ihn mit einem weiteren warnenden Blick und wandte sich dann wieder an Wick. »Der Mann hieß Raymond Collier. Er wurde in T. Dan Newtons Arbeitszimmer erschossen. Direkt am Tatort fand man die sechzehnjährige Rennie.«

Sechzehn? Jesus. »Und?«

»Und was?«

»Was für Details wurden angegeben?«

»Nur wenige und wenig erhellende«, gestand Oren. »Wenigstens im *Star-Telegram*. Ich kann erst morgen anfangen, genauer nachzuforschen. Im Police Department von Dalton wollte ich erst anrufen, wenn ich mit irgendeinem hohen Tier reden kann. Schließlich möchte ich nicht, dass die Sache im ganzen Revier rumgeht. Wenn sich rumspricht, dass wir sie beschatten, könnte der Schuss nach hinten losgehen.« Er musterte Wick. »Ich nehme nicht an, dass sie sich dir anvertraut und dir die ganze Geschichte erzählt hat?«

Wick wartete ein paar Sekunden ab, um festzustellen, ob Oren das ernst gemeint hatte, und brach dann in lautes Lachen aus. »Na klar. Ich glaube, wir kamen darauf zu sprechen, als sie sich nicht zwischen Karamell- und Erdbeersirup entscheiden konnte.« Oren runzelte missbilligend die Stirn. Wick ergänzte müde: »Nein, sie hat mir nichts aus ihrer Jugend erzählt.«

»Hat sie über Lozada gesprochen?«

»Nein, Thigpen, über Lozada hat sie auch nicht gesprochen.«

»Ihre Verhandlung? Die Jury?«

»Nein und nein.«

»Du warst stundenlang mit ihr zusammen. Worüber habt ihr euch die ganze Zeit unterhalten?«

»Über die Entwicklung vom Affen zum Menschen und darüber, dass sie immer noch nicht abgeschlossen ist. Dabei sind wir übrigens auch auf dich gekommen.«

»Wick«, tadelte Oren.

Wick fuhr aus der Haut. »Er ist ein Vollidiot. Warum sollte sie über Lozada sprechen?«

»Warum erzählst du nicht einfach, worüber ihr geredet habt?«

»Über ihre Pferde. Ihr Haus. Wie gut es ihr da draußen gefällt. Meinen stinklangweiligen Job als Softwareentwickler. Nichts weiter. Blabla. Irgendwelches Zeug. Sachen, über die man so redet, wenn man jemanden kennen lernen will.«

»Aber es war kein Date.« Thigpen grunzte wie ein ausgewachsener Eber.

Wick schoss wieder hoch. »Ich muss mir diese Scheiße nicht gefallen lassen.«

Oren überschrie ihn: »Ich will nur erfahren, welchen Eindruck du von der Verdächtigen hattest.«

»Na schön, du willst wissen, welchen Eindruck ich hatte? Erstens: Sie ist keine Verdächtige. Ich glaube, ihr Kontakt zu Lozada endete in dem Augenblick, in dem der Richter mit seinem Hammer die Verhandlung schloss. Und wo wir gerade von Lozada sprechen – wurde *der* eigentlich beschattet?«

»Sein Mercedes stand den ganzen Tag in der Parkgarage seines Wohnhauses«, vermeldete Thigpen.

»Auf jeden Fall«, fuhr Wick fort, »ist es reine Zeitverschwendung, Rennie Newton zu beschatten. Ich halte es für dumm und sinnlos. Sie kommt mir nicht wie eine Mörderin vor. Sie benimmt sich nicht, als hätte sie gerade einen Kollegen aus dem Weg geräumt. Hat sie irgendetwas getan, was auch nur den leisesten Verdacht rechtfertigen würde? Nein, hat sie nicht. Rein gar nichts. Seit wir sie beobachten, lebt sie ganz normal ihren Alltag. Und während wir hier Taschenbillard spielen, um uns wach zu halten, damit uns keine ihrer Bewegungen entgeht, lacht sich der Mörder von Dr. Howell ins Fäustchen, weil er ungeschoren davongekommen ist. Du hast mich nach meinem Eindruck gefragt? Das ist er.«

»Du willst Lozada genauso – nein, noch *mehr* als ich.«

»Verdammt ja, das will ich!«, brüllte Wick. »Aber diese Frau hat nichts mit Lozada zu schaffen.«

»Für mich ist das noch nicht bewiesen.«

»Das ist dein Problem.« Er griff nach seinem Hut.

»Du gehst?«

»Richtig geraten.«

»Heim?«

»Wieder richtig geraten.«

»Nach Galveston?«

»Grüß Grace und die Mädchen von mir.«

»Wick –«

»Bis irgendwann mal, Oren.«

Er drehte sich zur Treppe um und blieb wie angewurzelt stehen. Auf der obersten Stufe stand Rennie.

Oren und Thigpen bemerkten sie im selben Moment. Thigpen murmelte irgendwas, was Wick nicht verstehen konnte, weil seine Ohren so dröhnten. Der sonst so stolze und aufrechte Oren ließ den Kopf hängen wie ein Bub, der von seiner Mutter über einem Pornoheft erwischt wurde. Die stickige Atmosphäre wurde noch klaustrophobischer, die schale Luft zu muffig zum Atmen.

Rennies Blick wanderte von einem zum anderen und kam zuletzt auf Wick zu liegen.

Er machte einen Schritt auf sie zu. »Rennie –«

»Du verlogener Hurensohn.«

Er beschloss, dass Schweigen im Moment die beste Verteidigung war. Außerdem hatte er das Gefühl, dass sie zu Recht zornig war.

Sie durchquerte den Raum, nahm das Nachtsichtgerät vom Tisch und blickte damit zu ihrem Haus hinüber. Wick bemerkte, wie ihre Schultern ein wenig herabsackten, doch im nächsten Moment hatte sie sich wieder gestrafft, stellte das Fernglas zurück und drehte sich zu ihnen um. In diesem Moment sah sie die Fotos, die Thigpen an die Wand gepinnt hatte und die sie mehr oder weniger nackt zeigten.

Ihre Lippen öffneten sich lautlos, und ihr Gesicht verlor jede Farbe, doch auch diesmal wich die instinktive Reaktion schnell ihrem gerechtfertigten Zorn. »Wer leitet diese Operation? Wer ist hierfür verantwortlich?«

»Ich«, antwortete Oren. »Woher wussten Sie, dass wir hier sind?« Er sah Wick misstrauisch an.

Wick erwiderte den unausgesprochenen Vorwurf mit einem Blick, der sagte: *Du weißt genau, dass ich das niemals tun würde.*

Ihr wortloser Austausch fiel auch Rennie auf. »Ich kann Ihnen versichern, dass Mr Threadgill ein Meister der Täuschung war. Sie können stolz auf ihn sein, Detective Wesley.«

»Woher wissen Sie dann –«

»Ich bin dran mit Fragenstellen«, fuhr sie ihn an. »Wie kommen Sie dazu, mein Haus zu observieren?«

»Sie haben eine Menge Fragen über Dr. Howells Tod unbeantwortet gelassen.«

»Und Sie haben erwartet, diese Antworten zu bekommen, indem Sie mir nachspionieren?«

»Wir hielten das für möglich, ja.«

»Und haben sich Ihre Erwartungen erfüllt?«

»Nein.«

»Haben Sie auch mein Telefon abgehört?«

»Nein.«

»Mir in der Arbeit nachspioniert?«

»Bis zu einem gewissen Grad«, gestand er.

»Sie haben auf abscheulichste Weise meine Privatsphäre verletzt. Ihre Vorgesetzten werden gleich morgen früh von meinen Anwälten hören.«

»Meine Vorgesetzten haben diese Überwachungsmaßnahme genehmigt, Dr. Newton.«

»Das hier ist keine Überwachungsmaßnahme. Das ist blanker Voyeurismus. Das ist –« Sie warf einen angewiderten Blick auf die Fotos und stürmte dann, zu wütend, um weiterzusprechen, zur Treppe. »Sie hören von meinem Anwalt.«

Im Laufschritt eilte sie die Stufen hinunter.

»Jetzt ist die Kacke aber am Dampfen.«

Wick interessierte sich nicht für Thigpens Kommentare. Er eilte Rennie hinterher und holte sie noch auf dem Gehweg vor dem Haus ein. Er packte sie am Oberarm und brachte sie zum Stehen. »Rennie.«

»Lassen Sie mich los.«

»Lassen Sie mich erklären.« Sie versuchte, sich aus seinem Griff zu befreien, aber er ließ nicht locker. »Hören Sie, ich muss Ihnen noch eines sagen.«

»Was Sie zu sagen haben, interessiert mich nicht.«

»Bitte, Rennie.«

»Scheren Sie sich zur Hölle.«

»Ich bin wirklich nicht stolz auf mich.«

Sie hörte auf, sich zu wehren, und sah zu ihm auf. Dann lachte sie spröde. »Dabei können Sie wirklich stolz auf sich sein, Officer Threadgill. Sie haben die Rolle des gut aussehenden Fremden sehr überzeugend gespielt. Aber andererseits war ich Ihnen nicht wirklich fremd, oder? Sie kannten mich ja schon von den Fotos.«

»Ich kann verstehen, dass Sie wütend auf mich sind.«

»Seien Sie nicht so eingebildet.« Sie riss ihren Arm los. Ihre Augen sprühten Funken. »Sie sind mir viel zu egal, als dass ich wütend auf Sie sein könnte. Sie sind nicht wichtig genug, um mich wütend zu machen. Ich wünschte nur, ich wäre Ihnen nie begegnet. Und ich möchte Sie nie wiedersehen. Nicht zufällig. Und schon gar nicht absichtlich. Niemals.«

Wick versuchte nicht, sie aufzuhalten. Sie machte auf dem Absatz kehrt und eilte mit langen Schritten davon. Er sah ihr nach, bis sie um die Ecke verschwunden war.

14

Ihm war nach einem einsamen Besäufnis zumute.

Um dieses wenig ehrgeizige Vorhaben in die Tat umzusetzen, hatte er sich eine Bar am Sundance Square ausgesucht. In dieser beliebten Tränke dümpelte Wick über seinem zweiten Wild Turkey.

Die Bar war nicht wirklich nach seinem Geschmack. Eigentlich wäre ihm eine schmierigere Spelunke mit stärkeren Drinks, melancholischerer Musik und unglücklicheren

Gästen lieber gewesen. Doch dieses gut besuchte Etablissement lag genau gegenüber dem Trinity Tower, in dem Ricky Roy Lozada jenes Millionärsleben lebte, das er sich mit seinen Auftragsmorden finanzierte.

Lozadas Reichtum trug zusätzlich zu Wicks Elend bei, und ein Elend auf das andere zu häufen schien ihm heute Abend angebracht und wohlverdient.

Weil er sich hier so nahe an Lozadas Luxusunterkunft befand und seine Selbstachtung tief unter den Nullpunkt gesunken war, schätzte Wick, dass er wohl noch ein paar Bourbons brauchte, bevor er sich auch nur ein bisschen besser fühlen würde.

»Hey, Cowboy, wie kommt's, dass du alleine trinkst?«

Die junge Frau, die sich auf den Barhocker neben seinem plumpsen ließ, hatte tiefschwarz gefärbtes Haar und trug ein rotes T-Shirt, auf dem in Glitzerbuchstaben zu lesen stand: HUNDERT PROZENT NATUR.

»Ich muss dich warnen, Miss. Ich bin heute Abend schlecht drauf. Darum trinke ich allein.«

»Trotzdem. Ich wette, ich kann's mit dir aushalten.«

Wick zuckte mit den Achseln und winkte den Barkeeper herbei. Sie bestellte genau wie er einen Bourbon on the Rocks. Dann dankte sie ihm für den Drink. »Ich heiße Sally.«

»Freut mich, Sally. Ich heiße Wick.«

»Und warum ziehst du so ein Gesicht, Rick? Streit mit deiner Liebsten?«

Er verbesserte den falsch ausgesprochenen Namen nicht. »Könnte man so sagen.«

»Mist.«

»Wie wahr.«

»Und worum ging's?«

»Unser Streit? Ich hab Scheiße gebaut. Ihr was verschwiegen. Ihr Vertrauen verspielt. Du kennst das bestimmt.«

»So sind die Männer«, seufzte sie mit einer Resignation, aus der viel Erfahrung sprach. »Ich frag mich, woher das kommt.«

»Liegt wohl einfach in unserer Natur.«

»Muss wohl so sein, denn da sind alle Männer gleich.« Sie nahm einen tiefen Schluck und versuchte, die Stimmung mit einem strahlenden Lächeln aufzuhellen. »Themenwechsel. Was machst du so?«

»Wann?«

»Wenn du arbeitest, Dummkopf.«

»Ach so. Du hast richtig geraten. Ich bin Cowboy.«

»Im Ernst? Ich hab das nicht ernst gemeint. Du bist ein richtiger Yee-haa-Cowboy?«

»M-hm. Heute Nachmittag war ich im Pferdestall, Heu geben, striegeln, der übliche Kram.«

Im Geist verglich er die Rennie, die so liebevoll ihre Pferde gestriegelt hatte, mit jener Rennie, die ein beschämtes Trio Gesetzeshüter abgekanzelt hatte. Dr. Newton war nicht nur mit dem Skalpell eine Artistin, sie konnte einen Mann ebenso gut mit Worten sezieren. Er verbannte die Bilder aus seinen Gedanken und fragte Sally im Gegenzug, womit sie ihr Geld verdiente.

»Ich bin eine professionelle Tänzerin.« Sie lächelte verführerisch und brachte mit einem kurzen Schütteln die Glitzerbuchstaben zum Funkeln.

Wick war nicht wirklich beeindruckt, doch er ließ sie gern in dem Glauben. Es genügte, wenn sich einer von ihnen beschissen fühlte. »Wow.«

Sie kicherte geschmeichelt.

»Und wo trittst du auf?«

Ihr Lächeln erstarb. »Also, das ist so, ich trete noch nicht wirklich auf. Ich bin noch am Vortanzen. Im Moment hab ich einen anderen Job. Da drüben. Als Zimmermädchen.« Sie nickte zu dem Hochhaus hin.

Wicks Instinkt war stärker als der Bourbon. Augenblicklich war er hellwach. Bemüht, sich die frisch erwachte Neugier nicht anmerken zu lassen, lächelte er sie an. »Sag mir Bescheid, wenn du mal auftrittst. Ich würde dich gern mal tanzen sehen.«

Sie legte die Hand auf sein Knie. »Ich könnte dir ja eine Privatvorstellung geben. Zu Hause.«

»Wo? Da drüben?« Er zielte mit dem Daumen auf das Hochhaus. »Wohnst du da drin?«

»Na sicher.« Sie schnaubte. »Als könnte ich mir das leisten.«

»Mann, ich wollte da schon immer mal rein.« Er blickte sehnsüchtig auf die Fassade. »Ob es innen wirklich so schick ist, wie es von außen aussieht?«

»Aber hallo. Da drüben wohnen nur stinkreiche Leute.«

»Wie etwa?«

Sie sah sich misstrauisch um. »Eigentlich darf ich nicht über die Bewohner sprechen. Wenn wir dabei erwischt werden, wie wir über die Leute reden, die im Haus wohnen, fliegen wir hochkant raus.«

»Ach so. Verstehe.«

»Es hat was mit Privatsphäre zu tun.«

»Klar doch.« Er wandte sich dem Fernseher hinter der Bar zu und schien sich plötzlich brennend für die *Glorreichen Sieben* zu interessieren, die ohne Ton liefen.

»Aber ich glaube, dir kann man vertrauen.« Sally drückte ihr Knie gegen seines.

Kaum hatte sie sich seine Aufmerksamkeit wieder gesichert, beugte sie sich so weit herüber, dass er ihr Flüstern verstehen und ihren Busen auf seinem Arm spüren konnte. »Kennst du den Rennfahrer?«

Wick nannte den Namen eines bekannten Teilnehmers am NASCAR-Rennen, der in Fort Worth lebte. Sally nickte heftig. »In Zehn B.«

»Im Ernst? Und wie ist er so?«

»Nett. Aber seine Frau?« Sie verzog das Gesicht. »Eine schreckliche Schnepfe.«

»Gibt's noch mehr Promis?«

»Einer von den Dallas Cowboys hat während der letzten Saison dort gewohnt, aber der ist ausgezogen, nachdem er an ein anderes Team verkauft wurde. Und im fünften Stock lebt eine alte Dame, die früher mal bei *Dallas* mitgespielt hat, ich weiß aber nicht, wie sie heißt und welche Rolle sie gespielt hat.«

»Hmm.« Er tat so, als würde sein Interesse wieder abflauen, und betrachtete sinnierend die Nahaufnahme eines stoischen Yul Brynner. Die Brust auf seinem Arm wurde noch schwerer, und Sallys Hand wanderte vorsichtig auf seinem Schenkel nach oben.

»Hast du in den Nachrichten gesehen, wie dieser Mörder freigesprochen wurde?«

Wicks Miene blieb unbeteiligt. »Ein Mörder? Ich glaube nicht. Wann soll denn das gewesen sein?«

»Vor ein paar Wochen. Der Typ heißt Lozada.«

»Ach ja, ich glaube, ich kann mich erinnern. Und den kennst du?«

Sie rutschte so nahe an ihn heran, dass es ihm ein Rätsel war, wie sie es schaffte, dabei auf ihrem eigenen Hocker zu bleiben. »Wir kennen uns … mehr als gut. Sein Apartment liegt auf dem Stock, für den ich zuständig bin. Das Penthouse. Ich bin dauernd bei ihm. Und nicht nur zum Saubermachen.« Sie zog viel sagend die Brauen hoch.

»Du machst Witze, oder? Ein Mörder?«

»Psst.« Wieder sah sie sich nervös um. »Er ist noch mal davongekommen, hast du das vergessen?« Dann ergänzte sie kichernd: »Und jetzt lasse ich ihn kommen.«

»Ach Quatsch.« Wick sah sie mit großen Augen an.

»Ich schwör's.«

Er senkte die Stimme zu einem vertraulichen Flüstern. »Und ist er anders als, du weißt schon, andere Männer?«

Sie bedachte die Frage ausgiebig, ehe sie antwortete. »Eigentlich nicht. Eigentlich ist er wie alle anderen auch. Wir haben nur ein paar Mal gevögelt. Meistens soll ich ihm nur einen blasen. Aber eins ist voll schräg.« Sie rutschte noch näher. »Er hat unten keine Haare.«

»Wieso, ist er krank?«

»Er rasiert sich.«

Wicks Kiefer klappte nach unten. »Ohne Scheiß?«

»Ich schwöre.«

Wick sah sie mit gespielter Hochachtung und Anerkennung an. »Und du bist seine Freundin?«

»Also, nicht offiziell.« Sie senkte den Blick und fuhr mit einem Finger über seinen Arm. »Ich meine, er steht total auf mich und so. Aber er ist nicht der Typ, der Gefühle zeigt, weißt du?«

»Hast du ihn jemals mit anderen Frauen zusammen gesehen?«

»Nein.«

»Und in seinem schicken Apartment war auch noch keine?«

»Nein.«

»Sicher?«

»Ja klar. Ich würde das garantiert mitkriegen. Ich halte da oben immer die Augen offen. Nie hab ich eine Spur von einer anderen Frau in seiner Wohnung entdeckt, und glaub mir, mir entgeht nichts, wenn ich bei ihm sauber mache. Ich suche immer alles ganz genau ab, wegen dieser beschissenen Skorpione. Ich würd mich vor Angst bepissen, wenn mir eins von diesen Biestern über den Weg laufen würde.«

»Skorpione?«

Wick wusste von Lozadas Faszination für Skorpione, doch es jagte ihm wieder einen Schauer über den Rücken, als ihm Sally von dem Terrarium erzählte. »Darum passe ich immer besonders gut auf, wenn ich bei ihm bin.«

»Und was ist mit dem Telefon?«

»Seinem Telefon?«

»Gehst du manchmal für ihn ran?«

»Machst du Witze? Dann wäre ich schon geflogen. Außerdem telefoniert er nur mit dem Handy.«

»Hast du ihm jemals beim Telefonieren zugehört?«

»Einmal, aber da konnte ich nicht verstehen, was er gesagt hat.«

»Also weißt du auch nicht, ob er mit einer Frau telefoniert hat.«

Sie wich spürbar zurück und betrachtete ihn misstrauisch. »Hey, was soll das?« Lächelnd tätschelte er die Hand, die immer noch oben auf seinem Schenkel lag. »Ich will dir doch nur helfen, Sally. Und darum erkundige ich mich nach Hinweisen, ob der Typ noch eine andere hat. Aber so wie's aussieht, bist du außer Konkurrenz.«

Sie kuschelte sich wieder an ihn. Diesmal kamen beide

Brüste auf seinem Unterarm zu liegen. »Du bist echt cool, Rick. Möchtest du mit zu mir kommen? Ich hab auch was zu trinken da.«

»Hey, ich möchte auf keinen Fall diesen Lozada-Typen am Hals haben.«

»Ich treff mich auch mit anderen Männern.«

»Ich dachte, du magst ihn.«

»Tu ich auch. Er sieht gut aus und trägt supercoole Klamotten.«

»Und er ist reich.«

»Ganz eindeutig.«

»Wo liegt also das Problem?«

»Er … na ja, er macht mir ein bisschen Angst.«

»Aber er schlägt dich nicht, oder?«

»Nein. Also, nicht wirklich. Ich meine, er schlägt nicht wirklich zu, aber erst neulich hat er mich gewarnt, nicht zu viel zu reden –«

»Wick, was zum Teufel tust du da?«

Wick schoss herum. Oren stand hinter ihm und starrte ihn finster an.

Sally erwiderte seinen Blick nicht weniger finster. »Wer ist das?«

»Mein Partner. Oren, das ist Sally.«

»Hast du ›Partner‹ gesagt?«

»Genau.«

»Du bist eine *Schwuchtel?*«

Ihr Kreischen lenkte die Blicke aller Anwesenden auf ihn. Selbst Steve McQueen auf dem Bildschirm schien kurz zu stutzen. Sally sprang mit einem Satz von ihrem Barhocker, bei dem die Brüste, auf die sie so stolz war, wie Wassermelonen zu hüpfen begannen.

Dann stampfte sie auf ihren Plateausohlen hinaus.

»Ich würde dich trotzdem gern mal tanzen sehen«, rief Wick ihr nach.

»Fick dich«, kreischte sie zurück.

Oren packte Wick am Schlafittchen und schleifte ihn mehr oder weniger ins Freie. Kaum waren sie draußen, versetzte er Wick einen Stoß, der ihn beinahe aus dem Gleichgewicht gebracht hätte. »Ich habe in der ganzen Stadt nach dir gesucht.«

Wick drehte sich zu ihm um. »Wenn du mich noch einmal schubst, Oren, wirst du es bereuen.«

Oren schien nicht nur gute Lust zu haben, Wick zu schubsen, sondern auch willens, sich mit ihm zu prügeln. »Ich habe jeden verfügbaren Mann nach deinem Wagen suchen lassen.«

»Wieso?«

»Weil ich dir jede Dummheit zutraue.« Oren atmete mehrmals tief durch, als müsste er seinen Zorn niederkämpfen. »Was ist eigentlich los mit dir, Wick?«

»Nichts.«

»Nichts, leck mich am Arsch. Du bist griesgrämig, gereizt, ekelhaft. Streitbar. Abweisend. Thigpen hatte ganz Recht, du benimmst dich wirklich wie ein Idiot.«

»Warum tust du dich dann nicht mit Thigpen zusammen, und ihr lutscht euch gegenseitig den Schwanz? Ich fahre jedenfalls nach Hause.«

Oren packte ihn an der Schulter und schleuderte Wick, ohne sich um seine Warnung zu scheren, mit dem Rücken gegen die Wand. Dann legte er den Unterarm über Wicks Brust und presste ihn gegen die Ziegel. Während seiner ersten Dienstjahre hatte Oren in einem finsteren Viertel voller Gangs und Drogen Streife geschoben, doch weil er genauso hart war wie die Burschen, die dort lebten, hatte er sich selbst bei den allerhärtesten Brocken Respekt verschaffen können. Zusammen mit Joe.

»Diesmal lass ich dich nicht mit einem dämlichen Spruch abziehen. So einfach läuft das nicht. Du hast Hummeln im Hintern, und ich will wissen warum. Wenn Joe hier wäre –«

»Ist er aber nicht!«, blaffte Wick ihn an.

»Wenn er hier wäre«, schnauzte Oren zurück, »würde er es aus dir rausprügeln.«

»Lass mich in Ruhe, verflucht noch mal.« Wick stieß Oren zur Seite, doch er war sich klar darüber, dass ihm das nur gelingen konnte, weil Oren es zuließ.

»Geht es um sie?«

Wick fuhr herum. »Wen?«

Oren schüttelte den Kopf und sah ihn halb verärgert, halb mitleidig an. »Sie tut dir nicht gut, Wick. Sie ist eine Hure im Arztkittel.«

»Ist sie nicht.«

»Du hast es mit eigenen Ohren gehört. Von den Leuten in Dalton. Sie ist mit jedem Kerl, den sie kriegen konnte –«

Wick holte aus, doch in diesem Moment zeigte der letzte Wild Turkey seine Wirkung. Er beeinträchtigte Tempo und Treffsicherheit. Oren fing den Schlag mit seiner Schulter ab, die mit reichlich Muskelmasse gepolstert war. Und dann landete Orens Faust auf Wicks Kinn, das überhaupt nicht gepolstert war. Er konnte hören, wie die Haut aufplatzte. Und spüren, wie das Blut zu spritzen begann.

Oren packte ihn gnädig am Kragen, ehe er in die Knie gehen konnte. Dann zog er ihn zu sich heran und hielt ihn so, dass er ihm aus nächster Nähe in die Augen sehen konnte. »Ein paar Tage vor dem Mord hatte Raymond Colliers Frau die Scheidung eingereicht. Und zwar wegen ehelicher Untreue. Rate mal, wessen Name dabei gefallen ist.«

Wick riss sich von Oren los, bevor er den Gehweg mit erbrochenem Whisky beflecken konnte, drehte sich um und stolperte los zu dem Parkplatz, auf dem er seinen Pick-up abgestellt hatte und wo dieser offensichtlich von einem pflichteifrigen Streifenpolizisten entdeckt worden war. Kein Wunder, dass Oren ihn so schnell gefunden hatte.

»Wick!«

Er blieb stehen, taumelte herum und zielte drohend mit dem Finger auf Oren. »Wenn du je wieder so über sie sprichst…« Er atmete schwer. Er keuchte, um genau zu sein. Weshalb er seiner Warnung nicht den gebotenen Nachdruck verleihen konnte. Er musste hier weg, und zwar schnell. Darum begnügte er sich mit einem matten: »Tu das nie wieder, Oren. Nie wieder.«

»Du kannst nicht mehr fahren, Wick. Ich bring dich ins Motel. Oder du kommst mit zu mir.«

Wick drehte ihm den Rücken zu und ging einfach weiter.

Vom Fahrersitz seines Geländewagens aus, den er an einer Parkuhr abgestellt hatte, verfolgte Lozada das Schauspiel, das Wick und Oren Wesley, Joe Threadgills ehemaliger Partner, darboten. Er war zu weit weg, um mitzubekommen, was sie sagten, aber es war offensichtlich, dass sie sich stritten.

Zu Lozadas großem Vergnügen begannen sie tatsächlich, sich zu prügeln. Das entwickelte sich besser als erhofft. Meinungsverschiedenheiten innerhalb der Truppe. Zank unter guten Freunden. Jeder in Wick Threadgills Umgebung war sauer auf ihn. Perfekt.

Zuvor hatte er bereits das Vergnügen gehabt, Rennie über

Wicks Beruf aufzuklären. Noch während sie das zu verarbeiten versuchte, hatte er ein *außerdem* hinzugefügt. Außerdem wurde sie von der Polizei observiert.

Nachdem sich Wick mit diesen zwei niedlichen Hupfanfaren verabschiedet hatte, war ihm Lozada um den Block zu einem Haus gefolgt, das angeblich restauriert wurde. Da Lozada schon mehrmals observiert worden war, wusste er die Zeichen zu deuten: drei Autos vor dem Haus, darunter Wicks Pick-up. Ein Haufen Baumaterial, aber weit und breit kein einziger Arbeiter. Ein leerer Container im Vorgarten. Es waren nichts als Requisiten, die unbeholfenen Bemühungen des Police Departments, Lozada hinters Licht zu führen. Wie absurd anzunehmen, er ließe sich durch so etwas täuschen.

»Außerdem beobachtet dich die Polizei aus einem Haus eine Straße weiter«, hatte er Rennie eröffnet.

»Sie lügen.«

»Ich wünschte, es wäre so.«

»Warum sollten sie *mich* beobachten?«

»Wegen deines ermordeten Kollegen, nehme ich an.«

Sie blieb kühl. »Ich glaube Ihnen nicht.«

Von wegen. Kaum hatte sie aufgelegt, war sie schon aus dem Haus und um den Block zu dem Haus in der Nachbarstraße gerast. Dort war sie mehrere Minuten verschwunden geblieben, ehe sie, sichtlich erbost, wieder aufgetaucht war, dicht gefolgt von Threadgill.

Keiner von beiden hatte den Geländewagen bemerkt, der ganz in der Nähe parkte. Es gab keine Unterlagen darüber, wem dieser Wagen gehörte. Die Polizei wusste nicht, dass sie sich dafür interessieren sollte. Dass sein Mercedes verfolgt wurde, nahm Lozada hin. Darum fuhr er mit dem Geländewagen, wenn er nicht verfolgt werden wollte.

Er hatte nah genug geparkt, um mit anhören zu können, wie Rennie Wick erklärte, dass sie ihn nie wiedersehen wollte. Mein Gott, was für ein sensationeller Anblick – seine Rennie schickte Wick Threadgill zum Teufel, und zwar so deutlich, dass es selbst ein halbdebiler Bulle begreifen musste.

Bis zu seinem Beobachtungsposten hatte Lozada die heißen Zorneswellen gespürt, die von ihr ausgingen. Sie hatten ihm einen Steifen beschert. Wenn sie auch nur andeutungsweise so hitzig liebte, wie sie stritt, war sie jede Mühe wert.

Danach war sie heimgegangen. Lozada hätte sie liebend gern besucht und Phase zwei seines Verführungsplanes eingeleitet, doch erst einmal musste er sich auf Threadgill konzentrieren. Er war ihm bis zur Bar gefolgt, wo er ohne Zweifel seine Sorgen ertränken wollte.

Armer Wick, dachte Lozada jetzt, als er ihn von Wesley wegtaumeln sah. Erst hatte ihm Rennie eine Abfuhr erteilt und nun sein guter alter Freund. Das eingebildete Arschloch sah längst nicht mehr so eingebildet aus.

Das unerwartete Klopfen am Fenster auf der Beifahrerseite löste einen Reflex aus. Nicht einmal einen Lidschlag später zielte der Lauf einer kleinen Pistole auf Sally Hortons fassungsloses Gesicht.

»Mann, ich bin's doch bloß«, rief sie durch das geschlossene Fenster. »Ich dachte mir schon, dass Sie das sind, aber ich war mir nicht sicher. Was machen Sie denn hier draußen?«

Lozada hätte sie am liebsten auf der Stelle umgelegt, weil ihretwegen um ein Haar seine Tarnung aufgeflogen wäre. Wesley war immer noch auf der anderen Straßenseite und sprach mit einem der Polizisten, die mit dem Fahrrad auf der Sundance Streife fuhren.

»Verzieh dich.«

»Kann ich nicht mit rein?«, jammerte sie.

Lozada beugte sich über den Beifahrersitz und öffnete ihr die Tür. Immer noch besser, sie saß bei ihm im Wagen, als sie schrie ihn durch das geschlossene Fenster an. Sie stieg ein. »Wo haben Sie denn den Mercedes gelassen? Nicht dass der Wagen nicht auch cool wäre.« Sie fuhr mit den Fingerspitzen über die handschuhweichen Lederpolster.

Lozada beobachtete immer noch Wesley. Sie folgte seinem Blick. »Der ist schwul.«

Er sah sie an. »Was?«

»Der Typ ist eine Schwuchtel.«

Wesley hatte Familie. Es war Lozadas Geschäft, solche Dinge zu wissen. Wesley hatte eine Frau und zwei Töchter. »Wie kommst du darauf, dass er schwul ist?«

»Der Typ, mit dem ich in der Bar geredet hab? Er hat mir einen ausgegeben, und wir haben uns total gut unterhalten, als plötzlich der Kerl da drüben reingesegelt kommt. Stinksauer. Und dann stellt sich raus, dass er sein Partner ist.«

Sie hatte mit Threadgill gesprochen? Er hatte ihr einen Drink ausgegeben? »War sein Partner auch schwarz?«

Sally schüttelte den Kopf. »Blond und blauäugig. Ein Cowboy. Hartes Gesicht, aber echt süß.«

Threadgill.

»Ich hab keine Lust, die Schwulenmama zu spielen, ganz egal, wie süß der Typ ist.« Sie streckte die Hand über die Mittelkonsole und streichelte ihn im Schritt. »Echt, Ihre Waffe turnt mich total an. Genau wie Ihre Pistole.« Sie lachte kreischend über ihren dämlichen Witz.

»Worüber habt ihr gesprochen?«

»Der Cowboy und ich? Ich habe ihm erzählt, dass ich Tänzerin werden will. Und dann hab ich ihm von dem Typen erzählt, den ich mag und der mich mag.« Sie zwinkerte. »Raten Sie mal, wer das ist.«

Lozada quälte sich ein Lächeln ab. »Damit hast du doch nicht mich gemeint, oder?«

Sie zwickte ihn spielerisch. »Und er hat darauf gesagt –«

»Der Cowboy?«

»Yeah, er hat gesagt, wenn nie andere Frauen in Ihrer Wohnung sind, hab ich wohl keine Konkurrenz. Was meinen *Sie* dazu?«

Lozada fasste hinüber und befingerte durch das lächerliche T-Shirt hindurch ihre Brustwarze. »Woher hat er denn gewusst, dass nie andere Frauen in meiner Wohnung sind? Hat er dich gefragt?«

»Yeah, aber ich hab ihm erzählt –« Abrupt hielt sie inne, sah ihn ängstlich an und wechselte den Kurs. »Ich hab ihm keinen Ton verraten. Sie haben gesagt, ich soll nicht über Sie reden, also hab ich es auch nicht gemacht. Also, bestimmt nicht mit Namen.«

»Braves Mädchen.« Er zwickte so fest zu, dass sie zusammenzuckte. »Weißt du was, du machst mich echt heiß.«

»Hmm, das merke ich.«

»Fahren wir wohin, wo wir ungestört sind.«

»Wir können es gleich hier machen.«

»Nicht das, was mir vorschwebt, nein.«

Rennie sah auf den Wecker. Es war nach drei Uhr früh, und sie lag immer noch wach. Um 5 Uhr 45 musste sie im Krankenhaus sein. Sie schüttelte ihr Kissen auf, zog die Decke glatt, die sich zwischen ihren rastlosen Beinen verknäult hatte, und schloss die Augen, fest entschlossen, ihren Geist so lange zu entleeren, bis sie eingeschlafen war.

Eine halbe Stunde später gab sie sich geschlagen. Sie ging in die Küche, füllte den Wasserkocher und schaltete ihn ein. Dann stellte sie alles für einen Tee zusammen, aber ihre Koordination war im Eimer, und ihre Bewegungen waren tapsig. Zweimal fiel der Deckel von der Teekanne, ehe er richtig aufsaß.

»Zum Teufel mit ihm!«

Wen genau sie mit »ihm« meinte, wusste sie selbst nicht. Den Deckel, Wick Threadgill oder Lozada. Eigentlich alle drei. Die beiden Letzteren teilten sich die Spitzenposition auf ihrer Hassliste. Dicht gefolgt von Detective Wesley.

Sie hatte fest vor, ihre Drohung wahr zu machen. Wesleys Vorgesetzte würden noch von ihrem Anwalt hören. Entweder sollte man sie verhaften oder sie in Frieden lassen. Auf keinen Fall wollte sie im Schatten ständiger Verdächtigungen leben, obwohl sie weder ein Verbrechen begangen hatte noch etwas darüber wusste.

Die fünf Dutzend Rosen waren der Dank für den »Gefallen«, auf den Lozada angespielt hatte. Alles andere war undenkbar.

Er machte ihr Angst. Er war ein Krimineller. Er war ihr unheimlich. Er war hartnäckig und, so fürchtete sie, beharrlich. Wenn sie seine Anrufe nicht unterband, würde er nie damit aufhören. Nur wusste sie leider nicht, wie sie das anstellen sollte.

Normalerweise hätte sie ihn der Polizei melden müssen, doch davor schreckte sie inzwischen zurück. Dafür hatte sie zu lange gewartet. Wenn sie Wesley erst jetzt von den Telefonaten erzählte, würde sie seinen Verdacht bestätigen und möglicherweise noch erhärten. Irgendwann würde sich bestimmt herausstellen, dass sie nichts mit dem Verbrechen zu tun hatte, das Lee das Leben gekostet hatte, aber in der Zwischenzeit …

Vor allem vor dieser »Zwischenzeit« musste sie sich in Acht nehmen. Vielleicht würde der Vorfall in Dalton wieder ans Tageslicht gezerrt und –

Der Wasserkessel pfiff. Sie schaltete ihn aus und goss das kochende Wasser über den Teebeutel. Mit der dampfenden Tasse in der Hand ging sie ins Wohnzimmer, schaltete den Fernseher ein und ließ sich mit untergeschlagenen Beinen in der Couchecke nieder. Sie zappte durch die Kanäle auf der Suche nach einem Programm, das sie von ihren Problemen mit Lozada und von allen Gedanken an Wick ablenken konnte.

Ihre Behauptung, sie sei nicht wütend, war gelogen. Sie *war* wütend. Sie kochte vor Wut. Aber sie war auch verletzt, und das irritierte sie an der ganzen Geschichte am meisten – zu wissen, dass sie immer noch verletzlich war. Sie hatte geglaubt, immun gegen diese Gefühle zu sein. Ganz offensichtlich hatte sie sich getäuscht.

Immer wieder hatte sie ihn zu entmutigen versucht, doch keine noch so schroffe Abfuhr hatte ihn abschrecken können. Irgendwann hatte sie seine Ausdauer zu bewundern begonnen und sich durch seine halsstarrige Werbung geschmeichelt gefühlt. Insgeheim hatte sie sich gefreut, als sich herausstellte, dass er der Fahrer des rasanten Pick-ups gewesen war. Als er den Hut in den Nacken geschoben und gestanden hatte: »Sie sind nicht gut für mein Ego, Dr. Newton«, da hatte sie ein unverkennbares Ziehen und Flattern in ihrer Magengrube gespürt.

Jetzt hatte sich herausgestellt, dass er keineswegs ein hartnäckiger Verehrer, sondern nur ein unbeirrbarer Bluthund war, der die Spur einer Verdächtigen aufgenommen hatte.

Sein Betrug hatte sie aus ihrem Dornröschenschlaf gerissen. Die Zeit hatte die schmerzhaften Erinnerungen verblassen lassen. Im Lauf der Jahre waren die qualvollen Wunden auf ihrer Seele verschorft. Ihre Entschlüsse waren ihr nicht mehr so wichtig erschienen. Wick hatte ihr mit seinem falschen Spiel auf grausame Weise wieder vor Augen gehalten, warum sie ihre Entschlüsse damals gefasst hatte. Jetzt war sie wieder im Gleis und entschlossener als je zuvor. Eigentlich musste sie ihm dankbar sein.

Trotzdem war sie nicht dankbar dafür, dass sie seinetwegen von Gefühlen und Empfindungen heimgesucht wurde, denen sie sich lange verweigert hatte. Sie hasste ihn, denn er war schuld daran, dass sie diese Gefühle vermisste, dass sie diesen Gefühlen nachgeben wollte. Gemeinsam mit ihm.

Sie knallte die halb volle Teetasse auf den Couchtisch und rutschte tiefer in die Polster. Sobald sie die Augen schloss, erlebte sie wieder, wie fantastisch sie sich gestern Nachmittag auf Beade gefühlt hatte. Mit der heißen Sonne und dem Wind auf den Wangen. Im Rausch der Geschwindigkeit. Mit dem Gefühl, allem davoneilen zu können. Dem Gefühl von Freiheit.

Hätte sie da schon gewusst, dass Wick den Pick-up fuhr, hätte sie sich wahrscheinlich noch glücklicher gefühlt. Er konnte sie zum Lächeln, ja sogar zum Lachen bringen. Der schiefe Schneidezahn –

Das Telefon riss sie aus ihren Träumen.

15

Wick wollte nur noch weg von Oren. Er kletterte in seinen Pick-up – der Parkwächter schien eine geschlagene Stunde zu brauchen, bis er die Parkgebühr berechnet hatte – und fuhr aus dem Stadtzentrum. Dann parkte er den Wagen in einer verlassenen Seitenstraße und versuchte, sich während der nächsten Minuten davon zu überzeugen, dass er nicht auf der Stelle sterben würde.

Immer wieder ließ er das Gummiband schmerzhaft gegen sein Handgelenk schnalzen, ohne dass dies die irreführenden Signale aufgehalten hätte, die seinem Gehirn seinen nahenden Tod anzeigten. Er hatte nie so recht daran geglaubt, dass ein Gummiband solche Wunder bewirken konnte. Für ihn war das, als wollte man einen führerlosen Güterzug mit einer Reitpeitsche aufhalten. Doch der Arzt hatte ihm zu diesem Gummiband geraten, darum hatte Wick ihm zuliebe angefangen, es zu tragen.

Seine Finger und Zehen begannen zu kribbeln. Das taube Gefühl kroch in seinen Beinen hoch und durch seine Hände in die Arme. Als er diese vorübergehende Lähmung zum ersten Mal erlebt hatte, hatte er sie für den eindeutigen Beweis gehalten, dass er an einem Gehirntumor litt. Später hatte er erfahren, dass das Gefühl nur entstand, weil seine Gliedmaßen durch die Hyperventilation nicht mehr ausreichend mit Sauerstoff versorgt wurden.

Er klappte das Handschuhfach auf und holte die braune Papiertüte heraus, die er immer dabei hatte. Kaum hatte er ein paar Mal in die Tüte geatmet, ließ das Kribbeln auch schon nach, die Taubheit löste sich, und das Gefühl kehrte in seine Gliedmaßen zurück.

Nur sein Herz pumpte immer noch, als hätte er Auge in Auge einer angriffsbereiten Kobra gegenübergestanden. Er war schweißgebadet. Obwohl er genau wusste, dass er nicht sterben würde, sagte ihm sein Gefühl das genaue Gegenteil. Fünf höllisch schwere Minuten lang lagen Verstand und Körper im Krieg. Sein Verstand sagte ihm, dass er unter einer Panikattacke litt. Sein Körper sagte ihm, dass er sterben würde. Und sein Körper war eindeutig überzeugender.

Seine erste Panikattacke hatte er bei einem Essen mit einigen Freunden erlebt. Mitten beim zweiten Gang überrollte ihn die Todesangst. Er hatte sie nicht kommen sehen. Es gab keinerlei Vorwarnung. Es war nicht so gewesen, dass es ihm schlecht zu gehen begann und sich das Gefühl dann allmählich verstärkte.

Nein, im einen Moment ging es ihm prima, und im nächsten knallte eine Hitzewelle durch seinen Körper, und das Zittern setzte ein. Schlagartig wurde ihm schwindlig und kotzübel. Er entschuldigte sich hastig, eilte auf die Herrentoilette und wurde von einem grausamen Durchfall durchgerüttelt. Er bibberte wie unter einer Schüttellähmung, und seine Kopfhaut fühlte sich an, als wollte sie ihm aus eigener Kraft vom Kopf krabbeln. Sein Herz hämmerte wie irre, und obwohl er hechelte wie ein Hund, bekam er einfach nicht genug Luft.

Damals war er absolut überzeugt gewesen, dass er auf der Stelle sterben würde, ohne je zu erfahren, was ihn so plötzlich erwischt hatte. Er würde hier und jetzt sterben. Auf dem Boden einer Restauranttoilette. Er war so davon überzeugt gewesen, wie er noch nie in seinem Leben von irgendetwas überzeugt gewesen war.

Zwanzig Minuten später hatte er sich so weit erholt, dass er aufstehen, sein Gesicht mit kaltem Wasser abwaschen und sich von seinen Freunden verabschieden konnte. Er war überglücklich, das Restaurant lebend zu verlassen – ausgewrungen wie ein altes Laken, aber am Leben. Danach war er heimgefahren und hatte zwölf Stunden lang geschlafen. Am nächsten Tag fühlte er sich zwar schwach, aber nicht wirklich schlecht. Er vermutete, dass ihn ein tückischer Grippevirus erwischt hatte oder dass vielleicht die Spaghettisoße schlecht gewesen war.

Achtundvierzig Stunden später passierte es wieder. Diesmal lag er in seinem Bett. Kein Albtraum. Nichts. Er hatte tief und fest geschlafen, als er in tiefster Todesangst hochschreckte. Sein Herz hämmerte. Schweiß lief ihm über die Stirn. Er schnappte nach Luft. Wieder spürte er das Kribbeln in seinen Gliedern, das Kitzeln unter der Kopfhaut, und wieder wusste er mit absoluter Sicherheit, dass seine Zeit auf Erden jetzt abgelaufen war.

Das war kurz nach der ganzen Scheiße mit Lozada gewesen. Der Killer hatte das ganze Department und vor allem Wick an der Nase herumgeführt. Und jetzt hatte Wick eine tödliche Krankheit erwischt. So hatte sich die Situation für ihn dargestellt, als er den Termin bei einem Internisten ausgemacht hatte.

»Sie meinen, ich bin einfach nur verrückt?«

Nachdem ihn der Arzt einer ganzen Batterie von Tests unterzogen hatte – neurologischen, gastrologischen, kardiologischen und einigen in Wicks Augen völlig unlogischen –, hatte er Wick eröffnet, dass er unter einem akuten Angstsyndrom litt.

Der Arzt beeilte sich, ihm zu versichern, dass er keineswegs verrückt sei, und klärte ihn über das Wesen seiner Panikattacken auf.

Es freute Wick zu hören, dass er nicht an einer unheilbaren Krankheit litt, doch es machte ihm zu schaffen, dass die Attacken keine feststellbare Ursache hatten. Er wollte schnell wieder geheilt werden und war zutiefst betrübt, dass es so nicht funktionieren würde.

»Vielleicht werden Sie nie wieder eine Panikattacke erleiden«, hatte ihm der Arzt erklärt. »Sie können aber auch bis an Ihr Lebensende in regelmäßigen Abständen welche bekommen.«

Wick setzte sich mit dem Thema auseinander, machte sich kundig und las alles, was er darüber in die Finger bekam. Auch wenn es ein deprimierender Gedanke war, dass Tausende so leiden mussten wie er, so war es doch tröstlich zu wissen, dass seine Symptome weit verbreitet waren.

Ein paar Monate ging er wöchentlich zur Therapie und nahm auch die verschriebenen Medikamente zur Prophylaxe ein. Schließlich jedoch überzeugte er seine beiden Ärzte und sich selbst, dass er geheilt war. »Ich bin drüber weg«, erklärte er dem Psychologen. »Was die Attacken auch ausgelöst hat – und das war eine ganze Reihe von Faktoren –, gehört der Vergangenheit an. Ich komme jetzt wieder zurecht.«

Und während der letzten zehn Monate hatte er Recht behalten. So lange war die letzte Panikattacke inzwischen her. Es war ihm gut gegangen. Bis heute Abend. Gott sei Dank war es keine schwere und keine besonders lange Attacke gewesen. Er hatte sie als Panikreaktion erkannt und sich Mut zugesprochen, bis er sie überstanden hatte. Vielleicht hatte das Gummiband ja doch geholfen.

Nachdem er fünf Minuten abgewartet hatte, um sicherzugehen, dass die Attacke vorbei war, ließ er den Motor wieder an. Er nahm die Auffahrt auf den Freeway in Richtung Westen, ohne ein bestimmtes Ziel zu haben. Sein Kopf war leer – bis auf die Gedanken an Rennie Newton. Chirurgin. Reiterin. Lolita. Mörderin.

Vielleicht war seine Panikattacke durch die schockierende Nachricht ausgelöst worden, dass sie sich als Sechzehnjährige mit einem verheirateten Mann eingelassen hatte. Noch dazu mit einem Geschäftspartner ihres Vaters, der bestimmt viel älter gewesen war als sie. Ein junges Mädchen, das eine intakte Familie sprengte.

Es passte genau zu dem Bild der skrupellosen Lolita, das Crystal von ihr gezeichnet hatte. Ein Mädchen, das barbusig durch die Stadt fuhr, würde auch mit dem Partner ihres Vaters schlafen, seine Ehe zerstören und sich später wahrscheinlich darüber kaputtlachen.

Daltons moralische Mehrheit musste natürlich empört über diese Unzucht gewesen sein. Dazu die tödlichen Schüsse auf den Geschäftspartner ihres Vaters, und man brauchte sich nicht darüber zu wundern, dass Rennies Eltern sie in ein Internat abgeschoben hatten.

Trotzdem passte all das so gar nicht zu der Frau, die Wick kennen gelernt hatte. Zugegeben, er war ihr nur zweimal persönlich begegnet, doch nach allem, was er beobachtet hatte, glaubte er, ihren Charakter ziemlich gut erfasst zu haben.

Weit davon entfernt, sich als Partygirl hervorzutun, lebte sie in beinahe nonnenhafter Enthaltsamkeit. Und statt ihre erotischen Reize zu betonen, schreckte sie vor jeder Berührung zurück und hatte ihn sogar mit einem »Nicht« abgewehrt, als er nur ihre Wange berühren wollte.

Benahm sich so eine Femme fatale?

Dass er die beiden Rennie Newtons nicht unter einen Hut brachte, trieb ihn noch in den Wahnsinn, und zwar aus Gründen, die nichts mit Rennies Kontakten zu Lozada oder mit dem Mord an Howell zu tun hatten. Er hatte jede Objektivität verloren, das war auch Oren aufgefallen. Nur darum behielt Oren ihn ununterbrochen im Auge und folgte ihm hartnäckig wie ein verdammter Bluthund.

Trotzdem konnte er nicht wirklich wütend auf Oren sein. Okay, er war sauer, dass sein Freund so fest zugeschlagen hatte, und Oren täuschte sich gründlich in Rennie. Aber er tat nur seine Pflicht. Er hatte Wick geholt, weil er Hilfe gebraucht hatte, und sich stattdessen nur zusätzliche Schwierigkeiten eingehandelt.

Plötzlich ging Wick auf, dass er keineswegs so ziellos durch die Gegend gefahren war, wie er geglaubt hatte. Er war in der Straße, in der er aufgewachsen war. Vermutlich hatte ihn sein Unterbewusstsein hierher geführt. Vielleicht musste er zu seinen Wurzeln zurückkehren, vielleicht brauchte er neue Erdung. Direkt vor seinem Elternhaus stellte er den Pick-up am Straßenrand ab.

Kurz nach Joes Tod hatte er das Haus verkauft. Es war ihm wie ein Sakrileg vorgekommen, ohne Joe darin zu wohnen. Er wusste nicht, ob das Pärchen, das ihm damals das Haus abgekauft hatte, immer noch darin lebte oder ob das Anwesen noch einmal den Besitzer gewechselt hatte, doch die augenblicklichen Bewohner gingen gut damit um. Selbst im Dunkeln konnte er erkennen, dass das Gebäude und der Garten in Schuss waren.

Das St.-Augustine-Gras war ordentlich geschnitten und die Ränder gesäubert, die Sträucher waren gestutzt. Die Fensterläden waren in einer anderen Farbe lackiert als damals, doch er glaubte, dass sie seiner Mutter gefallen hätten. Ihr Rosenbeet an der Ostwand stand in voller Blüte.

Er meinte seinen Vater zu hören: »Ihr Jungs solltet euch was schämen.«

»Ja, Paps.«

»Ja, Paps.«

»Eure Mutter ist so stolz auf ihre Rosen, das wisst ihr ganz genau.«

»Es war keine Absicht«, murmelte Wick.

»Aber sie hat euch eingeschärft, nicht neben ihrem Rosenbeet Ball zu spielen, oder?«

Wick hatte einen Pass fangen wollen, den sein älterer Bruder geworfen hatte. Der Ball war im Rosenbeet gelandet – zusammen mit Wick. Bis er sich wild zappelnd aus den Ranken befreit hatte, hatte er mehrere Pflanzen dicht über dem Boden gekappt. Seine Mutter hatte geweint, als sie den Schaden begutachtet hatte. Und als sein Vater von der Arbeit nach Hause gekommen war, hatte er seine beiden Söhne ins Gebet genommen.

»Von heute an wird nur noch auf dem leeren Grundstück unten an der Straße Ball gespielt.«

»Aber da sind Feuerameisen, Paps«, hatte Wick eingewandt.

»Halt den Mund«, zischte Joe ihn an.

»Du hast mir gar nichts zu sagen. Du bist hier nicht der Boss. Du bist nicht mal ein guter Werfer. Wenn du den blöden Ball nicht so bescheuert geworfen hättest –«

»Wick!«

Wenn ihr Vater in diese Tonlage wechselte, war es klüger, nicht zu widersprechen, das wusste er ebenso gut wie Joe. »Dieses Wochenende werdet ihr beide die Garage entrümpeln und die Gullis reinigen. Ihr werdet keinen Besuch bekommen, und ihr werdet nirgendwohin gehen. Und wenn ich auch nur ein Wort der Klage, eine Beschwerde oder einen Fluch höre«, dabei sah er Wick an, »dann trifft es euch nächstes Wochenende noch schlimmer.«

Wick musste lächeln. Schon damals hatte Joe Beherrschung gezeigt und gewusst, wann er besser den Mund hielt, während er selbst diese Lektion bis heute nicht gelernt hatte.

Viele Erinnerungen rankten sich um dieses Haus. Seine Mutter hatte alle Feiertage und Geburtstage zu feiern gewusst. Eine ganze Haustier-Prozession von Katzen und Hunden, zwei Hamstern und einer verletzten Elster hatte seine Kindheit begleitet. Einmal war er von dem Pekannussbaum hinter dem Haus gefallen und hatte sich den Arm gebrochen, woraufhin seine Mutter in Tränen ausgebrochen war und ihm erklärt hatte, dass es auch sein Hals hätte sein können. Als Joe sein erstes Auto bekam, hatte er noch am selben Tag Wick auf dem Fahrersitz sitzen lassen, während er ihm alle Knöpfe und Schalter vorführte.

Jedes Jahr zu Schulanfang hatte es eine Feier gegeben – die letzte zu ihrem Abschluss auf der Polizeiakademie. Ihre Eltern waren immer stolz auf ihre Jungs gewesen. Wick nahm an, dass sein Vater den Kollegen bei Bell Helicopter den letzten Nerv geraubt haben musste, weil er ständig neue Anekdoten über seine Jungs, die Polizisten, zu erzählen wusste.

Es gab auch traurige Erinnerungen. Zum Beispiel an den Tag, an dem ihre Eltern ihnen eröffnet hatten, dass ihr Vater Krebs hatte. Damals hatten er und Joe schon in eigenen Wohnungen gelebt, doch beide hatten regelmäßig ihre Eltern besucht.

Sie hatten an jenem Tag um den Küchentisch gesessen, Schokoladenkuchen gegessen und Mom und Dad mit Anekdoten unterhalten, die wie immer sorgsam zensiert waren, damit sich die beiden nicht allzu sehr sorgten, als ihr Vater plötzlich ernst geworden war. Ihre Mutter hatte sich so aufgeregt, dass sie aus dem Zimmer gelaufen war.

Sie war gerade zwei Jahre Witwe gewesen, als ein Teenager in seinem Auto ein Stoppschild übersah und ihren Wagen seitlich rammte. Die Sanitäter hatten Wick versichert, dass seine Mutter sofort tot gewesen sei. Damals hatte er getobt, weil er es ungerecht fand, so kurz hintereinander beide Eltern zu verlieren. Später war er froh gewesen, dass seine Mutter nicht hatte miterleben müssen, wie ihr Erstgeborener ermordet wurde. Joe war ihr Augenstern gewesen. Hätte der Unfall sie nicht umgebracht, dann ganz bestimmt Joes Beerdigung, und das wäre noch wesentlich schmerzhafter gewesen.

Seine dunkelste Erinnerung war die an jene Nacht, in der ihm Joe genommen worden war.

Nach dem Tod ihrer Mutter waren Joe und er in ihr Elternhaus zurückgezogen. In jener Nacht hatte er ein paar Freunde zu Gast gehabt. Es war eine alkoholselige, laute Runde gewesen, weshalb er über der plärrenden Musik die Klingel kaum gehört hatte. Zu seiner Überraschung sah er Oren und Grace auf der Türschwelle stehen.

»Hey, wer hat die Bullen gerufen? Ist etwa die Musik zu laut?« Er entsann sich, kapitulierend die Hände gehoben zu haben. »Wir werden uns anständig aufführen, Officer, Ehrenwort, aber bitte buchten Sie uns nicht ein!«

Doch Oren lächelte nicht, und Graces Augen waren feucht.

Dann traf ihn die Erkenntnis wie ein Hammerschlag. »Wo ist Joe?«

Er hatte es schon gewusst, bevor er die Frage auch nur ausgesprochen hatte.

Wick seufzte, sah ein letztes Mal wehmütig auf das Haus,

nahm dann den Fuß von der Bremse und fuhr langsam davon. »Genug Gefühlsduselei für eine Nacht, alter Knabe.«

Die Stadt lag in tiefem Schlaf. Auf den Straßen waren kaum Autos unterwegs. Er bog auf den Motelparkplatz, stieg aus, schloss den Pick-up ab, stapfte zu seinem Zimmer und öffnete die Tür.

Im Zimmer roch es muffig. Zu viele Zigaretten, zu viele Bewohner, zu viele mitgebrachte Schnellgerichte. Kein Desinfektionsmittel der Welt konnte diese Geruchsschichten durchdringen. Er drehte die Klimaanlage voll auf, um die schale Luft in Bewegung zu bringen. Das Bett sah, wiewohl traurig und durchgelegen, ausgesprochen einladend aus, doch zuerst brauchte er eine Dusche.

Selbst zu dieser nachtschlafenden Zeit ging das heiße Wasser aus, bevor er sich richtig eingeseift hatte, doch er ließ sich nicht hetzen. Stattdessen ließ er kaltes Wasser über sein Gesicht und seinen Kopf laufen, bis er die Nachwehen der Panikattacke abgespült hatte. Außerdem begann er allmählich, kalte Duschen zu genießen, wieso auch nicht. Allem Anschein nach würden er und heißes Wasser niemals eine Wohnung teilen.

Gerade als er die Dusche wieder abdrehte, hörte er ein Geräusch im Zimmer. »Gott verdammt«, murmelte er. Dieses Zimmermädchen musste über ein inneres Radar verfügen. Allmählich wurde die Sache lächerlich. Es war … Er sah auf seine Armbanduhr. Vier Uhr dreiundzwanzig. Er würde mal ein ernstes Wort mit dem Geschäftsführer reden.

Wütend zerrte er ein Handtuch vom Halter, schlang es sich um die Taille, riss die Tür auf und stürmte hinaus.

Sie lag mit dem Gesicht nach oben auf seinem Bett. Die silbernen Buchstaben auf ihrem T-Shirt glitzerten im Schein der

Nachttischlampe. Das Licht brach sich auch in ihren Augen und beleuchtete grell die zwei roten Löcher in ihrer Stirn.

Er spürte eine Bewegung in seinem Rücken, hatte jedoch keine Zeit mehr zu reagieren, bevor sich ein eiserner Unterarm auf seinen Kehlkopf presste. Dann spürte er einen harten Hieb im Rücken, knapp über der Taille. In seinen Ohren begann es zu klingeln, und das Zimmer kippte zur Seite.

»Das ist allein deine Schuld, Threadgill. Denk darüber nach, während du stirbst.«

Der Hieb begann höllisch zu schmerzen, doch er löste auch eine ganze Folge von eingeübten Handlungen aus. Er versuchte, den Arm von seiner Kehle zu zerren. Gleichzeitig rammte er den anderen Ellbogen nach hinten. Er traf auf einige Rippen, aber ohne wirkliche Wucht. Darum wiederholte er die Bewegungen und zielte obendrein mit der Ferse auf die Kniescheibe des Angreifers. Wenigstens glaubte er das. Hoffte er das. Er versuchte es, war aber nicht sicher, ob es ihm gelang.

Jesus, er hätte nie gedacht, dass er so außer Form war. Oder war die Panikattacke doch schlimmer gewesen, als er geglaubt hatte? Er fühlte sich schwach wie ein neugeborenes Kätzchen.

»Mr Threadgill?«

Sein Name hallte aus weiter Ferne heran, gefolgt von energischem Klopfen.

»Fuck!«

Der Arm löste sich von seinem Hals. Und im selben Moment gaben seine Knie nach, er sank zu Boden und plumpste wie ein Sack auf den übel riechenden Teppichboden. Schmerzen explodierten in seinem Schädel. Jesus Maria, tat das weh!

Wie ein dichter Nebel rollte die Dunkelheit heran. Er sah sie kommen und sehnte sie herbei.

Rennie eilte vom Ärzteparkplatz in die Notaufnahme.

»Nummer drei, Dr. Newton!«

Sie warf der Frau am Empfang ihre Schultertasche zu. »Passen Sie darauf auf.« Dann eilte sie im Laufschritt durch den Flur. In Behandlungsraum drei herrschte Hochbetrieb, das Zimmer war voller Menschen, die alle schwer beschäftigt waren. Eine Schwester stand mit einem Papierkittel für sie bereit. Rennie schob die Arme in die Ärmel und streifte die Latexhandschuhe über. Noch während sie die Schutzbrille zurechtrückte, fragte sie: »Worum geht es?«

Der Dienst habende Arzt sagte: »Einundvierzig Jahre, männlich, Stichwunde im Rücken, rechts unten. Die Tatwaffe steckt noch.«

»Die Niere?«

»Mit ziemlicher Sicherheit.«

»Blutdruck auf achtzig gesunken«, verkündete eine Schwester.

Ein paar andere Schwestern und ein weiterer Arzt riefen ihr weitere Befunde zu. Der Patient war bereits intubiert. Er bekam zurzeit eine Blutinfusion, Blutgruppe 0 positiv, und erhielt eine intravenöse Infusion mit Ringerlösung. Man hatte ihn auf die Seite gelegt, damit Rennie die Wunde in Augenschein nehmen konnte. Aus dem Fleisch ragte etwas, das wie ein Schraubenziehergriff aussah.

»Seine Bauchdecke spannt sich zusehends. Er hat den ganzen Bauch voller Blut.«

Sie besah sich den Bauch und kam zu dem Schluss, dass sie weder eine Bauchhöhlenspülung noch eine Computertomografie brauchten. Der Patient stand ohne jeden Zweifel kurz davor, innerlich zu verbluten.

»Der Druck fällt weiter ab, Frau Doktor.«

In nicht einmal dreißig Sekunden hatte Rennie das Sperrfeuer von Informationen sortiert und ausgewertet. Eine Krankenschwester hängte gerade den Hörer eines Wandtelefons ein und rief: »OP ist bereit!«

»Dann los«, befahl Rennie.

Als sie sich umdrehte, fiel ihr Blick auf das Gesicht des Patienten. Ihr wortloser Schrei ließ alle um die Bahre erschrocken innehalten.

»Dr. Newton?«

»Ist alles okay?«

Sie nickte und bellte: »Los!« Doch niemand setzte sich in Bewegung. »Subito!« Das erweckte alle zum Leben. Die Rollbahre wurde in den Gang geschoben. Sie lief nebenher. Der Lift wurde für sie aufgehalten. Sie waren schon beinahe drin, als jemand ihren Namen rief.

»Warten Sie!«

Sie blieb stehen und drehte sich um. Detective Wesley kam auf sie zugerannt.

»Nicht jetzt, Detective. Ich habe einen Notfall.«

»Sie werden Wick nicht operieren.«

»Natürlich werde ich das.«

»Sie nicht.«

»Dafür bin ich hier.«

»Nicht ihn.«

Die Rollbahre stand bereits im Lift. Sie gab dem Notfallteam ein Zeichen, schon vorauszufahren. »Ich komme sofort nach.« Die Lifttüren glitten zu. Sie wandte sich wieder an Wesley. »Er ist im Schock und könnte sterben. Jeden Moment. Haben Sie das begriffen?«

»Dr. Sugarman ist schon unterwegs. In fünf Minuten ist er hier.«

»Tut mir leid, aber so viel Zeit haben wir nicht, Detective. Außerdem bin ich eine bessere Chirurgin als Dr. Sugarman und habe mehr Erfahrung in Traumatologie. Ein Patient braucht mich, und ich würde eher zur Hölle fahren, als mich von Ihnen daran hindern zu lassen, ihm zu helfen.«

Sie hielt seinem Blick volle zehn Sekunden lang stand, dann wandte sie sich um und eilte auf den Lift zu, den man ihr wieder heruntergeschickt hatte.

»Und den Mädchen geht es gut? Ganz bestimmt?«

»Oren, das hast du schon vor zehn Minuten gefragt. Ich habe zu Hause angerufen. Es geht ihnen prächtig.«

Er nahm Graces Hand und massierte sie liebevoll. »Entschuldige.«

»Schon okay.« Sie legte den Arm um seine Schultern. »Die Polizistin, die du zu uns nach Hause geschickt hast, hat ihnen Frühstück gemacht. Ein zweiter Polizist bewacht das Haus. Es geht ihnen gut.« Sie massierte seinen Nacken. »Bei dir bin ich mir da nicht so sicher.«

»Ich bin okay.« Er hievte sich aus dem Sofa im Warteraum. »Wieso dauert das nur so lange? Er wird schon seit Stunden operiert.«

»Das könnte auch ein gutes Zeichen sein.«

»Aber wieso –«

»Sind Sie Detective Wesley?«

Er schoss herum. Eine Schwester im grünen Kittel kam auf sie zu. »Dr. Newton lässt Ihnen ausrichten, dass sie in ein paar Minuten zu Ihnen kommen wird. Sie bittet Sie zu warten.«

»Was ist mit Wick? Dem Patienten? Wie geht es ihm?«

»Dr. Newton ist gleich bei Ihnen.«

Sie machte kehrt und verschwand wieder hinter der Doppeltür. Grace packte Oren am Arm und zog ihn zurück auf das Sofa. Er schlug die Hände vors Gesicht. »Er ist bestimmt tot, sonst hätte sie uns doch was gesagt.«

»Sie hat uns nichts gesagt, weil das nicht ihr Job ist.«

»Er ist tot. Ich weiß es.«

»Er ist stark wie ein Ochse, Oren.«

»Es ist genau wie damals bei Joe.«

»Nein.«

»Der einzige Unterschied ist, dass Joe schon tot war, als ich ihn gefunden habe.«

»Es ist nicht wie bei Joe. Es ist anders.«

»Ich habe Joe damals im Stich gelassen, und jetzt habe ich Wick im Stich gelassen.«

»Du bist nicht schuld an dem, was ihnen zugestoßen ist.«

»Wenn Wick stirbt –«

»Das tut er nicht.«

»Wenn doch, Grace, dann habe ich versagt. Joe hätte von mir erwartet, dass ich auf seinen Bruder aufpasse. Dass ich für ihn sorge. Ihn vor solchen Dingen beschütze.«

»Hör auf, Oren! Tu dir das nicht an. Du kannst dir nicht die Schuld an allem geben.«

»Ich *bin* aber schuld. Wenn ich nicht gewesen wäre, säße Wick immer noch in Galveston. Gesund und munter. Statt in einem beschissenen Motelzimmer abzukratzen.« Seine Stimme brach. »Er hat mich noch gefragt, ob sich das Police Department keine bessere Unterkunft leisten könnte. Ich habe ihm erklärt, er soll nicht rumjammern, er hätte schon schlechter übernachtet, und das Zimmer sei deutlich besser als das Loch, in dem er wohnt. Jesus, Grace, ich ertrage das nicht. Ehrlich, ich ertrage das nicht.«

»Wick ist *nicht* tot.«

»Woher willst du das wissen?«

Sie lächelte ihn zärtlich an. »Weil er viel zu stur ist, um zu sterben.«

Er hätte ihr gern geglaubt, doch Grace war eine professionelle Trösterin. Schließlich tröstete sie tagaus, tagein von morgens bis abends andere Menschen. Sie verdiente ihren Lebensunterhalt damit, dass sie in einer schweren Situation aufmunternde Dinge zu sagen wusste. Doch selbst wenn sie im Moment nur Allgemeinplätze zu bieten hatte, war er doch froh, sie an seiner Seite zu haben und aus ihrem Mund Worte zu hören, die er nur zu gern glauben würde.

Es dauerte weitere zwölf Minuten, bis Dr. Newton aus der Doppeltür trat. Ihr Anblick war nicht gerade aufmunternd. Sie sah aus wie ein verwundeter Soldat nach einer verlorenen Schlacht.

Sie hatte einen Laborkittel übergezogen, der die blutfleckige Tunika ihres Operationsanzugs jedoch nicht verhüllen konnte. Schweißnasse Haarsträhnen kräuselten sich unter ihrer Schutzkappe hervor. Unter ihren Augen lagen dunkle Ringe. Am liebsten hätte ihr Oren aus Mitleid eine warme Mahlzeit spendiert.

Sie spannte sie nicht lange auf die Folter. Noch im Gehen erklärte sie: »Er hat die Operation überlebt.«

Oren stieß einen erleichterten Seufzer aus und drückte Grace an sich. Sie vergrub ihr Gesicht an seiner Brust und hauchte ein kurzes Dankesgebet. So blieben sie mehrere Sekunden lang stehen. Dann ließ Oren Grace wieder los und wischte sich die Augen trocken.

Grace streckte der Ärztin die Hand hin. »Ich bin Grace Wesley.«

»Rennie Newton.«

»Vielen Dank, Dr. Newton.«

Nachdem sich die beiden Frauen die Hand gegeben hatten, überreichte Dr. Newton Oren eine Klarsichttüte mit einem blutigen Phillips-Schraubenzieher. »Außer mir hat ihn niemand berührt.«

Dann vergrub sie die Hände in den Kitteltaschen und wurde offiziell. »Der Einstich war sehr tief. Dabei wurde der feste Teil seiner rechten Niere penetriert. Trotzdem konnten wir das Organ retten, sodass es ohne Funktionsbeeinträchtigung ausheilen müsste.

Außerdem wurde Muskelmasse beschädigt. Ich habe darum unseren Orthopäden hinzugezogen. Er hat den Muskel sehr schön vernäht. Wenn Sie möchten, können Sie später noch mit ihm sprechen.«

»Er hat viel Blut verloren«, bemerkte Oren.

Sie nickte. »Nachdem wir die Hauptquelle der Blutung gefunden hatten – eine durchtrennte Arterie –, konnten wir den Blutfluss in die Niere zurücklenken. Zum Glück haben wir ihn so schnell operieren können. Andernfalls hätten wir das Organ nicht retten können, oder er wäre am Blutverlust gestorben.«

Er hätte nicht überlebt, wenn sie auf Dr. Sugarman gewartet hätten. Das wollte sie ihm damit sagen. Oren fragte, wann sie zu ihm durften.

»Wenn Sie möchten gleich jetzt. Kommen Sie mit.«

Sie drehte sich um, und sie folgten ihr. Grace musste die unterschwellige Feindseligkeit zwischen ihrem Mann und der Ärztin gespürt haben. Sie sah Oren verwundert an und fragte lautlos: »Was ist los?«

Er schüttelte den Kopf. Über die komplexen Verwicklungen würde er sie später aufklären. Dann würde sie begreifen, warum er und die Ärztin einander zwar höflich, aber distanziert begegneten.

Sie wurden durch zwei automatische Schiebetüren auf die chirurgische Intensivstation geführt. »Er ist noch in Narkose, und Sie sollten darauf gefasst sein, dass er nicht besonders gut aussieht. Irgendwas ist mit seinem Gesicht passiert.«

»Er ist draufgefallen.« Dr. Newton blieb stehen und sah Oren an, mit großen Augen, die mehr Gefühl verrieten, als sie bislang preisgegeben hatte. »Er ist von hinten angegriffen worden«, führte er aus. »Offenbar ist Wick zusammengebrochen, als ihn der Angreifer losgelassen hat, und dabei mit dem Gesicht auf dem Boden aufgeschlagen. So haben ihn die Sanitäter gefunden.« Dass die Platzwunde an Wicks Kinn auf sein Konto ging, brauchte ja nicht jeder zu wissen.

»Der Orthopäde hat sein Gesicht geröntgt«, führte die Ärztin aus. »Der Wangenknochen ist nicht gebrochen, aber er ist … Sie werden es selbst sehen.«

Sie winkte sie in eine Kabine. Grace, die tapferer war als er, trat direkt ans Bett, warf einen einzigen Blick auf Wick und brach in Tränen aus.

Oren blieb ein wenig abseits stehen, doch er konnte auch so genug erkennen. Seine erste Reaktion war ein leiser, inbrünstiger Fluch.

Wick lag auf der linken Seite, von einer dicken Deckenrolle gehalten. Die rechte, sichtbare Seite seines Gesichts war so verschwollen und fleckig, dass er kaum wiederzuerkennen war. Er hatte beide Augen geschlossen, doch das rechte hätte er ohnehin nicht öffnen können – es war vollständig zugeschwollen. An seinen Lippen hatte man mit Pflaster einen Beatmungsschlauch befestigt. Verglichen mit allen anderen Verletzungen wirkte die Platzwunde am Kinn harmlos, trotzdem verzog Oren vor allem deswegen das Gesicht.

»Wir verabreichen ihm intravenös ein Antibiotikum, um einer Infektion vorzubeugen, obwohl es keine Anzeichen dafür gibt, was aber seine Verfassung entschieden beeinträchtigen würde.« Dr. Newtons Stimme klang wieder mechanisch und vollkommen distanziert. »Er hat einen Katheter bekommen. Anfänglich war sein Urin blutig, aber das hat sich gelegt.«

»Das ist ein gutes Zeichen, nicht wahr?«, fragte Grace.

»Ganz eindeutig. Sein Herz ist kräftig, der Puls gleichmäßig. Der Blutdruck wird ständig überprüft. Sobald er wieder bei Bewusstsein ist, werden wir ihn vom Beatmungsgerät abhängen. Natürlich bekommt er auch weiterhin Schmerzmittel. Er verdankt es vor allem seiner guten körperlichen Verfassung, dass er überlebt hat, und die wird ihm auch bei der Erholung helfen. Einige Tage wird er noch auf der Intensivstation bleiben müssen, und wir werden ihn genau im Auge behalten, aber die Prognose ist definitiv positiv.«

Die drei blieben ein paar Minuten schweigend am Bett stehen, dann winkte Dr. Newton die beiden Besucher hinaus. »Sollen wir irgendwen benachrichtigen? Hat er Familie? Wir wussten nicht, ob wir jemanden anrufen sollen.«

»Wick ist nicht verheiratet«, antwortete Grace, ehe Oren zu Wort kam. »Er hat keine Angehörigen.«

Dr. Newtons Hände verschwanden wieder in den Kitteltaschen und tauchten so tief ein, als würde sie versuchen, die Fäuste durch den unteren Saum zu stoßen. »Ich verstehe.«

»Können wir irgendwas für ihn tun?«

Sie lächelte Grace leer an. »Im Moment nicht. Nach seiner Entlassung wird er jemanden brauchen, bei dem er sich mindestens eine Woche lang erholen kann. Anfangs wird er viel Bettruhe brauchen. Bis dahin werden wir uns um ihn kümmern. Morgen Abend kann er wieder Besuch bekommen, aber wirklich nur kurz.«

Oren räusperte sich. »Leider, Dr. Newton, kann *ich* nicht gestatten, dass er Besuch bekommt. Er wurde Opfer eines Verbrechens. Und ist außerdem ein wichtiger Zeuge.«

»Wobei?«

»Bei einem Mord.«

16

»Eine junge Frau war mit im Zimmer, als Wick attackiert wurde«, fuhr Wesley fort. »Sie war tot.«

Rennie gab sich alle Mühe, keine Reaktion zu zeigen. Das war nicht einfach. Weil sie ihrer Stimme nicht traute, nickte sie nur.

»Im Moment untersucht die Spurensicherung den Tatort. Das Zimmermädchen im Motel, das bis heute früh die reinste Pest war, hat ihm das Leben gerettet. Die Kleine kam mit ihrem Generalschlüssel in Wicks Zimmer. Wenn sie nicht mitten in der Nacht aufgetaucht wäre, wäre er mit Sicherheit gestorben.«

»Hat sie den Angreifer gesehen?«

Er schüttelte den Kopf. »Im Bad stand das Fenster offen. Wir vermuten, dass er aus dem Fenster geklettert ist, als er sie kommen hörte. Sie hat erst angeklopft. Damit hat sie ihn verscheucht.«

»Sie kann also keine Personenbeschreibung geben.«

»Leider nein. Und in einem Motelzimmer lassen sich kaum Spuren sammeln, weil dort Hunderte ein und aus gehen.«

»Wie steht es mit Fußabdrücken draußen vor dem Fenster?«

»Unter dem Fenster liegt eine asphaltierte Durchfahrt. Bislang haben wir noch keine Indizien finden können. Wir hoffen aber, dass unsere Techniker noch irgendwas Brauchbares zu Tage fördern.«

»Und wie ist es hiermit?« Sie deutete auf die Tüte mit dem Schraubenzieher.

»Wir werden das Beste daraus machen.«

Rennie hätte ihn gern gefragt, ob er schon jemanden in Verdacht hatte, doch sie fürchtete sich vor der möglichen Antwort.

»Sobald Wick aufwacht, muss ich ihn vernehmen; ich muss alles wissen, was er weiß«, kündigte er an.

»Das verstehe ich, aber Sie dürfen nicht vergessen, dass er gestern Nacht um sein Leben gekämpft hat. Ich möchte dem Patienten jede unnötige Aufregung ersparen.«

»Ich würde niemals etwas tun, was Wicks Genesung gefährden könnte«, wehrte er sich verärgert.

»Ich verlasse mich darauf. Und jetzt müssen Sie mich entschuldigen. In einer halben Stunde ist die nächste Operation angesetzt.«

»Aber Sie sind doch völlig erschöpft«, entfuhr es Grace.

»Ich brauche nur etwas zu essen.« Sie lächelte Grace Wesley an, die ihr vom ersten Augenblick an sympathisch gewesen war, und wandte sich dann wieder an den Detective. »Offenbar sind Sie und Mr Threadgill mehr als nur Kollegen.«

»Freunde. Praktisch Brüder.«

»Dann werde ich die Schwestern auf der Intensivstation

anweisen, Ihnen über seinen Zustand Auskunft zu geben, wenn Sie anrufen.«

»Das ist sehr nett. Vielen Dank.«

»Keine Ursache.«

Dann dankte ihr Grace Wesley nochmals dafür, dass sie Wicks Leben gerettet hatte.

Der Detective verabschiedete sich mit einem knappen: »Wir hören voneinander«, ehe er am Aufzug den Abwärtsknopf drückte.

Rennie kehrte an Wicks Bett zurück und fragte die Schwester nach Anzeichen dafür, dass er bald zu Bewusstsein käme. »Er hat ein paarmal gestöhnt, Frau Doktor. Mehr nicht.«

»Bitte piepsen Sie mich an, wenn er wach wird. Ich bin dann wahrscheinlich im OP, aber ich möchte erfahren, wenn er zu sich kommt.«

»Natürlich, Dr. Newton.«

Bevor sie ging, warf sie einen letzten Blick auf ihren Patienten und unterdrückte dabei den Impuls, eine lose Haarsträhne aus seiner Stirn zu streichen.

Sie duschte in der Umkleide, zog einen frischen Kittel an und fuhr dann hinunter in die Cafeteria im Erdgeschoss. Sie frühstückte Rührei mit Toast und Orangensaft, doch eigentlich zwang sie die Bissen nur hinunter, um neue Kraft zu schöpfen, nicht weil sie hungrig war oder das Essen genoss.

Als sie wieder im Operationsbereich war, studierte sie die Akte der nächsten Patientin und sprach kurz mit ihr. »Ihr Onkologe und ich stimmen darin überein, dass der Tumor noch nicht metastasiert ist. Ihre Prognose ist sehr gut, wenn wir erst einmal den betroffenen Darmabschnitt entfernt haben.«

Die Frau dankte ihr benommen, weil die Anästhesistin bereits ein schweres Beruhigungsmittel gespritzt hatte.

Rennie schrubbte methodisch ihre Hände. Das vertraute, eingespielte Ritual verlieh ihr neue Kraft. Ihr sorgsam durchorganisiertes Leben war vollkommen außer Kontrolle geraten. Seit sie von Lees Tod gehört hatte, seit die Rosen in ihrem Wohnzimmer aufgetaucht waren, war nichts mehr so, wie es sein sollte.

Trotzdem würde sie ihren Rhythmus wiederfinden, das nahm sie sich fest vor, während sie energisch die Haut zwischen den Fingern bürstete. Sie brauchte sich nur auf ihre Arbeit zu konzentrieren. Die Arbeit war ihre Verbindung zum Leben. Sobald sie die Arbeit in den Griff bekam, würde sie auch ihr Leben in den Griff bekommen.

Im OP schnitt sie gerade durch das Fettgewebe der Bauchdecke, als der assistierende Chirurg bemerkte: »Ich habe gehört, Sie hatten einen ziemlich aufregenden Morgen.«

»Unsere Frau Doktor ist eine echte Heldin«, pflichtete die Operationsschwester bei.

Rennie war mit den Gedanken ganz bei der Operation und fragte gedankenverloren: »Was meinen Sie damit?«

»Es kam heute Morgen sogar im Fernsehen.«

Rennie sah zu der Anästhesistin hinüber, die von ihrem Hocker hinter der Patientin aus gesprochen hatte. »Was kam im Fernsehen?«

»Dass Sie einem Polizisten das Leben gerettet haben.«

Der assistierende Chirurg meinte: »Threadgills Bruder ist vor ein paar Jahren bei einem Einsatz gestorben. Sie haben verhindert, dass ihm das Gleiche widerfährt.«

»Nur dass dieser Threadgill nicht im Einsatz war«, wandte die zweite Schwester ein.

»Ich weiß überhaupt nichts über ihn«, meinte Rennie kühl. »Tupfer, bitte. Für mich war das ein ganz gewöhnlicher Notfall.«

»In den Nachrichten haben sie berichtet, dass der jungen Frau nicht mehr zu helfen war«, bemerkte die Anästhesistin.

Der gesprächige assistierende Chirurg nahm den Faden auf. »Ich habe von den Sanitätern, die den Einsatz übernommen hatten, erfahren, dass sie im Bett des Polizisten gefunden wurde. Offenbar hat der Unbekannte erst sie getötet und dann Threadgill angegriffen.«

»Ein eifersüchtiger Freund?«

»Oder Ehemann.«

»Möglich. Wie es aussieht, stand Threadgill gerade unter der Dusche.«

»Also ich für meinen Teil«, gab der Assistenzarzt zum Besten, »brauche danach immer erst eine Zigarette. Danach kommt die Dusche. Wie steht's mit dir, Betts? Rauchst du nach dem Sex?«

»Keine Ahnung«, gab die zweite Schwester zurück. »Ich hab noch nie nachgeschaut.«

Alle lachten.

Die Operationsschwester zog die Brauen über der Maske hoch. »Wenn der Bulle nur halb so gut aussieht wie das Bild in der Zeitung, würde ich meinen, das Mädchen ist mit einem Lächeln auf den Lippen gestorben.«

»Könnten wir uns bitte wieder auf die Arbeit konzentrieren?«, fuhr Rennie sie an. »Wie ist der Blutdruck?«

Die Anästhesistin antwortete gedämpft und knapp. Durch ihre unwirsche Reaktion hatte Rennie alle weiteren Späße unterbunden.

Sie senkte den Kopf und vertiefte sich wieder in die Operation. Doch als ihr Pager piepste, bat sie die zweite Schwester, ihn zu überprüfen.

»Die Intensivstation, Dr. Newton.«

»Würden Sie bitte für mich anrufen?«

Sie lauschte der telefonierenden Schwester. »Gut, ich richte es ihr aus.« Sie legte auf.

»Mr Threadgill wacht gerade auf.«

»Danke.«

Obwohl sie zu spüren glaubte, wie allenthalben die Brauen hochgezogen wurden, wagte niemand einen Kommentar abzugeben. Auch weiterhin beschränkten sich alle Gespräche auf die aktuelle Operation. Schließlich richtete sich Rennie auf und forderte den assistierenden Chirurgen mit einem Nicken auf, die letzte innere Naht zu schließen. Anschließend prüfte sie den operierten Bereich mit dem Finger, um sicherzugehen, dass alle Nähte hielten. »Sieht gut aus.«

»Perfekt«, bekräftigte der assistierende Chirurg. »Gute Arbeit, Dr. Newton.«

»Danke. Würden Sie die Wunde für mich vernähen?«

»Ihr Wunsch ist mir Befehl.«

»Vielen Dank. Sie haben alle gute Arbeit geleistet.«

Damit schälte sie sich die sterilen Handschuhe von den Fingern und schob sich durch die Tür, wohl wissend, dass sie im Zentrum wilder Spekulationen stehen würde, sobald die Tür hinter ihr ins Schloss fiel. Sollen sie nur rätseln, dachte sie insgeheim.

Sie klärte die bange wartende Familie der Patientin über den Verlauf der Operation auf, eilte dann zur Umkleide, wo sie ein zweites Mal duschte, und trat genau in dem Augenblick in die Intensivstation, in dem die Schwester Wick dazu drängte, den Schlauch des Beatmungsgerätes auszuhusten.

Er hatte wie alle Patienten kurzfristig das Gefühl zu ersticken, doch dann war der Schlauch draußen. »War doch gar nicht so schlimm, oder, Mr Threadgill? Sie waren sehr tapfer.«

Er bewegte die Lippen, doch die Schwester konnte ihn nicht verstehen, weshalb sie sich über ihn beugte. Als sie sich wieder aufrichtete, lachte sie. »Was hat er denn gesagt?«, wollte Rennie wissen.

»Er hat gesagt: ›Leck mich.‹«

»Das brauchen Sie sich nicht gefallen zu lassen.«

»Machen Sie sich deshalb keinen Kopf, Frau Doktor. Ich habe einen Mann und vier Söhne.«

Rennie nahm ihren Platz an Wicks Bett ein. »Wick, wissen Sie, wo Sie sind?«

Er murmelte etwas Unverständliches. Sie setzte das Stethoskop auf seine Brust und lauschte. »Sie erholen sich gut.«

»Durst.«

»Wie wär's mit etwas gestoßenem Eis?« Sie sah zu der Schwester auf, die nach einem kurzen Nicken davoneilte. »Zum Anfang beschränken wir uns auf Eis, Wick. Ich möchte nicht, dass Sie zu viel trinken und sich übergeben.«

Wieder gab er einen undefinierbaren Laut von sich, während er gleichzeitig versuchte, das zugeschwollene rechte Auge zu öffnen. »Haben Sie starke Schmerzen, Wick? Ich kann die Dosierung Ihres Schmerzmittels heraufsetzen.« Er brummelte etwas, das sie nicht zu deuten verstand. »Ich nehme das als Ja.«

Die Schwester kehrte mit einem Becher Eis und einem Plastiklöffel zurück. »Immer wenn er aufwacht, können Sie ihm ein paar Löffel geben.« Sie machte einen entsprechenden Vermerk in seiner Krankenakte. Bevor sie ging, sagte sie: »Ich bin entweder hier oder in meiner Praxis. Piepsen Sie mich an, falls sich irgendwas tut.«

»Natürlich. Ach, Dr. Newton, ich glaube, er möchte Ihnen etwas sagen.«

Rennie ging an Wicks Bett zurück. Er fasste nach ihrer Hand. Trotz der Kanüle im Handrücken war sein Griff erstaunlich kräftig. Sie beugte sich zu ihm hinab. »Was ist denn, Wick?«

Er hauchte nur ein einziges Wort.

»Lozada.«

Detective Wesley sah sie stirnrunzelnd über seinen unaufgeräumten Schreibtisch hinweg an. »Sonst nichts?«

»Nur das. ›Lozada‹«, wiederholte Rennie.

»Und wann war das?«

»Heute gegen Mittag.«

»Und Sie erzählen mir erst jetzt davon?«

»Ich musste mir erst über einiges klar werden.«

»Und worüber?«

Die übrigen Polizisten im Großraumbüro waren scheinbar in ihre Arbeit vertieft, doch Rennie spürte genau, dass alle die Ohren gespitzt hatten. »Können wir uns irgendwo ungestört unterhalten?«

Wesley zog die Achseln hoch und bedeutete ihr mit einer knappen Geste, ihm zu folgen. Er führte sie in den Raum, in dem ihre Vernehmung aufgezeichnet worden war. Sie nahmen die gleichen Plätze wie damals ein. Dass damit der Eindruck entstand, sie stünde noch immer unter Verdacht, gefiel ihr gar nicht, doch sie äußerte sich nicht dazu. Stattdessen nahm sie das Gespräch sofort wieder auf.

»Könnte das heißen, dass Wick gestern Nacht von Lozada überfallen wurde?«

»Ach, glauben Sie das?«

Sie spürte, wie ihre Wangen warm wurden. »Das scheint Sie nicht besonders zu überraschen.«

»Überhaupt nicht, Frau Doktor.«

»Darf ich Ihnen eine Frage stellen?« Er zuckte gleichgültig mit den Achseln. »Was haben Sie eigentlich gegen mich?«

Er rutschte auf seinem Stuhl herum. »Gar nichts.«

»Das stimmt nicht. Sie haben mich vom ersten Moment an nicht ausstehen können. Warum?«

»Warum erzählen Sie mir nicht einfach, was Ihnen im Kopf herumgeht, Dr. Newton? Worüber sind Sie sich heute Nachmittag ›klar geworden‹?«

»Am Tag von Lee Howells Beerdigung bekam ich einen Strauß Rosen. Mit dieser Karte.«

Sie klappte die Handtasche auf und zog einen Plastikbeutel heraus, in den sie die kleine weiße Karte gesteckt hatte. Es war das zweite Beweisstück, das sie heute ablieferte, obwohl sie lieber nicht daran denken wollte, wie sie den Schraubenzieher aus Wicks Rücken gezogen hatte.

Wesley nahm ihr den Beutel ab, betrachtete die Karte und las die getippte Zeile darauf, reagierte jedoch keineswegs so, wie sie erwartet hatte. Im Gegenteil, er zeigte überhaupt keine Reaktion. Seine Miene blieb völlig ungerührt.

»Offenbar überrascht Sie das auch nicht.«

»Dass die Karte in einem Rosenstrauß steckte, der Ihnen am Tag von Lee Howells Beerdigung zugestellt wurde, war mir neu.«

»Aber die Karte ist Ihnen bekannt, richtig? Woher? Sie können doch unmöglich …« Sie verstummte und starrte ihn mit offenem Mund an. »Sie haben sich nicht damit begnügt, mein Haus zu observieren – Sie haben es auch durchsucht. Habe ich Recht?«

»Das war nicht ich.«

Sie flog zurück, als hätte eine unsichtbare Hand sie geschubst. »Wick.«

Wesley schwieg.

Ihr Kopf fiel nach vorn. Sie starrte auf ihre Hände, die immer ausgetrocknet aussahen, egal wie viel Creme oder Lotion sie auch darauf schüttete, weil sie ständig mit antiseptischer Seife geschrubbt wurden.

Wick war in ihrem Haus gewesen, hatte in ihren Schubladen gewühlt und ihre Sachen durchsucht. Bevor oder nachdem sie sich begegnet waren?, fragte sie sich. Obgleich das nichts zur Sache tat. Ihre Privatsphäre war verletzt worden, und, was noch schlimmer war, ausgerechnet Wick hatte sie verletzt.

Nach kurzem, angestrengtem Schweigen hob sie den Kopf und sah Wesley an. »Die Karte stammt von Lozada. Er hat die Rosen persönlich abgeliefert. Er ist in mein Haus eingebrochen und hat sie dort für mich abgestellt.«

»Woher wissen Sie das?«

»Weil er es mir gesagt hat.«

»Gesagt?«

»Er hat mich mehrmals angerufen. Ich habe ihm das untersagt. Ich habe darauf bestanden, dass er mich in Frieden lässt. Aber er ruft trotzdem an.«

»Und sagt was?«

»Lesen Sie die Karte, Detective. Er hat sich während der Verhandlung in mich verknallt. Ununterbrochen hat er mich angestarrt, jede Sekunde, die er im Gerichtssaal war. Bis seine Penetranz auffällig und peinlich wurde. Offenbar bildet er sich ein, dass ich sein romantisches Interesse erwidere.«

»Weil er freigesprochen wurde?«

»Ich nehme es an. Wer will das schon sagen? Er ist verrückt.«

Detective Wesley schnaubte. »Lozada mag ja vieles sein, aber verrückt ist er eindeutig nicht.« Er sah sie nachdenklich an. »Wieso erzählen Sie mir das alles jetzt erst?«

»Ich habe Angst, dass er Dr. Howell getötet haben könnte. Ich glaube, er hat irgendwie erfahren, dass Lee den Chefarztposten bekommen sollte, und ihn daraufhin umgebracht, um mir einen Gefallen zu tun. Er hat mir erklärt, er wollte den Gefallen erwidern, den ich ihm getan hätte.«

»Indem Sie seinen Freispruch durchboxten?«

»Freigesprochen wurde er von einer zwölfköpfigen Jury.«

Sein inbrünstiges Achselzucken sagte *Wenn Sie meinen.* »Erzählen Sie weiter.«

»Lozada hat mir auch erzählt, dass ich observiert werde. Er hat mich ebenfalls beobachtet. Und gestern Nachmittag hat er gesehen, wie Wick mir nach Hause gefolgt ist. Ich nehme an, Lozada ist ihm um den Block bis zu Ihrem Versteck hinterhergefahren. Dann hat er mich angerufen. Es hat ihm sichtlich Freude bereitet, mir zu verraten, dass mein neuer Freund Polizist ist.«

»Wick würde dem widersprechen.«

»Wie meinen Sie das?«

»Egal. Warum haben Sie uns nichts von Lozada erzählt, als Sie uns gestern haben auffliegen lassen?«

»Weil Sie nicht glauben sollten, was Sie sowieso schon glauben!«

»Und das wäre?«

»Dass ich mit Lozada unter einer Decke stecke!«, fuhr sie ihn an. »Das glauben Sie doch, oder? Sie glauben, ich hätte ihm den Auftrag erteilt, Lee zu ermorden. Und jetzt… jetzt auch noch Wick. Nur deshalb waren Sie dagegen, dass ich ihn operiere.«

»Sie waren wütend auf uns. Und auf Wick ganz besonders.«

»Und darum soll ich einen professionellen Killer angerufen haben, der rein zufällig in mich verknallt ist, und ihn angewiesen haben, Wick mit einem Schraubenzieher abzustechen?«

Wesley starrte sie ausdruckslos an. Er war ein alter Hase mit jahrelanger Erfahrung im Polizeidienst. Niemand konnte vorhersagen, in welcher Form ein Geständnis geliefert wurde. Bestimmt nahm er jetzt an, dass sie ihre Seele erleichtern wollte.

»Eine so absurde Unterstellung ist nicht mal einen Kommentar wert.«

»Was wollen Sie dann hier?«

»Nachdem mir Wick Lozadas Namen zugeflüstert hatte, fiel es mir wie Schuppen von den Augen. Plötzlich sah ich die Dinge so, wie Sie sie sehen müssen. Lee bekommt die Stelle, die ich gern gehabt hätte. Er wird umgebracht. Dann erzähle ich Wick, dass ich ihn nie wiedersehen möchte. Und gleich darauf wird er überfallen und um ein Haar umgebracht. Sobald mir das klar geworden war, bin ich hergekommen und habe nur kurz zu Hause angehalten, um die Karte zu holen.«

»Wieso haben Sie die aufgehoben?«

»Das weiß ich selbst nicht. Die Rosen habe ich weggeworfen. Vielleicht habe ich die Karte behalten, weil ich es für möglich gehalten habe, dass ich sie als … Beweis bräuchte.«

»Das heißt, Sie hatten von Anfang an den Verdacht, dass Lozada Howell getötet haben könnte.«

»Nein. Denn Lozada hat mich erst mehrere Tage nach

Howells Beerdigung und nach den Rosen angerufen. Er hat mich gefragt, ob sie mir gefallen haben. Bis dahin wusste ich nicht, wer sie geschickt hatte.«

Er sah sie müde an. »Hören Sie doch auf, Dr. Newton.«

»Ehrenwort.«

»Sie hatten nicht einmal eine leise Ahnung?«

»Gut, vielleicht schon. Unterbewusst. Mir fiel sonst niemand ein, der in mein Haus einbrechen könnte und würde.«

»Aber trotzdem haben Sie sich nicht mit mir in Verbindung gesetzt, nachdem Sie herausgefunden haben, dass es Lozada gewesen war. Warum nicht?«

»Wegen des feindseligen Tonfalls, den Sie bei der Vernehmung in genau diesem Raum angeschlagen haben. Ich hatte Angst, Sie dadurch in Ihrer Vermutung zu bestärken, dass ich etwas mit dem Mord zu tun haben könnte.«

»Sie haben uns Informationen vorenthalten, die eventuell zu Lozadas Verhaftung geführt hätten.«

»Es war ein Fehler.«

»Warum sind Sie nicht sofort mit dieser Karte angelaufen gekommen und haben gesagt: ›Ich glaube, ich weiß, wer meinen Freund ermordet hat und warum‹?«

»Ich hätte mich schließlich auch irren können. Ich hätte Ihre Ermittlungen behindern und Sie auf eine falsche Fährte schicken können.«

»Nein, ich glaube, Sie hatten andere Beweggründe, Dr. Newton. Ich glaube, Sie haben gehofft, dass wir das Rätsel um den Mord an Dr. Howell ganz allein lösen würden. Ohne Ihre Hilfe. Habe ich Recht?« Seine Augen bohrten sich in ihre. »Sie wollten nicht, dass Ihr Name in Zusammenhang mit dem gewaltsamen Tod eines Kollegen genannt wird.« Nach einer viel sagenden Pause ergänzte er: »Zum zweiten Mal.«

»Aha.« Sie senkte wieder den Kopf, allerdings nur für einen Augenblick, ehe sie trotzig seinen Blick erwiderte. »Sie wissen also von Raymond Collier.«

»Nicht alles. Möchten Sie mir mehr erzählen?«

»Sie haben Ihre Quellen, Detective, die Sie bestimmt exzellent zu nutzen verstehen.«

»Worauf Sie sich verlassen können.« Er verschränkte die Arme vor der Brust und senkte den Kopf. »Noch etwas will mir nicht in den Kopf. Ich frage mich, wie Sie in die Jury aufgenommen werden konnten. Haben die Anwälte nicht jeden Geschworenen ins Gebet genommen und dabei auch nach Vorstrafen gefragt? Hatten Sie nicht geschworen, die Wahrheit zu sagen?«

»Raymond Colliers Tod war ein tragischer Unfall. Ich bin nicht vorbestraft. Und während der Geschworenenbefragung wollte niemand von mir wissen, ob ich als Minderjährige an einem Unfall mit einer Schusswaffe beteiligt war.«

»Wie praktisch, nicht wahr?«

Sie stand auf. »Ich sehe, dass Sie meine Hilfe weder wollen noch zu schätzen wissen.«

»Ganz im Gegenteil, Dr. Newton. Es war ein höchst aufschlussreiches Gespräch.«

»Werden Sie Lozada jetzt verhaften?«

»Wenn ich genug Beweise gesammelt habe, um eine Verhaftung und Verurteilung zu garantieren.«

»Was heißt hier *wenn*? Heute Morgen hatte ich alles Beweismaterial in der Hand, das Sie brauchen. Wicks Blut. Und ich persönlich habe Ihnen die Tatwaffe überreicht.«

»Sie wird derzeit ausführlich analysiert, und just in diesem Moment sind mehrere Detectives dabei, nach ihrem Ursprung zu forschen, aber ich kann Ihnen schon jetzt erzählen, was sie herausfinden werden. Sie werden herausfinden, dass der Schraubenzieher uralt ist und damals in fast jedem Eisenwarengeschäft auf dem Kontinent oder darüber hinaus verkauft wurde. Und dass er seither durch weiß Gott wie viele Hände gegangen ist. Diese Spur wird uns nirgendwohin führen.«

»Das Mädchen wurde doch erschossen. Was ist mit der Pistole?«

»Die wurde am Tatort zurückgelassen und befindet sich in unserem Besitz. Aber da erwarte ich das Gleiche wie bei dem Schraubenzieher. Sie ist billig und alt und nur auf kurze Entfernung zuverlässig. In diesem Fall auf eine Distanz von bis zu zwanzig Zentimetern. Der Benutzer wusste, dass wir sie nicht zu ihm zurückverfolgen können. Wir werden es versuchen, aber es wird zu nichts führen.«

»Sie wissen doch, dass es Lozada war«, weinte sie leise. »Wick kann ihn identifizieren.«

»Wirklich? Ich bezweifle nicht, dass Wick ihn verdächtigen wird. Lozada ist für jeden von uns der Hauptverdächtige. Er und Wick sind Todfeinde.«

Sie hatte das bereits aus Lozadas gehässigem Tonfall bei jeder seiner Bemerkungen über Wick geschlossen. »Wieso eigentlich?«

»Das ist eine interne Angelegenheit.«

Über die er sich offensichtlich nicht weiter auslassen wollte. »Könnten Sie Lozada nicht wenigstens vorübergehend festnehmen lassen?«

Er lachte höhnisch. »Ohne einen einzigen handfesten Beweis? Das würde ihm so passen. Damit würden wir praktisch garantieren, dass er niemals vor Gericht gestellt wird. Ich werde ihn nur verhaften, wenn ihn Wick hundertprozentig als Angreifer identifizieren kann. Aber ich kann Ihnen schon jetzt versprechen, dass Wick ihn nicht gesehen hat.

Und wie nicht anders zu erwarten, ist das Motelzimmer voller Spuren, die von Lozada oder jedem anderen stammen könnten, der das Zimmer je betreten hat, mich eingeschlossen. Was immer wir dort auch aufsammeln können, würde vor Gericht keinen Bestand haben.

Nicht einmal die Spuren, die wir an dem zweiten Opfer, dem ermordeten Mädchen, finden, werden uns weiterhelfen. Dutzende von Zeugen haben beobachtet, wie sie mit mehreren Männern in der Bar, darunter auch Wick, physischen Kontakt hatte. Wir haben ihre Fingernägel gesäubert und nichts als etwas Schmutz zutage gefördert. Wir haben nichts entdeckt, was möglicherweise durch einen zufälligen Körperkontakt übertragen wurde.«

»Sie war einfach zur falschen Zeit am falschen Ort.«

»Ganz eindeutig, aber das ist noch nicht alles. Sie kannte Lozada«, sagte Wesley. »Sie war als Zimmermädchen für sein Penthouse zuständig und hat damit geprahlt, mit ihm intim gewesen zu sein.«

»Brauchen Sie noch mehr Beweise?«

»Natürlich gibt es unzählige Spuren, die beweisen, dass sie täglich in Kontakt mit Lozadas Kleidung gekommen ist, mit seinem Bettzeug, seinem Teppich, was weiß ich. Aber auch das ist für uns eher ein Hindernis als ein Grund zur Hoffnung. Seine Anwälte bräuchten nur vorzubringen, dass sie die Spuren jederzeit hatte aufnehmen können, und hätten sogar Recht damit. Damit sind alle Beweise hinfällig.«

Er sah sie zynisch an. »Warum erklären Sie mir nicht, welchen Beweis eine Jury bräuchte, um Lozada zu verurteilen, Madame Sprecherin?«

»Wie wäre es mit Blut auf seiner Kleidung?«

»Sie wissen besser als ich, dass das meiste Blut in der Bauchhöhle geblieben ist, weil er die Waffe nicht wieder herausgezogen hat. Falls Lozada tatsächlich irgendwo einen Blutfleck abbekommen hat, was ich bezweifle, dann hat er die Sachen garantiert längst vernichtet, bis wir einen Durchsuchungsbefehl bekommen. Im letzten Fall hat das Opfer aus dem Hals geblutet. War irgendetwas davon auf Lozadas Habseligkeiten zu finden gewesen?«

»Nein«, antwortete sie. »Und sein Verteidiger hat dafür gesorgt, dass wir Geschworenen das nie vergaßen.« Sie überlegte ein paar Sekunden und fragte dann: »Was ist mit DNA-Spuren? Die wären praktisch unwiderlegbar. Samen? Oder Speichel?«

Er schüttelte den Kopf. »So unvorsichtig wäre er niemals. Aber selbst wenn, wäre damit noch nicht bewiesen, dass er in dem Motelzimmer und nicht irgendwann früher mit dem Mädchen zusammen war.«

Er ließ sich nicht darüber aus, ob sie Wicks DNA an dem Mädchen gefunden hatten, und Rennie fragte nicht danach. »So wie es aussieht, habe ich Ihre Zeit vergeudet.«

Sie stand auf, öffnete die Tür und brachte damit alle Gespräche nebenan zum Verstummen. Alle Köpfe drehten sich zu ihr um. Sie zögerte, doch Wesley schob sie vorwärts. »Bevor Sie gehen, möchte ich Ihnen noch etwas zeigen.«

Er führte sie zurück an seinen Schreibtisch, wo er ein Foto heraussuchte. »Das Mädchen hieß Sally Horton. Sie war dreiundzwanzig Jahre alt.«

Die Frage kam wie von selbst. »Hat Wick sie schon lange gekannt? Waren die beiden befreundet?«

»Etwa zwanzig Minuten lang. Der Barkeeper hat beobachtet, wie sie an seinen Platz kam und ihn angesprochen hat. Wick hat die Bar mit mir zusammen verlassen. Ich werde ihn fragen müssen, was danach geschehen ist. Aber unabhängig davon, was wirklich passiert ist und wie viel Zeit sie letztendlich mit Wick verbracht hat – Lozada scheint daran Anstoß genommen zu haben.« Er reichte ihr das Bild.

Rennie hatte oft mit dem Tod zu tun. Sie hatte mit eigenen Augen gesehen, was eine Krankheit, eine Maschine oder eine Waffe am menschlichen Körper anrichten konnte. Oft überstieg der zugefügte Schaden die schlimmsten Vorstellungen und bescherte Anblicke wie aus einem grausamen Horrorfilm eines Produzenten mit einer lebhaften und kranken Fantasie.

Sie erwartete ein Foto wie jenes, das die Geschworenen während der Verhandlung vorgelegt bekommen hatten. Ein aufgedunsenes Gesicht mit heraushängender Zunge und vorquellenden Augen.

Doch Sally Horton wirkte völlig unberührt – bis auf die zwei dunklen Punkte auf ihrer Stirn.

Rennie legte das Foto auf Wesleys Schreibtisch zurück. »Wenn ich Ihnen schon früher von Lozada erzählt hätte, säße er vielleicht schon im Gefängnis und sie wäre noch am Leben. Haben Sie mir deshalb dieses Bild gezeigt?«

»Ja, deshalb. Aber auch, um Sie zu warnen.«

»Dass Lozada gefährlich ist, weiß ich selbst.«

»Sich mit Wick einzulassen, ist genauso gefährlich.«

17

Als Lozada es in den Nachrichten sah, kochte er vor Wut.

Wie konnte Rennie Wick Threadgill das Leben retten, nachdem er so viel auf sich genommen hatte und ein solches Risiko eingegangen war, um sie von ihm zu befreien? Frauen! Er würde sie wohl nie verstehen. Was man ihnen auch Gutes tat, es war nie genug.

Natürlich machte es Schlagzeilen, wenn ein Bulle umgebracht wurde. Die übrigen Bullen rückten dann umso enger zusammen. Die schwarzen Armbinden wurden rausgeholt. Auf den Titelseiten wurden Bilder der Witwe und der Waisen abgedruckt. Die gesamte Öffentlichkeit trauerte wie um einen guten Freund. Der Gefallene wurde sofort zum Helden stilisiert.

Doch den Fernsehkommentaren von heute Morgen zufolge hatte Wick Threadgill übers Wasser wandeln können. In den Berichten wurden gleich mehrere Verbrechen aufgeführt, die Threadgill scheinbar ganz allein gelöst hatte, beinahe als wäre er Batman und Inspektor Columbo in Personalunion. Dass man ihn mehr oder weniger aus dem Polizeidienst gefeuert hatte, wurde geflissentlich verschwiegen.

Rennie wurde als begnadete Chirurgin porträtiert, die ihm unter Einsatz all ihrer Fähigkeiten das Leben gerettet hatte. Denn sie brachte die Erfahrungen in der Notfallchirurgie, die sie bei ihren Einsätzen für Organisationen wie »Ärzte ohne Grenzen« in kriegszerrissenen Ländern gesammelt hatte, mit in den Operationssaal des Tarrant General Hospital.

Lozada hatte sich so über diese unverhohlen einseitigen Berichte aufgeregt, dass er es nicht einmal genossen hatte, mit seinen Skorpionen zu spielen. Alle Welt sang Lobeshymnen auf seinen Todfeind. Rennie arbeitete gegen ihn. So frustriert hatte er sich das letzte Mal gefühlt, als ein Sanitäter seinen kleinen Bruder gerettet hatte, nachdem er ihm einen Ball in den Hals gestopft hatte.

Es war am Weihnachtsmorgen gewesen, und er war sechzehn Jahre alt. Sein Bruder war dreizehn, hatte jedoch den Verstand eines Zweijährigen. Unter anderem hatte ihm der Weihnachtsmann einen Schaumstoffbaseball mit Plastikschläger gebracht. Er spielte damit unter dem geschmückten Baum, während die Eltern in der Küche nach dem Weihnachtsbraten schauten.

Lozada hatte seinen Bruder minutenlang tatenlos beobachtet, bis er zu dem Schluss kam, dass die Welt ohne ihn entschieden angenehmer wäre. Der Idiot hatte es für ein Spiel gehalten, als Lozada ihm den Schaumstoffball in den Mund stopfte. Er hatte keinen Laut von sich gegeben. Und keinen Widerstand geleistet.

Gerade als das Leben aus den vertrauensseligen Augen seines Bruders schwand, hatte Lozada gehört, wie seine Eltern aus der Küche zurückkamen. Augenblicklich hatte er laut nach ihnen gebrüllt, sein kleiner Bruder hätte sich den Baseball in den Mund gesteckt. Jemand rief den Notarzt, und das Kind wurde gerettet. Seine Eltern hatten vor Erleichterung geheult, den Jungen den ganzen Tag auf dem Schoß geschaukelt und immer wieder beteuert, was für ein Goldjunge er sei.

Was für ein beschissenes Weihnachten. Selbst der Braten war verbrannt.

Ironischerweise hätte er sich die Mühe, seinen Bruder umbringen zu wollen, sparen können. Keine sechs Monate später waren seine Eltern mit dem Kleinen unterwegs nach Houston, um den nächsten Wunderarzt auszuprobieren – wussten diese Idioten denn nicht, wann es genug war? –, als ihr Flugzeug von einer Sturmbö in einen Sumpf irgendwo in Osttexas geschleudert wurde. Keiner an Bord hatte überlebt. So was nannte man einen echten Glückstreffer.

Wick Threadgills Ende hingegen wollte Lozada keinesfalls dem Schicksal überlassen.

Zum einen wollte er sich keinesfalls das Vergnügen nehmen lassen, Threadgill zu töten. Immerhin hatte er schon darauf verzichten müssen, die Tat in allen Einzelheiten zu planen. Erst gestern hatte er beschlossen, sich Zeit zu lassen und sich etwas ganz Besonderes für seinen Erzfeind auszudenken. Doch dann hatte sich gestern Abend herausgestellt, dass er unverzüglich aktiv werden musste. Es war ihm zutiefst zuwider, unter Zeitdruck handeln zu müssen. Schließlich kippte man einen Louis XIII aus der Kristallkaraffe auch nicht weg wie eine Dose Cola. Er fühlte sich um seinen Genuss betrogen. Doch wenn Threadgill dafür früher sterben musste, konnte er damit leben.

Obwohl er gestern Abend noch einige taktische Probleme hatte überwinden müssen, hatte er sofort einen Plan gefasst und umgesetzt. Die Möchtegern-Tänzerin hatte er im Nu rumgekriegt. Ohne weitere Fragen hatte sie ihm die Geschichte von einem Freund abgenommen, der gern einen Dreier schieben würde – und ob sie mitmachen wollte? »Wenn er so süß ist wie du, ganz bestimmt!«

Erst hatte sie sich dagegen gesträubt, mit ihrem statt mit seinem Auto zu fahren, doch als er gemeint hatte: »Ach, weißt du was, vergessen wir die ganze Sache«, hatte sie augenblicklich ihre Meinung geändert.

Er wusste, wo Threadgill einquartiert war. In genau dem Rattenloch, in dem das FWPD alle wichtigen Zeugen, Angehörige von Polizisten, neue Rekruten und so weiter einmietete. Um sich Gewissheit zu verschaffen, brauchte er nur dort anzurufen und zu bitten, dass man ihn in Wick Threadgills Zimmer durchstellte. Gleich beim ersten Läuten hatte er aufgelegt, denn damit war klar, dass Threadgill dort wohnte.

Er ließ Sally zwei Blocks vom Motel entfernt auf dem Parkplatz eines Supermarktes parken und hatte sie von dort aus zu Fuß gehen lassen. Als sie ihn nach dem Grund fragte, erklärte er ihr, er wolle seinen Freund überraschen. Auch das hatte sie ihm abgekauft.

Wicks Pick-up stand vor Zimmer 121. Lozada ließ den Blick über den Motel-Parkplatz wandern, um sicherzugehen, dass niemand sie beobachtete. Die meisten Zimmer waren dunkel. Bei den wenigen erhellten waren die Vorhänge zugezogen.

Er schob das Mädchen vor. »Du gehst voran. Ich möchte, dass er erst dich sieht, wenn er die Tür aufmacht.«

Sie klopfte, wartete ein paar Sekunden und legte dann das Ohr an die Tür. »Ich glaube, ich kann die Dusche hören.«

Dass er das Schloss mit seiner Kreditkarte öffnen konnte, beeindruckte sie sichtlich. Er gab ihr ein Zeichen, keinen Laut von sich zu geben, zog sie ins Zimmer und flüsterte ihr zu, sie sollte sich aufs Bett legen. Sie gehorchte und gab sich gerade alle Mühe, ein Kichern zu unterdrücken, als er ihr zweimal in die Stirn schoss. Er überlegte noch, ob er ihr die Zunge herausschneiden sollte, wie er es versprochen hatte, falls sie über ihn plaudern sollte, doch das wäre eine Mordssauerei gewesen. Außerdem wurde gerade in diesem Moment der Wasserhahn im Bad abgedreht.

Rückblickend erkannte er, dass es besser gewesen wäre, auch bei Wick die schallgedämpfte Pistole einzusetzen. Ein leises Plopp ins Ohr, sobald er aus dem Bad kam, ein zweiter Schuss zwischen die Augen, um jedes Risiko zu vermeiden. Aber wo wäre dabei der Witz geblieben? Wick sollte begreifen, dass er sterben würde.

Andererseits war der Schraubenzieher keine schlechte Wahl gewesen. Er hatte ihn in einer alten Werkzeugkiste im Lager seiner Fernsehwerkstatt gefunden. Praktisch, rostig, uralt, nicht zurückzuverfolgen.

Auch das hätte er möglicherweise anders machen sollen: Er hätte gleich einen tödlichen und nicht nur schmerzhaften Stich setzen sollen. Statt Threadgill mit einem Stich direkt ins Herz sofort zu töten, so wie er es mit Howell gemacht hatte, hatte er mit ihm spielen wollen. Keine gute Idee, wie sich im Nachhinein herausgestellt hatte. Nur wegen dieses Zimmermädchens hatte ihm die Zeit gefehlt, den Job zu Ende zu bringen. Welches Zimmermädchen reinigt schon um 4 Uhr 30 morgens das Zimmer?

Bis sie die Polizei alarmiert hatte, war er bereits wieder beim Supermarkt. Von dort aus hatte er Sallys Wagen zu dem Punkt zurückgefahren, an dem sie die Autos getauscht hatten. Er hatte die Schlüssel stecken lassen und war wieder in seinen Geländewagen gestiegen, den er in einer Parkgarage abgestellt hatte, bevor er zum Frühstücken in das Hotelcafé gegangen war. Dort trank er gerade eine letzte Tasse Kaffee, als in den Morgennachrichten die ersten Berichte über den Mord gebracht wurden.

So viel Arbeit und alles vergebens, dachte er jetzt. Der Bastard war einfach nicht krepiert. Und Rennie hatte ihm geholfen zu überleben. Wieso eigentlich? Wieso hatte sie diesen Typen gerettet? Sie war doch wütend auf ihn. Sie hatte ihm erklärt, dass sie ihn nie wiedersehen wollte. Sie hasste ihn.

Oder etwa doch nicht?

Den ganzen Tag blieb er in seinem Apartment, zu deprimiert, um noch mal auszugehen. Er hörte seine höchst vertrauliche Mailbox ab, auf der eine Nachricht war, dass ein Job auf ihn wartete. Die Angelegenheit lag dem Klienten so am Herzen, dass Lozada den Preis selbst bestimmen durfte. Normalerweise hätte ihn diese Nachricht begeistert, doch nicht einmal die Aussicht auf einen lukrativen Job mit automatischem Bonus konnte ihn aus seiner Lethargie reißen.

Er war Wick Threadgill in jeder Hinsicht überlegen. Er hatte Klasse. Ob Threadgill das Wort auch nur buchstabieren konnte, stand zu bezweifeln. Er war Millionär. Threadgill musste von seinem Gehalt als Bulle leben. Er trug Designersachen. Threadgill Pennerklamotten. Er wollte Rennie auf ein Podest stellen. Threadgill benutzte sie nur, um an ihn heranzukommen.

Das ging einfach nicht auf. Wie konnte sie Threadgill nur ihm vorziehen?

Er grübelte immer noch vor sich hin, als die erste Ausgabe der Abendnachrichten ausgestrahlt wurde. Den ganzen Tag über war nichts geschehen, was den Mord an Sally Horton und die beinah tödlich ausgegangene Attacke auf Threadgill aus den Schlagzeilen vertrieben hätte. Nachdem die Ereignisse am Morgen noch einmal rekapituliert worden waren, sagte die Sprecherin: »Heute fand im Tarrant General Hospital eine Pressekonferenz statt, auf der Dr. Rennie Newton die Fragen der anwesenden Reporter beantwortete.«

Dann wurde ein Mitschnitt der Pressekonferenz gesendet. Rennie stand hinter einem Podium, flankiert von zwei düster aussehenden Männern in dunklen Anzügen, wahrscheinlich Mitglieder des Verwaltungsrates.

Sie blinzelte in die gleißenden Scheinwerfer und nickte einem eifrigen Reporter zu.

»Dr. Newton, wie ist Mr Threadgills momentane Verfassung?«

»Er ist außer Lebensgefahr«, antwortete sie. »Was durchaus ermutigend ist. Heute Morgen war sein Befinden noch kritisch. Er hatte eine Stichverletzung im Rücken, die auch das umliegende Gewebe in Mitleidenschaft gezogen hat.«

In der richtigen Hand konnte ein Philips-Schraubenzieher so einiges bewirken. Lozadas Mundwinkel hoben sich zu einem arroganten Schmunzeln.

»Hätte die Verletzung tödlich sein können?«

»Meiner Meinung nach ja. Wir haben unmittelbar lebenserhaltende Maßnahmen eingeleitet. Unser Notfallteam hat exzellente Arbeit geleistet.«

»Steht der Angriff in irgendeiner Beziehung zu dem unaufgeklärten Mord an Mr Threadgills Bruder vor drei Jahren?«

»Darüber weiß ich nichts.«

»Ist Wick Threadgill immer noch vom Dienst suspendiert?«

»Diese Frage müssen Sie der Polizei stellen.«

»Ist er –«

Sie bat mit erhobenen Händen um Ruhe. »Ich habe heute Morgen auf einen Notruf reagiert. Anfangs wusste ich nicht einmal, wie der Patient heißt. Ich kann Ihnen keine Auskunft über Mr Threadgills berufliche Laufbahn oder über seine Familiengeschichte geben. Ich habe nur meine Arbeit getan. Darüber hinaus kann ich keine Fragen beantworten.«

Damit endete der Mitschnitt. Die Sprecherin fasste die Meldung noch einmal zusammen und ging dann zum nächsten Thema über.

Lozada schaltete den Fernseher aus und sann über Rennies Kommentar nach. »Ich habe nur meine Arbeit getan.«

Natürlich! Sie hatte Threadgill nicht das Leben gerettet, weil sie ihn gern hatte. Sondern weil das ihr Job war. Auch er hatte meist nichts gegen die Menschen, die er töten musste. Die meisten davon kannte er nicht einmal, doch das hatte ihn noch nie davon abgehalten, zu tun, wofür er bezahlt wurde. Rennie war ihrer Arbeit mit der gleichen professionellen Distanz nachgegangen wie er der seinen.

Und war es nicht unglaublich, wie sie die Reporter abgewimmelt hatte? Kühl und professionell, unerschütterlich und unbeeindruckt trotz der vielen Kameras. Sie war wirklich einzigartig.

Oh, natürlich war sie müde. Das konnte er sehen. Er hatte sie schon ausgeruhter erlebt. Doch selbst so zerzaust und übermüdet war sie wunderschön und begehrenswert. Er wollte sie haben. Er würde sie bald haben. Bestimmt würde sie nach all dem Aufruhr seine tiefen Gefühle zu schätzen wissen.

Auf einmal war er rasend hungrig und hatte Lust auszugehen.

Er schenkte sich einen Tequila ein und nahm ihn mit in die schwarze Marmordusche. Nachdem er geduscht und sich von Kopf bis Fuß rasiert hatte, ließ er das Wasser noch zehn Minuten laufen. Nach dieser gründlichen Spülung löste er den Abfluss aus dem Duschbecken, reinigte jede Komponente einzeln mit Einwegtüchern und spülte die verbrauchten Tücher anschließend in der Toilette hinunter.

Dann setzte er den Abfluss wieder ein. Er wischte die Duschkabine mit einem Handtuch aus und steckte es in den Wäschesack. Beim Hinausgehen würde er den Sack in die

Wäscheklappe werfen, durch die er in den Wäschecontainer im Keller des Gebäudes fallen würde. Zweimal am Tag wurde der Container von einem Waschdienst geleert. Er ließ nie ein gebrauchtes Handtuch im Bad zurück.

Während er in seine maßgeschneiderte Leinenhose und das seidene T-Shirt schlüpfte, trank er sein Glas leer. Er genoss das Gefühl glatter Seide auf glatter Haut, er genoss es, wie der Stoff seine Brustwarzen liebkoste, weich und sinnlich wie die Zunge einer Frau. Hoffentlich würde Rennie das Tattoo gefallen.

Er vervollständigte seine Ausstattung mit einem kontrastierenden Sportmantel. Natürlich war er damit eindeutig zu gut angezogen für das mexikanische Restaurant, aber ihm war festlich zumute. Er rief in der Garage an und ließ seinen Mercedes bereitstellen.

Ehe er sein Apartment verließ, erledigte er noch einen letzten Anruf.

Der Bursche wartete bereits mit dem Mercedes auf ihn und hielt ihm die Fahrertür auf. »Einen schönen Abend noch, Mr Lozada.«

»Danke.«

Weil er wusste, dass er super aussah, und weil ihn der junge Mann bestimmt beneidete, gönnte ihm Lozada ein großzügiges Trinkgeld.

18

Kaum war sie aus dem Aufzug getreten, sah sie auch schon die Rosen.

Sie waren unmöglich zu übersehen. Der Strauß stand auf der Theke zum Schwesternbereich. Offenbar warteten die Schwestern und Pfleger bereits auf sie, weil jeder ihre Reaktion miterleben wollte. Alle lächelten erwartungsvoll.

»Die sind für Sie, Dr. Newton.«

»Sie wurden vor einer halben Stunde geliefert.«

»Man konnte den Blumenboten hinter dem Strauß kaum noch erkennen. Sind die nicht unglaublich schön?«

»Sie haben wohl einen heimlichen Verehrer.«

»Jedenfalls ist es kein Bulle.« Das kam von dem Polizisten, den Wesley vor Wicks Zimmer postiert hatte. »So was könnte sich kein Polizist leisten, das steht fest.«

Rennie würdigte den Strauß keines Blickes. »Da muss ein Missverständnis vorliegen. Die sind bestimmt nicht für mich.«

»A-aber es liegt eine Karte bei«, stammelte eine Schwester. »Und auf der steht Ihr Name.«

»Bringen Sie die Rosen und die Karte weg. Und die Vase auch. Einfach alles.«

»Sie wollen wirklich, dass wir sie wegschmeißen?«

»Sie können sie auch unter den Patienten verteilen. Stellen Sie die Dinger unten ins Atrium oder in die Kapelle, oder lassen Sie sie meinetwegen auf die Speisekarte setzen. Mir egal. Hauptsache, ich brauche sie nicht mehr zu sehen. Und jetzt geben Sie mir bitte Mr Threadgills Akte.«

Alle Gesichter wurden ernst, und die Gruppe zerstreute sich. Der Polizist zog sich auf seinen Posten zurück. Eine

Schwester schleppte die schwere Vase weg. Eine zweite reichte Rennie die gewünschte Akte und folgte ihr tapfer in Wicks Zimmer.

»Er ist inzwischen immer öfter wach«, erzählte ihr die Schwester. »Und den Spirometer hasst er.« Die Patienten wurden in regelmäßigen Abständen gezwungen, in das Gerät zu blasen, damit die Lungen frei blieben.

Blutdruck und Puls waren in Ordnung. Rennie prüfte den Verband über der Wunde. Als sie das Pflaster abschälte, um die Naht zu kontrollieren, stöhnte er im Schlaf. Nachdem die Wunde versorgt war, fragte sie die Schwester, ob er schon etwas zu trinken bekommen hätte.

»Nur das Eis.«

»Wenn er wieder was haben will, können Sie ihm etwas Sprite geben.«

»Mibmschssburbm.«

Rennie ging um das Bett herum, damit sie ihm ins Gesicht sehen konnte. »Noch mal?«

»Burbm. Inn Schpreit.« Ohne den Kopf zu bewegen, versuchte er sie mit seinem einen offenen Auge zu orten. Um ihm die Suche zu erleichtern, setzte sie sich auf den Stuhl neben seinem Bett.

»Schmeckt Sprite mit Bourbon überhaupt?«

»Egal.«

Sie lächelte. »Ich glaube, Sie bekommen bereits genug Betäubungsmittel.«

»Von wegen.«

Die Schwester huschte hinaus, um die Sprite zu holen. Wick rückte den Kopf zurecht, sodass sein Gesicht nicht mehr ganz in den Kissen vergraben war. »Waren Sie das, Rennie?«

»Ich bekenne mich schuldig.«

»Dann streich ich« – er zuckte zusammen und hielt die Luft an – »Sie von meiner Geburtstagsliste.«

»Anscheinend geht es Ihnen schon wieder besser, sonst würden Sie keine Witze reißen.«

»Ich fühl mich wie durchgequirlte Scheiße.«

»Auf jeden Fall sehen Sie so aus.«

»Ha-ha.« Sein eines Auge schloss sich wieder und blieb geschlossen.

Rennie stand auf und setzte ihr Stethoskop auf seine Brust.

»Hören Sie was klopfen?«, fragte er zu ihrer Überraschung, denn sie hatte angenommen, er sei schon wieder eingenickt.

»Laut und deutlich, Mr Threadgill.« Sie setzte sich wieder. »Ihre Lunge hört sich auch frei an, also blasen Sie weiter kräftig in den Spirometer, wenn die Schwester Sie darum bittet.«

»Alles Pipifax.«

»Eine Lungenentzündung ist definitiv kein Pipifax.«

»Rennie?«

»Ja?«

»Bin ich angeschossen worden?«

»Niedergestochen.«

Wieder öffnete er das Auge.

»Mit einem Schraubenzieher«, erklärte sie ihm.

»Schaden?«

»Beträchtlich, aber nicht total.«

»Danke.«

»Gern geschehen.«

»Mir tun die Eier weh.«

»Ich werde Ihnen einen Eisbeutel bringen lassen.«

Sie hätte nicht gedacht, dass ein einzelnes Auge so verdorben blicken konnte.

»Sie sind geschwollen«, erläuterte sie. »Nach einer Verletzung wie Ihrer sammelt sich Blut in den Hoden.«

»Aber sie sind okay?«

»Sie sind okay. Das geht vorüber.«

»Ehrenwort?«

»Geben Sie ihnen noch ein paar Tage. Dann sind sie wieder ganz normal.«

»Gut, gut.« Er schloss das Auge wieder. »Komisches Gespräch.«

»Aber nicht-so-komischer Schmerz, habe ich gehört.«

»Rennie?« Er schlug das Auge wieder auf. »Haben sie ihn geschnappt?«

Sie schüttelte den Kopf.

»Fuck.«

Rennie blieb an seinem Bett sitzen. Gerade als sie überzeugt war, dass er diesmal wirklich eingeschlafen war, murmelte er: »Mein Gesicht. Tut scheißweh. Was hat er damit gemacht?«

»Allem Anschein nach hat er sie von hinten angegriffen.«

»Stimmt.«

»Und dann sind Sie nach vorn gekippt und auf Ihrer Wange gelandet. Ihr Kinn ist aufgeplatzt, musste aber nicht genäht werden. Sie haben Blutergüsse und Schwellungen abbekommen, aber gebrochen ist nichts.«

»Ich bleib also so schön wie früher?«

»Und bestimmt genauso eingebildet.«

Er lächelte, aber sie sah ihm an, dass ihm jede Art von Mimik Schmerzen bereitete.

Die Schwester kam mit einem Pappbecher voll Limonade zurück und warf Rennie einen befremdeten Blick zu, als diese ihr den Becher abnahm. Normalerweise kümmerte sich kein

Chirurg so um seine Patienten. Sie drückte den abgebogenen Strohhalm gegen Wicks Lippen. Er schluckte ein paar Mal vorsichtig und zog dann den Kopf nach hinten, um anzuzeigen, dass er genug hatte.

»Ist das erst mal genug?«, fragte sie.

»Will nicht kotzen.«

Daraufhin verstummte er, und diesmal war sie ganz sicher, dass er eingeschlafen war. Selbst nachdem die Schwester wieder hinausgegangen war, blieb Rennie an seinem Bett sitzen. Und dann fragte plötzlich eine leise Stimme: »Wie geht es ihm?«

Sie blickte auf und sah Grace Wesley in der Tür stehen. Rennie hatte sie nicht kommen gehört, sie hatte überhaupt nichts mehr wahrgenommen und nicht bemerkt, wie die Zeit verging. Wie lange hatte sie wohl in Wicks zerschlagenes Gesicht gestarrt?

Schnell stand sie auf. »Es, äh, geht ihm schon deutlich besser. Er spricht zusammenhängend, wenn er wach ist. Und er hat ein paar Schluck Sprite getrunken.« Nervös stellte sie den Becher auf dem Nachttisch ab. Irgendwie fühlte sie sich ertappt. »Er schläft jetzt.«

»Kann ich reinkommen?«

»Natürlich.«

»Ich möchte nicht stören.«

»Das tun Sie bestimmt nicht. Ihn kann im Moment nichts stören.«

Grace Wesley war attraktiv und schlank. Sie hatte die Haare im Nacken zu einem kleinen Knoten hochgesteckt, eine minimalistische Frisur, die nur einer Frau mit ihren hohen Wangenknochen und eleganten Gesichtszügen schmeicheln konnte. Aus ihren mandelförmigen Augen sprachen Intelligenz und Integrität. Sie hatte etwas Ruhiges, Sanftes an sich. Bereits am Morgen war Rennie aufgefallen, dass Grace ihren aufbrausenden Mann nur kurz zu berühren brauchte, und schon schien er sich zu beruhigen.

Sie trat ans Fußende von Wicks Bett und betrachtete den Schlafenden. »Ich kann kaum glauben, dass das Wick ist«, meinte sie lächelnd. »Ich habe ihn noch nie so reglos gesehen. Sonst kann er keine Sekunde stillsitzen. Der Mann ist ständig in Bewegung.«

»Das ist mir auch schon aufgefallen.« Grace sah sie fragend an. »Natürlich kenne ich ihn nicht näher«, schränkte Rennie hastig ein. »Praktisch überhaupt nicht. Aber Sie kennen ihn wahrscheinlich ziemlich gut.«

»Wick war in der Abschlussklasse der High School, als Oren – mein Mann …«

Rennie nickte.

»Als Oren und Wicks Bruder Joe auf die Polizeiakademie kamen. Wir waren eng mit Joe befreundet. Einmal lud er uns zu einem Basketballspiel an der High School ein, damit wir seinen ›kleinen Bruder spielen sehen können‹, wie er sagte.« Sie lachte. »Wick wurde nach einem Foul vom Platz gestellt.«

»Er war ein aggressiver Sportler?«

»Und ein Hitzkopf. Aufbrausend und leicht erregbar. Aber meistens entschuldigt er sich hinterher, wenn ihm mal die Pferde durchgegangen sind.«

Beide schwiegen eine Weile, dann sagte Rennie: »Von seinem Bruder habe ich erst heute erfahren, als mich ein Reporter nach ihm gefragt hat.«

»Joe ist vor drei Jahren gestorben. Wir sind alle noch nicht darüber hinweg. Wick am allerwenigsten. Er hat Joe vergöttert und über alles geliebt.«

Die Schwester kam herein, um den Beutel am Tropf zu wechseln. Sie unterbrachen ihr Gespräch, bis sie wieder ungestört waren. »So wie ich es verstanden habe, wurde Joe …«

»Ermordet«, beendete Grace den Satz knapp.

In diesem Moment schloss sich der Kreis in einem gleißenden Blitz. »Lozada«, sagte Rennie nur.

»Genau. Lozada.«

»Wie ist er damals davongekommen?«

»Er wurde nie dafür vor Gericht gestellt.«

»Warum nicht?«

Grace zögerte, machte dann einen Schritt auf Rennie zu und sagte leise: »Dr. Newton, ich habe meinen Mann gefragt, was heute Morgen zwischen Ihnen beiden los war. Ich habe starke Spannungen gespürt.«

»Vor zwei Wochen habe ich in einer Jury gesessen, die Lozada freigesprochen hat.«

»Das hat Oren auch gesagt.«

»Ihr Mann macht mich persönlich für diesen Freispruch verantwortlich. Vor allem jetzt. Lozada hat ihm schon einen Freund geraubt und hätte ihm um ein Haar einen zweiten genommen.« Sie sah auf Wick. »Wenn die Jury ihn damals schuldig gesprochen hätte, dann wäre Wick nicht angegriffen worden, und die junge Frau, die gestern Nacht ermordet wurde, wäre noch am Leben.«

»Darf ich Ihnen eine Frage stellen?« Grace klang ganz ruhig. Als Rennie sie ansah, sagte sie: »Wenn Sie das Urteil noch einmal fällen müssten, würden Sie dann immer noch für einen Freispruch stimmen?«

»Mit meinem heutigen oder mit meinem damaligen Wissen?«

»Mit Ihrem damaligen Wissen.«

Rennie bedachte die Frage genauso gründlich wie damals vor ihrer endgültigen, schicksalhaften Entscheidung. »Wenn ich mich strikt auf das beschränken müsste, was ich damals wusste und worüber wir zu befinden hatten, sähe ich mich immer noch gezwungen, für einen Freispruch zu plädieren.«

»Dann brauchen Sie sich keine Vorwürfe zu machen, Dr. Newton. Sie tragen keine Schuld an Lozadas Angriff auf Wick.«

Sie schnaufte resigniert. »Erzählen Sie das mal Ihrem Mann.«

»Das habe ich bereits.«

Rennie schaute verdutzt auf. Grace lächelte sanft und griff kurz nach Rennies Hand. »Ich werde jetzt gehen. Bitte sagen Sie Wick, dass ich hier war.«

»Ich muss jetzt ebenfalls gehen, aber ich werde den Schwestern auftragen, es auf jeden Fall auszurichten.«

»Können Sie schon sagen, wann er auf eine normale Station verlegt wird?«

»In ein, zwei Tagen, wenn er sich weiterhin so gut erholt. Bis dahin halten wir ihn unter Beobachtung wegen der Infektionsgefahr.«

»Was soll ich meinen Mädchen sagen?«

»Sie haben Töchter?«

»Zwei. Sehr lebhafte.«

»Wie schön für Sie.«

»Sie haben darum gebettelt, mitkommen zu dürfen, aber Oren wollte sie nicht aus dem Haus lassen.«

Rennie brauchte nicht zu fragen, warum. Wesley fürchtete um ihre Sicherheit, er fürchtete, dass sich Lozada möglicherweise mit der Attacke auf Wick nicht zufrieden geben würde. An mehreren Stellen im Krankenhaus hatte er Polizisten postiert, und gerade jetzt fielen ihr noch zwei hinter der Glaswand zu Wicks Zimmer auf. Bestimmt waren die beiden Grace Wesleys Personenschutz.

»Meine Mädchen vergöttern ihren Onkel Wick«, sagte sie gerade. »Gäbe es ein Poster von ihm, dann hinge es bestimmt zwischen all den anderen Helden in ihrem Zimmer.«

»Erzählen Sie ihnen, dass ihr Onkel Wick bald wieder auf den Beinen ist.«

»Wir möchten uns gern bei Ihnen bedanken. Die Mädchen können es kaum erwarten, Sie kennen zu lernen.«

»Mich?«

»Ich habe den beiden von Ihnen erzählt. Danach habe ich gehört, wie sie sich unterhielten. Sie haben beide beschlossen, Ärztin zu werden. Sie wollen Menschen retten, so wie Sie Wick gerettet haben.«

Rennie war so gerührt, dass ihr die Worte fehlten. Grace schien das zu spüren. Sie verabschiedete sich mit einem kurzen Gruß und ging, flankiert von ihren beiden Leibwächtern, zum Lift.

Als Rennie an den Schwesterntresen zurückkam, waren die roten Rosen verschwunden. Innerhalb des runden Tresens gab es mehrere Schreibtische, Computer, Überwachungsmonitore, Aktenschränke und jede Menge Krimskrams. Sie wusste nicht, wo sie zu suchen beginnen sollte, und sah ganz offenkundig verloren aus.

»Kann ich Ihnen irgendwie helfen, Dr. Newton?«

»Äh, ja.«

Mehrere Schubladen mussten aufgezogen werden, ehe eine Dose mit medizinischem Lippenfett zutage gefördert wurde. Rennie nahm sie mit an Wicks Bett. Er schlief immer noch, tief und gleichmäßig atmend. Sie setzte sich auf den Stuhl an seinem Bett und wartete mindestens eine volle Minute, ehe sie die kleine Dose aufschraubte und ein angenehmer Duft mit einem Hauch von Vanille aufstieg.

Ihr war vorhin aufgefallen, dass Wicks Lippen trocken und gesprungen aussahen. Das war nach einer Operation und dem starken Flüssigkeitsverlust nicht ungewöhnlich. Im Gegenteil, es war sogar ganz normal. Doch Wicks Lippen hatten *ungewöhnlich* spröde ausgesehen. Darum war ihr der Gedanke gekommen, etwas Lippenbalsam aufzutragen. Was konnte daran falsch sein?

Und vor wem rechtfertigte sie sich eigentlich?

Sie strich mit der Fingerkuppe über die feste Salbe und zog mehrere kleine Kreise, bis das Fett durch die Reibung und ihre Körperwärme angewärmt und weich geworden war. Dann tupfte sie die Salbe erst auf seine Unter- und dann auf seine Oberlippe, wobei sie ihn kaum berührte und nur so kurz in Kontakt mit seiner Haut kam, dass es kaum zählte.

Als beide Lippen mit der duftenden Salbe benetzt waren, zog sie die Hand zurück. Zögerlich. Um anschließend den Finger erneut auf seine Unterlippe zu legen, diesmal ohne gleich zurückzuzucken. Langsam verstrich sie die Salbe von einem Mundwinkel zum anderen und wieder zurück. Sie wiederholte den Vorgang an der Oberlippe, wobei sie exakt den maskulinen Konturen folgte und den Finger genau an der Lippenkante entlangführte, mühsam konzentriert wie ein Kind, das gescholten wird, wenn es über den Rand malt.

Und gerade als sie die Hand zurückziehen wollte, wachte er auf. Der Blickkontakt elektrisierte sie.

Keiner sagte etwas. Beide versteinerten, und ihr Zeigefinger verharrte auf dem Saum seiner Lippe. Rennie hielt den Atem an und merkte, dass auch sein Atem nicht mehr tief und gleichmäßig ging. Sie hatte das unbedingte Gefühl, dass etwas geschehen würde, wenn sich einer von beiden bewegte. Etwas Bedeutsames. Was genau, wusste sie nicht. Jedenfalls wagte sie nicht, sich zu bewegen. Sie wusste auch nicht, ob sie dazu in der Lage gewesen wäre. Der Blick aus seinen blauen Augen wirkte lähmend auf sie.

In diesem schweigenden Stillleben verharrten sie… wie lange wohl? Später konnte sie das nicht mehr einschätzen. Jedenfalls bis Wicks linkes Auge über dem Kissen zuglitt. Sie hörte tatsächlich, wie seine Wimpern über den Bezug strichen. Erst danach atmete sie wieder aus.

Erleichtert zog sie die Hand zurück, drehte unbeholfen die Salbendose wieder zu und stellte sie auf den Nachttisch. Ohne ihn noch einmal anzusehen, eilte sie aus dem Zimmer. »Rufen Sie mich an, wenn sich irgendwas ändert«, befahl sie barsch, als sie seine Akte an der Schwesterntheke abgab.

Am Lift hielt ihr der wachhabende Polizist die Tür auf und sprach sie schüchtern an: »Dr. Newton, ich wollte nur sagen… also, Wick ist wirklich ein Supertyp. Vor ein paar Jahren hat sich eines meiner Kinder verletzt. Wick war der Erste, der Blut gespendet hat. Jedenfalls wollte ich Ihnen dafür danken, dass Sie ihn heute Morgen wieder hingekriegt haben.«

Rennie schob die Träne auf ihre Erschöpfung. Erst als der Lift abwärts zu fahren begann, hatte sie gemerkt, wie müde sie wirklich war. Sie lehnte sich an die Rückwand der Kabine und schloss die Augen. Und da spürte sie die Träne über ihre Wange laufen. Sie wischte sie weg, ehe sie im Erdgeschoss ankam.

Als sie aus dem Krankenhaus trat, folgte ihr zu ihrer Verblüffung ein Polizist. »Ist irgendwas?«

»Befehl von Detective Wesley, Madam. Frau Doktor«, verbesserte er sich.

»Warum?«

»Ich hab ihn nicht gefragt, und er hat nichts gesagt. Ich schätze, es hat was mit Threadgill zu tun.«

Der Polizist begleitete sie zu ihrem Auto, kontrollierte den Rücksitz und schaute kurz unter den Wagen. »Gute Fahrt, Dr. Newton.«

»Danke.« Er sah ihr nach, bis sie durch das Tor gefahren war.

Die Kassette fiel ihr erst auf, nachdem sie mehrere Blocks weit gefahren war. Sie ragte aus dem Autoradio. Verblüfft blieb Rennies Blick darauf liegen. Sie hörte nie Kassetten, immer nur CDs.

An der nächsten Ampel zog sie das Ding heraus, um die Aufschrift zu lesen. Es gab keine. Sie ignorierte ihre düstere Vorahnung, schob die Kassette in den Schlitz zurück und drückte auf PLAY.

Ein paar Klavierakkorde erfüllten das Wageninnere, dann sang eine rauchige Frauenstimme: *»I've got a crush on you, sweetie pie.«*

Rennie hieb mit der Faust auf das Kassettendeck, wieder und wieder, bis die Musik endlich abbrach. Sie zitterte am ganzen Leib, hauptsächlich vor Zorn, aber auch aus Angst. Die Polizeiposten rund um das Krankenhaus hatten Lozada nicht davon abgehalten, die Kassette in ihrem Auto zu deponieren. Wie zum Teufel hatte er das geschafft? Ihr Wagen war abgeschlossen gewesen.

Sie kramte in ihrer Ledertasche nach dem Handy, schaffte es aber nur, den Tascheninhalt über den Boden zu verstreuen. Nach kurzem Abwägen kam sie zu dem Schluss, dass sie, ehe sie irgendwo angehalten und das Handy hervorgesucht hätte, schon zu Hause sein könnte. Sie würde Wesley von dort aus anrufen.

Sie überfuhr zwei rote Ampeln, nachdem sie kurz nach rechts und links geschaut hatte, ob irgendwo ein anderes Auto kam. Viel zu schnell jagte sie ihre Einfahrt hoch. Das Garagentor schien eine Ewigkeit zu brauchen, bis es aufgeschwungen war. Sobald es auf Höhe des Autodachs war, fuhr sie darunter hindurch. Mit Hilfe der Fernsteuerung ließ sie es augenblicklich wieder herunter, und es schob sich schon wieder nach unten, ehe sie auch nur den Motor abgestellt hatte.

Ohne ihre verstreuten Habseligkeiten aufzulesen, kletterte sie aus dem Auto und rannte zur Durchgangstür zum Haus. Sie platzte in die Küche und blieb wie angewurzelt stehen.

Durch die Verbindungstür zum Wohnzimmer fiel ein flackernder Schein. Keine Lichtquelle in ihrem Wohnzimmer warf ein derartiges Licht. Was war los? Am vernünftigsten wäre es gewesen, rückwärts aus der Tür zu schleichen, durch die Garage zu fliehen und auf die Straße zu rennen, wo sie um Hilfe rufen konnte.

O nein, sie würde auf gar keinen Fall schreiend aus ihrem Haus laufen. Das kam gar nicht in Frage!

Sie ließ die Tür zur Garage offen. Und zog ein Fleischermesser aus der Besteckschublade. Dann wagte sie sich leise durch die Küche ins Wohnzimmer. In zahllosen Glasbehältern jeder erdenklichen Form und Größe flackerten Kerzen – Hunderte von Kerzen, so sah es aus – aber höchstwahrscheinlich Dutzende. Die Kerzen standen auf allen verfügbaren Abstellflächen, erfüllten die Luft mit schwerem Blütenduft und ließen den Raum wie eine Feuerhöhle erscheinen.

Auf dem Couchtisch stand schon wieder ein Strauß roter Rosen. Und aus dem CD-Player kam Musik. Eine andere Version. Ein anderer Sänger. Aber dasselbe Stück. Lozadas Erkennungsmelodie.

Sie atmete schwer durch den Mund, und sie konnte trotz der Musik ihr Herz klopfen hören. Vorsichtig machte sie einen Schritt zurück und überlegte noch einmal, ob es wirklich ratsam war, das hier allein durchstehen zu wollen. Vielleicht sollte sie doch noch den Fluchtweg durch die Küche antreten.

Sie überschlug, wie lange es dauern würde, Hilfe zu holen. Erst durch die Küche. Dann durch die Tür. Das Garagentor hochfahren lassen. Sich darunter durchducken. Die Einfahrt entlang auf die Straße. Oder direkt über die Hecke zu Mr Williams Haus. Um Hilfe rufen. Andere Menschen einbeziehen. Die Polizei alarmieren.

Nein.

Sie trat an die Stereoanlage und schaltete die Musik ab. »Komm raus und zeig dich, du Feigling.«

Die energisch gerufenen Worte hallten leer in der Wohnung nach. Sie lauschte angestrengt, doch es war schwer, über ihrem Keuchen und dem Hämmern ihres Herzens irgendein anderes Geräusch auszumachen.

Sie ging zum Flur, blieb aber noch in der Wohnzimmertür stehen. Dunkel und Unheil verheißend zog er sich in die Tiefe, wirkte viel länger, als er wirklich war. Dass Lozada ihr in ihrem eigenen, bis dahin sicheren Heim Angst eingejagt hatte, machte sie nur noch wütender. Und diese Wut trieb sie voran.

Schnell huschte sie durch den Flur und tastete nach dem Lichtschalter in ihrem Arbeitszimmer. Das Zimmer war leer, hier konnte sich niemand verstecken. Als Nächstes drückte sie die Tür zur Abstellkammer auf. Dort waren nur ihre Koffer und Reisesachen verstaut. Auch hier konnte sich unmöglich ein erwachsener Mann verbergen.

Von dort aus ging sie weiter ins Schlafzimmer, wo noch mehr Kerzen flackerten. Sie warfen schwankende Schatten auf Wände und Decken und an die Jalousien, die sie, nur seinetwegen, inzwischen Tag und Nacht zugezogen hatte. Sie schaute unter dem Bett nach. Sie trat an ihren Kleiderschrank und riss energisch die Tür auf. Sie schlug mit der Hand durch die aufgehängten Kleider.

Auch das Bad war leer, aber der Duschvorhang, den sie immer offen ließ, war vorgezogen. Zu wütend, um noch Angst zu empfinden, zerrte sie ihn zur Seite. Dahinter lag, auf der Drahtablage über ihrer Wanne, ein weiteres Rosenarrangement.

Sie holte aus und fegte die Porzellanvase mit einem lauten Klirren in die Wanne. Das Splittern klang wie eine Explosion.

»Du Arschloch! Warum lässt du mich nicht in Ruhe?«

Sie marschierte zurück ins Schlafzimmer und pustete überall die Kerzen aus, bis sie beinahe befürchtete, dass der entstehende Qualm den Feuermelder auslösen könnte. Energisch ging sie zurück durchs Wohnzimmer, doch hier ließ sie die Kerzen brennen. In der Küche machte sie die Tür zur Garage zu, schloss ab und legte das Messer in die Schublade zurück.

Im Kühlschrank fand sie eine Flasche Chardonnay, schenkte sich ein Glas voll und trank es auf einen Satz halb leer. Dann schloss sie die Augen und presste das kühle Glas gegen ihre Stirn.

Sie war unschlüssig, ob sie Wesley anrufen sollte. Wozu? Sie konnte genauso wenig beweisen, dass Lozada bei ihr eingebrochen war, wie er beweisen konnte, dass Lozada Sally Horton umgebracht und Wick niedergestochen hatte.

Wenn sie sich allerdings nicht meldete und Wesley auf anderem Weg von Lozadas Einbruch erfuhr … Also gut. Sosehr ihr auch davor graute, sie musste ihn anrufen.

Sie hob den Kopf, schlug die Augen auf und erblickte ihr Spiegelbild im Fenster. Hinter ihr stand Lozada.

Sie hatte sich getäuscht, als sie glaubte, sie sei zu wütend, um Angst zu haben.

19

Er packte sie an beiden Schultern und drehte sie zu sich herum. Seine Augen waren so dunkel, dass Rennie die Pupillen nicht von der Iris unterscheiden konnte.

»Du wirkst verärgert. Ich wollte dir etwas Gutes tun, Rennie, nicht dich ärgern.« Seine Stimme war sanft. Wie die eines Liebhabers.

Ihre Gedanken rasten auf den Zwillingsgleisen von nackter Angst und blankem Zorn dahin. Sie wollte ihn ohrfeigen, weil er ihr geordnetes Leben ins Chaos gestürzt hatte. Und gleichzeitig wollte sie sich ängstlich zusammenkauern. Doch durch beide Reaktionen hätte sie Schwäche gezeigt, und die wollte sie keinesfalls erkennen lassen. Er war ein Jäger, der jedes Anzeichen von Wehrlosigkeit bei seiner Beute registrierte und gnadenlos ausnutzte.

Er nahm ihr das Weinglas aus der Hand und drückte den Kelch gegen ihre Lippen. »Trink.«

Sie versuchte, den Kopf abzuwenden, doch er ergriff mit der anderen Hand ihr Kinn und kippte gleichzeitig das Glas höher. Sie spürte die kalte Flüssigkeit an ihren Lippen. Das

Glas klickte gegen ihre Zähne. Weingeschmack erfüllte ihren Mund. Sie schluckte, aber nicht alles. Der Rest rann über ihr Kinn. Er lächelte leise, während er die Tropfen mit dem Daumen wegwischte.

Rennie hatte dieses Lächeln schon überall auf der Welt gesehen. Es war das typische Lächeln, das der Täter dem Opfer schenkte. Es war das Lächeln des grausamen Ehemanns für seine grün und blau geprügelte Frau. Es war das Lächeln des feindlichen Soldaten für das vergewaltigte Mädchen. Das Lächeln der Mutter für die jungfräuliche Tochter nach der Beschneidung.

Es war ein besitzergreifendes, herablassendes Lächeln. Es kündete davon, dass dem Opfer jeder freie Wille genommen war und dass Rennie aufgrund einer perversen logischen Kapriole dankbar dafür sein sollte, so wie sie für die Toleranz ihres Peinigers dankbar sein sollte.

Dieses Lächeln schenkte Lozada ihr.

Wieder presste er das Weinglas an ihre Lippen, doch diesmal ertrug sie sein Lächeln nicht mehr und schlug das Glas beiseite. Der Wein spritzte über seine Hand. Seine Augen wurden gefährlich schmal. Er hob die Hand, und sie glaubte schon, er wollte sie schlagen.

Stattdessen legte er den Handrücken an seinen Mund und leckte den Wein mit ekelhaften, obszönen Zungenbewegungen ab.

Sein bösartiges Lächeln wandelte sich zu einem leisen Lachen. »Kein Wunder, dass du den nicht trinken wolltest, Rennie. Er schmeckt nicht. Ein grässlicher Fusel. Eines meiner ersten Projekte wird es sein, dich in die Welt der guten Weine einzuführen.«

Er streckte die Hand an ihr vorbei, um das Weinglas auf

dem Küchentresen abzustellen. Dabei presste er seinen Körper gegen ihren. Seine Nähe raubte ihr den Atem. Sie konnte nicht mehr atmen, sie wollte nicht mehr atmen. Sein Parfüm sollte sich auf gar keinen Fall in ihrer Erinnerung festsetzen.

Mit übermenschlicher Kraft hielt sie sich davon ab, ihn wegzustoßen. Denn im selben Moment blitzte das Foto von Sally Horton vor ihrem inneren Auge auf und sorgte dafür, dass sie reglos die Last seines Körpers erduldete. Wahrscheinlich hoffte Lozada darauf, dass sie sich wehrte. Ihm wäre jeder Vorwand recht, um seine Dominanz zu beweisen. Jeder Peiniger hoffte auf eine noch so fadenscheinige Rechtfertigung für seine Grausamkeiten.

»Du zitterst ja, Rennie. Fürchtest du dich etwa vor mir?« Er kam ihr noch näher. Sein Atem wehte wie ein eisiger Hauch über ihren Hals. Er war erigiert und rieb sich schamlos an ihr. »Warum fürchtest du dich denn vor mir, wo ich dich nur glücklich machen will? Hm?«

Endlich trat er zurück und ließ seinen Blick genüsslich und halb amüsiert von ihrem Scheitel bis zu den Füßen und wieder nach oben wandern. »Aber vielleicht sollten wir, bevor wir uns den Weinen zuwenden, erst einmal die grundlegendsten Dinge angehen. Zum Beispiel deine Garderobe.« Er setzte die Fingerspitzen auf ihr Schlüsselbein und streichelte sie leicht. »Eine solche Figur zu verbergen ist eine Sünde.«

Sein Blick senkte sich auf ihre Brüste und blieb dort, und das war irgendwie schlimmer, als hätte er sie tatsächlich berührt. »Du solltest nur noch Sachen tragen, die deinen Körper eng umschmiegen, Rennie. Am besten Schwarz, damit deine blonden Haare besser zur Geltung kommen. Ich werde dir etwas Schwarzes kaufen, das supersexy ist und deine Brüste betont. O ja, ganz eindeutig. Jeder Mann wird dich berühren wollen, aber ich werde der Einzige sein, der es darf.«

Dann konzentrierte sich sein Blick wieder auf ihr Gesicht, und aus seiner Stimme klang leise Ironie. »Natürlich siehst du heute nicht wirklich gut aus. Du hast sehr schwer gearbeitet.« Seine Fingerspitze fuhr die dunklen Ringe unter ihren Augen nach. »Du bist völlig erschöpft. Mein armer Schatz.«

Sie schluckte die bittere Galle hinunter, die ihr in den Mund gestiegen war, als er seine Fantasien geschildert hatte. »Ich bin nicht Ihr Schatz.«

»Aha, die Lady kann ja doch sprechen. Ich hatte mich schon beinahe gefragt, ob du die Fähigkeit dazu verloren hast.«

»Gehen Sie jetzt.«

»Aber ich bin doch eben erst gekommen.«

Das war natürlich gelogen. Er hatte mindestens eine Stunde gebraucht, um all die brennenden Kerzen in ihrem Wohnzimmer aufzustellen. Wo hatte er sich versteckt, als sie das Haus abgesucht hatte?

Als läse er ihre Gedanken, sagte er: »Ich verrate niemals meine Berufsgeheimnisse, Rennie. Das solltest du wissen.« Er zwickte sie spielerisch ins Kinn. »Aber trotzdem haben wir eine Menge zu bereden.«

»Ganz recht. Das haben wir.«

Er lächelte geschmeichelt. »Du fängst an.«

»Lee Howell.«

»Wer?«

»Sie haben ihn umgebracht, nicht wahr? Um mir einen Gefallen zu tun. Und die Attacke auf Wick Threadgill. Das waren auch Sie, stimmt's?«

Er war schnell wie Quecksilber. Im nächsten Moment hatte

er mit der einen Hand ihre Bluse angehoben und fuhr mit der anderen über ihre Brüste und innen am Rockbund entlang. Sie stemmte sich mit aller Kraft gegen ihn. »Nehmen Sie Ihre Hände weg!« Sie schlug auf seine tastenden Finger.

»Hör auf!« Er packte ihre beiden Hände und drückte sie auf seine Brust. »Rennie, Rennie, hör auf, dich zu wehren.« Seine Stimme war butterweich, sein Griff dafür umso härter. »Psst, psst. Ganz ruhig.«

Hasserfüllt sah sie zu ihm auf.

Mit täuschend weicher und vernünftiger Stimme brachte er seine Entschuldigung vor. »Verzeih mir, dass ich das tun musste. Vor ein paar Jahren hat die Polizei eine Beamtin auf mich angesetzt, die mich zum Reden bringen sollte. Ich musste mich erst überzeugen, dass du nicht verdrahtet bist. Verzeih mir, dass ich so grob sein musste. Wie ist das? Besser?«

Er ließ ihre Hände los und massierte ihre Schultern, wobei sich die langen Finger rhythmisch anspannten und lockerten, wie die eines aufmerksamen Ehemannes, der gerade erfahren hat, dass seine Frau einen langen, schweren Tag hinter sich hat.

»Ich arbeite nicht für die Polizei.«

»Das würde mich auch schrecklich enttäuschen.«

Seine Hände drückten ein klein wenig fester zu. Seine Miene wurde bösartig. »Warum hast du dich mit Wick Threadgill rumgetrieben?«

Sie schnitt eine Grimasse. »Ich wusste doch nicht, dass er Polizist ist. Er hat mich getäuscht, weil er mich benutzen wollte.«

»Und warum hast du dann alles darangesetzt, ihm das Leben zu retten?«

Plötzlich hatte sie wieder Wesleys Warnung im Ohr. Sally

Horton war völlig schuldlos dem blutigen Machtkampf zwischen Wick und Lozada zum Opfer gefallen. Die Rolle, die sie unwissentlich gespielt hatte, hatte sie das Leben gekostet. »Dafür werde ich bezahlt«, bemerkte sie schnippisch. »Ich kann mir meine Patienten nicht aussuchen. In diesem Fall hat mir das Schicksal ein Schnippchen geschlagen. Ich habe den Kürzeren gezogen. Immerhin konnte ich ihn schlecht in der Notaufnahme verbluten lassen.«

Sein Blick suchte ihre Augen ab. Seine Hand schloss sich um ihren Hals. Sein Daumen ertastete ihre Schlagader und strich darüber hinweg. »Ich wäre sehr, sehr unglücklich, wenn du mich mit Wick Threadgill betrügen würdest.«

»Zwischen uns läuft nichts.«

»Hat er dich schon mal geküsst?«

»Nein.«

»Oder dich so berührt?« Seine Hand strich über ihren Busen.

Ihre Kehle war wie zugeschnürt. Schweigend schüttelte sie den Kopf.

»Bestimmt war dieser Bulle deinetwegen noch nie so hart, Rennie«, flüsterte er, während er sich eng an sie schmiegte. »So hart kann er gar nicht werden.«

»Hände hoch, Lozada!«

Oren Wesley kam hereingestürmt, gefolgt von zwei weiteren Polizisten, alle mit gezogenen Waffen. Die drei bauten sich im Halbkreis um sie herum auf.

»Hände hoch, habe ich gesagt! Und jetzt weg von ihr!«

Rennie war wie betäubt. Noch während Lozada der Aufforderung nachkam, verwandelte sich sein Gesicht in eine friedfertige Maske. Innerhalb weniger Sekunden transformierte er zu einer identischen Kopie seiner selbst, einem perfekten Abbild wie aus einem Wachsmuseum. Er zeigte keinen Zorn, keine Überraschung, keine Angst. »Detective Wesley, ich wusste gar nicht, dass Sie so spät noch auf sind.«

»Hände auf den Tisch und Beine auseinander!«

Mit einem lässigen Achselzucken trat Lozada an den Tisch und stemmte die Hände auf die Tischplatte. Seine Finger ruhten links und rechts des Obsttellers, in dem Bananen lagen, die dringend gegessen werden mussten. Ein bizarrer Gedanke, angesichts der Tatsache, dass in ihrer Küche gerade ein verhinderter Vergewaltiger und mutmaßlicher Mörder nach Waffen durchsucht wurde, doch für Rennie war er vor allem eine willkommene Ablenkung.

Der Polizist, der die Ehre hatte, den Festgenommenen durchsuchen zu dürfen, zog eine kleine Pistole aus Lozadas Hosentasche. »Die ist registriert«, behauptete Lozada.

»Handschellen«, befahl Wesley. »Vielleicht hat er ein Messer im Strumpf.« Während der eine Polizist Lozada die Hände auf den Rücken zog und ihm Handschellen anlegte, ging der andere in die Knie und hob das Hosenbein an. Dann zog er ein kleines, glänzendes Messer aus einem Wadenholster. Lozada verzog keine Miene.

Wesley sah sie an. »Alles in Ordnung?«

Sie war immer noch zu durcheinander, um etwas zu sagen, und nickte darum schweigend.

Einer der Polizisten las Lozada seine Rechte vor, doch der sah über den Beamten hinweg Wesley an. »Was wird mir vorgeworfen?«

»Mord.«

»Interessant. Und wer soll das Opfer sein?«

»Sally Horton.«

»Das Zimmermädchen in meinem Apartment?«

»Das Unschuldslamm kannst du im Gerichtssaal spielen«, sagte Wesley mit einem vielsagenden Seitenblick auf Rennie. »Außerdem verhaften wir dich wegen versuchten Mordes, weil du Wick Threadgill niedergestochen hast.«

»Das ist doch eine Farce.«

»Wir werden ja sehen, was unsere Ermittlungen ergeben, nicht wahr? Bis dahin wirst du auf Staatskosten untergebracht.«

»Morgen früh bin ich wieder draußen.«

»Wie gesagt, wir werden sehen.« Wesley befahl den beiden Polizisten mit einer Kopfbewegung, ihn hinauszubringen.

Lozada schenkte Rennie zum Abschied ein Lächeln. »Adieu, Geliebte. Bis bald. Verzeih die Störung. Detective Wesley hat eben eine Schwäche für großartige Auftritte. Damit versucht er, seine anderen Defizite zu kompensieren.« Während er an Wesley vorbeiging, sagte er: »Deinen Schwanz haben sie doch zusammen mit Joe Threadgill verbuddelt.«

Einer der Polizisten gab ihm einen Stoß in den Rücken. Alle drei verschwanden durch die Tür ins Wohnzimmer. Rennie sackte gegen den Küchentresen.

»Vielen Dank.«

»Nichts zu danken.«

»Sie haben doch gesagt, Sie würden ihn erst verhaften, wenn Sie eindeutige Beweise hätten. Heißt das –«

»Das heißt nur, dass ich meinen Vorgesetzten weich geklopft habe. Er hat mir zugestanden, dass ich Lozada einbuchten darf, während wir alle aufgestellten Fallen abgehen. Wenn wir großes Glück haben – was leider nie der Fall zu sein scheint, sobald es um Lozada geht –, finden wir irgendwas, das ihn belastet.«

»Ich nehme an, bis jetzt haben Sie noch nichts gefunden.«

Er zuckte gleichmütig mit den Achseln. »Wir können ihn nicht ewig festhalten, ohne Anklage zu erheben, aber wir werden ihn so lange wie möglich in Gewahrsam behalten. Solange wir keinen unwiderlegbaren Beweis vorlegen können, der Wicks Anschuldigung stützt, brauchen wir vor Gericht gar nicht erst die Hosen runterzulassen. Falls der Staatsanwalt in diesem Fall überhaupt vor Gericht gehen würde.«

»Das müsste er doch, oder? Wenn Wick Lozada identifizieren könnte?«

»Die Staatsanwaltschaft würde nur ungern vor die Geschworenen treten, solange sie nichts weiter hat als Wicks Ehrenwort. Schließlich müsste die Vorgeschichte zwischen Wick und Lozada berücksichtigt werden, was Wicks Glaubwürdigkeit schwer einschränkt. Außerdem können sie ihn drüben nicht besonders gut leiden.«

»Bei der Staatsanwaltschaft? Wieso?«

Ein Polizist streckte den Kopf durch die Tür und sagte zu Wesley: »Er ist unterwegs in die Zelle.«

»Ich komme gleich nach.«

Der Polizist verschwand wieder. Rennie folgte Wesley ins Wohnzimmer, wo noch immer die Kerzen brannten. Die Luft war stickig und schwer. Sie trat an eines der Fenster und öffnete es, damit das Zimmer durchlüften konnte. Vor ihrem Haus fuhren mehrere Streifenwagen mit blinkendem Blaulicht ab.

Auf dem Trottoir hatten sich Nachbarn im Pyjama versammelt und unterhielten sich raunend. In ihrer Mitte stand Mr Williams wie auf einer imaginären Bühne und gestikulierte theatralisch.

»Woher wussten Sie, dass Lozada hier ist, Detective? Observieren Sie meine Wohnung immer noch?«

»Nein. Wir wurden angerufen. Von Ihrem Nachbarn. Einem Mr Williams. Er sagte, hier sei irgendwas faul.«

O Gott, was für ein Albtraum.

Wesley stand mitten im Raum und sah sich langsam um. Die Rosen entgingen ihm nicht. Als er sich zuletzt wieder Rennie zuwandte, sagte er: »Ich habe heute mit jemandem aus dem Verwaltungsrat des Krankenhauses gesprochen. Er sagte, Sie hätten den Posten angenommen, der durch Dr. Howells Tod frei geworden ist.«

Ihr Kinn hob sich. »Ich habe heute Nachmittag zugesagt. Nachdem ich mit Ihnen gesprochen hatte. Ich habe begriffen, dass es egal ist, ob ich zu- oder absage. Sie werden so oder so glauben, dass ich Lozada angeheuert habe, um Lee zu töten, unabhängig davon, ob ich den Posten annehme oder nicht.«

Er deutete auf die Rosen. »Herzlichen Glückwunsch.«

»Wir haben hier nicht gefeiert, falls Sie das glauben sollten. Das war alles schon so, als ich aus dem Krankenhaus nach Hause kam. Er ist schon wieder in meine Wohnung eingebrochen.«

»Sie haben aber nicht die Polizei gerufen.«

»Dazu hatte ich keine Gelegenheit mehr.«

Er nahm ihre zerknitterten Kleider in Augenschein. »Er hat mich bedroht!«, wehrte sie sich. »Er hat diese, diese total wahnsinnige fixe Idee, dass ich seine Geliebte werde.« Sie gab alles wieder, was Lozada zu ihr gesagt hatte, sogar die peinlichsten Bemerkungen. »Er hat mich abgetastet. Er wollte sich überzeugen, dass ich nicht verdrahtet bin.«

»Verdrahtet?«

»Als ich den Mord an Lee Howell erwähnte, hat er mich durchsucht. Er fürchtete, ich könnte mit Ihnen zusammenarbeiten und ihn in die Falle locken wollen.«

»Na, wir wissen ja beide sehr gut, dass das nicht stimmt.«

Erbost über seinen ironischen Tonfall, sagte sie: »Detective, ich habe ihn ganz bestimmt nicht eingeladen. Wieso nehmen Sie das an?«

»Haben Sie irgendwas zerbrochen?«

»Im Bad. In der Badewanne hatte er noch einen Strauß abgestellt. Ich war so wütend, dass ich die Vase umgestoßen habe.«

»Mr Williams war da gerade im Garten und wartete darauf, dass sein Hund sein Geschäft machte. Er hat das Krachen gehört und versucht, Sie anzurufen, ob irgendwas passiert sei.« Wesleys Blick fiel auf das schnurlose Telefon auf dem Couchtisch.

Rennie nahm es hoch und streckte es Wesley hin. Es war nicht nur tot, sondern schon so lange abgeschaltet, dass sogar der lästige Alarmton verstummt war.

»Wahrscheinlich wollte er nicht gestört werden«, bemerkte sie leise.

»Wahrscheinlich.«

Sie stellte das Telefon wieder an seinen angestammten Platz auf dem Tisch und zuckte dann zurück. »Hätte ich das lieber nicht berühren sollen?«

»Er hinterlässt keine Fingerabdrücke. Außerdem tut das nichts zur Sache. Dass Lozada hier war, wissen wir bereits, und hier hat kein Verbrechen stattgefunden.«

»Seit wann ist Einbruch kein Verbrechen mehr? Er ist heimlich eingedrungen und hat sich hier wie zu Hause gefühlt.«

»Ganz genau. Mr Williams hat der Kollegin in der Notrufzentrale erklärt, dass Ihr Besucher sich ausgesprochen wohl zu fühlen schien. Gleich nachdem er den Vorfall gemeldet hatte, sagte er: ›Ach, Moment mal, ich kann sie und einen Mann hinter dem Küchenfenster stehen sehen. Offenbar ist nichts passiert, sie scheint ihn gut zu kennen.‹ Etwas in der Art. Zum Glück war die Beamtin auf Draht. Sie hat Ihren Namen und die Adresse wiedererkannt, und sie wusste, dass ich –«

»Dass Sie mir nachspioniert hatten.«

»Darum rief sie mich an. Sie erzählte mir, sie hätte eben einen merkwürdigen Notruf von Ihrem Nachbarn erhalten. Sie und ein Mann würden es in Ihrer Küche treiben.«

»So würde ich es kaum umschreiben. Ich hatte Angst, wie Sally Horton zu enden, wenn ich Widerstand leisten würde.«

»Möglich.«

»Warum legen Sie immer alles zu meinen Ungunsten aus?«

Er sah sie nur an und wandte sich dann ab. »Ich muss los.«

Er war schon an der Tür, als sie ihn abfing, ihn am Arm packte und herumzerrte. »Ich habe eine Antwort verdient, Detective.«

»Schön. Die sollen Sie haben«, antwortete er gepresst. »Sie haben mir noch keinen Anlass gegeben, Ihnen zu vertrauen, Doktor, aber dafür jede Menge Gründe, es nicht zu tun.«

»Wie könnte ich Sie denn überzeugen, dass ich die Wahrheit sage? Hätten Sie Ihre Meinung geändert, wenn Lozada mich heute Nacht umgebracht hätte?«

»Nicht unbedingt«, erwiderte er und zuckte blasiert mit den Achseln. »Auch Sally Horton war seine Geliebte, bis er sie umgebracht hat.«

20

»Er möchte sie nur glücklich machen.«

»Machst du Witze?«

»Hör auf, mich so anzuschauen, Wick«, beschwerte sich Oren. »Das habe nicht *ich* gesagt. *Sie* hat behauptet, *er* hätte das gesagt.«

Wick war zwei Tage auf der Intensivstation geblieben. Während der letzten fünf Tage war er in einem Privatzimmer untergebracht, von wo aus er die Skyline der Innenstadt von Fort Worth sehen konnte. Inzwischen konnte er auch wieder auf dem Rücken liegen. Doch er hatte immer noch höllische Schmerzen, vor allem, wenn er zum Aufstehen und Herumgehen gezwungen wurde, was mindestens zweimal täglich vorkam.

Jeder dieser Bußgänge, wie er sie insgeheim nannte, war mühselig wie eine Besteigung des Mount Everest. Fünf Minuten brauchte er allein, um aus dem Bett zu kommen. Anfangs hatte er nur durch sein Zimmer schlurfen können, doch heute Vormittag hatte er es immerhin bis ans Ende des Flurs und zurück geschafft, was dem versammelten Pflegepersonal zufolge eindeutig ein Durchbruch war. Riesenjubel allenthalben. Alle beglückwünschten ihn zu seinen Fortschritten. Er fragte fluchend, wo sie eigentlich ihre Nazi-Uniformen versteckt hätten. Als er endlich wieder im Bett lag, war er völlig durchgeschwitzt und fühlte sich hilflos wie ein neugeborenes Baby.

Er freute sich schon richtig auf die Schmerzmittel, die regelmäßig ausgegeben wurden. Sie nahmen die Schmerzen zwar nicht völlig, machten sie aber immerhin erträglich. Er konnte damit leben, solange er nicht an die Schmerzen dachte und sich stattdessen auf etwas anderes konzentrierte. Wie Lozada.

Heute Morgen war der Tropf abgehängt worden. Er war froh, ihn los zu sein, aber dafür hatten die Schwestern postwendend angefangen, ihm ununterbrochen Flüssigkeit einzutrichtern. Dauernd kamen sie mit winzigen Fruchtsaftbechern mit Aludeckel angerannt. Noch nicht einen davon hatte er geöffnet, ohne die Hälfte des Inhalts zu verschütten.

»Isst du genug?«, fragte Oren.

»Schon. Ein bisschen. Ich bin nicht hungrig. Außerdem kannst du dir gar nicht vorstellen, was sie hier als Essen ausgeben.«

Seine Wange hatte immer noch die Farbe einer halb verfaulten Aubergine, doch immerhin war die Schwellung so weit zurückgegangen, dass er aus beiden Augen sehen konnte. Zum Beispiel konnte er sehen, dass Oren eine Braue fragend hochgezogen hatte. »Was denn?«, knurrte er.

»Wie geht's deinen Eiern?«

»Gut, vielen Dank, und deinen?« Mehrere Tage lang hatte er einen Eisbeutel nach dem anderen zugeritten, doch inzwischen waren seine Hoden, wie Rennie es versprochen hatte, auf Normalgröße zurückgeschrumpft.

»Du weißt genau, wie ich es meine«, sagte Oren.

»Sie sind okay. Willst du sie sehen?«

»Ich glaube dir auch so.« Oren trat verlegen auf den anderen Fuß. »Da wäre noch was. Das mit deinem Kinn tut mir leid.«

»Das ist das kleinste meiner Probleme.«

»Schon, aber ich hätte dich trotzdem nicht schlagen dürfen.«

»Ich hab zuerst zugeschlagen.«

»Wir waren beide bescheuert. Entschuldige bitte.«

»Entschuldigung vermerkt und angenommen. Und jetzt erzähl mir genauer, was du über Lozada weißt. Er ist also krankhaft auf Rennie fixiert?«

»Das habe ich dir schon gesagt«, beschwerte sich Oren.

»Erzähl es noch mal.«

»Mein Gott, bist du vielleicht schlecht gelaunt. Sie haben den Katheter immer noch nicht rausgenommen, stimmt's?«

»Heute Nachmittag. Wenn ich dann pinkeln kann, bleibt er draußen.«

»Und wenn nicht?«

»Ich kann. Ich muss. Ich werde pinkeln, und wenn ich jeden Tropfen einzeln rausquetschen muss. Auf gar keinen Fall lasse ich mir dieses Ding wieder reinstecken, solange ich nicht bewusstlos bin. Eher springe ich aus dem Fenster.«

»Du bist ein Weichei.«

»Redest du jetzt oder nicht?«

»Ich hab dir schon alles erzählt. Ich habe es mehrmals Wort für Wort wiederholt. Der Nachbar hat behauptet, es hätte so ausgesehen, als würden sie miteinander schmusen. Dr. Newton behauptet, Lozada hätte sie bedroht und sie hätte sich nicht gewehrt, weil sie Angst hatte, er könnte ihr das antun, was er auch Sally Horton angetan hat.«

Wick sank in die Kissen zurück und schloss die Augen. Immer noch quälte ihn die Erinnerung daran, was mit dem Mädchen geschehen war. Nie würde er den Anblick der Toten vergessen.

Während er seelenruhig geduscht hatte, war sie kaltblütig hingerichtet worden.

Ohne die Augen aufzumachen, sagte er: »Das klingt vernünftig, Oren. Lozada kann ihr äußerst gefährlich werden.

Vor allem, wenn er glaubt, sie müsste sich zwischen ihm und mir entscheiden und würde sich für mich entscheiden.«

»Mit dir hat sie noch nicht darüber gesprochen, nehme ich an.«

»Nein. Wenn du mir nicht erzählt hättest, was passiert ist, wüsste ich bis heute nichts davon.«

Rennies Haltung war ihm ein Rätsel und der Urgrund für seine momentane schlechte Laune. Klar, er hatte Schmerzen. Klar, das Essen war unter aller Kanone. Klar, er konnte es kaum erwarten, wieder selbst zu pinkeln. Klar, es schlug ihm aufs Gemüt, mit nacktem Arsch durch die Krankenhausgänge zu watscheln.

Aber viel mehr als all das störte ihn Rennies distanzierte Art. Jeden Morgen und jeden Abend kam sie an sein Bett, immer mit gesenktem Kopf, den Blick fest auf seine Akte statt auf ihn gerichtet. »Wie geht's, Mr Threadgill?« Und jedes Mal mit professionell wirkender Gleichgültigkeit.

Regelmäßig begutachtete sie flüchtig seine Wundnarbe, erkundigte sich nach seinem Befinden und nickte gedankenversunken zu seiner Antwort, als würde sie ihm nicht wirklich zuhören und sich auch herzlich wenig dafür interessieren. Zuletzt erklärte sie ihm regelmäßig, dass sie mit seinen Fortschritten zufrieden sei, lächelte mechanisch und verschwand wieder. Natürlich war ihm klar, dass er nicht ihr einziger Patient war. Und er erwartete auch keine Vorzugsbehandlung.

Na ja, vielleicht schon. Ein bisschen.

Auf der Intensivstation hatte er unter schweren Schmerzmitteln gestanden, trotzdem konnte er sich daran erinnern, wie sie an seinem Bett gesessen und ihm Sprite eingeflößt hatte. Er spürte heute noch, wie sie den Lippenbalsam aufgestrichen hatte. Und er wusste noch genau, wie sie sich angesehen hatten, wie lange sie den Blick gehalten hatten und wie bedeutsam er ihm vorgekommen war.

Oder war das alles gar nicht wirklich passiert?

Vielleicht hatte man ihn so unter Drogen gesetzt, dass er halluziniert hatte. War es am Ende nur ein höchst angenehmer Traum gewesen, den er mit der Wirklichkeit verwechselt hatte? Möglich. Denn immerhin war dies der Abend gewesen, an dem sie von Oren in ihrer Küche beim »Schmusen« mit Lozada ertappt worden war.

Verflucht, er wollte endlich wissen, woran er bei ihr war.

»Wenn sie auf Visite kommt, ist sie absolut professionell«, erzählte er Oren. »Wir haben nicht mal über das Wetter gesprochen.«

»Es ist heiß und trocken.«

»Sieht so aus.«

»Sie hat den Chefarztposten angenommen.«

»Hab ich gehört«, bestätigte Wick. »Schön für sie. Sie hat ihn verdient.« Oren sah ihn vielsagend an. »Das hat nichts zu bedeuten, Oren.«

»Habe ich auch nicht behauptet.«

Eine Schwester kam herein und brachte den nächsten Saftbecher. »Ich trinke ihn später«, versprach er. »Ehrenwort.« Sie wirkte wenig überzeugt, stellte den Becher aber auf den Nachttisch und verschwand wieder. Er bot Oren den Saft an.

»Nein danke.«

»Preiselbeere mit Apfel.«

»Kein Bedarf.«

»Bestimmt? Verzeih mir die Bemerkung, aber du siehst auch nicht gerade aus wie das blühende Leben.« Bei seiner Ankunft hatte Oren wie geplättet ausgesehen, durchgemangelt von der Sommerhitze und seines Kampfgeistes beraubt. »Was ist denn los?«

Oren zog die Schultern hoch, schaute seufzend aus dem Fenster auf die hitzeflimmernde Stadt und sah zuletzt wieder Wick an. »Vor etwa einer Stunde hat mich der Staatsanwalt angerufen. Der große Häuptling persönlich, nicht etwa ein kleiner Assi.«

Wick hatte schon vermutet, dass Orens gedrückte Stimmung etwas mit ihren Ermittlungen gegen Lozada zu tun hatte. Wäre er mit guten Nachrichten gekommen, dann hätte er sie längst herausposaunt.

Unter Schmerzen ließen sich schlechte Nachrichten noch schlechter ertragen. Er rutschte in eine bequemere Lage, bei der seine verletzte rechte Seite weniger belastet wurde. »Raus mit der Sprache.«

»Er sagt, wir hätten nichts Brauchbares gegen Lozada in der Hand. Nicht genug, um ihn vor Gericht zu stellen. Er hat sich jedenfalls geweigert.«

Wick hatte das kommen sehen. »Gestern war er bei mir. Ein Bündel an guter Laune und Genesungswünschen, vom frisch gezogenen Scheitel bis zur Sohle seiner italienischen Slipper. Die da hat er mitgebracht.« Er deutete auf ein billig wirkendes Bukett aus roten, weißen und künstlich blau gefärbten Nelken.

»Da hat er sich ja richtig in Unkosten gestürzt.«

»Ich habe ihm genau berichtet, was in der Nacht passiert ist, als ich niedergestochen wurde. Ich habe ihm erzählt, dass es Lozada war, so wahr ich hier liege.«

»Wie hat er reagiert?«

»Mal sehen … Erst hat er an seinem Truthahnhals rumgezerrt, dann hat er sich die Schläfe massiert, danach im Schritt gekratzt, die Stirn gerunzelt, Luft zwischen den zusammengekniffenen Lippen ausgestoßen und sich mehrmals zurechtgesetzt. Alles in allem hat er ausgesehen, als hätte er Blähungen und würde versuchen, möglichst leise zu furzen. Dann hat er gemeint, das wären schwere Vorwürfe. ›Ach, im Ernst?‹, hab ich gesagt. ›Mord und versuchter Mord sind ja auch schwere Straftaten.‹ Als er ging, konnte er mir kaum in die Augen sehen. Er hat aber nicht mit der Sprache rausrücken wollen –«

»Er ist nicht umsonst Politiker.«

»Trotzdem war ihm unschwer anzumerken, dass er Probleme mit meiner Geschichte hatte.«

»Hatte er.«

»Zum Beispiel?«

»Ich möchte dich nicht mit Einzelheiten langweilen«, sagte Oren. »Mich hat er damit weiß Gott genug gelangweilt. Etwa dreißig Minuten lang hat er ins Telefon gestammelt und gestottert, unterbrochen von diesem Backenblähen, das er immer ablässt, aber letztendlich …«

»Quatsch keine Opern.«

Oren fummelte an dem dreifarbigen Seidenband herum, mit dem der hässliche Nelkenstrauß zusammengehalten wurde. Dann warf er Wick einen Seitenblick zu. »Betrachte es mal von seinem Standpunkt aus, Wick.«

»Den Teufel werd ich tun! Bevor er nicht einen halben Liter Blut eingetrichtert bekommen hat, bevor seine Eier nicht zu Bowlingkugeln angeschwollen sind und er ein Rohr in seinen Schwanz geschoben kriegt, brauchst du mir gar nicht mit seinem Standpunkt zu kommen.«

»Was ich dir jetzt sagen werde, wird dir gar nicht gefallen –«

»Dann behalt's für dich.«

»Aber alles in allem hat er Recht.«

»Ich würde dich ungespitzt in den Boden rammen, wenn ich die Kraft dazu hätte.«

»Ich wusste ja, dass es dir nicht gefallen wird.« Oren seufzte. »Hör zu, Wick, der Staatsanwalt will kein Risiko eingehen, aber –«

»Er ist ein altes Waschweib!«

»Mag sein, aber diesmal hat er nicht Unrecht. Genau genommen haben wir keinen einzigen aussagekräftigen Beweis gegen Lozada.«

»Lozada«, feixte Wick. »Jetzt hat er euch allen Angst eingejagt, stimmt's? Glaubst du etwa, er lacht sich nicht halb tot über uns?«

Oren ließ ihm ein paar Sekunden zum Abkühlen, ehe er antwortete. »Alles, was wir gegen ihn vorliegen haben, sind Indizien. Lozada kennt dich. Er kennt Sally Horton. Das ist eine Verbindung, aber es liefert noch lange kein Motiv. Selbst wenn in der Vorverhandlung durch reinen Dusel eine Anklage zugelassen würde, würden wir den Fall nie im Leben gewinnen. Man hat mir drei Tage Zeit gelassen, etwas Handfestes vorzulegen. Wie immer hat er keine einzige Spur hinterlassen. Ich habe nichts.«

»Außer meinem Wort.«

Oren sah ihn gequält an. »Der Staatsanwalt hat auf deine gemeinsame Vergangenheit mit Lozada verwiesen. Er hat nicht vergessen, was damals passiert ist. Das beeinträchtigt deine Glaubwürdigkeit.«

Ein so offensichtliches Argument widerlegen zu wollen war aussichtslos.

Oren setzte sich in den grünen Plastikstuhl und starrte zu Boden. »Ich habe keine andere Wahl, ich muss ihn freilassen.

Immerhin habe ich einen Durchsuchungsbefehl bekommen, was nicht leicht war. Wir haben seine Bude auf den Kopf gestellt. Nichts. Steril wie ein Operationssaal. Selbst seine Skorpione sehen aus wie frisch poliert. Im Auto das Gleiche. Nicht ein Tröpfchen Blut, keine Fasern, gar nichts. Wir haben zwar die Tatwaffe, aber die könnte jedem gehören. Keine Augenzeugen außer dir, und du bist wenig glaubwürdig. Außerdem hast du selbst zugegeben, dass du ihn nicht wirklich gesehen hast.«

»Ich war zu sehr damit beschäftigt, Blut in meine Hoden zu pumpen.«

»Sein Anwalt führt schon einen Riesentanz auf, dass die Polizei seinen Mandanten misshandle. Er sagt –«

»Ich will gar nicht hören, was er sagt. Ich will kein einziges verdammtes Wort darüber hören, dass die Bürgerrechte dieses miesen Hurensohns verletzt wurden, okay?«

Tiefes Schweigen senkte sich über die beiden Freunde. Nach einer halben Ewigkeit sah Oren in die Ecke unter der Zimmerdecke. »Und der Fernseher funktioniert?«

Wick hatte den Ton abgestellt, als Oren ins Zimmer gekommen war. Das Bild erinnerte eher an ein Schneetreiben, doch wenn man genau hinsah, konnte man so etwas wie eine Handlung ausmachen. »Scheiße. Kein Kabel.«

Sie starrten eine Weile auf das lautlose Geschehen, dann fragte Oren, ob es eine interessante Sendung sei.

»Die zwei sind Mutter und Tochter«, erläuterte Wick. »Die Tochter hat mit dem Mann ihrer Mutter geschlafen.«

»Ihrem Vater?«

»Nein, etwa ihrem vierten Stiefvater. Ihr echter Vater ist der Pater. Der Gemeindepfarrer. Aber das weiß niemand außer ihrer Mutter und dem Pfarrer. Er hört in der Beichte von der

Tochter, dass sie mit dem Mann ihrer Mutter geschlafen hat, und flippt total aus. Er wirft der Mutter vor, schlechten Einfluss auf die Tochter zu haben, und beschimpft sie als Schlampe. Aber er hat auch ein schlechtes Gewissen, weil er nie für seine Tochter da war. Als Vater. Ihr Priester war er, seit er sie getauft hat. Ziemlich verwickelt, das Ganze. Er war in ihrem Haus, verfluchte Scheiße.« Wicks letzte Bemerkung hatte nichts mit der Seifenoper im Fernsehen zu tun, doch das war Oren klar.

»Es besteht immer noch die Möglichkeit, dass sie ihn eingeladen hat, Wick.«

Dieser Einwand war ihm nicht einmal eine Erwiderung wert. Sein eisiger Blick sagte alles.

»Die Möglichkeit, habe ich gesagt.« Er wandte den Kopf ab und murmelte etwas vor sich hin.

»Was hast du gesagt?«

»Nichts.«

»Was?«

»Nichts!«

»*Was?*«

»Er hat ihre Titten betatscht. Okay?«

Wick wünschte, er hätte nicht gefragt, aber das war nicht rückgängig zu machen. Er hatte Oren gedrängt, seine Bemerkung zu wiederholen, und Oren hatte seinem Drängen nachgegeben, und nun beobachtete er Wicks Reaktion. Dieser versuchte, so ausdruckslos wie möglich zu schauen. »Sie hat sich aus Angst nicht gewehrt.«

»Grace vermutet das Gleiche, aber keiner von euch war wirklich dabei.«

»Grace? «

»O ja.« Oren machte eine ausladende Geste. »Meine Göttergattin ist seit neuestem Dr. Newtons größter Fan.«

»Dass die beiden sich begegnet waren, wusste ich schon. Aber zu mir hat Grace nur gesagt, dass sie froh ist, dass ich in so fähigen Händen bin.«

»Zu Hause kriege ich deutlich mehr zu hören. Dauernd schwallt sie mir die Ohren voll, dass ich grob und unfair zu unserer Frau Doktor bin. Grace glaubt, ich bin sauer auf Dr. Newton, weil sie damals in der Jury saß.«

Zum ersten Mal, seit Oren in sein Zimmer getreten war, spielte der Hauch eines Lächelns um Wicks Lippen. Der Gedanke, dass Grace seinem Partner die Hölle heiß machte, gefiel ihm. Wenn Oren auf irgendwen hörte, dann auf seine Frau, die er nicht nur liebte, sondern auch für sehr klug hielt. »Grace ist eine kluge Frau.«

»Schön, aber sie hat auch nicht die romantische Szene in Dr. Newtons Heim gesehen, die ich beobachten durfte. Und das hier ebenso wenig.«

Oren zog mehrere längs gefaltete Blatt Papier aus der Innentasche seines Sportsakkos und legte sie neben den ungeöffneten Saftbecher auf den Nachttisch. Wick machte keine Anstalten, die Blätter aufzunehmen.

»Vielleicht hast du in der Aufregung der letzten Tage ja vergessen, dass Dr. Newton im zarten Alter von sechzehn Jahren einen Mann getötet hat.«

»Was du keine Sekunde lang vergessen würdest, nicht wahr?«

»Meinst du nicht, wir sollten dieser Sache nachgehen, bevor wir sie heiligsprechen lassen? Ich habe Verbindung zu den Kollegen in Dalton und zum dortigen Sheriffbüro aufgenommen. Hier drin kannst du alles nachlesen.«

Wick spürte eine so tiefe Abneigung gegen die belastenden Papiere auf seinem Nachttisch, dass er sie gar nicht erst in die Hand nehmen wollte. »Gibst du mir eine Zusammenfassung?«

»Hässlich. Sehr, sehr hässlich«, war Orens Auskunft. »Daddy kam nur wenige Sekunden nach den beiden Schüssen ins Zimmer gerannt. Da war Raymond Collier schon gestorben. Auf der Stelle tot. T. Dan hat versichert, sein großer, böser Geschäftspartner hätte versucht, sein süßes kleines Mädchen zu verführen. Sie musste ihn erschießen, um ihre Unschuld zu bewahren. Ein klassischer Fall von Notwehr.«

»Möglich, dass es genau das war.«

»Möglich, aber nicht wahrscheinlich. Vor allem weil sie Collier dauernd heiß gemacht hatte.«

»Raffinierte Schlussfolgerung, Detective.«

Oren überhörte die zynische Bemerkung. »Man sollte sie mal fragen, warum sie ausgerechnet an diesem Tag ihre Unschuld bewahren wollte.«

»Und hat sie jemand gefragt?«

»Ich weiß es nicht. Ich bezweifle es. Denn hier wird es wirklich interessant. Niemand wurde offiziell befragt. Es gab keine Zeugenvernehmungen, keine gerichtliche Untersuchung, rein gar nichts. T. Dan hatte tiefe Taschen. Offenbar hat er genug Geld unter die Leute gebracht, um die Sache zu beerdigen, bevor Colliers Leichnam auch nur kalt geworden war. Der Tod wurde zum Unfall erklärt … und zwar noch am Tatort. Akte zu. Alle gehen glücklich nach Hause, Colliers Witwe eingeschlossen. Sie verlässt Dalton und zieht in ihr neues, komplett möbliertes Apartment in Breckenridge, Colorado. Und sie fährt in ihrem glänzenden neuen Jaguar dorthin.«

Wick dachte über Orens Argumente nach und sagte schließlich: »Du hast vorhin selbst von mangelnder Glaubwürdigkeit gesprochen. Ich glaube nichts davon.«

»Warum nicht?«

»Die Polizei und das Sheriffbüro haben zugegeben, einen tödlichen Zwischenfall mit einer Schusswaffe unter den Teppich gekehrt zu haben?«

»Nein. Die Berichte waren kurz, aber korrekt. Angeblich gab es keine Hinweise, die darauf hingedeutet hätten, dass es sich nicht um einen Unfall handelte. Allerdings habe ich den ehemaligen Polizisten aufgespürt, der damals als Erster am Tatort war.«

»Ehemalig?«

»Er hat die Truppe verlassen und installiert inzwischen Satellitenschüsseln. Aber er erinnert sich noch gut daran, wie er den Notruf bekommen hat und zum Haus der Newtons rausgefahren ist. Er sagte, so was Schräges hätte er noch nie erlebt.«

»Was denn?«

»Ihr Benehmen. Sollte man nicht annehmen, ein junges Mädchen, das eben jemanden erschossen hat, ob nun absichtlich oder versehentlich, wäre ein kleines bisschen aufgeregt? Oder durcheinander? Würde ein paar Tränen vergießen? Gar Reue zeigen? Oder zumindest nervös die Hände ringen?

Er sagte, Rennie Newton hätte cool wie die Eiskönigin dagesessen. Die großen grünen Augen waren nicht mal feucht. Dabei war sie erst sechzehn, vergiss das nicht! In dem Alter sind die Kids noch verdammt labil. Er sagte, sie hätte ihm ohne Stocken erzählt, was passiert war.

T. Dan und Mrs Newton saßen links und rechts von ihr. T. Dan zog über Collier her, der versucht hätte, seine Tochter zu vergewaltigen. Das würde mal wieder zeigen, meinte er, dass man niemanden so gut kennt, wie man glaubt. Die Mutter weinte währenddessen leise in ihr Taschentuch. Sie hatte nichts gehört, nichts gesehen, nichts geahnt, und ob die Beamten vielleicht was zu trinken möchten. Der Ex-Bulle sagte, es sei absolut gespenstisch gewesen, fast wie aus einer Episode von *Akte X.*«

Wick versuchte, in seiner Fantasie das Bild der sechzehnjährigen Rennie heraufzubeschwören, die seelenruhig erzählte, dass sie, und sei es auch nur zufällig, einen Mann erschossen hatte. Er konnte es nicht. Auch das Bild des hemmungslosen Teenagers, das ihm Crystal geschildert hatte, überstieg seine Fantasie, ebenso wie die Vorstellung von Rennie Newton als jungem Nymphchen, das einen verheirateten Mann in Versuchung geführt hatte. Nichts von dem, was er über ihre Vergangenheit gehört hatte, passte mit ihrem jetzigen Leben zusammen.

Oren sagte: »Ich muss mal wieder los. Schlaf dich aus. Kann ich dir noch was Gutes tun, bevor ich gehe?«

Wick schüttelte den Kopf.

»Ich geh gern für dich runter zum Zeitschriftenstand und –«

»Nein danke.«

»Na gut. Ich komme heute Abend noch mal mit Grace vorbei. Irgendwann nach dem Abendessen. Glaubst du, du erträgst es, wenn die Mädchen mitkommen?«

»Klar, das wäre echt nett.«

»Sie nerven uns schon die ganze Zeit, dass sie dich besuchen möchten. Ich verspreche dir, dass wir nicht lange bleiben werden.«

Wick rang sich ein Lächeln ab. »Ich freu mich drauf.«

Oren nickte und ging zur Tür, wo er noch einmal stehen blieb, eine Hand auf dem Türknauf. »Mal ganz im Ernst, Wick. Okay?«

»Okay.«

»Von Mann zu Mann. Partner zu Partner.«

Wick zog ungeduldig die Stirn in Falten. »Was ist denn?«

»Sie hat's dir angetan, oder?«

Wick drehte den Kopf zum Fenster und zu dem vertrauten Ausblick. »Ich weiß nicht.«

Oren fluchte leise.

»Geh jetzt, okay?«, sagte Wick. Auf einmal war er todmüde. »Du hast alles gesagt, was du loswerden wolltest.«

»Fast. Eines bleibt noch zu sagen.«

»Wie schön für mich.«

»Rennie Newton hat dir das Leben gerettet. Daran ist nicht zu rütteln. Und ich werde ihr ewig dankbar dafür sein.«

Wick sah ihn wieder an. »Aber?«

»Dieser Ex-Polizist in Dalton? Der hat gesagt, er hätte es nicht für möglich gehalten, dass irgendwer so unberührt bleiben könnte, nachdem er einen Menschen getötet hat, selbst wenn es sein Todfeind war. Sie war so kalt, sagte er, dass er immer noch eine Gänsehaut kriegt, wenn er nur daran denkt.«

21

Wick funkelte grimmig den Mann mit dem blendend weißen Arztkittel und dem blendend weißen Lächeln an, der in sein Krankenzimmer gesegelt kam, als würde es ihm gehören. »Wer sind Sie denn?«

»Ich bin Dr. Sugarman. Wie geht es Ihnen heute Abend, Mr Threadgill?«

»Wo ist Dr. Newton?«

»Ich übernehme heute Abend ihre Visite.«

»Wieso das?«

»Ich habe gehört, Ihnen wurde heute der Katheter entfernt. Wie war's?«

»Ganz toll. Hoffentlich machen wir das morgen gleich noch mal.«

Wieder ließ der Arzt sein blendend weißes Lächeln aufleuchten. »Und jetzt ist alles okay?«

»Jede Wette, ich kann weiter pinkeln als Sie. Wo ist meine richtige Ärztin?«

»Ich bin ein richtiger Arzt.«

Und ein richtiger Clown, dachte Wick verdrießlich.

Dr. Sugarman überflog Wicks Akte, nickte zufrieden und klappte sie wieder zu. »Ich freue mich, endlich den prominentesten Patienten in unserem Krankenhaus kennen zu lernen. Ich habe Sie schon im Fernsehen gesehen. Anfangs sah es ja nicht besonders gut für Sie aus, aber Sie machen exzellente Fortschritte.«

»Freut mich zu hören. Wann komme ich raus?«

»Sie wollen uns schon wieder verlassen?«

Was für eine idiotische Frage war das denn? Wick wäre ihm am liebsten an die Gurgel gesprungen. Er konnte diesen Knallkopf und sein blendend weißes Lächeln nicht ausstehen. Wo war eigentlich Rennie? Wieso machte sie ihre Visite nicht selbst? Natürlich hatte sie zwischendurch einen freien Abend verdient, genau wie jeder andere auch, aber warum hatte sie ihm nicht gesagt, dass sie heute Abend nicht hier sein würde? Sollte er das nicht wissen?

Lozada wird freigelassen, und Rennie nimmt einen Abend frei. Das war ein niederträchtiger Gedanke, für den er sich selbst hasste.

Offenbar hatte seine finstere Miene Dr. Sugarman davon überzeugt, jetzt lieber einen angenehmeren und aufgeschlosseneren Patienten mit seinen Späßchen zu beglücken. Das Colgate-Lächeln stürzte in sich zusammen. »Wann Sie entlassen werden, entscheidet Dr. Newton, aber wahrscheinlich kommen Sie schon in ein paar Tagen raus. Falls keine unvorhergesehenen Komplikationen eintreten.« Der Arzt schüttelte seine Hand und verschwand.

»Was für ein Trottel«, brummelte Wick.

Kurz darauf kamen die Wesleys. Wie versprochen, beschränkte Oren die Besuchszeit auf eine Viertelstunde, doch die Energie und der Überschwang der beiden Mädchen kannten keine Beschränkung.

Sie brachten ihm selbst gebackene Schokoladen-Cookies mit und gaben keine Ruhe, bis er zwei davon gegessen hatte. Grace war mit einer ganzen Plastiktüte gekommen. »Ein Pyjama. Ich weiß nicht, ob du den schon tragen darfst, aber dann hast du ihn für alle Fälle. Hausschuhe habe ich auch mitgebracht.«

Er nahm ihre Hand und hauchte einen Kuss auf ihren Handrücken. »Willst du mich heiraten?«

Ihre Töchter quietschten vor Lachen und mussten ermahnt werden, etwas leiser zu sein. Beide plapperten unausgesetzt und verbreiteten gute Laune, doch sie strengten ihn auch an. Er schämte sich ein wenig, weil er so erleichtert war, als sie ihn zum Abschied umarmten und verschwanden.

Oren kam erst zur Sache, nachdem seine Familie im Gang verschwunden und außer Hörweite war. Er erzählte Wick, dass Lozada wieder auf freiem Fuß war. »Der Sergeant hat keine weiteren Überwachungsmaßnahmen genehmigt. Und ab morgen früh zieht er die Wachposten aus dem Krankenhaus ab.«

»Du willst mich warnen.«

Oren nickte ernst. »Pass auf dich auf. Ab morgen früh stehst du nicht mehr unter dem Schutz des FWPD.«

Damit war Wick nur einverstanden. Er wollte keinen Polizeischutz, denn der schränkte ihn in seiner persönlichen Freiheit ein.

Nachdem er von der Entscheidung des Staatsanwaltes erfahren hatte, war er zu dem Schluss gekommen, dass die Behörden Lozada einfach nicht gewachsen waren. Das Rechtssystem basierte auf moralischen Werten, und Lozada kannte keine Moral.

Wenn Wick Lozada kriegen wollte, musste er ihn alleine schnappen. Um auf Augenhöhe mit seinem Feind zu sein, würde er alle Skrupel über Bord werfen und sich geistig Lozada angleichen müssen. Und das ging nicht, wenn er auf Schritt und Tritt überwacht und beobachtet wurde.

Er erkundigte sich nach seinem Pick-up.

Oren zog misstrauisch die Brauen zusammen. »Was soll damit sein?«

»Ich würde gern wissen, wo er steht.«

»Wieso?«

»Weil es mein Auto ist«, erwiderte Wick gehässig.

Widerwillig verriet Oren, dass der Wagen bei ihm zu Hause stand. »Ich habe mir erlaubt, dich aus dem Motel abzumelden. Nachdem die Spurensicherung mit deinem Zimmer durch war, habe ich deine Sachen zusammengepackt und rausgeholt.«

Wick interessierte vor allem, was mit seiner Pistole passiert war, aber er fragte nicht danach. Er wollte Oren nicht unnötig beunruhigen. »Danke. Ich habe mich nicht gerade darauf gefreut, wieder dort einzuziehen.«

»Das dachte ich mir. Dein Zeug habe ich in deinem Wagen verstaut. Und der steht in meiner Auffahrt.«

»Die Schlüssel?«

»Habe ich zusammen mit deinem Portemonnaie zu Hause an einem sicheren Ort verwahrt.«

Sicher vor wem?, rätselte Wick. Vielleicht vor ihm? Doch auch diese Frage blieb unausgesprochen. »Danke, Partner.« Oren ließ Wicks argloses Lächeln unerwidert, wahrscheinlich ahnte er, dass es nicht aufrichtig war.

Danach quälte sich Wick ungeduldig durch die langen, langweiligen Abendstunden. Endlich ließ das Hin und Her auf dem Krankenhausflur nach. Die Tabletts mit dem Abendessen wurden eingesammelt und in die Rollwagen gestellt, mit denen sie dann in die Küche transportiert wurden. Die Ärzte beendeten ihre Visiten und machten Feierabend. Die Besucher verabschiedeten sich. Die Schwestern hatten Schichtwechsel. Das Krankenhaus machte sich für die Nacht bereit.

Um elf Uhr abends kam die Schwester in sein Zimmer, um ihm eine Schmerztablette zu geben. »Soll ich die Jalousien zuziehen?«

»Bitte. Morgens scheint immer die Sonne rein.«

Während sie ans Fenster trat, bemerkte er wie nebenbei: »Das mit Dr. Newton ist wirklich bedauerlich.«

Die Krankenschwester lachte. »Wieso bedauerlich? Ich wünschte, ich könnte auch einfach so ein paar Tage Urlaub nehmen.«

»Urlaub? Ach, ich dachte, Dr. Sugarman hätte erzählt, sie läge krank im Bett.«

»Nein, sie hat ein paar Tage Urlaub genommen, sonst nichts.«

Er rieb sich mit den Zeigefingern die Schläfen. »Diese Medikamente machen mich total wirr.«

»Das kommt vor.«

»Und wann kommt sie wieder?«

»Leider hat sie mir Ihren Urlaubsplan nicht vorgelegt«, antwortete die Schwester mit einem breiten Grinsen. »Aber keine Angst. Dr. Sugarman ist wirklich ein Schatz.«

Während sie die Jalousien vorzog, tat Wick so, als würde er die Pille schlucken. Dann stellte er den leeren Wasserbecher auf seinen Nachttisch, und sie räumte ihn weg.

Scheinbar müde drückte er sein Kissen zurecht und gähnte. »Nacht.«

»Gute Nacht, Mr Threadgill. Schlafen Sie gut.«

Es war schon dunkel, als Lozada in sein Apartment trat. Zum Glück waren alle seine Anweisungen befolgt worden. Sein Heim war still und aufgeräumt wie eine Kirche.

Nachdem er von seinem Anwalt erfahren hatte, dass seine Wohnung durchsucht worden war, hatte er sich keine Illusionen darüber gemacht, was er vorfinden würde. Er hatte schon mehrere Hausdurchsuchungen miterlebt, zum ersten Mal während seiner Zeit in der High School, als eines Abends ein Einsatzkommando mit einem Durchsuchungsbefehl angerückt war, um bei ihm nach Drogen zu suchen. Als sie wieder abgerückt waren, hatten sie nichts erreicht, außer sich zum Idioten zu machen und seine Eltern und seinen debilen Bruder in Todesangst zu versetzen. Seither war seine Wohnung schon mehrmals mit dem gleichen Sturmtruppen-Enthusiasmus auf den Kopf gestellt worden.

Darum hatte er schon von der Arrestzelle aus über seinen Anwalt Anweisung gegeben, eine Putzkolonne in sein

Apartment zu schicken, die dort aufräumen und alle Spuren der Durchsuchung beseitigen sollte. Außerdem hatte er alle Räume nach Wanzen oder Spionagekameras absuchen lassen.

»Die Wohnung ist sauber«, hatte sein Anwalt gemeldet, als sie seine Freilassung mit einigen Drinks im City Club gefeiert hatten. »Und zwar in jeder Hinsicht.«

Der Anwalt fragte Lozada nie nach Schuld oder Unschuld. Lozada zahlte ihm ein exorbitantes Jahresgehalt, das es ihm ermöglichte, sich ganz und gar auf seinen einzigen Klienten zu konzentrieren und ausgiebig Golf zu spielen. Außerdem konnte er das Leben eines reichen Playboys führen. Die Frage nach Lozadas Schuld oder Unschuld stand nicht gerade weit oben auf seiner Prioritätenliste.

»Allerdings ist es nur vorübergehend sauber«, warnte er. »Achten Sie in Zukunft darauf, wer bei Ihnen ein und aus geht.«

Lozada brauchte keine Warnungen. Er hatte bereits dem Portier Bescheid gegeben, dass er in Zukunft auf den Reinigungsdienst verzichten würde. Er hatte einen eigenen Haushälter eingestellt, der ihm von einem ehemaligen – und äußerst zufriedenen – Kunden vermittelt worden war. Man hatte ihm versichert, dass der junge Mann überaus fähig und vor allem äußerst vertrauenswürdig war.

Frauen würden auch keine mehr in die Wohnung kommen – Rennie natürlich ausgenommen. Er hatte diese blöde Kuh, diese Sally Horton, doch nur benutzt, weil sie gerade verfügbar gewesen war, was sich als eine gefährliche Nachlässigkeit herausgestellt hatte. Von nun an würde er auf jeden Sex verzichten, bis er Rennie zu sich geholt hatte.

Er hatte so gute Fortschritte bei ihr gemacht, bis dieser Wesley mit gezogener Kanone hereingeplatzt war wie ein

Held aus einem billigen Serienkrimi. Was für ein Witz. Hatte er gar nicht gemerkt, wie lächerlich er aussah?

Rennie hatte die Unterbrechung nicht zum Lachen gefunden. Ganz offenkundig war sie zu Tode beschämt gewesen, dass eine Horde tölpelhafter Bullen in ihr Heim getrampelt kam und die Überraschung vermasselte, die er ihr bereitet hatte. Nein, sie hatte ganz und gar nicht glücklich über Wesleys unangemeldeten Besuch gewirkt.

Nachdem er sich eine halbe Stunde intensiv mit seinen Skorpionen beschäftigt hatte, stand er lange unter der Dusche, um alle Erinnerungen ans Gefängnis abzuwaschen. Er rasierte sich gründlich, denn die stumpfen Einwegklingen im Knast hatte er nicht an seine zarte Haut gelassen, und absolvierte anschließend seine rituelle Abflussreinigung und Handtuchentfernung.

Danach genehmigte er sich ein paar Tequilas zu dem Gericht, das er aus seinem Lieblingsrestaurant hatte kommen lassen. Normalerweise lieferte das Restaurant keine Speisen außer Haus, doch das gehörte zu Lozadas VIP-Behandlung.

Über einem letzten Absacker wählte er Rennies Nummer. Schließlich meldete sich ihr Anrufbeantworter. »Dies ist der Anschluss von Dr. Rennie Newton. Bitte hinterlassen Sie Ihren Namen und die Telefonnummer. Falls es sich um einen Notfall handelt –«

Er legte auf. Er wollte sie unbedingt sehen, aber vielleicht würde sie seine Begierde nicht für einen Notfall halten. Während er sein Glas leer trank, versuchte er noch zweimal, sie anzurufen, im Krankenhaus und zu Hause, doch ohne jeden Erfolg.

Auch recht, dachte er, morgen war auch noch ein Tag. Er würde sie einfach zum Abendessen einladen. Es wäre ihr erstes offizielles Date. Bei dem Gedanken, mit ihr an seiner Seite in ein elegantes Restaurant zu treten, musste er lächeln. Er würde mit ihr nach Dallas hinüberfahren. In ein möglichst nobles, schickes Restaurant. Er würde ihr morgen ein sexy schwarzes Kleid kaufen und sie damit überraschen. Er würde ihr beim Anziehen helfen, bei der Unterwäsche angefangen, damit alles perfekt und in seinem Sinne war. Sie würde fantastisch, atemberaubend aussehen. Er würde seinen neuen Anzug tragen. Alle würden sich nach ihnen umdrehen. Und jeder würde sehen, wie weit Lozada es gebracht hatte.

Nach den drei Nächten auf einer Pritsche mit einer muffigen Matratze freute er sich darauf, wieder in seinem eigenen breiten Bett zu schlafen. Nackt ließ er sich zwischen die seidenen Laken gleiten und schwelgte in der glatten Berührung auf seiner haarlosen Haut. Er schlief ein, während er sich leise rieb und dabei an das leise Keuchen dachte, das Rennie von sich gegeben hatte, als sie die Kraft seiner Erektion gespürt hatte. Er schlief wie ein Baby, bis er vom penetranten Klingeln der Türglocke geweckt wurde.

Sich aus einem Krankenhaus zu schleichen war viel einfacher, als Wick geglaubt hätte.

Das Schwierigste dabei war, in die neue Pyjamahose zu steigen, die Grace ihm mitgebracht hatte. Bis er das verfluchte Ding endlich an den Beinen hatte, war er nass geschwitzt und zitterte vor Erschöpfung. Er widerstand der Versuchung, sich hinzulegen und ein paar Minuten auszuruhen, denn er befürchtete, dass er danach nicht wieder aufstehen würde.

Die Schwestern hinter der Schwesterntheke waren viel zu sehr mit ihren Büroarbeiten beschäftigt, um zu bemerken, wie er aus seinem Zimmer schlich. Während seines letzten

Spaziergangs über den Flur hatte er sich eingeprägt, wo die Feuertreppe lag. Zum Glück war sie nicht weit von seinem Zimmer entfernt. Er schaffte es unentdeckt ins Treppenhaus. Dort kämpfte er sich, ans Geländer festgekrallt, vier Stockwerke hinunter. Als er im Erdgeschoss ankam, waren seine Knie weich wie Gummi.

Niemand versuchte, ihn aufzuhalten. Die als Wachen postierten Streifenbeamten hätten ihn bestimmt erkannt, doch er schlich unbemerkt an ihnen vorbei. Der eine flirtete gerade angeregt mit der Schwester an der Notaufnahme, der andere machte ein Nickerchen.

So viel zum Thema Sicherheit.

Die nächste Einkaufsstraße lag zwei Blocks vom Krankenhaus entfernt. Er machte sich auf den Weg, musste sich aber schon nach wenigen Metern eingestehen, dass die zwei Blocks genauso utopisch waren wie ein Marathonlauf. Die Distanz war für ihn ebenso anstrengend wie normalerweise eine Zweiundvierzig-Kilometer-Strecke. Er fühlte sich wacklig und schwach, und sein Rücken protestierte bei jedem Schritt, doch er zwang sich immer weiter.

Als er in den Nachtshop trat, musterte ihn der Mann hinter der Theke mit unverhohlener Angst unter seinem Turban hervor.

»Ich weiß, dass ich lächerlich aussehe«, beeilte sich Wick zu erklären. »Ist das zu glauben? Meine Frau ist schwanger. Und gerade als ich tief und fest eingeschlafen bin, kriegt sie Gelüste auf einen Schokoriegel. Also steige ich im Pyjama ins Auto, um ihr einen verdammten Schokoriegel zu besorgen – im Ernst, wir haben tütenweise Chips und Erdnüsse zu Hause, aber nein, es muss ein *Schokoriegel* sein. Jedenfalls geht mir genau fünfzig Meter vor der Ausfahrt vom Freeway das Benzin aus. Von da bin ich hergewandert, und es ist da draußen wirklich höllisch heiß, sogar zu dieser nachtschlafenen Zeit.« Der Schweiß klebte das Pyjamaoberteil an seine Brust. Er zog den Stoff von der Haut ab und fächelte sich Luft zu. »Könnten Sie mir kurz Ihr Telefonbuch leihen? Ich muss ein Taxi rufen.«

Möglicherweise verstand der fremdländische Herr genau zwei Worte aus dem gesamten Monolog: »Telefonbuch« und »Taxi«. Er zog eine abgenutzte Ausgabe der Gelben Seiten unter der Theke hervor und schob sie ihm zusammen mit einem schmutzigen, klebrigen Telefon hinüber.

Nachdem Wick ein Taxi gerufen hatte, ließ er sich zum Warten auf einen kleinen Anglerfaltstuhl nieder und überbrückte die Zeit mit einem flüchtigen Studium des breiten Angebotes an Bodybuilding-Magazinen. Nur ein einziger Kunde kam während der ganzen Zeit in den Laden. Er kaufte eine Packung Zigaretten und verschwand wieder, ohne Wick eines Blickes zu würdigen.

Als das Taxi auf den Parkplatz bog, sagte Wick: »Vielen Dank noch mal« und verabschiedete sich mit einem Winken. Er hätte nicht sagen können, wer über das Erscheinen des Taxis erleichterter war, er selbst oder der nervöse Verkäufer. Erst als er im Taxi saß, fiel ihm auf, dass er gar keinen Schokoriegel gekauft hatte.

Zum Glück war das Haus der Wesleys stockdunkel. Oren wusste nicht, dass Wick einen Ersatzschlüssel in einer Magnetschachtel unter der Stoßstange des Pick-ups aufbewahrte. Er holte ihn heraus, obwohl das Hinknien und Wiederaufstehen so anstrengend war, dass er sich keuchend am Wagen abstützen musste. Mehrmals musste er ein paar Sekunden pausieren, um nicht in Ohnmacht zu fallen.

Er schloss den Pick-up auf und kramte in den Taschen seiner zusammengepackten Kleidungsstücke nach Geld. Schließlich hatte er genug zusammengekratzt, um das Taxi zu bezahlen. Die langwierige Prozedur stellte die Geduld des Taxifahrers auf eine harte Probe, der schließlich unter einem Schwall obszöner Flüche und noch wütenderem Reifenquietschen losbrauste.

Wick wartete im Schatten des Hauses, ob Oren von dem Lärm wach geworden war. Volle fünf Minuten kauerte er reglos im Dunklen, doch niemand kam aus dem Haus. Schließlich kletterte Wick in seinen Wagen und schaltete die Zündung ein. Knurrend erwachte der Motor zum Leben. Wie von allen Teufeln gehetzt schoss er davon.

Er fuhr auf den leeren Parkplatz einer Grundschule, wo er seinen Pyjama gegen Straßenkleidung und die Pantoffeln gegen Turnschuhe tauschte. Immer wieder hielt er Ausschau nach Orens Auto oder nach einem Streifenwagen, doch anscheinend war er ungesehen entkommen.

Von der Grundschule aus fuhr er direkt zu Rennies Haus, wo er am Bordstein anhielt. Die Veranda war beleuchtet, doch ansonsten war das Haus dunkel. »Zu dumm.« Er würde sie aus dem Schlaf reißen müssen. Elegant wie ein Achtzigjähriger nach einem Schlaganfall ließ er sich aus der Fahrerkabine gleiten.

An ihrer Haustür lehnte er sich erschöpft gegen die Klingel und donnerte, als niemand reagierte, mit dem Messingklopfer gegen das Holz. Er wartete dreißig Sekunden ab, drückte dann das Ohr an die Tür und lauschte angestrengt. Nicht der kleinste Laut. »Verflucht noch mal!«

Aber würde er mitten in der Nacht einem Unbekannten die Haustür öffnen, wenn er an Rennies Stelle wäre?

Er schleppte sich zur Garage und studierte eingehend die zweigeteilte Tür. Seit er Rennie letzten Sonntag nach Hause gefolgt war, wusste er, dass das Tor automatisch aufging. Trotzdem probierte er den Griff aus. Ohne den Code der Fernbedienung war das Tor nicht zu öffnen.

Er schlich um die Ecke – in der Hoffnung, dass ihn kein schlafloser Nachbar für einen Einbrecher halten würde – und arbeitete sich an der Wand entlang zur Rückseite der Garage vor. Seine Hartnäckigkeit zahlte sich aus. Es gab tatsächlich eine Hintertür in die Garage. Und Wunder über Wunder, sie hatte ein Fenster.

Die Hände um die Augen gelegt, schielte er hinein. Drinnen war es stockfinster, doch er wusste, dass er die Umrisse ihres Autos erkannt hätte, wenn es dort gestanden hätte. Die Garage war leer. Sie war nicht zu Hause.

Vor Erschöpfung zitternd, kehrte er zu seinem Wagen zurück. In die Kabine zu klettern schien übermenschliche Kräfte zu kosten, doch er schaffte es trotzdem – mit Mühe und Not. Seine Haut fühlte sich klamm an, und er fürchtete, jeden Moment aus den Pantoffeln zu kippen. Oder den Turnschuhen, genauer gesagt. Die Kopfstütze lockte mit lautlosem Sirenengesang. Schlafen würde er bestimmt nicht, denn ihm tat jeder Muskel weh, aber wenn er nur für ein paar Minuten die Augen schließen und neue Kraft tanken würde …

Nein, er musste weiter, er durfte sich keine Pause gönnen, bis er Rennie gefunden hatte.

Der zweite Ort, an dem er suchen würde: der Trinity Tower.

Lozada riss die Wohnungstür auf, sein Gesicht eine eisige Maske des Zornes.

»Verzeihen Sie die Störung, Mr Lozada, aber ich habe eine dringende Nachricht für Sie.« Der Portier überreichte ihm einen versiegelten Umschlag mit dem diskreten, in Gold geprägten Logo des Gebäudes in der oberen linken Ecke.

Lozada hatte gerade in einem zuckersüßen Traum von Rennie geschwelgt. Gleich das erste Läuten hatte ihn aus dem Schlaf gerissen. Eine Pistole zog die Tasche seines Morgenmantels nach unten; den Boten zu erschießen erschien ihm gefährlich verlockend.

Er riss dem Burschen den Umschlag aus der Hand. »Was für eine Nachricht? Von wem?«

»Er hat seinen Namen nicht genannt, Sir. Ich habe ihn gefragt, aber er meinte, Sie würden Bescheid wissen.«

Lozada riss den Umschlag auf, zog eine steife Karte heraus und überflog die so genannte Nachricht. Es stand außer Frage, wer den Text verfasst hatte.

»Er war hier?«

»Erst vor ein paar Minuten, Mr Lozada. Nachdem er das geschrieben und mich gebeten hat, es gleich zu überbringen, ist er wieder verschwunden. Der Mann sah gar nicht gut aus. Als er hereinkam, dachte ich erst, er sei betrunken. Auf jeden Fall war er eindeutig durcheinander.«

»Wie kommen Sie darauf?«

»Weil er anfangs gesagt hat, er hätte eine Nachricht für Ihren Gast.«

»Gast?«

»Genauso habe ich auch reagiert, Mr Lozada. Ich habe ihm gesagt, dass Sie meines Wissens allein gekommen seien und dass außer dem Lieferjungen mit dem Essen keine Besucher angemeldet waren. Ich habe sogar im Gästebuch nachgesehen, um ganz sicherzugehen.«

Threadgill hatte diesen Tölpel nach Strich und Faden vorgeführt.

»Ich habe ihm angeboten, Sie anzurufen, aber das wollte er nicht. Stattdessen hat er mich um eine Karte mit Umschlag und einen Stift gebeten.«

»Na schön, jetzt haben Sie die Nachricht überbracht.« Lozada wollte schon die Tür schließen, als der Portier eine Hand hob.

»Da wäre noch etwas, Mr Lozada.« Er räusperte sich verlegen hinter vorgehaltener Faust. »Sie werden noch eine schriftliche Benachrichtigung erhalten, aber ich kann es Ihnen ja auch jetzt schon sagen.«

»Was sagen?«

»Man hat mir aufgetragen, Ihnen mitzuteilen, dass die Eigentümerversammlung unseres Hauses heute Nachmittag zusammengekommen ist und einstimmig beschlossen hat, dass Sie … dass alle Eigentümer …«

»Was?«

»Sie möchten, dass Sie ausziehen, Sir. In Anbetracht der jüngsten Anschuldigungen gegen Sie verlangen die anderen Eigentümer, dass Sie innerhalb von dreißig Tagen ausziehen.«

Lozada würde sich nicht die Blöße geben, mit diesem Niemand herumzustreiten. »Dann richten Sie den übrigen Eigentümern aus, sie sollen sich ins Knie ficken. Ich habe dieses Penthouse gekauft und werde hier wohnen, solange es mir gefällt. Basta.«

Er knallte dem Kerl die Tür ins Gesicht. Glühend vor Zorn marschierte er an die eingebaute Bar mit der Schieferplatte und schenkte sich ein Glas Tequila ein. Er wusste nicht, was ihn mehr ärgerte und beleidigte, die Unverschämtheit der Eigentümergemeinschaft, die ihn aus seinem schönen Heim in dieser angesehenen Gegend vertreiben wollte, oder Wick Threadgills pubertäre Reimerei:

Die Rosen waren rot.
Und rot ist mein Blut.
Komm schon raus, Arschloch.
Oder bin ich für dich zu gut?

22

Sowie Rennie auf ihrer Ranch angekommen war, sattelte sie Beade und machte sich auf einen langen, kräftezehrenden Ausritt. Danach verbrachte sie zwei Stunden im Stall, wo sie die Pferde striegelte. Sie mussten zwar nicht gestriegelt werden, doch für Rennie war die Arbeit wie eine Therapie.

Heute morgen hatte Oren Wesley bei ihr angerufen, um ihr mitzuteilen, dass Lozada in Kürze freigelassen würde. »Sie lassen ihn frei?«

»Ich habe keine andere Wahl.« Er klärte sie über die Entscheidung des Staatsanwaltes auf. »Ich hatte Sie doch gewarnt, dass vielleicht keine Anklage erhoben wird. Wick behauptet zwar, es sei Lozada gewesen, aber ohne handfeste Beweise –«

»Und was ist mit dem Einbruch in mein Haus?«

»Wir haben nichts gefunden, was auf ein gewaltsames Eindringen hindeutet, Dr. Newton.«

»Aber er ist eingebrochen«, beharrte sie.

»Wenn Sie möchten, können Sie aufs Revier kommen und eine Beschwerde einreichen.«

»Und was würde das nützen?«

Sie konnte sich nicht darauf verlassen, dass das Rechtssystem Lozada aus dem Verkehr ziehen würde, so viel war mittlerweile klar. Lozada war ihr Problem, und sie selbst musste dieses Problem lösen. Aber wie?

Und dann war da noch die Sache mit Wick. Sie war immer noch wütend auf Wick, den Polizisten, den sie zu Recht verachtete. Allerdings gab es da auch Wick, den Menschen, ihren Patienten, der als solcher die bestmögliche medizinische Versorgung verdiente. Wie sollte sie die beiden unter einen Hut bringen?

Aus Respekt vor Dr. Howell hatte der Verwaltungsrat ihre formelle Ernennung zur Chefärztin der chirurgischen Abteilung um zwei Wochen verschoben. Sie wollte ihren neuen Job unbelastet antreten, in geordneten Lebensverhältnissen, unbelastet. Dafür brauchte sie Zeit zum Nachdenken und zum Entwerfen einer geeigneten Strategie.

Ihre spontane Entscheidung, ein paar Tage freizunehmen, hatte ihren Arzthelferinnen einige artistische Verrenkungen abgenötigt, aber schließlich hatten sie Rennies Terminkalender so ausbalanciert, dass die Patienten nicht übermäßig darunter leiden mussten.

Nachdem sie Dr. Sugarman vor einigen Monaten einen Gefallen erwiesen hatte, hatte dieser sich einverstanden erklärt, die postoperativen Patienten, darunter auch Wick, bis zu ihrer Entlassung zu betreuen.

Sie hatte in Windeseile ein paar Sachen zusammengepackt und war sofort losgefahren. Der Ausritt hatte sie wenigstens zeitweise von ihren zermürbenden Problemen ablenken können. Sie war noch nicht lang wieder im Haus, als Toby Robbins auftauchte. »Sie hätten nicht sofort herkommen müssen, Toby«, erklärte sie ihm noch an der Tür. Sie hatte ihn vorhin angerufen, um ihm eine lockere Latte am Tor des Korrals zu melden.

»Entschuldigen Sie, dass ich's nicht selbst bemerkt habe.«

»Das macht nichts. Es hält schon noch.«

»Ich würd's lieber gleich reparieren. Wenn's Ihnen nicht ungelegen kommt.«

»Nein, schon gut.«

Er sah an ihr vorbei auf die Reisetaschen, die immer noch im Wohnzimmer standen. »Bleiben Sie diesmal länger?«

»Ein paar Tage. Kommen Sie, ich zeige Ihnen die lose Latte.« Nebeneinander gingen sie die Verandastufen hinunter. Auf dem Weg zum Korral zerrte er einen eisernen Werkzeugkasten von der Ladefläche seines Pick-ups. »Wie geht es Corrine?«

»Gut. Nächsten Donnerstag soll sie beim Festessen der Frauen in unserer Kirchengemeinde die Andacht sprechen. Sie hat jetzt schon Bauchschmerzen.«

»Sie wird das bestimmt hervorragend machen.«

Er nickte, warf Rennie einen kurzen Blick zu und sagte dann: »Wir haben diese Woche in der Zeitung was über Sie gelesen.«

»Glauben Sie bloß nicht alles, was Sie lesen, Toby.«

»Diesmal war es nur Gutes.«

Diesmal. Sie wusste nicht, ob die Einschränkung ein Versehen oder Absicht war. Der alte Rancher konnte sich noch an die weniger schmeichelhaften Artikel über sie erinnern – all die Berichte, die kurz nach Raymond Colliers Tod erschienen waren.

Bevor er die Ranch von seinen Eltern geerbt hatte, hatte Toby in Dalton gelebt und hin und wieder für T. Dan gearbeitet. Als er die Ranch übernommen hatte, gab es dort eine kleine Rinderherde, doch mit Umsicht und Geschick hatte er seine Herde ständig vergrößern können und war zu Wohlstand gekommen, während andere Rancher unter der Trockenheit oder den verschiedensten Wirtschaftskrisen zu leiden hatten.

All die Jahre über war er mit Rennie in Verbindung geblieben. Er wusste, dass sie sich ein Wochenend-Refugium wünschte, einen Ort, an dem sie Pferde halten konnte, und hatte sie darum sofort angerufen, als die Ranch neben seiner zum Verkauf angeboten wurde. Sie hatte das Anwesen nur ein einziges Mal besichtigt und sofort und ohne zu feilschen ihre Unterschrift unter den Vertrag gesetzt.

Toby war schon lange nicht mehr auf das Geld angewiesen, das er für ihre gelegentlichen Aufträge kassierte. Sie nahm an, dass er immer noch für sie arbeitete, weil er ein guter Nachbar und ein netter Mensch war oder einfach, weil er sie gern hatte.

Aber vielleicht war er ja auch so nett zu ihr, weil er T. Dan so gut gekannt hatte.

»Hier. Sehen Sie?« Sie zeigte ihm das Gatter, ruckelte kurz an der losen Latte und trat dann einen Schritt beiseite, um ihm Platz zu machen. Er inspizierte das Holz, ging dann in die Hocke und zog einen Hammer mit zwei Zinken aus dem Werkzeugkasten. Mit dem gegabelten Ende löste er die rostigen Nägel aus ihren Löchern.

»Dieser Kerl, dem Sie da das Leben gerettet haben …«

»Wick Threadgill.«

»War der nicht neulich hier draußen?«

»Genau.«

»Wie denken sie über den?«

»Überhaupt nicht.«

Ihre Antwort war viel zu schnell und brüsk gekommen. Toby schaute unter der breiten Hutkrempe hervor zu ihr auf.

»Also, äh, Toby, wenn Sie mich jetzt entschuldigen, dann gehe ich zurück ins Haus und fange an auszupacken. Schauen Sie noch mal kurz rein, bevor Sie wieder heimfahren.«

»Sicher doch.«

Eine Stunde später war sie gerade in der Küche, als er an die Hintertür trat und anklopfte. »Nur herein.«

Er trat ein und setzte den Hut ab. »Ein paar von den anderen waren auch locker. Ich hab sie alle wieder festgenagelt. Das hält die nächsten Jahre.«

»Danke. Möchten Sie vielleicht etwas Kaltes trinken?«

»Nein danke. Ich fahr lieber gleich heim zu Corrine, die wartet mit dem Essen auf mich. Irgendwann nächste Woche würd ich gern vorbeikommen und den Zaun streichen.«

»Das wäre nett. Soll ich Farbe kaufen?«

»Ich bring welche mit. Ist das gleiche Weiß wie jetzt okay?«

»Perfekt.«

»Und Sie kommen wirklich zurecht, Rennie?«

»Wieso fragen Sie?«

»Nur so.«

Doch er machte sich sehr wohl Sorgen. Sie erkannte es daran, wie nervös er die Hutkrempe zwischen den Fingern drehte und wie konzentriert er auf die Spitzen seiner abgewetzten Arbeitsschuhe starrte.

»Was ist los, Toby?«

Daraufhin hob er den Kopf und sah ihr offen ins Gesicht. »Sie hatten in letzter Zeit mit einigen ziemlich finsteren Gestalten zu tun. Wenn Sie mir die Bemerkung gestatten.«

»Ich gestatte sie nicht nur, ich stimme Ihnen voll und ganz zu. Wobei ›finster‹ für Lozada noch milde ausgedrückt ist.«

»Ich meine nicht nur den. Diesen Threadgill, den haben sie bei der Polizei rausgeschmissen, wussten Sie das?«

»Er hat sich beurlauben lassen.«

Tobys Achselzucken hieß *Das ist doch das Gleiche.* »Na ja, jedenfalls machen Corrine und ich uns Sorgen.«

»Das ist nicht nötig, Toby, ganz bestimmt. Schließlich habe ich mich nicht freiwillig mit diesen Leuten eingelassen. Mein Weg hat sich durch einen unglücklichen Zufall mit Lozadas gekreuzt. Und meine Beziehung zu Mr Threadgill liegt allein in der Natur des Berufes. Seines und meines Berufes. Mehr nicht.«

Er blieb sichtbar skeptisch.

»Ich habe schon immer allein auf mich aufgepasst, Toby«, sagte sie leise. »Seit ich sechzehn bin.«

Er nickte, offenbar verlegen, weil er diese unangenehmen Erinnerungen zum Leben erweckt hatte. »Corrine und ich sind es einfach gewöhnt, für Sie zu sorgen, wissen Sie?«

»Und ich kann Ihnen gar nicht sagen, wie viel mir das bedeutet. Immer bedeutet hat.«

»Also dann«, er setzte den Hut wieder auf, »mach ich mich wieder auf den Weg. Rufen Sie einfach an, wenn Sie irgendwas brauchen.«

»Bestimmt. Noch einmal vielen Dank dafür, dass Sie das Tor repariert haben.«

»Passen Sie auf sich auf, Rennie.«

Sie genehmigte sich ein Glas Wein, während sie sich Spaghetti Marinara zum Abendessen kochte. Über dem vollen Teller sah sie die Sonne im Westen versinken. Danach trug sie die Taschen zum Auspacken nach oben. Hier auf dem Land war sie längst nicht so penibel. Die Unterwäsche stopfte sie in die Schublade, ohne sie erst zusammenzufalten. Die Kleider hängte sie so in den Schrank, wie sie ihr in die Hände fielen, ohne einer besonderen Ordnung zu folgen. Hier draußen gab sie ihrer rebellischen Ader nach – entgegen ihrer ordnungsliebenden Natur.

Nachdem das erledigt war, ging sie von Zimmer zu Zimmer und überlegte, was es noch zu tun gab. Endlich hatte sie die lang ersehnte Freizeit, und nun wusste sie nicht, wie sie sie ausfüllen sollte. Im Fernsehen gab es nichts Interessantes. Und einen Film aus ihrer DVD-Bibliothek abzuspielen erschien ihr ebenfalls wenig verlockend. Sie versuchte, sich in eine neue Biografie zu vertiefen, fand das Thema aber fade und den Stil höchst prätentiös. Also wanderte sie in die Küche weiter, wo sie eher nach einer Beschäftigung als nach etwas zu essen suchte. Besonders verlockend erschien ihr nichts, doch nachdem sie schon mal hier war, öffnete sie eine Kekspackung und knabberte ein paar Kekse.

Zu den schönsten Geschenken des Landlebens weitab der gleißenden Lichter der Großstadt gehörte das funkelnde Sternenzelt. Müßig trat sie auf die Veranda, um den Nachthimmel zu bewundern. Sie machte mehrere vertraute Sternbilder aus und erspähte dann einen Satelliten, dessen Bogen sie verfolgte, bis er außer Sichtweite geriet.

Dann ging sie über den Hof zu dem Korral, dessen Gatter Toby repariert hatte. Obwohl sie wusste, dass er nur ihr Bestes wollte und sich aufrichtig um sie sorgte, betrat sie den dunklen Stall nach seiner Warnung mit einem mulmigen, fast panischen Gefühl.

Normalerweise fand sie den vertrauten Duft von Heu und Pferden ausgesprochen tröstlich. T. Dan hatte sie schon auf ein Pony gesetzt, als sie kaum laufen konnte. Seither hatten Pferde stets eine wichtige Rolle in ihrem Leben gespielt. Sie hatte sich noch nie vor einem Pferd gefürchtet und hielt sich gern in ihrer Nähe auf.

Heute jedoch wirkte der höhlenartige Stall eigenartig Unheil verheißend. Die Schatten kamen ihr außergewöhnlich dunkel und undurchdringlich vor. Während sie von Box zu Box ging, wieherten die Pferde auf einmal leise und scharrten nervös mit den Hufen. Sie waren gestriegelt und gefüttert. Sie waren trocken. Kein Gewitter war im Anzug. Leise und beruhigend sprach sie auf die Tiere ein, doch selbst in ihren Ohren klangen die Worte gekünstelt, und ihre Unruhe schien sich auf sie zu übertragen. Genau wie sie waren die Tiere ohne offensichtlichen Grund nervös.

Statt sich getröstet und beruhigt zu fühlen, steigerten die Pferde ihre Unruhe noch durch ihre eigene. Kaum war sie wieder im Haus, tat sie etwas, das sie noch nie getan hatte. Sie sperrte alle Türen und Fenster ab und prüfte dann jedes noch einmal nach, um sicherzugehen, dass sie keines übersehen hatte. Oben stellte sie sich unter die Dusche, merkte aber, dass sie es kaum erwarten konnte, wieder aus dem Bad herauszukommen.

Sie, die durch schlangen- und krokodilverseuchte afrikanische Flüsse gewatet war, fürchtete sich jetzt vor einer Dusche in ihrem eigenen Bad? Wütend auf sich selbst, weil sie sich von ihrer eigenen Angst beherrschen ließ, schaltete sie energisch das Licht aus und legte sich ins Bett.

Sie schlief nur leicht, als hätte sie die Geräusche erwartet, die sie mitten in der Nacht aus dem Schlaf rissen.

»Was zum …?«

Wick hielt sich krampfhaft am Lenkrad fest. Ihm war bewusst, dass sein Verstand vor Erschöpfung nur noch wie in

Zeitlupe funktionierte. Wahrscheinlich schwammen auch noch genug Schmerzmittel in seinen Adern herum, die sein Denken zäh wie Kaugummi machten. Okay, er war ein bisschen langsam, trotzdem konnte er sich des Eindrucks nicht erwehren, dass das Lenkrad in seinen Händen wie erstarrt war.

Ein paar Sekunden lang starrte er fassungslos auf das Armaturenbrett. Dann fiel sein Blick auf die Benzinanzeige.

»Heilige Scheiße!«

Ihm war das Benzin ausgegangen. Mitten im Nirgendwo. Und in den gottverlassenen Stunden vor dem Morgengrauen. War ihm das Benzin ausgegangen.

Er war gar nicht auf den Gedanken gekommen, auf die Anzeige zu schauen, als er in Fort Worth losgefahren war. Nachdem er sich davon überzeugt hatte, dass Rennie nicht gefesselt in Lozadas Penthouse hockte, und aus dem Trinity Tower gehumpelt war, nicht ohne dem Portier den Umschlag nebst einem Zehndollarschein, der die prompte Auslieferung sicherstellen sollte, zu überreichen, war er so schnell wie möglich aus der Stadt verschwunden, ehe Oren merkte, dass in seiner Einfahrt ein Pick-up zu wenig parkte, und eine Nachtschwester entdeckte, dass ein Bett zu viel leer stand.

Die Fahrt über war er vollauf damit beschäftigt gewesen, die Augen offen zu halten. Normalerweise war er ein aggressiver Fahrer mit einem innigen Hass auf alle Sonntagsfahrer. Radarfallen hielt er für verfassungswidrig. Doch heute Nacht war er eisern auf der äußersten rechten Spur geblieben und hatte die anderen Spuren den Lastern und anderen Autofahrern, die nicht vor knapp einer Woche gerade erst einen lebensgefährlichen Angriff überstanden hatten, überlassen.

Dass Rennie auf ihre Ranch gefahren sein könnte, war eine

durch nichts begründete Annahme. Tatsächlich konnte sie überall auf der Welt sein, doch nachdem sie nur ein paar Tage Urlaub genommen hatte, erschien ihm die Ranch am wahrscheinlichsten, und darum war er genau dorthin unterwegs.

Er wusste nicht genau, was er ihr sagen wollte, wenn er erst dort war, doch das würde er sich unterwegs zurechtlegen. Genauso wenig konnte er vorhersagen, wie sie auf seinen unangemeldeten Besuch reagieren würde. Sie hatte ihm auf dem Operationstisch das Leben gerettet, aber vielleicht hegte sie nach all seinen Lügen und dem Nachspionieren immer noch den heimlichen Wunsch, es wieder auszulöschen.

Wie auch immer, er würde schon damit fertigwerden. Das Wichtigste war, dass er fast schon dort war.

Hatte er jedenfalls geglaubt, bis ihm das Benzin ausgegangen war.

Er zog das Steuer so kräftig zur Seite, wie es seine erlahmten Muskeln gestatteten, und lenkte den Pick-up auf den schmalen Standstreifen. Dort ließ er den Wagen ausrollen. Ohne Klimaanlage wurde es in der Kabine schlagartig unangenehm heiß. Er drehte das Fenster nach unten, um Durchzug zu schaffen, doch ihm wehte nur heiße Luft ins Gesicht.

Der Highway lag mindestens acht Meilen hinter ihm. Er schätzte, dass es noch knapp zehn Meilen bis zu der Stichstraße waren, die zu Rennies Ranch führte. Im Laufschritt hätte er die Distanz in einer Stunde, naja, in maximal eineinviertel Stunden geschafft. Aber er konnte nicht laufen. Er konnte kaum gehen. Humpelnd würde er Stunden brauchen, um so weit zu kommen, falls er nicht vorher zusammenbrach, was mit Sicherheit passieren würde.

Vielleicht konnte er mit dem Handy eine Tankstelle auf dem Highway anrufen. Doch die Tankstellen auf dem Highway boten meist keine Pannenhilfe an, und Benzin lieferten sie schon gar nicht aus. Einen Abschleppdienst herzubeordern würde eine halbe Ewigkeit dauern. Außerdem hatte er weder Geld noch eine Kreditkarte dabei, weil Oren seine Brieftasche an einem sicheren Ort in seinem Haus aufbewahrte. Auf der Straße würde bis zum Morgen kaum jemand vorbeikommen, und bis zum Morgen waren es noch ein paar Stunden. Kurz und schlecht, er hing hier fest.

Sobald die Sonne aufging, würde er zu Rennies Ranch aufbrechen und hoffen, dass ihn unterwegs ein barmherziger Samariter aufsammelte und hinbrachte. In der Dunkelheit konnte er sein Spiegelbild kaum erkennen, doch wenn er auch nur halb so übel aussah, wie er sich fühlte, würde niemand daran zweifeln können, dass er dringend auf Barmherzigkeit angewiesen war.

Bis zum Morgengrauen konnte er sich ausruhen. Mit diesem verlockenden Gedanken im Hinterkopf ließ er denselben gegen die Nackenstütze sinken und schloss die Augen. Doch schon nach kurzer Zeit begriff er, dass er sich flach hinlegen musste, weil andernfalls sein Rücken so wehtat, dass er kein Auge zubekommen würde. So ein Mist, dass er sich beim Kauf für Schalensitze und nicht für eine durchgehende Sitzbank entschieden hatte.

Tattrig wie ein Greis öffnete er die Tür, musste seine ganze Kraft zusammennehmen, um sie ganz aufzudrücken. Er atmete ein paar Mal tief durch und betete zu Gott, dass ihn seine Beine tragen würden. Sie taten es, wenn auch nur höchst unzuverlässig. Schwer an die Seitenwand der Pritsche gelehnt, arbeitete er sich zum Heck des Wagens vor und ließ die Ladeklappe herunter, die tausend Tonnen zu wiegen schien.

Und nicht genug damit, dass sie tonnenschwer war, die Ladefläche war hart wie geriffelter Beton. Da kannst du dich gleich auf die Straße legen, dachte er. »Scheiße.« Wenn er sich nicht bald hinlegte, würde er hier einfach umkippen und liegen bleiben.

Er besah sich die Umgebung. Nirgendwo war ein Licht zu sehen. Auf der anderen Straßenseite entdeckte er eine Baumgruppe hinter einem Stacheldrahtzaun. Erde war weicher als Blech, richtig? Und unter einem Baum war die Erde vielleicht noch weicher, weil der Boden dort mehr Feuchtigkeit speicherte. Ob das stimmte, wusste er nicht, aber es hörte sich gut an.

Ehe er von seinem Auto wegtrottete, holte er noch seine Reisetasche heraus, die ebenfalls einige Tonnen zugelegt zu haben schien, und schleifte sie hinter sich her über die Straße. Auf der anderen Straßenseite legte er sich flach auf den Boden und rollte sich unter dem Stacheldraht hindurch. Sich zu bücken und zwischen den beiden Drähten durchzukrabbeln wäre ein Ding der Unmöglichkeit gewesen.

Die Dunkelheit hatte ihn getäuscht. Die Bäume waren weiter weg, als er gedacht hatte. Rundherum herrschte absolute Stille, durchbrochen lediglich von seinem angestrengten Keuchen, doch wenn Schwitzen auch mit einem Geräusch verbunden gewesen wäre, hätte er einen Höllenkrach veranstaltet. Er war patschnass. Und er befürchtete, dass das Schwarz, das sich am Rand seines Blickfeldes sammelte, nichts mit der nächtlichen Dunkelheit zu tun hatte.

Als er die Bäume endlich erreicht hatte, zerrte er die Reisetasche gegen einen Stamm und sank daneben auf die Knie. Dann ging er auf alle viere und ließ den Kopf zwischen den Schultern baumeln. Schweiß tropfte von seiner Nase, Schweiß tropfte von seinen Ohrläppchen. Es war ihm egal, es war ihm auch egal, ob er hier zerschmolz, ihm war alles egal, solange er sich nur hinlegen konnte. In dem Moment kippte er zur Seite in das trockene Gras. Es piekte durch sein Hemd, doch damit würde er leben können, solange er nur die Augen zumachen konnte.

Er bettete seine Wange auf das steife Segeltuch der Tasche und malte sich aus, es sei der Busen einer Frau. Kühl, weich und nach verführerischen Fantasien duftend. Vielleicht nach *Goldleaf & Hydrangea*.

Er schlief vollkommen traumlos. Nur eine wirklich brutale Störung hätte ihn aus einem so tiefen Schlaf reißen können. Eine *richtig* brutale Störung wie: »Eine Bewegung, und Sie sind tot!«

Natürlich bewegte er sich trotzdem. Erst schlug er die Augen auf, dann wälzte er sich auf den Rücken, um sich zu orientieren und herauszufinden, woher die Warnung gekommen war.

Rennie stand keine zwanzig Meter von ihm entfernt, ein Gewehr an die Schulter gepresst, und zielte über Kimme und Korn. Er setzte sich erschrocken auf.

»Nicht bewegen, habe ich gesagt.«

Dann schoss sie.

23

Der Rotluchs fiel tot vom Baum.

Er landete direkt neben Wick im Gras. Staubwolken stiegen auf, als er auf dem Boden aufschlug. Ein blutiges Loch klaffte in seiner Brust. In Wick hämmerte das Herz wie besessen.

Er schluckte mühsam. »Guter Schuss.«

Rennie kam auf ihn zu und kniete neben dem Kadaver nieder. »Er war so schön.« Abgesehen von den todbringenden Fangzähnen sah das Tier tatsächlich aus wie eine zu groß gewordene Hauskatze mit seidenweichem Pelz. Rennie kraulte den weißen Fellbausch unter dem Ohr. »Ich wollte ihn nicht erschießen, aber er hatte schon zum Sprung angesetzt. Seit Monaten reißt er immer wieder Lämmer und Vieh. Heute Morgen war er sogar in meinem Stall.«

»Ich wusste nicht, dass sich Luchse auch an ausgewachsene Pferde wagen.«

»Das nicht. Wahrscheinlich war er auf der Suche nach einem kleineren Tier, einer Maus oder einem Karnickel. Aber er hat die Pferde aufgeschreckt, ist daraufhin selbst in Panik geraten und hat eines von ihnen gekratzt. Ich habe den Aufruhr gehört und bin gerade noch rechtzeitig in den Stall gekommen, um zu sehen, wie er sich verzogen hat. Seit einer Stunde bin ich jetzt auf seiner Spur.«

»Und er auf meiner.«

Erst jetzt sah sie ihn direkt an. »Sie waren leichte Beute.«

»Das verletzte Tier aus der Herde.«

»Eher schon ein halbtotes. Was zum Teufel machen Sie überhaupt hier, Wick?«

»Schlafen. Bis gerade eben.« Er nickte zu dem Gewehr auf ihren Knien hin. »Treffen Sie immer, wenn Sie schießen?«

»Immer. Wollen Sie mir nicht antworten?«

»Was ich hier mache? Das ist eine lange Geschichte. Aber letztlich läuft sie darauf hinaus, dass mir das Benzin ausgegangen ist. Ich hoffe, Sie sind nicht zu Fuß hier.«

Sie stand auf und pfiff auf zwei Fingern. Er war beeindruckt. Er hatte noch keine Frau getroffen, die auf den Fingern pfeifen konnte. Doch das war noch nicht alles. Ein paar Sekunden später kam eine Stute angetrottet.

»Wow, genau wie im Film«, sagte er. Das Pferd blieb in gebührendem Abstand zu dem toten Luchs stehen und stampfte nervös mit den Hufen. »Ich weiß nicht, ob ich ohne Sattel da raufkomme.«

»Sie werden nirgendwo raufsteigen. Das tue ich.« Rennie drehte sich um und ging zu ihrem Pferd.

»Sie wollen mich einfach so hier liegen lassen? Neben einem toten Tier?«

»Ich habe Sie schließlich nicht eingeladen.«

Ein zum Leben erwachtes Gedicht. So kam ihm ihr Anblick vor, als sie die Finger in die dichte Mähne der Stute grub und sich dann in einer einzigen, fließenden Bewegung so weit nach oben zog, dass sie das rechte Bein über die Kruppe schwingen konnte. Sie schaffte das sogar, ohne dabei ihre 22er fallen zu lassen.

Dann drückte sie dem Pferd die Hacken in die Flanken, und die Stute wendete mit hoch erhobenem Kopf und Schweif in einem tänzelnden Kreis.

»Sie kommen doch wieder, oder?« Er glaubte ein Lächeln auf Rennies Gesicht entdeckt zu haben, doch die Sonne war noch nicht ganz aufgegangen, weshalb er sich das vielleicht nur einbildete. Mit einem kaum wahrnehmbaren Schenkeldruck forderte sie die Stute zum Galopp auf.

Er war so sicher, dass sie zurückkommen und ihn abholen würde, dass er schon wieder eingeschlafen war, ehe Pferd und Reiterin am Horizont verschwunden waren.

Er hatte keine Ahnung, wie lange er geschlafen hatte. Es konnten fünfzehn Minuten gewesen sein, aber genauso gut auch fünfzehn Stunden. Als er die Augen aufschlug, kniete Rennie wieder an seiner Seite. Sie wickelte den toten Luchs in eine feste Decke. Als sie merkte, dass er sie beobachtete, sagte sie: »Ich lasse ihn bestimmt nicht hier liegen, damit sie sich darüber hermachen können.«

Er sah ins Geäst des Baumes hinauf. Hoch über ihnen kreisten Bussarde. »Vielleicht warten die auch darauf, dass ich endlich abkratze.«

»Vielleicht.«

Sie hob das Bündel hoch und trug es zu einem Pick-up, den er noch nie gesehen hatte. Aus den vielen Kratzern und Beulen in der Karosserie schloss er, dass der Wagen ausschließlich auf der Ranch benutzt wurde. Bis sie den Luchs auf der Pritsche abgelegt und die Heckklappe eingehängt hatte, hatte er sich hochgezogen und hielt sich am Baumstamm fest. Vorsichtig bückte er sich nach unten, um seine Reisetasche aufzuheben.

»Die nehme ich«, sagte sie und kam auch schon zurück. »Sie steigen in den Wagen.«

Als sie an ihm vorbeikam, spielte er kurz mit dem Gedanken zu salutieren, verkniff es sich im letzten Moment jedoch.

Natürlich passte ihre Aufmachung kaum zu ihrem militärischen Auftreten. Sie trug ein rotes Tank-Top wie die, in denen sie schlief, dazu eine hautenge Jeans und Cowboystiefel. Ihre Haare waren offen und ungekämmt. Vermutlich war sie, als sie den Lärm aus dem Stall gehört hatte, aus dem Bett gesprungen und nur in Jeans und Stiefel geschlüpft, um sofort nach draußen zu rennen. Wie auch immer, ihr Outfit gefiel ihm mächtig.

Unter dem Stacheldraht durchzurollen war tagsüber kaum einfacher als in der Dunkelheit. Bis er den Pick-up erreicht und sich mühsam in die Fahrerkabine hochgezogen hatte, stand ihm wieder der kalte Schweiß auf der Stirn, und seine Knie schlotterten.

Rennie kehrte mit seiner Reisetasche zurück, die sie ohne viel Federlesens auf die Ladefläche neben den toten Luchs schleuderte. Dann kletterte sie auf den Fahrersitz und ließ jaulend den Motor an. Ihr fiel auf, dass er durch das Heckfenster auf die Ladepritsche blickte.

»Ist irgendwas?«

»Nein. Ich bin nur froh, dass Sie mich nicht auch da hinten draufgeschmissen haben.«

»Ich hab's mir überlegt.«

»Und was wird aus meinem Wagen?«

»Ich habe einen Benzinkanister.« Sie ließ sich nicht darüber aus, wie und wann sie das Benzin aus ihrem Kanister in seinen Tank umfüllen würden, und er fragte nicht danach. Sie bog auf die Straße und fuhr fast zwei Kilometer, ehe sie erklärte: »Eins steht fest: Dr. Sugarman hat Sie nicht aus dem Krankenhaus entlassen.«

»Woher hat der Mann nur so viele Zähne?«

»Sind Sie einfach getürmt?«

»Hmm.«

»Und was war mit den Wachposten?«

»In deren Haut möchte ich nicht stecken, wenn Oren rauskriegt, dass ich weg bin.«

»Er weiß nichts davon?«

»Inzwischen vielleicht schon.«

»Und er wird explodieren?«

»Wie ein Vulkan.«

»Weil er weiß, dass Sie noch ein paar Tage liegen müssen.«

»Weil er weiß, dass ich hinter Lozada her bin.«

Sie sah ihn scharf an. »Und wieso sind Sie dann hier?«

»Um Sie zu treffen und um auf ihn zu warten. Er wird Sie suchen, Rennie, und, genau wie ich, wird er zuerst hier suchen.«

»Er weiß nichts von dieser Ranch.«

»Er wird davon erfahren. Bald. Er wird Sie finden. Eher wird er keine Ruhe geben. Er hat zu viel von sich, von seinem Ego, in Sie investiert. Er wird kommen.«

Mehr sprachen sie nicht. Als sie beim Haus angekommen waren, parkte sie den Pick-up direkt vor der Veranda. Sie kam um das Auto herum, half Wick aus der Kabine und die Stufen hinauf, öffnete dann die Haustür und winkte ihn hinein.

Sie traten direkt in ein geräumiges Wohnzimmer, das im Texasstil eingerichtet und dekoriert war. Überall Leder und Wildleder, alles sehr geschmackvoll und teuer. Dicke Teppiche auf dem Holzboden. Fransenkissen. Die Möbel waren groß und bequem und luden dazu ein, stundenlang vor dem Kamin herumzulungern und in den Zeitschriften zu schmökern, die überall verstreut – verstreut? – auf kleinen Beistelltischen lagen.

In einer Ecke stand unübersehbar und wie ein Kunstwerk ausgeleuchtet ein mexikanischer Sattel aus schwarzem, punziertem Leder mit reichem Silberschmuck. Eine kühn gestreifte Pferdedecke diente als Wandbehang. Wick fühlte sich augenblicklich zu Hause. »Das ist aber schön.«

»Danke.«

»Es passt nicht zu Ihnen.«

Sie erwiderte seinen Blick. »Es passt hundertprozentig zu mir. Haben Sie Hunger?«

»Ich wollte mich schon über den Luchs hermachen.«

»Hier entlang.«

Sie führte ihn in die Küche, wo ihn noch mehr Überraschungen erwarteten. In der Mitte gab es eine Kochinsel mit offenen Regalfächern. Oben war eine kleine Kupferspüle eingelassen, in der ein Abtropfsieb mit frisch gewaschenen roten und grünen Äpfeln stand. Von einer Eisenstange hing ein Sortiment von Kochtöpfen herunter. Und auf der Küchentheke stand eine offene Keksschachtel.

»Suppe oder Haferschleim?«

Unter Schmerzen ließ er sich auf einem Stuhl an dem runden Holztisch nieder. »Sonst gibt es nichts?«

»Falls das mit dem Luchs nicht ernst gemeint war. Aber den müssten Sie sich selbst zubereiten.«

»Was für eine Suppe?«

Es war eine Kartoffelcremesuppe, und sie schmeckte besser als alles, was er je gegessen hatte. Rennie hatte als Basis eine Dosensuppe aufgemacht, sie dann mit einem Schuss Sahne, Milch, Butter und Gewürzen verfeinert und danach die Suppenschüssel mit geriebenem Cheddar bedeckt und kurz in die Mikrowelle gestellt, bis der Käse geschmolzen war. Ihre Bewegungen waren ökonomisch und exakt. Wie die einer Chirurgin.

»Verglichen mit dem Fraß im Krankenhaus war das eindeutig Haute Cuisine«, sagte er, während er den Teller mit einem Toastbrocken auswischte. »Und was gibt's zum Mittagessen?«

»Das werden Sie verschlafen.«

»Ich kann jetzt nicht schlafen, Rennie. Ich bin nicht aus dem Krankenhaus getürmt und hab mir den Arsch aufgerissen, um hierherzukommen, nur um mich ins Bett zu legen, kaum dass ich angekommen bin.«

»Tut mir leid. Aber genau das brauchen Sie, und genau das werden Sie. Ich hatte noch keinen Patienten, der so schlecht ausgesehen hat wie Sie und das überlebt hat. Eigentlich müsste ich den Krankenwagen rufen und Sie auf der Stelle ins Kreiskrankenhaus bringen lassen.«

»Ich würde sofort wieder abhauen.«

»Darum habe ich auch noch nicht angerufen.« Sie hatte seinen Teller gespült und trocknete jetzt ihre Hände ab. »Schaffen wir Sie nach oben und sehen zu, dass wir Sie ausgezogen kriegen.«

»Ich habe schon geschlafen, Rennie. Unter dem Baum.«

»Wie lang?«

»Lang genug.«

»Ganz bestimmt nicht lang genug.«

»Ich werde nicht schlafen.«

»O doch.«

»Da müssten Sie mir schon was einflößen.«

»Schon geschehen.«

»Wie bitte?«

»Ich habe ein starkes Schmerzmittel und eine Schlaftablette zermahlen und in Ihre Suppe gerührt. Sie werden gleich Schäfchen zählen.«

»Verflucht noch mal! Ich werde trotzdem wach bleiben!«

Sie lächelte. »Das schaffen Sie nicht. Das Schlafmittel wird Ihnen alle Lichter auspusten. Sie werden es entschieden gemütlicher haben, wenn Sie sich vorher von mir ins Bett bringen lassen.«

»Wir müssen reden, Rennie.«

»Das werden wir auch. Wenn Sie ausgeschlafen haben.«

Sie schob ihre Hand unter seinen Ellbogen und hievte ihn aus dem Stuhl. Oder versuchte es zumindest. Seine Beine fühlten sich schon jetzt wacklig an, und in seinen Zehen spürte er jenes unverkennbare Kribbeln, das diesmal bestimmt nicht durch Hyperventilation, sondern eindeutig durch ein Betäubungsmittel verursacht wurde.

»Legen Sie den Arm um meine Schultern.« Er tat, wie ihm geheißen. Sie schob den Arm um seine Taille und führte ihn quer durch das Wohnzimmer zu der offenen Treppe an der Wand gegenüber.

»Ich fühl mich wirklich ein bisschen schläfrig«, lallte er auf der Treppe. »Meine Ohren klingeln. Wann lässt die Wirkung wieder nach?«

»Das hängt vom Patienten ab.«

»Das ist keine Antwort.«

Oben gab es eine Galerie mit Blick auf das Wohnzimmer. Mehrere Türen gingen davon ab. Sie führte ihn durch eine davon in ein Schlafzimmer. Das Bett war ungemacht. »Ist das Ihr Schlafzimmer?«, fragte er.

»Es ist das einzige bezogene Bett.«

»Ich darf in Ihrem Bett schlafen?«

Sie lehnte ihn gegen einen frei stehenden Schrank. »Arme hoch.« Er folgte und sie zog das T-Shirt über seinen Kopf. Dann ging sie in die Hocke und half ihm aus den Schuhen. »Und jetzt ziehen Sie die Hose aus und legen sich hin.«

»Aber Dr. Newton, ich hätte nicht gedacht, dass Sie so forsch rangehen. Dass Sie ... Was ist das?« Sie hatte etwas aus der untersten Schrankschublade geholt.

»Das ist eine Spritze.« Sie stand wieder auf, hielt die Spitze aufrecht und klopfte mit dem Fingerrücken gegen die durchsichtige Plastikröhre. »Und Sie kriegen jetzt den Hintern voll mit Antibiotika.«

»Brauch ich nicht.«

»Keine Widerrede, Wick.«

Nein, sie schien absolut nicht auf Widerworte eingestellt. Außerdem hätte er ohnehin keine mehr geben können. Seine Zunge war inzwischen so flink wie ein Walross. Seine Beine waren stabil wie Säulen aus Wackelpudding. Er brauchte dringend ein paar Streichhölzer für seine Augen.

Also knöpfte er seine Hose auf, ließ die Jeans zu Boden sinken und strampelte sie von seinen Füßen. Wahrscheinlich hatte sie erwartet, dass er eine Unterhose trug. Tja, falsch gedacht, Dr. Newton. Er stolzierte – soweit man in Trance stolzieren konnte – zum Bett und legte sich hin.

»Auf den Bauch, bitte.«

»Sie verstehen überhaupt keinen Spaß«, brummelte er sabbernd.

Rennie bestrich eine Stelle auf seinem Hintern mit Alkohol und jagte ihm dann die Nadel in den Muskel.

»*Leck mich am –*«

»Das könnte ein bisschen wehtun.«

»– *Arsch!* Vielen Dank für die Warnung.« Er biss die Zähne zusammen, bis er die endlos erscheinende Injektion überstanden hatte.

Sie ließ die leere Spritze auf dem Nachttisch liegen und sagte: »Bleiben Sie, wie Sie sind. Ich werde jetzt die Wunde versorgen.«

Er wollte noch etwas Witziges erwidern, vergaß es aber gleich wieder. Das Kissen fühlte sich viel zu gut an.

Im Dämmerzustand bekam er mit, wie sie die Wundnaht mit einer kühlen Flüssigkeit reinigte und dann einen frischen Verband auflegte. Dass sie ihn mit einem Laken und einer dünnen Decke zudeckte, spürte er nur noch am Rande seines Bewusstseins. Der Raum schien dunkler zu werden. Mit letzter Kraft schlug er noch einmal die Augen auf und sah sie am Fenster stehen, wo sie die Fensterläden zuklappte. In der letzten Millisekunde vor der Dunkelheit sah er ihre Silhouette vor dem hellen Sonnenlicht. Ihre Figur war genau umrissen. Sie trug keinen BH.

Er stöhnte. Heiliger Hammer.

Oder auch nicht.

Als er aufwachte, lag er halb auf dem Rücken und halb auf seiner weniger schmerzenden rechten Seite. Das Zimmer war leer, doch unter der geschlossenen Tür zum Bad lag ein schmaler Lichtstreifen. Er drehte den Kopf zum Fenster. Die Läden waren immer noch zugeklappt.

Mein Gott, was hatte Sie ihm nur gegeben? Wie lange hatte er geschlafen? Den ganzen Tag? Zwei Tage? Drei?

Just in diesem Augenblick ging das Licht unter der Badezimmertür aus. Lautlos schwang die Tür auf. Rennie trat ins Zimmer, umhüllt von einer Wolke aus Seifen- und Shampooduft. Sie sah aufs Bett und erkannte, dass er wach war und sie beobachtete.

»Entschuldigen Sie, ich hätte den Föhn nicht benutzen sollen. Ich hatte schon befürchtet, dass er Sie aufwecken könnte, aber Sie haben so fest geschlafen, dass ich dachte, ich könnte es riskieren.«

»Wie spät ist es?«

»Kurz vor sechs.«

Ihre nackten Füße huschten leise über den Holzboden, dann stand sie an seinem Bett. »Wie fühlen Sie sich, Mr Threadgill?«

Er sah sie an. »Können wir uns nicht duzen, nachdem Sie mir schon eine Spritze in den nackten Arsch gerammt haben?«

Sie antwortete nichts, doch an dem leisen Zucken in ihrem Mundwinkel las er ab, dass sie sich geschlagen gab.

Als sie sich bückte, um ihn genauer anzusehen, senkte sich ihr Haar wie ein Vorhang zu beiden Seiten ihres Gesichts nach unten. Sie warf es über ihre Schulter, um es zurückzuhalten. »Also gut. Kann ich dir irgendwas bringen?«

Haare, Augen, Haut, Lippen. Sie war eine wunderschöne Frau. Das hatte er schon gedacht, als er sie zum allerersten Mal auf Orens Fotos gesehen hatte. Schon damals hatte ihn die Leidenschaft gepackt und das Lügen begonnen. Er hatte Oren und sich selbst belogen, erst was seine Meinung über sie anging, später über seine Objektivität. Das Lügen hatte erst aufgehört, als er ihr auf der Hochzeitsfeier in die Augen geschaut hatte. Im selben Moment war ihm klar geworden, dass er jegliche professionelle Distanz verloren hatte. Die war zusammen mit ihm in ihren tiefen, grünen Augen ertrunken.

Während der vielen Jahre im Polizeidienst hatte er mit den unterschiedlichsten Frauen zu tun gehabt: Huren und Hausfrauen, Betrügerinnen und Lügnerinnen, Diebinnen und Heilige. Frauen im Trainingsanzug, die es als ihre persönliche Mission betrachteten, jeden Mann in ihrer Umgebung symbolisch zu kastrieren, und Frauen, die sich zur Erheiterung und Unterhaltung von Männern auszogen.

Oren hatte Recht gehabt, als er behauptet hatte, Wick hätte noch nie eine bedeutungslose Begegnung mit einer Frau erlebt. Jede Einzelne war für ihn aus dem einen oder anderen Grund erinnerungswürdig, angefangen bei seiner vergötterten Kindergarten-Erzieherin über die Polizistin, die ihn als größtes Arschloch auf Gottes weitem Erdenrund bezeichnet hatte, bis hin zu Crystal, der Bedienung. Und bei jeder hatte er auf die eine oder andere Art Eindruck gemacht.

Ob positiv oder negativ, er hatte ein untrügliches Gespür für Frauen, das jeweils erwidert wurde. Er hatte das schon immer gehabt, es war ein Teil seiner Persönlichkeit, mit dem er geboren wurde und der genauso selbstverständlich zu ihm gehörte wie sein Fingerabdruck oder der schiefe Vorderzahn.

Mit einigen dieser Frauen hatte er geschlafen – mit vielen sogar. Doch keine von ihnen hatte er so leidenschaftlich begehrt wie Rennie Newton. Und noch nie war eine so unerreichbar für ihn gewesen. Von Anfang an war klar gewesen, dass er nichts als Ärger mit ihr haben würde, und auch jetzt würde er nichts als Ärger mit ihr haben.

Doch all das zählte überhaupt nicht, als eine ihrer Haarsträhnen über seine nackte Brust strich. Dagegen kamen weder Verstand noch Gewissen an.

»O Mann«, knurrte er. Er schob eine Hand in ihren Nacken und zog ihren Kopf zu einem Kuss herab.

Es war von Anfang an ein richtiger Kuss. Kaum hatten seine Lippen die ihren berührt, da drängte auch schon seine Zunge vor. Begierig erforschte er ihren Mund. Ihr Atem flog schnell und warm über sein Gesicht, und das trieb ihn noch mehr an. Er legte den Kopf zur Seite und stieß auf weitere Wärme, auf süße, feuchte Köstlichkeit.

Seine eine Hand wanderte von ihrem Nacken nach oben und umgriff ihren Hinterkopf. Seine andere kam auf ihren Rippen zu liegen. Unter seinem Daumen spürte er die samtige Haut ihrer Brust. Und dann deren Mitte, die unter seiner Berührung fest wurde und sich unter seinem Streicheln aufstellte.

»Nein!«

Sie entzog sich seinem Griff und schüttelte panisch den Kopf. Sekundenlang starrte sie ihn sprachlos an, dann machte sie auf dem Absatz kehrt und ergriff die Flucht – anders konnte man ihren überstürzten Abgang nicht nennen.

24

Er duschte. Er rasierte sich mit einem von Rennies rosa Rasierern. Im Spiegel über dem Waschbecken sah er nicht mehr ganz so Furcht erregend aus wie vor dem Schlafen. Die Ringe unter seinen Augen waren heller als zuvor, und die Augen lagen nicht mehr ganz so tief in ihren Höhlen.

Ein Märchenprinz war er deshalb noch lange nicht. Über der fahlen Krankenhausblässe leuchtete der blaue Wangenknochen noch strahlender. Und wann hatte er eigentlich das letzte Mal die Haare geschnitten bekommen? »Scheiß drauf«, sagte er zu seinem Spiegelbild und trat aus dem Bad.

Rennie war in der Küche. Als er hereinkam, sah sie ihn über die Schulter an. »Du hast die Reisetasche gefunden?«

»Ja, danke.« Sie hatte sie ans Fußende des Bettes gestellt, damit er sich frische Sachen anziehen konnte.

»Und wie geht es dir?«

»Besser. Danke. Für alles. Außer der Spritze. Mein Hintern tut immer noch weh.«

»Du hast bestimmt Durst. Bedien dich einfach aus dem Kühlschrank.« Sie wendete Hühnerbrustfilets in einer Kräuterpanade und legte sie dann nebeneinander in eine feuerfeste Glasschale.

Er zog einen Karton mit Orangensaft aus dem Kühlschrank, schüttelte ihn und drehte den Verschluss auf. »Kann ich aus der Tüte trinken?«

»Nicht in meinem Haus.«

»Aber ich habe auch deine Zahnbürste benutzt.«

»Ich habe welche auf Vorrat.«

»Warum überrascht mich das nicht?«

»Gläser stehen in dem Schrank gleich hinter dir.«

Der Saft schmeckte köstlich. Er leerte das Glas und füllte es sofort wieder nach. »Was hast du mit dem Luchs gemacht?«

»Ich habe den Wildhüter angerufen. Er ist rausgekommen und hat ihn abgeholt. Und er hat mir gratuliert.«

»Weil du der Gemeinschaft einen wertvollen Dienst erwiesen hast.«

Sie starrte kurz ins Leere. »So hat es sich wirklich nicht angefühlt. Eher wie ein sinnloser Mord.« Sie wusch sich die Hände, ging zum Ofen, schaltete ihn ein und stellte sich dann mit einem Gemüsemesser an die Spüle. Mit der Messerspitze deutete sie auf ein Handy, das auf der Küchentheke lag. »Es hat ein paar Mal geklingelt.«

»O Mann. Ich weiß nicht mal mehr, wo ich das hingetan hatte.«

»Es lag in deinem Auto.«

»Und wo ist mein Auto?«

»In der Garage hinter dem Haus.«

Er sah aus dem Fenster auf die Garage. Es war eine kleinere Version des Stallgebäudes. Das Doppeltor wirkte fest verschlossen. »Wie hast du es hierher bekommen?«

»Ich habe den Benzinkanister mitgenommen und bin auf Beade hingeritten. Dann habe ich Beade an die hintere Stoßstange gebunden und bin langsam zurückgefahren.«

»Es wäre einfacher gewesen, wenn du gewartet hättest, bis ich mitkommen kann.«

»Ich dachte, es wäre dir lieber, wenn niemand wüsste, dass du hier bist.«

Er sah sie nachdenklich an. »Das stimmt nicht ganz, oder, Rennie?«

Sie hielt im Tomatenschneiden inne und schaute ihn an.

»Du wolltest nicht, dass jemand weiß, dass ich hier bin.«

Sie vertiefte sich wieder in ihre Arbeit. »Magst du Tomaten im Salat?«

»Rennie.«

»Manche Leute mögen keine Tomaten.«

»Rennie.«

Sie knallte das Messer auf die Küchentheke und drehte sich zu ihm um. »Was?«

»Es war doch nur ein Kuss«, sagte er leise.

»Machen wir aus dieser Mücke keinen Elefanten, okay?«

»Mache ich ja gar nicht. Du machst das. Du bist gestern Abend wie vom Affen gebissen aus dem Schlafzimmer gerast.«

»Damit du aufhörst, mich zu betatschen.«

»Dich zu betatschen?«, wiederholte er mit erhobener Stimme. »Dich zu *betatschen?«*

»Schon als wir uns das erste Mal begegnet sind – nein, schon als du unsere erste Begegnung arrangiert hattest –, habe ich dir deutlich und in einfachen, verständlichen Worten erklärt, dass ich nicht interessiert bin an … all dem.«

Augenblicklich meldete sich sein Mannesstolz. Wick kam um die Kochinsel herum, damit sie sich nicht länger dahinter verschanzen konnte. »Das ist mal was Neues, oder? Ein Kuss, und schon bedränge ich dich, dabei warst du damals in Dalton für wesentlich mehr zu haben. Was war ein Kuss denn damals für dich?«

Sie zuckte zurück, als hätte er sie geschlagen, doch diese erste Reaktion hielt nur eine Sekunde an, dann versteinerte ihre Miene. »Offenbar hast du mit deinem Kumpel Wesley ein vertrauliches Gespräch unter Männern geführt.«

»Erst nachdem ich von den Leuten in Dalton alles über dich erfahren hatte. Man hat dich dort nicht vergessen, Süße. Denn damals hast du mit den Männern am Ort nicht nur geknutscht, hab ich Recht?«

»Was fragst du noch, wenn du sowieso alles weißt?«

»Du hast entschieden *mehr* getan als nur geknutscht.«

Sie wich zurück und drehte sich weg. »Ich bin nicht mehr wie damals.«

»Und warum? Ich hatte den Eindruck, du hättest dich damals prima amüsiert. Deine Oben-ohne-Fahrt im roten Cabrio ist in Dalton heute noch in aller Munde. Aber ich brauche nur ein einziges Mal deine Brustwarze zu berühren, und schon flippst du aus.«

Sie versuchte, an ihm vorbeizukommen, doch er verstellte ihr den Weg. »Diesen Cowboys beim Rodeo sind damals fast die Augen aus dem Kopf gefallen. Und ihren Vätern und Onkeln und wahrscheinlich den Opas dazu.«

»Hör auf!«

»Und genau darauf hattest du es doch angelegt, oder? Du wolltest sie in ihren Jeans weich kochen.«

»Du weißt ja nicht –«

»O doch, ich weiß. Wie jeder Kerl. Für Mädchen wie dich haben wir ziemlich gemeine Namen, Rennie. Aber das ändert nichts daran, dass sie uns heiß machen. Wie viele Herzen hast du gebrochen, bevor du Raymond Collier aufs Korn genommen hast?«

»Hör auf –«

»Und als dir diese Affäre zu weit ging, hast du ihn einfach erschossen. Magst du es seitdem nicht mehr, betatscht zu werden?«

»*Ja!*«

Ihr Schrei mündete in ein unerwartetes, angespanntes Schweigen. Sie drehte sich wieder weg und stützte sich schwer auf die Küchentheke. Eine Hand vor den Mund gepresst, blieb sie ein paar Atemzüge lang reglos stehen. Dann schien sie, ganz unchirurgenmäßig, plötzlich nicht mehr zu wissen, was sie mit ihren Händen anfangen sollte. Erst verschränkte sie die Arme vor dem Bauch und krallte die Finger in die Ellbogen; dann wischte sie die Hände an den Hosenbeinen ab; und schließlich griff sie nach der feuerfesten Schale mit den Hähnchenbrustfilets und schob sie in den Ofen. Nachdem sie die Backzeit eingestellt hatte, machte sie sich von neuem daran, Tomaten zu schneiden.

Wick beobachtete sie mit der Unbeirrbarkeit der Bussarde, die über dem Kadaver des Luchses gekreist hatten. Er weigerte sich, das Thema fallen zu lassen. Hatte er nicht das Recht, wenigstens eine ihrer vielen Masken zu lüften? Er wollte wenigstens einen kurzen Blick auf ihr wahres Wesen werfen, um eine Ahnung davon zu bekommen, was ihren zwanghaften Ordnungsdrang ausgelöst hatte, was sie so abweisend gegenüber jeder menschlichen Berührung außerhalb der sterilen Sicherheit eines Operationsraumes gemacht hatte. Wenigstens ein einziges Mal wollte er die wahre Rennie Newton sehen.

»Was ist damals wirklich im Arbeitszimmer deines Vaters passiert?«

Die Messerklinge knallte hart und zornig auf das Schneidebrett. »Hat dir Detective Wesley nicht schon alles erzählt?«

»Doch. Und ich habe den Polizeibericht gelesen.«

»Dann weißt du alles.«

»Da drin stand bloß Scheiße. Ich will von dir hören, was damals passiert ist.«

Sie war mit den Tomaten fertig und spülte jetzt das Messer ab. Während sie es am Geschirrtuch trockenrieb, warf sie ihm einen sardonischen Blick zu. »Lüsterne Neugier, Wick?«

»Hör auf damit.« Er gab sich alle Mühe, seinen Zorn zu zügeln. »Du weißt genau, dass ich nicht deshalb frage.«

Sie stemmte die Arme auf die Theke und beugte sich vor. »Und warum fragst du *dann?* Erklär mir, warum es dir so schrecklich wichtig ist, alles darüber zu erfahren.«

Er beugte sich ebenfalls vor, um ihr möglichst nahe zu sein. »Das weißt du genau, Rennie«, flüsterte er. Die Bedeutung seiner Worte war unmissverständlich. Nur für alle Fälle legte er seine Hand über ihren Handrücken und umfasste mit den Fingern ihr Handgelenk. Sie senkte den Kopf. Er hatte den Eindruck, dass sie auf ihre beiden Hände starrte, doch sehen konnte er nur ihren Haarwirbel und den natürlichen Scheitel. Eine halbe Minute verstrich, ehe sie ihre Hand unter seiner hervorzog.

»Das kann nicht gut ausgehen, Wick.«

»Wobei du mit *das* diese Dreiecksgeschichte meinst, in der wir stecken? Du, ich und Lozada?«

»Es gibt kein Dreieck.«

»Mach dir nichts vor, Rennie.«

»Ihr zwei hattet schon eine Rechnung offen, bevor du überhaupt wusstest, dass es mich gibt.«

»Stimmt, aber du hast eine ganz andere Dimension in die Sache gebracht.«

»Eure Fehde geht mich nichts an«, weigerte sie sich standhaft.

»Warum bist du dann hier herausgekommen?«

»Ich brauchte Zeit für mich allein.«

»Du hast gehört, dass Lozada entlassen werden sollte.«

»Ja, aber –«

Sein Handy läutete. Er griff danach, warf einen Blick auf die Nummer im Display und fluchte leise. »Am besten bringe ich das gleich hinter mich.« Er nahm das Handy mit durchs Wohnzimmer auf die Veranda. Erst als er sich auf der Schaukel niedergelassen hatte, nahm er das Gespräch an. »Hallo.«

»Wo zum Teufel steckst du?«

»Und du willst mir gar nicht Hallo sagen?«

»Wick –«

»Schon gut, schon gut.« Er seufzte schwer. »Ich habe dieses Krankenhaus einfach nicht mehr ausgehalten, Oren. Du weißt, wie es mir auf den Geist geht, nichts zu tun. Noch einen Tag in diesem Bett, und ich wäre total ausgetickt. Darum bin ich weg. Ich habe meinen Wagen von deinem Haus abgeholt und bin die Nacht durchgefahren. Heute Morgen gegen, äh, fünf, schätze ich, bin ich in Galveston angekommen. Dann hab ich fast den ganzen Tag verschlafen und mich ansonsten in der Meeresbrise wesentlich besser erholt als im Krankenhaus, wo man doch keine fünf Minuten Ruhe hat.«

Nach einer vielsagenden Pause eröffnete ihm Oren: »Dein Haus in Galveston ist immer noch verrammelt und verriegelt.«

Scheiße. »Woher weißt du das?«

»Weil ich die Kollegen habe nachschauen lassen.«

»Wozu?«

»Ich warte auf eine Erklärung, Wick.«

»Na schön, ich habe auf dem Heimweg einen kleinen Abstecher gemacht. Wieso die Aufregung?«

»Du bist bei ihr, stimmt's?«

»Ich bin schon ein großer Junge, Oren. Ich muss mich nicht rechtfertigen für –«

»Weil sie ganz zufällig ebenfalls ausgeflogen ist. Aus dem Krankenhaus. Aus ihrem Haus. Ihr aufmerksamer Nachbar hat mir erzählt, dass er einen krank und unterernährt aussehenden Mann beobachtet hat, der mitten in der Nacht an ihre Tür geklopft hat.«

»Steht der Typ eigentlich Tag und Nacht am Fenster?«

»Er ist inzwischen ein wichtiger Informant.«

»Oh, oh, Oren. Erst die Polizei in Galveston. Dann der neugierige Nachbar. Da warst du heute ja schwer beschäftigt.«

»Genau wie Lozada.«

»Ach ja? Womit war der denn beschäftigt?«

»Meine Familie zu terrorisieren.«

Er hieß Weenie Sawyer. Nur jemand mit Weenies lächerlicher Gestalt hätte es sich gefallen lassen, als »Würstchen« bezeichnet zu werden. Weenie tat es, weil ihm nichts anderes übrig blieb. Er war vollkommen wehrlos.

Den Namen hatte er sich in der zweiten Klasse eingehandelt, als er sich mitten im Klassenzimmer in die Hose gemacht hatte. Während einer Erdkundestunde zum Thema Hawaii hatte eine Art Urinfluss sich ihren Weg seine Beine hinab gebahnt. Zur großen Erheiterung seiner Klassenkameraden hatte die überschüssige Flüssigkeit, die nicht von seiner Socke aufgesogen werden konnte, einen kleinen Teich unter seinem Pult gebildet. Er wäre am liebsten auf der Stelle tot umgefallen, doch zu seinem großen Elend hatte er das Missgeschick überlebt. Noch am selben Nachmittag war er von einem Rudel Halbstarker unter der Führung des Schulhoftyrannen Ricky Roy Lozada »Weenie« getauft worden.

Der Spitzname war ihm bis heute erhalten geblieben. Genau wie Lozadas Tyrannei. Weenie stöhnte vernehmlich auf, als er die Tür aufzog und Lozada auf der Schwelle sah.

»Darf ich reinkommen?«

Die Höflichkeit war reine Ironie. Lozada fragte nur, um Weenie vor Augen zu führen, dass er keine Einladung brauchte. Er drängte an Weenie vorbei und trat in das enge, ungelüftete Apartment, in dem sich Weenie manchmal tagelang einschloss, ohne einen Fuß vor die Tür zu setzen. Aus Gründen des Selbstschutzes existierte Weenie in seinem ganz eigenen Universum.

»Du kommst ungelegen, Lozada. Ich esse gerade.« Auf dem Fernsehtischchen neben dem Fernsehsessel weichte eine Schale Cornflakes vor sich hin.

»Ich störe wirklich ungern, Weenie. Aber die Sache ist extrem wichtig.«

»Das sagst du immer.«

»Weil meine Geschäfte immer wichtig sind.«

Nicht nur an jenem Nachmittag in der zweiten Klasse hatte Lozadas unglückseliger Klassenkamerad unter seinen Quälereien leiden müssen, sondern bis zum Abschluss der High School.

Weenies kleine Gestalt, seine ständig zusammengekniffenen Augen und seine angeborene Unterwürfigkeit luden förmlich dazu ein, ihn zu piesacken und zu hänseln. Er war eine fast unwürdige Zielscheibe. Konsequenterweise hatte ihn Lozada wie ein uninteressantes Haustier behandelt, das er nach Belieben quälen und vernachlässigen oder streicheln und loben konnte.

In jeder Klasse gab es einen Computerfex, und in ihrer Klasse war das Weenie gewesen. Lozada interessierte sich zwar nicht für Computer und High Tech, doch er war sich trotzdem des technischen Fortschrittes bewusst. Und je mehr technologisch machbar wurde, desto wichtiger wurde Weenie für ihn.

Mittlerweile lebte Weenie davon, Webseiten zu gestalten. Die Arbeit gefiel ihm. Es war eine befriedigende und kreative Tätigkeit. Man konnte sie allein, daheim und zu jeder Uhrzeit ausüben. Er stellte seinen Kunden viermal so viele Stunden in Rechnung, wie er zum Erstellen einer Seite brauchte, doch alle waren mit dem Ergebnis so zufrieden, dass noch nie eine Rechnung beanstandet worden war. Es war ein ausgesprochen einträgliches Geschäft.

Trotzdem verblasste es gegen das, was ihm Lozada zahlte.

Weenies privates Rechenzentrum beanspruchte ein komplettes Zimmer seines Apartments und war dem der NASA ebenbürtig. Den Großteil seiner Einkünfte steckte er sofort wieder ins Geschäft, indem er die neuesten Geräte, Upgrades und alles Verfügbare an Peripherie kaufte. Er konnte einen Computer mit der Präzision eines Pathologen sezieren, ihn mit neuen, wesentlich besseren Komponenten ausstatten und danach wieder zusammensetzen. Er hatte noch nie einen Computer gesehen, den er nicht gemocht hatte. Er wusste, wie sie funktionierten. Nein, mehr noch, er verstand sie.

Mit einem Minimum an Mausklicks konnte er in jeden gesicherten Chatroom eindringen, einen tödlichen Virus programmieren und jeden Sicherheitscode knacken. Wenn Weenie auch nur einen Funken Fantasie oder kriminelle Energie besessen hätte, dann hätte er von seinem alten, hässlichen, miefigen, unaufgeräumten Apartment in dieser abgewrackten Gegend nahe der Innenstadt von Dallas aus möglicherweise die Welt beherrschen können.

Lozada betrachtete das als bedauerliche Talentverschwendung. Weenies technische Brillanz sollte im Dienst eines Mannes stehen, der sie zu nutzen verstand, eines Mannes mit Elan, Stil und *Cojones*.

Wäre Lozada in einer anderen Sparte tätig gewesen, hätte er Weenies Genie nutzen können, um sich riesige Summen anzueignen, ohne dass man ihn je hätte schnappen können. Aber wo lag da die Herausforderung? Er liebte das persönliche Engagement, das sein Beruf erforderte. Er brauchte Weenie einzig und allein, um Daten über seine Klienten und seine Zielpersonen zu sammeln.

Er teilte Weenie mit, was er diesmal brauchte. »Informationen.«

Weenie schob die Brille auf dem speckigen Nasenrücken nach oben. »Das sagst du jedes Mal, Lozada. Und dann wird die Person, über die ich was herausgefunden habe, tot aufgefunden.«

Lozada fixierte ihn mit einem eisigen Blick. »Was ist heute mit dir los?«

»Nichts.« Weenie zupfte an einer schorfigen Stelle an seinem Ellbogen herum. »Wie kommst du darauf, dass was mit mir los sein könnte?«

»Du kommst mir heute so unglücklich vor. Habe ich dir beim letzten Mal zu wenig gezahlt?«

»Das nicht, aber …« Er zog den Schleim in seiner Nase hoch. »Mit dem Geld gibt es keine Probleme.«

»Womit dann?«

»Ich will keinen Ärger. Mit der Polizei, meine ich. Du warst in letzter Zeit ziemlich oft in den Nachrichten, ist dir das nicht aufgefallen?«

»Und ist dir nicht aufgefallen, dass es immer gute Nachrichten waren?«

»Schon, aber diesmal, ich weiß nicht, scheint dir die Polizei wirklich im Nacken zu sitzen. Dieser Threadgill hat's auf dich abgesehen.«

»Der macht mir keine Sorgen.«

Weenie hingegen sah äußerst besorgt aus. »Mir kommt er vor wie auf einem persönlichen Kreuzzug. Und wenn sie uns, also, in Verbindung bringen? Dich und mich, meine ich.«

»Wie sollten sie?«

»Weiß ich doch nicht.«

Lozada kannte dieses Winseln noch aus der Grundschule. Schon damals hatte es ihn geärgert, und inzwischen ärgerte es ihn noch mehr. Er hatte es eilig, und sie vergeudeten unnötig Zeit mit diesem Geschwafel.

»Ich meine bloß«, fuhr Weenie fort, »ich will kein Mittäter sein. Neulich im Fernsehen haben sie einen Kerl in so einer Gerichtssendung wegen Beihilfe zum Mord verurteilt. Der ging fast so lange in den Bau wie der Typ, der den Mord begangen hat. Das will ich auf keinen Fall.«

»Du hast Angst?«

»Und wie ich Angst habe. Wie lange, glaubst du wohl, würde jemand wie ich im Knast überleben?«

Lozada betrachtete ihn von Kopf bis Fuß. Er lächelte. »Ich verstehe dich. Also wirst du doppelt vorsichtig sein müssen, damit du nicht geschnappt wirst, richtig?«

Weenie durchlief erneut das ganze Programm nervöser Übersprunghandlungen, beim Brillehochschieben angefangen über das Schorfkratzen bis zum Rotzhochziehen. Dabei vermied er jeden Augenkontakt. Das gefiel Lozada gar nicht.

»Setz dich, Weenie. Ich hab's eilig. Fangen wir endlich an.«

Weenie schien kurz zu überlegen, ob er sich weigern sollte, doch dann ließ er sich widerwillig auf dem Drehstuhl vor den diversen Computern nieder, auf denen die verschiedensten Bildschirmschoner flackerten.

»Rennie Newton«, erklärte ihm Lozada. »Doktor Rennie Newton.«

Wieder stöhnte Weenie gequält auf. »Genau das habe ich befürchtet. Ich habe sie im Fernsehen gesehen, als sie nach der Operation an diesem Bullen interviewt wurde. Was willst du über sie wissen?«

»Alles.«

Weenie machte sich an die Arbeit. Die Nase nur wenige Zentimeter vom Bildschirm entfernt, starrte er mit zusammengekniffenen Augen ins grelle Licht. Mit beeindruckender Geschwindigkeit huschten seine Finger über die Tastatur. Doch Lozada ließ sich nicht täuschen. Er merkte genau, dass Weenie Zeit zu schinden versuchte. Mindestens fünf Minuten lang surfte er ziellos herum. Nur manchmal murmelte er frustriert vor sich hin.

Zuletzt setzte er sich auf und erklärte: »Lauter Sackgassen. Ehrlich, Lozada, es gibt so gut wie nichts über sie.«

Lozada schob die Hand in die Hosentasche und zog eine Glasphiole mit perforiertem Metalldeckel heraus. Bedächtig schraubte er sie auf und kippte sie über Weenie aus.

Der Skorpion landete genau auf Weenies Brust. Weenie schrie auf und versuchte unwillkürlich, den Drehstuhl auf den Rollen zurückzufahren, doch Lozada stand hinter ihm und klemmte Weenie vor dem Computertisch ein. Er presste eine Hand gegen Weenies Stirn, zog dessen Kopf zurück und hielt ihn so fest, während der Skorpion langsam über Weenies Brust krabbelte.

»Ich hab ihn mir erst neulich gekauft. Und seitdem warte ich auf den perfekten Moment, um ihn vorzuführen. Ist er nicht schön?«

Weenie stieß ein hohes Quieken aus.

»Darf ich dir vorstellen – frisch aus Indien importiert, *Mesobuthus tamulus*, einer der wenigen Skorpione, deren Gift so tödlich ist, dass es sogar einen Menschen umbringt, obwohl es Tage dauern kann, bis das Opfer qualvoll verendet.«

Weenies Brille saß schief auf seiner Nase. Mit wild herumzuckenden Augen versuchte er das Tier zu fixieren, das langsam auf seiner Brust nach oben kroch. »Lozada, ich flehe dich an«, hauchte er.

Lozada ließ ihn leise lachend los. »Du wirst dich doch nicht wieder bepinkeln, oder?«

Seelenruhig schob er den Skorpion auf ein Blatt Papier und drehte es dann zu einem Trichter, durch den er den Skorpion in die Phiole zurückgleiten ließ. »So, genug gespaßt, Weenie«, erklärte er, während er den Deckel wieder zuschraubte. »Wir haben zu arbeiten.«

25

»Schmeckt es dir nicht?«

Wick sah von seinem Teller auf. »Äh, doch. Sehr sogar. Aber … aber ich glaube, ich bin noch satt von der Suppe.« Er versuchte zu lächeln und wusste zugleich, dass der Versuch misslang.

Sie hatten ihre zwei Tabletts auf die Terrasse neben dem Haus getragen, wo sie während des Essens schweigend den Sonnenuntergang betrachtet hatten. Tatsächlich hatten sie seit Wicks Telefongespräch mit Oren nur noch einige wenige, belanglose Sätze ausgetauscht.

Sie stand auf und griff nach seinem Tablett. »Du bist also fertig?«

»Ich kann das selbst reintragen.«

»Das solltest du aber nicht. Nicht mit deinem Rücken.«

»Er tut nicht mehr weh.«

»Gibst du mir jetzt das Tablett?«

Er überließ es ihr, und sie trug es ins Haus. Gleich darauf hörte er Schritte in der Küche, Wasser laufen, die Kühlschranktür auf- und zugehen. Hintergrundmusik zu seinen trübseligen Gedanken.

Als Rennie wieder herauskam, hatte sie eine Flasche Weißwein dabei, die sie auf den kleinen Tisch zwischen ihren beiden Holzstühlen stellte. Er sagte: »Der kommt bestimmt gut.«

»Du kriegst nichts davon ab.« Sie schenkte das eine Glas voll, das sie mitgebracht hatte.

»Warum nicht?«

»Wegen deiner Medikamente.«

»Du hast mir schon wieder so einen Hammer ins Hähnchen geschmuggelt? Oder war es diesmal im Reis?«

»Weder noch. Weil ich nicht weiß, was du nimmst.«

»Wie meinst du das?«

»Gegen deine Panikattacken.«

Er spielte mit dem Gedanken, sich dumm zu stellen. Er

spielte mit dem Gedanken, alles abzustreiten. Aber wozu? Sie wusste sowieso Bescheid. »Ich nehme gar nichts. Nicht mehr.« Er wandte sich ab und schaute ins Weite. »Woher hast du das gewusst?«

»Ich kenne die Symptome.« Er sah sie fragend an, und sie gestand leise: »Eine allgemeine Angststörung mit Neigung zu Zwangshandlungen. Vor vielen Jahren. Ich habe zum Glück nie meine Herzschläge oder Schritte zählen müssen, so weit ging es nicht. Aber es musste immer alles genau nach Plan laufen, und bis zu einem gewissen Grad muss es das immer noch. Ich muss alles unter Kontrolle haben.«

Das Thema war ihm zutiefst unangenehm. »Ich hatte … ein paar … so was wie Panikattacken wahrscheinlich. Herzklopfen, Atemnot. Mehr nicht. Damals hab ich ziemlich in der Scheiße gesteckt. Große Veränderungen.« Er zuckte vielsagend mit den Schultern. »Der Psychiater war wohl der Meinung, es wäre keine große Geschichte.«

»Du brauchst dich deswegen nicht zu schämen, Wick.«

»Ich schäme mich nicht.« Seine barsche Reaktion ließ auf das Gegenteil schließen.

Sie sah ihn lange an und sagte dann: »Also, jedenfalls vertragen sich die Medikamente, die ich dir heute gegeben habe, mit allem, was Panikpatienten gewöhnlich verschrieben bekommen. Nur damit du Bescheid weißt.«

»Danke, aber wie gesagt, ich nehme das Zeug nicht mehr.«

»Vielleicht solltest du wieder damit anfangen.«

»Und warum, *Frau Doktor?*«

»Weil dich die Erdanziehungskraft nicht mehr auf dem Stuhl halten würde, wenn du nur fünf Kilo weniger wiegen würdest.«

Er gab sich alle Mühe, nicht mehr so zu zappeln.

»Warum erzählst du nicht einfach, was Wesley gesagt hat?«, schlug sie vor.

Wieder wandte er den Kopf ab und blickte über ihr Land. Es war ein hübsches Fleckchen Erde, wie es ihm auch gefallen hätte, hätte er es sich leisten können, was niemals der Fall sein würde. Er war kein Materialist und nie einer gewesen. Gier gehörte nicht zu seinen schlechten Eigenschaften. Doch so eine Ranch zu besitzen wäre wirklich schön.

Auf der Weide hinter dem Zaun standen vereinzelt Bäume, größtenteils Pekannussbäume. Der diagonal durch die Weide fließende Bach war gesäumt von hohen Pappeln und Weiden, die sich leise im Südwind wiegten. Die Brise kühlte die Abendluft und machte es angenehm, draußen zu sitzen.

Nachdem er eine Woche lang im Krankenhaus eingesperrt gewesen war, hatte er ihren Vorschlag, auf der Terrasse hinter dem Haus zu essen, dankbar angenommen. Trotzdem hatte er das Mahl im Freien längst nicht so genossen wie erhofft. Das Telefonat mit Oren war ihm eindeutig auf den Magen geschlagen.

»Grace Wesley ist heute um halb fünf aus ihrer Schule gekommen«, begann er. »In den letzten Wochen musste sie, genau wie alle anderen in der Fakultät, das nächste Schuljahr vorbereiten. Nur dass Grace äußerst gewissenhaft ist. Darum verlässt sie normalerweise das Gebäude als Letzte, so wie heute auch. Als sie in ihr Auto stieg, saß Lozada auf dem Rücksitz.«

Rennie schnappte nach Luft und hielt dann den Atem an.

»Genau«, nickte er. »Er hat sie fast zu Tode erschreckt.«

»Ist sie…«

»Ihr ist nichts passiert. Er hat ihr kein Haar gekrümmt. Er hat nur geredet.«

»Und was hat er gesagt?«

»Er wollte wissen, wo du steckst, wo ich stecke.«

»Weiß sie das?«

»Nein, und das hat sie ihm auch gesagt. Aber offenbar hat er ihr nicht geglaubt.« Er sah Rennie in die Augen. Sie verschränkte die Arme vor der Brust, als wollte sie einen Schutzwall gegen das errichten, was er gleich sagen würde. »Er hat ihr erklärt, dass es in ihrem eigenen Interesse wäre, wenn sie ihm alles erzählt, was sie weiß, und als sie gesagt hat, sie wisse nichts, hat er nur bemerkt, wie hübsch ihre Töchter seien.«

Rennie ließ den Kopf nach vorn in ihre Hand sinken und massierte mit Zeige- und Mittelfinger ihre Schläfe. »Bitte sag nicht, dass –«

»Nein, auch den Mädchen ist nichts passiert. Es war eine Warnung. Eine kaum verhohlene Drohung. Die man nicht ignorieren sollte, denn er weiß praktisch alles über sie. Ihre Namen, ihre Lieblingsspiele, mit wem sie befreundet sind, wohin sie gern gehen.

Grace fing an zu weinen. Sie ist eine starke Frau, aber wie wir alle hat sie einen schwachen Punkt, und das ist ihre Familie. Oren hat gesagt, sie sei nicht eingeknickt, sie hätte ihn weder angefleht noch angebettelt. Aber irgendwie muss sie ihn davon überzeugt haben, dass sie wirklich nichts weiß. Er ist aus ihrem Auto heraus und in seines eingestiegen. Bevor er weggefahren ist, hat er ihr zum Abschied zugewinkt.

Grace hat Oren sofort von ihrem Handy aus angerufen. Ein paar Minuten später waren die Mädchen daheim und unter Polizeischutz. Grace ebenfalls. Oren war … na, du kannst es dir vorstellen.«

Sie schwiegen. Die Grillen stimmten sich für die Nacht ein.

»Er möchte, dass Grace mit den Mädchen zu ihrer Mutter nach Tennessee fährt«, fuhr er fort. »Noch während er mit mir telefoniert hat, hat er angefangen, ihre Koffer zu packen. Allen Protesten zum Trotz. Ich habe die Mädchen im Hintergrund herumlaufen und Grace sagen gehört, dass er sich geschnitten hätte, wenn er glaubte, dass sie ihn allein lassen würde. Und schon gar nicht würde sie sich von einem mörderischen Irren wie Lozada aus ihrem Haus jagen lassen.«

»Was meinst du dazu?«

»Er ist irre, das steht fest.«

»Du weißt genau, was ich meine. Sollte sie mitfahren?«

Er zuckte mit den Achseln. »Ich kann sie beide verstehen.«

»Ich auch. Nachdem ich Grace kennen gelernt und die beiden zusammen erlebt habe, überrascht es mich nicht, dass sie sich weigert, ihren Mann in so einer Krise allein zu lassen.«

»Es ist nicht nur das, Rennie. Wenn Lozada Orens Familie etwas antun will, dann wird er es tun. Dass er dafür nach Tennessee fahren muss, wäre für ihn nicht mehr als ein unbedeutendes Ärgernis.« Sie sahen sich lange an.

Dann stand Wick plötzlich aus seinem Stuhl auf und begann auf der gepflasterten Terrasse auf und ab zu gehen. »Lozada. Der Typ ist echt die allerletzte Wurst im ganzen Scheißhaufen. Jetzt bedroht er schon Frauen und Kinder? Ich meine, welcher Wurm ... Weißt du, was ich glaube? Ich glaube, der Kerl ist ein verdammter Schlappschwanz, das glaube ich. Er greift nur im Dunkeln an, genau wie seine gottverfluchten Skorpione.«

»Skorpione?«

»Er erledigt seine Opfer von hinten. *Von hinten*. Stell dir das mal vor. Den Banker hat er von hinten erdrosselt. Mich hat er in den Rücken gestochen. Die Einzige, der er von Angesicht zu Angesicht gegenübertritt, ist eine Frau, und selbst das tut er nur, um ihre Kinder zu bedrohen. Er hat sich noch nie einem Mann gestellt. Ich wünschte bei Gott, er würde mir ein einziges Mal vor die Augen kommen.«

»Das könnte gefährlich werden.«

Er sah sie verbittert an. »Du hörst dich an wie Oren. Ich war praktisch schon aus deiner Hollywoodschaukel raus und auf dem Weg zur Garage, um mein Auto zu holen und nach Fort Worth zurückzufahren, aber Oren hat mich gewarnt, dass er mich verhaften lassen würde, sobald ich die Stadtgrenze überschreite.«

»Weswegen?«

»Darüber hat er sich nicht weiter ausgelassen, aber es war ihm ernst. Er meinte, in der augenblicklichen Situation fehlte ihm nur noch ein hitzköpfiger Racheengel zu seinem Glück. Und dass es nur ein Gutes an Lozadas Drohung gäbe – nämlich, dass er sie ausgesprochen hatte, als ich nicht in der Stadt war.«

»Er hat sie ausgesprochen, *weil* du nicht in der Stadt warst.«

Er blieb abrupt stehen und drehte sich zu ihr um. »Hast du uns belauscht? Denn genau das hat Oren auch behauptet. Er glaubt, Lozada hat Grace nur bedroht, um mich aus meinem Bau zu locken.«

»Damit hat er bestimmt Recht.«

Er fuhr sich mit den Fingern durchs Haar. »Das glaube ich auch«, murmelte er. »Wahrscheinlich erwartet Lozada, dass ich sofort wie die fünfte Kavallerie angaloppiert komme.«

»Wobei du eine exzellente Zielscheibe abgeben würdest.«

»Vor allem wenn ich ihn angreife. Nichts würde Lozada besser in den Kram passen, als wenn ich ihn zu stellen versuche. Dann könnte er mich nämlich erst abservieren und hinterher auf Notwehr plädieren.«

Rennie pflichtete ihm mit einem Nicken bei, was ihn noch

mehr aufregte. Erbost begann er, wieder auf und ab zu humpeln. »Oren hat gehofft, ich wäre wieder nach Galveston zurückgefahren. Er war gar nicht begeistert, als er erfuhr, dass ich so nahe an Fort Worth bin.«

»Und bei mir.«

»Ich habe ihm versichert, dass du auf gar keinen Fall mit Lozada unter einer Decke steckst oder gesteckt hast.«

»Und? Glaubt er dir?« Sein Zögern war Antwort genug. Sie sagte: »Vergiss es. Ich weiß, dass er glaubt, ich würde falsch spielen.«

Wick ging nicht darauf ein. Er ließ sich in seinen Stuhl fallen, griff nach der Weinflasche und nahm einen langen Zug. Sie hinderte ihn nicht daran. Dann beugte er sich zu ihr hinüber. »Lozada hat den Einsatz enorm erhöht, indem er sich an Grace rangemacht hat. Mich anzugreifen ist das eine. Sie und die Kinder zu bedrohen etwas ganz anderes. Ich werde diesen Hurensohn unschädlich machen, Rennie. Ein für alle Mal.

Und legal geht das nicht. Diese Lektion habe ich allzu oft lernen müssen. Inzwischen hat es auch Oren kapiert. Wir können hier nicht auf das System bauen. Das hat uns zu oft im Stich gelassen. Wir müssen ihn auf andere Weise kriegen. Wir müssen die Gesetze vergessen und stattdessen wie Lozada denken.«

»Da hast du Recht.« Sie merkte, dass ihn ihre Antwort überraschte, und fuhr fort: »Du dachtest, ich hätte die Stadt verlassen, um vor ihm zu fliehen. Dass ich weggelaufen bin, als ich erfahren habe, dass er wieder auf freiem Fuß ist. Du dachtest, ich wollte mich hier verstecken. Tja, falsch gedacht. Ich bin hierhergefahren, weil ich Zeit brauchte, um darüber nachzudenken, wie ich mich von ihm befreien kann. Ich werde auf keinen Fall ein Leben in Angst führen, und schon gar nicht in Angst vor einem Mann.

Lozada ist in mein Haus eingebrochen. Schon zweimal. Er hat meinen Freund Lee Howell umgebracht. Er hat Sally Horton getötet und dich zu töten versucht, und bis jetzt ist er mit allem durchgekommen. Er ist mit dem Mord an diesem Banker durchgekommen, und ich habe ihm noch dabei geholfen.«

»Du warst Geschworene. Du bist nur deinem Gewissen gefolgt.«

»Vielen Dank für deine Unterstützung, aber inzwischen bereue ich meine Entscheidung. Lozada scheint gegen alle Gesetze immun zu sein, aber er ist nicht unbesiegbar, Wick. Er ist nicht kugelsicher.«

»Und du bist eine verdammt gute Schützin.« Sein Grinsen erlosch, als er ihre Miene sah. »Damit meinte ich den Luchs, Rennie, nicht die Sache in Dalton.«

Sie zog müde einen Mundwinkel hoch und nickte. »Ich habe nicht vor, irgendwen zu erschießen, nicht mal Lozada. Ich will schließlich nicht selbst im Gefängnis landen.«

»Ich auch nicht, aber ich bin fest entschlossen, ihn zu eliminieren, so teuer mich das auch zu stehen kommt.«

»Um deinen Bruder zu rächen?« Als er nickte, hakte sie nach: »War das eine der großen Veränderungen, die dich damals aus der Bahn geworfen haben?«

»Es war die wichtigste.«

Er lehnte sich zurück und ließ den Kopf gegen das Polster seines Stuhles sinken. Der Himmel war inzwischen tiefrot. Schon konnte er die ersten Sterne erkennen. Tausende mehr, als man in der Stadt selbst in der tiefsten Nacht zu sehen bekam. Sogar noch mehr als am Strand von Galveston, wo die

Sterne von den Leuchtreklamen zu einer blassen Ahnung dessen reduziert wurden, was sie eigentlich sein sollten.

»Joe und Lozada kannten sich schon von der Schule. Oder sie hatten wenigstens voneinander gehört. Sie gingen auf verschiedene Schulen, machten aber im gleichen Jahr den Abschluss. Joe war ein exzellenter Athlet und ein Vorzeigeschüler. Lozada war ein Tunichtgut, ein Strauchdieb und Drogendealer. Sie begegneten sich manchmal an den bekannten Teenager-Treffpunkten.

Nur ein einziges Mal sind sie wirklich aneinandergeraten, als Joe in einen Kampf zwischen Lozada und einem anderen Jungen eingegriffen hat. Sie haben sich gegenseitig beschimpft, aber mehr ist damals nicht passiert. Joe wurde Polizist. Lozada Profikiller. Beide waren sehr gut auf ihrem Gebiet. Irgendwann mussten sie aufeinandertreffen. Es war nur eine Frage der Zeit.«

Er griff nach der Weinflasche und nahm noch einen tiefen Schluck in der Hoffnung, dadurch die stechenden Rückenschmerzen zu betäuben, die auf einmal schlimmer denn je zurückgekehrt waren.

»Wir spulen ein paar Jahre vor. Joe und Oren ermittelten in einem hochkarätigen Mordfall. Eine echte Texasstory. Die prominente Gattin eines reichen Ölmagnaten wird erschlagen auf der Terrasse ihres Landsitzes aufgefunden.

Der Gemahl befindet sich praktischerweise auf Reisen und verfügt über eine lange Liste unanfechtbarer Alibis. Da die Wohnung nicht verwüstet war und auch nichts gestohlen wurde, roch die Sache schwer nach einem Auftragsmord. Joe bearbeitete den Kerl gnadenlos, der eine sehr anspruchsvolle, sehr teure zweiundzwanzigjährige Geliebte in New York hatte.

Der Mord trug ganz eindeutig Lozadas Handschrift, aber sie konnten ihn einfach nicht mit dem Ehemann in Verbindung bringen. Joe knöpfte sich den Kerl immer wieder vor, und bei jeder Vernehmung zeigten sich weitere Risse im Putz. Joe ließ nicht locker und bearbeitete ihn immer weiter. Er war kurz davor, ihn zu knacken.«

Er schwieg ein paar Sekunden, ehe er weitererzählte. »Als ich Joe das letzte Mal gesehen habe, haben wir uns auf eine Tasse Kaffee getroffen. Er meinte, er könnte die Angst des Mannes schon schmecken. ›Bald hab ich ihn geknackt, Wick. Sehr bald.‹ Er prophezeite, dass der Ehemann bald zusammenbrechen und auspacken würde, und dass Joe dann nicht nur ihn, sondern auch Lozada am Arsch hätte. Der Ölbaron war ein Schmock, erzählte er. Dieser Göre in New York verfallen. Absolut schwanzgesteuert. Joe meinte, der Kerl könnte einem fast leidtun.

›Aber dieser Lozada ist ein echt übler Bursche, Kleiner. Und ich meine echt übel.‹ Genauso hat es Joe ausgedrückt. Er sagte, Lozada würde eher zum Vergnügen als wegen des Geldes töten. Es machte ihm einfach Spaß. Joe prophezeite, er würde der Welt einen Gefallen tun und diesen herz- und haarlosen Hurensohn ein für alle Mal aus dem Verkehr ziehen.

Ich weiß noch, dass wir mit unseren Tassen auf seinen Erfolg angestoßen haben. Den offenbar auch Lozada geahnt hat. Er muss gespürt haben, dass der Ölprinz ihn verpfeifen würde.

An diesem Abend kam Oren ein paar Minuten nach Joe aus dem Revier. Als er auf den Parkplatz kam, fiel ihm auf, dass Joes Auto noch dastand. Die Fahrertür stand offen. Joe saß auf dem Fahrersitz und starrte durch die Windschutzscheibe. Oren hat mir später erzählt, wie er auf das Auto zugegangen ist und gesagt hat: ›Hey, was ist los mit dir? Ich dachte, du wärst längst weg.‹«

Er verstummte kurz, holte tief Luft und atmete langsam wieder aus. Inzwischen war es dunkel geworden. Der Mond schwebte als schmale Sichel über dem Horizont.

»Joe war schon tot, als Oren ihn fand. Ich hatte an diesem Abend eine kleine Party bei mir zu Hause. Oren und Grace kamen vorbei und überbrachten mir die Nachricht.« Er beugte sich vor, stützte die Ellbogen auf die Knie und klopfte sacht mit den gefalteten Händen gegen seine Lippen.

»Weißt du, was mich am meisten irritiert, Rennie?« Er wandte den Kopf, sah sie an und bemerkte erst jetzt, dass sie sich nicht bewegt hatte, seit er zu reden angefangen hatte. »Weißt du, was mir einfach nicht in den Kopf will?«

»Was denn?«

»Ich kapier einfach nicht, warum Lozada nicht den Ölmenschen umgebracht hat. Das hätte den Mann ein für alle Mal zum Schweigen gebracht. Warum hat er nicht ihn, sondern Joe umgebracht?«

»Joe war eine viel größere Bedrohung. Den Ölmenschen zu töten, wäre nur eine kurzfristige Lösung für ein langfristiges Problem gewesen. Lozada wusste genau, dass Joe nicht aufgeben würde, bis er ihn hätte.«

»Eine perverse Form von Wertschätzung, nehme ich an.«

»Warum wurde er nie für den Mord an Joe angeklagt und vor Gericht gestellt?«, fragte sie.

Doch in diesem Augenblick läutete Wicks Handy und ersparte ihm die Antwort.

Er klappte die Abdeckung auf und hielt es an sein Ohr. »Ja?«

Nachdem er ein paar Sekunden zugehört hatte, sah er Rennie an, stand dann auf und trat an den Rand der Terrasse, den Rücken ihr zugewandt. »Nein, darüber haben wir noch nicht gesprochen«, hörte sie ihn sagen, kurz bevor er die Terrasse verließ und sich noch weiter von ihr entfernte.

Sie begriff, dass er ungestört sein wollte, ging ins Haus und räumte die Küche fertig auf.

Sie fragte sich, was für schlechte Neuigkeiten Detective Wesley wohl diesmal hatte.

Durch das Fenster über der Spüle konnte sie sehen, wie Wick am Zaun auf und ab ging. Sie war genauso rastlos wie er. Sie hatte das Gefühl, sie müsste die Initiative ergreifen, müsste irgendetwas unternehmen, doch sie wusste beim besten Willen nicht, was.

Im Wohnzimmer schaltete sie eine Stehlampe ein und blätterte in einer Zeitschrift, ohne ein Wort oder ein einziges Bild wirklich wahrzunehmen. Stattdessen war sie mit ihren Gedanken bei Wick.

Er war ständig in Bewegung, ganz wie Grace Wesley gesagt hatte. Gleichzeitig hatte er die Angewohnheit, seinen Argumenten Nachdruck zu verleihen, indem er dem Gegenüber scheinbar ewig in die Augen sah. Sobald seine blauen Augen jemanden fixiert hatten, war es fast unmöglich, ihrem durchdringenden Blick zu entrinnen.

Er war intelligent und schlagfertig und witzig und beinahe zu selbstbewusst. Oberflächlich war er allerdings nicht. Im Gegenteil, er wurde von tiefen Empfindungen gesteuert. Er hatte seinen Bruder geliebt und spürte den Verlust noch heute wie eine offene, schmerzende Wunde. Jede Stunde, die Lozada in Freiheit verbrachte, war neues Salz auf diese Wunde. Er schien Lozada ebenso innig zu hassen, wie er Joe geliebt hatte, und es war gefährlich, so starke Emotionen zu unterdrücken. Lozada hatte allen Grund, sich vor Wick Threadgill zu fürchten.

Sie konnte den Zorn nachfühlen, der seine Rachgelüste befeuerte. Ihre Rache hatte sich damals ganz anders geäußert, doch sie verstand, warum Wick so zwanghaft danach suchte. Und er tat ihr leid, denn Rache ist ein einsames, aufreibendes Geschäft.

Sie hatte sich vorgenommen, Wick Threadgill nicht zu mögen, doch sie tat es. Sie hatte sich vorgenommen, ihm sein falsches Spiel nicht zu verzeihen, aber sie konnte nicht anders. Sie hatte sich vorgenommen, ihn nicht attraktiv zu finden, doch sie fand ihn sehr wohl attraktiv. Sie hatte gewusst, dass sie ihn nur ein einziges Mal zu küssen brauchte, um ihn immer wieder küssen zu wollen. Sie hatte es, und nun wollte sie es. Und wenn dieser Kuss auch nur entfernt darauf schließen ließ, wie intensiv er liebte, dann wollte sie diese Liebe erfahren.

»Rennie?«

Sie fuhr hoch und räusperte sich. »Hier drin.«

Seine Stiefel klackten über den Holzboden. Er ließ sich am anderen Ende der Couch nieder, halb auf der Lehne, als wollte er jederzeit aufspringen können. »Was machst du da?«

Sie tippte auf die offene Zeitschrift in ihrem Schoß.

»Ein Reitermagazin?«

»Hmm.«

»Und was gibt es Neues und Interessantes in der Welt der Pferde?«

»Was hat er gesagt, Wick?«

Er seufzte schwer und rieb sich mit der Hand über den Nacken. »Ich brauche eine Massage.«

»Die würde deiner Wunde gar nicht guttun.«

»Nur die Schultern. Ich hab mir den Nacken verzogen, als ich gestern unter dem Baum eingeschlafen bin. Wie wär's mit einer Massagetherapie für deinen Lieblingspatienten?«

»Gibt es noch mehr schlechte Nachrichten?«

»Nicht wirklich. Woher hast du den Sattel?«

»Gewonnen.«

»Beim Barrelracing?«

»Du weißt davon?« Sie musterte seine verlegene Miene und sagte: »Natürlich weißt du davon. Ja, ich habe den Sattel beim Barrelracing gewonnen.«

»Er sieht gut aus. Aber sitzt man auf diesen Silberbeschlägen nicht ziemlich unbequem?«

»Wick, warum versuchst du, Zeit zu schinden, wenn Oren keine neuen Katastrophen zu melden hatte?«

»Okay«, erwiderte er knapp. »Ich erzähle dir, worüber wir gesprochen haben. Aber ich möchte vorab klarstellen, dass es nicht meine Idee war.«

»Sie wird mir nicht gefallen, wie?«

»Ich kann es mir kaum vorstellen.«

Sie sah ihn erwartungsvoll an, doch er zögerte immer noch. »Herrgott noch mal, wie schlimm kann es schon sein?«

»Oren meint, wir sollten uns als Liebespaar ausgeben.« Er nickte heftig, um seinen Worten Nachdruck zu verleihen.

Sie starrte ihn sekundenlang mit offenem Mund an und prustete dann los. »Das ist alles? Das ist der brillante Plan, mit dem wir Lozada in die Falle locken?«

Dass sie ihn auslachte, machte ihn wütend. »Was ist daran so schlecht?«

»Nichts. Wie dir jeder Groschenheftschreiber und Bahnhofskino-Filmregisseur bestätigen wird.« Sie begann sich vor Lachen zu schütteln, doch er blieb ernst. »Mal im Ernst,

Wick. Findest du die Idee nicht ein kleines bisschen abgeschmackt? Wir sollen versuchen, Lozada eifersüchtig zu machen. Er denkt sich eine grässliche Strafaktion aus, und dabei nageln wir ihn fest. Lässt sich der grandiose Plan so zusammenfassen?«

»Im Wesentlichen«, bestätigte er steif.

Sie schüttelte ungläubig den Kopf. »Der Himmel stehe uns bei.«

»Ich bin froh, dass du darüber lachen kannst, Rennie, denn ich kann es nicht. Lozada ist abgetaucht. Sein Mercedes steht in der Parkgarage, er verwendet also ein unbekanntes Transportmittel. Seit gestern Abend ist er weder in seinem Lieblingsrestaurant noch in seiner Wohnung im Trinity Tower gesehen worden. Der Portier hat Oren gesagt, dass die Eigentümergemeinschaft ihn gebeten hat auszuziehen.«

»Vielleicht ist er einfach ausgezogen.«

»Und vielleicht wird der Rotluchs, den du heute Morgen abgeknallt hast, heute Nacht wieder zum Leben erwachen.« Er stand auf und wanderte ziellos im Wohnzimmer herum. »Lozada würde sich nie und nimmer von den Nachbarn aus seiner Wohnung werfen lassen. Diese Wohnung ist für ihn ein Statussymbol, genau wie seine maßgeschneiderten Anzüge und dieses Hunderttausend-Dollar-Auto.

Dass man ihn rausschmeißen will, ist für ihn die schlimmste Beleidigung, und es macht ihn wahrscheinlich rasend wütend. Und wem wird er die Schuld daran geben, dass ihn die Crème de la Crème von Fort Worth nicht mehr in ihren Reihen haben will? Richtig geraten. Mir. Uns. Dass wir uns verdrückt haben, wird ihn zur Raserei treiben, vor allem, wenn er weiß, dass wir zusammen sind. Er ist stinksauer, weil wir in der Zeitung gestanden haben und er deshalb aus seiner Wohnung geworfen werden soll. Und plötzlich weiß niemand mehr, wo er steckt. All das zusammen macht mich tierisch nervös.«

Als sie sicher war, dass sein Ausbruch vorüber war, entschuldigte sie sich: »Ich nehme die Situation bestimmt nicht auf die leichte Schulter, Wick. Ich weiß, wie ernst die Lage ist. Dazu brauche ich nur an Grace zu denken. Aber seien wir doch ehrlich. Auf eine so billige Schmierenkomödie würde Lozada bestimmt nicht reinfallen.«

Er blieb direkt vor ihr stehen, sodass sie den Kopf in den Nacken legen musste, um zu ihm aufzuschauen. »Na gut, dann lass hören, was du stattdessen vorschlägst. Ich nehme an, du hast bereits einen todsicheren Plan ausgearbeitet. Du hast doch behauptet, du wärst hierhergekommen, um dir zu überlegen, wie du ihn loswerden könntest. Hat die frische Landluft deine grauen Zellen stimuliert?«

Sie senkte den Kopf. »Du brauchst nicht gleich beleidigend zu werden.«

»Ich kann kaum glauben, dass du den Nerv hast, mir in die Augen – oder besser in den Hosenschlitz – zu sehen und so was zu sagen, nachdem du dich gerade noch über unseren Vorschlag schiefgelacht hast.«

Er machte sich auf den Weg in die Küche. Rennie folgte ihm. Als sie durch die Tür trat, war er bereits dabei, eine Flasche Wasser zu leeren.

»Du hinkst wieder. Tut dir der Rücken weh?«

»Nicht nur der.«

»Du hast behauptet, du hättest keine Schmerzen.«

»Da habe ich gelogen.«

»Nicht zum ersten Mal.«

In zornigem Schweigen standen sie einander gegenüber. Sie sprach als Erste wieder. »Na schön, und was sollen wir tun?

Händchen haltend an der Straßenecke stehen? Uns bei einem Candlelight-Dinner tief in die Augen schauen? Bis zum Morgengrauen Stehblues tanzen? Oder was?«

»Vergiss nicht das Betatschen«, sagte er. »Ich könnte dich mal wieder betatschen.«

Ihr Gesicht wurde heiß, doch sie rührte sich nicht vom Fleck. Wenn sie jetzt wütend aus der Küche eilte, würde sie dem Vorfall eine Bedeutung einräumen, die er angeblich nie gehabt hatte.

Unter einem leisen Fluch stellte er die Flasche auf die Küchentheke zurück und rieb sich die müden Augen. »Entschuldige. Irgendwie verleitest du mich immer wieder dazu, Sachen zu sagen, nach denen ich mich absolut beschissen fühle.«

»Nicht so schlimm. Ich hätte den Ausdruck nicht verwenden sollen, als du …«

Er senkte die Hand und sah sie an. »Als ich … was?«

»Du hast mich nicht betatscht.«

Er fixierte sie mit seinen hypnotisierenden Augen, bis sie unter Aufbietung aller Kräfte den Blick abwandte. »Erzähl mir lieber, was Oren vorhat.«

»Äh, ja.« Er schüttelte den Kopf, als müsste er sich ins Gedächtnis rufen, worüber sie gesprochen hatten. »Er meinte, vielleicht könnten wir Lozada wegen Stalking drankriegen. Wenn wir ihn damit hinter Gitter bekämen, und sei es auch nur vorübergehend, hätten wir Zeit gewonnen, um im Mordfall Sally Horton und wegen des Mordversuchs auf mich Beweise zu sammeln. Aber –«

»Ich habe schon befürchtet, dass es ein Aber geben würde.«

»– leider kann niemand diese Anrufe bezeugen, die er bei dir gemacht hat.« Sie wollte schon protestieren, doch er hob abwehrend die Hände. »Lass gut sein. Ich argumentiere nur wie unsere Staatsanwaltschaft. Ich höre jetzt schon, wie so ein frisch studierter Assi einen konkreten Beweis für diese Anrufe sehen will, und den haben wir nicht. Richtig?«

»Richtig. Aber ich habe noch das Kärtchen, das bei den Rosen steckte.«

»Das aber keine Drohung enthält.«

»Er ist in mein Haus eingebrochen.«

»Oren und zwei weitere Polizisten haben dich und Lozada eng umschlungen gesehen.«

»Ich hatte Angst, ich könnte enden wie Sally Horton, wenn ich mich wehre.«

»Es gibt keinen einzigen Hinweis auf einen Einbruch in deinem Haus, Rennie.«

»Es gab auch keine Hinweise dafür, dass du eingebrochen bist.«

Ihm verschlug es für eine Sekunde die Sprache. »Du weißt davon?«

»Ich hatte so meine Vermutungen, die Wesley mit seinem eisigen Schweigen bestätigt hat.«

»Oren hat mir nichts davon gesagt, dass du Bescheid weißt.« Er ließ den Kopf hängen und massierte sich wieder den Nacken. »Ein Wunder, dass du mich nicht hast verbluten lassen.«

»Von deiner illegalen Hausdurchsuchung habe ich erst erfahren, nachdem ich dir das Leben gerettet hatte.«

Sein Kopf fuhr hoch. Sie lächelte ironisch, um ihm zu zeigen, dass sie es nicht ernst meinte. Er erwiderte ihr Lächeln. »Glück gehabt.«

»Um auf die Anklage wegen Stalking zurückzukommen«, sagte sie, »wie aussichtsreich ist die, wenn ich nicht beweisen kann, dass Lozada mir nachgestellt hat?«

»Wir hätten bessere Aussichten, damit durchzukommen, wenn wir einen weiteren Zwischenfall an einem anderen Ort vorweisen könnten. Die Anschuldigung hätte mehr Substanz, wenn er dir in eine andere Stadt folgen würde.«

»Wie zum Beispiel hierher.«

Er schüttelte den Kopf. »Selbst da könnte er behaupten, du hättest ihn eingeladen. Dann stände sein Wort gegen deines.«

»Und wohin dann?«

»In mein Haus in Galveston. Dass er dort auf der Gästeliste steht, kann er beim besten Willen nicht behaupten. Wie schnell kannst du packen?«

26

Oren war beim ersten Läuten am Apparat. Wick erklärte ihm, dass sie seinen Vorschlag umsetzen wollten.

»Und Doktor Newton ist damit einverstanden?«

»Nein«, erwiderte Wick. »Genauso wenig wie ich. Es ist ein absolut aberwitziger Plan, und Lozada müsste völlig irre sein, um darauf reinzufallen.«

»Aber was Besseres fällt euch auch nicht ein.«

»Mir schon. Gib mir eine Wagenladung Waffen, und lass mich diesen Drecksack zur Strecke bringen.«

»Dieser Plan könnte deine Lebensqualität erheblich beeinträchtigen.«

»Rennie sieht das ähnlich. Es ist keine besonders gute Strategie, aber es ist die einzige, die uns bleibt. Immerhin trifft sie Lozada genau dort, wo es ihn am meisten schmerzt – in seinem Ego.«

»Genau deshalb könnte es klappen.«

»Wie bist du mit Grace verblieben?«

»Die Mädchen sind weg. Grace ist noch hier.«

Wick lächelte ins Telefon. »Gut für Grace.«

»Na ja … Pass auf: Wenn ihr nach Galveston kommt, wird dein Haus bereits rund um die Uhr bewacht werden. Halt keine Ausschau nach unseren Leuten. Du wirst sie nicht sehen. Hoffe ich jedenfalls.«

»Kommst du auch runter?«

»Würdest du deinen Kumpel zu einem romantischen Wochenende mit deiner neuen Flamme einladen?«

»Ich weiß nicht. Vielleicht kriegen wir ja Lust auf was Ausgefallenes?«

»Wick.«

»Vergiss es. Schon kapiert.« Sollte Lozada Oren in Galveston sehen, wäre ihm sofort sonnenklar, dass er in die Falle gelockt werden sollte.

»Ich bleibe rund um die Uhr telefonisch erreichbar«, fuhr Oren fort. »Halt die Augen offen und melde dich so oft wie möglich. Ich will von jedem Möwenfurz erfahren.«

»Bist du sicher? Denn wenn die so oft furzen, wie sie kacken –«

»Hörst du auf, Quatsch zu machen? Das ist nicht komisch.«

»Ich weiß. Keine Witze mehr.« Es war ihm ernst.

»Lozada ist abgetaucht, Wick. Du weißt, was meistens passiert, nachdem er ein paar Tage unauffindbar war.«

»Dann wird eine Leiche gefunden.«

»Mir gefällt das nicht.«

»Mir auch nicht. Aber ich glaube nicht, dass er uns so schnell aufspüren kann.«

»Möglich ist es trotzdem. Ich habe in der ganzen Stadt herumerzählen lassen, dass du eine Affäre mit der Chirurgin hast, die dein Leben gerettet hat. Inzwischen ist wahrscheinlich zu ihm durchgedrungen, dass du mit Dr. Newton zusammen bist.«

»Oh, er wird auftauchen. Da bin ich ganz sicher.« Er hatte weder Oren noch Rennie von dem Kinderreim erzählt, den er wie ein rotes Tuch vor Lozadas Gesicht geschwenkt hatte. Lozada würde dieser Provokation nicht widerstehen können.

Nachdem er das Gespräch mit Oren beendet hatte, ging er nach draußen, um sich umzusehen. Er ging erst das ganze Haus ab, dann den Stall und die Garage, wobei er jeweils einen Blick ins Innere warf. Ihm fiel nichts Ungewöhnliches auf. Als er wieder ins Haus kam, überprüfte er gemeinsam mit Rennie sämtliche Fenster, um sicherzugehen, dass sie verriegelt waren. Sie wirkte nicht eingeschüchtert, doch sie hatte allen Grund, vorsichtig zu sein.

»Wer hätte gedacht, dass mein kurzes Gastspiel als Geschworene solche Konsequenzen haben könnte?«

»Du konntest nicht ahnen, dass sich der Angeklagte in dich verknallt.«

»Dieses Wort impliziert eine unschuldige, fast kindliche Bewunderung. Dies hier geht weit darüber hinaus. Hier geht es um …«

Als ihr das richtige Wort nicht einfallen wollte, fasste es Wick für sie zusammen: »Lozada.«

»Allein der Name klingt bedrohlich.« Sie rieb sich in einer unbewussten Geste die Arme, als wäre ihr kalt. »Hat er wirklich erwartet, ich würde mich durch seine gespenstischen Nachstellungen geschmeichelt fühlen?«

»Hundertprozentig.«

»Wie kann ein Mensch nur so arrogant sein? Er stand wegen Mordes vor Gericht. Mord ersten Grades, auf den die Todesstrafe steht. Wer könnte sich in so einer Situation eine Romanze zurechtspinnen?«

»Niemand, der einigermaßen bei Vernunft ist. Nur jemand mit Lozadas Größenwahn. Er hält sich für den unbesiegbaren Champion.«

»Bei der Weltmeisterschaft der Auftragskiller.«

»So ungefähr. In seiner Sparte gehört er zu den Besten. Soweit wir wissen, wurde er bislang noch nicht international tätig, aber warum sollte er auch? Wenn er sich auf die Gegend um Fort Worth beschränkt, kann er mit geringerem Risiko mehr verdienen. Außerdem arbeiten die meisten Typen, die international operieren, im Geheimen, und das ist nicht Lozadas Stil. Warum sollte er sich unnötigen Ärger einhandeln, indem er irgendwelche Politiker umbringt und sich damit ganze Regierungen und Interpol auf den Hals hetzt? Er ist ein großer Fisch in einem relativ kleinen Teich.«

»Und darum kann keine Frau seinen Aufmerksamkeiten widerstehen? Denkt er so?«

»Exakt«, antwortete er. »Dazu kommt noch sein Streben nach Luxus. Er ist ein Kind aus der Mittelklasse. Sein einziger Bruder war schwer geistig und körperlich behindert. Die Eltern haben sich für ihre Kinder aufgerieben.

Für Lozada sind Statussymbole deshalb enorm wichtig. Er sieht sich als gut bezahlten Geschäftsmann, der sich von allem das Beste leisten kann und das auch tut. Und um das Gesamtbild abzurunden, hätte er gern eine Klassefrau an seiner Seite.«

»Was ist mit seinen Skorpionen?«

»Die sammelt er. Ja, echt schaurig, wie? Sie sind so was wie seine Maskottchen. Es sind Nachttiere, die ihre Opfer mit einem einzigen Stich töten können. So was wie Münzen oder Briefmarken oder auch Kunstwerke würde er nie sammeln, das wäre ihm zu gewöhnlich. Er legt größten Wert darauf, außergewöhnlich zu sein.«

Sie legte den Kopf schief und betrachtete ihn nachdenklich. »Du weißt genau, wie er tickt, wie?«

»Ich habe nicht nur gefaulenzt, seit ich mich habe beurlauben lassen. Anders als Oren annimmt, war ich bienenfleißig. Ich habe alles über Lozada zusammengetragen, was ich nur in die Finger bekommen konnte.«

»Was zum Beispiel?«

»Seine Schulakten. Mit vierzehn hat seine kriminelle Karriere begonnen. Ungefähr zur gleichen Zeit wurde in seiner Junior-High-School ein psychologisches Profil von ihm erstellt. Daraus habe ich die meisten Hintergrundinformationen. Das soziopathische Verhalten und der Allmachtskomplex machten sich schon in seiner Kindheit bemerkbar. Ich kenne ihn in- und auswendig. Psychologisch gesehen kenne ich ihn wahrscheinlich besser, als ich mich selbst kenne.«

Er schwieg, atmete tief aus und sagte dann finster: »Aber dass er mit Sally Horton geschlafen hat, wusste ich nicht. Andernfalls hätte ich sie gewarnt, sich von ihm fernzuhalten, und ich hätte in dieser Nacht besser auf mich aufgepasst. Wenn er uns für ein Liebespaar hält…« Mehr brauchte er nicht zu sagen. »Sally Horton hat ihm nichts bedeutet. Du bist ihm wichtig, Rennie.«

»Und ich betrüge ihn mit einem anderen.«

»Genauso wird er es sehen. Du darfst nicht unterschätzen, in welcher Gefahr du dich befindest. Oren hat seinen Bullen und Spitzeln aufgetragen, saftigen Klatsch über uns zu verbreiten. Lozada wird es nicht ertragen, dass wir zusammen sind. Du bist fremdgegangen, und ich habe ihm sein Lieblingsspielzeug geklaut.«

»Aber ich bin rein gar nichts für ihn, außer einer größenwahnsinnigen Einbildung.«

»Wenn er *meint*, dass du ihm gehörst, dann gehörst du ihm.«

»Nur über meine Leiche.«

»Das würde ich gern vermeiden.« Er legte einen Finger unter ihr Kinn, sodass sie sich in die Augen sahen. »Du brauchst nur einen Ton zu sagen, und ich pfeife Oren zurück. Dann müssen wir Lozada eben irgendwie anders schnappen, ohne dass du dabei in Gefahr gerätst. Ich bin gestern Abend hergekommen, weil ich dich warnen und drängen wollte, irgendwohin zu verschwinden, bis Lozada auf die eine oder andere Weise aus dem Verkehr gezogen worden ist.«

»Das könnte ewig dauern.«

»Ich glaube nicht.« Er musste an die Nachricht denken, die er Lozada gestern Abend hatte zukommen lassen.

»Ich bin bereits in Gefahr, Wick. Ich habe ihn schon vor den Kopf gestoßen, dazu brauchte ich dich gar nicht. Außerdem kann ich nicht einfach so abhauen. Nein, lass es mich anders ausdrücken. *Ich werde nicht abhauen.*«

»Na schön, wie schnell bist du reisefertig?«

»Du willst doch nicht etwa schon heute Nacht fahren?«

»Sobald du gepackt hast.«

»Ums Packen geht es nicht. Du bist noch keine vierundzwanzig Stunden aus dem Krankenhaus, und du bist mehrere Tage vor einem vertretbaren Entlassungstermin abgehauen.«

»Mir geht es gut.«

»Dir geht es überhaupt nicht gut. Dein Rücken schmerzt

und ist steif. Du kannst nicht mal durchs Zimmer gehen, ohne das Gesicht zu verziehen. Wie willst du da durch ganz Texas fahren? Du bist noch völlig entkräftet, und dir drohen immer noch Infektionen oder eine Lungenentzündung, was beides gleichermaßen fatal wäre. Vielleicht ist auch ein Teil der Naht wieder aufgegangen.«

»Du hast selbst gesagt, dass die Wunde gut aussieht.«

»Unter deiner Haut sind viel mehr Nähte als außen. Versprich mir, dass du sofort Bescheid sagst, wenn dein Bauchraum empfindlich wird.«

»Versprochen. Wenn es mir zwischen hier und Galveston plötzlich elend werden sollte, halten wir am nächsten Krankenhaus an.«

»Wir fahren nicht heute Nacht«, widersprach sie eigensinnig. »Die Polizeitaktik habe ich dir und Wesley überlassen. Deine Gesundheit ist meine Domäne. Wir fahren nirgendwohin, ehe du dich nicht ausgeruht hast. Ende der Diskussion.«

Weil er sich weigerte, sie alleine unten auf der Couch schlafen zu lassen, teilten sie das Bett. Er sagte: »Das ist Bestandteil der Polizeitaktik, die du uns überlassen solltest. Ende der Diskussion.«

Als wahrer Gentleman behielt er seine Hose an und legte sich auf die Decke. Er döste, doch in einen tiefen Schlaf würde er in dieser Nacht keinesfalls versinken, zum einen, weil er tagsüber so lang geschlafen hatte und weil er auf jedes Geräusch lauschte, zum anderen, weil er Lozadas heimtückische Gedankengänge nachzuvollziehen versuchte, und schließlich und endlich, weil er keine Sekunde lang vergessen konnte, dass Rennie neben ihm lag.

Ihr Gesicht und ihr Körper hatten sich im Schlaf entspannt.

Eine Hand ruhte direkt neben ihm auf der Decke. Die Handfläche zeigte nach oben, die schlanken Finger waren leicht gekrümmt. Verführerisch und schutzlos sah diese Hand aus, ganz und gar nicht wie die starke, geschickte Hand einer Chirurgin. Rennie war die selbstständigste, unabhängigste Frau, die ihm je begegnet war. Er bewunderte sie für das, was sie geschafft hatte. Aber er spürte auch einen ausgeprägten Beschützerinstinkt.

Und er wollte mit ihr schlafen.

O Gott, und wie er das wollte. Er wollte es, weil … nun, weil er ein Mann war und weil ein Mann gern mit einer Frau schlafen will. Aber das war es nicht allein. Weder mit Humor noch mit Charme und nicht einmal im Zorn hatte er es geschafft, ihre harte Schale zu durchdringen. Möglicherweise hatte er dieser Schale ein paar Risse zugefügt, doch durchbrochen hatte er sie nicht. Würde er Rennie wirklich berühren können, wenn er in ihren Körper eindrang? Es war ein provozierender Gedanke, der ihm in mehrerlei Hinsicht keine Ruhe ließ.

Sie schrak vor jeder Berührung zurück, aber nicht, weil er ihr unsympathisch war, das meinte er zu spüren. Die Reaktion war ein konditionierter Reflex, den sie sich selbst antrainiert hatte, und damit Ausdruck jener Selbstbeherrschung, die ihr so wichtig war, ein Überbleibsel nach dem Vorfall mit Raymond Collier. Damals hatte sie durch ihre Leidenschaft eine Katastrophe ausgelöst. Das bedeutete nicht unbedingt, dass sie seither weniger leidenschaftlich war. Sie gab ihrer Leidenschaft nur nicht mehr nach.

Obwohl sie so reserviert war, konnte er sich gut ausmalen, wie sie aussah, wenn sie erregt war und rot wurde. Als er sie heute geküsst hatte, war der Kuss ein paar unglaubliche Sekunden lang nicht völlig einseitig gewesen. Sie war nicht so weit gegangen, ihn zu erwidern, doch sie hätte es gern getan. Und das war nicht nur die großspurige Angeberei eines Frauenhelden, der schon viele Frauen geküsst hatte.

Das Stocken ihres Atems und das kaum merkliche, aber doch spürbare Nachgeben ihrer Zunge hatte er sich nicht eingebildet. Selbst durch ihre Kleider hindurch hatte sich ihre Haut fieberhaft heiß angefühlt. Und er hatte sich nicht lang bemühen müssen, um ihr eine Reaktion zu entlocken. Zwei Berührungen mit dem Daumen hatten genügt, um ihre Brustwarze hart und groß werden zu lassen, so als würde sie nur auf seinen Mund warten.

Er verkniff sich ein Stöhnen, indem er es in ein Räuspern verwandelte. Rennie schlief weiter, ungestört und ohne etwas von seinem Elend zu ahnen. Er wälzte sich auf die Seite, das Gesicht ihr zugewandt. Falls sie aufwachte und ihn zur Rede stellte, konnte er immer noch wahrheitsgemäß vorbringen, dass sein Rücken wehgetan hätte. Außerdem konnte er sie sowieso kaum erkennen. Dazu war es zu dunkel im Zimmer.

Doch er spürte ihren warmen Atem, und er brauchte sie auch nicht zu sehen, um seine Fantasien mit Leben zu erfüllen. Während der langen Nächte des Observierens hatte er reichlich Zeit gehabt, sich ihr Gesicht einzuprägen.

Plötzlich musste er daran denken, wie sie an dem Abend nach der Hochzeitsfeier ihr Kleid ausgezogen hatte. Sollte dieser winzige, spitzendurchwirkte Hauch in Lavendel etwa die Unterwäsche einer Frau sein, die mit dem Sex abgeschlossen hatte?

Wohl kaum.

Ganz langsam öffnete er nacheinander die Knöpfe seiner Jeanshose. Wenn sie jetzt aufwachte, würde sie ihm derart einheizen, dass ihm die Hölle wie ein Kühlschrank vorkäme, denn inzwischen war nicht mehr nur sein Rücken steif. Er war froh, dass sein Geschlechtsorgan keinen dauerhaften Schaden genommen hatte und wieder voll einsatzfähig schien, doch irgendwie schien es beweisen zu wollen, dass es noch fitter war als vor der Verletzung.

Nachdem er den Druck gelindert hatte, schloss er die Augen und versuchte mit aller Willenskraft, wenn schon nicht zu schlafen, dann doch seinen Geist zu leeren und Ruhe zu finden. Er würde einfach nicht mehr daran denken, wie gut dieser Kuss geschmeckt hatte oder wie perfekt sich ihre Brust in seine Hand geschmiegt hatte. Er würde nicht daran denken, wie warm und weich der Körper unter der leichten Decke war, und schon gar nicht würde er an jenen süßen Fleck denken, wo sie noch wärmer und weicher wäre. Um ihn aufzunehmen. Ihn zu umschließen.

Brutal wie ein schrillender Wecker riss ihn ein leises Wiehern aus dem Schlaf. Mit weit aufgerissenen Augen blieb er reglos im Bett liegen, hielt die Luft bis kurz vorm Platzen an, aus lauter Angst, irgendetwas zu überhören. Er brauchte nicht lang zu warten, da hörte er wieder ein leises Pferdeschnaufen aus dem Stall.

Rennie war nicht wach geworden. Sie schlief immer noch tief und fest. Trotz seines steifen Rückens rollte er behände wie eine Katze aus dem Bett und griff nach seiner Pistole, die er in Reichweite auf dem Nachttisch deponiert hatte. Auf Zehenspitzen schlich er ans Fenster, wo er sich an die Wand presste und nur so weit vorlehnte, dass er hinausschauen konnte.

Eine halbe Minute blieb er so stehen, ohne eine Bewegung

im Hof oder in dem Bereich zwischen Haus und Stall ausmachen zu können, doch sein Instinkt sagte ihm trotzdem, dass da drüben irgendetwas vorging. Vielleicht hatte eine Maus die Pferde aufgescheucht. Vielleicht hatte der Luchs eine Freundin gehabt, die nun nach ihm suchte. Oder vielleicht stattete ihnen Lozada einen Besuch ab.

Er schlich durchs Schlafzimmer und huschte nach einem kurzen Blick auf Rennie, die immer noch tief und fest schlief, aus dem Zimmer und von dort aus lautlos über die Galerie. Oben an der Treppe blieb er wieder stehen und lauschte. Sechzig Sekunden wartete er so, doch er hörte nichts außer seinem Puls, der ihm gegen das Trommelfell dröhnte.

So schnell wie möglich schlich er die Treppe hinunter, immer auf knarzende Stufen achtend, die ihn verraten konnten. Im Wohnzimmer war alles so, wie sie es vor einigen Stunden zurückgelassen hatten. Nichts hatte sich verändert. Die Haustür war noch immer verriegelt und verschlossen.

Die Pistole fest zwischen den erhobenen Händen haltend, näherte er sich der Tür zur Küche. Er zögerte kurz, sprang dann mit einem Satz in die Küche und sicherte den Raum, indem er die Waffe von einer Seite zur anderen schwenkte. Auch die Küche war leer, genau wie die kleine Speisekammer daneben.

Er schloss die Hintertür auf und schob sich hinaus, tief geduckt, aber immer noch mit dem Gefühl, über einen Präsentierteller zu schleichen. Eilig suchte er Deckung hinter dem Gartenstuhl, in dem er vorhin gesessen hatte. Eine ziemlich durchlässige Deckung, doch die Dunkelheit schützte ihn zusätzlich. Gott sei Dank hatten sie keinen Vollmond.

Lauschend wartete er ab. Bald hörte er ganz deutlich, wie sich im Stall etwas regte. Er schoss hinter dem Stuhl hervor und überquerte im Laufschritt die freie Fläche bis zum Stall. Dort presste er sich gegen die Außenwand, als könnte er damit verschmelzen. Außerdem brauchte er die Holzwand als Halt. Ihm war schon wieder schwindlig, er keuchte, er schwitzte aus allen Poren, und sein Rücken fühlte sich an, als hätte ihn jemand auf eine Eisenbahnschwelle aufgespießt.

So geht's einem nach ein paar Tagen im Krankenhaus, dachte er. Schon wirst du zum Weichling. Er wäre in ernsthaften Schwierigkeiten, sollte er es nicht mit einem schwachbrüstigen Steppke zu tun haben. Doch dafür hatte er eine Pistole, und die war geladen, und zumindest würde er dem Dreckskerl einen Kampf liefern.

Er arbeitete sich an der Wand entlang vor, bis er zu dem großen Tor gelangte, wo er innehielt und lauschte. Und was er hörte, beunruhigte ihn zutiefst, weil er nämlich überhaupt nichts hörte. Trotzdem war es keine leere, sondern eine schwere Stille; er konnte einen anderen Menschen ahnen. Er wusste, dass jemand da drin war. Er spürte es tief in seiner Magengrube.

Wer das auch immer war, er hatte seine Tätigkeit unterbrochen. Irgendetwas, vielleicht ein genauso scharfer Instinkt, hatte ihn auf Wick aufmerksam gemacht. Und jetzt lauschte der Unbekannte drinnen mit der gleichen Konzentration wie Wick draußen.

So harrten beide über mehrere Minuten aus. Nichts regte sich. Kein Laut war zu hören. Selbst die Pferde standen wieder still und reglos in ihren Boxen. Die Luft war wie geladen. Wick spürte sie tonnenschwer auf seiner Haut.

Beißender Schweiß lief ihm in die Augen. Schweiß rann über seine Rippen und zwischen seinen Schultern hinab. Schweiß brannte in der vernähten Wunde. Die Hände, die immer noch die Pistole umklammerten, waren gefährlich glitschig. Ihm wurde klar, dass er entweder abwarten konnte, bis er hier draußen vor Schwäche umkippte, oder die Sache hier und jetzt zu Ende bringen musste.

»Lozada! Hast du wenigstens genug Schneid, um mir wie ein Mann gegenüberzutreten? Oder sollen wir weiter Versteck spielen?«

Nach einem kurzen Schweigen antwortete eine Stimme von der anderen Seite der Scheunenwand: »Threadgill?«

Das war nicht Lozada. Lozadas Stimme war wie ein tiefes Knurren. Diese hier hatte den nasalen Einschlag eines gebürtigen Texaners. »Zeigen Sie sich.«

Der Mann trat hinter der Wand hervor in das offene Tor. Wicks Hände spannten sich um den Griff der Pistole und hielten sie angestrengt auf Kopfhöhe. Toby Robbins hob abwehrend die Hände. »Immer langsam, Cowboy.«

Seine lockere Art konnte Wick nicht täuschen. Schon viele Polizisten hatten diesen Irrtum mit dem Leben bezahlt. »Was zum Teufel schleichen Sie hier mitten in der Nacht herum?«

»Das könnte ich Sie genauso gut fragen, oder? Aber da Sie die Pistole in der Hand halten, antworte ich gern zuerst. Wenn Sie die Mündung woandershin richten.«

»Nicht, bis ich gehört habe, was Sie in Rennies Stall tun.«

»Ich hab was nachgesehen.«

»Das genügt nicht.«

»Ich hab gehört, dass ein Luchs einem von ihren Pferden eine fiese Schramme verpasst hat.«

»Wer hat Ihnen das erzählt?«

»Der Wildhüter. Ich bin hergekommen, weil ich mir das Tier mal ansehen wollte und um zu entscheiden, ob Rennie den Tierarzt rufen sollte.«

»Mitten in der Nacht?«

Toby Robbins schaute in Richtung Osten, wo sich der Himmel zartrosa aufhellte. »Es ist praktisch Zeit fürs Mittagessen.«

Wick sah zum Tor hin. Es war verschlossen und verriegelt, und nirgendwo war ein Auto zu sehen. »Wie sind Sie hergekommen?«

»Zu Fuß.«

Sein Blick wanderte an dem Mann hinunter. Er trug Laufschuhe, keine Cowboystiefel.

Robbins klopfte sich links an die Brust. »Der Kardiologe hat mir fünf Kilometer am Tag verordnet. Damit komme ich einmal von unserer Ranch zu Rennies Ranch und wieder zurück. Ich mach mich lieber möglichst früh auf die Socken, später wird es zu heiß.«

Widerwillig senkte Wick die Pistole und stopfte sie in den Hosenbund seiner Jeans. Jedenfalls hätte er sie dorthin gesteckt, wenn sie zugeknöpft gewesen wäre. Eilig schloss er mit einer Hand die Knöpfe. »Wissen Sie, Robbins, eigentlich sollte ich Sie allein für Ihre Dummheit erschießen. Warum haben Sie nicht vorher angerufen? Oder wenigstens Licht gemacht, verflucht noch mal?«

»Der Lichtschalter ist in der Sattelkammer. Die war verschlossen. Rennie hat einen Ersatzschlüssel auf dem Türsturz liegen. Ich hab gerade danach getastet, als ich Sie gehört hab. Ich wusste ja nicht, dass Sie das sind. Ich dachte, vielleicht ist es noch ein Luchs.«

Wick musterte den Mann misstrauisch. Er hatte zwar nicht das Gefühl, dass Toby Robbins log, doch er schien auch nicht die volle Wahrheit zu sagen. »Rennie hat mir erzählt, sie hätte die Wunde desinfiziert. Sie meint, dass sie in ein, zwei Tagen verheilt sein müsste. Wenn sie geglaubt hätte, dass sie einen Tierarzt braucht, hätte sie einen gerufen.«

»Kann nicht schaden, wenn ich's mir auch ansehe.«

Robbins machte auf dem Absatz kehrt und verschwand wieder im Stall. Wick, obzwar barfuß, folgte ihm. Solange er im Mittelgang blieb, war das kein Problem. Verglichen mit anderen Ställen war dieser hier sauber wie ein Operationssaal.

Robbins ging geradewegs zur Sattelkammer und fuhr mit den Fingern über den Türsturz. Dann zog er die Hand mitsamt einem Schlüssel wieder zurück. Er schloss die Tür auf, fasste hinein, und eine Sekunde später ging die Deckenbeleuchtung an.

Ohne weiter auf Wick zu achten, verschwand er in einer Box, wo er sanft auf die Stute einredete, bevor er sich ihr von hinten näherte. Er entdeckte die Schramme am Hinterbein und ging in die Hocke, um sie genauer in Augenschein zu nehmen.

Als er damit fertig war, kam er wieder aus der Box und umrundete Wick, als wäre dieser lediglich ein weiterer Dachpfeiler. Er ging zurück zur Sattelkammer, schaltete das Licht wieder aus, schloss ab und legte den Schlüssel dort wieder ab, wo er ihn gefunden hatte.

Wick folgte ihm aus dem Stall. Sobald sie draußen waren, sagte er: »Die Schramme war nicht der einzige Grund, heute Morgen mal vorbeizuschauen, stimmt's?«

Der ältere Mann blieb stehen und drehte sich um. Er bedachte Wick mit einem Blick, mit dem er hätte Lack abbeizen können, dann schlenderte er an den Zaun vom Korral und stützte die Unterarme darauf. Eine Ewigkeit stand er so da, den Rücken Wick zugewandt, und schaute in den Sonnenaufgang. Schließlich angelte er einen Tabaksbeutel und ein Päckchen Zigarettenpapier aus der Tasche seines karierten Hemdes, das von weißen Perlenschließen zusammengehalten wurde.

Dann wandte er sich über die breite Schulter an Wick. »Wollen Sie auch eine?«

»Klar.«

27

Robbins schüttelte den Tabak aus dem Stoffbeutel auf das Zigarettenpapier und reichte es vorsichtig an Wick weiter, der den Tabak in der Mitte des Papiers zu einer langen Rolle klopfte, den Klebestreifen anleckte und das Ganze dann zu einer schmalen Zigarette drehte.

Robbins beobachtete ihn aufmerksam. Wick nahm an, dass er durch sein Geschick im Zigarettendrehen bei dem Rinderzüchter deutlich an Ansehen gewonnen hatte. In den Augen des Älteren hatte er damit anscheinend eine Art Initiationsritus bestanden.

Wick dankte im Stillen seinen ehemaligen Schulfreunden, die ihm das Drehen anhand zahlloser Joints beigebracht hatten – bis Joe Wind davon bekommen hatte. Nach der Tracht Prügel, die er von seinem älteren Bruder kassiert hatte, war Wick zu dem Schluss gekommen, dass Rauchen in jeder Form tatsächlich seiner Gesundheit schadete.

Robbins drehte sich ebenfalls eine Zigarette. Er strich ein Zündholz an und steckte erst Wicks und dann seine Zigarette an. Ihre Blicke trafen sich über der warmen Flamme. »Hat das der Doktor auch verordnet?«

Robbins inhalierte tief. »Verraten Sie bloß nichts meiner Frau.«

Es war verflucht starker Tobak.

Er brannte auf Wicks Lippen, auf seiner Zunge und in seiner Lunge, doch er rauchte trotzdem, als hätte er nie etwas anderes getan. »Sie waren nicht besonders überrascht, mich hier zu sehen.«

»Der Wildhüter hat mir erzählt, dass Rennie Besuch hat. Ich hab mir schon gedacht, dass Sie das sind.«

»Wieso?«

Robbins zuckte mit den Achseln und konzentrierte sich aufs Rauchen.

»Sie sind heute früh hergekommen, um nach Rennie zu sehen, richtig? Ob sie okay ist.«

»So was in der Art.«

»Wie kommen Sie darauf, dass ich ihr was antun könnte?«

Der Ältere schaute ein paar Sekunden in die Ferne, ehe er seinen bohrenden Blick auf Wick richtete. »Sie könnten es ganz unabsichtlich tun.«

Wick missfielen diese Andeutungen. »Rennie ist eine erwachsene Frau. Sie braucht keinen Aufpasser. Sie kann auf sich selbst aufpassen.«

»Sie ist zerbrechlich.«

Wick lachte und musste wegen des beißenden Rauchs in seiner Lunge augenblicklich husten. Zum Teufel damit. Er drückte die Zigarette an einem Zaunpfahl aus. »Zerbrechlich ist nicht gerade das Wort, das ich auf Anhieb mit Rennie Newton verbinden würde.«

»Und das zeigt genau, wie wenig Sie sie kennen, oder?«

»Hören Sie, Robbins, Sie kennen mich kein bisschen. Sie wissen nichts über mich. Also hören Sie auf, über mich urteilen zu wollen, okay? Nicht dass ich auch nur einen feuchten Dreck –«

»Ich kannte ihren Daddy.«

Die knappe Bemerkung ließ Wick verstummen. Robbins' Blick sagte: *Und jetzt halt den Mund und hör zu.* Wick gab sich geschlagen.

Robbins holte tief Luft. »Bevor ich meine Ranch von meinen Eltern geerbt hab, hab ich in Dalton gelebt und dort manchmal für T. Dan gearbeitet. Der Mann war ein mieser Schuft.«

»Darüber scheinen sich alle einig zu sein.«

»Er konnte unverschämt charmant sein. Sein Grinsen war wie in sein Gesicht gemeißelt. Immer tat er so, als wär er dein bester Freund. Ein Daumenrecker und Rückenpatscher. Aber dabei war er nur hinter dem Geld her, da gibt's kein Vertun.«

»Solche Menschen kennen wir alle.«

Robbins schüttelte den Kopf. »Nicht wie T. Dan. Der spielte in seiner eigenen Klasse.« Er nahm einen letzten gierigen Zug von seiner Zigarette, ließ sie dann auf den Boden fallen und zermalmte sie mit der Fußspitze. Die Laufschuhe schienen weder zu seinem Outfit noch zu ihm selbst zu passen. John Wayne in Nikes.

Er drehte sich zum Korral um und stemmte die Unterarme auf den obersten Balken. In der Hoffnung, etwas Licht in Rennies Geheimnisse zu bringen, trat Wick neben ihn und nahm die gleiche Haltung ein. Robbins nahm ihn nur insofern zur Kenntnis, als er weitersprach.

»Rennie war ein glückliches Mädchen, was ein Wunder ist. Wo T. Dan ihr Vater war und so weiter.«

»Und was war mit ihrer Mutter?«

»Mrs Newton war eine nette Dame. Sehr engagiert bei

Wohltätigkeitsveranstaltungen und in der Kirche. Gab jedes Weihnachten eine große Feier und schmückte dafür das ganze Haus. Ein richtiger Weihnachtsmann verteilte Bonbons an die Kinder. Solche Sachen. Sie hat dafür gesorgt, dass in T. Dans Haus alles lief, aber sie kannte ihren Platz. Sie hat sich nicht in sein Leben eingemischt.«

Wick konnte sich die Verhältnisse ausmalen. »Aber Rennie war trotzdem glücklich, sagten Sie.«

Robbins schenkte ihm eines seiner seltenen Lächeln. »Mir und Corrine hat sie immer ein bisschen leidgetan. Sie gab sich solche Mühe, es allen Recht zu machen. Dürr wie eine Bohnenstange. Ein kleiner Sturkopf. Mit riesig großen, traurigen Augen.«

Die hat sie immer noch, dachte Wick.

»Blitzgescheit. Höflich und mit guten Manieren. Dafür hatte Mrs Newton gesorgt. Und noch bevor sie in die Schule kam, konnte sie reiten wie ein alter Cowboy.« Robbins verstummte kurz, ehe er weitersprach. »Das Schlimme daran war, dass sie glaubte, ihr Vater würde die Sterne zum Leuchten bringen. Sie wünschte sich so verzweifelt, dass er sie beachtete. Alles, was sie gemacht hat, hat sie nur gemacht, um T. Dans Aufmerksamkeit und seine Liebe zu gewinnen.«

Er faltete die Hände im fahlen Morgenlicht und vertiefte sich in die schwielige, rissige Haut über seinen Daumenknöcheln. Wick sah, dass der eine Daumennagel nach einer Quetschung schwarz unterlaufen war. Wahrscheinlich würde der Nagel bald abfallen.

»Jeder in Dalton wusste, dass T. Dan jedem Rock nachgestiegen ist. Nicht mal Mrs Newton konnte das übersehen. Ich schätze, sie hatte sich schon am Anfang ihrer Ehe damit abgefunden, mit einem Schürzenjäger verheiratet zu sein. Sie ertrug die Situation mit Würde, könnte man fast sagen. Überhörte den Klatsch, so gut sie konnte. Machte gute Miene zum bösen Spiel.

Aber Rennie war damals noch ein Kind. Sie hatte nie erlebt, wie ein liebevoller Mann seine Frau behandeln sollte. Sie kannte es nicht anders, denn die Ehe ihrer Eltern war schon immer so gewesen. Die beiden waren nett zueinander. Und Rennie war nicht alt genug, um zu begreifen, dass ihnen jede Wärme fehlte.«

Er sah Wick kurz an, und Wick begriff, dass er sich überzeugen wollte, ob Wick ihm noch zuhörte. Er kam allmählich zum Kern der Geschichte.

»Rennie war damals an die zwölf, würde ich schätzen. Eine schwere Zeit im Leben eines Mädchens, wenn meine Frau auf diesem Gebiet eine Autorität ist, und das ist sie wohl. Wie auch immer, damals hat Rennie T. Dan in seinem Büro überrascht. Nur dass sie viel überraschter war als er.«

»Da war eine Frau bei ihm.«

»Unter ihm, auf dem Sofa in seinem Büro. Rennies Klavierlehrerin.« Er seufzte und starrte direkt in die aufgehende Sonne. »Damit waren die glücklichen Kindertage gezählt. Rennie war kein Kind mehr.«

Crystal, die Kellnerin in Dalton, hatte Wick erzählt, dass Rennie immer wilder geworden war, seit ihre weiblichen Rundungen sich ausbildeten. Aber nicht ihre erwachende Sexualität hatte die pubertäre Persönlichkeitsveränderung ausgelöst, sondern die Entdeckung, dass ihr Vater ihre Mutter betrog.

Wick konnte sich vorstellen, warum sie rebellierte. Wahrscheinlich hatte Mrs Newton mit Rennie mehr als ein Mutter-Tochter-Gespräch über Sex und Moral geführt. Und dann hatte Rennie ihren Vater dabei überrascht, wie er gegen all jene Prinzipien verstieß, die ihre Mutter ihr einzuimpfen versuchte. Natürlich musste eine solche Erfahrung alle Illusionen zerstören, vor allem, nachdem sie ihren Vater so vergöttert hatte.

Außerdem war es ein katalytisches Erlebnis. Ihre Promiskuität als Teenager war die passende Strafe für ihren untreuen Vater und die sich taub und blind stellende Mutter. Das unschuldige Mädchen hatte ihren Vater in flagranti mit ihrer Klavierlehrerin erwischt und war infolgedessen zur Stadtschlampe mutiert.

Als hätte er Wicks Gedankengang verfolgt, sagte Robbins: »Heutzutage nennt man so was ›seine Frustrationen ausleben‹. Sagt Corrine jedenfalls. Ich glaube, sie hat das aus dem Fernsehen. Wie auch immer, Rennie veränderte sich praktisch über Nacht. Wurde zum Schrecken der ganzen Stadt. Die Noten gingen in den Keller. Jahrelang war sie einfach nicht zu bändigen. Keine Bestrafung schien zu wirken. Sie trotzte allen Lehrern, jedem mit auch nur einem Funken Autorität. T. Dan und Mrs Newton erließen immer mehr Verbote, aber das nutzte nichts.«

»Ihr Vater hat ihr ein rotes Cabrio geschenkt«, wandte Wick ein. »Das nenne ich inkonsequent.«

»Wahrscheinlich hat sie ihn erpresst, ihr das Auto zu kaufen. Rennie wusste, dass sie ihn in der Hand hatte, und sie ließ ihn das teuer bezahlen. In dem Augenblick, in dem sie ihren Vater auf ihrer Klavierlehrerin hat liegen sehen, hatte er für sie jede Autorität verloren. Sie war auf der Schnellstraße Richtung Knast.«

»Bis sie sechzehn wurde.«

Robbins sah ihn an. »Sie wissen von Collier?«

»Nicht alles. Ich weiß, dass Rennie auf ihn geschossen hat

und dass er daran gestorben ist. Sie kam nie vor Gericht. Es gab keine Ermittlungen über den Vorfall. Alles wurde unter den Teppich gekehrt.«

»T. Dan.« Robbins sagte das so, als wäre der Name Erklärung genug.

»Ich kann nicht sagen, dass ich vor Mitleid mit Raymond Collier überfließe«, meinte Wick. »Welcher dreckige alte Mann lässt sich denn mit einer Sechzehnjährigen ein, die vor allem liebevolle Eltern mit etwas Disziplin und Führung gebraucht hätte?«

»Urteilen Sie nicht vorschnell über ihn. Wenn sich Rennie einen Mann auserwählt hatte, war ihr nur schwer zu widerstehen.«

Wick sah Robbins scharf an, doch der schüttelte nur den Kopf. »Nein, ich nicht. Ich war für sie praktisch geschlechtslos. Ich wollte sie wieder auf die Beine und wieder zur Vernunft bringen, nicht sie flachlegen. Aber mit Raymond Collier war das was anderes.«

»Wie war er?«

»Ich kannte ihn nicht besonders, aber die meisten Leute fanden ihn okay. Hatte eine Nase fürs Geschäft. Darum hatte ihn T. Dan vor einem großen Immobiliendeal mit ins Boot geholt. Aber er hatte eine Schwäche.«

»Die Frauen.«

»Nicht die Frauen. Nur eine Frau. Rennie«, verbesserte der Cowboy grimmig. »Er war besessen von ihr. Wie der Kerl in diesem Streifen mit James Mason.«

»*Lolita.*«

»Genau. Ich schätze, sie wusste genau, was Collier für sie empfand. Sie spürte es, verstehen Sie, so wie Frauen so was eben spüren. Sie –«

»Warum habe ich keine Einladung zu dieser Party erhalten?«

Wick und Robbins drehten sich wie auf Kommando um. Rennie kam über den Hof auf sie zu. Ihre Haare waren noch feucht vom Duschen, was erkennen ließ, dass sie sich in aller Eile angezogen hatte und herausgekommen war. »Ich habe euch vom Schlafzimmerfenster aus gesehen. Ihr steckt schon länger die Köpfe zusammen.« Ihr Blick fiel auf die Pistole in seinem Hosenbund.

»Ich hätte ihn beinah erschossen.« Wick versuchte, überzeugend zu lächeln, doch in Gedanken war er immer noch bei dem, was ihm Robbins erzählt hatte.

Robbins gab eine seiner typischen lakonischen Erklärungen für seine Anwesenheit. »Hab gehört, Sie haben das Vieh mit einem Schuss ins Herz getroffen. Die Leute, deren Tiere das Biest gerissen hat, werden es Ihnen danken.«

»Meinen Sie, ich hätte den Tierarzt anrufen sollen, damit er sich Spats ansieht?«

»Nein«, widersprach Robbins. »Sie haben das ganz richtig gemacht. Die Wunde ist nicht tief, und sie ist sauber. Die müsste im Nu wieder zu sein.«

Ihr Blick schwenkte kurz zu Wick und kam dann wieder auf Robbins zu liegen. »Ich muss ein paar Tage weg. Könnten Sie so lange für mich nach dem Rechten sehen?«

Der alte Mann zögerte gerade so lange, dass Wick es bemerkte. Dann sagte er: »Gerne doch. Kann ich Sie unter der Nummer in Fort Worth erreichen, falls irgendwas sein sollte?«

»In Galveston«, meldete sich Wick zu Wort. »Ich habe dort ein Haus. Ich gebe Ihnen die Nummer.« Rennie schien nicht gerade begeistert, dass er sich einmischte.

»Ich sehe noch mal nach Spats«, sagte sie. »Ich glaube, sie sollte noch bis morgen im Stall bleiben, aber die anderen können heute wieder in den Korral.«

»Ich komm heute Abend rüber und bring sie zurück in den Stall«, erklärte sich Robbins bereit.

Sie ging auf das offene Stalltor zu, warf dann aber einen Blick zurück, als würde sie erwarten, dass Robbins ihr folgte. »Komme gleich nach«, rief er ihr zu. »Ich brauche noch die Telefonnummer.«

»Sie können mich auch auf dem Handy erreichen.«

»Kann nicht schaden, zwei Nummern zu haben. Nur um sicherzugehen.«

Sie schien sie nur ungern allein zu lassen, aber sie drehte sich um und verschwand im Stall. Wick sah Robbins an, doch er war nicht sicher, ob er noch mehr über Rennies fatale Verführung des Raymond Collier erfahren wollte. »Sie sind noch nicht fertig?«

»Nein, nicht ganz«, bestätigte Robbins. »Da gibt's noch was, das Sie wissen sollten. Vielleicht interessiert Sie das nicht, aber ich hoffe, dass es das tut.«

Als er nicht weitersprach, zog Wick fragend die Achseln hoch.

Robbins blickte kurz über die Schulter in Richtung Scheune und sagte dann leise: »Nach der Sache mit Collier hat Rennie sich verändert. Sie war nie wieder wie davor.«

Wick kommentierte das nicht, sondern wartete schweigend ab.

»Sie haben Recht, Threadgill, ich kenne Sie nicht, aber ich weiß, dass Sie ihr Ärger bringen. Ich lese schließlich Zeitung. Und ich schaue fern. Es gefällt mir nicht, dass Sie ständig mit Rennie rumhängen.«

»Zu dumm. Leider haben Sie da nicht mitzureden.«

»Vor allem, wo dieser Lozada mit der Sache zu tun hat.«

»Nur seinetwegen hänge ich hier rum.«

»Ist das wirklich der einzige Grund?« Seine Augen bohrten sich in Wicks. »Ich und Corrine passen schon ewig auf Rennie auf. Wir werden nicht ausgerechnet jetzt damit aufhören.« Er senkte den Kopf und rückte näher heran. »Sie haben eine große Kanone und eine große Klappe, aber Sie müssen verstockter sein als dieser Zaunpfahl hier, wenn Sie nicht kapieren, was ich Ihnen sagen will.«

»Vielleicht würd ich's kapieren, wenn Sie endlich mit der Sprache rausrücken würden.«

»Na schön. Rennie hat schwer geschuftet, um es so weit zu bringen. Ich habe sie auf dem Pferderücken Kunststücke vollführen sehen, vor denen altgediente Cowboys und Rodeoreiter zurückgeschreckt wären. Sie fliegt um die halbe Welt, sie wagt sich in Kriegs- und weiß Gott was für Katastrophengebiete, und sie zeigt nie auch nur den leisesten Anflug von Angst.

Aber«, er trat einen Schritt näher, »ich hab sie nie mehr mit einem Mann zusammen gesehen. Und ganz bestimmt durfte keiner mehr bei ihr übernachten.« Sein Blick senkte sich erst auf Wicks nackte Brust und dann vielsagend auf den Hosenschlitz, den er so eilig zugeknöpft hatte. »Ich hoffe, Sie sind Manns genug, um dieser Verantwortung gerecht zu werden.«

Als Rennie vom Korral hereinkam, war Wick damit beschäftigt zuzuschauen, wie der Kaffee in die Glaskanne tropfte. Immer noch trug er nur seine Jeans und war ansonsten nackt. Seine Pistole lag auf der Küchentheke. All das passte so gar nicht in ihre vertraute Küche, und all das machte ihr zu schaffen.

»Stimmt irgendwas nicht mit der Kaffeemaschine?«

Er schüttelte wehmütig den Kopf. »Ich freue mich nur so auf einen Kaffee, dass ich schon die Tropfen zähle.«

»Ein Kaffee wäre super.« Sie holte zwei Kaffeebecher aus dem Schrank.

»Mit Spats ist alles okay?«, fragte er.

»Genau wie Toby gesagt hat.«

»Er kann mich nicht ausstehen.«

Sie reichte ihm einen Becher. »Stell dich nicht an.«

»Tue ich nicht. Ich treffe nur eine Feststellung. Ist er heimgegangen?«

»Gerade eben.«

Der letzte Kaffee gurgelte in die Glaskanne. Wick füllte ihre Tasse und warnte sie dabei: »Das ist Polizistenkaffee. Stark.«

»Ärzte trinken ihn nicht anders.« Sie nahm einen Schluck und zeigte den erhobenen Daumen.

»Robbins nimmt das mit dem Aufpassen sehr ernst. Er warnte mich, meine dreckigen Pfoten von dir zu lassen.«

»Das hat er bestimmt nicht gesagt. Da bin ich ganz sicher.«

»Nicht in so vielen Worten.«

Sie nahm noch einen Schluck Kaffee und stellte den Becher dann auf der Küchentheke ab. »Dreh dich um, damit ich deine Wunde kontrollieren kann.«

Er drehte sich um, stemmte die Handflächen auf die Küchentheke und beugte sich vor. »Mir machst du nichts vor. Du willst nur meinen Arsch anschauen.«

»Den habe ich schon gesehen.«

»Und?«

»Ich habe schon bessere gesehen.«

»*Das* kränkt mich jetzt schon.«

Der menschliche Körper barg für Rennie wenige Geheimnisse. Sie hatte ihn studiert und sich eingeprägt, hatte ihn in den unterschiedlichsten Zuständen, Größen und in jeder Verfassung kennen gelernt. Doch als sie gestern Wicks Körper ausgestreckt auf ihrem Bett hatte liegen sehen, hatte der Anblick einen tiefen Eindruck hinterlassen. Und zwar nicht vom medizinischen Standpunkt aus. Sein Rumpf war lang und muskulös, seine Gliedmaßen waren gut proportioniert. Noch nie war ihr ein Körper untergekommen, der so anziehend gewirkt hatte wie seiner, und sie hatte, als sie ihn berührte, um ihre professionelle Distanz kämpfen müssen.

Jetzt zog sie das alte Pflaster ab und drückte behutsam auf die Naht. »Tut das weh?«

»Nur wenn du drauf rumdrückst. Außerdem fängt es an zu jucken.«

»Das ist ein Zeichen der Heilung. Ein medizinisches Wunder, wenn man bedenkt, wie kurz du Bettruhe hattest.«

»Wann werden die Fäden gezogen?«

»In ein paar Tagen. Und jetzt bleib so und trink deinen Kaffee. Wenn du schon mal ruhig hältst, könnte ich die Wunde auch gleich reinigen.«

»Keine Spritzen mehr!«, rief er ihr hinterher, kurz bevor sie verschwunden war.

Sie holte ihre Medizintasche von oben und war aufrichtig überrascht, als er bei ihrer Rückkehr immer noch am selben Fleck stand. Das sagte sie ihm auch.

»Ärztliche Verordnung.«

»Ich finde es trotzdem unglaublich, dass du sie befolgt hast. Du bist nicht gerade der ideale Patient, Threadgill.«

»Wieso wollen dich Toby und Corrine Robbins beschützen?«

»Die kannten mich schon, als ich noch ein kleines Mädchen war.«

»Da sind sie nicht die Einzigen in Dalton. Aber sonst sehe ich niemanden, der dich umschwirrt, um alle Satyrn wie mich zu vertreiben.«

»Ich bezweifle, dass Toby Robbins weiß, was ein Satyr ist.«

»Aber du weißt es, oder, Rennie?«

»Du bist jedenfalls keiner.«

»War Raymond Collier einer?«

Er versuchte, sie zu ködern, wollte sie zum Reden bringen. Sie war noch nicht bereit, darüber zu reden. Sie bezweifelte, dass sie je bereit sein würde, mit Wick darüber zu reden. Wo sollte sie überhaupt anfangen? Mit dem Tag, an dem sie ihren Vater beim Fremdgehen erwischt hatte? Konnte sie Wick begreiflich machen, wie tief verletzt sie gewesen war, als sie begriff, welches Ausmaß die Heuchelei hatte, die sie in ihrer Blauäugigkeit nicht gesehen hatte?

Oder sollte sie lieber bei Raymond anfangen? Wie er ihr nachgelaufen war. Wie er sie bei allen gesellschaftlichen Anlässen mit seinen sehnsüchtigen Blicken verfolgt hatte, selbst wenn seine Frau dabei war. Wie zuwider ihr seine Kuhaugen und seine feuchten Patscher gewesen waren, bis sie begriffen hatte, dass sie seinen Liebeswahn dazu benutzen konnte, es ihrem Vater heimzuzahlen. Nein, darüber konnte sie unmöglich mit Wick sprechen.

»So«, sagte sie, nachdem sie die Naht mit einem neuen Pflaster abgedeckt hatte. »Schon fertig, und diesmal warst du sogar halbwegs kooperativ.«

Ehe sie zurücktreten konnte, hatte er ihre Hände gepackt und nach vorn vor seinen Körper gezogen, sodass sie ihn von hinten umarmte.

»Was machst du da, Wick?«

»Wer war dein idealer Patient?«

Sie tat die Frage mit einem ironischen Lachen ab, was gar nicht so einfach war, weil ihre Brüste gegen seinen Rücken drückten, ihre Hände das krause Haar auf seiner Brust spürten und ihr Unterleib gegen seinen Hintern gepresst wurde, bis er sich nervös zusammenzog.

Er hatte seine Hände über ihre gedeckt und hielt sie quasi gefangen. Seine Haut – nicht seine Epidermis, sondern seine Haut – strahlte Wärme und Leben in ihre Handflächen aus. Unter ihrer Linken spürte sie das kräftige Klopfen seines Herzens. Für jemanden, der jeden Tag fremde Herzen schlagen hörte, wirkte der Rhythmus seines Herzens eigenartig stark auf sie. Er ließ ihr eigenes Herz schneller gegen seine Rückenmuskeln schlagen.

»Sollten wir nicht losfahren, Wick? Ich dachte, du hättest es eilig.«

»Dein idealer Patient. Ich will alles über ihn oder sie erfahren, oder wir bleiben hier stehen, und du weißt genau, dass ich stur genug bin, um Ernst zu machen.« Um seinen Worten Nachdruck zu verleihen, drückte er ihre Arme an seine Seite, sodass sie ihn noch fester umarmte.

Kapitulierend ließ sie die Stirn in die Mulde zwischen seinen Schulterblättern sinken. Doch dieses Gefühl war viel zu angenehm, viel zu schön, darum hob sie den Kopf nach ein paar Sekunden wieder.

»Es war eine Frau. Eine vierunddreißigjährige Frau. Ein Opfer des Anschlags auf das World Trade Center. Ich war am elften September in Philadelphia auf einer Konferenz. Sobald ich gehört hatte, was passiert war, bin ich direkt nach New York City weitergefahren, wo ich spätabends ankam.

Sie gehörte zu den wenigen Opfern, die lebend aus den Trümmern gezogen wurden, aber sie hatte schwerste Verletzungen davongetragen. Ich versuchte, ihre inneren Blutungen zu stillen. Ein Spezialist amputierte ihr ein Bein. Vierundzwanzig Stunden lang wussten wir nicht einmal, wie sie hieß. Sie hatte keinen Ausweis dabei und war nicht lang genug bei Bewusstsein, um uns zu verraten, wer sie war. Aber unterbewusst schien sie zu fühlen, dass wir ihr halfen. Jedes Mal, wenn ich ihre Hand nahm, um sie spüren zu lassen, dass sie in Sicherheit war, dass sich jemand um sie kümmerte, erwiderte sie den Druck meiner Finger.

Schließlich blieb sie lange genug wach, um uns ihren Namen zu verraten, und dieser Name passte zu dem einer Familie, einer unter Tausenden, die verzweifelt nach Angehörigen suchten. Sie stammte aus Ohio und war auf Geschäftsreise gewesen. Ihr Mann und ihre Kinder standen schließlich unter Tränen an ihrem Krankenbett. Und dabei sah sie mich an. Der Blick aus ihren Augen sagte so viel, dass sie kein Wort zu sprechen brauchte.«

Irgendwann während des Redens war ihre Wange auf Wicks Rücken gesunken. Er streichelte ihre Handrücken, die immer noch auf seiner Brust lagen. »Du hast ihr das Leben gerettet, Rennie.«

»Nein.« Ihre Stimme war belegt. »Das konnte ich nicht. Sie ist zwei Tage später gestorben. Sie wusste, dass sie sterben würde. Wir hatten ihr erklärt, dass es zweifelhaft war, ob sie die schweren Verletzungen überleben würde. Sie dankte mir dafür, dass ich sie am Leben erhalten hatte, bis sie noch einmal ihre Familie sehen konnte. Sie wollte von ihnen Abschied nehmen. Es hat eine immense Willenskraft und unglaublichen Mut erfordert, so lange durchzuhalten. Aber ihre Liebe war stärker als ihre Schmerzen. Als du mich gefragt hast, wer mein idealer Patient sei, musste ich sofort an sie denken.«

Es blieb eine Weile still, dann sagte er: »Du bist wirklich unglaublich, Dr. Newton. Kein Wunder, dass die Robbins' so große Stücke auf dich halten.«

Sie erkannte den Themenwechsel in dieser Bemerkung. Er wollte alles über ihre Beziehung zu Toby und Corrine erfahren, und das war seine indirekte Art zu fragen. Was konnte es schaden, seine Neugier zu stillen? Wahrscheinlich wusste er sowieso schon Bescheid. Gut möglich, dass Toby ihm während ihrer ausgiebigen Unterhaltung am Korral so einiges erzählt hatte und Wick nun ihre Version hören wollte.

Als ihre Stirn diesmal zwischen seinen Schulterblättern zu liegen kam, blieb sie so stehen. »Nach der Sache mit Raymond Collier haben mich meine Eltern in ein Internat in Dallas verfrachtet. Während meiner ersten Weihnachtsferien dort fuhren sie beide nach Europa. Meine Mutter wollte eigentlich nicht, hat sie wenigstens behauptet. Aber mit T. Dan war nicht zu streiten. Um mich dafür zu bestrafen, dass ich ihnen so viel Ärger gemacht hatte, musste ich über die Feiertage allein im Internat bleiben.

Irgendwie hatten Toby und Corrine Wind davon bekommen. Am ersten Weihnachtsfeiertag standen sie plötzlich vor der Tür. Sie hatten ihre Kinder dabei, Süßigkeiten und Geschenke und versuchten, mich aufzuheitern. Seither kümmern sie sich um mich. Wenn er ab und zu ein bisschen übertreibt mit seinem Beschützerinstinkt, dann nur, weil er in mir immer noch das einsame, traurige Mädchen von jenem Weihnachtsmorgen sieht.«

»Was ist damals wirklich im Arbeitszimmer deines Vaters passiert, Rennie?«

Sie hob den Kopf und zog ihre Hände unter seinen heraus. »Wenn wir nach Galveston wollen, sollten wir jetzt losfahren.«

Er drehte sich um und legte die Hände auf ihre Schultern. »Was ist damals passiert, Rennie?«

»Wesley wird es gar nicht gefallen, wenn wir zu spät kommen«, war ihre einzige Antwort.

»Hat er dich vergewaltigt? Oder es versucht?«

Wütend, weil er einfach keine Ruhe gab, schlug sie seine Hände weg. »Mein Gott, du gibst wohl nie auf!«

»Hat er?«

»Hat das mein Vater nicht der Polizei erzählt?«

»Schon. Und aus dem wenigen, was ich über T. Dan weiß, würde ich schließen, dass er ohne mit der Wimper zu zucken Meineide geschworen hätte. Er hätte die Polizei kalt lächelnd angelogen. Also, wieso hast du auf Raymond Collier geschossen?«

»Wen interessiert das noch?«

»Mich interessiert es, verflucht noch mal! Es interessiert mich, weil du so verdammt fest entschlossen bist, das Geheimnis zu wahren, das dein Vater unter all seinem Geld begraben hat. Und es interessiert mich, weil ich seit zwei Tagen einen Ständer habe und nichts dagegen unternehmen kann. Nicht ohne dass du mir vorwirfst, ich würde dich betatschen, oder dass dein Nachbar Toby Todesdrohungen gegen mich ausstößt.«

Er hatte sie in die Ecke getrieben, im wahrsten Sinn des Wortes – sie klemmte in dem Winkel der Küchenfront – und emotional. Also beschloss sie zu kämpfen.

»Raymond hat mich nie zu irgendwas gezwungen. Nicht an jenem Nachmittag. Nie. Wenn du dir eine Legende über eine versuchte Vergewaltigung zusammenstricken willst, weil ich dadurch in deiner Vorstellung irgendwie reingewaschen werde und du mich nicht mehr verachten musst, dann nur zu. Aber so war es nicht.

Als ich vierzehn war, hatten sich Raymond und T. Dan für einen Grundstücksdeal zusammengetan. Damals kam er immer öfter bei uns vorbei und verbrachte viel Zeit in unserem Haus. Ich wusste genau, wie ich auf ihn wirkte. Ich habe ihn umgarnt, so gut ich konnte. Scheinbar der liebevolle ältere Herr, begrabschte er mich bei jeder Gelegenheit. Ich hab ihn noch dazu ermuntert und mich insgeheim vor Lachen über ihn ausgeschüttet. Er zeigte ein so … verzweifeltes Verlangen, das ich zum Totlachen fand.« Sie holte kurz Luft. »Findest du mich immer noch ›unglaublich‹, Wick? Wart's ab. Es kommt noch mehr.«

»Hör auf, Rennie.«

»O nein, du wolltest doch alles erfahren. Du wolltest von deinem Ständer erlöst werden. Das sollte ihn zum Schrumpeln bringen. Zwei Jahre lang habe ich den armen Kerl gequält. Dann, etwa eine Woche vor diesem Unglückstag, hatte ich Streit mit meinem Vater. Ich weiß nicht einmal mehr, was ich angestellt hatte, jedenfalls hat er mir die Autoschlüssel abgenommen, sodass ich einen Monat lang ans Haus gefesselt blieb.

Ich habe es ihm heimgezahlt, indem ich mit seinem Geschäftspartner geschlafen habe. Ganz recht, Wick. Ich habe Raymond von einem Motel aus angerufen und ihm gesagt, dass er mich haben könnte, wenn er mich wollte, aber dass er sofort vorbeikommen müsste. Ich würde auf ihn warten.«

Sie wischte sich Tränen der Scham von ihren glühenden Wangen, doch jetzt gab es kein Halten mehr. Die Worte sprudelten fast von selbst heraus. »Raymond kam sofort angefahren, und ich ging mit ihm ins Bett. So wie ich mit jedem ins Bett gegangen war. Alles, was du über Rennie Newton gehört hast, stimmt. Wahrscheinlich hast du nur einen Bruchteil dessen gehört, was es alles zu erzählen gibt. Wenn uns eines Tages mal kein Killer mehr im Nacken sitzen sollte, können wir uns gemütlich bei einer Flasche Wein zusammensetzen, und ich weihe dich in alle meine sexuellen Eskapaden ein. Als würden wir uns Gruselgeschichten erzählen, nur besser.

Doch diese eine Geschichte scheint dich ganz besonders zu interessieren. Und das zu Recht, denn es war das Erbärmlichste, was ich je getan habe. Daddy wollte mich bestrafen, aber ich hab's ihm gezeigt, oder? Und wie ich es ihm gezeigt habe.«

28

Dem Vernehmen nach war Wesley erleichtert gewesen zu hören, dass sie und Wick die Nacht ohne Probleme verbracht hatten und von Lozada nichts zu hören oder zu sehen gewesen war. Trotzdem hatte er, seit sie von der Ranch weggefahren waren, alle halbe Stunde angerufen, obwohl Wick ihm versichert hatte, augenblicklich Bescheid zu geben, sollten sie Lozada irgendwo auf der langen Strecke nach Galveston bemerken.

Wick hatte darauf bestanden, seinen Pick-up zu nehmen, und er hatte darauf bestanden, selbst zu fahren. Schon als Beifahrer wäre es für ihn eine schwere und anstrengende Fahrt gewesen. Selbst zu fahren bedeutete noch mehr Stress und eine noch größere Anstrengung für ihn, dennoch hatte sie nicht widersprochen.

Sie hatten überhaupt nicht mehr miteinander gesprochen.

Seit ihrem letzten Gespräch lag eine solche Spannung zwischen ihnen in der Luft, dass ein einziges falsches Wort sie zerreißen lassen würde wie ein überdehntes Gummiband. Und Wick hatte sich seines wieder übers Handgelenk gestreift.

Sie starrte gerade gedankenverloren aus dem Fenster auf die vorbeiziehende Landschaft, als zum x-ten Mal sein Handy läutete. »Mein Gott, Oren, lass es gut sein«, grummelte er genervt.

»Richte dem Detective meine wärmsten Empfehlungen aus«, meinte sie ironisch.

»Ja?«

Rennie spürte sofort, wie Wick sich anspannte. Sie wandte sich vom Fenster ab und stellte fest, dass die freie Hand das Lenkrad fester umklammerte und seine Lippen zu einer dünnen, geraden Linie zusammengekniffen waren.

Seine Stimme hingegen klang unpassend freundlich. »Na so was, der gute alte Ricky Roy. Wir haben uns ja länger nicht mehr gesehen. Denn als wir uns das letzte Mal getroffen haben, konnte ich dich leider nicht sehen, stimmt's?«

Rennie schauderte allein bei der Vorstellung, dass Lozada am Apparat war. Ihr war noch allzu gut in Erinnerung, welche Panik sie an jenem Abend in der Küche empfunden hatte. Wäre er brutal oder gemein zu ihr gewesen, hätte er ihr nicht halb so viel Angst eingejagt, doch seine Selbstgefälligkeit war schrecklicher als alles andere.

Wick lenkte den Pick-up an den Straßenrand. »Tut mir leid, dass ausgerechnet ich dir das erklären muss, Ricky Roy, aber jemanden hinterrücks niederzustechen ist wirklich was für feige Memmen.« Sobald der Wagen stand, schaltete er in den Leerlauf. »Aber inzwischen bin ich wieder so gut wie neu. Schade, dass man das von Sally Horton nicht behaupten kann. Sally Horton, du Arschloch. Du hast sie doch nicht vergessen? Das Mädchen, das du in derselben Nacht umgebracht hast, in der du auch mich umbringen wolltest.«

Rennie konnte Lozadas seidiges Lachen aus dem Handy hören. Sie schnallte ihren Sicherheitsgurt ab, rutschte neben Wick und bedeutete ihm, das Telefon etwas vom Ohr wegzuhalten, damit sie mithören konnte.

»Die vielen Schmerztabletten haben dich anscheinend durcheinander gebracht, Threadgill«, sagte Lozada. »Ich habe keine Ahnung, wovon du sprichst.«

»Dann lass es mich noch mal klarstellen. Du bist ein feiger Frauenmörder.«

Lozada war zu klug, um auf eine so offensichtliche Provokation hereinzufallen. »Ich habe gelesen, du hättest mit knapper Not einen Angriff überlebt und wärst wahrscheinlich gestorben, wenn du in der Notaufnahme nicht in erstklassigen Händen gelandet wärst.«

»Rennie Newton ist eine exzellente Chirurgin.«

»Und exzellent im Bett.«

Rennie zuckte zurück, als hätte er sie geohrfeigt. Sie sah Wick an, doch in den Gläsern seiner Sonnenbrille war nur ihr Spiegelbild zu erkennen.

»Ist sie gerade bei dir?«, fragte Lozada.

»Wenn sie nicht bei mir wäre, würdest du doch nicht anrufen, oder?«

»Eigenartig, nicht wahr? Dass ausgerechnet wir uns eine Frau teilen. Obwohl«, fuhr Lozada sogleich fort, »es mich nicht überrascht, dass sich Rennie zu uns beiden hingezogen fühlt. Gefahr turnt sie an. Wie damals, als ihr Freund Dr. Howell gestorben ist. Sie hat mir ausführlich beschrieben, wie grausam sein Tod war, und sie ist feucht dabei geworden.«

Rennie griff wütend nach dem Telefon, doch Wick fing ihr Handgelenk ab und drückte ihre Hand nach unten. Zornig schüttelte er den Kopf.

»Da waren wir das zweite Mal zusammen«, fuhr Lozada fort. »In der Nacht war sie richtig wild. Ich konnte kaum mit ihr mithalten.«

»Das überrascht mich nicht«, sagte Wick scheinbar gelangweilt. »Ich war schon immer überzeugt, dass deine Mordwaffen nur kompensieren sollen, dass du anderswo zu kurz geraten bist.«

Lozada schnalzte abfällig. »Das war aber billig. Das war sogar unter deinem Niveau.«

»Stimmt. Ich hätte die Sache beim Namen und dich einen impotenten Schlappschwanz nennen sollen.«

Lozada lachte. »Es macht dir wirklich zu schaffen, dass ich sie vor dir hatte, oder? Ich wette, du fragst dich, wie du wohl im Vergleich zu mir abschneidest. Einmal habe ich sie kommen lassen, nur indem ich ihre Brustwarzen geleckt habe. Schaffst du das auch?«

Rennie presste die Hände auf die Ohren, doch sie hörte Wicks Antwort trotzdem: »Weißt du, Ricky Roy, allmählich glaube ich, du versuchst mich mit diesem obszönen Gewäsch anzubaggern. Weshalb rufst du überhaupt an?«

Was Lozada darauf antwortete, bekam sie nicht mit, doch Wicks Antwort darauf war: »Ganz falsch. Wenn du wirklich mit ihr fertig wärst, würdest du nicht anrufen. Du bist eifersüchtig, und es stinkt dir, dass sie jetzt mit mir zusammen ist. Friss Dreck, Arschloch.«

Er schaltete das Handy aus, schleuderte es aufs Armaturenbrett und fluchte inbrünstig.

»Er lügt«, erklärte sie nur.

Er legte den Gang wieder ein, warf einen kurzen Blick in den Rückspiegel und lenkte den Pick-up zurück auf den Highway.

»Er lügt, Wick.«

Er antwortete immer noch nicht.

»Er versucht, dich zu manipulieren, und du lässt das zu.«

Erst da drehte er sich zu ihr um, und sie konnte förmlich spüren, wie sein Blick sie durch die Sonnenbrille zu durchbohren schien. Doch alles, was er sagte, war: »Schnall dich an.«

Obwohl es ihm gar nicht gefiel, dass Wick Threadgill einfach so aufgelegt hatte, musste Lozada leise lachen, als er sein Handy ausschaltete. Der Anruf hatte die beabsichtigte Wirkung getan. Nur schade, dass er nicht mithören konnte, worüber die beiden jetzt sprachen. Allzu gern hätte er erfahren, ob der Samen des Zweifels, den er ausgesät hatte, bei Wick Wurzeln schlug.

Rennie hatte wahrscheinlich heimlich mitgehört. Sie würde alles abstreiten, doch Threadgill würde ihr kaum glauben können. Vor allem, da er alles, wenn nicht noch mehr wusste, was Lozada bei seinen Erkundigungen über die junge Rennie Newton ans Tageslicht gefördert hatte.

In einem anderen Leben hätte er Polizist werden können, philosophierte er still vor sich hin. Er besaß eindeutig den Instinkt eines verdeckten Ermittlers. Natürlich hatte er diese intuitiven Fähigkeiten um hundertachtzig Grad gedreht, um sie seinen individuellen Bedürfnissen anzupassen, doch er war als Ermittler mindestens so gut wie Oren Wesley oder Joe Threadgill oder dessen kleiner Bruder Wick. Und im Gegensatz zu ihnen hemmten ihn weder Gewissen noch Gesetz.

Wäre zum Beispiel die Bedienung im Wagon Wheel Café in Dalton nicht so kooperativ gewesen, hätte er sie vielleicht nach Hause begleitet und dort alle Antworten aus ihr herausgepresst, bevor er sie umgebracht hätte.

Allerdings hatte sich Crystal als sprudelnder Quell von Informationen erwiesen. Anfangs hatte sie es etwas eigenartig gefunden, dass innerhalb weniger Wochen gleich zwei Männer nach Rennie Newton fragten.

»Komisch, dass Sie nach ihr fragen.«

Lozada hatte in seinem Teller mit fettigen Enchiladas herumgestochert und ganz lässig geantwortet: »Wieso das denn?«

»Vor gar nicht langer Zeit war noch so ein Knabe hier. Ich glaube, das war am Sonntag. Er kannte sie aus dem College. Ein echtes Sahneschnittchen.« Sie zwinkerte ihm zu. »Rennie hat da wirklich was verpasst, genau wie bei Ihnen, Mr Groß und Gutaussehend.«

»Danke. Und wie sah der Knabe aus?«

Daraufhin hatte sie vom blonden Haarschopf bis zu den abgewetzten Cowboystiefeln unverkennbar Wick Threadgill beschrieben. Als er Crystal eröffnete, dass hinter ihrem feuchten Traum ein Schnüffler steckte, war sie richtig sauer geworden. »Also *das* ist doch wohl die Höhe!«, rief sie aus. »Und ich hab dem Kerl seinen ganzen Müll abgekauft!«

Er erzählte ihr, dass Wick Ermittlungen für einen halbseidenen, auf ärztliche Kunstfehler spezialisierten Anwalt anstelle. »Er ist ausschließlich damit beschäftigt, Schmutz über die angeklagten Ärzte auszugraben.« Crystal glaubte ihm diese Geschichte ebenso unbesehen wie alles, was Threadgill ihr vorher weisgemacht hatte. »Machen Sie sich keine Vorwürfe, Crystal. Er kann verdammt überzeugend sein.«

»Und wie. Da müssen die großen blauen Augen schuld dran sein.« Ihr Blick wurde misstrauisch. »Sind Sie etwa auch so 'ne Art Ermittler?«

Er ließ sein überzeugendstes Lächeln aufstrahlen. »Ich bin freier Schriftsteller. Ich will einen Artikel über Dr. Newton schreiben. Über ihre freiwilligen Einsätze in Ländern der Dritten Welt.«

»Also wenn Sie mich fragen, kann sie mit noch so viel freiwilliger Arbeit all die freiwilligen Einsätze nicht ausbügeln, die sie sich damals geleistet hat«, schnaubte sie abfällig. Dann bedachte sie ihn während der nächsten halben Stunde mit Anekdoten über die mannstolle junge Rennie Newton. »Sie können sich denken, dass wir nicht besonders überrascht waren, als sie den armen alten Raymond abgeknallt hat.«

O ja, der gestrige Ausflug nach Dalton hatte sich als ergiebig und informativ erwiesen. Zur Krönung des Ganzen war er zum Abschied mit einem Stück Schokoladenmeringekuchen beschenkt worden, das schon zum Mitnehmen eingepackt war.

Auch Weenie Sawyer hatte fristgerecht geliefert. Die Drohung mit dem Skorpion hatte ihm alle möglichen Informationen eingebracht, darunter neue und nützliche Erkenntnisse über Wick Threadgill, wie zum Beispiel seine letzte Kreditkartenabbuchung, die zufällig genau in der Stadt stattgefunden hatte, in der laut anderen Angaben aus dem Computer Rennie Newton geboren und aufgewachsen war.

Außerdem hatte er erfahren, wie viel Grundsteuer sie für ihre Ranch im Nachbar-County zahlte, dass sie eine begnadete Reiterin war und als solche in ihrer Heimatstadt oft beim Rodeo aufgetreten war. Natürlich nur, wenn sie nicht gerade rumgefickt hatte.

Jetzt drehte er, noch ganz erfüllt von seinem erfolgreichen Anruf bei dem Ex-Bullen, die Lautstärke des CD-Players in seinem Geländewagen auf, holte tief Luft und fragte sich, wann er wohl das erste Mal eine Brise Meeresluft riechen würde.

Wick schloss die Haustür auf, die mit einem rostigen Quietschen aufschwang. »Erwarte nicht zu viel.«

»Es passt schon.«

»Ich verdiene kein sechsstelliges Chirurgengehalt.«

»Ich sagte, es *passt.*«

»Die Küche ist da drüben. Schlafzimmer und Bad dort hinten. Fühl dich wie zu Hause.«

»Ich würde gern duschen.«

»Ich kann dir kein heißes Wasser versprechen. Saubere Handtücher findest du – falls welche da sind – in dem Schränkchen über der Kommode.«

Ohne ein weiteres Wort trat sie durch die Tür zum Schlafzimmer und schloss sie hinter sich. »Nur keine Umstände, Hoheit, ich bringe das Gepäck gleich nach«, grummelte er.

Er hinkte zum Pick-up zurück, wobei er sich mehrmals ermahnte, sich ganz natürlich zu verhalten und nicht Ausschau nach den verdeckten Ermittlern zu halten, die sie beschatten sollten. Er wuchtete die beiden Taschen von der Pritsche des Pick-ups und verzog unter den stechenden Schmerzen in seinem Rücken das Gesicht.

Zweimal hatte ihm Rennie angeboten, das Steuer zu übernehmen. Beim ersten Mal hatte er ihr Angebot abgelehnt und ihr höflich dafür gedankt. Beim zweiten Mal hatte er sie wütend angebellt. Das war nach Lozadas Anruf gewesen, nachdem das angespannte Schweigen in ein feindseliges Nebeneinander umgeschlagen war. Die letzten drei Stunden Fahrt waren ihm wie dreißig vorgekommen. Die Verspannungen hatten seinen sensibelsten Punkt erreicht und sich dort eingenistet. Bei jedem noch so kleinen Ziehen hatte er Lozada verflucht.

Ohne Rücksicht auf die Privatsphäre seines Gastes zu nehmen, drückte er die Schlafzimmertür auf und trat ein. Er konnte die Wasserrohre im Bad klopfen hören. Eine nackte, seifige Rennie wäre das Schönste, was diese Dusche je zu sehen bekäme, doch er würde sich selbst einen Gefallen erweisen, wenn er sich jeden Gedanken an eine nackte, seifige Rennie oder an Rennie überhaupt verkniff.

Er ließ die Taschen aufs Bett fallen, trat an seinen Schreibtisch und zog die unterste Schublade auf. Unter einem Haufen seiner ältesten und bequemsten Shorts förderte er das Mikrofon mit Sender zutage, das man dort für ihn deponiert hatte. Wesley hatte ihm erzählt, wo sie es verstecken würden. Sie würden immer in Kontakt mit dem Beschattungsteam bleiben.

Er steckte den Ohrhörer ein und sprach in das winzige Mikro: »Wir sind da.«

»Zehn vier. Wir sehen Sie.«

»Wer ist das?«

»Peterson. Ich leite die Operation.«

»Threadgill.«

»Sehr erfreut.«

»Wo haben Sie Position bezogen?«

»Das möchte ich lieber nicht sagen«, antwortete Peterson. »Ich möchte Sie nicht in Versuchung führen, nach uns Ausschau zu halten und uns dadurch zu verraten.«

»Hey, Wick, wie war die Reise?«

»Lang. Wer ist das?«

»Plum.«

»Hi, Plum. Ich wusste nicht, dass Oren auch jemanden runtergeschickt hat.«

»Es ist ein koordinierter Einsatz der Police Departments von Fort Worth und Galveston. Lozada stand bei einem Mord in Galveston unter Verdacht. An einem Großkotz im organisierten Verbrechen, der daran arbeitete, hier unten das Glücksspiel zu legalisieren. Manche meinen, eine kirchliche Gruppe hätte Lozada angeheuert.«

»Ich würde eher auf einen konkurrierenden Glücksspielring tippen.«

»Ich auch«, bestätigte Plum. »Eine kirchliche Gruppe könnte sich Lozada niemals leisten. Jedenfalls haben sie hier einen ungelösten Mordfall in den Büchern und wollten uns deshalb gern unterstützen.«

»Schön, dass du hier bist, Plum. Gott sei Dank ist Thigpen nicht da.«

»Leck mich am Arsch, Threadgill.«

»O heiliger Jesus«, stöhnte Wick. »Sag, dass das nicht wahr ist.«

»Und wenn du schon dabei bist, dann leck auch gleich den süßen Arsch von deiner Ärztin von mir.«

»Das kann ich übernehmen«, meldete sich eine unbekannte Stimme.

»Tiere«, knurrte eine eindeutig weibliche Stimme, offenbar die einer Polizistin.

Thigpen sagte: »Hey, Threadgill, lass dein Mikro an. Wir wollen alles mithören.«

»Okay, das reicht«, fuhr Peterson energisch dazwischen. »Ich will erst wieder was hören, wenn es etwas zu melden gibt.«

»Ciao, Jungs und Mädels. Viel Spaß noch«, neckte Wick.

»Du mich auch«, hörte er Thigpen flüstern.

Er ließ den Ohrhörer eingesteckt, damit er alle Warnungen hörte, doch das Mikro schaltete er aus. Rennie trat, in ein Handtuch gewickelt, aus dem Bad. Als sie ihn sah, erstarrte sie mitten in der Bewegung. »Ich habe ganz vergessen, dass meine Reisetasche noch auf dem –« Er zeigte aufs Bett. »Oh. Danke.«

Er hätte sie ihr geben können. Doch das tat er nicht. Er hätte sich entschuldigen und aus dem Zimmer gehen können. Doch das tat er auch nicht. Stattdessen schaute er zu, wie sie das Zimmer durchquerte, ihre Tasche nahm und ins Bad trug, was sie erstaunlich würdevoll tat, wenn man bedachte, dass sie von Kopf bis Fuß nass und nur in eines seiner fadenscheinigen Handtücher gewickelt war.

Die Rückansicht war genauso reizvoll wie die Frontansicht, und er genoss den Anblick bis zur letzten Sekunde, während er sich gleichzeitig fragte, ob er etwa dabei war, sich in eine schlankere, nicht ganz so schmierige Kopie von Thigpen zu verwandeln.

Wick war gerade in der Küche, als Rennie wieder aus dem Bad kam. »Ist hier drin jemand gestorben?«

Er sah sie über die Schulter an. »Eine offene Hackfleischpackung. Sie lag ganz unten im Kühlschrank. Nur noch Schleim. Möchtest du hier essen oder ins Restaurant gehen, Schätzchen?«

»Ist mir egal.«

»Nein, du entscheidest, Süße.«

»Na schön, wenn es nach mir geht, würde ich lieber hier essen, dann brauche ich mich nicht aufzuhübschen.«

»Magst du Steak?«

»Filet mignon.«

»Natürlich«, sagte er und schrieb etwas auf einen Zettel, bei dem es sich allem Anschein nach um eine Einkaufsliste handelte. »Für dich nur das Beste.«

»Wie lange soll das so weitergehen, Wick?«

Er sah sie an und fragte unschuldig: »Was weitergehen?«

»Du bist sarkastisch. Ätzend. Wenn du so weitermachst, bin ich gleich weg. Und du kannst dich zusammen mit Wesley und Lozada zum Teufel scheren. Ich weiß wirklich nicht, warum ich mich hiermit einverstanden erklärt habe. Wahrscheinlich wird Lozada gar nicht erst auftauchen.«

Wick kehrte ihr den Rücken zu und schaute durch das salzverkrustete Fenster. »Du irrst dich, Rennie. Er wird auftauchen. Wann und wie weiß ich nicht, aber er wird auftauchen. Darauf kannst du dich verlassen.«

Die düstere Überzeugung, mit der er das äußerte, ließ sie wünschen, er wäre wieder nur sarkastisch.

Zumindest linderte der beklemmende Gedanke daran, weshalb sie hergefahren waren, den Druck, der seit Lozadas Anruf auf seiner Brust gelastet hatte. Er bestand darauf, dass sie mit ihm in den Supermarkt fuhr. Während er sie zu seinem Pick-up geleitete, erklärte er ihr: »Ein Liebespaar auf einer Wochenend-Spritztour macht vom Abwasch bis zum Einkauf alles gemeinsam.«

Sie war froh, dass er auf ihrer Begleitung bestanden hatte. Das Haus war durch und durch freudlos, und die Vorstellung, dort allein auf ihn zu warten, während sie einerseits mit einem unangemeldeten Besuch Lozadas rechnen musste und andererseits genau wusste, dass sie ständig von mehreren verdeckten Ermittlern beobachtet wurde, war nicht gerade angenehm.

Selbst auf dem Beifahrersitz von Wicks Wagen fühlte sie sich wie auf dem Präsentierteller. Als sie vor einer roten Ampel hielten, sagte sie: »Mir ist nicht aufgefallen, dass uns jemand beobachtet hätte.«

»Sie sind da.«

»Können sie uns hören?«

»Nicht, solange ich das Mikro ausgeschaltet habe.«

Er hatte sie über den kleinen, durchsichtigen Knopf in seinem Ohr aufgeklärt. »Und sagen sie gerade irgendwas?«

»Der blaue Lieferwagen zwei Autos hinter unserem hat uns gerade an den grauen Taurus übergeben, der eben den linken Blinker gesetzt hat.«

Sie zwang sich, nicht aus dem Fenster zu schauen, sondern beugte sich stattdessen vor, um einen neuen Sender im Radio zu suchen.

»Ausgezeichnet, Rennie.«

»Ich gebe mir alle Mühe.« Sie richtete sich wieder auf und lächelte ihn an. Zu ihrer Überraschung streckte er die Hand nach ihr aus und strich mit den Fingerrücken über ihre Wange.

»Wofür war das?«

»Zum Vortäuschen. Für den Fall, dass uns nicht nur die Kollegen im Visier haben.«

Eine beklemmende Vorstellung, und daher protestierte sie auch nicht, als Wick den Arm um ihre Schultern legte und sie an sich zog, während sie über den Parkplatz des Supermarktes spazierten, in dem er dann den aufmerksamen, zärtlichen Geliebten gab. Immer wieder lächelte er sie an, massierte spielerisch ihre Schulter, fragte sie jedes Mal nach ihrer Meinung, bevor er etwas in den Einkaufswagen legte, und jonglierte ihr mit drei Orangen etwas vor.

Sie teilten sich eine Tüte Eis, und als sie an der Kasse anstanden, hielt er in der einen Hand eine *Sports Illustrated,* in der er las, während seine andere Hand gedankenverloren ihren Nacken massierte, als täte er das ständig. Für jeden Außenstehenden mussten sie wie ein glücklich verliebtes Paar wirken.

Als sie zum Haus zurückkamen, ging die Sonne bereits unter. »Ich werfe schon mal den Grill an. Bis die Kohle durchgeglüht ist, können wir runter ans Wasser gehen.«

»Ich habe nicht daran gedacht, einen Badeanzug einzupacken.«

»Dann wirst du wohl splitternackt reinhüpfen müssen.«

Sie bedachte ihn mit einem ironischen Blick und verschwand im Schlafzimmer. »Ich habe Shorts dabei. Die werden reichen müssen.«

Als sie ein paar Minuten später wieder herauskam, hatte Wick seine Jeans gegen weite Shorts mit ausgefranstem Saum getauscht. Über dem tief sitzenden Hosenbund wirkte seine Brust noch breiter und sein Bauch noch flacher. Nur mühsam riss sie ihren Blick von seinen braunen, muskulösen Waden los.

Er hingegen musterte sie ausgiebig von Kopf bis Fuß und meinte dann leise, aber mit Nachdruck: »Verflucht.«

Ihr Gesicht wurde warm. Sie hatte ein schwarzes Stricktop mit Spaghettiträgern und ausgebleichte Jeansshorts angezogen. Das Outfit – vielleicht auch Wicks Reaktion darauf – ließ sie sich noch unsicherer fühlen als vorhin im Handtuch.

»Gehen wir.« Er war schon auf dem Weg zur Tür.

»Und was ist damit?« Sie zeigte auf den kleinen Sender, der neben seiner Pistole auf dem Couchtisch lag.

»Scheiße. Den hätte ich fast vergessen.«

Er musste wieder ein Hemd anziehen, damit er das Mikrofon am Kragen festklipsen und das dünne Kabel zum Ohrhörer tarnen konnte. Die Pistole verschwand im Bund seiner Shorts. Das lange Hemd überdeckte sie.

Händchen haltend spazierten sie an den Strand und wateten durch die starke Brandung des Meeres. Inzwischen war es dämmrig geworden. Bis auf einige Nachzügler lag der Strand verlassen da. »Hast du Angst vor Haien?«, fragte er.

»In so flachem Wasser?«

»Da gibt es die meisten Angriffe.«

»Ist es nicht wesentlich wahrscheinlicher, dass wir vom Blitz umgehauen werden?«

»Oder von Lozada.«

Sie zog an seiner Hand, sodass er stehen bleiben musste. Er sah sie an, und sie sagte: »Er hat gelogen, Wick. Nichts von dem, was er gesagt hat, ist wahr.«

»Psst.« Offenbar hörte er etwas in seinem Ohrhörer. Er zog sie in seine Arme und murmelte in ihren Hals: »Hinter dir geht ein Mann vorbei, aber dreh dich nicht um. Spiel einfach weiter. Aber wenn irgendwas passiert, wenn hier plötzlich der Teufel los ist, dann rennst du so schnell du kannst in die Brandung, Rennie. Okay?«

Sie nickte.

Er löste sich wieder von ihr, behielt die Hände jedoch auf ihrer Taille. Die Brandung zerrte an ihren Beinen. Ihre Körper schwankten im Gleichtakt. Um die Balance nicht zu verlieren, baute er sich breitbeinig vor ihr auf, sodass ihre Füße zwischen seinen zu stehen kamen. Dann küsste er sie unter dem Ohr auf die Wange. Seine Hände wanderten abwärts zu ihren Hüften. Die nächste Welle erwischte sie knapp unter den Knien. Automatisch hielt sie sich an ihm fest, um nicht umzufallen. Sie spürte die Spannung in seinen Oberarmen. Er spielte seine Rolle gut, doch gleichzeitig stand er unter Hochspannung.

Dann sagte er: »Nicht unser Mann.«

Es war falscher Alarm gewesen, trotzdem blieben sie eng umschlungen stehen; ihre Hände lagen auf seinen Oberarmen, seine auf ihrem Hintern. Unter ihren Füßen wurde der Sand weggespült. Sie hatte das Gefühl, den Boden unter den Füßen zu verlieren, bis Wicks blaue Augen der einzige feste Punkt im Universum zu sein schienen.

»Es war gelogen, Wick.«

»Ich weiß. Ich –«

»Weißt du das *wirklich*?«

»Ein paar Minuten lang –«

»Hast du ihm geglaubt.«

»Eigentlich nicht. Na gut, eine Sekunde lang hatte er mich am Wickel. Wahrscheinlich hat er geahnt, dass du zuhörst, und das vor allem gesagt, um dich zu demütigen. Aber er wusste, dass er mich damit auf die Palme bringen würde, selbst wenn du nicht zugehört hättest. Und er hat es geschafft. Er hat mich vorgeführt, und ich habe reagiert wie ein dummes Rindvieh. Neunzig Sekunden später war mir das klar, aber ich war –«

»Zu dickköpfig, um das zuzugeben.«

»Darf ich auch mal einen Satz zu Ende sagen?«

»Entschuldige. Was wolltest du sagen?«

»Ich wollte sagen, dass diese Lügen für mich Grund genug wären, ihn umbringen zu wollen. Und dass …«

»Was?«

»Dass ich dich jetzt küssen werde, und zwar so, als würde ich es ernst meinen.«

Er neigte den Kopf und drückte seine Lippen auf ihre. Seine Zunge schob sich zwischen ihre Zähne und umtanzte in einem uralten, elementaren Werbungsritual die ihre. Eine Woge erwischte sie hinterrücks und warf ihren Körper gegen seinen. Ihre Unterkörper wurden aneinander gedrückt. Und blieben so.

»O Mann«, stöhnte er. Seine Finger umgriffen ihre Hüfte fester und zogen sie noch näher heran.

Glühende Hitze explodierte in ihrem Unterleib. Das Gefühl war viel zu schön. Darum wich sie zurück. »Wick, ich kann …«

Die Worte blieben ihr im Hals stecken. »Ich kann das Gleichgewicht nicht mehr halten.«

Er gab sie frei. »Das genügt sowieso fürs Erste.«

Doch während sie zum Haus zurückgingen, war sein Gesicht ernst und finster, seine Schritte lang und wütend, und sie glaubte keine Sekunde, dass es wirklich genug gewesen war.

29

Sie waren so lächerlich leicht zu durchschauen.

Glaubten diese Vollidioten in Zivil tatsächlich, er würde sie nicht erkennen? Genauso gut hätten sie in reflektierenden Sicherheitswesten auftreten können. Die gedrungene Schlampe und ihr haariger Begleiter, die mit dem Metalldetektor den Strand abgingen. Also bitte! Und der angelnde Fettsack auf dem Pier. Sein Hut war viel zu neu, und vom Angeln verstand er nicht die Bohne. Die drei Jungs und das Mädchen, die neben ihrem Auto grillten, bemühten sich viel zu angestrengt, Frohsinn zu verbreiten. Und die Übrigen waren ebenso leicht zu erkennen.

Ausgemacht hatte sie Lozada allesamt vom Beifahrersitz des Vans aus, in dem ihn die Immobilienmaklerin herumfuhr. Sie war um die fünfzig, freundlich und sehr zuvorkommend. Ihm war die Reklametafel aufgefallen, auf dem ihre Agentur als die erfolgreichste auf Galveston Island angepriesen wurde. Daraufhin hatte er sie vom Auto aus angerufen.

Dank Weenie Sawyers Nachforschungen wusste er genau, wo Wicks Haus stand. Er erklärte der Maklerin, dass er eventuell in dieser Gegend ein Grundstück kaufen wollte, um ein Strandhaus für seine Frau und die vier Kinder zu bauen. Außerdem hatte er auf einem Termin am späten Abend bestanden. Sie hatten sich vor ihrem Büro getroffen, und sie hatte ihn im Firmenwagen hergefahren. Das Logo auf den Autotüren war hier ein vertrauter Anblick, praktisch die ganze Insel war damit tapeziert. Die Polizei würde den Wagen keines zweiten Blickes würdigen.

Und während sich die Maklerin über die exzellenten Investitionsmöglichkeiten in strandnahe Grundstücke ausließ, checkte Lozada die Bullen am Strand ab.

Nachdem er die Beamten als unbedeutende Amateure eingestuft hatte, konzentrierte er sich ganz auf Rennie und Wick. Die in der Brandung spazieren gingen. Händchen haltend. Wie süß. Wie romantisch. Und alles eigens inszeniert, um ihn aus der Reserve zu locken und ihn unter einem künstlich hochgespielten Vorwand vor Gericht stellen zu können.

Was ihm allerdings wirklich auf die Nerven ging, war, dass

es sich bei dieser neu erwachten Romanze nicht nur um eine aussichtslose Polizei-Operation handelte, wie er anfänglich angenommen hatte. Sie existierte wirklich und war allein darum ein Affront. Als er beobachtete, wie Wick Rennie begrabschte, schoss sein Blutdruck in nie gekannte Höhen. Selbst aus dieser Entfernung war unverkennbar, dass der Kuss nicht gespielt war. Was nur bestätigte, dass Rennie eine Hure war und blieb.

Schon von frühester Jugend an war sie eine Hure gewesen. Für jeden dahergelaufenen Flegel aus ihrem staubigen Heimatkaff hatte sie die Beine breit gemacht, und jetzt machte sie die Beine für Wick Threadgill breit, und das wenige Tage nachdem ihr Lozada seine Zuneigung gestanden hatte. Was er inzwischen zutiefst bereute. Warum war ihm nicht früher aufgegangen, dass sie eine Hure war, die ihn und seine Aufmerksamkeit nicht verdient hatte?

Sie hatte ihn reingelegt. Während der Verhandlung hatte sie seine Sympathien registriert und fortan Spielchen mit ihm getrieben. Mit ihrer kühlen, herablassenden Art hatte sie ihn angelockt und sich begehrenswerter gemacht.

Inzwischen wollte er sie nicht mehr. Sie hatte sich als seiner nicht würdig erwiesen.

Natürlich wollte er sie immer noch ficken. Und ihr dabei wehtun. Wenn er erst mit ihr fertig wäre, würde sie begreifen, dass niemand ungestraft Spielchen mit Lozada trieb. Vielleicht würde er Threadgill zum Zuschauen zwingen. O ja. Threadgill würde teuer dafür bezahlen, dass er sich eine Frau unter den Nagel gerissen hatte, die rechtmäßig Lozada zustand.

»Mr Smith?«

»Ja?«

»Ich fragte gerade, ob Sie sich bereits Gedanken über die Finanzierung gemacht haben.«

Fast hatte er vergessen, dass die Maklerin auch noch da war. Er wandte sich zu ihr um und spielte ernsthaft mit dem Gedanken, ihr das Genick zu brechen. Sie würde schnell und schmerzlos sterben, und er hätte etwas Dampf abgelassen. Doch er hatte sich noch nie von spontanen Eingebungen verleiten lassen.

Dafür war er zu diszipliniert.

Als wohlerzogener Mr Smith antwortete er freundlich: »Die Finanzierung wäre kein Problem.«

»Ausgezeichnet.« Dann ging sie zum nächsten Kapitel ihrer Verkaufslitanei über.

Er würde den Termin bald beenden. Schließlich hatte er vom sicheren Auto aus alles gesehen, was er sehen musste. Die Dämmerung war der Dunkelheit, seiner liebsten Tageszeit, gewichen. Er freute sich schon jetzt auf die Nacht.

»Wie war dein Steak?«

»Perfekt.«

»Das freut mich.« Wick stützte die Unterarme auf die Tischkante und drehte das Weinglas zwischen den Handflächen. »Der Merlot war eine gute Wahl.«

»O ja.«

»Das Glas leider nicht.« In seiner Kollektion unterschiedlichster Gläser hatten sie kein einziges Weinglas gefunden, weshalb sie aus Saftgläsern getrunken hatten.

»Das stört mich nicht.«

Er ließ die rubinrote Flüssigkeit im Glas kreisen. »Soll ich dir mal was sagen?«

»Was denn?«

»Wenn das hier ein Blind Date wäre, dann wäre es der totale Reinfall.«

Sie lächelte melancholisch. »Es ist nicht leicht, Small Talk zu betreiben, wenn man so auf dem Präsentierteller sitzt. Ich komme mir vor wie ein Goldfisch im Glas.«

Sie hatten auf der Veranda gesessen, während die Steaks schmorten und die Kartoffeln in der Kohle garten. Sie hatten Wein getrunken, wenig geredet und dem Brausen der Brandung gelauscht.

Die Hollywoodschaukel hatte jedes Mal leise gequietscht, wenn Rennies nackter Fuß ihr einen kleinen Schubs versetzt hatte. In diesen Shorts schienen ihre Beine bis in den Himmel zu reichen. Auf ihren Schenkeln waren kleine Salzflecken übrig geblieben, wo Meerwassertropfen getrocknet waren. Wicks Blick war immer wieder darauf zu liegen gekommen.

Ein junger Hund, zweifellos vom Geruch der brutzelnden Steaks angelockt, war angelaufen gekommen. Sie ging vor ihm in die Hocke, kraulte ihn hinter den Ohren und lachte laut und offen wie ein Kind, als er versuchte, ihr das Gesicht abzuschlecken. Sie spielte mit ihm, bis ihn sein Herrchen mit einem scharfen Pfiff ermahnte. Gehorsam eilte er davon, hielt aber noch einmal inne und schaute sehnsüchtig zu ihr zurück, als würde er sie nicht gern allein lassen. Gleich darauf war er in der Dunkelheit verschwunden.

Etwa alle fünf Minuten meldeten sich die verdeckten Ermittler der Reihe nach bei Peterson. Er konnte sie im Ohrhörer belauschen. Falls Lozada irgendwo auf der Insel war, dann hatte er sich unsichtbar gemacht. Er war in keinem Motel, keinem Hotel und keiner Pension aufgetaucht. Was Wick kaum überraschte.

Peterson ließ sich von ihm Zeichen geben. »Wenn bei Ihnen alles okay ist, kratzen Sie sich an der Nase.« Stecken Sie die rechte Hand in die Tasche. Räkeln Sie sich. Und so weiter. Doch irgendwann war er so weit, dass er die Stimmen in seinem Ohr ausblenden konnte. Wenn der Notfall eintrat, würde er entsprechend reagieren, aber einstweilen kümmerte er sich vor allem um die gespickten Filets und vertrieb sich ansonsten die Zeit damit, Rennie anzuschauen.

Als die Steaks durch waren, trugen sie das Essen ins Haus. Einmal während des Essens hatte ihr nackter Fuß unter dem Tisch seine Wade berührt. Sie hatte sich nicht für die zufällige Berührung entschuldigt, was irgendwie schon ein Fortschritt war. Aber sie hatte auch nicht gelächelt. Sie hatte einfach so getan, als wäre nichts geschehen.

In einer Schublade hatte sie eine vergilbte Kerze gefunden, die sie auf einen Unterteller gestellt und mitten auf dem Tisch platziert hatte, um eine romantische Atmosphäre zu schaffen und die hässliche Küche in ein angenehmeres Licht zu tauchen. Doch das Einzige, was im Kerzenschein noch romantischer und weicher aussah, war Rennie.

Wenn sie ihr Haar wie jetzt offen trug, fuhr sie immer wieder mit den Fingern hindurch. Sie merkte nicht einmal, dass sie das tat, dafür merkte er es umso deutlicher, denn er sah es nur zu gern durch ihre Finger gleiten und auf die Schulter zurückfallen. *Wie flüssiger Mondschein*, dachte er und rätselte, wann er sich in einen Dichter verwandelt hatte.

Das Kerzenlicht vertiefte das dunkle Schattendreieck unten an ihrer Kehle und betonte die Furche zwischen ihren Brüsten. Den ganzen Abend über hatte er sich redlich bemüht, nicht zu sehen, wie ihr Busen gegen das schwarze Stricktop drückte, doch es gab Dinge, die die menschliche Leidensfähigkeit überstiegen, und dieser Anblick gehörte eindeutig dazu.

Das Essen war sättigend und lecker gewesen. Sein Magen war gefüllt, dafür nagte jetzt ein anderer Hunger an ihm. Er hätte wissen müssen, wie gefährlich es war, sie zu küssen. Das war unnötig gewesen. Einmal zu viel. Ihr kleiner Strandspaziergang im Sonnenuntergang hätte ohne einen Kuss genauso romantisch gewirkt. Mit seinem Kuss hatte er nur eines bewirkt – dass er sich so schmerzlich nach ihr verzehrte, dass es ihn noch umbrachte.

Sie leerte ihr Glas und sah ihn an. »Du starrst mich an.«

»Ich will so viel wie möglich von dir haben.«

»Von mir?«

»Von dir«, wiederholte er. »Von deinem Anblick. Denn sobald das hier überstanden ist, wirst du, wie immer es auch ausgehen mag, in dein Leben zurückkehren, und daran werde ich keinen Anteil haben. Oder, Rennie?«

Sie schüttelte langsam den Kopf.

»Darum starre ich dich so an.«

Sie schob den Stuhl zurück und nahm ihr Gedeck auf, doch als sie an ihm vorbeiwollte, streckte er die Hand aus und hielt sie am Arm zurück.

»Entspann dich, Rennie. Vielleicht hast du ja Glück. Vielleicht bringt Lozada mich um.«

Sie riss ihren Arm los, trug das Geschirr zur Spüle und ließ ihren Teller klirrend hineinfallen. »Das war gemein.«

»Es würde dich treffen?«

»Natürlich!«

»Ach ja, richtig. Ich vergaß, du bist ja eine passionierte Lebensretterin. Was ich eigenartig finde … wo du ständig mit dem Tod flirtest.«

Sie stieß eine Art Lachen aus. »Ich flirte mit dem Tod?«

»Ständig. Du bist waghalsig. Du gehst unnötige Risiken ein.«

»Was zum Teufel redest du da?«

»In keinem deiner beiden Häuser gibt es eine Alarmanlage. Die reinste Idiotie für eine allein lebende Frau. Du reitest ohne Sattel und jagst dein Pferd dabei über Zäune. Eine gefährliche Übung, selbst für eine erfahrene Reiterin. Du reist an Orte, an denen der Schnitter Tod Tag für Tag reiche Ernte einfährt. Du flirtest mit ihm, Rennie.«

»Du hast zu viel getrunken.«

Er stand auf und stellte sich neben sie. »Du lebst dein Leben nicht, Rennie, du trotzt ihm.«

»Du hast entweder zu viel getrunken oder einen Knall.«

»Nein, ich habe *Recht*. Die unabhängige Rennie, so siehst du dich doch gern. Keine Freunde, keine Vertrauten. Nur keine engen Kontakte. Nichts, gar nichts außer diesen gottverdammten unsichtbaren Mauern, die du sofort hochfährst, wenn dir jemand zu nahe kommt.

Selbst deine Patienten hältst du auf Distanz. Deshalb hast du dich für die Chirurgie und nicht für eine andere medizinische Fachrichtung entschieden, nicht wahr? Weil deine Patienten immer bewusstlos sind. Du kannst sie operieren, du kannst sie heilen, ohne Gefühle investieren zu müssen.«

In seinem Ohrhörer fragte Peterson: »Hey, Threadgill, ist bei Ihnen alles okay?«

»Er ist dafür berühmt, dass er ausklinkt«, ergänzte Thigpen.

»Ich würde gern wissen, was er zu ihr sagt«, meinte die Polizistin. »Seine Körperhaltung gefällt mir nicht.«

Wick ignorierte sie alle. »Du überschüttest deine Pferde mit Liebe. Ein junger Hund rührt dich zu Tränen. Du trauerst um ein wildes Tier, das du erschießen musstest. Aber wenn du mit einem anderen Menschen Hautkontakt hast, tust du entweder so, als hättest du nichts gemerkt, oder du läufst weg.«

»Das ist nicht wahr!«

»Ach nein?«

»Nein.«

»Beweise es.«

Er beugte sich über den Tisch, blies die Kerze aus und tauchte damit die Küche in Dunkelheit. Dann riss er den Ohrhörer aus seinem Ohr, schlang einen Arm um ihre Taille und zog sie an sich.

»Nicht, Wick!«

»Beweise es.« Seine Lippen schwebten über ihren und ließen ihr eine letzte Möglichkeit, Protest einzulegen. Als keiner kam, küsste er sie. Mit unterdrücktem Groll wartete er ab, bis sich ihre Lippen öffneten, und wagte sich erst dann mit seiner Zunge vor, um nach der ihren zu suchen. Sobald sie sich gefunden hatten, wurde sein Drängen tiefer. Gleichzeitig schmiegte sich sein Leib in das V ihrer Schenkel.

Sie riss ihren Mund los und wandte das Gesicht ab. »Wick …«

Er zog eine Spur von Küssen über ihren seidigen Hals und knabberte dabei sacht mit den Zähnen an ihrer Haut.

Sie stemmte die Hände gegen seine Schultern und bohrte die Finger in seine Muskeln. »Bitte.«

»Das könnte ich auch sagen, Rennie.«

Er senkte den Kopf und küsste sie auf den Brustansatz unterhalb ihrer Schulterblätter.

»Nein.« Sie stieß ihn weg.

Wicks Arme fielen leblos herab. Er trat einen Schritt zurück. Ihr schwerer Atem schnitt harsch durch die Dunkelheit. Aus dem Ohrhörer, der über seiner Brust baumelte, hörte er Petersons Flüche.

Er gab sich alle Mühe, seine Wut zu unterdrücken, doch

seine Erregung hatte seinen Zorn zusätzlich angefacht, sodass er ihn unmöglich ignorieren konnte. Mit hörbarer Anspannung presste er heraus: »Ich kapiere das einfach nicht.«

»Was denn?«

»Warum du dich weigerst.«

»Die Möglichkeit musst du mir zugestehen.«

Ein frustriertes Knurren stieg aus seiner Kehle. »Es ist so ein verflucht gutes Gefühl, Rennie. Was gefällt dir nicht daran?«

»Es gefällt mir ja.«

Weil er glaubte, sich verhört zu haben, streckte er die Hand nach dem Lichtschalter aus und knipste das Licht wieder an. »Wie bitte?«

Sie blinzelte gegen das grelle Licht an und stellte sich dann seinem fassungslosen Blick. Flüsternd erklärte sie: »Dass es mir nicht gefällt, habe ich nie behauptet.«

Er starrte sie so vollkommen fassungslos an, dass er nicht einmal das Klingeln des Handys bemerkte, bis sie schließlich fragte: »Ist das deins?«

Er griff nach dem Handy an seinem Hosenbund und schüttelte den Kopf. »Das muss deins sein.«

Sie ging ihr Handy holen.

Wick stöpselte den Ohrhörer wieder ein und bekam gerade noch das Ende einer glühenden Verwünschung mit. Missmutig schaltete er das Mikro ein. »Keine Panik, Peterson. Hier ist alles okay.«

»Was treiben Sie da, Threadgill?«

»Nichts. Wir hatten ein kleines elektrisches Problem, als wir versucht haben, das Licht anzuschalten. Eine Sicherung oder so.«

»Bei Ihnen ist alles in Ordnung?«

»Ja, ich wasche gleich das Geschirr ab, und Rennie telefoniert gerade mit ihrem –«

Er verstummte, als er sich umdrehte und ihre Miene sah. »Moment mal. Eben hat jemand auf ihrem Handy angerufen.«

Sie hielt das Handy mit beiden Händen umklammert. Nachdem sie etwa fünfzehn Sekunden wortlos gelauscht hatte, ließ sie es sinken und beendete die Verbindung.

»Lozada?«, fragte Wick. Sie nickte. »Ach du – was hat er gesagt?«

»Er ist hier.«

»Das hat er dir verraten?«

In einer unbewussten Schutzgeste hob sie die Hände an den Hals. »Das war nicht nötig. Er hat durchblicken lassen, dass er uns beobachtet hat.«

»Habt ihr das mitbekommen?«, fragte Wick ins Mikrofon. Nachdem er im Ohrhörer die Bestätigung erhalten hatte, forderte er Rennie mit einer Geste auf fortzufahren.

»Er hat gesagt, ich sollte öfter Schwarz tragen. Die Farbe würde mir stehen. Und dann hat er gefragt, ob du ein anständiges Steak hinbekommst.«

»So nah ist er?«

»Offenbar.«

»Und weiter?«

Sie sah ihn vielsagend und bittend an. Langsam hob er die Hand und schaltete das Mikro wieder aus. Dafür würde er später mächtig eins auf den Deckel bekommen, doch ihm lag eindeutig mehr an Rennie als am Wohlwollen der Polizei von Galveston.

»Sie machen mir zwar die Hölle heiß, aber sie können dich nicht hören. Du kannst reden. Erzähl mir, was er gesagt hat.«

»Er … hat abscheuliche Sachen gesagt. Über dich und mich. Uns. Zusammen.«

»So wie bei dem Anruf im Auto?«

»Schlimmer. Er hat gesagt, bevor ich … bevor ich …« Sie verschränkte die Arme vor der Brust und hielt sich an den Ellbogen fest. »Vornehm ausgedrückt hat er gesagt, bevor ich mich allzu sehr in dich verliebe, sollte ich dich fragen, wie du die Ermittlungen über den Mord an deinem Bruder verpatzt hast.«

»Es war ihr zu peinlich, um es Wort für Wort wiederzugeben. Wahrscheinlich war er abstoßend unflätig.«

Oren war so müde, dass ihm die Augäpfel wehtaten. Darum massierte er seine Schläfen, während er sich Wicks Bericht über Lozadas jüngsten Anruf anhörte.

»Er versucht, einen Keil zwischen uns zu treiben, genau wie heute schon einmal, als er mir weismachen wollte, er und Rennie seien zusammen gewesen; nur darum hat er die Ermittlungen nach dem Mord an Joe und meine unrühmliche Rolle dabei erwähnt.«

»Und hat er damit Erfolg?«

»Nicht im eigentlichen Sinn, aber er macht uns durchaus mürbe. Sie duscht gerade. Zum zweiten Mal seit unserer Ankunft. Reinlich ist sie, daran ist nicht zu rütteln.«

»Ich interessiere mich mehr für Lozadas Versteck als für Dr. Newtons Körperpflege. Und keiner der verdeckten Ermittler hat ihn bemerkt?«

»Nicht mal ein Haar.«

»Wie konnte er unentdeckt so nah an euch herankommen, dass er beobachten konnte, wie ihr Steaks brutzelt? Wahrscheinlich hat er ein Fernglas benutzt.«

»Oder er hat sich unter dem Sand bis zu meinem Haus durchgebuddelt. Bei Lozada kann man nichts ausschließen. Wir schnappen ihn garantiert nicht, indem wir streng nach Vorschrift vorgehen. Peterson scheint ein fähiger Mann zu sein, aber –«

»Du kooperierst nicht.«

»Er meint, ich würde nicht kooperieren?«

»Willst du das etwa abstreiten?«

»Ich lasse mich nur nicht gern am Gängelband führen wie ein kleines Kind.«

»Dann hör auf, dich wie eines zu benehmen. Er hat mir erzählt, du würdest das Mikro so gut wie nie einschalten und hättest den Ohrhörer höchstens die halbe Zeit eingesteckt.«

»Ich habe ihn *mindestens* die halbe Zeit eingesteckt.«

»Machst du Witze? Die Leute hier unten riskieren ihr Leben für euch«, fuhr Oren ihn an. »Wenn euch Lozada tatsächlich so nah ist, dann hat er sie wahrscheinlich schon bemerkt, vergiss das nicht.«

Er hörte Wick schwer seufzen. »Ich weiß, darüber habe ich mir auch schon den Kopf zerbrochen. Und ich mache keine Witze. Im Ernst. Ich bin ihnen sehr dankbar für ihren Einsatz, und zwar ohne Scheiß.«

»Es könnte nicht schaden, ihnen das mal zu sagen.«

»Ich nehme es mir vor.«

»Es ist möglich, dass Lozada sie bemerkt hat und nur deshalb noch nicht zugeschlagen hat.«

»Der Gedanke ist mir auch gekommen«, bestätigte Wick.

»Eine Sache verwirrt mich aber.«

»Nur eine?«

»Warum ruft er dauernd an? Das entspricht gar nicht seinem Stil. Mir kommt das absolut untypisch vor, fast sorglos. Er hat noch nie eines seiner Opfer vorgewarnt.«

Wick ließ sich das durch den Kopf gehen. »Diesmal geht es ihm nicht nur ums Geld. Das hier ist für ihn kein Job, das ist was Persönliches.«

Grace streckte ihren Kopf ins Zimmer und sah ihn neugierig an. Er winkte sie herein. Schweigend ließ sie sich neben ihm auf dem Sofa nieder und legte den Kopf auf seine Schulter. Er hob ihre Hand an seine Lippen und küsste sie. Immer wenn er daran dachte, was Lozada seiner Frau hätte antun können, hatte er das Gefühl, ein bisschen zu sterben.

Ins Telefon sagte er: »Also, immerhin wissen wir, dass er in Galveston ist. Wir haben bereits eine Personenbeschreibung durchgegeben.«

»Hoffentlich zusammen mit einer Warnung, dass der Gesuchte gefährlich ist. Was habt ihr als Verhaftungsgrund angegeben?«

»Nachdem er heute einen obszönen Anruf gemacht hat, können du und Dr. Newton bezeugen, dass er sie verfolgt. Wenn wir ihn finden, könnten wir ihn damit vor Gericht bringen.«

»Wasserdicht nenne ich das nicht, Oren.«

»Mehr haben wir nicht.«

»Okay, jetzt werde ich erst mal Petersons Gefieder glätten«, erklärte Wick. »Bis später.«

Nachdem er aufgelegt hatte, klärte Oren seine Frau über die neuesten Entwicklungen auf.

»Und wie kommt Dr. Newton damit zurecht?«

»Er sagt, sie ist okay. Reinlich.«

»Er mag sie.«

»Er findet sie sexy.«

»Da ist mehr dran. Ich könnte mir vorstellen, dass sie ihn richtig erwischt hat.«

»Die Liebe?« Er schnaubte. »War das nicht schon immer so? Wick verliebt sich doch in jede Frau, mit der er ins Bett geht. Seine Liebesaffären beginnen mit einer Erektion und enden mit einem Orgasmus.«

»Was soll daran so ungewöhnlich sein?«, fragte sie lachend. »Da sind die meisten Männer gleich.«

»Ich nicht.«

»Du bist auch nicht wie die meisten Männer.«

Er küsste wieder ihre Hand. »Ich vermisse die Mädchen.«

»Ich auch. Heute Nachmittag habe ich bei ihnen angerufen. Sie amüsieren sich königlich. Mom unternimmt alles Mögliche mit ihnen, trotzdem sehnen sie sich nach ihren Freundinnen und fangen schon an zu fragen, wann sie wieder heimkönnen.«

»Nicht so bald, Grace. Solange auch nur die kleinste Chance besteht, dass Lozada –«

»Ich weiß.« Sie tätschelte seine Brust. »Und ich bin ganz deiner Meinung. So habe ich es ihnen auch erklärt.«

»Haben sie es verstanden?«

»Vielleicht nicht ganz, aber sie werden uns verstehen, wenn sie eines Tages selbst Eltern sind. Jetzt komm ins Bett.«

»Ich kann jetzt nicht schlafen. Ich muss wieder ins Büro.«

Sie stand auf und zog an seiner Hand. »Seit wann ist das Bett nur zum Schlafen da?«

»Entschuldige, Schatz. Ich bin zu müde, als dass ich dafür zu gebrauchen wäre.«

Sie beugte sich vor, hauchte einen Kuss auf seine Lippen und erklärte mit rauchiger Stimme: »Überlass das nur mir.«

»In der Küche sitzt eine Polizistin.«

»Mit der habe ich schon geredet. Die stört uns nur im Notfall.«

Er spürte die Versuchung, doch nach einem Blick auf die Armbanduhr runzelte er die Stirn. »Ich habe versprochen, in einer halben Stunde zurück zu sein.«

Grace zog ihn lächelnd hoch. »Ich liebe Herausforderungen.«

Fünfundvierzig Minuten später saß er wieder an seinem Schreibtisch in der Zentrale, und nach den dreißig Minuten im Bett mit Grace fühlte er sich bedeutend frischer, auch wenn er kein Auge zugetan hatte. Mein Gott, wie er diese Frau liebte!

Auch ohne dass er gefragt hätte, wusste er, dass es aus Galveston nichts Neues zu berichten gab. Andernfalls hätte man ihn angerufen oder angepiepst. Trotzdem fragte er. »Nichts«, meldete ein Kollege. »Aber da wartet ein Typ, der Sie gern sprechen möchte.«

»Was für ein Typ?«

»Der da drüben.«

Das unfrisierte, bebrillte Individuum auf dem Stuhl in der Ecke kaute auf seinem Zeigefingernagel herum, als wäre er seine Henkersmahlzeit.

»Was will er denn?«, fragte Oren.

»Das hat er nicht gesagt.«

»Und warum will er ausgerechnet zu mir?«

»Das hat er auch nicht gesagt. Aber er besteht darauf, mit Ihnen und nur mit Ihnen zu sprechen.«

Oren sah sich den Mann noch einmal an, aber er war sicher, ihn noch nie gesehen zu haben. Sonst hätte er sich gewiss an ihn erinnert. »Und wie heißt er?«

»Halt dich fest: Weenie Sawyer.«

30

Rennie stemmte sich auf einen Ellbogen hoch. Eine geschlagene halbe Stunde stand Wick nun schon am Schlafzimmerfenster und starrte in die Dunkelheit. Reglos stand er da, einen Arm über den Kopf an den Fensterrahmen gestützt, während der andere lose an seiner Seite baumelte. In dieser Hand hielt er die Pistole. Sein Gewicht hatte auf den linken Fuß verlagert, sodass die rechte Seite entlastet wurde. Die Shorts hingen ihm knapp über der Hüfte. Das Verbandspflaster über der Narbe leuchtete weiß durch die Dunkelheit.

»Ist irgendwas?«

Er drehte sich um und sah sie an. »Nein. Entschuldige, dass ich dich geweckt habe.«

»Hast du was gehört –«

»Nein, nichts.« Er kam ans Bett zurück und legte die Pistole auf den Nachttisch. »Bis auf die Rückmeldungen unserer Beschatter war alles ruhig.«

»Von Lozada nichts Neues?«

»Rein gar nichts. Ich wünschte, der Hurensohn würde endlich auftauchen, und wir könnten die Sache hinter uns bringen. Diese Warterei treibt mich noch in den Wahnsinn.« Er legte sich neben sie und verschränkte die Hände unter dem Kopf.

»Wie spät ist es?«, fragte sie.

»Noch eine Stunde bis Sonnenaufgang. Hast du geschlafen?«

»Gedöst.«

»Mehr war bei mir auch nicht drin.«

Das war bei beiden gelogen, und der Grund für ihre Lügen war das Mikrofon, das lose an seiner Brust hing. Die ganze Nacht hatten sie nebeneinander gelegen, wortlos und angespannt, nur zu intensiv spürend, dass der andere noch wach war, doch aus verschiedensten Gründen nicht mutig genug, ein lautes Wort zu sprechen.

»Du solltest versuchen zu schlafen, Rennie.«

»Ich habe in meinem ersten Jahr in der Klinik gelernt, mit wenig Schlaf auszukommen. Noch heute läuft mir ein Schauer über den Rücken, wenn ich daran denke, wie viele Patienten ich praktisch schlafwandelnd behandelt habe.«

»Wolltest du eigentlich schon immer Ärztin werden?«

»Nein. Erst im zweiten Jahr auf dem College habe ich beschlossen, Medizin zu studieren.«

»Und warum?«

»Das hört sich banal an.«

»Weil du den Menschen helfen wolltest?«

»Ich habe doch gesagt, es hört sich banal an.«

»Nur wenn du so was als Model bei einem Schönheitswettbewerb sagst.«

Sie lachte leise.

»Ich finde das überhaupt nicht platt«, fuhr er fort. »Schließlich wollte ich aus dem gleichen Grund Polizist werden.«

»Ich hätte gedacht, du wolltest in die Fußstapfen deines großen Bruders treten.«

»Das auch.«

»Es war eine gute Entscheidung, Wick.«

»Findest du?«

»Ich kann mir nicht vorstellen, wie du acht Stunden am Tag hinter einem Schreibtisch sitzt. Oder auch nur acht Minuten am Tag. Ich hätte sofort wissen müssen, dass du lügst, als du dich als Softwareentwickler ausgeben wolltest.«

»Tut mir leid.«

»Du hattest einen Job zu erledigen.«

»Das habe ich immer noch.«

Was sie wieder zu Lozada zurückführte. Sie wälzte sich auf die Seite und sah ihn an. »Was wird er deiner Meinung nach unternehmen?«

»Ganz ehrlich?«

»Bitte.«

»Ich habe nicht die leiseste Ahnung.«

»Was ist mit Detective Wesley?«

»Oren ist genauso ratlos. Ich bin Lozada seit Jahren auf den Fersen, aber sicher weiß ich nur eines: Dass er absolut unberechenbar ist. Es wird uns treffen wie der Stich eines seiner Skorpione. Aus heiterem Himmel.«

»Ein grausiger Gedanke.«

»Allerdings. Genau darum ist er so gut in seinem Beruf.« Sie schwiegen eine Weile, dann wandte er den Kopf zur Seite und sah sie an. »Hat er dich vergewaltigt, Rennie?«

»Er hat mein Hemd zerrissen, um zu kontrollieren, ob ich verdrahtet bin. Er dachte –«

»Nicht Lozada.« Mit einer deutlich sichtbaren Geste schaltete er das Mikro ab. »T. Dan.«

»Was? Nein! Nie.«

»Sonst jemand?«

»Nein! Wie kommst du darauf?«

»Manchmal werden Mädchen in der Pubertät promiskuitiv, weil sie als Kinder missbraucht wurden.«

Sie lächelte traurig. »Hör auf, nach einer Rechtfertigung für meine Fehltritte zu suchen, Wick. Es gibt keine.«

»Ich versuche nicht, sie zu rechtfertigen, Rennie. Genauso wenig wie ich zu rechtfertigen versuchen würde, dass ich jedes Mädchen gevögelt habe, das mir über den Weg gelaufen ist. Was ich getan habe.«

»Für Jungs gelten andere Regeln.«

»Sollten sie aber nicht.«

»Tun sie aber.«

»Nicht für mich. Glaub mir, es steht mir wahrlich nicht zu, den ersten Stein zu werfen oder auch nur den Steinhaufen zu begutachten.« Er zog die Hand unter seinem Kopf hervor und fasste nach ihrer. »Trotzdem verstehe ich nicht, warum du dich immer noch für Sachen bestrafst, die du vor zwanzig Jahren angestellt hast.«

»Welche Fristen gelten denn für Selbstkasteiung?«

»Verzeihung?«

»Wie viele Jahre sind seit dem Mord an Joe vergangen?«

Er ließ ihre Hand los und wuchtete sich aus dem Bett. »Das ist was anderes.«

»Zugegeben. Aber es ist trotzdem wichtig.«

Er stemmte die Hände in die Hüften. »Lozada hat deine Neugier geweckt. Habe ich Recht? Er hat dich gewarnt, bevor du … wie hast du es umschrieben? Bevor du dich allzu sehr in mich verliebst, solltest du –«

»Bevor ich mich von dir in den Arsch ficken lasse. So hat er es ausgedrückt.«

Er gab die kämpferische Pose auf und fuhr sich seufzend mit den Fingern durchs Haar. Dann ließ er sich auf die Matratze sinken, ihr den Rücken zugewandt, die Unterarme auf die Knie gestützt. Mit gesenktem Kopf massierte er seine Stirn. »Verzeih mir, Rennie. Es tut mir leid, dass du dir das anhören musstest.« Und dann, leiser: »Und es tut mir leid, dass ich dich dazu gebracht habe, es zu wiederholen.«

»Das ist nicht so schlimm. Dass ich nach Joe frage, hat nichts mit Lozada zu tun.«

»Ich weiß.«

»Was ist damals passiert?«

Er atmete tief ein und langsam, behutsam wieder aus. »Anfangs war ich zu fassungslos, um überhaupt denken zu können. Es wollte mir einfach nicht in den Kopf, verstehst du? Joe war tot. Mein Bruder. Man hatte ihn mir weggenommen. Endgültig. Wo er doch mein Leben lang für mich da gewesen war. Und plötzlich war er nur noch ein toter Körper, der mit einem Zettel am Zeh im Leichenschauhaus lag. Es erschien mir so« – er breitete die Hände aus, als wollte er das richtige Wort aus der Luft fischen – »unwirklich.«

Dann stand er auf und ging am Bett auf und ab. »Erst zwei Tage später, bei seiner Beerdigung, habe ich es wirklich begriffen. Da hatte Oren, obwohl er beinah so fassungslos war wie ich, schon rund um die Uhr daran gearbeitet, Beweise gegen Lozada zu sammeln. Unter seinem Kommando hatte die Spurensicherung jeden Kieselstein auf dem Parkplatz umgedreht, unter jedem Grashalm in dem Rasen nebenan nachgeschaut, um irgendwas aufzuspüren, was vielleicht mit Lozada in Verbindung gebracht werden könnte. Damit Oren einen Durchsuchungsbefehl erwirken oder Lozada auch nur zur Vernehmung einbestellen konnte, brauchte er irgendeinen Beweis, und sei er noch so klein, dass Lozada am Tatort gewesen war.

Dann, kurz vor der Beerdigung, hat mir Oren erzählt, sie hätten was gefunden. Einen Seidenfaden. Ein einzelner Faden, kastanienbraun, keine fünf Zentimeter lang, war am Tatort zurückgeblieben. Das Labor hatte ihn bereits analysiert und war zu dem Schluss gekommen, dass er aus einem teuren Gewebe stammen musste, wie es in dieser Gegend nur in den exklusivsten Läden verkauft wurde. So wie Lozada es trägt. Wenn sie in seinem Kleiderschrank ein Kleidungsstück aus dem gleichen Stoff finden könnten, hätten sie ihn festgenagelt.

Zu dem Begräbnis kamen unglaublich viele Menschen. Jeder Polizist erweist einem im Dienst gefallenen Kollegen die letzte Ehre, weißt du? Die Trauergemeinde passte nicht in die Kirche. Der Kirchenchor sang mit Engelsstimmen. Die Nachrufe waren unglaublich bewegend. Die Ansprache des Predigers Trost spendend.

Nur dass ich nichts davon mitbekam. Rein gar nichts. Weder die Lieder noch die Nachrufe und auch nicht die Rede über das ewige Leben. Immerzu musste ich an den belastenden Seidenfaden denken.«

Er ging zurück ans Fenster, wo er seine ursprüngliche Pose wieder einnahm und aufs Meer hinausschaute. »Ich überstand die Gebete am Grab, das Versenken des Sarges, die offiziellen Salutschüsse. Grace und Oren haben den Leichenschmaus ausgerichtet. In ihrem Haus drängten sich über hundert Leute, weshalb es für mich nicht schwer war, ungesehen davonzuschleichen. Das war noch vor dem Trinity Tower. Damals wohnte Lozada noch in einem Haus in der Nähe des Universitätscampus. Ich bin einfach durch die Tür gebrochen, obwohl ich genau wusste, dass er zu Hause war.

Wahrscheinlich kannst du dir denken, was dann passiert ist. Ich hab seine ganze Bude auseinandergenommen. Bin wie ein Berserker durch seinen Kleiderschrank gefahren. Hab Schubladen ausgekippt. Das ganze Haus verwüstet. Und weißt du, was er die ganze Zeit über getan hat? Er hat gelacht. Er sich halb kaputtgelacht, weil ich damit dafür gesorgt habe, dass er niemals für den Mord an Joe vor Gericht gestellt werden würde.

Als ich nicht gefunden habe, worauf ich gehofft hatte, habe

ich mich auf Lozada gestürzt. Die Narbe über seinem Auge? Hat er mir zu verdanken. Er trägt sie voller Stolz, weil sie für seinen größten Sieg steht. Für mich bezeichnet sie meinen absoluten Tiefpunkt. Ich glaube ganz ehrlich, dass ich ihn umgebracht hätte, wenn Oren nicht aufgetaucht wäre und mich von ihm heruntergezerrt hätte. Dafür schulde ich Oren ewigen Dank – und mein Leben. Und Lozada hat mich nur nicht abgeknallt und anschließend auf Notwehr plädiert, weil er wusste, welche Folter es für mich bedeuten würde, mit dieser Niederlage leben zu müssen.«

Langsam drehte er sich um, bis sich sein Blick in der Dunkelheit mit dem ihren verband. »Dass du so viel Ärger mit Lozada hast, hast du letztendlich mir zu verdanken. Wenn ich damals nicht die Geduld und den Verstand verloren hätte, säße er heute in der Todeszelle, und du würdest nicht bis zum Hals in der Scheiße stecken.«

Er lachte leise und breitete die Arme in einer Geste aus, die das winzige Zimmer einschloss. »Und ich nicht in der hier. Ich würde nicht in einer Bruchbude hausen, meine Wunden lecken und ein Gummiband gegen mögliche Panikattacken ums Handgelenk tragen wie ein –«

»Ganz normaler Mensch«, fiel sie ihm ins Wort. »Du hast es selbst gesagt, Wick. Dir ist ziemlich viel Scheiße auf einmal passiert. Was du damals empfunden hast und was du jetzt empfindest, ist nur menschlich.«

»Also, manchmal bin ich für meinen Geschmack schon allzu menschlich.« Er schenkte ihr ein mattes Lächeln, das sie erwiderte. Dann verzog er unter einem leisen Fluch das Gesicht. Er fasste nach dem Mikro und schaltete es ein. »Ja, ich höre euch. Mein Gott, glaubt ihr, ich bin taub? Was ist denn los?« Er lauschte kurz und sagte dann: »Hier auch nichts. Ich komme jetzt raus, um frische Luft zu schnappen. Ballert mich nicht gleich ab.«

Er ging an ihr vorbei, steckte seine Pistole und das Handy ein und war im nächsten Moment an der Tür. »Ich bin kurz draußen. Wenn du irgendwas siehst oder hörst, dann schrei.«

Weil sie sowieso kein Auge zutun konnte, zog sie sich an und war gerade damit beschäftigt, in der Küche Kaffee zu kochen, als er wieder ins Haus kam. Er schien es eilig zu haben. Seine Miene war angespannt.

»Was ist denn los?«

»Wir fahren, Rennie. Sofort. Zieh dich an.« Erst jetzt sah er, dass sie bereits angezogen war. »Pack deine Sachen. Schnell.«

»Wohin fahren wir? Was ist passiert?«

Wortlos drängte er an ihr vorbei und eilte durch die Küche und das Wohnzimmer ins Schlafzimmer, wo er seine verstreuten Sachen in die Reisetasche zu stopfen begann.

»Wick! Sag endlich! Was ist denn los? Hat Lozada irgendwas getan?«

»Allerdings. Aber nicht in Galveston.«

Mehr erzählte er ihr nicht, denn mehr wusste er auch nicht.

Oren hatte ihn auf dem Handy angerufen, während er gerade draußen frische Meeresluft schnappte, um seinen Kopf und sein Gewissen durchblasen zu lassen. Seit er Rennie gebeichtet hatte, was er für Mist gebaut hatte, kämpfte er mit gemischten Gefühlen.

Einerseits war es unglaublich erleichternd gewesen, darüber zu sprechen. Sie war eine verflucht gute Zuhörerin. Andererseits hatte ihm das Gespräch wieder ins Gedächtnis gerufen, dass er der Idiot war, der dafür gesorgt hatte, dass Lozada noch frei herumlaufen durfte. Diese Schuld würde er tragen müssen, bis Lozada hinter Gittern war. Oder noch besser tot.

Das Wissen, dass Lozada da draußen war und ihn verhöhnte, ließ ihn sich wie einen Versager fühlen. Und seit Orens Anruf wie ein machtloser Versager.

»Wir glauben nicht, dass Lozada noch in Galveston ist«, hatte ihm Oren eröffnet.

»Wieso nicht?«

»Wir haben guten Grund anzunehmen, dass er nicht mehr dort ist.«

»Was sollen die gestanzten Phrasen und leeren Hülsen? Wir sind hier auf keiner Pressekonferenz. Was ist los?«

»Kannst du an Dr. Newtons Handy kommen?«

»Warum?«

»Weil es besser wäre, wenn sie in den nächsten Stunden keine Anrufe annimmt.«

»Wieso?«

»Lass mich erst was klären, dann rufe ich dich wieder an.«

»Was klären?«

»Das kann ich dir erst sagen, wenn ich es geklärt habe.«

»Was soll das heißen, du kannst es mir nicht sagen? Wo bist du überhaupt?«

»Hast du jemals von einem gewissen Weenie Sawyer gehört?«

»Wer zum Teufel –«

»Ob du je von ihm gehört hast?«

»Nein! Wer ist das?«

»Das tut momentan nichts zur Sache. Das hat Zeit. Ihr bleibt, wo ihr seid. Du beschäftigst unsere liebe Ärztin. Mach mit ihr ein Picknick am Strand oder irgendwas. Nur für den Fall, dass wir uns täuschen, wird Peterson seine Leute noch nicht abziehen. Ich muss Schluss machen, aber ich melde mich wieder.«

»Oren –«

Er hatte aufgelegt, und als Wick ihn zurückzurufen versuchte, hörte er nur das Besetztzeichen. Als er im Morddezernat anrief, wurde ihm mitgeteilt, dass Oren derzeit nicht zu erreichen sei, er könne aber gern eine Nachricht hinterlassen.

Zehn Sekunden lang hatte er tief durchgeatmet, dann war er ins Haus gepoltert und hatte Rennie erklärt, dass sie sofort abreisen würden. *Picknick am Strand, leck mich doch*, dachte er.

Er wollte dabei sein, wenn die Schlinge um Lozada zusammengezogen wurde, obwohl er es Oren nicht verdenken konnte, dass er versuchte, ihn auf Abstand zu halten, bis die Sache über die Bühne war.

Vielleicht war es nicht besonders schlau, mit Rennie im Schlepptau anzurücken, doch wenn Oren sich nun täuschte und Lozada immer noch in Galveston war? Lozada war durchaus zuzutrauen, dass er ihnen vorspielte, er hätte Galveston verlassen, um Wick nach Fort Worth zurückzulocken, um freien Zugriff zu Rennie zu bekommen. Wick war nicht hundertprozentig davon überzeugt, dass Peterson und seine Leute Rennie beschützen konnten. Und Thigpen würde er sie ganz bestimmt nicht anvertrauen. Womit ihm nichts anderes übrig blieb, als sie mitzunehmen.

Wieso hatte ihn Oren gebeten, ihr Handy einzukassieren? Weil er wusste, dass sein Partner einen guten Grund für diese eigenartige Bitte haben musste, hatte Wick das Handy in seiner Reisetasche verschwinden lassen, während sie im Bad war. Erst als sie schon jenseits von Houston und auf der Interstate 45 in Richtung Norden unterwegs waren, begann sie danach zu suchen.

»Ich glaube, du hattest es mit in der Küche«, log er.

»Ich achte sonst immer so gewissenhaft darauf, es nicht zu vergessen. Wie konnte ich es nur liegen lassen?«

»Jetzt ist es zu spät, um noch mal umzudrehen.«

Alle zehn Minuten fragte sie ihn nach dem Anruf, der ihre abrupte Abreise ausgelöst hatte. »Und mehr hat Wesley dir nicht verraten?«

»Nichts.«

»Nur dass er glaubt, dass Lozada nicht mehr in Galveston ist.«

»So hat er es ausgedrückt.«

»Wir wissen, dass er gestern Abend hier war.«

»Möglicherweise ist er nur einmal hin- und zurückgefahren. Er könnte kurz nach dem Anruf auf deinem Handy wieder aufgebrochen sein.«

»Und sonst hat Wesley nichts gesagt?«

»Rennie, du hast schon neunundneunzigmal gefragt, was er zu mir gesagt hat, und das hat sich seither nicht verändert.«

»Und wohin fahren wir jetzt?«

»Auf deine Ranch. Dort setze ich dich ab. Sorg dafür, dass Toby Robbins dich im Auge behält. Dann fahre ich nach Fort Worth zurück und finde raus, was zum Teufel eigentlich los ist.«

»Du kannst mich zur Ranch bringen, aber nur, damit ich dort meinen Jeep abholen kann. Danach fahre ich auch nach Fort Worth.«

»Auf keinen Fall. Du bleibst –«

»Ich muss arbeiten.«

»Quatsch. Du hast Urlaub, schon vergessen?«

»Ich fahre zurück.«

»Das klären wir, wenn wir dort sind.«

Doch dazu sollte es nicht mehr kommen.

Als sie am späten Vormittag auf der Ranch eintrafen, sahen sie zu ihrem Entsetzen ein ganzes Geschwader von Fahrzeugen, darunter einen Streifenwagen, in ihrem Hof parken. Eines der Autos erkannte Wick als Toby Robbins' Pick-up.

»Was ist hier los, verflucht noch mal?«

»Du bleibst im Auto, Rennie.«

Aber sie war schon ausgestiegen. Ehe er sie aufhalten konnte, rannte sie wie besessen auf die weit offen stehende Stalltür zu.

»Rennie!« Er stürzte ihr nach. Aber als sein Fuß auf dem Boden aufkam, jagte ein messerscharfer Schmerz durch seinen Rücken. Eine Sekunde lang musste er stehen bleiben, um nach Luft zu ringen, dann hinkte er so schnell er konnte Rennie hinterher. Ihr Vorsprung war viel zu groß, als dass er sie noch hätte einholen können. Ein paar Sekunden später sah er sie im Stall verschwinden.

Dann hörte er sie schreien.

31

Sie konnte sich nicht erinnern, dass es im August je so geregnet hatte. Das heutige Unwetter würde neue Maßstäbe für Texas setzen. Die Wolken waren gegen zwei Uhr nachmittags aus dem Nordwesten herangerollt und hatten eine unerwartete und höchst willkommene Erholung von der Hitze und Sonne geboten. Doch sie hatten kein kurzes Sommergewitter gebracht, sondern starken, gleichmäßigen Regen, der seither nicht wieder nachgelassen hatte.

Rennie saß auf einem Heuballen, den Rücken gegen die Tür von Beades leerer Box gelehnt. Draußen vor der Stalltür fiel der Regen in einem dichten grauen Vorhang. Das Wasser hatte tiefe Rinnen in die harte, trockene Erde gegraben. Die Bäche füllten die Pfützen, die sich in allen natürlichen Vertiefungen bildeten. Der Regen hatte auch die Reifenspuren des Viehtransporters weggewaschen, mit dem Toby die Kadaver hatte wegbringen lassen.

Kadaver. Ihre wunderschönen Pferde. Diese ganze herrliche Kraft, Schönheit und Grazie auf leblose Kadaver reduziert.

Sie weinte ungeniert, laut schluchzend, mit bebenden Schultern. Ihr Herz war gebrochen. Nicht nur, weil sie der Verlust ins Mark getroffen hatte, sondern auch, weil die Tat so grausam war. Sie beweinte den mutwilligen Mord an fünf schönen, lebendigen Geschöpfen.

Sie weinte, bis sie nicht mehr konnte. Als keine Tränen mehr kommen wollten, blieb sie einfach sitzen und lauschte mit geschlossenen Augen und Tränenspuren auf den Wangen dem hypnotischen Trommeln der Regentropfen auf dem Blechdach.

Der Regen blendete seine Schritte aus, trotzdem spürte sie seine Nähe. Sie schlug die Augen wieder auf und sah ihn im offenen Stalltor stehen, scheinbar ohne dass er das Prasseln des Regens spürte.

Er hatte angeboten, beim Abtransport der toten Tiere zu helfen, doch er wollte sie auch ungern allein lassen. Toby hatte vorgeschlagen, Corrine anzurufen, damit sie ihr Gesellschaft leistete, doch das hatte Rennie ausgeschlagen. Sie hatte eine Zeit lang allein sein wollen. Er hatte das offenbar verstanden und ihrem Wunsch entsprochen.

Trotz alledem hatte er einen Hilfssheriff gebeten, bis zu seiner Rückkehr in einem Streifenwagen an ihrem Tor Wache zu schieben, und er hatte sie ermahnt, hinter verschlossener Tür und mit griffbereiter Flinte im Haus zu bleiben. Anfangs hatte sie seine Anweisung befolgt. Doch der Stall schien ihr der einzig passende Ort für ihre Trauer. Unter einer Überwurfdecke vom Sofa als Schutz gegen den Regen war sie zum Stall hinübergerannt. Der Hilfssheriff hatte sie entweder nicht gesehen oder es vorgezogen, sie allein zu lassen.

Sie hatte die ungestörten Minuten genutzt, um erst jedes Tier einzeln und dann die ganze Gruppe zu betrauern. Die Pferde waren ihre Familie gewesen. Sie hatte ihre Tiere geliebt wie Kinder. Und jetzt waren sie tot. Auf niederträchtige Weise abgeschlachtet.

Sie hätte nicht sagen können, wie lange sie allein in der Scheune war, doch in Wicks Augen war bestimmt jede Minute zu lang gewesen. Er war bestimmt wütend auf sie, weil sie sich schutzlos in Gefahr begeben hatte.

Er trat in den Stall und kam durch den Mittelgang auf sie zu. Aus seinen Stiefeln quatschte das Regenwasser. Die Nässe klebte das alte T-Shirt an seiner Haut fest und modellierte seinen Rumpf nach wie eine antike Plastik. Die Bluejeans waren ebenfalls triefnass und hingen an seinen Beinen. Auch aus seinen flach an den Kopf geklatschten Haaren rann das Wasser.

Ein paar Schritte vor ihr blieb er stehen. Anders als erwartet, wirkte er nicht zornig, sondern ängstlich. Sein Blick war nicht hart und verärgert, sondern weich und mitleidig. Er streckte die Hand aus, nahm ihre und zog sie auf die Füße.

Ehe ihr Herz auch nur einmal schlagen konnte, lag sie in seinen Armen, und sein Mund hatte von ihrem Besitz ergriffen.

Diesmal gab sie sich ihm hin. Sie küsste ihn so, wie sie es schon bei seinem ersten Kuss gewollt hatte. Mund, Hände, Körper – alles reagierte auf ihn. Sie schob die Finger nach oben durch sein nasses Haar, hielt ihn am Hinterkopf fest und gab ihm einen heißen, hungrigen Kuss, in dem sich endlich ihre Begierde entlud.

Fieberhaft zerrte sie das klatschnasse T-Shirt hoch und fuhr mit den Händen über seine nasse Haut, grub die Finger unter die lockigen Haare und strich über seine festen Brustwarzen. Dann senkte sie den Kopf und küsste ihn auf die Brust, fuhr mit den Lippen leicht und gierig darüber. Sie hörte ihn leise fluchen, überrascht und erregt zugleich, während sich im selben Moment seine große Hand um ihr Kinn schloss und ihren Mund wieder anhob, um ihn erneut in Besitz zu nehmen.

Als sie sich nach einer halben Ewigkeit voneinander lösten, zerrte sie wie besessen an seinem T-Shirt, bis sie es schließlich gemeinsam ausgezogen hatten. »Ich will dich spüren, Wick. Bitte. Ich will dich spüren.«

Er schälte das Top über ihren Kopf und zog sie an seine nackte Brust. Seine Haut war feucht und kühl; ihre fühlte sich umso heißer an, ein erotischer Kontrast.

Er senkte sein Gesicht in ihre Halsbeuge. Seine Arme umfassten sie. Als er sie hart und fest an sich drückte, spürte sie jeden einzelnen seiner zehn Finger auf ihrem Rücken. Sie zwängte ihre Hände zwischen ihre Leiber. Die Metallknöpfe seiner Jeans wollten sich kaum öffnen lassen, denn der nasse Stoff weigerte sich standhaft, doch sie ließ nicht locker, bis sie alle gelöst hatte und die Haut darunter spürte.

Seinen schweren, rauen Atem im Ohr, ließ sie sich von ihm

rückwärts führen, bis sie zwischen ihm und der Boxentür klemmte. Sie küssten sich in wilder Leidenschaft, während er den Reißverschluss ihrer Leinenhose löste. Keine Sekunde später hatte er ihre Hose mitsamt dem Slip heruntergezogen. Sobald sie ihre Füße befreit hatte, hob er sie hoch.

Mit einem einzigen Stoß drang er in sie ein. »Mein Gott, Rennie«, keuchte er und wollte sich schon zurückziehen.

»Nein!« Sie umfasste seinen Hintern und lenkte ihn tiefer, indem sie mit ihrer Hüfte zu kreisen begann. Wieder keuchte er ihren Namen, dann begann er, sich zu bewegen. Er führte sie zu einem gemeinsamen Höhepunkt, den sie beide innerhalb weniger Augenblicke erreichten.

Auf seine Schenkel gestützt, ließ er sie vorsichtig auf die Decke sinken, die sie vom Haus mitgebracht hatte, und streckte sich über ihr aus. Mit einer Hand strich er ein paar Haarsträhnen aus ihrem Gesicht, dann senkte er den Kopf, um sie zu küssen. »Wick –«

»Psst.«

Seine Lippen wanderten liebevoll über ihr Gesicht und liebkosten jeden Zentimeter. Sie versuchte seinem Mund zu folgen, ihn mit ihren Lippen einzufangen. Doch immer wieder entkam er ihr, wanderte vom Ohr zum Lid zur Schläfe zur Wange und dann zu ihrem Mund. Warm und süß wehte sein Atem über ihre Haut, während er sich langsam zu ihren Brüsten vorarbeitete.

Behutsam nahm er eine Brustwarze zwischen die Lippen, leckte zärtlich daran und zog sie dann in seinen Mund. Die andere Brust lag plötzlich in seiner Hand, und die zweite Brustwarze wurde mit federleichten Berührungen umstrichen, bis er steif und prall war, und nicht einmal dann hörte er auf, damit zu spielen.

Rastlos rutschte sie unter ihm hin und her, doch als sie ihn zu fassen versuchte, packte er ihre Arme, streckte sie über ihren Kopf und legte eine Spur von Küssen von ihrem Handgelenk bis in ihre Achsel. Als er schließlich wieder auf ihrem Busen gelandet war, verzehrte sie sich verzweifelt danach, ihn wieder in sich zu spüren.

Doch er hielt sich zurück. Eine Hand schlich zwischen ihre Beine und fand ihr Zentrum. Langsam begann seine Fingerspitze kleine Kreise zu ziehen. Die Berührung war kaum zu spüren, und doch löste sie ein unvergleichlich köstliches Ziehen in ihrem Unterleib aus.

Um sie herum wurde es dunkel. Ihre Glieder begannen zu kribbeln. In ihrer Mitte wurde es spürbar wärmer. »Wick …«

Er passte den perfekten Zeitpunkt ab und war genau gleichzeitig mit ihrem Höhepunkt tief in ihr. Woge um Woge überlief sie, jede gewaltiger als die vorige, bis sie, wie aus weiter Ferne, ihre eigenen abgehackten Lustschreie zu hören begann.

Als sie viel später wieder die Augen aufschlug, lächelte Wick sie an. Er küsste sie zärtlich auf die Lippen und flüsterte: »Da bist du ja wieder.«

Weil sie spürte, dass er immer noch voll und hart in ihr war, presste sie ihn von innen zusammen. Er stöhnte lustvoll auf. »Noch mal.« Und dann, kaum hörbar: »Jesus. Noch mal.«

Er stützte sich mit den Armen über ihrem Kopf ab. Den Blick seiner tiefblauen Augen unverwandt auf sie gerichtet, begann er, sich langsam und kraftvoll in ihr zu bewegen. Sie fuhr mit den Händen über seinen Rücken und gab sich ganz dem Gefühl hin, das seine Haut ausstrahlte – reine Lebendigkeit. Ihre Fingerspitzen spürten die pulsierende Energie, die es ihm unmöglich machte, stillzuhalten, die ihn zu Wick machte.

Sie achtete peinlich darauf, nicht an seine Wunde zu kommen, weil ihn nichts von seiner Leidenschaft ablenken sollte, nicht einmal eine unangenehme Erinnerung. Langsam arbeiteten sich ihre Hände weiter vor zu seinen Lenden, die in einem eleganten Bogen in seine Hüften übergingen. Sie massierte seinen Hintern und hielt ihn, als er kam, fest in der Wiege ihrer Schenkel. Gleichzeitig drückte sie seinen Kopf neben ihrem nach unten und hielt ihn so fest, bis sich sein Körper wieder entspannt hatte.

Der Regen war zu einem Nieseln ausgedünnt. Auf dem Rückweg zum Haus sprangen sie über die vielen Pfützen. »Der Streifenwagen ist weg«, beobachtete sie.

»Als ich dich im Stall gefunden habe, hast du zwar geweint, aber dir war nichts passiert. Da habe ich ihn weggeschickt.«

»Warum?«

»Weil ich mit dir allein sein wollte.«

»Du hast also damit gerechnet, dass es passieren könnte?«

Er legte den Arm um ihre Schultern und zog sie an seine Seite. »Man soll die Hoffnung nie aufgeben.«

Als sie ins Haus traten, hörten sie das Telefon läuten. Es war Toby Robbins, der sich nach Rennie erkundigen wollte. Wick versicherte ihm, dass es ihr den Umständen entsprechend gut ging. »Tief getroffen, aber mit hocherhobenem Kopf.«

»Kann ich mit ihr reden?«

Wick reichte ihr den Hörer. »Hallo, Toby. Tut mir leid, dass ausgerechnet Sie die Tiere finden mussten. Es muss schrecklich gewesen sein.«

Vorhin hatte sie noch unter Schock gestanden und nicht darüber sprechen können. Wick bekam nur die eine Hälfte des Gesprächs mit, doch er schloss daraus, dass Toby ihr gerade berichtete, wie er die Pferde in ihren Boxen vorgefunden hatte, als er herübergefahren war, um sie in den Korral zu lassen.

Nach langem Schweigen sagte Rennie: »Ich weiß gar nicht, wie ich Ihnen dafür danken soll, dass Sie sofort alles in die Wege geleitet haben. Nein, es wurde noch niemand verhaftet. Ja«, bestätigte sie leise, »Lozada ist eindeutig verdächtig.« Und dann hörte Wick sie fragen: »Sandwiches?«

Er deutete auf den Tupperwarebehälter auf dem Tisch und flüsterte: »Corrine hat sie mir mitgegeben.«

»Wir wollten sie gerade essen«, sagte Rennie in den Hörer. »Bitte richten Sie Corrine meinen Dank aus.«

Nachdem sie aufgelegt hatte, sagte Wick: »Die Sandwiches habe ich total vergessen, während ich dich überall im Haus gesucht habe.«

»Tut mir leid, dass ich dir so einen Schrecken eingejagt habe.«

»Schreck? Ich hab mir fast in die Hose gemacht vor Angst.« Er zog einen Küchenstuhl für sie heraus. »Hast du Hunger?«

»Nein.«

»Iss trotzdem was.«

Mit sanfter Überredung zwang er ihr ein Schinkensandwich und ein Glas Milch auf. Nach dem Essen ging er noch einmal durchs Haus, um alle Türen zu überprüfen. »Von einer verriegelten Tür lässt er sich bestimmt nicht abschrecken«, wandte Rennie ein.

»Reine Gewohnheit. Lozada kommt sowieso nicht zurück.«

»Wieso bist du dir so sicher?«

»Wenn ein Verbrecher an den Tatort zurückkehrt, dann entweder aus Schadenfreude oder weil er Angst hat, irgendwas übersehen zu haben. Du weißt, dass Lozada kein gewöhnlicher Verbrecher ist. Er ist nicht so dumm, noch einmal an den Tatort zurückzukommen. Er hat alles erreicht, was er hier erreichen wollte.«

»Mich dafür bestrafen, dass ich mit dir zusammen bin.«

»Ich habe dir ja gesagt, dass er aus heiterem Himmel zuschlagen würde.«

»Aber meine Pferde…« Ihre Stimme wurde brüchig. »Er wusste genau, wie er mich am tiefsten verletzen kann, nicht wahr?«

Wick nickte. »Er hat sein Werk getan. Wenn ich glauben würde, dass er noch mal zurückkommt, hätte ich dich nicht mit nur einem Hilfssheriff am Tor allein gelassen.«

»Warum hattest du dann solche Angst, als ich nicht im Haus war?«

Sein Mund wurde schmal. »Ich habe mich auch schon getäuscht.«

Sie gingen nach oben. Er schaltete die Nachttischlampe ein. Das blasse Licht legte tiefe Schatten auf ihr Gesicht und ließ sie noch erschöpfter wirken. »Wie wär's mit einer heißen Dusche?«

»Kannst du Gedanken lesen?«

Die Dusche gab ihnen Gelegenheit, ihre Körper in aller Ruhe zu erforschen. Dass sie sich so wenig zierte und sich ihm bereitwillig öffnete, überraschte und freute ihn. Sie zeigte auch keinerlei Scheu, ihn zu liebkosen.

Als er sie fragte, ob sie Brusthaare mochte, zeigte sie ihm, wie gut ihr seine gefielen.

Sie entschuldigte sich dafür, dass ihre eine Brust etwas größer war als die andere, was ihm Gelegenheit gab, beide mit Händen und Mund abzuwiegen und zu messen.

Sie fuhr mit der Zunge über seinen leicht schiefen Schneidezahn und erklärte ihm, dass sie das total anmachte.

Sie küssten sich dauernd, teils verspielt und direkt unter dem Wasserstrahl, teils innig und gefühlvoll. Sie streichelten sich mit glatten, seifigen Händen. Und einmal kniete er, nachdem sie ihn nach Lust und Laune verführt hatte, vor ihr nieder und drückte die Nase gegen ihre Scham, bis sie die Schenkel teilte und seiner Zunge Einlass gewährte.

Das Vorspiel war stimulierend und versetzte sie in einen erotischen Rausch, doch sie achteten darauf, es nicht ausufern zu lassen. Über eine enge Umarmung gingen sie nicht hinaus.

Danach legten sie sich zusammen ins Bett und kuschelten sich in Löffelstellung aneinander, bis sie unvermittelt erklärte: »Wenigstens mussten sie nicht leiden. Lozada hat sie nicht gequält.«

»Versuch an etwas anderes zu denken.« Er schob eine Hand voll Haar beiseite und küsste sie in den Nacken.

Lozada hatte die Pferde ebenso effektiv und ungerührt abgeschlachtet, wie er Sally Horton umgebracht hatte – mit ein paar Kugeln in den Kopf. Wick brauchte nicht lange zu überlegen, warum Lozada ihn nicht ebenso schnell abserviert hatte. Lozada wollte ihn erst leiden lassen. Wahrscheinlich hatte er vorgehabt, mehr als einmal mit dem Schraubenzieher zuzustechen, damit er langsam und unter grässlichen Schmerzen starb.

Wenn er so neben Rennie lag, war er wirklich froh, noch am Leben zu sein, und er wusste genau, dass er nur am Leben war, weil Lozada die unkluge Entscheidung getroffen hatte, Wick Threadgill einer langsamen, qualvollen Exekution zu unterziehen.

»Rennie?«

»Hm?«

»Du …« Er suchte nach möglichst taktvollen Worten. »Du warst so …«

»Um ein Haar hätte ich dich abblitzen lassen.«

Sie lag mit dem Rücken zu ihm und hatte beide Hände unter ihre Wange geschoben. Er streichelte ihren Arm. »Ich will mich keinesfalls beschweren.« Er hauchte einen Kuss auf ihre Schulter. »Es war wie … im Märchen. Ein Geschenk. Als wärst du nie –«

»Seit der Geschichte mit Raymond Collier war ich mit keinem Mann mehr zusammen.«

Genau das hatte er insgeheim vermutet, doch diese Worte aus ihrem Mund zu hören verlieh diesem Augenblick, diesem Tag eine ganz neue Bedeutung. Hätte sie ihm das gesagt, ehe sie sich geliebt hatten, wäre er fassungslos gewesen. Geglaubt hätte er ihr wahrscheinlich nicht.

»Du hast verflucht lange dafür gebüßt, Rennie.«

»Das war keine Buße, sondern eine bewusste Entscheidung. Ich hatte das Gefühl, danach kein normales, erfülltes Sexualleben mehr verdient zu haben.«

»So ein Quatsch. Collier hat genau das bekommen, was er verdient hatte. Du warst damals noch ein Kind.«

Sie lachte trocken. »Bei meiner Abschussquote? Wohl kaum. Ich war ganz bestimmt kein Kind mehr.«

»Vielleicht ein Kind, das dringend Führung gebraucht hätte.«

Sie quittierte die Antwort mit einem kleinen Schulterzucken.

»Collier war erwachsen. Er hätte sich nicht mit dir einlassen dürfen. Wenn er wirklich Opfer einer erotischen Obsession war, hätte er sich einfach von dir fernhalten oder Hilfe suchen sollen, ganz egal was. Auch er hat eine bewusste Entscheidung gefällt und sich die Konsequenzen darum selbst zuzuschreiben. Aus welchem Grund du damals auch immer abgedrückt hast –«

»Ich habe nicht abgedrückt.«

Wicks Herz setzte einen Schlag aus. »Wie bitte?«

»Ich habe ihn nicht erschossen. Ich habe die Pistole nicht mal berührt. Das heißt, ich habe sie erst hinterher in die Hand genommen. Als die Polizei schon unterwegs war. Da hielt ich sie in der Hand, aber das wäre gar nicht nötig gewesen, weil sie nie auf Fingerabdrücke untersucht wurde. Genauso wenig, wie unsere Hände auf Schmauchspuren untersucht wurden. Es ist überhaupt nichts in der Art geschehen.«

»An wessen Händen hätten sie denn Schmauchspuren finden sollen, Rennie?« Als sie nicht antwortete, sprach er den Namen aus, der in seinem Kopf gellte. »An T. Dans.«

Sie zögerte kurz und nickte dann knapp.

»Heiliger Hammer!« Wick setzte sich auf, um sie anzusehen, doch sie hob den Kopf nicht vom Kissen, sodass er lediglich ihr Profil erkennen konnte. »Er hat Collier erschossen und die Tat dir in die Schuhe geschoben?«

»Ich war noch minderjährig. T. Dan meinte, es würde weniger Staub aufwirbeln, wenn ich aussagen würde, ich hätte Raymond in Notwehr erschossen.«

»*Hat* er denn versucht, dich zu vergewaltigen?«

»Seit unserem einen Besuch im Motel war ich ihm aus dem Weg gegangen. Er ekelte mich an, fast so sehr, wie ich mich selbst anekelte. Ich habe mich gegen jedes Wiedersehen gesperrt und mich sogar geweigert, am Telefon mit ihm zu sprechen. An jenem Nachmittag ist er unangemeldet bei uns zu Hause aufgetaucht. Ich war nicht gerade erbaut über seinen

Besuch. Warum ich mit ihm in T. Dans Arbeitszimmer gegangen bin, ist mir bis heute ein Rätsel. Vielleicht habe ich mir unbewusst gewünscht, er würde uns erwischen. Ich weiß es wirklich nicht. Als mein Vater uns schließlich überrascht hat, versuchte Raymond gerade, mich zu küssen. Er hat mich heulend angefleht, ihn nicht abzuweisen.«

»T. Dan hat sich entschieden, erst zu schießen und später Fragen zu stellen, war es so? Er kam rein, hat die Szene falsch interpretiert und geglaubt, dich vor einer Vergewaltigung schützen zu müssen?« Sie antwortete nicht. »Rennie?«

»Nein, Wick, er hat nicht geschossen, um mich zu beschützen. Raymond war ein gerissener Geschäftsmann. Mein Vater hatte ihn zum Partner gemacht, weil er so gewieft war. Er brauchte Raymond, um bei einem Grundstücksdeal einen Haufen Geld zu machen. Als er damals reinkam und Raymond an mir hängen sah, war er außer sich vor Wut. Er hat Raymond erklärt, er würde sich lächerlich machen, wenn er ›wegen eines kleinen Flittchens‹ losheulte wie ein Baby.«

Wicks Kiefer verkrampfte sich vor Zorn. »Das hat er gesagt? Über seine eigene sechzehnjährige Tochter?«

»Er hat noch viel Schlimmeres gesagt«, erwiderte sie leise. »Dann ging er an den Schreibtisch und holte den Revolver aus der Schublade. Als sich im wahrsten Sinn des Wortes der Nebel lichtete, lag Raymond tot auf dem Boden.«

»Er hat ihn ermordet.« Wick klang fassungslos. »Kaltblütig. Und er ist damit durchgekommen.«

»T. Dan hat mir die Waffe in die Hand gedrückt und mir erklärt, was ich der Polizei erzählen sollte. Ich habe mitgemacht, weil … weil ich anfangs zu verblüfft war, um mich zu wehren. Später habe ich erkannt, dass letzten Endes tatsächlich alles meine Schuld gewesen war.«

»Und niemand hat T. Dans Version je angezweifelt? Nicht mal deine Mutter?«

»Sie hat die Wahrheit nie erfahren. Und falls doch, so hat sie es nie verraten. Sie hat nie irgendwas in Frage gestellt, was T. Dan ihr erzählte. Was auch geschehen mochte, sie hielt den schönen Schein aufrecht und tat so, als herrschte in unserem Haus eitel Harmonie und Sonnenschein.«

»Scheiß der Hund doch die Wand an! Und seitdem trägst du die Last und Schuld an T. Dans Verbrechen!«

»Es war sein Verbrechen, Wick, aber meine Schuld. Wenn ich nicht gewesen wäre, wäre Raymond heute noch am Leben. Das habe ich seither keinen Tag lang vergessen.«

Wick atmete schwer aus und sackte auf die Matratze zurück. Sie hatte sich diese Last genauso aufgeladen, wie er die Schuld für Lozadas Freispruch auf sich genommen hatte. Sie hatten beide schwer an ihren unbedachten Taten zu tragen gehabt. Vielleicht sollten sie jetzt beide lernen, sich zu vergeben. Vielleicht konnten sie einander dabei helfen, sich zu vergeben.

Er legte den Arm um sie, aber anders als vorhin blieb sie steif und schmiegte sich nicht an ihn.

»Schmeichelt es dir, mein erster Liebhaber seit zwanzig Jahren zu sein?«

Seine Stimme war leise. »Ich würde lügen, wenn ich das abstreiten würde.«

»Kein Grund, stolz zu sein. Dafür gab es davor umso mehr.«

»Das ist unwichtig, Rennie.«

Sie drehte den Kopf und sah ihn über die Schulter an. Aus ihrer Miene sprach nackte Angst. Er musste daran denken, was Toby Robbins über ihre Augen gesagt hatte, die früher angeblich größer gewesen waren als das ganze Gesicht.

»Wirklich, Wick?«

Er schüttelte den Kopf. »Für mich ist nur wichtig«, flüsterte er, »dass du jetzt bei mir bist. Dass du mir weit genug vertraust, um so mit mir zusammen zu sein.«

Sie drehte sich um und nahm sein Gesicht zwischen beide Hände. »Ich hatte Angst vor dir. Nein, nicht vor dir. Sondern vor den Gefühlen, die du in mir weckst.«

»Ich weiß.«

»Ich habe dagegen angekämpft.«

»Wie eine Tigerin.«

»Ich bin froh, dass du nicht aufgegeben hast.« Sie strich über sein Haar, seine Wange, sein Kinn, seine Brust.

Sie kuschelten weiter, bis sie schließlich einschliefen.

Als er Stunden später erwachte, war er schon wieder hart. Rennie schien das zu spüren, denn ihre Augen öffneten sich nur Sekunden nach seinen. Sie schauten sich über das Kissen hinweg an.

Dann ergriff er ihre Hand und zog sie nach unten in seinen Schoß. Sie schloss die Finger um sein Glied und ließ den Daumen über der Eichel kreisen, wobei sie einen ersten Tropfen zerrieb. Das sanfte Drängen seines Knies bewirkte, dass sich ihre Schenkel wie von selbst öffneten. Er rutschte näher, legte ihren Schenkel über seine Hüfte und öffnete sie dadurch noch mehr. Sie war feucht, aber weil er wusste, dass sie wahrscheinlich noch etwas wund war, hielt er sich zurück und drang nicht in sie ein.

Stattdessen deckte er seine Hand über ihre auf seinem Penis und dirigierte ihn so, dass sie sich mit der Spitze seines Gliedes selbst liebkosen konnte. Kaum waren sie auf diese höchst intime Weise verbunden, sprach aus ihren Augen ein alles überwältigendes Gefühl. Es war unglaublich. Das Gefühl war nie da gewesen, vollkommen neuartig, und allein der Zwang, sich zurückzuhalten, war eine unvergleichlich köstliche Qual.

Als er schließlich überzeugt war, keine Sekunde mehr länger durchzuhalten, führte sie die Spitze seines Gliedes an ihre Lippen und kam, warm und feucht, während sie ihn weiter mit der Hand molk. Er hätte es nicht für möglich gehalten, einen noch erfüllenderen Orgasmus erleben zu können als die, die sie bereits geteilt hatten. Er hatte sich getäuscht.

Er schloss sie fest in die Arme und sog den Duft ihrer Haut, ihrer Liebe tief ein. Er wünschte sich, er hätte T. Dan Newton eigenhändig dafür umgebracht, dass er dieser wunderschönen, talentierten Frau zwanzig Jahre der Selbstopferung und Einsamkeit aufgezwungen hatte – für ein Verbrechen, das sie gar nicht begangen hatte. Er wünschte, er könnte ihr genug Glück schenken, um die verlorenen Jahre aufzuwiegen. Er wünschte sich, er könnte bis an ihr Lebensende bei ihr bleiben.

Doch erst einmal mussten sie Lozada überleben.

32

»Das ist er. Kommt er dir bekannt vor?«

Wick warf einen Blick in den Vernehmungsraum. »Ich habe den Mann noch nie gesehen.«

»Das hatte ich auch nicht«, erklärte Oren. »Bis er gestern Abend hier reinspaziert kam, um uns über Ricky Roy Lozada Bescheid zu geben.«

»*Ich* weiß über Ricky Roy Lozada Bescheid. Meine Großtante Betsy weiß über Ricky Roy Lozada Bescheid. Was Lozada angeht, weiß so ziemlich jeder Bescheid. Nur nützt uns das nichts.«

»Ganz ruhig«, sagte Oren. »Ich weiß, dass dich die Sache mit Dr. Newtons Pferden ziemlich mitgenommen hat.«

»Das hat sie verflucht noch mal.«

»Niemand hat vorhersehen können, dass er das tun würde.«

»Warum wurde ihr Haus nicht überwacht?«

»Es liegt nicht in unserer Stadt, es liegt nicht mal in unserem County.«

»Erzähl du mir nichts von Zuständigkeiten, Oren. Du hast die Kollegen in Galveston dazu gebracht, mein Haus dort unten zu bewachen.«

Oren fuhr sich müde mit der Hand übers Gesicht. »Na schön, vielleicht haben wir das wirklich übersehen. Wie geht es Dr. Newton?«

»Sie hat darauf bestanden, heute wieder zu arbeiten. Sie meinte, das würde sie auf dem Boden halten. Wir sind heute früh von der Ranch in die Stadt gefahren. Ich habe sie am Krankenhaus abgesetzt und bin dann direkt hergefahren.«

»Hm.«

Wick sah ihn scharf an. »Was denn?«

»Nichts.«

»Na gut, dann schauen wir mal, was dieser Penner zu erzählen hat.«

Noch während er die Hand nach dem Türknauf ausstreckte, hielt ihn Oren am Arm zurück. »Moment. Geh nicht bis zum Anschlag geladen da rein.«

»Ich bin total cool.«

»Wenn du irgendwas nicht bist, dann *cool*, Wick.«

Alle in der Criminal Investigation Division des FWPD

wussten, dass Wick Threadgill zurück war. Alle, wenigstens alle Detectives im Morddezernat, wussten auch, dass Oren Wesleys Plan, Lozada nach Galveston zu locken, ein totaler Fehlschlag gewesen war. Während Threadgill mit der Chirurgin am Strand Wellenhaschen gespielt hatten, war Lozada heimgefahren und hatte ihre fünf teuren Reitpferde abgeknallt. Deshalb hatte Wesley Asche auf sein Haupt gestreut, während Threadgill vor Wut qualmte.

Wick wusste, dass alle ihn beobachteten. Er kam sich vor, als hätte ihm jemand eine riesige Zielscheibe an den Rücken geheftet. Es war nicht leicht für ihn gewesen, ins CID zu kommen oder auch nur das Polizeigebäude zu betreten. Er fühlte sich hier gleichermaßen zu Hause wie unwohl.

Seit seinem Abschied hatte sich das Personalkarussell nicht besonders weit gedreht, darum kannte er die meisten Anwesenden. Manche sprachen ihn an oder schüttelten ihm sogar die Hand, als freuten sie sich aufrichtig, ihn wiederzusehen. Andere warfen ihm scheele Blicke zu und begrüßten ihn mit sichtlicher Zurückhaltung. Wick konnte es ihnen nachfühlen. Eine Polizeidienststelle war in dieser Hinsicht nicht anders als jedes andere Büro. Jeder passte auf, dass er nicht unter die Räder geriet. Eine allzu freundliche Geste gegenüber einem Kollegen, der auf unbefristete Zeit vom Dienst suspendiert war, konnte von jenen, die über das berufliche Fortkommen entschieden, leicht falsch verstanden werden. Niemand, der auf eine Beförderung hoffte, wollte seine Chancen verringern, nur weil er sich mit einer Persona non grata wie Wick Threadgill einließ.

Wie um seine Paranoia und Unsicherheit zu bestätigen, sah es so aus, als hätte der gesamte zweite Stock in der Arbeit innegehalten, sobald seine und Orens laute Stimmen erschallten, und würde nun mit unverhohlenem Interesse beobachten, welche Szene sich zwischen den beiden ehemaligen Partnern abspielte.

Wick schüttelte Orens Hand ab. »Ich bin cool, habe ich gesagt.«

»Ich will nur nicht –«

»Ziehen wir das jetzt durch oder nicht?«

Oren warf einen Blick über die Schulter auf das gespannte Publikum, dann öffnete er die Tür zum Vernehmungsraum und winkte Wick hinein. Weenie Sawyer saß am anderen Ende des kleinen Tisches. Er zitterte mit beiden Beinen, wobei seine knochigen Knie auf und ab ratterten wie synchrone Nähmaschinennadeln. Die Zähne knabberten dazu im Takt auf einem Fingernagel.

Als er Wick sah, erbleichte er, was eine erstaunliche Leistung war, da sein Teint bereits das blasse Pastell eines Krötenbauches hatte. »Was will der hier?«

»Sie kennen Mr Threadgill?«, fragte Oren freundlich.

Der Blick des Mannes zuckte von Wick zu Oren und wieder zurück. »Von den Zeitungsfotos.«

»Gut. Dann brauche ich ihn nicht mehr vorzustellen.« Oren setzte sich neben Weenie.

Wick zog am anderen Ende des Tisches einen Stuhl heraus, drehte ihn um und nahm rittlings darauf Platz. »Du bist also der schleimige kleine Scheißer, der Lozada mit Informationen versorgt.«

Der kleine Kerl schien noch kleiner zu werden. Ängstlich sah er Oren an. »Wieso ist er hier?«

»Weil ich ihn eingeladen habe.«

»Wozu?«

»Damit er sich anhören kann, was Sie uns zu sagen haben.«

Weenie schluckte schwer. Er zappelte auf seinem Stuhl herum. »Ich … ich hab's mir überlegt. Es ist nicht besonders klug, ohne einen Anwalt auszusagen.«

»Wenn ich es recht bedenke, haben Sie Recht«, bestätigte Oren. »Vielleicht sollten Sie lieber einen Anwalt hinzuziehen. Rufen Sie uns an, wenn Sie so weit sind.« Er machte Anstalten aufzustehen.

»Moment, Moment!« Wieder taxierte Weenie beide mit einem ängstlichen Blick. »Bleibt unser Deal gültig, auch wenn ich einen Anwalt dabeihabe?«

Wick schoss aus seinem Stuhl hoch. »Deal?« Er sah Oren an. »Du hast diesem Sackgesicht einen Deal angeboten?«

»Vergiss nicht, Wick, du bist nur hier, weil du versprochen hast, dich nicht einzumischen.«

»Und *du* hast versprochen, dass uns dieses Arschloch Lozada ans Messer liefern wird.«

»Das wird er auch. Aber nicht ohne –«

»Einen Deal«, fauchte Wick. »Was hast du ihm angeboten?«

»Dass gegen ihn nicht ermittelt wird.«

Er fluchte vor sich hin. »So ein Scheißdreck. So ein verfluchter Scheißdreck!«

»Was schlägst du stattdessen vor?«

Wick musterte Weenie hasserfüllt. »So einen dicken Fisch schmeißt man nicht ins Wasser zurück. Warum hauen wir ihn nicht einfach in die Pfanne?«

Schweiß brach auf Weenies Gesicht aus. Mit weit aufgerissenen Augen sah er Oren an. »Seit sein Bruder gestorben ist, ist er total durchgedreht.«

Wie ein Blitz zuckte Wick über den Tisch. Er hob Weenie an seinem dürren Hals aus dem Stuhl und schob ihn rückwärts gegen die Wand, wo er ihn unerbittlich festhielt. Der kleine Mann quiekte wie eine Maus in der Falle.

»Mein Bruder ist nicht *gestorben.*«

»Wick, hast du den Verstand verloren? Lass ihn los!«

»Er wurde *ermordet*, du jämmerlicher kleiner Schwanzlutscher.«

»Wick, ich warne dich.«

»Und zwar von deinem Kumpel Lozada.«

Weenies Gesicht war bereits tiefrot angelaufen. Seine Füße tanzten nutzlos eine Handbreit über dem Boden. Seine weit aufgerissenen Augen flehten Oren an. Der Detective hatte Wicks Arm gepackt und versuchte, die Hand um Weenies Hals zu lösen.

»Wick, du bringst ihn noch um. Lass ihn los.« Er presste Wort für Wort zwischen den zusammengebissenen Zähnen hervor. Gleichzeitig mühte er sich ab, Wicks Finger von Weenies Hals abzuschälen. Als das nicht funktionierte und Weenies Augen immer weiter aus seinem Kopf traten, rammte Oren Wick den Ellbogen in die Rippen. Mit einem dumpfen Stöhnen strömte die Luft aus dessen Lunge. Augenblicklich gab er Weenie frei, der daraufhin an der Wand entlang auf den Boden rutschte. Lautstark fluchend und eine Hand auf seine verletzte rechte Seite gepresst, sank Wick vornüber.

Oren atmete schwer. »Tut mir leid, dass ich dir wehtun musste, aber verflucht noch mal, du lernst wohl nie dazu, oder?«

Weenie kauerte weiter wimmernd auf dem Boden, doch die beiden anderen Männer waren zu beschäftigt miteinander, um sich für ihn zu interessieren.

Schwer schnaufend richtete sich Wick wieder auf. »Wenn du das noch mal machst, werde ich –«

»Halt den Mund und hör mir zu, Wick. Ausnahmsweise mal. *Hör mir zu.«* Oren atmete mehrmals durch, um seinen Zorn zu zügeln. »Du hast immer noch Schwierigkeiten, mit deinem Jähzorn umzugehen.«

Wick lachte. »Schwierigkeiten? Mit meinem Jähzorn umzugehen? Wo hast du denn das gehört? In einer Talkshow von Oprah?«

Oren übertönte ihn einfach. »Hat dich deine Wut so blind gemacht, dass du nicht mal merkst, wenn du zum zweiten Mal genau den gleichen Fehler machst? Wenn du erreichen willst, dass uns Lozada noch mal durch die Lappen geht, dann mach nur weiter so.«

Thigpen öffnete die Tür und streckte vorsichtig den Kopf herein. »Gibt's irgendwelche Probleme?«

»Das geht dich einen Scheiß an!«, brüllte Wick.

Oren antwortete, dass alles in bester Ordnung sei.

»Was ist denn mit dem?« Der Blick des Detectives fiel auf Weenie, der immer noch wimmernd auf dem Boden kauerte und seine Nase am Ärmel abwischte.

»Gar nichts.«

Thigpen zog unschlüssig die Achseln hoch, dann trat er einen Schritt zurück und zog die Tür von außen zu.

Wick machte weiter, als hätte es keine Unterbrechung gegeben. »Na schön, ich bin aufbrausend. Das gebe ich zu. Dafür solltest du zugeben, dass dich Lozada an den Eiern hat, Oren.«

»Wo wir gerade von Eiern sprechen – deine haben sich offenbar prächtig erholt.«

Aus Wicks Augen sprühten Funken. Sein Hände ballten sich. »Was soll das heißen?«

»Gar nichts.«

»Nein. O nein. Über zweideutige Anspielungen sind wir längst hinaus. Warum sagst du nicht geradeheraus, was dir zu schaffen macht?«

»Na schön. Du schläfst mit einer Verdächtigen. Oder etwa nicht?«

»Wenn du damit Rennie Newton meinst, dann schon. Ich schlafe mit ihr. Und ich genieße es jede Sekunde. Aber sie steht nicht unter Verdacht.«

»Ich habe sie im Mordfall Dr. Howell noch nicht von der Liste der Verdächtigen gestrichen. Oder hast du das vergessen?«

»Das war Lozada.«

»Der möglicherweise von ihr beauftragt worden ist.«

»Ist er aber nicht.«

»Hat sie dir je von der Karte erzählt, die sie im Nachttisch liegen hat?«

»Die Grußkarte? Die habe ich selbst gefunden, hast *du* das etwa vergessen?«

»Schon gut, schon gut. Die steckte zwischen den Rosen, die Lozada ihr geschickt hat.«

Wick breitete achselzuckend die Arme aus. »Und weiter?«

»Ich bin einfach nur neugierig. Warum hat sie die Karte nicht zerrissen, nachdem sie herausgefunden hatte, dass die Rosen von Lozada stammten? Oder sie zusammen mit den Blumen entsorgt. Weggeworfen.«

»Sie wollte sie als Beweismittel behalten.«

»Oder zur Erinnerung. Hast du gewusst, dass sie die Karte wieder mitgenommen hat, nachdem ich sie nicht als Beweisstück brauchen konnte? Soweit ich weiß, hat sie das Ding immer noch.«

Wick überdachte das einen Sekundenbruchteil lang, dann

schüttelte er voller Nachdruck den Kopf. »Sie hasst Lozada. Der Kerl macht ihr Angst.«

»Ja, das hat sie mir erzählt. Sag mal, Wick, hast du ihr schon geglaubt, bevor sie dir das Hirn rausgefickt hat, oder erst hinterher?«

Wick machte einen Schritt auf Oren zu. »Ich habe dich schon einmal gewarnt, Oren. Und jetzt sage ich es dir zum letzten Mal: Wenn du mich weiterhin als Freund bezeichnen willst, wenn du je meinen Bruder als Freund bezeichnet hast, dann sprich nie wieder so über Rennie. Nie wieder.«

Oren gab nicht klein bei. »Komisch, dass du Joe erwähnst. Denn der würde dir genau das Gleiche sagen, wenn er hier wäre. Er würde dir als Erster klarmachen, dass du zu weit gegangen bist. Du kannst nicht gleichzeitig Bulle und der Geliebte einer Verdächtigen sein.«

»Sie ist keine Verdächtige«, wiederholte Wick laut. »Sondern ein Opfer.«

»Bist du sicher? Anscheinend hast du vergessen, dass sie schon mal einen Mann erschossen hat.«

»Hat sie nicht.«

»Wie bitte?«, rief Oren aus.

»Sie hat Raymond Collier nicht erschossen. Das war ihr Vater. Sie hat die Schuld auf sich genommen.«

»Wieso das denn?«

»Weil es T. Dan so wollte.«

Oren lachte bellend auf. »Und das kaufst du ihr ab?« Er lachte noch mal. »Sie tischt dir eine Tränendrüsenstory auf, die kein Mensch bezeugen kann, und du kaufst sie ihr ab?«

»Ganz recht.«

»O Mann. Und hat sie in dein Ohr geblasen, als sie das erzählt hat? Oder hat sie woanders geblasen?«

Wick stürzte sich auf Oren, und beide gingen rückwärts zu Boden. Weenie kreischte auf. Wick konnte ein paar Schläge landen, doch er war noch lange nicht wieder bei Kräften, und Oren war schon immer schwerer und kräftiger gewesen als er. Er wehrte sich verbissen und ohne auf Wicks Verletzung Rücksicht zu nehmen.

Als er Wick halbwegs unter Kontrolle hatte, ging er auf die Knie und zog den Dienstrevolver aus dem Schulterholster. Dann zielte er damit auf Wick. In dessen Augen brannten Tränen vor Schmerzen, doch er konnte die Mündung von Orens Waffe dennoch gut erkennen.

Mehrere Beamte in Zivil stürzten aufgeschreckt durch den Lärm in den Raum. »Raus!«, befahl Oren. »Ich habe alles unter Kontrolle.«

»Was war denn los?«

»Nur ein kleines Missverständnis. Und niemand außerhalb dieser Abteilung erfährt davon, kapiert?« Als niemand antwortete, brüllte er: *»Kapiert?«*

Betretenes Gemurmel antwortete ihm.

Oren schwenkte die Waffe hoch. »Steh auf, Wick.«

»Ich kann das einfach nicht glauben. Du hast mit deiner verfluchten Pistole auf mich gezielt?«

»Komm schon. Steh auf. Wahrscheinlich ist es am besten, wenn du einstweilen in den Bunker wanderst. Um dich abzukühlen.« Oren sah zur Tür hin. »Thigpen, hast du deine Handschellen da?«

»So weit kommt's noch«, knurrte Wick, sprang auf und rammte den Schädel in Orens Bauch. Im selben Moment hörte er aufgeregte Schritte in seinem Rücken und begriff, dass die Kollegen Oren zu Hilfe kamen. Doch dank seiner Wucht gelang es ihm, Oren mit dem Rücken gegen die Wand zu pressen. Er stemmte einen Unterarm quer über Orens Hals, während er mit der anderen Hand versuchte, ihm die Pistole zu entwinden.

»Nimm zurück, was du über Rennie gesagt hast.«

Oren wehrte sich genauso verbissen wie er.

Die anderen Polizisten versuchten, Wick wegzuzerren, doch in seinen Adern brodelte reines Adrenalin. »Nimm das zurück!« Sein Gebrüll hallte von den Wänden des kleinen Zimmers wider.

Trotzdem war es längst nicht so laut wie der Schuss. Der übertönte alles.

33

Weenie hatte sich wieder nass gemacht. Es war die ultimative Demütigung. Der Albtraum aus der zweiten Klasse war wiedergekehrt, und er hatte seinem lächerlichen Spitznamen alle Ehre gemacht. Nur eines war anders als damals – heute hatte niemand den dunklen Fleck auf seiner Hose bemerkt. Denn alle waren viel zu sehr damit beschäftigt gewesen, den Tumult zu bändigen.

Gleich nach dem Schuss war das Chaos ausgebrochen, in dem Weenie ungesehen entwischt war. Klein und unauffällig zu sein hatte auch Vorteile. In dem Drunter und Drüber nach dem Schuss hatte niemand einen Gedanken an ihn verschwendet.

Als er die Gelegenheit gekommen sah, aus dem Vernehmungszimmer zu huschen, ergriff er sie sofort. Statt mit dem Lift war er über die Feuertreppe ins Erdgeschoss gelangt.

Und erst als er das Gebäude verlassen hatte, war ihm aufgefallen, dass er sich in die Hose gemacht hatte.

Wie war er nur auf die Schnapsidee gekommen, nach Fort Worth zu fahren? Dallas war schon als turbulent verrufen, doch in Fort Worth ging es wesentlich wilder und raubeiniger zu. Hier drüben glaubten sie wohl, immer noch im Wilden Westen zu leben. Er hatte mit Müh und Not dreizehn Jahre in den öffentlichen Schulen dieser Stadt überlebt und hätte wissen müssen, dass es keine gute Idee war, sich wieder in dieses testosteronverseuchte Territorium zu wagen.

Die ganze Heimfahrt über – und noch nie waren ihm die vierzig Kilometer zwischen beiden Städten so lang erschienen – hatte er damit gerechnet, im Rückspiegel ein Geschwader von Streifenwagen mit jaulenden Sirenen zu erblicken.

Doch für die Polizei von Fort Worth gab es im Moment Wichtigeres als einen verschwundenen Möchtegern-Kronzeugen, der gerade noch rechtzeitig zur Vernunft gekommen war. Ein blutender Bulle versetzte alle Gemüter in Aufruhr, vor allem, wenn er von einem anderen Bullen zum Bluten gebracht worden war. Wahrscheinlich würde niemand im ganzen Raum auch nur einen Gedanken daran verschwenden, dass Weenie Zeuge der Schießerei gewesen war.

Trotzdem wollte er kein Risiko eingehen. Eigentlich war schon längst ein Umzug fällig. Im Grunde brauchte er nur ein Plätzchen für seinen Fernsehsessel, seinen Fernseher und das Bett und dazu genug Strom, um seine Computer zu füttern. Vor allem würde er bei einem Umzug keine Nachsendeadresse hinterlassen.

Und bis dahin konnte ein Urlaub unter mexikanischer Sonne nicht schaden. In Acapulco. Oder Cancun. Irgendwo, wo der Sonnenschutzfaktor wichtiger war als der Kontostand. Er würde einfach zum DFW Airport rausfahren und an den Terminals rumstreunen, bis er einen freien Flug zu einem Reiseziel fand, an dem er unerkannt und ungestört abwarten konnte, bis sich die Lage wieder beruhigt hatte.

Mit zittrigen Händen schloss er die Wohnungstür auf. Er warf die Schlüssel auf das Fernsehtablett und eilte weiter ins Schlafzimmer. Dort tastete er unter dem Bett nach seinem Koffer. Er war mit einer dicken Staubschicht überzogen, doch Weenie hievte ihn trotzdem aufs Bett, klappte ihn auf und drehte sich dann zu seinem schmalen Kleiderschrank um.

Dann schrie er entsetzt auf.

»Hallo, Weenie.« Lozada lehnte an der Wand gegenüber, mit verschränkten Armen und Knöcheln und allem Anschein nach völlig entspannt. Und tödlich. Als er den nassen Fleck auf Weenies Hose bemerkte, grinste er. »Hab ich dich erschreckt?«

»H-hi, Lozada. Wie geht's so? Ich wollte gerade –«

»Packen.« Er deutete auf den Koffer. »Du willst weg? Aber du warst doch gerade erst weg, nicht wahr, Weenie?«

»Weg? Aber nein.« Er gab sich alle Mühe, nicht mit den Zähnen zu klappern.

»Ich versuche schon seit gestern, dich anzurufen.«

»Ach so, ich war, äh ... mein Telefon ist tot.«

Lässig entfaltete Lozada Arme und Beine und schlenderte an den klapprigen Tisch neben Weenies Bett. Dann nahm er den Hörer von dem Telefon, das darauf stand. Das Freizeichen hallte laut durch die Stille.

Weenie schluckte. »Ist das zu glauben? Endlich haben sie es repariert.«

Lozada legte den Hörer wieder auf und trat neben ihn. »Ich habe mir schon Sorgen um dich gemacht, Weenie. Sonst kriechst du doch nie aus deiner Müllkippe heraus. Wo warst du also?«

Weenie musste sich fast den Hals verrenken, um in Lozadas Gesicht aufzusehen. »E-entschuldige, dass ich nicht hier war. Hättest du mich gebraucht?«

Lozada fuhr mit dem Zeigefinger über den Haaransatz in Weenies Nacken. »Du schwitzt ja, Weenie.«

»Äh, also pass auf, ganz egal, was ich für dich tun soll, ich mach's umsonst. Gratis. Weil ich nicht hier war, als du –«

»Du hast dich vollgepisst, Weenie. Was hat dich so nervös gemacht, dass du deine Blase entleeren musstest?«

Lozada zog ein Springmesser aus der Hosentasche. Dann ließ er es mit einer Drehung aus dem Handgelenk und einem eisigen Klicken Zentimeter vor Weenies Nase aufspringen. Der kleine Mann wimmerte in panischer Angst.

»Erzähl mir doch, was dich so erschreckt hat.« Lozada begann, seine Fingernägel mit der Klinge zu säubern. »Ich würde ungern jemand anderen fragen müssen. Und ich wäre sehr enttäuscht, wenn du mir Informationen vorenthalten würdest.«

Weenie wog seine Möglichkeiten ab, die sich im Wesentlichen auf Leben oder Tod beschränkten. Sein Leben war nicht besonders schön, trotzdem war es der Alternative eindeutig vorzuziehen. »Di-dieser Threadgill?«

»Was ist mit dem?«

»Er hat auf diesen anderen Kerl geschossen. Den Schwarzen. Wesley.«

Lozadas Blick wurde schmal.

Weenies Kopf hüpfte eifrig auf seinem dürren Hals auf und ab. »Im Ernst. Er hat auf ihn geschossen. Ich hab's gesehen. Ich war dort.«

»Wo?«

»Auf dem Polizeirevier in Fort Worth. Dem großen in der Innenstadt. Sie haben mich zur Vernehmung abgeholt«, log er. »Aber keine Angst, ich habe nichts verraten. Ehrlich, Lozada. Sie haben alles versucht, um mich zum Sprechen zu bringen, aber –«

»Spar dir das. Wieso sollte Threadgill auf Wesley schießen? Ich glaube dir kein Wort.«

»Ehrenwort!« Weenies Stimme wurde schrill. »Erst hat er sich auf mich gestürzt. Er hat mich halb tot gewürgt und hätte mich umgebracht, wenn Wesley nicht dazwischengegangen wäre. Und dann sind sie über diese Ärztin in Streit geraten.«

Er gab die Auseinandersetzung praktisch Wort für Wort wieder. »Wesley sagte ein paar Sachen, die Threadgill gar nicht gepasst haben. Also ist er auf Wesley losgegangen. Bis Wesley die Pistole gezogen und Threadgill gedroht hat, er würde ihn einsperren lassen, bis er sich wieder beruhigt hat. Threadgill wollte sich das nicht bieten lassen und hat sich wieder auf Wesley gestürzt. Sie haben um die Pistole gerauft, bis sie losgegangen ist.

Sofort kamen von überallher Bullen angelaufen, die alle wissen wollten, was passiert war. Wesley ist voller Blut. Threadgill flippt total aus und brüllt rum: ›Nein, nein, o Gott, nein!‹ Lauter solche Sachen. Er wollte zu Wesley, aber die anderen Bullen hielten ihn zurück.« Weenie schob sich die rutschende Brille wieder auf die Nase.

»Ich glaube, Threadgill wollte ihn nicht wirklich erschießen. Es war ein Unfall. Aber die anderen Bullen haben einen hitzigen Streit und dann einen Schuss gehört und daraus geschlossen, du weißt schon, dass es wohl Absicht gewesen sein muss. Und Threadgill hat sich wie ein Wilder gewehrt. Sie brauchten mehrere Männer, um ihm Handschellen anzulegen und ihn abzuführen.«

»Wesley ist tot?«

»Das weiß ich nicht. Ich bin rausgeschlichen, bevor der Krankenwagen eingetroffen ist, aber irgendwer hat ein Taschentuch auf die Wunde gepresst, und das war sofort blutdurchtränkt. Ein Bauchschuss, habe ich jemanden sagen hören.«

Lozada löste sich von ihm, und Weenie atmete hörbar auf, als sich die Messerklinge von ihm entfernte. Trotzdem genügte Lozadas Blick, um seine Schweißdrüsen weiterhin auf Hochtouren arbeiten zu lassen.

»Eine Schießerei in der Polizeizentrale müsste doch Schlagzeilen machen, Weenie. Wie kommt's, dass ich nichts darüber gehört habe?«

»Das haben sie so abgesprochen. Mitten im größten Tohuwabohu hörte ich jemanden immer wieder sagen: ›Davon dringt nichts nach außen, kapiert? Kein Wort. Das geht nur unsere Abteilung was an.‹ Sie wollen den Deckel draufhalten. Das ist nur vernünftig. Ein Bulle, der auf einen anderen Bullen schießt. Das will niemand an die große Glocke hängen. Den Ärzten im Krankenhaus erzählen sie wahrscheinlich, dass Wesleys Kanone versehentlich losgegangen ist, als er sie reinigen wollte. Oder irgendwas in der Art.«

Weenie ließ nervös die Knöchel knacken. Er hätte zu gern gewusst, wann der letzte Flug nach Mexiko ging. Brauchte man eigentlich einen Pass, um nach Mexiko einzureisen, oder genügte ein Führerschein?

»Sie hat meine Karte behalten?«

»Häh?«

Verärgert schnippte Lozada mit den Fingern vor Weenies

Gesicht, wie um ihn aufzuwecken, und wiederholte dann seine Frage.

»Ach ja, eine Karte, die du ihr zusammen mit ein paar Rosen geschickt hast? Wesley glaubt, dass die Lady auf dich steht. Genau das hat Threadgill ja so rasend gemacht. Wesley meinte, sie würde ihn am Nasenring rumführen. So hat er es zwar nicht ausgedrückt, aber –«

»Wichst du gern?«

»Verzeihung?«

Ehe Weenie auch nur blinzeln konnte, baumelte sein Geschlechtsteil gefährlich schwer über der rasierklingenscharfen Schneide von Lozadas Messer. »Ob du –«

»Was soll das?«, kreischte Weenie.

»Vielleicht brauchst du ihn nicht zum Ficken, aber du wirst wie eine Frau pissen müssen, wenn du mir nicht sofort erzählst, wie es kommt, dass du zusammen mit Wesley und Threadgill in einem Raum warst.«

Weenie stand auf den Zehenspitzen und bemühte sich nach Kräften, das Gleichgewicht zu halten. Wenn er nur einmal strauchelte, würde er zum Eunuchen, und alle Hoffnungen, seine Fantasien von einer liebenswerten Señorita mit Leben zu erfüllen, wären unwiederbringlich dahin. »Ich hatte Angst, in Schwierigkeiten zu geraten.«

»Und hast mich darum verpfiffen.«

»Nein, Ehrenwort. Gott ist mein Zeuge.«

»Es gibt keinen Gott.« Lozada hob die Klinge einen weiteren Zentimeter an, und Weenies Quieken hob sich um eine Oktave. »Für dich gibt es nur noch Lozada und die Naturgesetze, zu denen auch das Gesetz der Schwerkraft gehört. Wenn ich dir die Eier abschneide, Weenie, dann plumpsen sie wie Murmeln zu Boden.«

»Ich bin hingefahren, um auszuloten, ob ich einen Deal abschließen kann«, schluchzte er. »Du weißt schon, falls sie mich irgendwann mit dir in Verbindung bringen. Aber Wesley war total außer sich wegen eines Anrufs, den du angeblich auf Dr. Newtons Handy gemacht hast. Sie dachten, du wärst in Galveston.«

»War ich auch.«

»Dann bekam er mit, dass jemand ihre Pferde erschossen hatte. Meilenweit von Galveston entfernt. Das hat sie total aus dem Konzept gebracht. Jedenfalls hat Wesley mich in eine Arrestzelle gesteckt und mich irgendwie da drin vergessen, schätze ich. Bis heute Morgen. Da durfte ich duschen. Dann bekam ich Frühstück. Und dann hat er mich in den Vernehmungsraum gebracht und mich dort warten lassen.

Als er zurückkam, hatte er Threadgill im Schlepptau. Ich habe ihnen erklärt, dass ich es mir anders überlegt hätte und dass ich einen Anwalt wollte. Den Rest kennst du. Ich habe kein Wort verraten, Ehrenwort!« Inzwischen heulte und sabberte er wie ein Baby, ohne dass er etwas dagegen unternehmen konnte.

Lozada zog das Messer zurück. »Wenn ich dich nicht auf der Stelle umbringe, dann nur, weil ich nicht weiß, wie ich deine Computer so zerstören kann, dass alle Daten darin unwiederbringlich gelöscht sind.«

Weenie wischte sich mit dem Handrücken die Nase ab. »Hä?«

»An die Arbeit, Weenie«, sagte Lozada leise.

Weenie schluckte krampfhaft. »Du willst, dass ich meine Computer kaputtmache?« Genauso gut hätte Lozada eine Mutter zwingen können, ihr Kind zu erdrosseln. Weenie hatte sich damit abgefunden, dass er seine Computer eine Weile allein lassen und verreisen musste, doch sie zu zerstören überstieg seine Vorstellungskraft. Das brachte er nicht übers Herz.

Lozadas Hand schien sich nicht zu bewegen, trotzdem spürte Weenie einen leisen Druck unter seinem Gemächt, gefolgt von plötzlicher Kühle. Ein Blick nach unten zeigte ihm, dass seine Hose vom Schritt bis zum Bund aufgeschlitzt war. Die Messerspitze schwebte jetzt direkt unter seinen Hoden. Die Klinge blinkte bösartig.

»Mach schon, Weenie, sonst ist deine Vorhaut weg.« Weenie war zwar beschnitten, doch im Moment schien dieses Detail nicht von Bedeutung.

Sobald Rennie im Erdgeschoss aus dem Lift trat, hörte sie, wie jemand ihren Namen rief.

Im selben Moment trat Grace Wesley durch die Drehtür in die Eingangshalle. Rennie versuchte, den Lift für sie aufzuhalten, doch die Türen waren schon wieder zugeglitten, und die Kabine hatte ihre Fahrt nach oben angetreten.

Grace kam auf sie zugeeilt. »Bitte sagen Sie mir, dass er nicht tot ist.«

»Nein, er ist noch bei uns.« Graces Knie knickten ein, und sie wäre womöglich zusammengebrochen, hätte Rennie sie nicht gestützt. »Sein Zustand ist noch kritisch, aber sie glauben, dass er es schaffen wird.«

Grace presste die Hand auf den Mund, um ein erleichtertes Schluchzen zu ersticken. »Gott sei Dank, Gott sei Dank. Sind Sie sicher?«

»Ich habe eben mit ihnen gesprochen, als sie ihn aus dem OP fuhren.«

Grace tupfte die Augen mit einem Taschentuch trocken. »Ich hatte solche Angst, dass ich es nicht rechtzeitig hierher schaffen könnte und er vielleicht …« Den grauenhaften Gedanken auszusprechen überstieg ihre Kräfte.

Rennie nahm ihre Hand und drückte sie aufmunternd. »Ich dachte, Sie seien nach Tennessee gereist, um Ihre Töchter zu besuchen.«

»In Nashville hat mich noch auf dem Flughafen eine Polizistin erwartet, die mir erzählte, was passiert war. Ich habe auf der Stelle kehrtgemacht und bin mit dem nächsten Flug zurückgekommen. Am DFW Airport hat Orens Vorgesetzter mich in Empfang genommen und mich direkt hierher gefahren.« Sie verstummte kurz. »Sie haben ›sie‹ gesagt.«

»Wie bitte?«

»Sie haben gesagt, ›sie‹ würden glauben, dass Oren durchkommt.«

»Damit meinte ich das Operationsteam.«

»Ich dachte, Sie –«

»Ich durfte nicht mal anwesend sein und schon gar nicht operieren. Unter den gegebenen Umständen wäre das keine gute Idee gewesen. Aber er wurde von exzellenten Ärzten versorgt.«

»Ich hätte darauf bestanden, dass Sie operieren.«

»Vielen Dank.« Zu Tränen gerührt, wandte Rennie sich ab und drückte noch mal auf den Aufzugknopf.

»Stimmt das, Rennie? Dass Wick geschossen hat?«

Traurig senkte sie den Kopf zu einem halben Nicken.

Grace holte tief Luft. »Das hat man mir auch gesagt, aber ich dachte, das muss ein Irrtum sein. Ich kann das einfach nicht glauben.«

»Ich auch nicht. Es ist einfach … unvorstellbar. Was in aller Welt hat ihn nur dazu getrieben? Die beiden haben so vieles gemeinsam durchgestanden, sie waren so gute Freunde. Wick hält wirklich große Stücke auf Ihren Mann.« Ohne den Kopf zu heben, rieb sie sich die Augen. »Und jetzt liegt Detective Wesley auf der Intensivstation, und Wick sitzt im Knast.«

»Er liebt Sie.«

Rennies Kopf fuhr hoch.

»O doch.« Grace hielt Rennies ungläubigem Blick stand, bis der Aufzug eintraf und die Tür zur Seite rollte. »Ich muss zu ihm.«

»Ja. Unbedingt.«

Schnell stieg Grace in die Aufzugkabine. Rennie wartete, bis die Tür zugeglitten war, dann drehte sie sich zum Ausgang um. Die untypischen Regengüsse von gestern waren zu einer Erinnerung verblasst. Glühende Hitze stieg vom Teer des Ärzteparkplatzes auf. Nie wieder würde sie diesen Parkplatz überqueren können, ohne an Lee Howell zu denken. Sein Tod hatte eine dramatische Entwicklung ausgelöst, doch im Grunde hatte die Kette tragischer Ereignisse schon ihren Anfang genommen, als sie das Urteil der Geschworenen verlesen hatte. »Wir befinden den Angeklagten für nicht schuldig.«

Ihr Haus lag in völliger Dunkelheit. Wie immer fuhr sie den Jeep in die Garage und betrat die Wohnung durch die Verbindungstür zur Küche. Dort trat sie zuerst an den Kühlschrank und holte eine Flasche Wasser heraus. Dann lehnte sie sich an die Spüle und trank die Flasche in einem Zug aus.

Sie durchquerte das Wohnzimmer, ging durch den dunklen Flur und verschwand in ihrem Schlafzimmer. Drinnen schaltete sie die Nachttischlampe an und zog sich aus. Als sie nur noch ihre Unterwäsche anhatte, ging sie ins Bad und drehte die Dusche auf. Dann wählte sie ein Duftgel und duschte ausgiebig. In ihren wärmsten, liebsten Bademantel gehüllt, kehrte sie in die Küche zurück und schenkte sich ein Glas

Wein ein. Das nahm sie mit ins Wohnzimmer, wo sie sich in ihrer Lieblingssofaecke zusammenkuschelte.

An ihrem Wein nippend, dachte sie an die Nacht zurück, in der sie hier eingeschlafen und später zu einem Notfall ins Krankenhaus gerufen worden war. Der Patient hatte eine gefährliche Stichwunde im Rücken gehabt.

Wick. Sie hatte ihm so viel Leid zugefügt. Wie auch Wesley. Ihm und seiner ganzen Familie. Und jetzt ... o Gott, jetzt.

Ihr Kopf sank gegen das Rückenpolster. Sie schloss die Augen, doch unter ihren geschlossenen Lidern sickerten Tränen hindurch, die über ihre Wangen rollten. Alle hatten ihretwegen und wegen dieses verfluchten Urteilsspruches leiden müssen.

Lange blieb sie so sitzen, den Kopf zurückgelegt, die Augen fest geschlossen. So fand er sie schließlich.

Oder zumindest, bis sie sich aufsetzte, umdrehte und sagte: »Hallo, Lozada.« Da stand er bereits hinter dem Sofa, nur Zentimeter von ihr entfernt, und betrachtete sie schweigend. »Ich habe dich erwartet.«

Er lächelte selbstgefällig. »Wirklich, Rennie?«

Ihren Namen aus seinem Mund zu hören und dieses Reptilienlächeln zu sehen ließ um ein Haar den Wein aus ihrem Magen hochschießen. Sicherheitshalber stellte sie das Glas auf dem Couchtisch ab, stand auf und kam um das Sofa herum. »Ich wusste, dass du kommen würdest, sobald du hörst, was Oren Wesley passiert ist.«

»Dein Freund ist wirklich zu unbeherrscht. Ein leidiger Charakterzug. Es war nur eine Frage der Zeit, bis er sich selbst zerstörte. Wesley?« Er zuckte mit den Achseln. »Sein Problem ist, dass er sich die falschen Freunde aussucht.«

»Wie hast du davon erfahren? In den Nachrichten haben

sie nichts darüber gebracht. Und das Krankenhaus war so voller Sicherheitsbeamter, dass nur eine Hand voll Leute von Wesleys Einlieferung und der Art seiner Verletzung wussten. Du musst einen Informanten bei der Polizei haben. Wer hat dir davon erzählt?«

»Ein kleines Vögelchen hat mir etwas zugezwitschert«, flüsterte er. »Ein feiges kleines Vögelchen. Erst habe ich ihm nicht geglaubt, aber ich habe sein trauriges Märchen überprüft, und siehe da, es hatte die Wahrheit gepfiffen.«

Er streckte die Hand aus, um eine Haarsträhne zu befingern, die über ihrer Brust lag. Sie zwang sich, nicht zurückzuzucken, doch anscheinend ahnte er ihren Ekel, denn er ließ wieder sein kaltes Lächeln aufblitzen. »Du siehst heute Abend ganz bezaubernd aus.«

»Ich sehe überhaupt nicht bezaubernd aus. Ich bin müde. Total erschöpft, um genau zu sein. Ich habe das alles so satt.«

»Die Fahrt hat dich bestimmt sehr mitgenommen.«

»Wie hast du das eigentlich geschafft?«

»Was geschafft, meine Liebe?«

»Wie bist du noch vor Tagesanbruch von Galveston auf meine Ranch gekommen?«

»Ich habe dir schon einmal gesagt, Rennie, dass ich grundsätzlich keine Berufsgeheimnisse ausplaudere. Sonst wäre ich bald aus dem Geschäft.«

»Das war keine geringe Leistung.«

Er lachte. »Ich habe kein Flugzeug, falls du das glauben solltest.« Als ihre Handfläche auf seine Wange traf, knallte es laut wie ein explodierender Donnerschlag.

»Das ist dafür, dass du meine Pferde umgebracht hast.«

Jetzt lachte oder lächelte er nicht mehr. Stattdessen packte er ihr Handgelenk so brutal, dass sie vor Schmerz aufschrie, wirbelte sie herum und zog ihre Hand über den Rücken bis zu den Schulterblättern hoch. Sein Atem fuhr heiß über ihr Ohr. »Dafür sollte ich dich auf der Stelle umbringen.«

»Du wirst mich doch sowieso umbringen, oder etwa nicht?«

»Wie könnte ich dich am Leben lassen, Rennie? Aber das hast du nur dir allein zuzuschreiben. Du hättest mir erlauben sollen, dich so zu verehren, wie es dir zugestanden hätte. Stattdessen hast du dich von diesem primitiven Cowboy und Ex-Bullen begrapschen lassen.« Er zog sie näher an seinen Körper und schob gleichzeitig ihre Hand noch weiter nach oben. »Nach einer solchen Beleidigung bleibt mir gar nichts anderes übrig, als euch beide zu töten. Nur schade, dass er im Knast sitzt, denn so kann er dich nicht sterben sehen. Na ja, man kann nicht alles haben.«

Der Schmerz war nur schwer zu ertragen, doch sie wehrte sich nicht. Sie wimmerte nicht mal. »Dich hätten sie schon vor Jahren wegschließen sollen, Lozada. Nicht weil du ein Mörder bist, sondern weil du größenwahnsinnig bist. Will das denn gar nicht in deinen Schädel? Ich hätte dich nicht mal an mich rangelassen, wenn du der einzige Mann auf Erden gewesen wärst. Du bist ein Widerling.«

Er ließ das Messer aufschnappen und setzte es an ihre Kehle. »Bevor ich mit dir fertig bin, wirst du mich anbetteln, dich am Leben zu lassen.«

»Da kannst du lange darauf warten, dass ich dich anbettle. Ich hätte dich vielleicht angefleht, meine Pferde zu verschonen, aber dazu hast du mir keine Gelegenheit gelassen. Was mich betrifft, so hast du deine Trumpfkarte aus der Hand gegeben, als du sie abgeschlachtet hast. Du kannst mir nichts mehr anhaben, Lozada. Ich habe keine Angst mehr vor dir.«

»Ach, das bezweifle ich.« Er senkte das Messer und tätschelte mit der flachen Klinge ihre Brustwarze.

Automatisch hielt sie die Luft an.

»Siehst du?« Sie hörte ihn leise lachen. »Du hast sehr wohl noch Angst, Rennie.«

Damit hatte er Recht. Sie litt Todesängste, doch sie würde ihm das auf gar keinen Fall zeigen. »Ich werde nicht kämpfen, Lozada. Seit zwanzig Jahren war jeder neue Tag schon ein Bonus. Ich werde dich bestimmt nicht anbetteln, mich am Leben zu lassen. Falls du darauf wartest, dann vergeudest du nur deine Zeit.«

»Welche Courage. Allein darum tut es mir leid, dich töten zu müssen, Rennie. Ganz ehrlich. Du bist eine ganz erstaunliche Frau. Ich hoffe, du begreifst, wie sehr ich es bedauere, dass unsere Affäre zu Ende gehen muss.«

»Wir hatten nie eine Affäre, Lozada. Und begriffen habe ich nur eines – dass du die Frauen in Todesangst versetzen musst, damit sie dich überhaupt wahrnehmen.«

Er zog sie an seinen Leib und presste sein Geschlecht gegen ihren Hintern. »Spürst du das? Das nehmen die Frauen wahr. Viele Frauen.«

Sie schwieg.

»Sag bitte, bitte, Rennie.« Er ließ seine Zunge an ihrem Hals entlanggleiten. »Sag bitte, bitte, dann darfst du ihn vielleicht noch einmal blasen, bevor ich dich umbringe.«

»O Lo-za-da.«

Rennie spürte deutlich, wie er hinter ihrem Rücken erstarrte, als er Wicks Singsang hörte.

»O ja, ganz recht. Das in deinem Ohr ist der Lauf meines Drei-siebenundfünfzigers. Ein Blinzeln, und du bist Geschichte.«

»Blinzle doch mal, Lozada. Bitte, bitte«, war Oren Wesley von der Küchentür aus zu hören. Sein Revolver zielte direkt auf Lozadas Kopf.

»Lass das Messer fallen!«, befahl Wick.

Lozada lachte leise und setzte die Klinge wieder an Rennies Kehle. »Drück doch ab, Threadgill. Wenn du sehen willst, wie ihr Blut spritzt, dann drück ruhig ab.«

»Das sieht dir ähnlich, du hasenherziger Hurensohn. Eine Frau zu bedrohen, um deinen Arsch zu retten. Indem du sie von hinten angreifst. Ein weiterer deiner – wie hast du das ausgedrückt? – leidigen Charakterzüge.

Aber wenn du es unbedingt so willst, Ricky Roy, dann soll es so sein«, fuhr er leichthin fort. »Sobald ich feuere, wird Oren auch schießen. Wir haben den ganzen Tag trainiert, musst du wissen. Seit wir unser kleines Drama für deinen Freund Weenie aufgeführt haben. Eine echte Sauerei, mit all dem Ochsenblut, aber eindeutig überzeugend.

Also, lass dir erklären, was passieren wird. Unsere Kugeln werden in deinen Schädel eindringen. Seine wird vielleicht eine tausendstel Sekunde später auftreffen als meine. Aber mehr oder weniger gleichzeitig, meinst du nicht auch, Oren?«

»Würde ich auch so sehen.«

»Möglicherweise treffen sie sich sogar, Ricky Roy, aber auf jeden Fall wird dir das Hirn aus dem Schädel spritzen wie die Scheiße aus einer Gans mit Dünnpfiff.«

»Nur dass sie dann ebenfalls tot sein wird«, sagte Lozada.

»Lass sie los, Lozada.«

»Auf keinen Fall.«

»Was meinst du, Oren?«, fragte Wick. »Hast du diese Scheiße hier satt?«

»Ich hab die Scheiße gründlich satt.«

»Ich auch.« Und im selben Moment setzte Wick mit der Linken eine kleine Pistole auf Lozadas Ellbogen und feuerte sie ab. Knochen zersplitterten. Nerven und Adern wurden durchtrennt. Die Klinge fiel aus den gelähmten Fingern. Rennie ließ sich zu Boden fallen, so wie sie es eingeübt hatten. Lozada wirbelte herum, die Linke hoch erhoben, den Daumen vorgereckt und auf Wicks Auge zielend. Wick schoss ihm mit der 357er genau in die Brust.

Lozadas Augen weiteten sich erstaunt. Dann sagte Wick: »Und das ist für Joe« und feuerte ein zweites Mal.

Lozada kippte rückwärts auf den Boden.

Rennie krabbelte zu ihm hinüber und suchte sofort an seinem Hals nach dem Puls.

»Sein Herz schlägt noch.« Sie riss sein Hemd auf.

»Lass ihn.«

Sie sah zu Wick auf. »Das kann ich nicht.«

Dann beugte sie sich wieder über Lozada und versuchte, ihn am Leben zu erhalten.

34

Erst um acht Uhr früh am folgenden Tag verließ Rennie das Krankenhaus. Wick wartete draußen mit laufendem Motor in seinem Pick-up. Er beugte sich zur Seite und öffnete ihr die Beifahrertür.

Sie hatten Rennies Abfahrt so gelegt, dass sie genau mit Orens Pressekonferenz zusammenfiel, damit die Reporter abgelenkt waren und sie unerkannt verschwinden konnte. Als sie aus dem Krankenhausgelände auf die Straße bogen, sahen sie die Übertragungswagen am Straßenrand stehen und eine Schar von Reportern und Kameraleuten, die sich vor dem Eingang zur Lobby versammelt hatten.

»Was wird er ihnen erzählen?«, fragte sie.

»Dass das FWPD in Kooperation mit einigen Angestellten des Tarrant General Hospital einen fehlerfreien Einsatz durchgeführt hat. Dabei ist einer der berüchtigtsten Schwerverbrecher unserer Stadt zu Tode gekommen, ein gewisser Ricky Roy Lozada, an einer Schussverletzung, die er sich zugezogen hat, als er sich der Verhaftung widersetzte.«

Ehe sie ihn den Sanitätern übergab, hatte Rennie alles darangesetzt, sein Herz am Schlagen zu halten. Sie war sogar im Krankenwagen mitgefahren, trotzdem war Lozada gleich bei ihrer Ankunft in der Notaufnahme für tot erklärt worden. Wick hatte den Leichnam persönlich zum Leichenschauhaus eskortiert. Anschließend hatte sich Wick auf Rennies Drängen hin einer eingehenden Untersuchung inklusive einer Computertomografie unterziehen müssen, um nach möglichen inneren Blutungen zu suchen. Er hatte Oren befohlen, sich nicht zurückzuhalten, damit ihr Kampf möglichst authentisch wirkte. Oren hatte ihn beim Wort genommen. Wick fühlte sich immer noch wie ein Sandsack nach dem Training, doch immerhin hatte Rennies Untersuchung nichts Besorgniserregendes zu Tage gefördert.

»Oren wird sich bemühen, deinen Namen aus der Geschichte rauszuhalten«, versicherte ihr Wick.

»Dafür wäre ich ihm sehr dankbar.«

»Möglicherweise lässt es sich aber nicht vermeiden, Rennie.«

»Wenn es sich nicht vermeiden lässt, werde ich schon damit fertigwerden.«

Sie hatten schon zuvor verabredet, wohin sie fahren würden. In das Haus, in dem Lozada gestorben war, wollte sie nicht zurückkehren. Erst als sie auf der Interstate in Richtung Westen fuhren, griff Wick nach ihrer Hand. »Ich bin tausend Tode gestorben, als er dir das Messer an die Kehle gesetzt hat.«

»Und ich hatte Todesangst, dass ihr irgendwie aufgehalten wurdet, dass du und Oren womöglich gar nicht im Haus wart. Als ich heimkam, hätte ich am liebsten sofort in der Speisekammer und unter dem Bett nachgesehen, um sicherzugehen, dass ihr da seid.«

»Nichts und niemand hätte mich aufhalten können.«

»Es war ein verwegener Plan, Wick.«

»Und ich danke dem Himmel, dass er funktioniert hat.«

Er hatte erkannt, dass er und Rennie keine Zukunft hatten, bis das Problem Lozada gelöst war. Mit anderen Worten, bis der Killer von der Bildfläche verschwunden war. Das war der entscheidende Begriff: von der Bildfläche verschwunden. An diesen vier Worten hatte er sich festgebissen. Plötzlich war ihm aufgegangen, dass Lozada sich wieder an Rennie ranmachen würde, sobald er glaubte, dass Wick von der Bildfläche verschwunden war und Oren ebenfalls.

»Das Schlimmste an unserem Plan war für mich, dass wir dich in Gefahr bringen mussten.«

»Dabei war ich von Anfang an in Gefahr.«

»Zu dem Schluss bin ich irgendwann auch gekommen. Und du würdest immer in Gefahr bleiben, bis ich Lozada zum Handeln zwingen würde.« Gestern früh war er noch vor der Dämmerung aufgestanden, hatte Oren angerufen und ihm seinen Plan erklärt. Oren hatte die Idee für gut befunden, ein paar Änderungsvorschläge eingebracht und alles in die Wege geleitet.

»Wie hast du Oren eigentlich überzeugt, dass ich nicht die *Femme fatale* bin, für die er mich gehalten hat?«, fragte Rennie.

»Das brauchte ich nicht. Das hatte schon Lozada erledigt, indem er deine Pferde umgebracht hat. Ehrlich gesagt glaube ich, dass Oren schon längst seine Meinung geändert hatte und es nur nicht zugeben wollte. Glaub mir, Rennie. Wenn er nicht absolut überzeugt gewesen wäre, dass du unschuldig bist und er von Anfang an auf dem Holzweg war, dann hätte er diesem Einsatz nie und nimmer zugestimmt. Und übrigens soll ich mich in seinem Namen für all die Gemeinheiten entschuldigen, die er über dich sagen musste, um Weenie Sawyer in die Irre zu führen.

Der ganz nebenbei ein echter Glücksfall für uns war. Andernfalls hätten wir womöglich Tage warten müssen – ich im Gefängnis, Oren angeblich schwer verwundet im Krankenhaus –, bis Lozada Wind von der Geschichte bekommen hätte und zur Tat geschritten wäre. Wir hatten Sawyer bis zu seiner Wohnung in Dallas verfolgt, und als das Observationsteam Lozada entdeckte, schalteten sie sofort auf Alarmstufe Rot. Kaum war Lozada wieder weg, haben sie zugeschlagen und Weenie verhaftet. Er lag heulend auf seinem Bett, weil Lozada ihn gezwungen hatte, seine Computer in Trümmer zu schlagen. Noch ehe sie ihm Handschellen angelegt hatten, hat er seine Komplizenschaft gestanden.

»Musst du mit Konsequenzen rechnen?«

»Weil ich Lozada erschossen habe? Nein. Oren hatte meine Suspendierung aufgehoben, ehe wir Weenie vernommen haben.«

Sie sah ihn überrascht an. »Du bist also wieder ganz offiziell bei der Polizei?«

»Ich denke darüber nach.«

»Was gibt's da nachzudenken?«

»Der Job ist mit so viel Ärger verbunden.«

»Das ist jeder Job, Wick.«

»Keine besonders aufmunternde Erkenntnis«, bemerkte er sarkastisch.

»Letztendlich läuft alles auf eine einzige Frage hinaus.« Er sah sie an. »Liebst du deine Arbeit mehr, als du den damit verbundenen Ärger hasst?«

Da brauchte er nicht lange zu überlegen. »Ich liebe meine Arbeit.«

»Da hast du deine Antwort.«

Er nickte nachdenklich. »Nachdem ich Joe nun endlich begraben kann, wirklich begraben kann, wird es wahrscheinlich ganz anders sein.«

»Das wird es ganz bestimmt. Es ist deine Berufung.« Sie lachte leise. »Und da wir gerade von Berufungen sprechen, Grace hat ihre wohl verfehlt. Sie hätte Schauspielerin werden sollen. Im Krankenhaus hat sie eine bühnenreife Leistung hingelegt.«

»Wie ich gehört habe, habt ihr das beide.«

»Ich weiß nicht mal, ob Lozada uns überhaupt gesehen hat oder nicht.«

»Das weiß ich auch nicht, aber jede Szene musste absolut lebensecht arrangiert und gespielt werden. Falls Lozada das Krankenhaus beobachtet hätte und Grace nicht an Orens Bett geeilt wäre, hätte er den Braten garantiert gerochen.«

Er merkte, dass sie gähnte, und sagte: »Du warst die ganze Nacht auf. Warum versuchst du nicht, ein wenig zu schlafen, bis wir dort sind?«

»Und was ist mit dir?«

»Ich habe während der tausend überflüssigen Tests gepennt, die meine Ärztin mir aufgezwungen hat.«

Lächelnd schloss sie die Augen. Sie wachte erst wieder auf, als er den Wagen vor dem Tor anhielt und ausstieg, um das Gatter zu öffnen. Nachdem er hindurchgefahren war, parkte er vor der Veranda.

Rennie sah zum Stall hin. »Früher bin ich immer zuerst dorthin gegangen.«

Er streichelte ihre Wange. »Versuch, es zu vergessen.«

»Das werde ich nie vergessen.«

Er stieg aus und kam um den Wagen herum, um ihre Tür zu öffnen, blieb dann aber so stehen, dass sie nicht aussteigen konnte. »Was ist denn?«, fragte sie.

»Als ich in deinem Schlafzimmer unter dem Bett lag und auf mein Stichwort wartete …«

»Ja?«

»Da habe ich dich etwas sehr Merkwürdiges sagen gehört. Du sagtest, seit zwanzig Jahren wäre jeder neue Tag schon ein Bonus für dich gewesen.« Er setzte ihre Sonnenbrille ab, damit er ihr in die Augen blicken konnte. »Seither frage ich mich, was du damit gemeint hast, Rennie.« Sie senkte den Kopf, aber er legte einen Finger unter ihr Kinn und hob es wieder an, bis sie ihn ansehen musste. »Du hast die Geschichte nie zu Ende erzählt, nicht wahr?«

Er konnte erkennen, dass sie mit sich kämpfte, ob sie ihn mit einer Lüge abspeisen konnte, aber zuletzt setzte sich doch seine Willenskraft durch. Sie atmete tief ein. »Als T. Dan geschossen hat?«

»Ja?«

»Da hat er nicht auf Raymond gezielt.«

Er starrte sie eine Sekunde lang wortlos an, und als sich

seine Verwirrung lichtete und er endlich kapierte, was sie da sagte, atmete er lang und tief aus. »Jesus.«

»Mein Vater war viel wütender auf mich als auf Raymond. Raymond hatte jedes Interesse an ihrem gemeinsamen Geschäft verloren, er war ein zahnloser Tiger. Als T. Dan uns zusammen erwischt hat und erkannte, dass ich der Grund für Raymonds Zerstreutheit war, hat er in mir lediglich ein Hindernis gesehen, das es aus dem Weg zu räumen galt.«

Sie hielt kurz inne und starrte blind ins Leere. »Er war mein Vater, und ich habe ihn vergöttert. Als er fremdging, hat er mir das Herz gebrochen. Er hatte meine Mutter und unsere ganze Familie verraten. Er war ein selbstsüchtiger, egoistischer Scheißkerl.«

Unter bitterem Lachen schüttelte sie den Kopf. »Aber weißt du, was wirklich komisch ist, Wick? Oder eher tragisch. Ich habe ihn trotzdem geliebt. Trotz alledem. Sonst hätte ich mir doch nicht solche Mühe gegeben, ihn wütend zu machen und ihm Kummer zu bereiten, indem ich genau das getan habe, was er auch gemacht hat. Und ich hätte ganz bestimmt nicht seinen Geschäftspartner verführt. Ich habe ihn geliebt«, bekräftigte sie traurig.

»Aber seine Grundstücksgeschäfte bedeuteten ihm mehr als ich. Er hat sich in Raserei gesteigert und war schließlich so zornig, dass er mich umbringen wollte. Und er hätte es getan, wenn sich Raymond nicht vor mich geworfen hätte, als er abdrückte. Du siehst, ich habe es ganz wörtlich gemeint, als ich sagte, ohne mich hätte Raymond nicht sterben müssen. Er ist gestorben, als er mich vor meinem eigenen Vater gerettet hat.

Danach stand ich unter Schock. Ich habe alles getan, was T. Dan mir befohlen hat, alles gesagt, was er mir eingeflüstert hat. Bald nach dem Vorfall hat er mich weggeschickt. Vielleicht hat er bei meinem Anblick Gewissensbisse bekommen, vielleicht habe ich ihn aber auch nur an das Grundstücksgeschäft erinnert, das ihm meinetwegen durch die Lappen gegangen war. Ich weiß es nicht. Aber bis zu seinem Todestag haben wir nie wieder über jenen unglückseligen Nachmittag gesprochen.«

Wick zog sie an seine Brust und sagte, als sie sich widersetzen wollte: »O nein. Kommt gar nicht in Frage. Du wirst dich nicht wieder abschotten, zurückziehen und dein härenes Hemd tragen.« Er drückte ihr Gesicht in seine Nackenbeuge und strich ihr über die Haare. »Das war vor zwanzig Jahren. Es ist lang vorbei, du hast tausendfach dafür gebüßt, und T. Dan brät hoffentlich in der Hölle. Er kann dir nichts mehr anhaben, Rennie. Das werde ich nicht zulassen.«

Er drückte sie einige Atemzüge lang an sich und löste sich dann wieder. »Ich bin froh, dass du es mir erzählt hast. Das erklärt so einiges. Deinen Zwang, alles kontrollieren zu müssen. Deine Todesverachtung, weil du mit sechzehn hättest sterben können. Ich hoffe nur, dass du diesen waghalsigen Mist in Zukunft lässt. Ich kann dir nicht ständig hinterherlaufen und deinen Arsch decken. Metaphorisch gesprochen natürlich.«

Sie lachte. Oder schluchzte. Das war schwer zu sagen, weil sie Tränen in den Augen hatte und gleichzeitig lächelte. Er half ihr aus dem Wagen, und gemeinsam traten sie auf die Veranda. Als er die Haustür aufzog, fragte er: »Wie wär's mit einem Frühstück?«

»Hört sich gut an.«

Er fasste um sie herum, um die Tür zu schließen, und fing sie damit ein. »Frühstück. Und zwar jeden Morgen bis an unser Lebensende.«

Sie lächelte ihn melancholisch an. »Wick –«

»Moment. Hör mich erst mal an, ehe du mir widersprichst.« Er schmiegte ihre Wange in seine Hand. »Ich werde bis an dein Lebensende dein bester Freund sein. Ich werde verflucht noch mal alles versuchen, um den Schmerz, den du immer noch in dir trägst, zu lindern. Ich werde dir ein glühender, treuer Geliebter sein. Ich möchte liebend gern der Vater deiner Kinder werden. Und ich werde dich mit meinem Leben beschützen.«

»Das hast du bereits.«

»Du hast mir auch das Leben gerettet, Rennie. Und nicht nur auf dem Operationstisch. Als Oren mich in Galveston besuchte, war ich hoffnungslos verloren. In einen Fall hineingezogen zu werden, der sich um eine mysteriöse Chirurgin drehte, war das Beste, was mir in meinem ganzen Leben passiert ist.«

Sie lächelte, doch in ihren Augen stand immer noch stummer Zweifel. »Ich kann mir nicht vorstellen, dass das mit uns funktionieren würde.«

»Wenn ich es genau überlege, hast du wahrscheinlich Recht«, seufzte er. Seine Hand legte sich über den obersten Knopf ihrer Bluse und löste ihn. »Ich kriege cholerische Anfälle, du reagierst unter Druck unterkühlt. Ich bin ein gnadenloser Schlamper, du schiebst die Laschen der Cornflakesschachteln in den Deckel zurück. Ich bin arm, du bist reich.«

Bis er diese grundlegenden Differenzen aufgezählt hatte, standen alle Knöpfe offen, genau wie ihre Hose. Er beugte sich vor und küsste sie auf den Mundwinkel. »Wir passen absolut nicht zusammen.«

Sie neigte den Kopf auf die Seite, damit seine Lippen ihren Hals erreichen konnten. »Aber da wäre noch das, was Grace gesagt hat.«

Er zupfte mit den Zähnen an ihrem Ohrläppchen. »Was hat sie denn gesagt?«

Sie zerrte sein Hemd aus der Hose und fuhr mit den Händen über seine Brust. »Dass du mich liebst.«

»Kluge Grace.«

»Tust du es denn?«

»Ich tu's gleich hier.« Ihr leises Lachen ging in ein tiefes Stöhnen über, als er ihren BH aufhakte und ihre Brüste in seinen Händen wog.

»Und dann wäre da noch meine Arbeit.«

»Die gibt's auch noch.« Seine Zunge umkreiste ihre Brustwarze.

»Die ist sehr anstrengend.«

Er liebkoste ihren Bauch mit den Fingerknöcheln und strich dann über den Nabel nach unten. »Da hast du bestimmt Recht.« Im selben Moment drehte er die Hand um und ließ seine Finger in ihren Slip gleiten. »Eigentlich spricht alles gegen uns.« Sie war feucht und empfänglich, und er fing ihren Mund in einem glühenden Kuss ein, kurz bevor sein Finger in sie drang.

Wenige Minuten später lag Rennie erschöpft auf ihm auf dem Sofa. Alle Sachen, die nicht rechtzeitig abgeworfen worden waren, lagen schweißnass und zerknittert um sie herum verstreut. Ihre Haarsträhnen klebten an seinem Hals. Er stützte sich mit einem Fuß auf dem Boden ab. Sie waren außer Atem und verschwitzt, und dort, wo sich ihre Körper verbanden, spürten sie noch immer pulsierende Erregung.

Er schnaufte schwer. »Was hast du eben gesagt?«

Er spürte ihr Lächeln auf seiner Brust, und dann hörte er sie murmeln: »Toast oder Pfannkuchen?«